BASTEI
LÜBBE
TASCHENBUCH

BASTEI LÜBBE TASCHENBUCH JASON DARKS SONDERAUSGABEN IM TASCHENBUCH-PROGRAMM:

Paperback
73 500 Hexenküsse

Jumbo-Bände
73 952 Die Hölle auf Erden
73 953 Grüße aus dem Fegefeuer
73 954 Schreie aus der Unterwelt
73 955 Jenseits der Angst
73 956 Wenn aus Freunden Monster werden
73 957 Hexen – Geister – Teufelsdiener
73 958 Wenn die Hölle dich verschlingt
73 959 Rückkehr aus dem Reich der Toten
73 960 Baphomet II
73 961 Das Schicksal des Templers
73 962 Im Namen des Schwarzen Tods
73 963 Hexenfluch
73 964 Der dunkle Gral
73 965 Morganas wilde Meute

Kultausgaben
73 970 Die Hexe Jane Collins
73 971 Glenda Perkins
73 972 Kommissar Will Mallmann
73 973 Mallmann und der Schwarze Tod
73 974 Mallmanns letzte Fälle
73 975 Myxin, der Magier
73 976 Die Schöne aus dem Totenreich
73 977 Arkonada und der Planet der Magier
73 978 Doktor Tod
73 979 Die Gründung der Mordliga
73 980 Lupina und Vampiro-del-mar
73 981 Lady X
73 982 Die Mordliga greift an
73 983 Werwolf-Fest und Zombie-Terror
73 984 Tod der Mordliga!
73 985 Doktor Tods Ende
73 986 Ich gegen den Würfel des Todes
73 987 Sieben Siegel der Magie
73 988 Vampir-Nächte
73 989 Zeittunnel in die Urzeit
73 990 Shimada – Xorrons Todfeind
73 991 Nadine Berger
73 992 Der dunkle Gral

JASON DARK

Die Welt des

JOHN SINCLAIR

DIE REITER DER APOKALYPSE

VIER SPANNENDE KULTGESCHICHTEN

BASTEI
LÜBBE
TASCHENBUCH

BASTEI LÜBBE TASCHENBUCH
Band 73 993

1. Auflage: November 2011

Lektorat: Rainer Delfs
Titelbild: iStockphoto/simon gurney
Umschlaggestaltung: Tanja Østlyngen
Satz: two-up, Düsseldorf
Druck und Verarbeitung:
CPI – Ebner & Spiegel, Ulm
Printed in Germany
ISBN 978-3-404-73993-6

Inhalt

MARINGO,
DER HÖLLENREITER

Die Nacht kam ohne Übergang, löste die Gluthitze eines heißen Tages ab und brachte den Kälteschock mit in die weite Arizonawüste. Die Temperaturen fielen. Viele Steine und Felsen, die tagsüber aufgeheizt worden waren, platzten wegen der enormen physikalischen Kräfte auseinander.

Sonst regte sich kaum etwas in dem einsamen Landstrich. Samtblau schimmerte der Himmel. Sternenhaufen funkelten in kalter Pracht. Der aufgehende Mond schickte silbriges Licht auf das Band der Schnellstraße, die, wie mit dem Lineal gezogen, den großen Wüstenabschnitt zerteilte.

Nichts deutete auf Leben hin.

Kein Auto fuhr über die Straße. Nur der leichte Nachtwind säuselte in den Felsspalten und fing sich an harten, schroffen Felsecken. Staub wurde aufgewirbelt und zu langen, fontänenartigen Schleiern geformt.

Diese Nacht sollte zu einem Meilenstein des Schicksals werden, denn der Wind, der von den Bergen kam, hatte einen unsichtbaren Begleiter.

Das Grauen ...

Es lauerte im Verborgenen und wartete darauf, an die Oberfläche getragen zu werden. Ein bestimmtes Ereignis nur musste eintreten, damit das wahr werden konnte, was vor Hunderten von Jahren schon in der Alten Welt geschehen und auch aufgezeichnet worden war.

Die Zeit hatte den Mantel über vieles gedeckt, das große Vergessen überfiel die Menschen. Fortschritt und Technik verdrängten die alten Ängste, Mythen und Sagen.

Doch es gab jemanden, der nicht vergessen konnte und es auch nicht wollte. Dieser Jemand hatte lange gewartet, doch nun hielt er die Zeit für reif, um zuzuschlagen.

Es war der Schwarze Tod!

Zuerst war er nur ein schillernder Punkt in der unendlichen Weite der Wüste.

Doch langsam wurde er größer, hob sich ab von der kargen Erde und wuchs auf zu einer erschreckenden Gestalt.

Der Schwarze Tod kam!

Er war die rechte Hand des Teufels, identifizierte sich mit dem Bösen schlechthin und kannte nur das Chaos und die Vernichtung. Sein Alter war unbestimmt. Er konnte zehntausend, aber auch zwanzigtausend Jahre alt sein.

Legenden berichteten, dass er schon bei den Ägyptern Furcht und Schrecken verbreitet hatte, und selbst in Atlantis hatte er seine Finger mit im Spiel gehabt.

Er war zeitlos.

Wie das Böse schlechthin.

Er brachte die Pest, hetzte die Menschen des Mittelalters auf zu Hexenverbrennungen, lenkte Kriege und freute sich diabolisch, wenn das Böse triumphierte.

Doch immer hatte es Menschen gegeben, die sein verruchtes Spiel durchschauten, ihn im letzten Augenblick hinderten, die Herrschaft völlig an sich zu reißen.

Und diese Menschen verfolgte der Schwarze Tod mit seinem glühenden Hass.

Ja, er hasste sie.

Vor allem John Sinclair. Dieser Mann hatte ihm Niederlagen beigebracht. Schmerzliche sogar, denn er hatte Myxin, seinen alten Widersacher aus den Tagen von Atlantis, zum Leben erweckt. Das würde ihm der Schwarze Tod nie vergessen.

In letzter Zeit hatte er sich zurückgezogen wie ein räudiger Straßenköter, der sich nach einem harten Kampf die Wunden leckt. Aber es war nur die Ruhe vor dem Sturm. Er hatte nur nach einer günstigen Gelegenheit gesucht, um erneut zuschlagen zu können.

Jetzt hatte er sie gefunden.

In der Wüste von Arizona lauerte das Böse. Verborgen unter tiefstem Gestein lag das Schreckgespenst begraben, das schon vor Hunderten von Jahren alle Indianer gefürchtet hatten.

Der Höllenreiter!

Ihn wollte der Schwarze Tod erwecken.

Schritt für Schritt näherte er sich seinem Ziel. Er trug ein langes schwarzes Gewand, das beim Gehen um seine bleiche Skelettgestalt flatterte. Pechschwarz war sein Schädel, nur die Augen strahlten in einem fahlen Weiß.

Ein makabrer Kontrast.

Für den Schwarzen Tod gab es kein Hindernis. Er schwebte über Felsen und Dornbüsche, glitt an verkrüppelten Bäumen vorbei und ging traumhaft sicher durch ein Kakteenfeld. Er zog eine Staubfahne hinter sich her, deren Partikel im Mondlicht wie kleine Diamanten glitzerten.

Der Mond hing als fast runde Scheibe über den Bergen im Nordwesten. Es waren die Grand Wash Cliffs, nahe der Hualpai-Indianer-Reservation. Sie gingen direkt über in die Schwarzen Berge, die die beiden Staaten Arizona und Nevada voneinander trennten.

Die Ausläufer der Berge waren das Ziel des Unheimlichen. Hier lag das Grab des Höllenreiters.

Niemand sah den Schwarzen Tod, als er über die Felsen stieg und das kleine, von Wind und Regen blank gewaschene Plateau erreichte, wo das Grab lag.

Die Stätte war nur wenigen bekannt. Einige alte Indianer kannten noch diesen Flecken Erde, doch sie behielten ihr Geheimnis für sich.

Sie wollten das Böse nicht herausfordern.

Ein schwarz glänzender, eingekerbter Stein bildete die Grenze des Plateaus. Der Stein sah aus wie zwei hocherhobene mahnende Finger. Wenn die Sonne darauf schien, wechselte er seine Farbe. Meist schimmerte er dann bläulich grün.

Vor dem Stein blieb der Schwarze Tod stehen.

Der Mond befand sich schräg über dem Plateau. Er warf sein fahles Licht auf den Höllenboten und spiegelte sich in den Augen des Unheimlichen.

Augen, die plötzlich groß wurden und sich rasend schnell drehten. Sie wechselten die Farbe, wurden rot und glichen rotierenden Feuerrädern.

Der rote Schein breitete sich aus, blieb nicht allein auf die Augen konzentriert, sondern übergoss den seltsam geformten Stein mit seinem blutigen Licht.

Kehlige, krächzende Laute drangen aus der Mundöffnung des Schwarzen Tods. Er bediente sich einer uralten Geheimsprache, die nur noch ranghohen Dämonen bekannt war.

Und der Stein reagierte.

Er veränderte sich.

Seine Form floss in die Breite. Die beiden »Finger« sanken zurück, wurden lang gezogen zu einem Rechteck mit runden Kanten. Noch immer umfloss die magische Kraft der Augen den schwarzen Stein, drang tief hinein in die Poren und holte den aus der Erde, den es zu erwecken galt.

Urplötzlich platzte der Stein auseinander. Eine Dampfwolke zischte aus der Öffnung, versprühte feinen Nebel, der gegen den Himmel stieg und die Form eines nachtdunklen Pferdes mit glühenden roten Augen annahm.

Dann folgte der Reiter.

Er stieg aus der Öffnung. Sein Körper war hoch gewachsen, breit die Schultern. Muskeln und Sehnen spielten unter der bronzefarbenen Haut. In der rechten Hand hielt der Reiter eine glühende Lanze. Sie erstrahlte in einem gelblich kalten Licht und übergoss damit das Gesicht des Reiters.

Es zeigte asketische Züge. Zwei scharfe Falten zogen sich von der Nasenwurzel bis zu den Kinnwinkeln hin. Die Nase selbst sprang vor wie ein Erker. Dieser Reiter war das Musterbild eines Indianers, wenn nicht die toten Augen in seinem Gesicht gewesen wären und das v-förmige blutrote Zeichen auf seiner Stirn, das von dem blauschwarzen, langen Haar nicht verdeckt wurde.

Maringo war erwacht.

Die böse Magie eines mächtigen Dämons hatte aus dem Toten einen lebenden Toten gemacht.

Maringo, einst Herr der Wüste, sollte wie früher Angst und Schrecken verbreiten.

Er verneigte sich vor dem Schwarzen Tod. Dabei faltete er die Hände vor der Brust zusammen.

Dann stakste er davon. Und er wurde von Sekunde zu Sekunde größer. Im gleichen Rhythmus wuchs auch sein Pferd. Als beide die dreifache Größe erreicht hatten, hörte der Wuchs auf.

Maringo schwang sich auf sein Pferd. Er stieß einen wilden, urwüchsigen Schrei aus und galoppierte davon. Die Beine des Pferdes wirbelten eine lange Staubfahne hoch, die sich nur langsam dem Boden entgegensenkte.

Der Schwarze Tod aber war zufrieden. Er stieß ein teuflisches Gelächter aus, das sich in der tiefschwarzen Wüstennacht verlor …

Es war ein Bild für die Götter!

Dieser Spruch fiel mir ein, als ich Bill Conolly seinen Stammhalter auf den Armen halten sah.

Conolly junior schrie vor Vergnügen. Er strampelte mit seinen kleinen Beinen, schlug mit den Händen nach Bills Gesicht, und sein Vater schnitt Grimassen, dass ein Pantomime hätte neidisch werden können.

Ich war auch stolz auf den Kleinen. Schließlich trug mein Patenkind meinen Vornamen John.

Sheila stand in der offenen Tür und beobachtete lächelnd das Bild. Sie war eine Traumfrau. Auch nach der Geburt ihres Sohnes hatte ihre Figur nichts von ihrer Schönheit verloren.

Bill schnitt weiterhin Fratzen, während Sheila meinen Sessel ansteuerte. Ich hatte die Beine ausgestreckt und auf einen kleinen Lederhocker gelegt. Eine Flasche Bier stand bereit, etwas Salzgebäck – kurzum, ich fühlte mich wohl bei meinen Freunden.

Ich hatte von meinen letzten Abenteuern berichtet, und Bill bekam, wie immer, glänzende Augen. Vor allen Dingen die Geistervögel hatten ihn fasziniert.

Ich hörte ihn noch sagen: »Da wäre ich gern dabei gewesen.«

Dann folgte Sheilas Blick, und Bill schwächte ab. »Ich weiß, Darling, ich bin jetzt Vater und trage Verantwortung. Aber träumen darf man doch.«

»Wenn es dabei bleibt, ja.«

Ich konnte sowohl Sheila als auch Bill verstehen. Sie wollte nicht, das ihrem Mann etwas zustieß, da Johnny Conolly geboren war. Mit Schrecken dachte ich noch an die letzten Stunden vor der Geburt zurück. Unsere Gegner hatten alles versucht, um Sheila und das Kind in ihre Hände zu bekommen. Fast wäre es ihnen gelungen.

Und in Bill brannte weiterhin die Abenteuerlust. Auch verständlich, denn Bill zählte zu den Reportern, um die sich die einschlägigen Zeitungen und Magazine rissen. Seine Berichte und Reportagen wurden ihm mit Kusshand abgenommen. Auch jetzt schrieb er hin und wieder brandheiße Artikel.

Sheila ließ sich auf der Sessellehne nieder und lehnte ihre Hand gegen meine Schulter. Die junge Frau trug einen langen Kaminrock und eine bunt bedruckte Bluse im Folklore-Look.

Sie deutete auf Bill und den kleinen John. »Reizt es dich nicht, auch Vater eines Stammhalters zu sein?«

Ich lächelte. »Reizen schon.«

»Und eine Frau wäre auch vorhanden.«

»Mehrere.«

»Au, hier staubt's!«, rief Bill.

Sheila konnte es nicht lassen. Sie wollte mich wie ein Lotse in den Hafen der Ehe führen. Aber das war nicht drin. Ich steckte zu tief in meinem Job. Auch wenn ich ihn aufgab, würden mir die Mächte der Finsternis keine Ruhe lassen. Ich hatte ihnen bereits zu viele Niederlagen beigebracht. Das vergaßen sie nie.

Die Frau, die Sheila meinte, hieß Jane Collins und war Privatdetektivin. Vor Kurzem erst hatten wir gemeinsam gegen den unheimlichen Mönch gekämpft.

»Ich weiß schon, John«, sagte sie, »dein Job.« Sie rutschte von der Sessellehne und schaute auf ihre Uhr. »Es wird Zeit, Bill, der Kleine muss ins Bett.«

»Schade.« Bill reichte seinen Sohn weiter, nicht ohne ihm vorher noch einen Gutenacht-Kuss gegeben zu haben. »Und wir setzen uns auf die Terrasse«, sagte er und stand auf. »Komm, John.«

Ich winkte dem kleinen John zu, stand auf, nahm mein Glas mit und folgte Bill.

Es war ein herrlicher Juliabend. Im Westen färbten die letzten Strahlen der Sonne den Himmel glutrot. Fast waagerecht fielen sie über das Land, betupften auch die Wasseroberfläche des Schwimmbades hinter dem Haus und malten dort einen zitternden Streifen von einem Beckenrand zum anderen.

Ich ließ mich in einem bequemen Stuhl nieder. In der Eisbox standen kühle Getränke bereit. Ich entschied mich für Bitter Lemon.

»Möchtest du Musik hören?«, fragte Bill.

Ich hatte die Augen halb geschlossen und schüttelte den Kopf. »Nein, die Stille gefällt mir besser.«

Bill lachte. »Alter Genießer.«

Zwischen den Tannen führten Mücken ihren bizarren Abendtanz auf. Ein leichter Wind war aufgekommen, kühlte unsere Gesichter und bewegte die Zweige der Ziersträucher.

»Du hast es gut«, sagte ich. »Wenn ich da an mein Appartement denke …«

»Bau dir doch auch ein Haus.«

»Nein, so weit weg von der City möchte ich nicht wohnen.«

Bill drehte sein Glas in den Händen. Die Eiswürfel im Orangensaft klingelten gegeneinander. »Hast du bereits einen neuen Fall in Sicht?«, fragte er.

»Zum Glück nicht.«

»Und der Schwarze Tod?«

»Hat lange nichts mehr von sich hören lassen.«

»Vielleicht hat er aufgegeben.«

Ich schüttelte den Kopf. »Glaube ich kaum. Der gibt nicht auf. Das kann er sich gar nicht leisten. Er ist immerhin die rechte Hand des Teufels. Und Asmodis hat noch nie aufgesteckt.«

»Meinst du denn, dass du ihn schaffst?«

»Wen? Asmodis?«

»Nein. Den Schwarzen Tod.«

Ich verzog das Gesicht. »Schwer zu sagen, Bill. Bis jetzt hatte ich Glück. Und wenn ich ehrlich sein soll, er ist mir weit überlegen. Er hat Machtmittel zur Verfügung, mit denen er mich leicht besiegen kann. Aber ich habe ja nicht nur ihn als Gegner.«

»Ich weiß, worauf du anspielst.« Bill nahm einen Schluck. »Myxin, der Magier.«

»Eben.«

»Sei froh, dass er dem Schwarzen Tod feindlich gesonnen ist.«

»Und dann ist da noch der Spuk«, sagte ich. »Herr im Reich der Schatten und Herrscher über die Seelen verstorbener Dämonen. In New York habe ich zum ersten Mal mit ihm Bekanntschaft gemacht. Ich habe zwar großes Unheil verhindern können, aber den Spuk konnte ich nicht fassen.«

»Man müsste die Dämonenbekämpfung besser organisieren«, überlegte Bill Conolly laut. »Sicher, es gibt Einzelgänger wie dich, die gegen die Macht des Bösen ankämpfen. Aber reicht das?«

»Nein.«

»Siehst du.«

»Trotzdem, Bill. Ich bin gegen eine Neuorganisation. Durch meine Planstelle bei Scotland Yard steht mir ein moderner Apparat der Verbrechensbekämpfung zur Verfügung. Das darfst du nicht außer acht lassen.«

»Stimmt auch wieder.«

Das Gespräch versickerte. Wir schwiegen und hingen unseren Gedanken nach. Aus dem Haus hörten wir Sheilas Stimme. Sie sang dem kleinen John ein Schlaflied vor.

Ich hatte mich zurückgelehnt. Meine Blicke glitten über die prächtige, kurz geschnittene Rasenfläche, verweilten bei den dicht nebeneinanderstehenden Tannen – und plötzlich glaubte ich zu träumen.

Die Luft zwischen zwei Tannen begann zu flimmern. Sie bewegte sich, ein grünliches Leuchten kam auf, und plötzlich materialisierte sich eine Gestalt hervor.

Eine Gestalt, die ich kannte, von der wir vor wenigen Minuten noch gesprochen hatten.

Es war Myxin, der Magier!

Er kam, um mich zu besuchen.

Auch Bill hatte ihn gesehen. »Das gibt's doch nicht«, flüsterte er. »Wer – wer ist das?«

»Myxin«, antwortete ich.

Er war es tatsächlich. Und er näherte sich. Langsam ging er über den Rasen. Er war nicht sehr groß, reichte mir kaum bis an die Schulter. Seine Haut schillerte grün. Das Gesicht war schmal und etwas in die Länge gezogen. Dazu passten auch die übergroßen Ohren und der schmale Mund. Er trug dunkle Kleidung, ein graues Gewand, das mit magischen, grünen Symbolen bestickt war.

Ich setzte mich.

Jetzt betrat Myxin die Terrasse.

Neben mir stöhnte Bill auf. »Das gibt es doch nicht«, flüsterte er wieder und schüttelte den Kopf.

»Sei ruhig!«, zischte ich.

Vor dem runden Tisch blieb Myxin stehen. Nur dieses Möbel trennte uns noch voneinander.

Die Lippen des Magiers verzogen sich zu einem spöttischen Lächeln. Dann begann er zu sprechen. Er redete leise, aber mit einem ironischen Unterton in der Stimme.

»Wie ich sehe, geht es dir ausgezeichnet, John Sinclair.«

»Ich kann nicht klagen. Aber wir haben lange nichts voneinander gehört, Myxin.«

»Das liegt in der Natur der Sache. Ich habe einige Dinge zu ordnen, die viel Zeit in Anspruch nehmen. Aber du solltest dich nicht auf die faule Haut legen, John Sinclair.«

»Gibt es etwas Besonderes?«, fragte ich.

»Das kann man wohl sagen.« Er legte eine kleine Pause ein, bevor er weitersprach. »Der Schwarze Tod ist wieder aktiv!«

Zack! Der Satz hatte gesessen. Ich erschrak. Vor wenigen Minuten noch hatten Bill und ich von meinem Supergegner gesprochen. Und jetzt erhielt ich die Nachricht, dass er wieder aufgetaucht war. Ich wusste, dass das Verhältnis zwischen dem Schwarzen Tod und Myxin sehr gespannt war, obwohl beide dem Bösen dienten.

Und wenn zwei sich streiten, freut sich der Dritte.

»Wo ist er aufgetreten?«, fragte ich. Meine Stimme klang heiser.

»In Amerika.«

»Du liebe Güte.«

»Er hat Maringo erweckt«, erzählte Myxin weiter. »Maringo ist der Höllenreiter, ein Dämon, der schon vor Jahrhunderten dem Schwarzen Tod zur Seite gestanden hat und sein Leibwächter war. Vorsicht, Maringo ist gefährlich.«

»Und warum warnst du mich?«, wollte ich wissen.

»Ich will nicht, dass der Schwarze Tod zu mächtig wird.«

»Dann schalte diesen Höllenreiter aus«, sagte ich.

Er lachte nur. »Nein, das ist deine Aufgabe. Ich habe andere Sachen zu erledigen. Ich muss erst in meiner Welt Ordnung schaffen. Aber dann werde ich meinen Gegnern einheizen.«

»Auch mir?«

Er lächelte wissend. Dann drehte er sich um und ging ebenso rasch, wie er gekommen war.

Bill schaute mich erstaunt an. »Das war also Myxin«, krächzte er.

Ich sah dem Magier nach. Urplötzlich verschwand er zwischen den Bäumen.

»Ja, das war er.«

Bill Conolly trank hastig sein Glas leer. Er stand noch immer unter dem Eindruck des eben Erlebten. »Glaubst du seinen Worten, John?«

»Natürlich. Welchen Grund sollte er haben, mich zu belügen?«

»Kennst du dich bei Dämonen aus?«

»Ein wenig schon, mein lieber Bill. Aber ich weiß auch, dass Myxin mir dankbar ist, weil Suko und ich ihn aus einem zehntausendjährigen Schlaf erweckt haben. Das darfst du nicht vergessen, Bill.«

»Okay, du willst also in die Staaten. Aber Amerika ist groß. Du weißt ja nicht einmal, wo dieser komische Höllenreiter aufgetreten ist.«

»Ich werde es herausfinden.« Dann stand ich auf. »Tut mir leid, Bill, aber die Pflicht ruft.«

Mein Freund nickte. Traurig, wie mir schien. Bestimmt wäre er gern mitgeflogen, aber das war nicht möglich.

Wir hörten den kleinen John weinen. Bill deutete nach oben. »Er will nicht einschlafen.«

»Gut. Dann bestell Sheila die besten Grüße.«

Wir gaben uns die Hand.

Bill sagte: »Pass auf, John!«

Der Reporter ging noch mit zur Garage. Dort hatte ich meinen Bentley abgestellt.

Beide sahen wir auf Anhieb das Papier, das unter dem rechten Wischer klemmte.

Es war ein Zeitungsartikel, der über einen Reiter berichtete. Ein alter Farmer aus Hickory hatte Pferd und Reiter gesehen.

Ich steckte den Artikel ein. »Dann weiß ich ja, wo ich hinfahren muss«, sagte ich optimistisch. »Myxin hat wirklich an alles gedacht.«

Noch einmal reichten wir uns die Hände. Dann fuhr ich los. Bill sah mir so lange nach, bis der Wagen durch das Tor verschwunden war.

Ich fuhr wieder einem neuen, brandheißen Fall entgegen …

Das Reklameschild einer Benzinfirma leuchtete weit in die Dämmerung hinein. Unter dem Schild stand »Motel«. Die Leuchtreklame flimmerte intervallartig auf.

»Da machen wir Rast«, sagte Glenn Remmick.

Susan, seine Frau, gähnte. Sie rekelte sich auf dem Beifahrersitz des Ford Mustang und meinte: »Schlafen wäre mir lieber.«

Glenn schüttelte den Kopf. »Kommt nicht infrage. Wir müssen morgen in Las Vegas sein, und bis dorthin sind es noch hundertfünfzig Meilen. Glaubst du, ich lasse mir das Geschäft entgehen?«

»Okay, meinetwegen.«

Remmick war Vertreter für Automaten. Er hatte vor wenigen Wochen durch Zufall dem Sprössling eines Mafioso das Leben gerettet. Der Fünfjährige war in einen reißenden Gebirgsbach gefallen. Remmick war hinterher gesprungen und hatte ihn an Land gezogen.

Der Vater zeigte sich dankbar. Als er hörte, welchem Job Remmick nachging, lächelte er nur.

»Okay, ich kann etwas für Sie tun, Glenn. Sie bekommen die Vertretung des Casino Royal in Las Vegas.«

Remmick hatte nur geschluckt. Und dann waren seine Augen feucht geworden. Von solch einer Vertretung konnten Leute wie er nur träumen. Der Job warf im Jahr bestimmt hunderttausend Dollar ab.

Der Mafioso hatte gelacht. »Fahren Sie nach Las Vegas, und setzen Sie sich mit meinem Freund Altafini in Verbindung. Ich werde ihn anrufen und informieren.«

Remmick hatte seine Frau gebeten, in den Wagen einzusteigen. Einfach so. Erst als sie hinter Phoenix waren, hatte er ihr von seiner neuen Vertretung berichtet.

Natürlich war Susan begeistert. Geld konnte sie nie genug haben.

Susan Remmick war zweiunddreißig Jahre alt, hatte blond gefärbtes Haar und war leicht hysterisch. Ihr fehlte es an nichts, nur hatte sie keine Aufgabe.

Susans Figur war etwas üppig. Das knapp sitzende Kleid betonte ihre mollige Figur. Das Haar trug sie kurz geschnitten, aber toupiert. Sie liebte knallrote Lippenstifte und Schuhe mit Stöckelabsätzen. Ein Überbleibsel aus der Zeit, als sie noch Serviererin in einem Schnellimbiss war. Ihr Mann hatte sie vor fünf Jahren von der Theke weg geheiratet.

Die Scheinwerfer des Mustang erhellten die Dämmerung. Im Westen leuchtete noch glutrot die Sonne hinter den Bergen. Bald würde sie verschwunden sein.

Die Einfahrt zur Tankstelle tauchte auf.

Glenn betätigte den Blinker und riss den Mustang in die Rechtskurve. Die hinteren Reifen protestierten kreischend.

Jenseits der Tankstelle lag die Raststätte. Ein großer, verglaster Bau, hinter dessen Scheiben es hell schimmerte.

»Wir tanken erst und gehen dann was essen«, sagte Glenn. Neben einer Zapfsäule ließ er den Wagen ausrollen.

Es dauerte eine halbe Minute, bis der Tankwart sich sehen ließ. Er war ein junger Bursche mit einer Schirmmütze auf dem Kopf. Sie konnte das fettige schwarze Haar kaum bändigen.

Glenn Remmick stand neben dem Wagen. Er hatte die linke Hand auf das Dach gestützt. Remmick war ein hoch gewachsener Mann mit dunklem Oberlippenbart und schwarzen Haaren, das an einigen Stellen schon einen grauen Schimmer zeigte. Er trug ein enges blaues Hemd und Jeans. Das Hemd hatte er bis zum Bauchnabel hin geöffnet. Auf seiner Brust wuchs ein dunkler Haarpelz.

Der Tankwart schaute Glenn fragend an.

»Volltanken.«

»Okay.«

Während der Superkraftstoff in den Tank lief, putzte der Tankwart die Scheiben. Er spitzte die Lippen, als er die Frau auf dem Beifahrersitz sah, sagte jedoch nichts.

Remmick zahlte und legte noch einen halben Dollar Trinkgeld hinzu. Der Tankwart bedankte sich nicht einmal.

Fünfzehn Sekunden später rollte der Mustang den gewundenen Weg entlang, der zum Rasthaus führte. Das Motel lag etwas versetzt daneben. Eine Buschgruppe schirmte es zur Straße hin ab.

Noch immer lastete die drückende Hitze über dem Land. Es roch nach Benzin und Schmieröl.

Susan verzog das Gesicht. Sie hasste diesen Geruch.

Die Raststätte war mit einer Klimaanlage ausgestattet. Es gab eine große, halbkreisförmige Theke, einige Stehplätze und auch ein paar Sitzgelegenheiten.

»Wohin?«, fragte Glenn.

Susan deutete auf die Theke.

Sie nahmen Platz. Die Ledersitze der Hocker waren angenehm kühl. Es herrschte kaum Betrieb. Außer ihnen saß noch ein glatzköpfiger Mann am anderen Ende und leerte einen Salatteller.

Ein dunkelhäutiger Junge fragte nach ihren Wünschen. Der Knabe trug eine weiße Mütze auf seinem Krauskopf.

Glenn bestellte erst einmal Fruchtsaft.

»Für mich einen Whisky«, sagte Susan schnell.

»Muss das sein?«

»Ja«, erwiderte sie. »Sonst schlafe ich ein.«

»Vom Alkohol wirst du noch müder.«

»Fängst du schon wieder an?«

»Okay, du hast recht, und ich habe meine Ruhe.«

Die Getränke wurden gebracht. Glenn bestellte ein T-Bone-Steak mit Mais und Salat.

Susan nahm nur Salat. Sie aß aber zuvor noch einen Becher Joghurt.

Glenn schlug mit der flachen Hand auf das braune Tresenholz. »Wenn das Geschäft klappt, sind wir aus dem Schneider. Dann machen wir erst einmal eine Weltreise.«

Susans Lächeln war mitleidig. »Versprich dir nur nicht zu viel davon. Den Mafiosi kann man nicht trauen.«

»Ach was. Schließlich habe ich dem Bengel das Leben gerettet. Und die Spaghettis sind sehr familiär eingestellt. Die vergessen so etwas bestimmt nicht.«

»Sie sind Gangster.«

»Na und?«

Susan atmete tief ein. »Ich habe erlebt, wie sich die Mafia damals unseren Schnellimbiss unter den Nagel reißen wollte. Zweimal haben sie die Einrichtung zertrümmert.«

»Das ist doch etwas ganz anderes.«

»Du musst es ja wissen.«

Das Steak wurde gebracht. Es lag auf einem extra großen Teller. Die Kräuterbutter verlief auf dem Fleisch.

Glenn griff zum Besteck. »Das ist das Richtige«, sagte er und schnalzte mit der Zunge.

Susan beschäftigte sich mit ihrem Salat. Ihr Mann aß mit gesundem Appetit. Er hatte seit dem Mittag nichts mehr zu sich genommen, es schmeckte ihm dementsprechend. Er bestellte sich auch noch eine Flasche Bier und leerte das erste Glas in einem Zug.

»Ah«, sagte er, »das tat gut.« Dabei wischte er sich den Schaum aus dem Oberlippenbart.

Als er das Glas wieder zurückstellte, sah er den alten Mann, der auf dem Hocker neben ihm Platz nahm. Glenn drehte sich ganz um und blickte in ein lustiges, kleines Augenpaar. Darunter befand sich eine Knollennase. Sonst war von dem Gesicht nichts zu sehen.

Der Oldtimer trug Weidereiter-Kleidung. Jeans, ein kariertes Hemd und eine braune, ärmellose Weste darüber.

»Good evening, Mister«, grüßte er.

Glenn nickte zurück.

Der Keeper wieselte herbei. Sein rechter Arm schnellte vor wie eine Lanze. Dabei wies der Zeigefinger auf die Brust des Alten. »Du bekommst hier nichts mehr, Herby. Es sei denn, du zahlst dein Bier sofort. Keinen Kredit, hat der Chef gesagt.«

Herby bewegte ein paar Mal den Mund, sodass der Bart auf- und abtanzte. Dann sagte er: »Als ich so jung war wie du, hätte es niemand gewagt, einen Älteren auch nur dumm anzusehen. Mein Vater war noch mit Wyatt Earp befreundet. Und ich hätte dir vor fünfzig Jahren beide Ohren abgeschossen, wenn du mich so behandelt hättest.«

»Die alten Zeiten sind vorbei, Herby. Sorry. Kein Geld – kein Bier. So ist das.«

»Okay, dann.« Herby rutschte wieder von seinem Hocker.

Glenn hatte das Gespräch mit angehört. Ihm tat der alte Mann leid. Er hatte etwas für solche Leute übrig. Außerdem kam es ihm auf ein Bier wirklich nicht an.

»Moment noch, Herby«, rief er und schluckte das Stück Fleisch herunter. »Ich bezahle das Bier.«

»Glenn!«, zischte Susan.

»Halte du dich raus.«

Der Keeper zapfte schon. Er ließ einen gläsernen Krug voll laufen. Herbys Augen wurden groß. Hastig kletterte er zurück auf den Hocker. »Sie sind ein Engel, Mister.«

»Ich heiße Glenn.«

»Dann eben Engel Glenn.«

Das Bier wurde gebracht. Herby nahm den Krug entgegen, setzte ihn an, trank, trank und trank.

Auf einmal war der Krug leer. Nur noch einige Schaumstreifen liefen an der Innenseite des Glases entlang und sammelte sich auf dem Boden zu einer hellen Pfütze.

»Noch einen«, bestellte Glenn.

»Wolltest du nicht fahren?«, fragte ihn seine Frau.

»Ein paar Minuten haben wir noch Zeit.«

Der Oldtimer erhielt seinen zweiten Krug. Diesmal trank er langsamer. Als er ihn halb leer absetzte, fragte er: »Sie wollen heute noch wieder weg?«

»Ja.« Glenn Remmick nickte. »Ich muss nach Las Vegas.«

»Übernachten Sie lieber hier«, meinte Herby.

Glenn zog die Stirn kraus. »Wieso?«

Herby senkte die Stimme zu einem Flüstern. »Es ist gefährlich in der Wüste, denn er geht um.«

»Sie sprechen in Rätseln. Wer ist er?«

»Der Höllenreiter!«

Glenn lachte. »Ulkiger Name. Wer hat sich denn den ausgedacht?«

Der Alte hob warnend den Zeigefinger. »Ich sage es Ihnen nur, weil Sie Mitleid mit einer durstigen Kehle hatten. Dieser Höllenreiter ist ein gefährlicher Dämon. Ich habe ihn gesehen, aber nur von ferne. Sonst würde ich jetzt nicht mehr leben. Er schwingt eine glühende Lanze, und wen er damit trifft, der zerfällt zu Staub. Eine Rettung gibt es für den nicht mehr.«

»Man merkt, dass wir hier im tiefsten Arizona sind«, sagte Glenn Remmick. »Ich habe gehört, dass es viele Sagen in diesem Landstrich gibt. Vor allen Dingen werden die alten Indianermärchen den Touristen immer wieder erzählt. An besonders hellen Vollmondnächten soll sogar Cochise, der große Apachenhäuptling, aus seinem Grab wiederauferstehen. Und jetzt noch der Höllenreiter. Tut mir leid, Alter, aber daran glaube ich nicht.«

»Schade«, erwiderte Herby und schaute betrübt in sein Glas. »Ich habe es nur gut mit Ihnen gemeint. Die Sache mit Cochise – nun«, er hob die Schultern, »das wird wohl ein Märchen sein, aber den Höllenreiter gibt es wirklich.«

»Lass uns endlich fahren«, sagte Susan. Ihre Stimme klang schrill. »Das Gerede fällt mir auf die Nerven.«

»Madam, Sie sollten vorsichtig sein«, mahnte der Oldtimer. »Es gibt mehr Dinge zwischen Himmel und Erde, als in unseren Schulbüchern zu lesen steht.«

»Und bei Ihnen ist es wohl der Schnaps, der die Dinge verdreht, wie? Das ist doch Gewäsch.«

Glenn zahlte inzwischen. Er verabschiedete sich von Herby mit einem Händedruck. »Machen Sie's gut, Alter.«

Herby schluckte. Dann murmelte er: »Beten Sie, Mister. Beten Sie, dass nichts passiert. Ich wünsche es Ihnen.«

»Glenn, nun komm endlich.« Susan stand schon an der Tür.

Remmick winkte dem Oldtimer noch einmal zu und lief seiner Frau rasch nach.

Herby ging auch.

»Aber du hast doch den Krug noch nicht leer getrunken«, rief der Keeper.

Der Oldtimer winkte ab. »Ich habe keinen Durst mehr«, erwiderte er leise.

So etwas hatte der dunkelhäutige Keeper noch nie bei Herby erlebt. Er konnte nur noch den Kopf schütteln.

Im Wagen sagte Glenn: »Musstest du so unfreundlich zu dem alten Mann sein? Er hat dir doch nichts getan.«

»Er fiel mir auf den Wecker!«, fauchte Susan. Sie griff nach einer Zigarette und steckte sie an.

Glenn Remmick drehte den Zündschlüssel. »Mit deiner Art gewinnst du keine Freunde.«

»Dafür habe ich ja dich und dein einnehmendes Wesen.«

»Werde bitte nicht zynisch.« Glenn Remmick setzte den flaschengrünen Ford Mustang aus der Parktasche, drehte und fuhr auf die Ausfahrt zu.

Schweigend hockte Susan neben ihm. Die Belüftung war eingeschaltet und quirlte den Rauch durcheinander.

Glenn drückte auf den Knopf des Autoradios. Country Music schallte aus den Stereoboxen am Heckfenster. Es sang Johnny Cash. Die Stimme hörte man von Chicago bis San Francisco.

Nachtdunkel lag das schnurgerade Band des Highways vor ihnen. Sie waren weitab der Fernfahrerrouten, die den direkten Weg von Westen nach Osten oder umgekehrt nahmen. Deshalb herrschte auf dieser Straße nicht viel Betrieb.

Sechzig Meilen war das Geschwindigkeitslimit. Glenn hielt sich daran. Die Highway-Polizisten konnten hinter jeder Hecke lauern.

Von der Gegend war wegen der Dunkelheit nichts zu sehen. Aber Glenn und Susan wussten, dass sie durch eine geschichtsträchtige Landschaft fuhren. Hier hatten die Hopis und Apachen sich verzweifelt gegen die Übermacht des weißen Mannes gewehrt.

Hin und wieder tauchten hohe Reklametafeln am Wegrand auf. Auf jeder Tafel stand die Worte Las Vegas zu lesen. Das Spielerparadies war zwar noch über hundert Meilen entfernt, aber jeder Autofahrer sollte daran erinnert werden.

Der Mustang wirbelte eine lange Staubfahne auf, die sich nur langsam dem Boden zusenkte.

»Wenn ich dick im Geschäft bin, kaufen wir uns auch einen neuen Wagen«, sagte Glenn. »Vielleicht einen Europäer.«

»Erst einmal musst du den Vertrag unterschreiben.« Susan dämpfte seinen Optimismus. Sie kippte die Rückenlehne zurück und legte sich lang. »So, und jetzt lass mich schlafen.«

»Okay.« Glenn drehte das Radio leiser. Schon bald verrieten tiefe Atemzüge, dass die Frau neben ihm eingeschlafen war.

Glenn Remmick hing seinen Gedanken nach. Wenn er ehrlich gegen sich selbst war, dann ging ihm die Geschichte des alten Herby nicht aus dem Kopf.

War der Höllenreiter wirklich nur eine Erfindung?

Bestimmt, doch der Alte hatte sie mit solch einem Engagement erzählt, dass Glenn Remmick anfing zu zweifeln. Ein Dämon sollte der Reiter sein. Aber gab es überhaupt Dämonen? Eigentlich nur in der einschlägigen Literatur oder in Horror-Filmen. Aber in Wirklichkeit? Nein, das waren Märchen. Er war sich ganz sicher.

Doch dann begannen die Zweifel an ihm zu nagen. Man konnte schon Angst bekommen auf diesem einsamen Highway. Glenn hatte das Gefühl, als wären er und seine Frau die einzigen Menschen in dem riesigen, gottverlassenen Land. Wenn sie jetzt eine Autopanne hatten, sah es böse aus.

Glenn wollte daran nicht denken.

Er sah das Licht.

Im ersten Augenblick erschrak er. Es war nur ein winziger, heller Punkt, den er im Außenspiegel sah. Glenn dachte an ein Flugzeug.

Aber Flugzeuge fliegen nicht so tief, fiel es ihm ein.

Was war es dann?

Ein Motorrad! Glenn lachte beruhigt auf. Ja, das musste es sein. Ein Motorrad der Highway Police. Sicherheitshalber ging Glenn Remmick mit der Geschwindigkeit etwas herab. Er wollte um keinen Preis der Welt auffallen.

Das Licht wurde größer, näherte sich ziemlich rasch. Außerdem befand es sich auf der Gegenfahrbahn. Glenn ertappte sich dabei, dass er nur noch in den Außenspiegel schaute und die seltsame Erscheinung beobachtete.

Sollte das der Höllenreiter sein, von dem der Alte gesprochen hatte? Glenn schalt sich selbst einen Narren, an so etwas zu denken, aber er spürte doch ein unangenehmes Gefühl in der Magengegend. Er überlegte, ob er seine Frau wecken sollte. Aber wie er Susan kannte, würde sie ihn nur auslachen.

Deshalb ließ er es bleiben.

Er fuhr schneller. Die Nadel zitterte bald an der Achtzig-Meilen-Grenze.

Glenn Remmick schaute wieder in den Rückspiegel. Das Licht war nicht zurückgefallen. Im Gegenteil, es hatte sich genähert.

Die Highway Police konnte es nicht sein. Die hätte sich mit einer Stoppkelle bemerkbar gemacht.

Jetzt wurde es Glenn doch mulmig. Neben ihm erwachte seine Frau aus ihrem Schlaf.

Gleißende Helligkeit umhüllte plötzlich den Mustang. Das Licht drang durch die Scheiben ins Innere. Susan rieb sich die Augen. »Glenn!«, rief sie. »Was – was ist das?«

»Ich weiß es auch nicht«, rief Glenn. Er fuhr noch schneller. Vorgebeugt hockte er hinter dem Lenkrad. Seine Hände umklammerten das Steuer. Er musste sich auf die Straße konzentrieren.

Susan drehte sich um.

Sie schrie.

»Ich kann nichts sehen! Mein Gott, ist das hell. Glenn, so tu doch was, zum Henker!«

»Ruhe! Reiß dich zusammen!«

Der Mustang jagte über den Highway. Fahrtwind pfiff um die Karosserie. Er war jedoch nicht so stark, dass er ein anderes Geräusch hätte übertönen können.

Das Geräusch jagender Pferdehufe!

Auch Glenn hörte es. Und automatisch dachte er an den Höllenreiter. Es gab ihn also doch!

Das Licht war jetzt mit dem Wagen auf gleicher Höhe. Glenn riskierte einen Blick nach links.

Trotz der Helligkeit glaubte er, einen lang gestreckten Schatten zu erkennen. Dann aber richtete er seine Blicke wieder geradeaus.

Neben ihm hockte Susan und schrie. Ihre Hysterie kippte über. Die Blondine hatte die Arme angewinkelt und beide Hände gegen die Ohren gepresst. Ihr Gesicht war eine Grimasse.

Die nackte Angst peitschte wie eine Welle in ihr hoch.

Glenn Remmick sah die Straße nicht mehr. Er war geblendet worden. Wenn er nicht vom Weg abkommen wollte, musste er mit der Geschwindigkeit herunter.

Er schaltete zurück. Rasch hintereinander.

Der unheimliche Reiter hatte ihn überholt. Ritt jetzt auf der Fahrbahnmitte. Etwa zehn Yards vor dem Mustang her.

Mit Schrecken dachte Glenn Remmick an die Worte des Alten.

Der Reiter hielt etwas in der Hand.

Es war eine glühende Lanze!

Für einen Moment spielte Glenn mit dem Gedanken, einfach auf den Reiter zuzurasen, doch dann ließ er diesen Vorsatz wieder fallen. Dieser Dämon war bestimmt stärker.

Glenn Remmick bremste.

Die Reifen kreischten, der Reiter wich zurück, aber dann stand der Wagen. In seiner Angst würgte Glenn Remmick sogar den Motor ab.

Stille.

Nur durch das heftige Atmen der beiden Menschen unterbrochen. Gebannt und vom Grauen gepackt starrten Susan und Glenn durch die breite Frontscheibe.

Reiter und Pferd sahen aus wie ein Standbild. Das Pferd war pechschwarz, seine Augen glühten dunkelrot.

Plötzlich warf es den Kopf hoch. Feuerzungen leckten aus dem Maul, strichen über die Kühlerhaube und brachten den Lack zum Kochen.

»Raus!«, brüllte Glenn. »Wir müssen hier raus!« Er wollte die Tür aufziehen, doch es war bereits zu spät.

Mit einer wilden Bewegung hob der Höllenreiter seinen rechten Arm. Dann schleuderte er die magische Lanze.

Susan und Glenn sahen den hellen, langen Pfeil auf sich zurasen, hörten noch den Krach, mit dem die Frontscheibe zersplitterte, und im nächsten Augenblick explodierte die Welt um sie herum in einer grellen Lichtkaskade.

Susan und Glenn Remmick fühlten nichts mehr. Keinen Schmerz und auch keine Angst.

Die magische Lanze zerstörte den Wagen und tötete die Insassen innerhalb von Sekunden.

Zurück blieb ein Rest verbogenes Metall – und Asche …

Der Höllenreiter hatte wieder einmal gesiegt!

Dass es mir gut ging, konnte ich nicht gerade behaupten. Daran waren erstens die Hitze schuld und zweitens die Zeitumstellung. Suko und ich waren von London nach New York geflogen, dort in die Maschine nach Chicago umgestiegen, und dann hatten wir wieder das Flugzeug gewechselt, um nach Phoenix zu reisen.

Dort hatte ich mir einen 74er Chevrolet gemietet. Und jetzt waren wir auf dem Weg nach Hickory.

Die amerikanischen Polizeibehörden wussten nichts von unserem Auftrag. Wie andere waren wir als Touristen eingereist, nur mit einem kleinen Unterschied. Ich besaß eine Sondervollmacht, die mich zum Tragen einer Waffe berechtigte. So war meine Beretta anstandslos durch den Zoll gegangen.

Eine Offenbarung war der Leihwagen nicht. Ein Stoßdämpfer war ausgeleiert, und ich fluchte mehr als einmal darüber. Bald setzte mir die Hitze so zu, dass ich die Schimpferei aufgab.

Suko vertrug das Klima besser. Er hatte den Sitz zurückgestellt und schlief. Wenn er schnarchte – gegen Schnarchen bin ich allergisch -, hielt ich ihm kurz den Mund zu. Suko wachte auf und gab für einige Minuten Ruhe, bis er dann wieder anfing und sich das Spielchen von vorn wiederholte.

Hochsommer in Arizona. Das bedeutete wolkenlosen Himmel, eine sengende Sonne, viel Staub und großen Durst. Schon jetzt – nach knapp vierzig Meilen Fahrt – lag mir die Zunge wie ein trockener Lappen im Mund. Mein leichtes Sommerjackett hatte ich ausgezogen.

Die Landschaft ist phantastisch. Wer denkt, dass es in Arizona nur karge braune Felsen gibt, der täuscht sich gewaltig. Sicher, es gibt sie, die Berge mit den tiefen Canyons und schroffen Graten, aber die Sonne lässt die Felsen in vielen Farben glitzern.

Je nachdem, wie sie auf das Gestein fällt, so wechselt es die Farbe. Mal schimmerte es blau, dann wieder rot und beim nächsten Mal bräunlich. Dazwischen gibt es zahlreiche Farbnuancen, die zu beschreiben ich kaum in der Lage bin.

Hickory ist ein Nest, in dem sich Klapperschlangen und Eidechsen gute Nacht sagen. Es liegt am Big Sandy River, der in den Sommermonaten beinahe ausgetrocknet ist. Die Menschen in Hickory leben von den Touristen, die es sich nicht nehmen lassen, trotz Gluthitze und Strapazen einen Abstecher in den Wilden Westen zu machen, um etwas von Amerikas Vergangenheit zu schnuppern.

Für uns würde das Ganze sicherlich kein Spaß werden. Wenn dieser

Höllenreiter tatsächlich existierte – und davon war ich überzeugt –, standen uns harte Tage bevor.

Zum Glück hatte ich Suko an meiner Seite. Ich konnte mir kaum vorstellen, dass er nicht mehr neben mir kämpfte. Früher hatte ich viel allein machen müssen, aber die Gegner waren im Laufe der Zeit doch mächtiger und stärker geworden. Dagegen konnte ich als einzelner nichts mehr ausrichten.

Doch etwas bereitete mir große Sorgen. Ich besaß keine wirksame Waffe, mit der ich gegen den Schwarzen Tod hätte zu Felde ziehen können. Über meine mit Silberkugeln geladene Beretta lachte er nur, und auch mit meinem Kreuz konnte ich ihn nicht schocken. Eine gnostische Gemme war für ihn nicht mehr als ein Spielzeug.

Es waren trübe Gedanken, die während der Fahrt durch mein Gehirn kreisten. Angst hatte ich nicht, doch ein bedrückendes Gefühl blieb. Schließlich bin ich kein Supermann.

Die Sonne wanderte höher. Es ging auf den Mittag zu, und bald würde der Himmelskörper seinen höchsten Stand erreicht haben. Ich hatte mir vor der Fahrt die Karte angesehen und ausgerechnet, wann wir ungefähr an unserem Ziel sein konnten.

Die Straße war ziemlich stark befahren. Wir wurden oft überholt. Von bunt angepinselten Wagen. Die Insassen waren nach Western-Manier gekleidet, schwenkten ihre Hüte und riefen uns im breiten Slang Grüße zu.

Schon seit geraumer Zeit befand sich ein Lastwagen hinter uns. Auf dem Dach des Führerhauses stand ein Schild. Mühsam entzifferte ich die Worte.

Rodeo in Hickory!

Jetzt wusste ich, aus welchem Grund so viel Verkehr herrschte. Die Leute wollten zum Rodeo. Es war Wochenende, und da hatten die meisten sowieso frei.

Angenehm war der Gedanke an das Fest nicht gerade. Wenn dort der Höllenreiter auftauchte, würde er Angst und Panik bringen.

Ich hoffte nur, dass ich mich irrte.

Dann sah ich den Polizeiwagen. Er stand rechts am Straßenrand. Ein zweiter stand quer auf der Fahrspur. Ein Warnschild war aufgebaut worden, und die Wagen scherten nach links.

Ich hatte das auch vor, doch der Truckfahrer hinter mir war schneller. Er hupte und befand sich plötzlich auf gleicher Höhe mit meinem Leih-Chevy.

Es dauerte, bis der Lastwagen den Überholvorgang beendet hatte. Ich musste vom Gas und bremste kurz vor dem Schild ab. Durch das nahe Heranfahren erkannte ich, was die Beamten interessierte. Sie standen vor einem verglühten Blechhaufen, der ehemals ein Wagen gewesen war. Und in den Gesichtern der Männer las ich Ratlosigkeit.

Ich hielt an. Als ich die Tür öffnete, wurde Suko wach. »Was ist?«, fragte er.

Ich winkte ab.

Der Asphalt schien unter meinen Füßen zu kochen, so heiß war er. Man hätte Spiegeleier darauf braten können.

»Und keine Spur von den Insassen«, hörte ich einen der Polizisten sagen.

»Seltsam.«

»Ich sage Ihnen doch, es war der Höllenreiter.« Die Stimme klang zittrig.

Erst jetzt sah ich den Sprecher. Er hatte sich zuvor hinter dem breiten Rücken eines Cops versteckt. Es war ein älterer Mann mit einem großen Bart. Der Oldtimer sprach weiter. »In der Raststätte habe ich noch mit den beiden gesprochen. Sie fuhren einen Mustang. Ich habe sie vor dem Reiter gewarnt, aber sie wollten nicht auf mich hören.«

Der Polizist fasste den Alten an der Schulter. »Schon gut, Herby, du bist der Größte. Aber jetzt verschwinde. Wenn wir dich brauchen sollten, sagen wir schon Bescheid.« Plötzlich verengten sich die Augen des Highway-Mannes. Er hatte mich entdeckt. Sein Gesicht lief rot an. »Was machen Sie denn hier?«, fuhr er mich an. »Los, fahren Sie weiter. Sie halten den Verkehr auf.«

Ich hob beschwichtigend die rechte Hand. »Okay, Sir, ein Versehen. Entschuldigen Sie.«

»Schon gut. Fahren Sie weiter.«

Und fahren wollte Herby auch. Er lief geduckt um die beiden Patrol-Cars herum und rannte auf unseren Leihwagen zu.

»He, warten Sie!«, rief er und schwenkte beide Arme.

Ich hatte sowieso vorgehabt, mich mit diesem Mann zu unterhalten. Deshalb kam mir seine Bereitwilligkeit sehr gelegen.

Ich entriegelte die hintere Tür. »Steigen Sie ein, Herby«, sagte ich.

»Fahren Sie nach Hickory?«, fragte er.

»Ja.«

Da ließ sich der Alte in die Polster fallen. Vor Sukos Anblick zuckte er etwas zurück. Verständlich, denn wer Suko nicht kannte, hielt ihn für einen Kinderschreck. Mit seinem breiten Gesicht, der kompakten Figur und den Händen, die fast so groß wie Kohlenschaufeln waren.

In Wirklichkeit war Suko ein überaus friedfertiger Mensch. Es sei denn, man reizte ihn zu sehr. Dann wurde er zu einer Kampfmaschine und ließ kein Auge trocken.

»Suko ist ein guter Freund von mir«, erklärte ich dem Alten. »Ich heiße übrigens John.«

»Meinen Namen kennen Sie ja.«

Der Alte redete in einem sehr breiten Slang. Ich musste achtgeben, dass ich ihn verstand.

Der Polizist an der Absperrung winkte nervös.

Ich ließ den Wagen anrollen. Als ich an dem Uniformierten vorbeifuhr, hob ich die Hand zum Gruß.

»Von hier sind Sie nicht«, meinte der Alte.

»Nein«, sagte ich. »Wir stammen auch nicht aus den Staaten.«

»Europa?«

»Genau«, erwiderte ich.

Herby lachte. »Mein Großvater ist aus Old Merry England eingewandert und hinterher in Arizona hängen geblieben.«

»Wir sind ebenfalls Engländer.«

»Dann sind wir ja halbe Landsleute.« Der Alte grinste. Ich erkannte es daran, dass sich der Bart bewegte. Ich nahm meinen Blick vom Innenspiegel weg und konzentrierte mich wieder auf den Straßenverkehr.

»Das Rodeo wollten wir uns auch ansehen«, sagte ich.

»Habe ich mir fast gedacht. Ist auch 'ne große Schau. Da kommen sie aus der ganzen Umgebung zusammen. Auch die Indianer. Die hauen die Touristen vielleicht mit ihrem angeblich echten Plunder über die Ohren.« Er kicherte. »Aber ich werde euch warnen, weil ihr einen alten Mann mitgenommen habt.«

Ich lachte. »Das ist nett.«

Dann steuerte ich behutsam auf mein eigentliches Ziel der Unterhaltung zu. »Was hatten Sie denn den Cops zu erzählen? Ist da ein Unfall passiert?«

Herby war plötzlich einsilbig. »Ja, so kann man es auch nennen.«

»Die Polizisten schienen ziemlich ratlos zu sein.«

Herby lachte. »Und wie.«

»Aber warum?« Ich ließ nicht locker. »Ich hörte etwas von einem Höllenreiter.«

Im Innenspiegel sah ich, wie Herby zusammenzuckte. »Erwähnen Sie den Namen nicht«, sagte er mit leiser Stimme.

»Aber Sie haben ihn doch auch genannt.«

»Ich wollte, ich hätte den Mund gehalten.«

Suko warf mir einen bezeichnenden Blick zu. »Bleib dran«, flüsterte er mir zu, aber so leise, dass der Alte die Worte nicht hören konnte.

Ich hatte mir schon einen Plan zurechtgelegt, wie ich den Alten aus der Reserve locken konnte. Dabei musste ich behutsam vorgehen, denn ich hatte längst bemerkt, dass auch Herby Angst hatte.

»Sie stammen hier aus der Gegend?«, fragte ich.

»Ja. Geboren bin ich in Prescott, aber meine Eltern sind schon sehr bald aus der Großstadt weggezogen. Sie haben dann eine Farm aufgebaut. Die frische Landluft tat auch mir wohl. Ich will aus diesem Landstrich nicht mehr weg.«

Das glaubte ich ihm gern. Ich hatte in einigen Zeitschriften schon von den alten Originalen gelesen, die auch jetzt noch im ehemals Wilden Westen lebten.

»Womit verdienen Sie sich denn Ihren Unterhalt?«, hakte ich nach.

»Ich führe Touristen«, erwiderte er. »Da fallen immer ein paar Dollars ab.«

»Reicht das zum Leben?«

»Mehr schlecht als recht.«

Hinter mir blendete jemand auf, weil er überholen wollte. Ich fuhr auf die rechte Seite. Zwei Sekunden später wischte ein protziger Lincoln Continental an unserem Leih-Chevy vorbei. Die Karosserie war mit Stierköpfen und Pferden bemalt. An den Kotflügeln waren silbern glänzende Revolver angebracht. Im Wagen hockte ein fetter Kerl mit einem riesigen schneeweißen Texas-Stetson auf dem Kopf.

»Das ist Big Josh Cannighan, der mächtigste Rancher im Umkreis von zweihundert Meilen. Auf sein Konto geht auch das Rodeo«, erklärte Herby.

Ich kam wieder auf den Höllenreiter zu sprechen. »Ist die Geschichte des Reiters eine alte Sage?«, fragte ich.

Herby rutschte unruhig auf seinem Sitz hin und her. »Ja und nein«, meinte er.

»Aber Sie glauben fest daran, dass es ihn gibt?«

Herby atmete schwer. »Sie sind ein Quälgeist«, brummte er. »Ja, diesen Reiter gibt es, und er hat auch wieder zugeschlagen. Der Vorfall auf dem Highway geht auf seine Kappe. Schon wieder hat er getötet. Die Zeitungen hatten darüber berichtet. Aber das können Sie nicht wissen.«

»Natürlich nicht«, sagte ich. Innerlich musste ich grinsen. Schließlich hatte mir Myxin den Zettel unter den Wischer geklemmt.

Herby redete weiter. »Der ist aus seinem Felsengrab wiederauferstanden, wohin man ihn vor Hunderten von Jahren geschafft hatte.«

»Wissen Sie denn, wo dieses Grab liegt?«

Er zögerte mit der Antwort.

»Sie wissen es also nicht?«

»Doch, ich kenne den Ort.«

»Dann können wir ja hinfahren.«

»Nein!«, rief er. »Um Himmels willen, nein. Das geht auf keinen Fall. Der Fluch trifft uns, wenn wir das Grab besuchen. Mich kriegen keine zehn Pferde dorthin. Welches Interesse haben Sie denn an dem verfluchten Grab?«

»Wir sind Reporter und immer auf der Suche nach einer heißen Geschichte.«

»Aber diese ist zu heiß.«

»Nicht für uns. Wenn Sie wüssten, was wir schon alles aufgedeckt haben, dann ist der Höllenreiter ein Kinderspiel. Außerdem sind Sie doch Touristenführer, Herby.«

»Aber ich führe keine Leute zu diesem Grab.«

»Über den Preis ließe ich mit mir reden.«

Herby brummte irgendetwas und kratzte sich dann am Kopf. Er schien mit sich zu kämpfen.

Ich fuhr noch langsamer. »Haben Sie sich entschieden, Herby?«

»Nein, ich kann es nicht riskieren.«

»Fünfzig Dollar.«

Herby pfiff durch die Zähne. »Teufel, das lässt sich hören. Aber mein Leben riskiere ich dafür nicht.« Er schüttelte den Kopf. »Es bleibt beim Nein.«

»Dann führen Sie uns wenigstens in die Nähe des Felsengrabs«, schlug ich vor.

Herby kratzte sich am Kopf.

»Na?« Ich grinste ihn im Innenspiegel an.

»Bleibt es bei den fünfzig Mäusen?«

»Ja.«

»Okay, Junge. Sie haben mich überredet. Aber bei euch kassiere ich im voraus. Man weiß nie, ob ihr noch lebend zurückkommt.«

Ich musste lachen. Suko grinste ebenfalls. Er gab ihm das Geld.

Herby hielt sich den Schein unter die Nase und roch daran. »Dieser Geruch ist der schönste, den ich auf der Welt kenne«, sagte er andächtig. Hastig steckte er den Schein ein.

Dann deutete er nach rechts. »Dahinten liegt Hickory.«

Ich schaute hin. Die Luft flimmerte unter den heißen Sonnenstrahlen, und die Konturen verwischten. Auch in unserem Wagen war es verdammt heiß. Die Fenster konnten wir nicht öffnen. Der vom Wind aufgewirbelte Staub würde uns bald mit einer Puderschicht bedecken.

»Können wir auf der Straße bleiben?«, fragte ich.

»Ja. Noch ungefähr zehn Meilen, dann müssen wir runter.«

»Gibt es einen Weg, der zu dem Grabmal führt?«

»Nein, ich hoffe nur, die Karre hier hat gute Stoßdämpfer, dann könnten wir es trotzdem schaffen.«

Ich fuhr wieder schneller. Die meisten Wagen bogen nach Hickory ab. Nur zwei Range Rover fuhren vor uns weiter.

Die Zeit verging rasch. Herby klebte mit der Nase an der Scheibe und suchte die Gegend ab. »Fahren Sie mal langsamer, Mister.«

»Okay.«

Verbrannt sah die Erde rechts und links der Fahrbahn aus. Die Sonne hatte den Boden völlig ausgedörrt. Im Norden sah ich die Berge. Manche waren über sechstausend Fuß hoch. Auf den Gipfeln schimmerten letzte Schneereste.

»Jetzt müssen wir runter«, sagte Herby.

Ich fuhr langsam und zog den Wagen dann nach rechts. Die Räder mahlten über lockeres Gestein. Kleinere Steine wurden gegen die Bodenwanne geschleudert. Der Chevy begann zu schaukeln wie ein alter Kahn bei Windstärke fünf.

Die Räder wirbelten eine dicke Staubwolke auf, die sich wie ein Schleier hinter dem Wagen herzog.

Linker Hand sahen wir die berühmten Tafelberge aufragen. Sie wirkten wie große Terrassen.

»Noch ist gut zu fahren«, meldete sich Herby vom Rücksitz, »aber bald kommen die Schluchten und Canyons, da geht's für die Karre nicht mehr weiter.«

»Liegt das Grab denn in solch einer Schlucht?«, fragte Suko.

»Nein, auf einem Plateau.«

»Waren Sie inzwischen schon einmal da, seitdem der Höllenreiter wieder sein Unwesen treibt?«, erkundigte ich mich.

Herby schüttelte den Kopf.

Die Wegstrecke wurde noch schlechter. Die Steine waren größer als Männerfäuste. Zu beiden Seiten der Reifen spritzten sie weg wie Kanonenkugeln.

Eine tiefe Rinne zwang uns anzuhalten.

»Das ist ein Nebenfluss des Big Sandy River«, sagte Herby. »Aber der ist ebenso trocken wie der verdammte Fluss selbst.«

Ich stellte den Motor ab. »Also aussteigen.«

»Genau.«

Wir quälten uns aus dem Wagen. Der aufgewirbelte Staub hatte sich noch längst nicht gesenkt. Er legte sich auf unsere Schleimhäute. Ich musste husten.

»Ich bleibe hier«, sagte Herby. Er deutete zu einem sanft ansteigenden Hügel hinüber. »Da müsst ihr hoch. Dann seht ihr schon das Plateau.«

»Okay.«

Suko und ich machten uns auf den Weg. Wir hörten Herby noch murmeln: »Und nicht einmal einen Schluck habe ich.«

Der Weg war sehr beschwerlich. Gnadenlos brannte die Sonne vom Himmel. Schatten gab es nicht, und bereits nach fünfzig Yards waren wir in Schweiß gebadet.

Suko ging vor. »Hoffentlich lohnt sich die Mühe auch«, meinte er. »Sonst kann Herby was erleben.«

»Hau nicht so auf den Putz«, erwiderte ich. »Ein bisschen Bewegung schadet dir nicht.«

Noch waren wir lustig und frotzelten uns gegenseitig. Wenn wir geahnt hätten, was uns wenig später erwartete, wäre uns das Lachen bestimmt vergangen.

Zwanzig Minuten verstrichen. Wir hatten zwar beide eine gute Kondition, aber jetzt atmeten wir schwer. Niemand sprach mehr ein Wort. Sukos Vorsprung betrug etwa drei Schritte. Und er stand auch als Erster auf dem Plateau.

Ich folgte ihm.

Suko deutete nach vorn. »Das muss es sein.«

Ich blickte in dieselbe Richtung, sah den riesigen, aufgebrochenen Stein, als hätte eine gewaltige Hand von unten her die Erde aufplatzen lassen.

»Das ist sein Grab«, flüsterte ich.

Wir gingen näher heran.

Plötzlich begann ich zu frösteln. Eine Gänsehaut lief mir über den Rücken. Ich spürte förmlich die Aura des Bösen, die dieses Plateau ausstrahlte.

Ich warf Suko einen Blick zu und erkannte, dass es ihm ebenfalls nicht anders erging.

»Ob er in der Nähe lauert?«, flüsterte Suko.

Ich hob die Schultern.

Wir erreichten das ehemalige Grab. Wie ein Vulkankrater schimmerte uns die Öffnung entgegen. Wir hatten das Ende des Plateaus erreicht. Vor uns ging es steil in die Tiefe. Ein Canyon hatte sich seinen Weg in das Gestein gefressen.

Lange schauten wir in das Grab hinein.

»Ich weiß, was du denkst!«, sagte Suko. »Du willst runter.«

»Ja.«

»Das ist zu gefährlich.«

»Aber wenn er will, dann lass ihn doch«, hörten wir hinter uns eine eiskalt klingende Stimme.

Synchron wirbelten wir herum. Blitzschnell zog ich meine mit geweihten Silberkugeln geladene Beretta.

Vor uns stand mein Erzfeind – der Schwarze Tod!

Ja, er war es.

Er trug wie schon früher seinen weiten Umhang, aus dem der skelettierte Hals mit dem schwarzen Schädel hervorschaute. Nur in den Augenhöhlen leuchtete es weiß.

Es war einige Zeit her, seitdem wir uns so dicht gegenübergestanden hatten. Damals hatte er die Rolle des Professors Zarcadi angenommen, dem Teufelsgeiger, der mit seiner Musik die Menschen unter seine Knute zwang.

Und jetzt sahen wir uns wieder.

Ich ließ die Waffe sinken. Mit Silberkugeln richtete ich gegen ihn nichts aus. Ich musste mich auf eine List verlegen.

»Ich habe geahnt, dass du mich besuchen würdest, John Sinclair«, sagte er. »Ja, ich habe es sogar erhofft.« Er sprach nur mich an, Suko beachtete er gar nicht. »Hat dir mein Freund Myxin den Weg gewiesen?«

Ich nickte.

»Gut, dann hat er euch auch in den Tod geschickt. Denn in diesem Land wird euer Weg zu Ende sein.«

»Willst du uns töten?«, fragte ich.

»Ja und nein«, erwiderte er. »Ihr seid doch so scharf darauf, das Grab des Höllenreiters zu sehen. Ihr werdet bald Zeit genug haben, es für immer zu betrachten. Dieses Grab wird John Sinclairs letzte Ruhestätte sein.«

Ich grinste ihn an, obwohl mir nicht danach zumute war. »Du hast mich schon einmal in einen Sarg gelegt«, erinnerte ich ihn. »Ich bin damals wieder entkommen.«

»Aber nur, weil ich es wollte. Diesmal will ich es nicht, John Sinclair.«

Da griff Suko an.

Aus dem Stand heraus sprang er vor, war mit zwei langen Sätzen bei dem Schwarzen Tod und hämmerte mit aller Wucht beide Fäuste gegen den knochigen Schädel.

Aber dort, wo sich der Kopf noch eben befunden hatte, war er nicht mehr. Der Schwarze Tod löste sich einfach auf. Und er ließ Suko seine höllische Kraft spüren.

Zwei skelettierte Hände packten zu, und wie eine Schaufensterpuppe wurde der wahrlich nicht leichte Chinese hochgehoben und den Bruchteil einer Sekunde später durch die Luft gewirbelt.

Ich reagierte sofort. Riss den rechten Arm mit der Waffe hoch und schoss.

Die Kugeln stanzten Löcher in den schwarzen Umhang, ließen ihn flattern, aber mehr geschah nicht.

Dafür flog Suko auf das Grab zu, prallte dicht davor zu Boden, konnte sich nicht mehr fangen und rollte über die Kante in die dunkle Tiefe.

Sein Schrei drang mir durch Mark und Bein.

Ich verlor die Nerven, griff den Schwarzen Tod mit beiden Fäusten an und schrie: »Nieder mit dir, du Höllensohn!«

Er lachte nur.

Dann wurde ich gepackt. Es war ein Luftwirbel, der mich vom Boden hochriss, mehrere Male um die eigene Achse schleuderte und auf die dunkle Graböffnung zuwarf.

Das Lachen des Schwarzen Tods war eine teuflische Begleitmusik.

Noch immer trudelte ich durch die Luft. In meiner Verzweiflung riss ich mir das Hemd auf, umklammerte mein Kreuz und spürte die Wärme, die wie ein Kraftstrahl von diesem christlichen Symbol ausging.

Das finstere Grab nahm mich auf.

Ich fiel in einen Tunnel, schwebte in die Tiefe, sah die bemalten Wandschächte, und ein Dschungel von Eindrücken überschwemmte mich.

Die Malereien an den Wänden erwachten zum Leben. Sie zogen mich in den Strudel mit hinein, und ich hatte das Gefühl, der Mittelpunkt zu sein.

Wie lange ich schwebte, wusste ich nicht. Zeit hatte für mich jeglichen Sinn verloren. Ich fand auch keinen Bezugspunkt mehr. Außerdem war es mir egal.

Trotzdem arbeiteten meine Gedanken, analysierten das eben Erlebte.

Durch die Kraft seiner Magie hatte mich der Schwarze Tod auf das Grab zugeschleudert. Wollte er mich umbringen? Sollte ich in den Tiefen des Grabs elendig sterben?

Danach sah es nicht aus. Ich gewann einen neuen, anderen Eindruck.

Das Grab war ein Zeittor! Ein transzendentaler Durchschlupf in eine andere Welt.

In die Welt des Schwarzen Tods?

Ich wusste, dass es zahlreiche Welten gab, die jenseits der unsrigen lagen. Parallelwelten, in denen das Böse der absolute Trumpf war. In diesen Welten wurden die Dämonen geboren, und hier gingen ihre schwarzen Seelen ein, wenn ihre Körper vernichtet worden waren.

Meine Gedanken wanderten wieder zurück. Suko kam mir in den Sinn. Mein Gott, was war mit ihm geschehen? Ich hatte ihn verschwinden sehen, dann seinen Schrei gehört – und jetzt …

Ich atmete schwer.

Noch immer fiel ich, schwebte weiter, hatte den linken Arm und die beiden Beine gespreizt.

Plötzlich spürte ich festen Boden unter meinen Füßen. Unverletzt und wohlbehalten war ich aufgekommen.

Ich schaute mich um.

Im ersten Augenblick dachte ich, mein Herzschlag würde stocken. Denn was ich sah, war ungeheuerlich …

Herby fand, dass er für fünfzig Dollar schon etwas tun konnte. In seinem Fall hieß das zu warten. Er lehnte sich an meinen Miet-Chevy.

Herby hatte am Grund des Tafelbergs einen etwas überhängenden Felsen entdeckt. Darunter war es einigermaßen schattig. Dort konnte er es für eine Weile aushalten.

Herby lief hin.

Er ging in einem Zockeltrab. Man sah ihm an, dass er das Laufen gewohnt war.

Während er ging, sprach er mit sich selbst. Malte sich aus, was er mit dem Geld alles anstellen würde.

Fünfzig Dollar waren für ihn ein kleines Vermögen.

»Erst einmal ein kaltes Bier, dann ein paar Schnäpse, am nächsten Tag wieder ein Bier, noch ein paar Schnäpse …« Herby kicherte. Das Rodeo würde in diesem Jahr zu einem Fest für ihn werden.

Dann aber verzog er das Gesicht.

Er erreichte das überhängende Felsstück, ließ sich darunter nieder. Herby lehnte sich mit dem Rücken gegen das Gestein. Schon bei der ersten Berührung verzog er das Gesicht. Der Fels hatte sich im Laufe des Tages aufgeheizt. Er strahlte die Wärme jetzt zurück.

Herby stöhnte. »Was macht man nicht alles für fünfzig Greenbacks.« Er holte die Dollarnote wieder hervor und ließ sie zwischen seinen Fingern wandern. Eine Stunde wollte er warten. Herby trug keine Uhr, er richtete sich nach der Sonne.

Müdigkeit übermannte ihn. Sein Kinn sank der Brust entgegen, und schon bald fielen ihm die Augen zu.

Selig begann Herby zu schnarchen.

Eine Eidechse lugte aus einem schmalen Felsspalt hervor, sah den Schläfer an und verschwand.

Irgendwann schreckte Herby hoch.

Was ihn geweckt hatte, wusste er nicht. Auf jeden Fall war nicht mehr alles so wie zuvor.

Er blinzelte ein paar Mal und schaute der Sonne entgegen. Sie war weitergewandert, die Stunde war fast vorbei.

Da stand der Chevy einsam und verloren in der prallen Sonne. Die Steine ringsum schienen zu glühen. Sie schillerten in allen Farben des Spektrums.

Und plötzlich vernahm Herby Schritte.

Schleichend und doch zielstrebig.

Er bekam es mit der Angst zu tun, aber die Neugierde siegte. Er kniete sich hin und beugte den Kopf etwas vor.

Da sah er die Gestalt.

Es war ein Skelett!

Groß wie ein Mensch. Ein langer schwarzer Umhang bedeckte die Knochenfigur. Der Schädel war ebenfalls schwarz. Die Augenhöhlen sah Herby nicht. Der Unheimliche drehte ihm die Seite zu.

Herby wusste nichts vom Schwarzen Tod, er kannte nicht dessen Gefährlichkeit, aber er verhielt sich instinktiv still, gab keinen Laut von sich, obwohl er vor Angst zitterte.

Hart presste sich der Alte mit dem Rücken gegen das Gestein. Seine Unterlippe zitterte. Hastig schlug er einige Kreuzzeichen hintereinander.

Der Schwarze Tod näherte sich meinem Wagen.

Vor der Kühlerschnauze blieb er stehen.

Er hob den rechten Arm, und den Bruchteil einer Sekunde später zuckte ein Blitzstrahl aus seiner Hand.

Tief sägte er in die Karosserie des Wagens. Eine blendende Aura umgab das Gefährt. Sie war so grell, dass Herby die Augen schließen musste.

Als er sie wieder öffnete, waren der Schwarze Tod und das Auto verschwunden.

Herby schluchzte auf. »Das – das – gibt es doch nicht«, stöhnte er und barg sein Gesicht in beide Hände.

Suko ist Chinese.

Er kommt aus einem anderen Erdteil, besitzt eine andere Mentalität als die Europäer und hat es gelernt, sowohl seinen Geist als auch seinen Körper durch eisernes Training zu beherrschen.

Er wurde durch die Luft gewirbelt, verlor in den ersten Augenblicken die Übersicht, doch dann fing er sich wieder, bekam seinen Geist und seinen Körper unter Kontrolle.

Er streckte sich.

Sah nach unten, schaute in den Schlund und wusste, dass er verloren war, wenn er dort hineinfiel.

Er würde mit gebrochenen Knochen unten liegen bleiben. Im Bruchteil einer Sekunde sammelte Suko alle Kräfte, zog die Beine an und stieß sich blitzschnell ab.

Er prallte nahe dem Grab zu Boden, aber er konnte sich noch so viel Schwung geben, dass er über die Öffnung hinwegfegte.

Doch da war der Rand des Plateaus.

Und daran hatte Suko nicht mehr gedacht.

Er rollte über die Kante, versuchte, seine Finger um das harte Gestein zu krallen.

Vergeblich.

Er rutschte ab, gab aber nicht auf im Kampf ums Überleben.

Mit dem Oberschenkel prallte Suko gegen eine Felsleiste. Etwas wurde sein Fall gebremst, doch Suko trudelte weiter. Seine Hände glitten über den Fels, versuchten, Halt zu finden, irgendetwas zu packen.

Er riss sich die Handflächen blutig. Splitter bohrten sich in die Haut, während die Wand rasend schnell an ihm vorbeiwischte.

Und dann sah er den Strauch.

Die Rettung?

Suko prallte auf die Zweige. Die bogen sich durch, konnten das Gewicht nicht halten …

Der Chinese fiel weiter.

Aus! schoss es ihm durch den Kopf.

Im nächsten Augenblick knallte er auf etwas Hartes. Blieb liegen. Sofort verlagerte er sein Gewicht zur Wand hin, damit er nicht abrutschte.

Keuchend und erschöpft lag er auf dem schmalen Felsvorsprung.

Suko hob den Kopf. Kleinere Steine und Staub rieselten nach, berührten sein Gesicht, doch der Chinese kümmerte sich nicht darum. Es war bezeichnend für ihn, dass er zuerst nach mir rief und an sich zuletzt dachte.

»John!« Es sollte ein Schrei werden, doch nur ein Krächzen drang aus seiner Kehle.

Tief holte Suko Luft. Er kniete sich hin, balancierte das Gleichgewicht aus und rief noch einmal.

»Jooohhnnn …!«

Der Schrei hallte nach und verklang in der Weite des Landes. Eine Reaktion registrierte Suko nicht.

Er wischte sich über die Stirn. Urplötzlich wurden ihm die Folgen bewusst. Wenn ich nicht mehr antwortete, dann musste das seine Gründe haben. Dann konnte ich nicht mehr antworten.

Der Schwarze Tod hatte gewonnen!

Suko suchte nicht erst nach Ausreden. Klar und deutlich stand die Folgerung vor seinen Augen. Aufgeben wollte Suko trotzdem nicht.

Zuerst musste er von dem Vorsprung weg. Hier würde er auf die Dauer verdursten, denn auf fremde Hilfe zu warten, war sinnlos.

Suko stand vorsichtig auf und legte den Kopf in den Nacken. Zum Glück war er schwindelfrei, doch als er die Felswand hochblickte, verspürte er ein mulmiges Gefühl in der Magengegend.

Schmerzen wühlten in seinem Körper. Er hatte sich einige Prellungen zugezogen. Aber hoch musste er. Da ging kein Weg daran vorbei.

Risse und Vorsprünge gab es in der Wand genügend. Die Frage war nur, wie Suko da hochkommen sollte. Den direkten Weg schaffte er auf keinen Fall.

Insgesamt gesehen keine großartigen Aussichten für den Chinesen, trotzdem begann Suko unverzüglich mit dem Aufstieg. Über ihm befand sich ein verdorrter Busch, dort fanden seine Hände Halt. Suko zog sich hinauf. Er hatte den stärksten Ast umfasst. Dieser bog sich zwar, aber er hielt die Last.

Die linke Hand streckte Suko tastend vor, klemmte die Finger in einen Felsspalt und gelangte so weiter.

Wenig später stützte er sich schon mit dem Fuß an dem herabhängenden Busch ab.

Dann musste er nach rechts. Vor ihm befand sich ein Stück glatte Felswand. Der Stein war kochend heiß. Die Sonnenstrahlen brannten direkt darauf. Auch Sukos Rücken litt unter der sengenden Hitze.

Auf einem schmalen Vorsprung balancierte der Chinese nach rechts. Dreiviertel des Fußes hingen über dem Abgrund.

Wieder hob Suko den Kopf, um den besten Weg zu finden. Wie eine faltenlose Decke spannte sich über ihm der postkartenblaue Arizonahimmel, nur hin und wieder von einer kleinen Federwolke verziert.

Sukos Füße zitterten. Rasch hob er das rechte Bein und fand in der nächsten Spalte Halt. Für wenige Augenblicke klebte er in seiner Schräghaltung an der Wand.

Er kletterte weiter, sah halb links abermals einen kleinen, verkrüppelten Busch, der ihm einladend die Zweige entgegenstreckte. Sie waren nicht so stark wie die des ersten Busches, doch Suko konnte sie als Hilfe gut gebrauchen.

Dann hatte er Glück und konnte seine linke Hand um eine hervorspringende Felsnase klammern. Danach ging es nicht mehr so steil bergauf.

Suko lag an der Felswand. Er legte mehrmals Pausen ein, denn die Kletterei in der glühenden Hitze schaffte ihn. Außerdem hatte er schon zahlreiche Strapazen hinter sich.

Sein Ziel schien nicht näher zu rücken. Suko hatte nicht mitgezählt, aber er glaubte, schon dreißig Minuten geklettert zu sein. Er atmete durch den offenen Mund. Pfeifend saugte er die Luft ein. Seine Muskeln verkrampften sich wegen der ungewohnten und anstrengenden Bewegungen.

Endlich rückte der Rand näher.

Suko kämpfte sich höher, holte noch einmal alles aus seinem Körper heraus.

Das Wort aufgeben kannte er nicht. Suko war ein Typ, der notfalls bis zum letzten Atemzug kämpfte.

Verbissen und hart gegen sich selbst.

Die letzten Yards bereiteten ihm keine großen Schwierigkeiten mehr. Er hatte sich im Laufe der Kletterei schon Routine angeeignet.

Noch einmal hob Suko den Kopf, um die Entfernung zum Plateaurand abzuschätzen.

Da tauchte plötzlich ein Gesicht auf.

Suko erschrak, doch dann glitt ein Lächeln über sein breites Gesicht. Er sah einen Vollbart, zwei besorgt blickende Augen und eine Hand, die ihm entgegengestreckt wurde.

Der Oldtimer war da! Herby hatte seinen urwüchsigen Humor nicht verloren. »Und das alles für fünfzig Dollar«, brummte er. »Entweder bin ich behämmert oder ein gutmütiger Esel. Wahrscheinlich beides.« Er warf erst einen scheuen Blick auf das Grab und dann auf Suko.

Der stemmte sich hoch. »Verdammt!«, keuchte er. »Das ist gerade noch einmal gut gegangen.«

Plötzlich schrie Herby auf. »Das Grab, Mister. Sehen Sie doch! Es – es schließt sich.«

Suko drehte den Kopf und hatte das Gefühl, mit Eiswasser übergossen zu werden.

Die Erde um den Krater herum sackte ein und schloss die Öffnung.

Innerhalb von fünf Sekunden war alles vorbei.

»Mein Gott!«, stöhnte Herby. »Ihr Freund – ist er …?«

Suko nickte.

Herby rieselte eine Gänsehaut über den Körper. »Dann ist es aus«, flüsterte er. »Da kommt keiner mehr raus. Keiner!«

Mit gesenktem Kopf stand Suko vor dem Grab. Kein Muskel regte sich in seinem Gesicht. Wie aus Stein gehauen wirkte es. Noch hatte er meine Leiche nicht gesehen. Suko schwor sich, so lange nicht an meinen Tod zu glauben, bis er sich mit eigenen Augen davon überzeugt hatte.

Suko war fest entschlossen, den Höllenreiter zu stellen. Auch wenn er sich deshalb in die Hölle begeben musste.

Es war eine trostlose, albtraumhafte Landschaft.

Über mir ein grüner, glosender Himmel. Ohne Sterne, ohne Sonnen oder Monde. Eine glatte, bis an den Horizont reichende Fläche.

Ich richtete den Blick nach unten. Graues Gestein. Es sah aus wie eine polierte Fläche. Es gab keine Erhebungen, keine Felsen, keine Hügel – nichts.

In der Ferne wuchsen Boden und Himmel zusammen.

Ich schaute mich um und suchte nach dem Ausgang. Ich wollte wissen, wo ich hergekommen war, doch da war kein Tor, keine Dimensionstür. Ich schien Mittelpunkt einer Welt zu sein, die es normalerweise gar nicht geben durfte.

Doch ich wusste von Parallelwelten, die als Horte der Dämonen galten. Hier hatten sie ihre eigentlichen Reiche, hier führten sie ihre Kriege gegeneinander. Sie waren Sprungbretter in die Welt des Sichtbaren. Wo lagen diese Welten? Schon oft hatte ich mir darüber Gedanken gemacht, doch zu einem Ergebnis war ich nicht gelangt. Ich kann nur sagen, dass sie jenseits der unsrigen Welt liegen. In anderen Dimensionen und Räumen.

Wir kennen nur drei Dimensionen: Länge, Breite und Höhe. Aber das Dämonenreich besteht aus zahlreichen Dimensionsräumen, die übereinander und untereinander liegen, die verschachtelt sind, die regelrechte Welten bilden und doch von unserem irdischen Standpunkt aus nicht gesehen werden können.

Wie man dorthin gelangt?

Es gibt überall auf der sichtbaren Welt Tore, die ins Dämonenreich führen, man muss sie nur zu finden wissen. Oft sind sie sehr versteckt, und kaum einer ahnt etwas von ihrer Existenz. Doch wer die Märchen und Legenden der alten Völker genau studiert, wird oft Hinweise auf die jenseitige Welt finden.

Zeitsprünge, transzendentale Tore – nicht diese Worte haben die Verfasser gewählt, nein, sie umschrieben sie, wollten nicht auf die anderen Reiche aufmerksam machen, denn sie wussten von den Gefahren, welche die Menschen dort erwarten.

Ich befand mich nicht zum ersten Mal in der Welt der Jenseitigen. Schon mehrere »Ausflüge« hatte ich dorthin unternommen, aber nie freiwillig. Unglückliche Umstände hatten mich dazu gezwungen, doch mit viel Glück hatte ich bisher die normale Welt wieder erreichen können.

Würde es auch diesmal der Fall sein?

Im Anfang war es immer schwer zu glauben, jedoch im Laufe der Jahre hatte sich bei mir ein Gefühl eingestellt, das man Optimismus nennt. Ja, ich war Optimist, denn sonst hätte ich schon längst den Glauben an die Welt, in der ich lebte, verloren.

Das Grab des Höllenreiters war also ein Tor zur Dämonenwelt. Hatten es die Ureinwohner des Landes gekannt? Bestimmt, denn indianische Mythen und Sagen beinhalten oft sehr viel Wahrheit.

Auch diesmal stellte sich das ein, was mich immer wieder wunderte. Ich konnte atmen. Trotz der anderen Luft, des anderen Himmels. Wahrscheinlich war dies bewusst so eingerichtet worden, damit die Menschen, die hierher verschleppt wurden, nicht sofort starben. Ich war fast sicher, dass ich irgendwann auf Menschen stoßen würde. Man las oft von plötzlich Verschwundenen, die entweder nie oder viel später auftauchten.

Doch dann hatten sich diese Menschen verändert. Sie fanden sich in der normalen Welt nicht mehr zurecht, redeten wirr und wurden in entsprechende Anstalten gesteckt.

Dort siechten sie bis an ihr Lebensende dahin. Niemand sprach mit ihnen, niemand glaubte ihnen.

Ich ging weiter.

Kein Windhauch regte sich. Kein Vogel zwitscherte, kein Lebewesen außer mir befand sich in der schrecklichen Weite des Landes.

Doch am schlimmsten war die Stille.

Sie war absolut. Ich vernahm meinen eigenen Herzschlag, wenn ich stehen blieb. Er hörte sich überlaut an.

Automatisch setzte ich Schritt vor Schritt. Ich trat ein in die Weite des mir fremden Landes, hatte schon nach wenigen Minuten das Gefühl, Stunden unterwegs zu sein.

Zeit spielte hier keine Rolle. In einer Welt, in der sich die Dimensionen verschoben, war der Begriff Zeit etwas völlig Fremdes. Es gab hier keine Relation mehr, keinen Bezugspunkt, an dem die Zeit gemessen werden konnte.

Tag und Nacht, Sommer und Winter, es war alles gleich in diesem Land ohne Sonne und Gestirne.

Immer wieder suchten meine Blicke den Horizont ab. Und plötzlich glaubte ich, etwas zu erkennen.

Ich blieb stehen.

Vor mir – weit in der Ferne – sah ich einen Punkt. Es konnte ein Mensch sein, aber auch ein Stein, der dort in die Höhe ragte.

Meine Blicke wanderten nach links. Ich tat dies nicht bewusst, doch da sah ich den zweiten Punkt. Aus der Entfernung gesehen glich er dem Ersten aufs Haar.

Einer plötzlichen Idee folgend wandte ich mich um.

Auch weit hinter mir standen zwei Figuren!

Ich war eingekreist und fühlte mich als Mittelpunkt eines unsichtbaren Quadrats.

Kamen die Figuren näher?

Ich wollte es herausfinden und blieb erst einmal stehen. Eine fiebernde Spannung erfasste mich. Nach der Zeit der Öde und Leere würde endlich etwas geschehen.

Vorbereitet war ich auf alles.

Und sie näherten sich. Nicht sehr schnell, nein, sie ließen sich Zeit, sie wussten ihr Opfer in der Falle.

Je näher sie kamen, umso besser und klarer konnte ich sie sehen. Sie lösten sich aus dem Schatten des Horizonts, und ich erkannte, dass es Reiter waren, die sich näherten.

Vier Reiter! Aber kein Hufschlag war zu hören.

Die Pferde schienen den Boden gar nicht zu berühren, sie schwebten über die glatte Fläche hinweg.

Alles ging in gespenstischer Lautlosigkeit vor sich.

Ich hatte die Lippen zusammengepresst und atmete flach. Wohin ich mich auch wandte, immer hatte ich zwei Reiter im Rücken. Ein unangenehmes, bedrohendes Gefühl.

Angst beschlich mich.

In meinem Nacken sammelten sich die Schweißtropfen. In kalten Bahnen liefen sie mir den Rücken hinab.

Wie sollte ich mich gegen vier Reiter zur Wehr setzen?

Und sie kamen näher.

Lautlos, gespenstisch …

Wer von ihnen war der Höllenreiter? Befand er sich vor mir? Oder in meinem Rücken? Vielleicht war er auch gar nicht dabei …

Nur mit äußerster Konzentration bewahrte ich die Nerven. Mein Hals war trocken, und ich stand wie ein Denkmal, wartete die Ankunft der vier Reiter ab.

Ich maß die Entfernung mit irdischen Einheiten.

Zwanzig, dreißig Yards trennten die vier Reiter noch von mir. Noch immer vernahm ich keinen Laut.

Dann verhielten die Reiter ihre Pferde.

Sie standen still, beobachteten mich nur.

Auch meine Blicke wanderten über die dämonischen Gestalten. Zuerst sah ich die beiden vor mir an.

Irgendwie kamen sie mir bekannt vor. Verzweifelt begann ich zu überlegen, wo ich diese Reiter schon einmal gesehen hatte. Ich zermarterte mir regelrecht das Gehirn.

Sie trugen Rüstungen, die von ihren Körpern nicht viel sehen ließen. Die Hände waren mit Eisenhandschuhen bedeckt, und in den Fäusten hielten die Reiter Lanzen.

Pechschwarz waren die Pferde. Die Augen in den lang gezogenen Köpfen glühten.

Langsam drehte ich mich um.

Die anderen Reiter waren ähnlich gekleidet. Auch ihre Körper steckten in Rüstungen. Der Reiter rechts von mir hielt ein Schwert in der rechten Hand, unter seinem Kopfschutz vermeinte ich, einen Totenschädel schimmern zu sehen, konnte mich aber auch täuschen.

Der andere trug eine Peitsche. Sie hatte lederartige Schnüre, an deren Enden Stahlkugeln eingedreht worden waren.

Niemand der Reiter traf Anstalten, mich anzugreifen. Stumm standen sie vor mir.

Auch ich sprach kein Wort, atmete flach, aber in meinem Gehirn wirbelten die Gedanken. Beinahe schmerzhaft fragte ich mich, wo ich diese Reiter schon gesehen hatte.

Ich ließ fast all meine Fälle vor meinem geistigen Auge Revue passieren, zu einem Ergebnis gelangte ich nicht.

Und doch hatte ich sie bereits gesehen!

Und da traf mich die Erkenntnis. Wie ein Blitz aus heiterem Himmel. Plötzlich wusste ich Bescheid.

Meine Gedanken wanderten zurück in die normale Welt. Ich sah mich vor einem Geschichtsbuch sitzen, das über einen Abriss des Mittelalters berichtete.

Ein paar Seiten waren dem Maler Albrecht Dürer gewidmet. Er hatte in seiner Glanzzeit einen Holzschnitt angefertigt:

Die vier apokalyptischen Reiter!

Die Apokalypse – der Weltuntergang. Dürer hatte das Grauen eingefangen in seinem Holzschnitt.

Die Reiter waren die Vorboten der Apokalypse! Sie leiteten den Weltuntergang ein.

Und ich – John Sinclair – stand vor ihnen!

Plötzlich wurden mir die Knie weich. Das Wissen um diese vier apokalyptischen Reiter überwältigte mich. Sie geisterten durch die Geschichte, quälten die Menschen in ihren Träumen und hatten den Maler Albrecht Dürer zu seinem Holzschnitt inspiriert.

War er ihnen begegnet? Hatte er sie ebenso gesehen wie ich?

Meine Knie zitterten. Gegenüber diesen Reitern fühlte ich mich wie ein Wurm. Aber ich war der Losung des Rätsels einen Schritt näher gekommen.

All das Grauen, das die Menschheitsgeschichte in sich barg, hing irgendwo zusammen, hatte in den Jenseitsreichen seinen Anfang gefunden. Diese Erkenntnis überwältigte mich. Mir wurde schwindlig. Nur mit äußerster Kraft hielt ich mich auf den Beinen, wobei ich nicht verhindern konnte, dass ich schwankte.

Der Weltuntergang!

Stand er dicht bevor? War es schon so weit?

Nein, nein, nein! Ich konnte und wollte es einfach nicht glauben. Die Menschheit durfte nicht untergehen. Sie hatte bisher alle Schrecken, Kriege, Seuchen und Hungersnöte überstanden, und sie durfte auch jetzt nicht dem Grauen aus den anderen Dimensionen anheim fallen.

Keiner der Reiter bewegte sich. Stumm standen sie vor mir. Ich hatte mich wieder gefangen und dachte an den fünften Reiter.

Wie hatte Herby ihn genannt?

Maringo, der Höllenreiter!

Aber wo befand er sich? Und in welcher Verbindung stand er zu den apokalyptischen Reitern? War er ihr Anführer? Hatte er sie geleitet?

Fragen über Fragen warfen sich mir auf. Vielleicht würde ich nie eine Antwort finden, denn ich war der Gefangene.

Aber was hatten die Reiter mit mir vor? Sie rührten mich nicht an, blieben wie Statuen auf ihren Pferden sitzen. Manchmal hatte ich das Gefühl, dass überhaupt kein Leben in ihnen steckte.

Wenn die vier Reiter nicht die Initiative übernahmen, dann wollte ich es tun. Zwischen den beiden Pferden vor mir befand sich genügend Platz, um hindurchgehen zu können.

Ich wagte den ersten Schritt.

Die Reiter rührten sich nicht.

Der zweite Schritt, der dritte …

Sie ließen mich passieren. Niemand griff mich an, niemand wollte mein Leben.

Frei konnte ich mich bewegen.

Doch die Freiheit dauerte nicht lange. Plötzlich war ich eingekreist. Ich hörte Stimmen.

Flüstern und Wispern um mich herum. Leises Lachen. Unsichtbare Hände griffen nach mir, zerrten an meiner Kleidung. Ich erhielt leichte Schläge ins Gesicht, jemand klammerte sich an mein Bein. Ich versuchte, mich aus der Umklammerung zu lösen, schaffte es aber nicht.

Manchmal glaubte ich, für Bruchteile von Sekunden Schatten über den Boden huschen zu sehen.

Im nächsten Augenblick waren sie wieder verschwunden.

Plötzlich stoppte mich eine unsichtbare Barriere. Ich wartete darauf, was geschehen würde.

Vor mir begann die Luft plötzlich zu flimmern. Alles war in dauernder Bewegung. Etwas Grauenhaftes ging hier vor, etwas, was ich nicht fassen oder begreifen konnte.

Dann sah ich das Augenpaar.

Gelblich leuchtend und auf mich fixiert.

Auf einmal wusste ich, wer vor mir stand. Es war ein alter Bekannter.

Es war – der Spuk!

Suko und Herby waren auf dem Weg nach Hickory.

Der Chinese hatte sich nach reiflicher Überlegung zu diesem Marsch entschlossen. Er hatte im Laufe der Zeit ein Gespür für bevorstehende Gefahrensituationen entwickelt und er wusste auch, wann die Mächte der Finsternis zuschlugen. Suko konnte sich sehr wohl in den Höllenreiter hineinversetzen. Er ahnte, dass er in den nächsten Stunden angreifen würde.

In Hickory war Rodeo. Zahlreiche Menschen kamen zusammen. Es wurde gefeiert, gelacht, getanzt und getrunken.

Niemand rechnete mit einer Gefahr.

Solche Situationen nutzten die Dämonen aus. Dann schlugen sie erbarmungslos zu.

Suko wollte dies verhindern.

Dabei hatte er jedoch ein schlechtes Gewissen. Viel lieber hätte er sich auf die Suche nach mir begeben, doch er kannte meine Einstellung. Wenn Menschen in Gefahr waren, zählte mein Leben nicht mehr. Dann galt es zuerst, die anderen zu retten. Zudem glaubte Suko nicht an meinen Tod. Und wenn er den Höllenreiter schnappte, hatte er vielleicht eine Chance, herauszufinden, wo ich mich aufhielt.

So sahen seine Zielvorstellungen aus, als er von der Kuppe eines Hügels auf die Stadt hinunterblickte.

Herby stand neben ihm. »Da ist ja wirklich allerhand los«, sagte der Alte und rieb sich die Hände. »Die fünfzig Dollar haue ich auf den Kopf. Ich rieche schon den Whisky und das Bier.«

Suko sagte nichts. Er schaute sich auf dem Festplatz um.

Der Festplatz befand sich außerhalb des Ortes. Durch Corralstangen war das Gelände eingezäunt worden. An der Schmalseite befanden sich provisorisch aufgebaute Boxen, wo die Stiere auf ihren Auftritt warteten. Weiter hinten sah Suko die Pferdekoppeln, in denen sich die wilden Mustangs tummelten, die eingeritten werden sollten. Es war ein Bild der Gegensätze. Romantik des Wilden Westens paarte sich mit technischen Errungenschaften der Gegenwart. Chromglitzernde Wagen standen neben den Pferdekoppeln. Aus riesigen Lautsprechern tönte Hillbilly-Musik. Square-Dance-Gruppen hatten Aufstellung genommen und hüpften nach den flotten Rhythmen der Country Music.

Zum Ort hin führte eine Budenstraße. Dort gab es all das zu kaufen, was das Herz begehrte. Andenken für Touristen. Steaks für hungrige Mägen und Bier und Whisky in rauen Mengen. Die Besucher stiegen in Westerntracht aus ihren Straßenkreuzern. Das Rodeo brachte Jung und Alt zusammen.

»Dann wollen wir mal«, sagte Herby.

Suko hielt ihn am Arm fest. Beide Männer waren mit Staub überdeckt. Außerdem hatte der Kampf Spuren an Sukos Kleidung hinterlassen.

»Was ist denn noch?«, knurrte Herby unwillig.

»Wer außer dir weiß über den Höllenreiter Bescheid?«

»Alle.«

»Das kann ich mir denken. Die Zeitungen haben ja darüber berichtet. Ich will wissen, wer etwas Genaueres weiß.«

Herby verzog das Gesicht. Dabei wanderte sein Bart nach rechts. »Es gibt da wohl einen«, meinte er, »aber der ist wahrscheinlich betrunken.«

»Wie heißt der Mann?«

Herby kratzte sich am Arm. »Er ist Apache. Ein alter Medizinmann. Seinen richtigen Namen weiß ich nicht. Aber die Weißen nennen ihn Tanzender Bär. Wenn er total betrunken ist, führt er immer seine alten Stammestänze auf. Aber so tapsig und ungelenk wie ein Bär. Deshalb der Name.«

»Und wo finde ich ihn?«

Herby deutete in die Runde. »Überall und nirgends. Er wohnt im Indianerviertel von Hickory, aber jetzt wird er wohl durch die Kneipen ziehen. Wenn du Glück hast, ist er noch einigermaßen nüchtern. Aber du musst dich beeilen.«

»Okay.«

»Noch 'ne Frage?«

»Wenn ich dich brauche, wo bist du zu finden?«, fragte Suko.

»Die fünfzig Dollar versaufe ich im Freien. An irgendeinem Stand. Cheerio, Chinamann.«

Herby war durch nichts mehr aufzuhalten. Er rannte seinem Vergnügen entgegen.

Suko ging langsamer.

Soeben hielt Big Josh Cannighan Einzug. Der größte Rancher im Umkreis hatte für sich und seinen Tross eine Tribüne aufbauen lassen. Er ging an der Spitze, steuerte die Ehrenplätze auf der Tribüne an und schwenkte seinen Hut. Neben ihm schritt ein blondhaariges Mädchen. Es war ebenfalls in der Landestracht gekleidet.

Unter dem Beifall der Zuschauer nahmen die Cannighans Platz.

Als die Cowboys einritten und der Hauptteil des Rodeos begann, schritt Suko an den langen Kolonnen der abgestellten Wohnwagen vorbei. Kaum jemand hielt sich in den Wagen auf. Das Metall kochte in der Sonne. Zwei Bastardhunde hockten im Schatten eines Vorbauzeltes, blinzelten Suko schläfrig an und gähnten.

Von den Kampfplätzen her klang Beifall auf. Er war dünn und gedämpft.

Suko verließ den abgeteilten Wohnwagenbezirk und befand sich direkt in einer anderen Welt.

Die Buden- und Bierstraße nahm ihn auf. Sie war die Verlängerung der Main Street, und hier war bereits allerhand los. Menschen umlagerten die Stände, die Andenkenbuden hatten Hochbetrieb, der Duft von gebratenen Steaks schwängerte die Luft und vermischte sich mit dem Staub, den die Straßentänzer aufwirbelten.

Musik, wohin man hörte. Die Menschen trugen Westerntracht, und Suko kam sich ziemlich deplatziert vor.

Er hielt nach dem Medizinmann Ausschau. Ein schwieriges Unterfangen, da er weder wusste, wie der Tanzende Bär aussah noch wo er wohnte.

Der Chinese hielt einen halbwüchsigen Indianerjungen an. Der Knabe hatte eine schwarze, fettig glänzende Perücke auf und trug einen Topfhut. In der rechten Hand hielt er eine Flasche Bier. Sein Oberkörper war bloß. In den weißen, hochhackigen Cowboystiefeln konnte er kaum laufen.

Bevor er in einem Zelt verschwinden konnte, fasste Suko ihn am Oberarm. Verärgert drehte der Knabe sich um.

»Was ist?«

Suko blieb freundlich.

»Ich hätte gern eine Auskunft.«

Der Indianer schaute Suko an. Dann grinste er und entblößte ein gelbes Gebiss. »Du bist 'n Chink, wie? Verschwinde, Freund, denn Chinks können sie hier nicht leiden. Wir werden nur geduldet, weil wir zum Bild gehören. Aber Chinks …«

»Willst du dir fünf Dollar verdienen?«

»Die nehme ich sogar von einem Chink an.«

»Dann sag mir, wo ich Tanzender Bär finden kann.«

»Erst das Geld.«

Suko gab ihm die Note.

Der Bursche steckte sie in die Tasche seiner schmuddeligen Jeans. »Vor ein paar Minuten habe ich ihn noch gesehen. Er war in seiner alten Bretterbude. Spielt neuerdings den Wahrsager. Geh die Straße weiter entlang. Das Haus ist rot angestrichen.«

»Okay, danke.«

Der junge Indianer zuckte die Achseln und trank die Flasche mit einem Zug leer. Dann warf er sie einfach weg.

Suko ging inzwischen die Budenstraße hinab. Er fiel auf. Spöttische Blicke trafen ihn, manchmal wurden ihm auch diskriminierende Bemerkungen an den Kopf geworfen, doch gewalttätig wurde niemand.

Unbehelligt erreichte Suko das Haus.

Die Bruchbude war in der Tat rostrot angestrichen. Eine Tür gab es nicht. Ein alter, mottenzerfressener Vorhang ersetzte sie.

Suko schob den Vorhang kurzerhand zur Seite.

»Komm herein, Fremder«, hörte er eine krächzende Stimme, »damit ich deine Zukunft in meinem Totem lesen kann. Für zwei Dollar werde ich dir sagen, was dich im Leben noch alles erwartet, für fünf Dollar teile ich dir mit, was nach deinem Tod geschieht.«

Suko ließ den Vorhang wieder zufallen.

Zwei schmale Fenster befanden sich an der Rückseite des Gebäudes. Fahles Licht fiel durch die schmutzigen Scheiben.

Sukos Augen mussten sich erst an das Dämmerlicht gewöhnen. Und auch an den Gestank. Er erinnerte ihn an ranziges Fett.

An den Wänden hingen Felle, Trommeln, Totems und alte indianische Waffen. Die Unordnung war sagenhaft. Inmitten dieses Chaos saß der Tanzende Bär.

Im Schneidersitz hockte er auf einem Büffelfell. In seiner Hand hielt er einen bunt bemalten Gegenstand. Einen Totempfahl in Miniaturausgabe. Vor ihm stand eine Schüssel, aus der eine schwache, fingerdicke Rauchfahne hochstieg.

Der Medizinmann wirkte wie ein Relikt aus einer längst vergangenen Zeit. Er war ungeheuer mager und trug einen Lendenschurz. Auf seinem Schädel saß ein präparierter Büffelkopf. Die Hörner waren bunt bemalt.

Von dem Medizinmann ging auch der Gestank aus. Er hatte sich seinen Oberkörper mit diesem übel riechenden Zeug eingerieben.

Tanzender Bär streckte die Hand aus und bewegte Daumen und Zeigefinger gegeneinander.

Suko verstand das Zeichen. Er legte einen Zehn-Dollar-Schein in die Hand.

Die Augen des Medizinmannes wurden groß. »Was soll ich dafür tun?«, krächzte er misstrauisch.

Suko ließ sich ihm gegenüber auf den Boden sinken. »Mir etwas erzählen, großer Meister.«

»Und worüber?«

»Über Maringo!«

Suko hatte den Namen kaum ausgesprochen, da sprang der Medizinmann auf. »Raus!«, rief er. »Weg mit dir, damit treibt man keinen Scherz.« Er schlug sich auf die Schenkel und brach in großes Wehklagen aus.

Sanft drückte der Chinese den Medizinmann wieder auf die Erde. Lange starrten sie sich an. Dann sagte Suko: »Du erzählst mir jetzt etwas über Maringo, oder ein Unglück bricht über alle herein, die hier sind.«

»Wer – wer bist du?«, fragte Tanzender Bär.

»Das sage ich dir später. Aber jetzt rede.«

Der Medizinmann nickte und begann zu sprechen.

Der Spuk stand vor mir. Sofort wurden Erinnerungen in mir wach. Ich dachte an New York, Manhattan, Park Avenue. Strömender Regen, Gewitter, ein Taxi, das Horror-Taxi von New York.

Damals hatte er mich umbringen wollen. Bei einer mörderischen Fahrt auf dem Dach des Horror-Taxis hatte ich ihn dann besiegt. Es war ein Abenteuer, an das ich nur noch mit Schaudern zurückdenke. Der Spuk war entkommen, ich wusste es.

Und nun standen wir uns gegenüber.

Meine Gedanken wanderten zurück in die Gegenwart. Der Schwarze Tod, der Spuk und Maringo – sie arbeiteten zusammen. Wahrhaftig ein höllisches Trio.

Ich sah ihn nur schemenhaft. Er war ein sich rasch bewegender Schatten, er floss hin und her, hatte keine Arme, keinen Körper und kein Gesicht.

Nur zwei Augen.

Und doch kannte ich seine wahre Gestalt. Er hatte sie mir einmal gezeigt. Der Spuk war in Wirklichkeit ein schuppiges Monster, wie es nur in den Dimensionen des Grauens existiert.

Er weidete sich an meiner Überraschung. Ich hörte es an dem Tonfall seiner Stimme, als er sagte: »Wir sehen uns wieder, John Sinclair. Das hatte ich dir doch versprochen!«

Die Stimme hallte nach, schien von allen Seiten zu kommen, und ich fühlte mich plötzlich klein und ohnmächtig. Eine perfekte Falle war mir gestellt worden, und ich war hineingetappt.

Aber ich hatte Fragen, wollte wenigstens wissen, woran ich war.

»Was ist dies für eine Dimension?«, sprach ich den Spuk an.

»Es ist mein Reich. Das Reich der Schatten, in dem die toten Dämonen vereint sind. Hier gehen sie ein. Jammern und winseln. All die dunklen Seelen der Getöteten und Abtrünnigen sammle ich um mich herum. Und sobald die Stunde der Dämonen angebrochen ist, werden die Seelen befreit. So lange müssen sie im Reich der Schatten darben.«

Ich betete innerlich, dass es niemals dazu kommen würde.

Aber die vier apokalyptischen Reiter hielten sich bereit. Wann griffen sie an? Ich wollte mehr über die Reiter wissen. »Sind sie es, die in der Apokalypse beschrieben werden?«

»Ja, John Sinclair. Die alten Schriften haben nicht gelogen. Auch die Seher und Magier wussten, was auf die Welt zukommen würde. Sie haben gewarnt. Doch niemand wollte die Worte wahrhaben. Jetzt ist es zu spät …«

Tief atmete ich ein. Nun hatte ich die Bestätigung. Die vier apokalyptischen Reiter würden tatsächlich die Welt heimsuchen und das Chaos verbreiten.

Aber was hatte der fünfte Reiter, Maringo, damit zu tun?

Ich stellte diese Frage.

Da schallte mir ein Lachen entgegen. »Maringo war der Begleiter des Schwarzen Todes. Er war ein Leibwächter, ein Sendbote der Hölle. Er kündete jedes Mal die großen Schrecken und Katastrophen an. Wenn er auftauchte, war es zu spät. Dann schlug der Schwarze Tod wenig später erbarmungslos zu.«

»So wie jetzt?«

»Fast, John Sinclair, fast. Diesmal bereitete er den apokalyptischen Reitern den Weg. Er bahnt ihnen eine Gasse. Ich leihe sie dem Schwarzen Tod aus. Was in eurer menschlichen Apokalypse geschrieben steht, wird sich bewahrheiten.«

»Auch wenn Maringo stirbt?«, fragte ich. Meine Stimme klang lauernd, denn ich suchte nach der letzten Chance.

»Nein, dann geschieht nichts, denn die Regeln der Schwarzen Magie müssen eingehalten werden.«

»Ich will mit Maringo kämpfen!«, forderte ich. Ich hatte den Entschluss spontan gefasst, so blieb mir vielleicht noch eine Möglichkeit, das Schicksal zu wenden.

Wieder lachte der Spuk. »Du Narr. Denkst du, wir lassen uns so dicht vor dem Ziel noch auf Kompromisse ein? Nein, John Sinclair, wir wissen um deine Gefährlichkeit. Du könntest Maringo unter Umständen besiegen. Wir würden dich dann zwar auch töten, aber die Invasion der Höllenheere wäre für eine Weile gestoppt. Das können wir nicht riskieren. Aber du sollst zusehen, was Maringo macht und wie er den Weg vorbereitet. Schau her!«

Ich sah ein wirbelndes Schattenspiel, und plötzlich kristallisierte sich aus dem Nichts eine graue Wand.

Sie glich in der Größe einer Kinoleinwand, doch sie war dauernd in Bewegung. Es erschien mir, als würden Millionen von winzigen Insekten auf der Leinwand herumkriechen.

Dann aber sah ich ein Bild.

Eine kleine Stadt im Westen, in Arizona.

Hickory!

Das Rodeo stand dicht bevor. Die Sonne senkte sich schon dem westlichen Horizont entgegen. Die ersten Reiter ritten in den Rodeo-Corral. Hunderte von ahnungslosen Menschen sahen zu.

Mein Blick wanderte weiter, hinüber zu den Bergen im Westen, die bereits im Schatten lagen.

Dort stand er wie ein Denkmal und stieß seine feurige Lanze in die klare Luft.

Maringo, der Höllenreiter!

Der Medizinmann blies in die Schale vor seinen Beinen, und aus dem fingerdicken Rauchstrahl wurde eine Wolke. Sie quoll der Decke entgegen und zerfaserte dort.

»Maringo ist uralt«, sagte Tanzender Bär. »Manche behaupten, er wäre so alt wie die Welt selbst. Ich weiß es nicht, aber meine Ahnen und Urahnen haben von ihm berichtet. Noch bevor ihr Weißen in dieses Land gekommen seid, ist er über die Prärien und Wüsten geritten, auf seinem schwarzen Mustang, dessen Nüstern Feuer speien. Er war der Vorbote eines noch schrecklicheren Geschöpfes, des Schwarzen Dämons, wie wir ihn genannt haben.«

Suko wusste, dass mit dem Schwarzen Dämon nur der Schwarze Tod gemeint sein konnte.

»Immer wenn Maringo in den Dörfern auftauchte und die Tipis verwüstete, gab es Krieg. Dann wurden blutige Stammesfehden ausgetragen. Männer starben, Frauen und Kinder weinten. Niemand konnte dem Höllenreiter Einhalt gebieten. Es kam die Stunde der Weißen. Sie drangen in unser Land ein, töteten die Büffelherden und brachten, ebenso wie Maringo, Not und Pein über uns. Da riefen wir den Höllenreiter um Hilfe an, und er kämpfte von nun an auf unserer Seite. Dafür verlangte er die Seelen unserer schönsten Squaws. Wir gaben sie ihm. Viele Weiße hat er getötet, doch dann kam ein Mann, den ihr Priester nennt, in unser Land und hat den Höllenreiter vernichtet. Er besiegte ihn mit der Macht des Kreuzes und drückte ihm mit einem geweihten glühenden Brandeisen ein Zeichen auf die Stirn. Danach wurde Maringo mitsamt seinem Pferd begraben, doch der Priester glaubte nicht an die Legende, die besagt, dass nur die Kraft eines noch stärkeren Elements ihn besiegen konnte. Der Priester grub Maringo tief in der Erde ein und stellte einen Felsen auf das Grab. Er glaubte, für alle Zeiten Ruhe zu haben. Doch er irrte sich. Maringo ist zurückgekehrt. Wie schon damals wird er mit seiner glühenden Lanze alles vernichten, was sich ihm in den Weg stellt. Seine Feinde werden niedergemacht, und wie es die Prophezeiung der Alten schon sagt, ist mit seinem Auftauchen das Ende der Welt eingeleitet worden.«

Der Medizinmann hatte gesprochen, ohne Luft zu holen. Er wirkte erschöpft, als er Suko ansah. »Nun weißt du alles, Fremder. Flieh, solange noch Zeit ist.«

Suko winkte ab. »So einfach will ich es dem Höllenreiter nicht machen. Es muss doch eine Waffe geben, um ihn zu besiegen.«

Tanzender Bär schaute Suko ernst an. »Die gibt es auch«, sagte er dann.

»Nenn sie mir!«

»In der Legende steht geschrieben, dass der Große Geist Manitou demjenigen hilft, der es wagt, sich dem Höllenreiter zum Kampf zu stellen.«

»Dann werde ich es sein, der ihn herausfordert!«

»Weißt du, auf was du dich einlässt?«, fragte Tanzender Bär.

»Ja.«

Der Medizinmann schüttelte den Kopf. »Du wirst diesen Kampf nicht gewinnen können, denn Maringo hat die Kraft der Hölle. Sie leitet ihn, und sie macht ihn stärker als alle anderen. Nein, du Narr, eine Chance hast du nicht.«

Suko merkte, dass der Medizinmann nicht bereit war, noch weiter zu reden. Deshalb stand er auf und verabschiedete sich. Tanzender Bär hörte ihn nicht. Er hatte den Kopf gesenkt und starrte zu Boden.

Suko teilte den Vorhang. Er trat hinaus in die Helligkeit und musste die Augen schließen, um sich an das grelle Licht zu gewöhnen. Das Rodeo hatte bereits begonnen. Zahlreiche Menschen strömten noch dem Turnierplatz zu.

Auf der Bundesstraße herrschte kaum Verkehr. Ein paar Betrunkene taumelten umher. Einer spie Suko vor die Füße. Der Chinese kümmerte sich nicht darum.

Er blieb stehen und witterte wie ein Raubtier. Sein sechster Sinn sagte ihm, dass Gefahr in der Luft lag.

Langsam drehte sich Suko um.

Er schaute nach Westen, der untergehenden Sonne entgegen.

Und da sah er ihn.

Er kam direkt aus der Sonne, saß auf seinem schwarzen Ross und jagte mit donnernden Hufen auf den Ort zu.

Maringo, der Höllenreiter, war da!

Suko ging nicht in Deckung, sondern tat genau das Gegenteil. Er sprang mitten auf die Fahrbahn.

Und dort blieb er breitbeinig stehen.

Schon hatte der Reiter den Ort erreicht. Noch immer hatte er sein Tempo nicht vermindert. Die Hufe trommelten über den Boden. Staub wallte hoch und nahm Suko für wenige Augenblicke die Sicht.

Er zog seine mit Silberkugeln geladene Beretta.

Suko hoffte, den Höllenreiter damit aufhalten zu können.

Die ersten Schreie gellten auf. Der Reiter war entdeckt worden. Meist waren es Frauen und Kinder, die ihre Angst hinausschrien.

Der Höllenreiter wurde um keinen Deut langsamer. Schon sah Suko den pechschwarzen Pferdekopf aus der Staubwolke auftauchen, sah die Flammen, die aus den Nüstern sprühten, und er musste sich beherrschen, um nicht wegzurennen.

In der rechten Hand hielt der Reiter eine glühende Lanze. Er hob den Arm und schwang die Lanze über seinem Kopf.

Es war eine triumphierende Geste, aber die wollte Suko ihm versalzen.

Er zielte genau. Stützte dabei das rechte Schussgelenk mit der linken Hand ab.

Dann zog er durch.

Einmal, zweimal, dreimal …

Feuerblumen blühten an der Mündung. Rasend schnell verließen die Geschosse den Lauf und trafen.

Doch Maringo war nicht mit Silberkugeln zu besiegen. Er schluckte sie und ritt weiter in seinem mörderischen Tempo.

Genau auf Suko zu.

Für den Chinesen wurde es kritisch. Wenn er noch drei Sekunden länger auf der Stelle stand, würden ihn die Hufe des schwarzen Pferdes zermalmen.

Suko entschied sich innerhalb eines Sekundenbruchteils.

Kurz bevor ihn die mörderischen Hufe erreichten, hechtete er nach links weg.

Es war ein gewaltiger Sprung, wie ihn nur ein durchtrainierter Athlet fertigbringen konnte.

Der Chinese spürte den Luftzug, als die Hufe dicht an seinem Kopf vorbeiwirbelten. Er prallte auf die Straße, wirbelte eine braune Staubwolke auf, rollte einige Male um die eigene Achse und blieb liegen.

Der Hufschlag verklang.

Suko richtete sich hastig auf. Er sah, dass der Höllenreiter Kurs auf den Rodeoplatz nahm.

Und dort würde es ein Unglück geben!

Plötzlich waren die Menschen da.

Sie umringten Suko, stellten Fragen. Der Chinese wunderte sich, woher die zahlreichen Leute kamen. Er hatte angenommen, sie wären beim Rodeo.

Fragen stürmten auf ihn ein. Er blickte in Gesichter, in denen sich die blanke Angst widerspiegelte.

Und plötzlich stand auch Herby neben ihm. Der alte Mann zog Suko zur Seite.

»Keine Chance, Freund«, flüsterte er, »keine Chance. Jetzt hilft uns nur noch die Flucht.«

Mein Partner schüttelte den Kopf. »Nein«, erwiderte er mit fester

Stimme. »Geflohen bin ich noch nie. Irgendwie werde ich diesen verdammten Reiter zu packen kriegen ...«

Ich erlebte den Vorgang auf der Dimensionsleinwand mit. Konnte den Weg des Reiters vom Hügel in den kleinen Ort genau verfolgen. Meine Angst bereitete dem Spuk eine wahrhaft teuflische Freude. Immer wieder gab er seine Kommentare.

»Niemand wird Maringo aufhalten, denn er ist ein Geschöpf der finstersten Hölle!«

Aber da war Suko.

Ich sah ihn auf der Straße stehen, breitbeinig, die mit Silberkugeln geladene Beretta im Anschlag.

Der Reiter preschte auf den Chinesen zu.

Meine Hände hatte ich zu Fäusten geballt. Die Fingernägel drangen tief in das Fleisch ein. Suko hatte keine Furcht, er feuerte, doch die Kugeln taten dem Reiter nichts.

Dann war es vorbei.

Der Staub nahm mir die Sicht. Für einen schrecklichen Moment glaubte ich, Suko wäre von den Hufen des Pferdes getötet worden, doch dann sah ich ihn aus der Staubwolke kriechen und auf die Beine gelangen.

Unverletzt!

Der Spuk freute sich.

»Jetzt wird er am Rodeo teilnehmen«, sagte er mit dröhnender Stimme. »Gib genau acht, John Sinclair. So etwas bekommst du nicht alle Tage zu sehen ...«

Neben Big Josh Cannighan saßen auf der Ehrentribüne nur seine höheren Angestellten, einige Würdenträger und seine nächsten Verwandten.

Und da stach die Tochter Jill besonders hervor.

Sie war wie ihr Vater. Stur, hatte einen Dickkopf und ließ die Männer reihenweise abblitzen. Ihr war keiner gut genug.

Zum Rodeo trug sie eine karierte Bluse, die sich um die beachtliche Oberweite spannte. Ihre Jeans saßen eng wie ein Taucheranzug. Jill hatte die Rundungen genau dort, wo sie hingehörten. Klar, dass sie die Männer verrückt machte. Viele ihrer Verehrer ritten nur für sie. Denn der Sieger des Rodeos durfte mit ihr den Abend verbringen.

Das hatte Big Josh Cannighan so verfügt, und seine Tochter gehorchte.

Seit die Mutter vor zwei Jahren gestorben war, hingen Vater und Tochter noch mehr zusammen. Der alte Cannighan erfüllte seiner Tochter jeden Wunsch. Sie brauchte ihn erst gar nicht auszusprechen, schon bekam sie, was sie wollte.

Das war natürlich genau die falsche Methode, aber Big Josh ließ sich in seine Erziehung nicht hineinreden.

Rechts neben ihm saß seine Tochter. Auf der linken Seite hatte der Bürgermeister Platz genommen, und daneben hockte der Sheriff. Er war mit dem Rancher in eine Klasse gegangen, hieß Winston Erskine und schleppte vierzig Pfund Übergewicht mit sich herum. Sein Gesicht glich einer vollreifen Tomate, und es verging keine Minute, wo er es nicht mit einem großen Taschentuch abwischte.

Wie ein Pascha hockte der Rancher auf seinem Platz. Er hatte sich zurückgelehnt und die Hände über dem Bauch zusammengefaltet. Sein Doppelkinn lag fast auf der Brust. In seinen Augen blitzte der Spott.

Lässig deutete er nach unten in die Arena. »Sind das Stümper«, schimpfte er.

»Ist ja auch nur die zweite Garnitur«, wagte der Sheriff zu widersprechen.

»Na und?« Er beugte sich nach rechts, seinem Vormann zu, und sprach an seiner Tochter vorbei. »Mach du uns nur keine Schande, Brad.«

Clifton nickte hastig mit dem Kopf. »Darauf können Sie sich verlassen, Boss.«

»Außerdem ist er heiß auf den ersten Preis«, sagte Jill.

Brads Kopf lief rot an, und Big Josh Cannighan lachte. Er kannte seine Tochter. Sie würde den Burschen erst scharfmachen und dann auf Distanz halten. Er konnte sich dann ja woanders abreagieren. Wie man erzählte, waren auch leichte Mädchen aus Prescott nach Hickory gekommen. Die machten heute ihr großes Geschäft.

Noch ein Reiter preschte in die umzäunte Arena. Er hockte auf einem Jungstier, wollte es besonders gut machen und schwang dabei seinen Hut.

Der Stier bockte zweimal, warf den Reiter ab, drehte sich und raste mit gesenktem Schädel auf den am Boden Liegenden zu.

Menschen schrien auf.

Nicht so Jill Cannighan. Sie hatte die Hände geballt und schaute mit funkelnden Augen dem Kampf zu.

Der Reiter hatte etwas abbekommen. Verletzt lag er auf dem Boden und hielt sich sein linkes Bein.

Der Stier würde ihn packen.

Von der Seite her ritten zwei mutige Männer auf den Stier zu, drängten ihn im letzten Augenblick ab.

Ein dritter Mann sprang von der Corralumzäunung und half dem Reiter auf die Beine. Der Verletzte humpelte auf das Gatter zu.

»Ich hoffe, du bist besser«, sagte Jill zu dem Vormann ihres Vaters.

Brad Clifton nickte. »Das wirst du bei mir nicht erleben. Ich bin einsame Spitze.«

Jill verzog die rot geschminkten Lippen. »Abwarten.«

Ein Verkäufer kam mit eisgekühlten Getränken. Jill nahm einen Orangensaft, ihr Vater und der Sheriff tranken Bier.

Musik ertönte. Bis der Hauptkampf begann, würden noch einige Minuten vergehen.

Auch Clifton stand auf. »Dann wollen wir mal«, sagte er optimistisch.

Jill lachte. »Denk an den ersten Preis.«

»Immer.«

Dann ging er. Man sah es seinem Gang an, dass er einen Teil seines Lebens im Sattel verbracht hatte.

Big Josh Cannighan schaute ihm nach. Ein sprödes Lächeln kräuselte seine wulstigen Lippen. Er stieß seine Tochter an. »Denkst du, dass er der Richtige für dich ist?«

»Kaum.«

»Aber du machst ihm Hoffnungen.«

Jill lachte etwas schrill. »Ein Spiel, nichts weiter. Was soll ich mit diesem dummen Iren anfangen? Vielleicht heiraten?«

Big Josh Cannighan trank einen Schluck Bier. Neben ihm unterhielten sich der Bürgermeister und der Sheriff über ein neues Jail.

An der Rodeo-Arena wurden die frischen Stiere in die Boxen geführt. Wilde Mustangs standen bereit. Sie scharrten ungeduldig mit den Hufen, peitschten die Schweife und stießen schrilles Wiehern aus.

»Wird Zeit, dass du deine Eröffnungsrede hältst.« Jill wies ihren Vater auf seine Pflichten hin.

»Okay.« Der alte Cannighan erhob sich ächzend, trank seine Dose Bier leer, quälte sich durch die Reihen und ging auf das aufgebaute Mikrofon zu.

Beifall klang auf.

Dann verstummte die Musik.

Wenig später begann der Rancher mit seiner Eröffnungsrede. Er sprach davon, wie sehr er sich freue, wieder ein Rodeo abzuhalten, und begrüßte die Gäste von außerhalb.

Er erhielt viel Beifall.

Big Josh war es eigentlich egal, aber es gehörte zu seinem Image, ein Rodeo auszurichten.

Zwanzigtausend Dollar hatte er als Siegespreis ausgesetzt. Dass seine Tochter mit dem Sieger den weiteren Abend verbrachte, war ein zusätzlicher Anreiz.

Big Josh ging wieder an seinen Platz zurück, eine Kapelle spielte einen Tusch, der jedoch im allgemeinen Trubel unterging, und dann verließ der erste Reiter seine Box.

Er hockte auf einem Schimmel. Der Mann war gut, das Pferd aber noch besser.

Nach acht Sekunden lag der Reiter im Staub, rollte sich ein paar Mal um die Achse, stand auf und rannte auf das Gatter zu. Der Mustang wurde von drei Lassowerfern eingefangen. Willig ließ sich das Tier abführen.

Die nächsten drei Reiter waren nicht viel besser.

Der vierte Reiter rutschte bereits beim ersten Bocksprung vom Pferderücken und erntete Gelächter.

»Schlappschwänze!«, zischte Jill. Sie hatte sich vorgebeugt und schaute gebannt in die Arena. Big Josh beobachtete sie misstrauisch. Manchmal dachte er, dass seine Tochter noch schlimmer war, als er selbst.

Schließlich war Brad Clifton an der Reihe.

Über Lautsprecher wurde sein Name bekannt gegeben. Er erntete viel Beifall. Den meisten Menschen hier war Clifton ein Begriff. Sie wussten auch, wie gut er ritt.

Zweimal wollte er antreten. Erst auf dem Rücken eines Pferdes, dann auf dem Buckel eines Stieres.

Das Gatter der engen Box wurde geöffnet.

Der Schecke stürmte in den abgetrennten Corral. Den Kopf hatte er gesenkt, den Rücken aufgebuckelt. Brad klammerte sich mit der linken Hand am Zügel fest, den rechten Arm schwang er auf und nieder, versuchte so, sein Gleichgewicht zu halten.

Seine Schenkel waren wie Stahlklammern. Die Zuschauer hatten das Gefühl, als wäre Brad mit dem Tier verwachsen.

Das Pferd bockte, drehte sich wild im Kreis, doch Brad Clifton gab nicht nach.

Der erste Beifallssturm brach über ihn herein. Schon jetzt stand fest, dass Brad Clifton sich am längsten auf dem Pferderücken gehalten hatte. Aber er wollte den wilden Mustang in die Knie zwingen, hielt sich deshalb weiter im Sattel.

Kein Zuschauer nahm wahr, dass im Ort der Höllenreiter aufgetaucht war, Angst und Panik verbreitete und nun auf den Rodeoplatz zupreschte.

Brad hockte noch immer auf dem Pferderücken. Er und das Tier waren in Schweiß gebadet, doch keiner wollte nachgeben.

Jill war aufgesprungen. Ihre Augen leuchteten. Ja, dieser Brad Clifton konnte gut reiten. So etwas liebte sie.

»Ja, gib's ihm, Brad!«, rief sie. »Los, brich ihn ein. Dann frisst er dir aus der Hand. Anschließend …« Ihre Stimme versiegte. Jills Blick war über die Arena hinweggeschweift zur Stadt hinüber. Sie überschaute einen Teil der Main Street und sah den Höllenreiter, der – eingehüllt in eine Staubwolke – auf den Rodeoplatz zuritt.

Innerhalb von Sekundenbruchteilen schossen Jill die Gedanken durch den Kopf. Sie hatte von dem Reiter gehört und gelesen, doch nie daran geglaubt, dass er tatsächlich existierte. Aber jetzt – jetzt ritt er durch die Stadt, trieb schreiende Menschen vor sich her und sah aus wie der reitende Teufel persönlich.

Noch wenige Sekunden, dann hatte er die Rodeo-Arena erreicht.

Brad Clifton merkte nichts. Er hockte noch immer auf dem wilden Mustang, ließ sich durchschütteln und presste seine Beine um den Leib des Tieres.

Da entdeckten auch die Zuschauer den Höllenreiter. Ein, zwei Herzschläge lang hockten sie wie erstarrt auf den Corralstangen, dann jedoch wurden sie von Panik erfasst.

Schreiend verließen sie ihre Plätze. Selbst harte, abgebrühte Cowboys wurden vom Grauen gepackt. Sie alle hatten vom Höllenreiter gehört, und die meisten von ihnen waren abergläubisch, glaubten an Spuk und Geister.

Sie sahen sich jetzt bestätigt.

Eine panische Flucht setzte ein. Im Nu war der Teufel los. Niemand kümmerte sich mehr um den anderen. Maringo verbreitete den Schrecken, den er wollte.

Nur Brad Clifton war ahnungslos und zu sehr mit seinem Pferd beschäftigt. Außerdem nahm ihm der aufgewirbelte Staub einen Großteil der Sicht.

Doch dann traf ihn das Unheil wie ein Blitzschlag!

Maringo brach auf seinem Rappen aus dem Corral aus. Bretter und Latten knickten weg, als wären sie aus Sperrholz. Aus dem Mund des Höllenreiters drang ein uriger Schrei.

Die Tiere in ihren Boxen spielten verrückt. Trommelten mit den Hufen gegen die Verkleidung, ihre Angst weckte alle Kräfte. Sie durchbrachen ihre Gefängnisse, zerstörten sie in ihrer Wut und rasten in die staubgeschwängerte Arena.

Dort spielte sich bereits ein Drama ab.

Brad Clifton konnte sich nicht mehr auf dem bockenden Mustang halten. Er war zu sehr abgelenkt worden, das Pferd stieg vorn steil hoch, Clifton verlor die Balance und prallte zu Boden. Schrill wiehernd galoppierte der Mustang davon.

Der Höllenreiter nahm Kurs auf Clifton.

Auf einmal stand er vor ihm, riss sein Pferd auf die Hinterhand, schwang die flammende Lanze und ließ sie dann niederzischen.

Sie traf genau!

Brad Clifton konnte nicht einmal mehr einen Schrei ausstoßen. Urplötzlich war er in eine blendende Aura getaucht, die ihn wie einen Mantel umgab, dann war es vorbei.

Brad Clifton war vergangen.

Zurück blieb Asche.

Schaurig lachte der Höllenreiter auf. Hart gab er seinem Tier die Sporen, und im nächsten Moment schossen Flammenzungen aus den Nüstern.

Für Maringo war dies erst der Beginn. Er drehte sein Pferd um die Hand und ritt auf die Tribüne zu.

Dort warteten weitere Opfer …

Für Suko und Herby war es unmöglich, den Rodeoplatz zu erreichen. Die von Angst und Panik erfassten Menschen versperrten ihnen den Weg. Wie eine Lawine drängten sie sich ihnen entgegen. Rissen alles um, was sich ihnen in den Weg stellte.

Und auch die Tiere waren in Panik geraten. Sie rasten ebenfalls über die Hauptstraße des Ortes, folgten ihrem Instinkt, der sie wegtrieb von der unmittelbaren Aura des Bösen.

Wenn die Panik einmal um sich griff, dann kannten auch die Menschen nichts mehr. Da zählte der andere nicht für sie. Die Stärksten unter ihnen bahnten sich zuerst einen Weg.

Herby wurde von Sukos Seite gerissen. Ehe der Chinese zupacken konnte, flog der alte Mann gegen eine Bretterwand. Sie gehörte zu einem Bierstand. Er wurde wenig später von dem Mob völlig umgerissen.

Dicht vor sich sah Suko das verzerrte Gesicht eines hünenhaften Mannes. Der Kerl wollte auch Suko zur Seite fegen, so wie er es mit Frauen und Kindern tat.

Suko wich der Dampfhammerfaust aus, duckte sich und hebelte den Wilden mit einem Schulterwurf zu Boden. Gleichzeitig sah er die beiden kleinen Kinder, die am Rand der anderen Straßenseite weinend entlangliefen und von einem rasenden Stier verfolgt wurden.

Jetzt ging es um Sekunden, wollte Suko das Leben der beiden retten.

Er bahnte sich seinen Weg über die Fahrbahn.

Wie er es geschafft hatte, wusste er später selbst nicht mehr zu sagen. Auf jeden Fall erreichte er die Kinder noch vor dem wütenden Bullen.

Suko packte den Jungen links und das Mädchen rechts am Arm. Sofort warf er sich mit den Kindern zu Boden, deckte sie mit seinem eigenen Körper ab.

Da war der Stier heran.

Er raste an Suko vorbei und über ihn hinweg. Der Chinese spürte die harten Tritte an Oberschenkel, Hüfte und Schulter. Die Kinder unter ihm schrien ihre Angst hinaus, sie wollten sich freistrampeln, doch Suko hielt sie fest.

Wenn er die beiden retten wollte, dann musste er dies tun.

Mein Freund blieb so lange liegen, bis die größte Panik vorbei war. Dann erhob er sich ächzend. Seine linke Seite schmerzte. Aber Suko hatte zwei Leben gerettet, die Freude ließ ihn den Schmerz vergessen.

Suko gelang es nicht, die Kleinen zu beruhigen. Er fand aber heraus, dass sie ganz in der Nähe wohnten. Ihr Haus war nicht umgerissen worden.

Er ließ die beiden laufen.

Dann schaute er sich um.

Ein Wirbelsturm schien durch den kleinen Ort gefegt zu sein. Fast alle provisorisch aufgebauten Stände waren zusammengebrochen. Unter den Trümmern lagen Menschen. Einige waren verletzt. Aber auch auf der Fahrbahn lagen die Verletzten.

Suko lief auf eine dunkelhaarige Frau zu, die sich nicht mehr rührte. Er hob ihren Kopf und atmete beruhigt auf, als er feststellte, dass sie noch lebte.

Dann sah er sich weiter um.

Am Parkplatz war die Hölle los. Jeder wollte so rasch wie möglich weg, niemand nahm Rücksicht.

Blech kreischte auf Blech, Reifen quietschten, Männer schrien oder fluchten. Keiner nahm mehr auf den anderen Rücksicht. Auch die Wagen mit den schweren Wohnanhängern wurden in Bewegung gesetzt. Es gab hier ebenfalls zahlreiche Unfälle.

Und dann hörte Suko die Schüsse.

Sie waren drüben am Rodeoplatz abgegeben worden.

Der Chinese zögerte keine Sekunde, sondern rannte los …

Auf der Tribüne waren die Zuschauer inzwischen von ihren Sitzen hochgesprungen. Noch konnte niemand so recht sehen, was geschehen war. Zu dicht quirlten die Staubwolken durcheinander.

Big Josh Cannighan sah schon das Ende des Festes kommen. Er wollte retten, was noch zu retten war.

»Was ist denn da los?«, brüllte er. »Sheriff, sieh mal nach!«

Winston Erskine stand auf. Er drängte sich durch die Reihen, vorbei an den verblüfften Zuschauern.

Dann gellten die ersten Schreie auf. Blitzschnell breitete sich die Panik aus. Auch auf der Tribüne leerten sich die hinteren Reihen. Die Menschen verließen panikartig ihre Sitze.

Jill sah den Höllenreiter hin und wieder aus den Staubschleiern auftauchen und bekam mit, wie er seine feurige Lanze nach unten warf.

Auf einen Menschen.

»Brad!« Jill schrie den Namen, ihre Stimme kippte über.

Der alte Cannighan wurde durch den Schrei seiner Tochter alarmiert. Er drehte sich um und packte Jill bei den Schultern.

»Was ist geschehen?«, herrschte er sie an.

»Brad – er ist – mein Gott – sieh doch, der Reiter!«

Big Josh Cannighan presste die Zähne zusammen, dass es knirschte. Auch er sah jetzt Maringo mit seiner feurigen Lanze. Der Rancher und seine Tochter mussten mit ansehen, wie ihr Vormann verglühte, und das Grauen weilte plötzlich als unsichtbarer Gast zwischen ihnen.

Der Bürgermeister wurde ohnmächtig. Er röchelte noch einmal und fiel dann zusammen. Schräg blieb er auf seinem Sitz hängen.

Scharf stieß Big Josh die Luft aus. Er und seine Tochter wollten wie die anderen Tribünengäste wegrennen, doch das weitere Geschehen nagelte sie förmlich auf ihren Plätzen fest.

»Da, der Sheriff!«, schrie Jill. Sie deutete mit dem rechten Arm nach unten, und ihr Vater folgte der Richtung mit seinen Blicken.

Winston Erskine stolperte über die provisorische Treppe. Er hatte seinen Revolver gezogen, einen sechsschüssigen Remington. Ein Sonnenstrahl betupfte den Lauf und ließ das Metall aufblitzen.

In der linken Hand hielt der Sheriff sein Funksprechgerät. Hastig sprach er in den Apparat hinein.

Der Reiter hatte gewendet. Maringo stieß einen gellenden Siegesschrei aus, gab seinem schwarzen Pferd die Sporen und ritt in Richtung der Tribüne.

Der Sheriff riss die Balkentür auf, lief in den Innenraum der Rodeo-Arena und brüllte dem Reiter etwas zu.

»Mein Gott«, flüsterte Jill oben auf der Tribüne. »Erskine ist wahnsinnig …«

Big Josh nickte nur.

Der Sheriff und der Höllenreiter starrten sich an. Der Dämonische saß auf dem blanken Pferderücken. Erskine stand vor ihm. Den Colt schussbereit.

Natürlich wusste der Sheriff, wen er hier vor seinem Lauf hatte. Maringo, der Höllenreiter, war auch ihm ein Begriff. Außerdem las er Zeitungen und wusste auch von den alten Horror-Geschichten, welche die Menschen sich über Maringo erzählten.

»Du Wurm!«, kreischte der wilde Reiter. »Willst du mich stoppen? Mich, den großen Maringo?« Er lachte scharf und ächzend. Sein Pferd schnaubte, Flammenzungen leckten aus den Nüstern und an dem Sheriff vorbei.

Natürlich hatte Erskine Angst. Sehr große sogar. Am liebsten wäre er in den Erdboden versunken, aber jetzt konnte er nicht mehr zurück.

»Zurück, du Bastard!«, schrie er. Gleichzeitig drückte er ab.

Der erste Schuss ging fehl. Erskine schrieb das seiner ungeheuren Nervosität zu.

Mit der zweiten Kugel traf er, auch die dritte Kugel schlug in den Körper des Höllenreiters.

Doch die Geschosse konnten ihm nichts anhaben. Maringo lachte nur. Die Kugeln blieben in seinem Körper stecken. Die Löcher, die sie gerissen hatten, schlössen sich sofort.

Maringo war unverwundbar!

Diese Erkenntnis traf den Sheriff wie ein Hammerschlag. Pfeifend saugte er die Luft ein, schmeckte den Staub in seinem Mund, und ein tiefes Stöhnen drang aus seinem Mund.

Er taumelte zurück. Der rechte Arm mit der Waffe in seiner Hand sank nach unten.

Ungläubig starrte der Sheriff den Höllenreiter an, der jetzt seinen Rappen auf die Hinterhand riss und auf den Sheriff niederschaute.

»Aus!«, gellte seine Stimme.

Die Lanze blitzte. Strahlend hell wurde es.

Dann fuhr der Arm nach unten.

Sheriff Erskine riss beide Hände hoch. Der grelle Lichtschein erfasste ihn voll.

Es gab keine Rettung mehr für den tapferen Mann.

Jill hatte den schrecklichen Vorgang mit ansehen müssen. Sie schluchzte auf, presste beide Hände gegen ihr Gesicht und warf sich an die Brust ihres Vaters.

Auch Big Josh Cannighan hatte das Ende des Sheriffs erlebt. Doch die Schrecken sollten noch längst kein Ende haben, der Höllenreiter wütete weiter. Und wie!

Während die Gäste in ihre Wagen flüchteten und versuchten, den Ort des Unheils zu verlassen, jagten zwei Patrol-Cars heran. Über Sprechfunk hatte der Sheriff sie informiert. Die Wagen rasten mit jaulenden Sirenen, nahmen Kurs auf das Rodeogelände.

Sie stoppten.

Reifen schlitterten über den ausgetrockneten Boden. Wolkenartig wurde der Staub hochgewirbelt. Türen klappten auf, die Beamten sprangen aus ihren Wagen.

In ihren Fäusten blinkten Revolver.

Da brüllte der Höllenreiter los. Er drehte sein Pferd, gab ihm die Sporen, dass es aufwieherte und mit einem Satz über die Corralstangen hinwegsetzte.

Die Beamten standen wie festgeleimt. Bis einer schrie: »Schießen! Los, schießt doch!«

Da krachten die Revolver. Feuerzungen platzten aus den Mündungen. Blei sirrte durch die Luft, hieb in den Körper des Höllenreiters, doch der lachte nur. Dann ging er zum Gegenangriff über.

Er ritt auf die Polizisten zu. Schreiend ließen diese die Waffen fallen und wandten sich zur Flucht.

Maringo verfolgte sie nicht. Er vernichtete nur die beiden Polizeiautos. Blitze zuckten aus der Lanze.

Zweimal hintereinander.

Dann standen beide Patrol-Cars in hellen Flammen. Sie explodierten, platzten auseinander wie reife Früchte. Glühende Metallteile zischten durch die Luft.

Maringo aber drehte sein Pferd.

Er hatte bereits ein neues Opfer anvisiert. Eine blondhaarige, junge Frau.

Jill Cannighan!

Ich spürte die Bewegung neben mir, nahm meinen Blick von der Leinwand und wandte den Kopf.

Der Spuk hatte sich zur Seite gestellt und diesmal sein wahres Aussehen angenommen.

Unter einem Umhang steckte ein grünschuppiges Monster mit hässlichen gelben Augen. Das Maul war etwas vorgeschoben wie bei einem Fisch. Ich starrte den Dämon an, der jedoch lachte nur, und im nächsten Augenblick verwischten seine Konturen.

Der Spuk, so wie ich ihn kannte, stand wieder vor mir.

»In diesem Fall bist du nur Statist, John Sinclair«, sprach er mich an.

Wie recht er hatte. Noch nie hatte ich so wenig dazu beitragen können, damit ein Fall gelöst wurde. Ich spielte wirklich nur am Rande mit. Die Hauptpersonen waren ganz andere.

Maringo und Suko!

Gerade auf den Chinesen setzte ich große Hoffnungen. Suko wurde oft unterschätzt, aber er hatte schon manches Mal bewiesen, dass er mehr konnte, als es den Anschein hatte. Suko hatte außerdem eine völlig andere Mentalität. Als ich ihn kennenlernte, war er Leibwächter eines reichen Chinesen gewesen. Dieser Mann wurde von einem Geheimbund, der sich Schwarzer Drache nannte, ermordet. Suko war fortan arbeitslos. Wir hatten uns schon während der Auseinandersetzung mit der Drachenbande angefreundet. Und als der Fall gelöst war, fragte ich Suko, ob er nicht an meiner Seite weiter gegen das Böse kämpfen wollte.

Der Chinese war einverstanden.

Nur bezahlen konnte ich ihn nicht. Das heißt, mein Beamtensalär reichte nicht aus, um ihn als meinen Mitarbeiter zu betrachten. Und Scotland Yard nahm ihn ebenfalls nicht. Das hatte mir mein Chef, Superintendent Powell, deutlich genug zu verstehen gegeben.

Was also tun?

Da sprang mein zweiter langjähriger Freund in die Bresche, Bill Conolly, der ehemalige Reporter und Haudegen vom Dienst. Er hatte eine wohlhabende Frau geheiratet und befand sich in der glücklichen Lage, dass Geld für ihn kaum eine Rolle spielte. Er überwies Suko jeden Monat einen Scheck, der ausreichte, um bequem seinen Lebensunterhalt bestreiten zu können.

»Das ist eben meine Art der Dämonenbekämpfung«, hatte Bill einmal gesagt.

Seit seiner Heirat achtete Sheila, seine Frau, nämlich darauf, dass sich Bill nicht in jedes Abenteuer stürzte. Zudem hatten die Conollys vor Kurzem Nachwuchs bekommen. Den kleinen John. Somit war Bills Verantwortung noch mehr gewachsen.

Auf Suko konnte ich mich verlassen. Hoffentlich gelang es ihm, diesen Höllenreiter zu besiegen. Ich fragte mich allerdings, womit er das bewerkstelligen wollte, denn die mit Silberkugeln geladene Beretta reichte nicht aus.

Ich wandte mich wieder der geheimnisvollen Leinwand zu, doch das Bild war verschwunden. Zuletzt hatte ich die Panik miterlebt, die sich in dem kleinen Ort Hickory ausbreitete, jetzt zeigte das Bild nur noch die graue pulsierende Fläche.

Der Spuk lachte. »Willst du sehen, wie es weitergeht, John Sinclair?«, höhnte er.

»Ja.«

»Du musst dich noch gedulden, Geisterjäger. Wir werden uns erst wieder einblenden, wenn dein chinesischer Freund am Boden liegt. Und dann hat auch für dich die Stunde geschlagen.«

»Was hast du vor?«

Er deutete auf die vier apokalyptischen Reiter. »Sie werden dich töten. Und zwar auf ihre spezielle Art und Weise. Sie werden dich jagen wie einen Hasen, und du wirst langsam und qualvoll eingehen in das absolute Nichts. Glaube nur nicht, dass nach deinem Tod ein neues Leben für dich beginnt. Nein, das ist nicht der Fall. Du wirst eingehen in das Dämonenreich, in mein Reich, und bis in alle Ewigkeiten als Schatten dahinvegetieren. Das ist die Strafe der Hölle für den berühmten Geisterjäger.«

Er lachte.

Und während der Spuk sich diabolisch freute, dachte ich verzweifelt über einen Ausweg nach. Ich zermarterte mir das Gehirn, doch ich sah einfach keine Chance.

Langsam schwand meine Hoffnung dahin …

»Dad!« Jill schrie und klammerte sich an ihrem Vater fest. »Er kommt – er will zu uns …« Sie schluchzte laut auf. »O mein Gott …«

Big Josh Cannighan biss die Zähne zusammen. Seine Lippen bildeten nur noch einen Strich. Er schluckte. Kalkweiß war sein Gesicht. Auch ihn hatte das Grauen gepackt.

»Hast du gesehen, was mit dem Sheriff passiert ist?«, schrie Jill. Sie fasste ihren Vater an den Schultern und schüttelte ihn. »Hast du es gesehen, Dad?«

Big Josh schaute in die tränennassen Augen seiner Tochter. »Ja, zum Teufel, ich habe es gesehen!«

»Mit uns wird das Gleiche geschehen, Dad!« Jill atmete keuchend. »Wir müssen fliehen, Dad. Weg von hier!«

»Zu spät, Jill!«

Das Mädchen wandte den Kopf. Sie hatte in den letzten schrecklichen Sekunden die Arena aus den Augen gelassen. Jetzt schaute sie wieder hinunter.

Ihr Vater hatte recht.

Es gab keine Chance mehr für sie. Der Höllenreiter war schon zu nah. Stolz und hoch aufgerichtet saß er auf dem Rücken seines Rappen. Hinter ihm verbrannten die beiden Dienstwagen der Polizisten. Der fettige, dunkle Rauch zog in dicken Schwaden an Maringo vorbei und wurde vom Wind zerfasert.

Hinter den westlichen Bergen verschwand die Sonne. Der Widerschein ihrer letzten Strahlen lag noch über dem Land, übergoss die Tafelberge und kantigen Felsen mit einem prachtvollen Farbenspiel. Es schien, als kämpfe der Tag verzweifelt gegen die einbrechende Dunkelheit an, und doch musste er verlieren.

Maringo ritt langsam. Er wusste, dass ihm seine Opfer nicht mehr entkommen konnten.

Jill sah ihn jetzt deutlich, und der Anblick verschlug ihr die Sprache, stoppte die Tränen.

Das Gesicht des Höllenreiters zeigte strenge, asketische Züge. Scharf sprang die Nase hervor, der Mund bildete einen Strich.

Doch zweierlei Dinge passten nicht zu dem Gesamtbild des stolzen Reiters. Die leblosen Augen, in denen das Weiße schimmerte, und das blutrote V auf seiner Stirn. Es war das magische Symbol, das ihm einst der Priester in die Haut geritzt hatte und das jetzt wie ein Fanal leuchtete.

Unruhig warf der Rappe seinen Kopf hin und her. Auch er war ein

Geschöpf der Hölle und dazu ausersehen, nur diesen einen Reiter zu tragen.

Schon hatte Maringo die untere Begrenzung der Tribüne erreicht. Jill und ihr Vater ahnten, was der Höllenreiter vorhatte. Er würde auf die Tribüne reiten, um das zu vollenden, was er sich vorgenommen hatte.

Und niemand hielt ihn auf.

Wirklich niemand?

Da war ein Mann, der in diesem Land wie ein Fremdkörper wirkte. Er hatte dem Höllenreiter den Kampf angesagt. Suko.

Suko war gerannt, so schnell er konnte. Und doch musste er einsehen, dass er zu spät gekommen war.

Eine unheimliche Stille hatte sich über den Rodeoplatz gelegt. Die Menschen waren geflüchtet, hatten, wenn es nicht anders ging, alles im Stich gelassen. Nur drei Menschen waren zurückgeblieben. Suko sah die leblose Gestalt auf der Tribüne sitzen. Er wusste nicht, dass es der Bürgermeister von Hickory war.

Der Mann bekam von all den Schrecken zum Glück nichts mit.

Aber Suko wusste auch, dass er nicht mehr rechtzeitig eingreifen konnte. Soeben setzte das schwarze Pferd seine Vorderhufe auf die provisorische Tribüne.

Suko blieb stehen.

In seinem Kopf wirbelten die Gedanken. Wollte der Reiter die Frau und den Mann töten? Es sah nicht danach aus, denn dann hätte er sich wahrscheinlich in einem anderen Tempo genähert. Vielleicht hatte er mit ihnen etwas vor?

Der Chinese erkannte jetzt auch die Menschen auf der Tribüne. Der Mann war Big Josh Cannighan, das blondhaarige Mädchen seine Tochter. Beide hielten sich angstvoll umklammert. Von der sonst zur Schau getragenen Arroganz war nichts mehr zu merken.

Suko zögerte. Noch hatte ihn der Reiter nicht entdeckt, und so nahm er hinter einem umgestürzten Wohnwagen Deckung. Von dieser Stelle aus konnte er die Tribüne im Auge behalten und notfalls eingreifen.

Der Höllenreiter ritt den Mittelgang hoch, dann schwenkte er nach links und ließ seinen Rappen über die Bestuhlung steigen, bis er direkt vor den Cannighans stehen blieb.

Nach wie vor hielt er in seiner rechten Faust die glühende Lanze, doch die Spitze wies nach oben und nicht auf die Menschen.

Suko nahm an, dass Maringo mit Vater und Tochter reden wollte.

Plötzlich hörte er hinter sich ein Geräusch.

Blitzschnell wirbelte Suko herum.

Tanzender Bär stand vor ihm. Ernst blickte der alte Medizinmann den Chinesen an.

»Was willst du?«, zischte Suko.

»Dir helfen«, flüsterte der Indianer. Dann entwickelte er seinen faszinierenden Plan …

Maringo lächelte eisern, als er vor den beiden entsetzten Menschen hielt.

Jill und ihr Vater wichen dem Blick des Höllenreiters aus, sie konnten einfach nicht in die toten, starren Augen sehen. Zu viel hatten sie durchgemacht.

Big Josh fing sich als Erster. »Wirst du uns töten?«, fragte er mit rauer Stimme.

Maringo schüttelte den Kopf. »Noch nicht«, erwiderte er dumpf. »Mit euch habe ich etwas Besonderes vor.« Er krallte seine linke Hand in die Mähne des Pferdes und beugte sich etwas vor. Ehe er jedoch zu einer Erklärung ansetzen konnte, wurde er abgelenkt.

Der Bürgermeister erwachte aus seiner Ohnmacht. Fast ruckartig setzte er sich auf, schaute umher, und ein Stöhnen drang aus seinem halb offenen Mund.

Dann sah er den Höllenreiter.

Die Augen schienen ihm aus den Höhlen zu quellen. »Nein«, gurgelte er, »nein, das darf nicht wahr sein …«

Maringo senkte den Arm. Die leuchtende Lanze wies auf den wie erstarrt dasitzenden Mann.

Noch Sekunden, dann …

Doch Maringo überlegte es sich anders. »Weg!«, zischte er. »Lauf weg, sonst wird dich meine Magie treffen und zu Staub zerbröseln lassen.«

Der Bürgermeister verstand. Er stand auf, schaute den Reiter noch einmal an, machte dann auf dem Absatz kehrt und rannte, so schnell ihn seine Füße tragen konnten.

Er nahm den hinteren Ausgang der Tribüne und stolperte dort die steile Holzstiege hinunter.

Wie die übrigen Einwohner würde auch der Bürgermeister so schnell rennen, wie ihn seine Beine trugen.

Nun hatte Maringo freie Bahn. »Euch, nur euch wollte ich mit meiner Rache treffen!«, schrie er Vater und Tochter ins Gesicht. »Denn ihr seid an vielem schuld.«

Big Joshs Blick wurde staunend und ungläubig. »Aber warum? Was haben wir dir getan?«, fragte er verzweifelt.

»Ihr beide seid unschuldig. Aber wenn wir das Rad der Zeit zurückdrehen, sind gerade eure Vorfahren an meinem magischen Tod schuld gewesen. Ich will es euch berichten. Als damals die Weißen in dieses Land einfielen, wähnten sie sich als die Herren und Herrscher. Sie vernichteten alte Kulturen, töteten und brandschatzten. Doch sie ignorierten die Magie der Indianer. Und das war ihr Fehler. Was wussten eure Vorfahren schon von den Kenntnissen der großen Medizinmänner? Was wussten sie von den Mythen und Ritualen? Für sie war jeder Tanz nur ein unsinniges Hüpfen. Die wahre Bedeutung erkannte niemand. Denn der Medizinmann beschwor die Geister und Dämonen. Seine Kenntnisse waren von Generation zu Generation überliefert worden. Er wusste um die Regeln der Schwarzen Magie, kannte sich aus im Reich der Schatten, und durch seine Beschwörungen gelang es ihm, Kontakt mit anderen Wesenheiten aufzunehmen. Auch mit mir. Ich wusste, welches Elend die weißen Eroberer brachten, und ich wollte meinen Brüdern helfen. Mit ihnen zusammen kämpfte ich gegen die erdrückende weiße Übermacht. Ich setzte meine Kenntnisse ein, und es gelang mir, manchen Weißen in die Hölle zu schicken. Da vegetieren sie noch heute. Viele sind ins Reich der Schatten gegangen, dort, wo der Spuk unumschränkter Herrscher ist. Er und ich dienten jedoch einem Höheren: dem Schwarzen Tod. Aber das könnt ihr nicht begreifen und ist auch uninteressant für euch. Ich will auf etwas anderes hinaus.«

»Aber wir sind doch daran nicht schuld!«, schrie Jill. »Mein Gott, warum …«

Der Höllenreiter versteifte sich. »Nimm das Wort Gott nie mehr in den Mund, wenn ich dabei bin!«, fuhr er Jill an. »Hast du verstanden?«

Sie nickte.

Dann fuhr Maringo fort. »Aber die Weißen merkten, dass etwas nicht stimmte. Sie kamen dahinter, dass meine Brüder sie mit Schwarzer Magie bekämpften. Sie wehrten sich, gingen nun mit den Mitteln der Weißen Magie zum Gegenangriff über. Und es war dein Urahn, Josh Cannighan, der den Priester ins Land holte. Dieser Mann wusste genau, was er zu tun hatte. Er lauerte mir auf. Ich lachte über ihn, wusste aber nicht, dass er mit dem großen Manitou einen Pakt geschlossen hatte. Manitou, der Geist des Guten, war auch mein Feind. Nie werde ich ihm verzeihen, dass er sich auf die Seite der Weißen stellte, aber damals hat er es getan. Er und der Priester standen gegen mich. Durch magische

Fesseln gelang es ihnen, mich auszuschalten. Sie blendeten mich und brannten mir ihr Siegeszeichen auf die Stirn. Diese Erniedrigung war für mich schlimmer als der Tod. Denn sterben konnte ich nicht, dafür sorgten meine Freunde. Der Schwarze Tod, dessen Leibwächter ich vor Urzeiten war, nahm meine Seele auf und versprach mir, dass die Stunde der Rache irgendwann kommen würde. Er hat sein Versprechen gehalten, mich aus dem Grab geholt, damit ich den Nachkommen das heimzahlen kann, was die Vorfahren mir angetan haben. Du und deine Tochter, ihr stammt in der direkten Linie von den Cannighans ab. Und ihr werdet büßen.«

Maringos Worte klangen ernst. Und sie hatten den beiden Cannighans Angst eingeflößt. Jill klammerte sich noch fester an ihren Vater. In panischer Angst schüttelte sie den Kopf. »Nein, ich will nicht, ich habe mit meinen Vorfahren nichts zu tun. Ich bereue sogar, was sie getan haben, aber bitte, lass uns in Ruhe.« Sie schluchzte auf, löste sich von ihrem Vater und fiel vor dem Höllenreiter auf die Knie.

Doch Maringo blieb hart. »Niemals gebe ich nach«, erwiderte er. »Jahrhunderte habe ich auf meine Rache warten müssen. Jetzt führe ich sie auch durch.«

»Und – und was hast du mit meiner Tochter vor?«, fragte Big Josh mit kaum zu verstehender Stimme.

»Ich werde sie dorthin bringen, wo auch ich war!«

Die Augen des Ranchers wurden groß. Er glaubte zu wissen, wo sich der Ort befand. Trotzdem fragte er noch: »Wo ist das?«

»Deine Tochter wird in das Felsengrab geworfen!«

Der alte Medizinmann tat sehr geheimnisvoll. Er winkte Suko ein paar Schritte zur Seite, sodass er die Tribüne nicht mehr beobachten konnte.

Und das ärgerte Suko.

»Was ist denn?«, fragte er unwillig.

Das faltenreiche Gesicht des Medizinmanns bekam noch ein paar Runzeln hinzu. »Nur keine Hast, mein Freund, denn mit zu großer Hast erreichen wir nichts.«

»Aber ich muss die Menschen retten.«

»Das wirst du auch. Ich kenne den Höllenreiter. Er wird seine Rache erst durch Worte auskosten wollen, uns bleibt noch genügend Spielraum. Keine Angst.«

Suko und Tanzender Bär hatten sich auf den Boden gehockt. Unter seinem Hemd zog der Alte den Totempfahl hervor, den Suko bereits in der Behausung des Medizinmanns gesehen hatte.

»Das ist im Augenblick unser wichtigstes Stück«, flüsterte er. »Er wird uns den Weg weisen, auf dem wir den Höllenreiter besiegen können.« Er kicherte wie ein altes Weib.

»Und wie willst du das anstellen?«, erkundigte sich Suko.

»Ich nicht allein.«

»Sondern?«

»Der Große Geist wird mir helfen, denn auch Manitou ist ein Feind des Höllenreiters.«

Suko schaute den Medizinmann an. Er sagte nichts, äußerte keine Zweifel an den Worten des Alten. Suko hatte es gelernt, alle Religionen und Weltanschauungen zu respektieren.

»Es ist mir gelungen, mich mit ihm in Verbindung zu setzen. Und auch ihm, der in den Ewigen Jagdgründen ausharrt, ist nicht entgangen, dass Maringo aus seinem Grab zurückgekehrt ist. Manitou ist ein Gegner dieses Dämons.«

»Warum greift er dann nicht ein?«

Ein verlorenes Lächeln umspielte die Lippen des Alten. »Schwarze Magie schirmt Maringo ab wie einen Umhang. Du darfst nicht vergessen, dass er starke Freunde hat, da ist es auch für einen Geist wie Manitou schwer, den Schirm zu durchbrechen.«

»Aber du hast es geschafft«, sagte Suko.

Tanzender Bär nickte. »Ja, es gibt einen Weg. Man muss Manitou beschwören, dann erst kann er den Ring durchbrechen. So habe ich es in den alten Büchern gelesen.«

»Hast du ihn beschworen?«

Der Medizinmann nickte.

»Und?«

Tanzender Bär wog das kleine Totem in seiner rechten offenen Handfläche. »Du wirst darüber lachen«, sagte er, »aber in diesem Totem steckt mehr Kraft, als du ahnst. Manitous Geist ist dort hineingefahren. Er hat seine starke Magie in dieses Totem geleitet. Du brauchst nur die Schlüsselworte zu sprechen, dann wird Manitou an deiner Seite stehen.«

»Wie lauten die Worte?«

Tanzender Bär sagte sie ihm.

Suko runzelte die Stirn. Es waren Beschwörungsformeln, die als kehlige Laute ausgestoßen werden mussten.

»Einmal nur darfst du diese Worte aussprechen«, erklärte der Medizinmann beschwörend, »dann ist es vorbei. Einmal nur, merke sie dir deshalb gut.«

»Ja.«

Suko hatte sich die kehligen Laute genau eingeprägt. Er stand auf und streckte die Hand aus.

Tanzender Bär überreichte ihm das Totem. Es fühlte sich warm in Sukos Hand an, schien von einem inneren Leben erfüllt zu sein. Als Suko sich das bemalte Totem genauer betrachtete, merkte er, dass die Motive ineinandergeschlungene Symbole und Zeichen darstellten.

»Danke«, sagte der Chinese.

Auch Tanzender Bär erhob sich. Er drehte beide Hände, sodass die Innenflächen nach außen wiesen. »Und nun geh«, sagte der Medizinmann. »Der Große Manitou möge dir beistehen.«

Auch Jill Cannighan hatte die Worte verstanden. Sie sollte in das Grab geworfen werden, so wie ihre Vorfahren es mit Maringo getan hatten.

»Nein!«, schrie sie. »Bitte nicht …«

Flehend hob sie die Hände, während ihr Vater wie erstarrt auf dem Fleck stand.

Big Josh atmete schwer. Düstere Gedanken wirbelten hinter seiner Stirn. Plötzlich drehte er durch.

Er warf sich vor, packte den Kopf des Rappen und wollte ihn herunterziehen.

Da spie das Pferd Feuer.

Noch im gleichen Augenblick raste die feurige Lanze auf den Rancher zu.

Gleißende Helligkeit. Für Bruchteile von Sekunden zeichnete sich die Gestalt des Mannes mit den hochgerissenen Armen in der Lichtaura ab. Dann war nichts mehr …

»Dad!«, weinte Jill. »Dad, um Himmels willen …«

Maringo beugte sich hohnlachend nach unten, packte Jill an den Hüften und zog sie zu sich aufs Pferd.

Die Rancherstochter wehrte sich nicht. Es hatte keinen Sinn. Sie konnte gegen die Kräfte des Teuflischen doch nichts ausrichten.

Maringo drehte sein Pferd. Dann ritt er den Tribünengang hinunter. Seine Beute hatte er vor sich gesetzt. Er hielt Jill mit dem linken Arm umklammert.

Die Schatten der Dämmerung lagen bereits über dem Land. Von den Spitzen der fernen Berge war schon nichts mehr zu sehen.

Binnen kurzer Zeit würde die Nacht hereinbrechen.

Maringo aber hatte erreicht, was er wollte. Nun bereitete er den letzten Teil seines Racheplans vor …

Suko verließ die schützende Deckung des Wohnwagens. Die Gatter, die den Rodeoplatz umzäunt hatten, waren zerbrochen. Wie große, abgeknickte Streichhölzer lagen sie auf dem Boden.

Suko wusste genau, dass es jetzt nur auf ihn allein ankam, ob der Fall ein gutes Ende nahm. Sicher, die Bewohner und Gäste, die geflohen waren, würden bestimmt die Polizei einer anderen Stadt alarmieren, doch bis die Beamten eintrafen, hatte der Höllenreiter seine Trümpfe längst ausgespielt.

Außerdem war es fraglich, ob Polizisten überhaupt eine Chance gegen ihn hatten. Die Waffen der Highway Police hatten sich als wirkungslos erwiesen.

Das Totem hielt mein Freund in der rechten Hand. Seine Schuhe wirbelten kleine Staubwölkchen auf, als er durch die Arena schritt. Die Dämmerung hatte das weite Land bereits umhüllt. Nur noch die Berggipfel wurden von einem letzten roten Strahlenkranz umflort.

Suko musste mit ansehen, wie der Höllenreiter sich das Mädchen schnappte und es vor sich auf das Pferd zog. Den Rancher sah der Chinese nirgendwo, und ein schrecklicher Verdacht keimte in ihm hoch.

Bestimmt hatte sich Maringo des Mannes entledigt. Umso schneller musste Suko diesen Teufel stoppen, bevor er noch mehr Unheil anrichten konnte.

Er dachte wieder an mich. Ginge ich jetzt an seiner Seite, wäre ihm wohler. Aber mein Schicksal beschäftigte Suko noch zusätzlich. Er wollte von Maringo Gewissheit haben, was mit mir geschehen war.

Der Höllenreiter dort oben auf der Tribüne drehte sein Pferd um die Hand. Mit seiner Beute ritt er auf den breiteren Mittelgang zu, erreichte ihn und ließ das Pferd nach unten schreiten.

Der Chinese blieb stehen.

Er hielt sich dort auf, wo der Sheriff gestorben war, um von Maringo gesehen zu werden.

Das war in der Tat der Fall.

Etwa auf der Hälfte des Ganges verhielt der Höllenreiter sein schwarzes Pferd. Er hatte nicht damit gerechnet, auf einen Gegner zu treffen, und sagte nichts.

Dafür aber Suko. »Maringo!«, rief er. »Die Stunde der Abrechnung ist nah! Komm herunter von der Tribüne, und stell dich endlich zum Kampf, damit ich dich dort hinschicken kann, woher du gekommen bist.«

Jetzt lachte der Höllenreiter. Für Suko hörte es sich an wie das Grollen eines Gewitters. »Du willst mich aufhalten?«, höhnte er.

»Warum nicht?«

Maringo schwenkte die Lichtlanze. »Damit werde ich dich auflösen, du Wurm. Dein Schießeisen nützt dir überhaupt nichts.«

»Aber vielleicht das!« Suko hob seinen rechten Arm.

»Was ist das?«, rief der Höllenreiter.

»Komm näher, dann kannst du es sehen!« Der Chinese lockte Maringo zu sich heran.

Jill Cannighan hing kraftlos im Griff des Höllenreiters. Suko nahm an, dass sie ohnmächtig geworden war.

Schritt für Schritt überwand der Rappe die Stufen. Der Höllenreiter überstürzte nichts. Er war sich seines Opfers sicher. Dann hielt er das Pferd an. Der Zaun, der die Tribüne vom eigentlichen Kampfplatz trennte, war zerbrochen und stellte kein Hindernis mehr dar. Frei standen sich Suko und Maringo gegenüber.

Zwei Feinde, die sich bis aufs Blut bekämpfen würden! Sie standen sich gegenüber wie bei einem Revolverduell.

Die Entfernung betrug etwa zehn Schritte.

»Du willst also mit mir kämpfen?«, lachte Maringo.

»Natürlich«, erwiderte Suko mit fester Stimme. »Doch ich stelle eine Bedingung. Lass das Mädchen frei!«

Der Höllenreiter überlegte. »Und warum?«

»Weil sie nicht mit dir sterben soll!«

Maringo löste den Griff, und Jill rutschte vom Pferderücken. Der Höllenreiter fasste noch einmal zu, damit sie sich nicht verletzte. Schließlich brauchte er sie noch. Und dass er den Kampf gewinnen würde, daran gab es für ihn keinen Zweifel.

»Sonst noch etwas?«

»Ja«, sagte Suko. »Was ist mit meinem Freund, John Sinclair, geschehen?«

»Er ist da, wo er hingehört! Im Reich der Schatten!«

»Lebt er?« Sukos Stimme vibrierte leicht.

»Vielleicht – vielleicht auch nicht. Du wirst es auf keinen Fall herausfinden. Meine Waffe ist stärker als deine. Und jetzt ist genug geredet worden. Kämpfe endlich, und stirb!«

Der Höllenreiter hatte die Worte kaum ausgesprochen, als er den rechten Arm hochriss und die magische Lanze schwang.

Im selben Moment handelte auch Suko …

Meine Hände glitten unter das Hemd. Die Finger tasteten nach dem Kreuz vor meiner Brust. Und doch hatte ich Angst, es hervorzuziehen. Es war möglich, dass ich damit die hier herrschende Magie zerstörte und auf dem Bildschirm nichts mehr sehen konnte.

»Gespannt?«, fragte der Spuk.

»Ja.«

»Dann möchtest du den Tod deines Freundes also miterleben?«

»Dass er stirbt, daran glaube ich nicht«, erwiderte ich mit möglichst fester Stimme. »Wir wollen abwarten.«

»Deine Überheblichkeit kennt keine Grenzen!«, zischte der Dämon. »Wie tief muss man dich noch demütigen, damit du endlich glaubst, dass die Schwarze Magie stärker ist?«

»Sie ist nicht stärker. Noch nie hat das Böse für immer die Oberhand behalten. Höchstens für eine kurze Zeitspanne, das lass dir gesagt sein. Auch jetzt werden wir einen Ausweg finden!«

Der Spuk fluchte lästerlich. Dann schrie er: »Da, sieh selbst!«

Die graue Tönung verschwand. Bilder kristallisierten sich hervor. Verschwommen sah ich die Berggipfel im letzten Sonnenlicht, dann wanderten meine Blicke weiter, erfassten die Arena, und ich sah einen Mann einsam und verloren in dem Geviert stehen.

Suko!

Mein Partner war unverletzt. Er wartete auf den Höllenreiter.

Maringo ritt mit seiner Beute den Gang entlang. Ich erkannte die Tochter des Ranchers. Den Mann selbst sah ich nicht.

War er bereits tot?

Aber warum hatte Maringo das Mädchen am Leben gelassen? Was hatte er mit Jill vor?

Ich musste abwarten. Ich konnte nichts tun, war ein Gefangener meiner Feinde, die ihren Spaß an meiner Qual hatten.

Selten hatte ich mich so hilflos gefühlt.

Jetzt blieben die beiden voreinander stehen. Jeden Moment rechnete ich damit, dass ein Blitz aus der magischen Lanze fahren und Suko töten würde.

Das geschah nicht.

Die beiden unterhielten sich. Was sie sagten, verstand ich nicht, aber der Spuk kommentierte es auf seine Weise.

»Maringo wird ihm mitteilen, welch ein Tod ihn erwartet«, sagte der Dämon. »Es kann nicht mehr lange dauern, dann siehst du, wie dein Feind verglüht.«

»Und was hat er mit dem Mädchen vor?«, wollte ich wissen.

»Ihre Urahnen waren es, die Maringo zur Strecke gebracht haben. Sie wird das gleiche Schicksal erleiden wie er damals. Ihr Platz wird das Felsengrab sein.«

In mir stieg der heiße Zorn hoch. »Ihr Bestien!«, schrie ich. »Ihr satanischen Geschöpfe.« Ich sah dabei in die schwebenden Augen des Spuks. »Eines Tages werden all eure Welten zu Staub zerfallen wie ein alter Vampir, wenn ihn das Sonnenlicht trifft. Das schwöre ich euch.«

»Aber du wirst es nicht mehr erleben, John Sinclair!«

»Nach mir kommen andere. Und vielleicht auch stärkere. Verlasst euch drauf.«

Ich sprach nicht mehr weiter, denn zwischen Suko und dem Höllenreiter bahnte sich die Entscheidung an. Ich sah, wie Maringo den rechten Arm hob.

Jetzt – in diesen Augenblicken musste es geschehen, würde die magische Lanze meinen Freund durchbohren.

Ich wollte die Augen schließen, doch ich schaffte es nicht. Gebannt schaute ich den Ereignissen in der anderen Dimension zu …

Der Höllenreiter griff an.

Suko riss den rechten Arm hoch. In der Hand hielt er das Totem. Mein Freund sprach die magischen Worte.

Da zackte der Blitz aus der Lanze.

Suko erwartete jeden Augenblick den tödlichen Stoß, die alles zerfressende Helligkeit, doch nichts geschah. Er spürte nur, wie sich das Totem erwärmte.

Weit riss Suko die Augen auf.

Vor sich sah er den Höllenreiter. Maringo wollte nicht begreifen, dass seine Magie nicht gewirkt hatte. Er hatte sein Pferd auf die Hinterhand gerissen und ließ es auf zwei Beinen tänzeln. »Wer bist du?«, brüllte er. »Warum entgehst du meinen Angriffen?«

Suko antwortete. »Die Magie des Großen Manitou hat mich immun gegen dich gemacht.«

Maringo fluchte. »Manitou, wer ist das schon? Ich bin größer. Hinter mir steht die Macht der Hölle!«

Suko lachte ihn aus. »Das Gute übertrumpft immer das Böse. Merke es dir, Maringo!«

»Ach, fahr zum Teufel!«

Wieder stieß Maringo mit der magischen Lanze zu. Er hatte geglaubt, Suko überraschen zu können, doch der Blitz wurde von dem Totem absorbiert.

Aber war das alles, was dieses Totem konnte? Besaß es nicht die Kraft zu einem Gegenangriff? Suko war enttäuscht. Schließlich hatte er die magischen Worte gesprochen.

Der Höllenreiter wollte ihn jetzt niederzwingen. Er umritt ihn in einem wahnsinnigen Tempo. Staub wallte auf als dicke Wolken. Immer enger zog der Höllenreiter seine Kreise.

Da geschah es!

Das Totem in Sukos Hand begann plötzlich zu glühen. Es strahlte an der Spitze rot auf, wirkte wie ein übergroßes Rücklicht. Noch bevor es seine volle Intensität entfalten konnte, begann es zu rotieren. Es drehte sich immer schneller, bildete einen regelrechten Flammenkranz, und der Höllenreiter riss sein Pferd zurück.

Hoch steilte der Rappe auf.

Maringo schrie Gegenbeschwörungen, er ahnte, was auf ihn zukam, stieß verzweifelt mit seiner magischen Lanze zu, doch der Zauber des Totem war stärker.

Er schützte den Chinesen.

Urplötzlich löste sich der Flammenkranz auf. Er fiel nicht zusammen, nein, er zerfaserte nach allen Seiten.

Wie Kometen rasten kleine Flammenzungen in den grauen Himmel, drehten sich, als sie ihren höchsten Punkt erreicht hatten, und bildeten drei Schlingen. Drei Lassos!

Suko wusste mit einem Mal, wie die Magie des Großen Manitou wirkte. In rasender Geschwindigkeit wirbelten die Lassos dem Erdboden zu, suchten ihr Ziel und fanden es.

Maringo!

Der Höllenreiter wollte fliehen. Verzweifelt hämmerte er seinem Pferd die Hacken in die Weichen.

Der Rappe bäumte sich noch höher auf. Trompetenartiges Wiehern jagte in die Nacht. Feuer leckte aus den Nüstern wie Flammen aus einem Schneidbrenner, doch das alles nützte dem Dämon nichts mehr.

Die Lassos waren auf ihn programmiert.

Sie fielen.

Wurden immer schneller und schafften es.

Das erste feurige Lasso legte sich um den Oberkörper des Höllenreiters, wurde wie von unsichtbaren Fäusten zusammengezogen und umspannte den Dämon. Auch die Arme waren gefangen, sodass Maringo keine Chance mehr hatte, sich zu befreien.

Ein Ruck – und er fiel vom Pferderücken.

Hart prallte er in den Staub. Er wälzte sich herum, wollte den Druck sprengen. Er schaffte es nicht.

Das zweite Lasso wirbelte auf das Pferd zu. Der Rappe floh, doch dicht vor dem zerstörten Zaun wurde er von der Schlinge erfasst.

Wie auch sein Reiter, so krachte das Pferd schwer zu Boden. Es schlegelte mit den Hufen, wollte sich aufrichten, doch die magische Kraft der Schlinge war stärker.

Breitbeinig stand Suko auf der Stelle und hielt das Totem fest umklammert.

Noch schwebte ein drittes feuriges Lasso in der Luft.

Und auch diese Schlinge näherte sich rasend schnell dem Boden.

Das Ziel war Maringo.

In Windeseile rollte es sich um die Beine des Höllenreiters, die Schlinge zog sich zusammen und presste die Beine aneinander.

Jetzt war Maringo bewegungsunfähig.

Sukos Feind lag vor ihm im Staub. Gefesselt mit zwei magischen Schlingen.

Der Chinese ging auf seinen Feind zu. Kein Muskel regte sich in seinem Gesicht. Maringo war zwar gefesselt, aber noch lebte er, und noch wusste Suko nicht, wo ich mich befand.

Den Trumpf hatte Maringo.

Vor ihm blieb der Chinese stehen. Suko senkte den Kopf, und ihre Blicke trafen sich.

Nicht ein Fünkchen Triumph oder Freude war in Sukos Augen zu lesen. Ernst schaute er den Höllenreiter an.

Maringo lag auf dem Rücken. Die beiden leuchtenden Lassos schnürten ihn ein. Sein Gesicht war verzogen, bildete eine Grimasse. Vielleicht aus Wut oder Schmerz – Suko wusste es nicht. Es war ihm auch egal. Er wollte nur eins.

Mich befreien.

»Du hast verloren, Maringo!«, stellte Suko fest. Seine Stimme klang sachlich, ohne Emotionen. »Du befindest dich in meiner Hand. Ich kann mit dir machen, was ich will.«

Maringo schrie dem Chinesen etwas entgegen, was der nicht verstand. Es klang wie ein Fluch.

Suko ließ sich nicht beirren. »Du hast den Zauber des Großen Manitou unterschätzt, Maringo, bist wehr- und hilflos. Ich könnte dich töten. Irgendwie würde ich es auch schaffen.«

Jetzt blitzte es zum ersten Mal in den Augen des Höllenreiters auf. Suko stellte fest, dass der Dämon Angst hatte.

Er sprach weiter. »Wie gesagt, ich könnte dich töten, aber ich will dir eine Chance geben.«

Maringo antwortete, doch das schrille Wiehern des Rappen übertönte die Worte.

»Was hast du gesagt?«

»Warum willst du mir das Leben schenken?«, ächzte der Dämon.

»Weil ich auf ein Tauschgeschäft aus bin. Deine Freunde lassen John Sinclair frei. Wenn er neben mir steht, wirst auch du wieder dorthin zurückkehren, woher du gekommen bist. Überlege dir den Vorschlag gut. Lange warte ich nicht.«

»Niemals!«, kreischte der Höllenreiter. »Niemals werde ich darauf eingehen.«

»Dann willst du für alle Zeiten sterben?«

Maringo schwieg. Er keuchte nur noch.

Sukos Blick glitt über ihn hinweg. Es war fast völlig dunkel geworden. Der Widerschein der magischen Schlingen spiegelte sich auf den Gesichtern der beiden Feinde. Fern im Westen, über den Schwarzen Bergen, blitzte es.

Ein Wärmegewitter kündigte sich an.

»Nun?«, fragte Suko. »Wie hast du dich entschieden?«

»Ich brauche Bedenkzeit.« Maringo versuchte, den Chinesen hinzuhalten.

Suko schüttelte den Kopf. »Nein, darauf lasse ich mich nicht ein. Ich sitze am längeren Hebel. Du wirst dich sicherlich durch geistigen Kontakt mit deinen Freunden in Verbindung setzen können, sofern sie nicht schon wissen, was hier geschehen ist. John Sinclairs Leben gegen das deine. Eine andere Wahl gibt es nicht.«

Der Höllenreiter knurrte und fauchte. Er focht innerlich einen harten Kampf mit sich aus.

Nachgeben wollte er nicht, denn er wusste, was ihn dann erwartete.

Sie würden ihn verachten. Er würde ein Nichts werden im Reich der Dämonen.

Davor fürchtete er sich. Aber er blieb am Leben. Andererseits traute er dem Chinesen und dessen Magie zu, ihn in den Tod zu schicken.

Wie sollte er sich entscheiden?

Es wurde ihm abgenommen.

Plötzlich vernahm Suko hinter sich ein leises Lachen. Er wirbelte herum.

Eine Gestalt schälte sich aus der Dunkelheit. Eingehüllt in einen langen schwarzen Umhang. Er war kaum zu sehen, und nur die hellen Augen in dem dunklen Schädel erinnerten Suko daran, dass dort jemand stand.

Der Schwarze Tod!

Noch nie hatte ich so um das Leben meines Freundes Suko gebangt wie in diesen schrecklichen Augenblicken. Ich gab ihm keine Chance mehr, die magische Lanze würde ihn vernichten wie viele andere vorher.

Doch dann sah ich den Gegenzauber. Entdeckte die drei Lassos, die sich hoch in die Luft schwangen und mit nahezu tödlicher Sicherheit ihre Ziele fanden.

Rasend schlug mein Herz. Die Fingernägel gruben sich tief in das Fleisch der Handballen. Der Schweiß lief mir in Strömen über das Gesicht. Ich war gebannt.

Und der Kampf ging weiter.

Der Höllenreiter versuchte, alles einzusetzen, doch die Weiße Magie war stärker. Er kam nicht dagegen an.

Doch ich war der Einzige, der sich freute. Neben mir erstickte der Spuk fast an seiner Wut.

Er stieß schlimme Flüche aus, in einer Sprache, die ich nicht verstand. Dann sagte er zu mir. »Er hat ihn besiegt. Er hat den Höllenreiter besiegt!« Der Spuk stöhnte. »Wer hat ihm geholfen?«

Hinter mir standen noch immer die vier apokalyptischen Reiter. Die Pferde scharrten mit den Hufen. Sie waren unruhig geworden. Auch sie hatten die Niederlage erlebt. Würden die Reiter sich rächen? Ihre Rache an mir auslassen?

Wenn ja, musste ich mir schnellstens etwas einfallen lassen.

Aber erst einmal redete Suko. Er schlug dem gefangenen Höllenreiter ein Tauschgeschäft vor.

Mein Leben gegen das des Dämons.

Ich hielt den Atem an. Würden die Mächte der Finsternis auf diesen Handel eingehen?

»Niemals!«, kreischte der Spuk. »Niemals gebe ich Sinclair her. Ich lasse ihn zerreißen …« Er stieß noch weitere Drohungen aus, ich beachtete sie nicht.

Das Geschehen auf der Dimensionsleinwand war im Augenblick wichtiger.

Und dort sah ich plötzlich meinen Erzfeind auftauchen. Der Schwarze Tod erschien.

Er befand sich in Sukos Rücken, der Chinese bemerkte ihn nicht, bis der Schwarze Tod ihn ansprach. Da wirbelte Suko herum. Etwas war auch mir klar. Wenn sich jemand nicht auf den Handel einließ, dann war es der Schwarze Tod. Er ging keine Kompromisse ein, opferte lieber, aber sein grausames Ziel gab er nicht auf.

Doch wie entrann ich dann dieser schrecklichen Jenseitswelt?

Es gab nur eine Möglichkeit.

Ich musste mich auf den Dimensionsschirm stürzen, hineintauchen in die Unendlichkeit der Zeiten und darauf hoffen, dass ich dort herauskam, wo auch Suko war.

Eine andere Alternative gab es nicht!

Fünf Schritte höchstens trennten mich von dem transzendentalen Tor. Eine Distanz, die sich überbrücken ließ, wenn man schnell war.

Ich war es.

Einen Blick über die Schulter riskierte ich. Zwei der Reiter konnte ich sehen. Auch sie hatten nur Augen für den magischen Bildschirm. Ich hoffte, dass die anderen beiden ebenso abgelenkt waren.

Tief holte ich Luft.

Zählte bis drei …

Dann startete ich.

Ich legte alles, was ich hatte, in den Spurt hinein, nutzte die Überraschung aus, war schon drei Schritte vor, ehe sich hinter mir meine Gegner rührten.

Dicht vor meinen Augen tauchte die Leinwand auf. Ich stieß mich ab. Es war ein gewaltiger Sprung. Ich hechtete durch die Luft, hatte die Arme weit vorgestreckt. Die Fingerspitzen berührten die magische Leinwand.

Gab sie nach?

Ja!

In meinem Rücken hörte ich noch die wütenden Schreie, dann tauchte ich ein, war verschwunden und wurde gefangen vom Wirbel der Dimensionen …

Glasklar gab der Schwarze Tod Suko seine Meinung zu verstehen. »Es wird nichts aus dem Tauschgeschäft«, sagte er bestimmt. »Sinclair bleibt gefangen!«

»Dann wird Maringo sterben«, antwortete Suko.

Der Schwarze Tod lachte hart. »Ich kann es nicht ändern, aber Sinclair ist mir wichtiger!«

Der Höllenreiter hatte das Gespräch mit angehört. Als er merkte, dass er geopfert werden sollte, brüllte er auf. »Nein, ich will nicht!« Seine Stimme kippte über. Er wand sich in den magischen Fesseln. »Ich will frei sein. Gib Sinclair frei!«

Der Schwarze Tod blieb hart. »Niemals. Schon lange bin ich hinter ihm her gewesen. Ein paar Mal hat er mir ein Schnippchen schlagen können, jetzt ist er gefangen. Und du, Maringo, hast ebenfalls nachgelassen. Deine Kraft war früher stärker. Ich brauche dich nicht mehr, Höllenreiter. Ich habe Sinclair. Er wiegt vieles auf.«

Suko sah seine Felle davonschwimmen. Sein Blick irrte zwischen dem am Boden liegenden Maringo und dem Schwarzen Tod hin und her. Letzterer hatte ihm die Regie aus den Händen genommen. Jetzt wurde nach seiner Pfeife getanzt. Und das war schlimm.

Der Schwarze Tod kümmerte sich nicht mehr um seinen ehemaligen Leibwächter. Er war für ihn bereits gestorben.

»Dein Spiel ist zu einem Selbstschuss geworden, Chinese«, sprach er Suko an. »Du hast vergessen, dass du es hier nicht mit deinesgleichen zu tun hast. Dämonen reagieren immer anders, als ihr es euch vorstellt. Kompromisse gibt es nicht. Auch deine Chancen sind dahin, Chinese. Ich werde dich töten.«

»Und mich befreien!«, schrie Maringo.

»Vielleicht!« Der Schwarze Tod schritt jetzt auf Suko zu. Mein Freund musste zurück. Er hielt weiterhin das Totem umklammert, hob jetzt den rechten Arm und versuchte, die Magie des Totems zu aktivieren.

Er hatte keine Chance!

In der Ferne wetterleuchtete es noch immer. Doch schon war ein dumpfes Grollen zu hören, dessen Schall über den samtblauen Himmel getragen wurde und in der Ferne verklang.

Das Gewitter näherte sich.

Im Zickzack fuhr ein Blitz dem Erdboden entgegen, wenig später rollte der Donner.

»Begleitmusik für deinen Tod, Chinese«, sagte der Dämon. »Du stehst allein, von John Sinclair darfst du keine Hilfe erwarten.«

»Wirklich nicht?«, ertönte hinter dem Schwarzen Tod eine Stimme.

Sie gehörte mir!

»Joohhhnnn!«

Noch nie hatte ich diesen befreienden Aufschrei aus Sukos Mund gehört. In diesem Wort lag all das, was er in den letzten Stunden durchgemacht hatte.

Angst, Verzweiflung, Hoffnung …

Ich hatte die Reise durch die Dimensionen gut überstanden und war auch dort herausgekommen, wo ich wollte.

Am unmittelbaren Ort des Geschehens.

Der Schwarze Tod stieß ein undefinierbares Geräusch aus. Auch er war geschockt. Er hatte mich schließlich in seinem Reich gewähnt. Eingefangen wie eine Fliege im Spinnennetz.

Jetzt zerbrach diese Vorstellung.

Aber nicht nur er war geschockt, sondern auch Maringo, der Höllenreiter. Doch er überwand seinen Schrecken schnell.

»Löse mir die Fesseln!«, schrie er dem Schwarzen Tod zu. »Noch habe ich genügend Kraft, Sinclair zu besiegen!«

Der Schwarze Tod war noch zu perplex, um sofort handeln zu können. Er musste sich erst auf die neue Situation einstellen.

Im direkten Kampf war er stärker als wir, daran gab es nichts zu rütteln, er konnte uns mit einem Fingerschnippen besiegen. Das wussten Suko und ich.

Aber wir erhielten Hilfe.

Von einer Seite, mit der wir nie gerechnet hatten. Es war so unwahrscheinlich und unglaubhaft, dass ich es jetzt noch nicht fassen kann.

Am Himmel erschien ein riesiges Gesicht!

Wir sahen es durch das Netz von Blitzen schimmern, und ich hatte das Gefühl, als würde es das gesamte Firmament einnehmen. Eine Gänsehaut rann mir über den Rücken, als ich nach oben starrte.

Und doch war das Gesicht keine Fratze. Es erschien mir ebenmäßig, zeigte Güte und Strenge in einem. Unzählige Falten zogen sich wie leuchtende Striche durch das Antlitz. Nase und Kinn waren ausgeprägt, ebenso die hoch stehenden Wangenknochen.

Am Himmel schwebte das Gesicht eines weisen, uralten Indianers. Und für mich kam nur einer infrage, dessen Geist ich so projiziert sah.

Manitou!

Ich flüsterte den Namen, sprach ihn ehrfurchtsvoll aus. Dass ich damit recht hatte, bewiesen die nächsten Sekunden. Der Schwarze Tod schrie auf.

»Manitou!«, brüllte er, streckte den Arm dem Himmel entgegen und ballte die rechte skelettierte Hand.

»Ja«, erscholl eine laute Stimme. »Ich bin es in der Tat. Habe die Unendlichkeit der Dimensionen verlassen, um in die Geschicke der Erde einzugreifen. Maringo hat genug angerichtet, er soll durch deine Hilfe nicht noch stärker werden.«

Suko und ich beobachteten gespannt den Dialog.

»Willst du mir drohen?«, schrie der Schwarze Tod.

»Auch das. Aber in erster Linie will ich dich warnen. Zieh dich zurück, und überlasse den Höllenreiter mir!«

»Niemals!«, schrie der Schwarze Tod. Er kreiselte herum, dass sein Umhang wie eine Fahne wehte. Plötzlich spreizte er die skelettierten Finger.

Im nächsten Moment fielen die Fesseln. Die leuchtenden Lassos verschwanden.

Maringo konnte sich wieder frei und ungehindert bewegen.

»Kämpfe!«, brüllte der Schwarze Tod ihn an. »Der Sieg gehört uns, der Schwarzen Magie!«

Einen Atemzug später war die Hölle los!

Suko rannte auf mich zu. Er gestikulierte mit den Armen und rief: »Da, Maringo!«

Ich stand dem Höllenreiter am nächsten. Wie vom Katapult geschleudert, sprang er auf die Füße. Auch das Pferd jagte hoch und warf sich wiehernd herum.

Maringo suchte seinen Rappen, das Pferd lenkte ihn für ein paar Sekunden ab, und so erhielt ich meine Chance.

Ich sprang ihn an.

Im letzten Augenblick schleuderte er seinen Körper herum. Ich sah in das Gesicht mit dem blutroten V auf der Stirn, dann prallte ich gegen ihn. Gemeinsam fielen wir zu Boden. Nur im Unterbewusstsein hörte ich den Schrei und das helle Wiehern des Pferdes. Jetzt musste ich kämpfen und alles daransetzen, um zu gewinnen.

Mit beiden Fäusten umklammerte ich Maringos rechtes Handgelenk, riss den Arm hoch und zog den Höllenreiter schwungvoll auf die Füße. Er versuchte, sich aus meinem Griff zu drehen, doch ich hielt eisern fest. Wenn es ihm gelang, mich mit der magischen Lanze zu treffen, war es um mich geschehen.

Er aktivierte sie.

Eine Handbreit von meiner Brust entfernt wischte der Blitz vorbei und bohrte sich in den Boden.

Ich gab nicht nach, presste ihm mein Knie in den Rücken und drückte ihn so zurück.

Wild schlug er mit der linken Hand um sich, traf mich ein paar Mal hart, doch ich biss die Zähne zusammen und kämpfte weiter. Zoll für Zoll drehte ich seinen Arm. Mir war plötzlich die Idee gekommen, wie ich ihn besiegen konnte.

Auch Maringo ahnte, was ich vorhatte.

Er keuchte wild und drückte gegen meinen Griff.

Nicht nachgeben! hämmerte ich mir ein. Nur nicht nachgeben!

Und ich schaffte es. Winkelte den Arm so weit nach innen, dass die Spitze der Lanze genau auf seine Stirn zeigte. Maringo hatte nichts mehr entgegenzusetzen. Wahrscheinlich war er durch die Lichtlassos so geschwächt worden, dass er seine Kräfte nicht mehr entfalten konnte.

Ein Ruck – und …

Der Schrei war gellend.

Ich ließ den Höllenreiter los und warf mich nach hinten. Nur weg aus der unmittelbaren Gefahrenzone.

Hoch aufgerichtet stand der Höllenreiter da. Seine Haut schimmerte plötzlich durchsichtig. Die Lanze war ihm in den untoten Körper gedrungen. Ich sah, wie sie bis in die Fußspitzen raste. Dann erfolgte eine grelle Lichtexplosion, ein letzter markerschütternder Schrei – und Maringo war nicht mehr.

Keuchend warf ich mich herum.

Suko lag auf dem Boden. Vor ihm hatte sich der Rappe auf die Hinterbeine gerichtet. Mit den Vorderhufen zielte er auf meinen Freund. Die Nüstern blähten sich. Jeden Augenblick konnte der Feuersturm daraus hervorbrechen.

»Suko!«, schrie ich.

Mein Freund rollte sich über den Boden und schnellte dann weg von den tödlichen Hufen.

Es wäre nicht mehr nötig gewesen.

Urplötzlich brach das Pferd zusammen. Es schlug noch mit den Beinen, hob den Kopf, wieherte ein letztes Mal und wurde zu Staub.

Geschafft!

Oder?

Aber da waren noch der Schwarze Tod und Manitou, sein Gegner.

»Sieh doch, John!«, rief Suko. Angespannt blickte er an mir vorbei. Ich drehte mich.

Zum ersten Mal in unserem Leben erlebten Suko und ich den Kampf zweier dämonischer Todfeinde …

Es war ein einmaliges Schauspiel!

Faszinierend, gewaltig und makaber zugleich.

Zwei Geister der oberen Rangstufe bekämpften sich. Der eine gut, der andere schlecht.

Wer würde gewinnen?

Suko und ich waren zu Statisten degradiert, schauten aus sicherer Entfernung zu und drückten dem Geist des alten Indianers die Daumen.

Der Schwarze Tod griff an. Spielte seine Magie aus, die er bis ins kleinste Detail beherrschte. Aus seiner Faust schoss plötzlich eine Leuchtspur in den dunklen Himmel, nahm Kurs auf das Gesicht, zerfaserte kurz zuvor und breitete sich wie ein Blutregen aus.

Der Dämon lachte. »Das war die erste Kostprobe!«, rief er. »Und die nächste folgt sogleich.«

Ein gewaltiges Rauschen war zu hören. Weit über uns musste ein höllischer Sturm toben, der alles hinwegfegte, was sich ihm in den Weg stellte.

Die roten Tropfen und das Gesicht waren plötzlich verschwunden.

Neben mir atmete Suko schwer. Ich murmelte einen Fluch. Der Schwarze Tod aber wandte sich uns zu.

»Jetzt gebt acht!«, schrie er, breitete seine Arme aus – und …

Plötzlich war das Gesicht wieder da. Und die Donnerstimme. »Nimm das, Verfluchter!«

Etwas Helles raste aus dem Himmel. Unheimlich schnell. Der Schwarze Tod reagierte einen winzigen Augenblick zu spät. Ich sah noch den riesigen Tomahawk, der mit der Schneide zuerst auf seinen Schädel zuflog.

Ich schloss die Augen.

Der Boden erbebte. Wir spürten die Druckwellen und konnten uns nicht mehr halten.

Dann sprach wieder der große Geist. »Steht auf«, rief er, »der Schwarze Tod ist verschwunden, heimgekehrt in seine Dimension. Meine Waffe hat ihn angekratzt. Es wird etwas dauern, bis er seine Wunden geleckt hat.«

»Danke!«, rief ich zurück, hob den Blick und vermeinte, ein Lächeln auf dem Gesicht zu sehen.

Dann war es verschwunden.

Zehn Sekunden später brach das Gewitter los. Als der Regen niederrauschte, hatte ich das Gefühl, er würde all das Grauen hinwegspülen, das wir in den letzten Stunden durchgemacht hatten.

Suko trug die immer noch ohnmächtige Jill Cannighan auf seinen starken Armen.

Nebeneinander gingen wir in den Ort hinein.

Drei Tage wurden Suko und ich in Hickory festgehalten. Das FBI interessierte sich für uns. Der Geheimdienst ebenfalls. In einem abhörsicheren Raum wurden wir verhört.

Dort legte ich die Karten auf den Tisch.

Washington wurde eingeschaltet. Ich sprach mit dem stellvertretenden CIA-Direktor. Es wurde ein langes Gespräch. Dann hielten andere Rücksprache mit Scotland Yard.

Am Abend des dritten Tages waren alle Unklarheiten beseitigt. Für die Presse gab es eine offizielle Erklärung. Das Wissen um das, was wirklich geschehen war, blieb nur einigen Einheimischen vorbehalten.

Eine Nacht wollten wir noch in Hickory schlafen und uns dann auf die Rückfahrt begeben.

Ich sehnte mich nach London. Sogar nach dem verdammten Nebel.

In einem nach Western-Art aufgezogenen Saloon fanden wir Herby. Er war der Held des Tages und von Reportern umringt. Schließlich hatte er uns geholfen. Die Geschichte, die er daraus machte, war noch fantastischer als unser Abenteuer. Er erzählte von UFOs und grünhäutigen Lebewesen, gegen die er gekämpft hatte.

Schnell verließen wir das Lokal.

Ich suchte nach dem Medizinmann. Er war nicht mehr da. Ein Stammesbruder berichtete mir, er wäre in die Wüste gegangen. Allein.

Auf der Straße traf ich mit Suko zusammen. Es herrschte wieder mächtig Betrieb. Die Musikautomaten dröhnten und spien die Westernklänge in die Nacht.

Menschen vergaßen schnell.

Uns ging es jedoch anders. Wir konnten so leicht nicht vergessen. Der Schwarze Tod hatte zwar diesmal wieder eine Niederlage einstecken müssen, aber nicht durch meine Hand, sondern durch die eines Mächtigeren.

Ich fragte mich, ob ich wirklich in der Lage war, ihn und die anderen Dämonen zu besiegen.

Mit Suko besprach ich das Problem.

Er war da optimistischer. »Es wird bestimmt irgendeine Waffe geben, mit der du den Schwarzen Tod besiegen kannst.«

»Aber welche?«

Suko hob die Schultern. »Keine Ahnung.«

Ich zog an meiner Zigarette und schaute dem Rauch nach.

»Irgendwann werden wir sie finden«, sagte ich und fügte leise hinzu: »Da bin ich mir fast sicher …«

DIE HORROR-REITER

Nasse Schneeflocken fielen vom bleigrauen Himmel, tupften gegen die breite Frontscheibe des Bentley und schmolzen sofort. Es war ein widerliches, nasskaltes Wetter. Schneeregen, Kälte, Wind – und ich war unterwegs.

Mein Ziel war ein kleines Pfarrhaus, nordwestlich von London, in einem winzigen Ort, der Torrens hieß.

Heizung und Gebläse liefen. Die schweren Reifen wühlten den Schlamm des schmalen Wegs auf. Aus dem Radio hörte ich leise Musik.

Eigentlich wollte ich gar nicht mehr um diese Zeit hinausfahren, aber Father Hackmanns Stimme hatte sehr dringend geklungen. Und so fuhr ich am späten Nachmittag meinem Ziel entgegen.

Die Schneewand wurde dichter. Ein wirbelnder Flockenzirkus tanzte im Licht der beiden Scheinwerfer. Noch war der Boden nicht gefroren, sodass der Schnee bald wegtaute, doch das konnte sich in den nächsten Tagen rasch ändern, dann hatten wir wieder das Chaos auf den Straßen.

Der Weg führte an einer hohen Mauer vorbei. Efeugewächse rankten über die Krone hinweg und strichen gegen das Wagendach. Am Ende der Mauer sollte das Pfarrhaus liegen. Das jedenfalls hatte man mir im Dorf gesagt.

Es stimmte.

Kirche und Pfarrhaus lagen versteckt hinter hohen Ulmen. Nur der Kirchturm ragte über die Baumkronen hinaus. Ich sah ihn schemenhaft, denn die tanzenden Flocken erschwerten die Sicht. Rechts wurde die Mauer von einem großen, schmiedeeisernen Tor unterbrochen. Ich bremste und ließ den Bentley neben dem Tor stehen.

Dann stieg ich aus. Dumpf schnappte die Wagentür ins Schloss. Nasse, dicke Schneeflocken trafen mein Gesicht. Der Wind kam von der Seite. Er biss in die Haut.

Ich stellte den Mantelkragen hoch. Mein Burberry hielt die Nässe ab. Ich schaute durch die Torgitter und sah Licht schimmern. Links von der Kirche.

Der Pfarrer war also zu Hause.

Ich drückte die Klinke herunter und fand das Tor verschlossen. Dafür entdeckte ich in der Wand einen Klingelknopf.

Ich schellte.

Einen elektrischen Türöffner oder eine Gegensprechanlage gab es nicht. Der Pfarrer kam selbst, um zu öffnen. Er hatte sich einen weiten Mantel über die Schultern gehängt. Die Kapuze ließ nur das Gesicht frei.

Der Pfarrer schloss auf.

»Mein Name ist John Sinclair«, stellte ich mich vor. »Sie haben mich angerufen, Father.« Während des Sprechens schaute ich auf ihn hinab. Er war ziemlich klein.

»Ah ja. Ich freue mich, dass Sie da sind. Kommen Sie doch herein. Rasch.« Er zog mich am Arm. »Die anderen Klatschmäuler brauchen nicht unbedingt zu wissen, dass ich Besuch habe.«

Ich trat durch das Tor. »Aber ich habe bereits im Dorf nach dem Weg gefragt.«

»Ist auch nicht mehr zu ändern.«

Wir gingen zum Pfarrhaus. Der Weg war mit Kies bestreut. Es knirschte unter unseren Füßen. Der weiße Flockenwirbel hüllte uns ein. Der Schnee schmolz zu kleinen Tropfen auf der dichten Haut des Mantels.

Ich war wirklich gespannt, was der Pfarrer von mir wollte. Am Telefon hatte er nichts Konkretes gesagt, doch mein Gespür sagte mir, dass ich am Beginn eines heißen Falls stand.

Vor der Kirche bogen wir ab. Das Pfarrhaus wirkte direkt winzig gegenüber dem riesigen romanischen Bau.

»Wie alt ist die Kirche?«, fragte ich.

»Fast tausend Jahre«, lautete die stolze Antwort.

Ich empfand Ehrfurcht vor dem Bauwerk.

Der Pfarrer hatte die Tür seines Hauses nur angelehnt. Der Wind drückte sie auf und fegte Flocken hinein.

Schnell betraten wir das Haus.

Die Zimmer waren klein, aber gemütlich. Da alle Türen offen standen, konnte ich von der schmalen Diele aus in die einzelnen Räume hineinschauen.

»Wollen Sie nicht ablegen?«, fragte der Pfarrer.

Ich zog den Mantel aus.

Father Hackmann ging vor in sein Arbeitszimmer. Es war eine kleine Bibliothek. An den Wänden standen Regale. Sie reichten bis zur Decke und waren vollgestopft mit Büchern. Wenn der Pfarrer hinter dem Schreibtisch saß, konnte er durch das Fenster auf die Kirche schauen. Zwei Stehlampen verbreiteten ein gemütliches Licht. In einer Ecke stand der Kohleofen. Durch ein Sichtfenster sah ich den Koks glühen.

Erst jetzt konnte ich mir den Pfarrer genauen anschauen. Er war schon alt. Ich schätzte ihn auf mindestens siebzig Jahre. Seine Haut zeigte zahlreiche Falten, aber die blauen Augen blickten klar und wach. Er trug einen dunklen Anzug und darunter einen schwarzen Pullover.

Aus einem Schrank holte Father Hackmann eine Weinflasche. Sie hatte kein Etikett und war zur Hälfte mit einer dunklen Flüssigkeit gefüllt.

»Das ist Selbstgebrannter«, verkündete Father Hackmann stolz. »Möchten Sie ein Gläschen?«

Ich wollte nicht unhöflich sein. »Eins kann ich verantworten.«

Der Pfarrer lächelte. »Ich weiß, Sie müssen noch fahren.«

Das Getränk schmeckte gut. Es war ein Aufgesetzter. Bill Conolly, mein alter Freund, hatte dafür vor Jahren mal einen Spezialausdruck geprägt. Schrebergartenwhisky.

Wir hatten an einem runden Tisch Platz genommen, und nachdem die Gläser leer waren, kam der Pfarrer zur Sache.

»Ich darf voraussetzen, Mister Sinclair, dass Sie an Dämonen glauben?«

»Ja.«

»Ich als Geistlicher weiß natürlich auch, dass es das Böse gibt. Es ist einfach da und auch nicht wegzudiskutieren. Ich habe mir nur nie vorstellen können, wie es sich darstellt, bis ich vor drei Tagen damit konfrontiert worden bin. Jemand brachte mir einen alten Freund. Pater Emilio Zagallo. Wir haben zusammen studiert, uns hin und wieder geschrieben, doch dann ist der Pater in ein Kloster gegangen und hat dort gearbeitet. Das Kloster liegt in den Pyrenäen, auf einem Berggipfel, ziemlich einsam und von der Welt völlig abgetrennt. Ebenso leben die Mönche. Sogar begraben werden sie dort oben. Man weiß nicht, was hinter den Mauern geschieht. Ich möchte darüber auch keinen Kommentar abgeben. Nun ist es meinem Freund Emilio Zagallo gelungen, aus diesem Kloster zu fliehen. Aber er ist ein anderer Mensch. Als er hier ankam, war er fertig.«

Ich runzelte die Stirn. »Wieso?«

Der Pfarrer stand auf. »Kommen Sie mit, Mister Sinclair, ich will Sie zu ihm führen.« Der Pfarrer ging zur Tür. Kurz davor wandte er noch einmal den Kopf. »Aber erschrecken Sie nicht. Er – er sieht wirklich nicht gut aus.«

»Ich werde mich zusammenreißen.«

Über eine Holzstiege schritten wir in die erste Etage. Die Stufen knarrten.

Oben musste ich den Kopf einziehen.

Der Pfarrer lächelte. »Ja, ja, wenn man groß ist, hat das auch manchmal seine Nachteile.«

»Sie sagen es.«

Vor einer schmalen Tür blieben wir stehen. Sie war graugrün lackiert. Bevor der Pfarrer die Tür öffnete, bemerkte ich den eigentümlichen Geruch. Ich konnte ihn nicht genau identifizieren, glaubte aber, so etwas wie Schwefel oder Moder zu schmecken.

Meine Nackenhaare stellten sich quer. Unwillkürlich tastete ich nach meiner mit Silberkugeln geladenen Beretta.

Sie steckte wie immer im Schulterholster.

Pfarrer Hackmann hatte meinen Griff bemerkt. Er lächelte. »Sie brauchen keine Angst zu haben, Mister Sinclair. Pater Emilio tut Ihnen nichts, nichts mehr«, fügte er bedeutungsvoll hinzu.

Zweimal drehte er den Schlüssel herum. Dann stieß er die Tür auf. Ich ließ ihn vorgehen. Rechts an der Wand befand sich der Lichtschalter. Der Pfarrer drehte ihn herum.

Die Lampe an der Decke gab einen milchig-trüben Schein ab. Er leuchtete so eben das alte Metallbett aus, auf dem Emilio Zagallo lag.

»Treten Sie näher«, flüsterte der Pfarrer und winkte mir zu.

Auf Zehenspitzen ging ich in das Zimmer hinein. Erst jetzt sah ich, dass der Mann auf dem Bett gefesselt war. Arme und Beine waren mit Stricken an die jeweiligen Pfosten gebunden.

»Es musste sein«, flüsterte der Pfarrer, als er meinen verwunderten Blick bemerkte.

Dann stand ich neben dem Bett. Father Hackmann war etwas zur Seite getreten, sodass ich freies Sichtfeld auf Pater Emilio hatte.

Im nächsten Augenblick erschrak ich bis ins Mark!

Der Mann sah grausam aus. Er mochte ungefähr so alt sein wie Father Hackmann, hatte das gleiche schlohweiße Haar wie er, doch damit endeten die Gemeinsamkeiten.

Das Gesicht war es, das mir einen Schock versetzte.

Die Haut auf der rechten Hälfte sah aus, als wäre sie mit Säure übergossen worden. Sie bestand nur aus einer zusammengedrückten, verschrumpelten Masse, die sich vom Kinn bis hoch zum Stirnansatz zog. Auch das Auge war in Mitleidenschaft gezogen worden. Es hatte keine Pupille mehr, sondern wirkte wie eine gläserne, übergroße Murmel.

Die Hälfte der Nase war überhaupt nicht mehr vorhanden, und wo normalerweise bei einem Menschen die Lippen sitzen, befand sich ein Loch.

Ich riss mich zusammen und beugte mich weiter über ihn. Die linke Gesichtshälfte sah völlig normal aus. Zwar hatte das Alter dort auch seine Spuren hinterlassen, aber mit siebzig Jahren zeigte die Haut nun nicht mehr die Frische der Jugend.

Der Mann war nicht tot. Er atmete schwer und seufzend. Sein gesundes Auge musste uns sehen, doch es zeigte keine Reaktion.

Ich stellte mich wieder aufrecht hin. Sekundenlang schaute ich den Pfarrer an. Niemand von uns sprach.

»Was ist mit ihm geschehen?« Ich unterbrach das Schweigen.

Mit einer resignierend anmutenden Geste strich sich der Pfarrer über sein Gesicht. »Das ist eine lange Geschichte«, murmelte er. »Ich kenne sie auch nicht genau. Mir sind nur Bruchstücke davon bekannt. Eben das, was ich von ihm gehört habe.«

»Und das war nicht sehr erfreulich?«, vermute ich.

»Nein, Mister Sinclair. Ganz und gar nicht.«

»Was ist mit seinem Gesicht passiert?«, wollte ich wissen.

»Es ist ja nicht nur das Gesicht«, erwiderte der Pfarrer, »sondern die gesamte Körperhälfte. Ich meine, dass es die Rache der Dämonen ist. Er hat die Mächte der Finsternis herausgefordert und muss dafür nun büßen.«

»Wissen Sie Näheres?«, fragte ich.

Der Pfarrer wurde einer Antwort enthoben, da Pater Zagallo anfing zu sprechen. Vielmehr war es nur ein Lallen, denn Worte konnten wir kaum verstehen. Wir mussten uns schon die einzelnen Verbindungen zusammenreimen.

Wir traten näher an das Bett.

Wie tot lag der Pater auf der zerschlissenen Matratze. Das linke Auge lebte, die Pupille schien zu tanzen, während das rechte Auge starr gegen die Decke stierte.

»Sie – sie kommen«, keuchte er. »Sie – sie sind schon da. Gefahr. Das Kloster – dem Bösen – verschrieben – Tor – das Tor …«

Er murmelte noch einige Worte, die ich nicht richtig verstehen konnte. Dann aber bäumte sich sein Körper auf, und der Pater begann zu schreien.

»Aeba!«, keuchte er. »Aeba – Aeba …« Er betonte jeden einzelnen Buchstaben.

Immer wieder rief er das Wort. Dabei brach ihm der Schweiß aus. Wie eine zweite Schicht lag er auf seiner Stirn, doch der Pater hörte nicht auf.

»Aeba! Aeba!«

Er kreischte und tobte. Der Priester schaute mich an. »So schlimm war es noch nie«, flüsterte er.

Ich wandte meinen Blick nicht von dem Bett. Emilio Zagallo wand sich in den Fesseln. Er bäumte seinen Körper hoch, bog den Rücken durch, schrie und geiferte.

Und immer wieder rief er dieses einzelne Wort, bis der Speichel von seinen Lippen sprühte und zu kleinen Bläschen zerplatzte.

Plötzlich sank er zusammen. Von einem Augenblick zum anderen geschah dies. Pater Zagallo fing an zu weinen. Das Schluchzen schüttelte seinen Körper regelrecht durch.

Für mich bestand kein Zweifel. Dieser Mann war besessen!

Nicht zum ersten Mal in meinem Leben erlebte ich einen Besessenen. Die Frage stellte sich nur, ob der Pater von einem Dämon besessen war oder ob ihn der Satan beherrschte.

Es gab Fälle, da suchten sich Dämonen Wirtskörper aus. Meistens gehörten diese Dämonen zur unteren Kategorie. Sie hatten nicht den Einfluss, um das Bewusstsein des Menschen permanent zu verändern, sondern nur hin und wieder. Deshalb kam es auch zu den unregelmäßigen Anfällen. Dann drang der Dämon wieder an die Oberfläche, und der Besessene musste sich Luft machen.

Wie bei Pater Zagallo.

Father Hackmann kniete neben dem Bett nieder und sprach Gebete. Dabei holte er einen Rosenkranz hervor und ließ die einzelnen Perlen durch die Finger gleiten.

Doch Pater Emilio gehorchte ihm nicht. Er tobte nur noch schlimmer. Schrie und jaulte. Er stieß Drohungen aus, die schlimm waren und der Welt den Untergang versprachen. Zwischendurch fiel immer das eine Wort, das ich nicht verstand.

AEBA. Was bedeutete das? Ich zerbrach mir den Kopf, während ich auf den Pater hinabschaute.

Als ich sah, dass Father Hackmann mit seinen Gebeten keinen Erfolg hatte, zog ich mein Kreuz über den Kopf, trat an das Bett und ließ das Kreuz vor Pater Emilios Augen pendeln.

Seit Kurzem wusste ich, was die rätselhaften Zeichen an den Enden des Kruzifixes zu bedeuten hatten. Es waren die Anfangsbuchstaben der vier Erzengel.

Michael, Gabriel, Raphael und Uriel.

Sie hatten dem Bösen abgeschworen und dieses Kreuz geweiht. Deshalb wirkte es auf Dämonen wie ein rotes Tuch. Die Diener der Finsternis mussten meiner Meinung nach die Strahlen spüren, die von diesem Kreuz ausgingen. Erst vor Kurzem hatte ich erlebt, wie das Kreuz in Verbindung mit einem uralten Eichenpfahl Draculas Neffen vernichtet hatte. Es war eine Szene, die ich nie in meinem Leben vergessen würde.

Hin und her pendelte das Kreuz, schwang einmal nach rechts, dann wieder nach links. Und der Blick des abtrünnigen Priesters wurde wie magisch von dem Kruzifix angezogen.

Sein Schreien verebbte langsam, wurde immer leiser und erstarb schließlich ganz.

Nur noch die keuchenden Atemzüge erfüllten das kleine Zimmer unter dem Dach.

Überrascht schaute mich Father Hackmann an. Er stand auf, schüttelte ungläubig den Kopf und fragte mit erstaunter Stimme: »Wie haben Sie das gemacht?«

Ich lächelte. »Mein Geheimnis, und ich möchte es für mich behalten. Nur soviel sei gesagt: Dieses Kreuz ist wohl das Wertvollste, was ich besitze, und ich würde es für kein Geld in der Welt hergeben.«

»Ich verstehe Sie«, erwiderte der Pfarrer. Er warf einen Blick auf den jetzt merklich ruhiger gewordenen Pater Emilio. »Was – was sollen wir mit ihm machen?«

Darauf wusste ich keine Antwort. Aber ich hatte noch einige Fragen an den Pfarrer, die ich jedoch nicht in dem Zimmer stellen wollte. »Lassen Sie uns nach unten gehen«, bat ich.

»Wie Sie wünschen.«

Der Pfarrer schloss die Tür ab, und wir begaben uns wieder in sein Arbeitszimmer. Mittlerweile war es draußen dunkel geworden. Es hatte noch nicht aufgehört zu schneien. Nach wie vor klatschten die Flocken gegen die Scheibe. Sie schmolzen und vereinigten sich zu Rinnsalen, die an dem Glas nach unten liefen.

»Möchten Sie noch einen Schluck?« Der Pfarrer bot mir von seinem Aufgesetzten an.

»Aber nur ein halbes Glas.«

Father Hackmann schenkte ein, und wir tranken schweigend.

Eine Frage brannte mir schon lange auf der Zunge, und ich stellte sie schließlich. »Was bedeutet Aeba?«

Der Pfarrer hob die Schultern. »Tut mir leid, Mister Sinclair, ich weiß es nicht.«

»Aber das Wort hat er schon öfter genannt?«

»Ja.«

»Haben Sie sich nie Gedanken darüber gemacht, was es heißen könnte?«, hakte ich nach.

Der Pfarrer nickte. »Schon – nur bin ich zu keinem Ergebnis gelangt.« Er deutete mit dem Arm ringsum. »Sehen Sie sich diese Bücher hier an. Alle habe ich durchgewälzt, doch in keinem habe ich den Namen gefunden.«

Meine Blicke flogen über die Buchrücken. Soweit ich lesen konnte, handelte es sich um Werke der christlichen Literatur. Doch Pater Emilio hatte das Wort regelrecht ausgespien, sodass ich zwangsläufig annehmen musste, dass es sich dabei um ein Synonym des Bösen handelte.

Ich sprach den Pfarrer daraufhin an. »Ein Buch über Dämonologie besitzen Sie nicht zufällig?«

»Nein.«

»Das ist schade.«

»Glauben Sie, dass Sie dort eine Erklärung für dieses Wort Aeba finden?«

»Ich nehme es zumindest an.«

Der Pfarrer schüttelte den Kopf. »Bücher über Dämonologie sind Teufelswerk, ich möchte sie in meiner Bibliothek nicht haben. Sie müssen das verstehen. Ich weiß nicht, was die Mitglieder meiner Gemeinde sagen, wenn sie ein solches Buch bei mir sehen.«

Ich lächelte. »Sie brauchen sich nicht zu entschuldigen, Herr Pfarrer, es war nur eine Frage.«

»Natürlich.«

Meine Neugierde war noch längst nicht gebrochen. Ich wollte mehr über Emilio Zagallo wissen und erkundigte mich bei Father Hackmann, in welchem Kloster er gelebt hatte.

»In einem spanischen.«

»Genauer. Wo liegt das Kloster?«

»Irgendwo in den Pyrenäen.«

»Wissen Sie den Namen?« Ich hakte nach. »Den Ort, meine ich?«

Der Pfarrer wartete mit der Antwort. Er runzelte mehrmals die hohe Stirn und meinte dann: »Die Pyrenäen sind groß, und das Kloster ist nicht sehr bekannt. Nicht so wie dieses Touristenkloster Montserrat. Es liegt auch mehr nach Westen hin …«

Ich drängte nach. »Überlegen Sie genau, Father. Denken Sie nach. Ich bitte Sie …«

Er wand sich. Murmelte manchmal ein paar Worte und schüttelte dann wieder den Kopf. »Ich komme einfach nicht darauf. Es tut mir leid. Wirklich.«

Ich wechselte das Thema. »Wer hat Pater Emilio hierher gebracht?«

»Ein Fremder.«

»Von dem Sie nicht wissen, wo er wohnt?«

»Nein. Er sprach auch nur sehr schlecht unsere Sprache. Der Pater und er redeten Spanisch. Der Mann hieß, so glaube ich, Ortega. Ja, jetzt fällt es mir wieder ein. Sogar der Vorname ist mir bekannt. Juan. Juan Ortega.«

Ich atmete auf. »Wenigstens etwas«, sagte ich. »Und an das Kloster können Sie sich nicht erinnern?«

Der Pfarrer stützte das Kinn in beide Hände. »Was glauben Sie, wie oft ich mir über diesen Namen schon den Kopf zerbrochen habe.«

Ich ließ ihn in Ruhe, griff zu den Zigaretten und zündete mir ein Stäbchen an. Es war ruhig im Zimmer. Hin und wieder explodierte im Ofen ein Stück Holz. Dann stoben die Funken nach allen Seiten weg. Meine Blicke wanderten. Neben dem Fenster hing ein prächtiges Kreuz. Es war aus Eichenholz und zeigte eine aus Elfenbein geschnitzte Christusfigur. Das Kruzifix musste sehr wertvoll sein.

Plötzlich schlug der Pfarrer mit der flachen Hand auf den Tisch. »Himmel!«, rief er. »Ich hab's.«

»Und?«

»Das Kloster heißt Monte Terrano!«

Ich hob die Augenbrauen. »Der Erdenberg? Ein seltsamer Name für ein Kloster, finden Sie nicht auch, Father?«

Er hob die Schultern.

»Ich vermisse die christliche Beziehung des Namens. Das ist es, was mich stutzig werden lässt.«

»Meinen Sie, das Kloster wäre entweiht worden?«

»Es ist zumindest nicht völlig auszuschließen«, erwiderte ich. »Oft werden Kirchen entweiht und zu Schwarzen Messen missbraucht. Warum sollte aus einem Kloster nicht ein Hort des Satans werden?«

»Aber das ist Blasphemie. Gotteslästerung.«

»Stimmt. Doch glauben Sie mir, Father, ich habe in meinem Leben schon sehr viel erlebt. Ich kenne beide Seiten. Die gute und die böse, und ich glaube, dass es manchmal Dinge gibt, wo die Grenzen fließend sind. Wo Gut und Böse ineinandergreifen, wo eine direkte Trennung nicht mehr möglich ist.«

»Ja«, sagte der Pfarrer, »da ist etwas Wahres dran, glaube ich. Nur fällt es mir schwer, dies zu begreifen. Wenn ich nicht genau wüsste, dass Sie ein Mensch sind, dem man vertrauen kann, würde ich Sie hinauswerfen.«

Ich lächelte. »Woher wollen Sie wissen, dass man mir vertrauen kann?«

Father Hackmann schaute mich mit seinem klaren Blick an. »Ich habe Ihren Namen von einem mir sehr gut bekannten Pfarrer. Damals ging es um einen Rummelplatz und eine dort auftretende Geistererscheinung ...«

Ich lachte. »Ja, das stimmt, ich habe mich mit Ihrem Kollegen sehr gut verstanden. Er war mir übrigens eine sehr große Hilfe. Ohne ihn hätte ich die Macht des Dämons nicht brechen können. Überhaupt hatte ich immer Glück mit den Geistlichen. Sie waren sehr kooperationsbereit, im Gegensatz zu anderen Menschen.«

»Aber was halten Sie von diesem Fall?«, fragte Father Hackmann. »Ich kann hinter all dem kein System entdecken.«

»Was dahintersteckt, werde ich wissen, wenn ich herausgefunden habe, was der Begriff Aeba bedeutet.«

»Sie sind da sehr optimistisch.«

»Das muss man in meinem Job sein.«

Der Pfarrer schenkte sich noch ein Gläschen ein. Ich lehnte ab, als er mir von dem Selbstgebrannten anbot. »Um einen Rat möchte ich Sie doch bitten, Mister Sinclair.«

»Sprechen Sie sich aus.«

»Was soll ich mit Pater Emilio Zagallo machen?«

Er hatte eine ehrliche Frage gestellt, und ich gab eine ehrliche Antwort. »Das weiß ich leider auch nicht, Father. Er ist kein Fall für das Krankenhaus, aber auch nicht für eine Anstalt.«

»In solchen Fällen sagt man Pflegefall«, meinte er.

»So wird es wohl sein«, erwiderte ich.

Das Telefon schrillte. Es war noch ein alter, schwarzer Klingelkasten, und er stand auf einem Regal.

»Entschuldigen Sie mich.«

Der Pfarrer ging hin und hob ab. Er meldete sich, lauschte und machte mir dann ein hastiges Zeichen, zu ihm zu kommen. Rasch war ich bei ihm.

Father Hackmann hielt den Hörer so weit vom Ohr weg, dass ich mithören konnte. Und es waren Worte, die mir einen Schauer über den Rücken trieben und gleichzeitig bestätigten, wie tief ich schon in der Sache drinsteckte.

Die Stimme klang rau, wütend und kalt zugleich. »Hütet euch!«, zischte der Anrufer. »Hütet euch, und lasst Emilio in Ruhe. Denn er ist ein Abtrünniger, den wir bestrafen werden. Aeba wird kommen. Aeba ist schon da. Ihr wisst es nur nicht. Flieht aus dem Haus und lasst ihn in Ruhe, denn er wird sterben. Er muss sterben. Er hat sich gegen Aeba gestellt und ist bestraft worden.«

Ich nahm dem Pfarrer den Hörer aus der Hand. »Wer sind Sie?«, rief ich scharf. »Sagen Sie Ihren Namen. Sofort!«

Der Unbekannte lachte nur hämisch. Dann unterbrach er die Verbindung, bevor ich noch weitere Fragen stellen konnte.

»Die haben was mit Pater Emilio vor«, flüsterte der Pfarrer. Er schaute mich mit großen Augen an.

Ich legte den Hörer auf die Gabel und nickte. »Ja, das glaube ich auch.«

»Und was soll ich tun?«

Ich lächelte. »Sie gar nichts, Father. Ich bin ja bei Ihnen. Sollten es die Dämonen tatsächlich wagen, hier einzudringen, werde ich ihnen schon den nötigen Empfang bereiten.« Ich ging wieder zum Tisch zurück. »Außerdem glaube ich nicht, dass sie in dieses Haus hier gelangen.«

»Und warum nicht?«

»Weil dies ein christliches Haus ist und der Geist des Herrn hier wohnt.«

»Aber Sie sagten doch selbst, dass Schwarze Messen in Kirchen gefeiert werden.«

»Dann waren diese vorher entehrt. Und das ist hier nicht der Fall.«

Der Pfarrer verstand. Ich sah es seinem Gesicht an, dass ihm ein Stein vom Herzen gefallen war. »Sie sind wirklich ein Spezialist«, lobte er mich.

»Das macht die Erfahrung«, schwächte ich ab.

»Aber nun sind wir immer noch nicht weiter.« Father Hackmann hatte sichtlich Mühe, die Nerven zu bewahren. Fahrig strich er durch sein Gesicht. »Wenn ich die Worte am Telefon richtig verstanden habe, so entnehme ich daraus eine Morddrohung.«

Ich konnte die Vermutung des Pfarrers nur bestätigen.

»Aber das können wir doch nicht zulassen, Mister Sinclair. Wir müssen diesen Menschen schützen.« Der Pfarrer atmete tief ein. »Auch wenn er ein Verirrter ist. Menschenleben sind gleich, da gibt es keine Unterschiede.«

»Ich bin froh, dass Sie so denken«, sagte ich.

»Haben Sie eine andere Denkweise erwartet, Mister Sinclair?«

Ich winkte ab. »Lassen wir das.«

Der Pfarrer wollte noch etwas sagen, stutzte aber dann.

»Was ist?«, fragte ich, als ich sein angespanntes Gesicht sah.

Father Hackmann deutete zur Decke hoch. »Da oben – ich glaube, Emilio hat sich bemerkbar gemacht. Ich habe ein Poltern gehört. Wir müssten nachschauen.«

»Sie nicht«, wehrte ich ab.

»Aber …«

»Keine Widerrede.« Ich stand bereits an der Tür. Da hörte ich das Geräusch ebenfalls. Es war nicht nur ein Poltern, sondern auch ein grässliches Stöhnen.

Und dann ein Schrei!

Hart und guttural klang er. Und unmenschlich. So, als hätte ihn ein Tier ausgestoßen. Aber er stammte von einem Menschen, da war ich mir völlig sicher.

Ich sprintete die schmale Treppe hoch, erreichte den Flur unter dem Dach, zog wegen der niedrigen Decke instinktiv den Kopf ein und vergaß, das Licht anzuschalten. Im Dunkeln tastete ich mich weiter, denn die Helligkeit aus den unteren Räumen reichte längst nicht bis zu mir.

Urplötzlich tauchte der Kerl vor mir auf.

Ich erschrak, weil ich damit nicht gerechnet hatte. Grün leuchtete die rechte Gesichtshälfte des Paters, und das Auge stach daraus wie ein weißer Kreis hervor. Es war ein Anblick, der mich abstieß und schockte.

Deshalb überraschte mich auch der ungeheuer wuchtige Schlag. Oberhalb der Gürtellinie wurde ich getroffen, zurückkatapultiert, versuchte, mich noch zu fangen, doch da war bereits die oberste Treppenstufe.

Ich trat ins Leere.

Die Stufen waren hoch und kantig. Ich kugelte wie ein lebloser Gegenstand die Stufen hinunter. Instinktiv schützte ich meinen Kopf mit Armen und Händen. Im Unterbewusstsein vernahm ich Father Hackmanns Entsetzensschrei, dann hatte ich die verdammte Treppe hinter mir.

Noch einmal überschlug ich mich und blieb gekrümmt wie ein Fragezeichen liegen.

In meinem Kopf spürte ich einen ziehenden Schmerz, auf der Stirn schwoll langsam eine Beule an.

Pater Emilio folgte mir.

Mit schweren Schritten stieg er die Stufen hinab und hatte die Treppe bereits hinter sich gebracht, als ich begann, mich aufzurichten.

Im Sitzen griff ich zur Waffe.

Pater Emilio schritt an mir vorbei.

Ich ließ die Beretta sinken und steckte sie wieder weg. Nein, ich konnte nicht schießen, nicht auf einen Unbewaffneten.

Father Hackmann aber war wesentlich mehr geschockt als ich. Bis zu seinem Schreibtisch wich er zurück. Dabei schlug er hastige Kreuzzeichen und rief immer wieder: »Weiche, Satan, weiche …«

Dann fiel sein Blick auf das Kreuz an der Wand. Mit einer raschen Bewegung hob er es ab, hielt es mit beiden Händen fest und ließ Pater Emilio auf die Christusfigur schauen.

Der Mann zuckte zusammen. Sein verzerrter Gesichtsausdruck zeigte mir, dass er Schmerzen oder innere Qualen verspüren musste. Flehend streckte er beide Arme aus. Die Lippen bewegten sich, formten Worte.

»Hilf, Dios – hilf …«

Ich hatte mich erhoben und erstarrte förmlich. In dem Mann musste eine regelrechte Hölle toben. Die grüne Gesichtsfarbe trat etwas zurück, doch die Verschrumpfung der Haut blieb. Zwei Seelen kämpften in seiner Brust. Wie würde er sich entscheiden?

Plötzlich schüttelte er den Kopf. »Nein!«, brüllte er und schlug mit den Händen wild um sich. »Aeba – Aeba …«

Das Böse in ihm war stärker. Oder es hatte ihn erreicht, um ihn zurückzuholen.

Wieder brüllte er los. »Aeba! Aeba!« Er torkelte auf den Tisch zu, und Pfarrer Hackmann brachte sich schnell in Deckung. Mit der Faust schlug der Pater auf den Tisch, sodass es dröhnte. Dann drehte er sich um die eigene Achse und starrte mich an.

Wieder leuchtete die rechte Gesichtshälfte grün. Die Haut zuckte permanent. Speichel troff aus seinem Mund. Leicht vorgebeugt stand er da. »Aeba – Satanas – Aeba …«

Wenn ich nur gewusst hätte, was dieses verdammte Wort zu bedeuten hatte, dann wäre mir wohler gewesen. Ich versuchte es einfach, schritt auf den Pater zu und fragte: »Was ist Aeba?«

Er hob den rechten Arm. Auch die Hand war verkrüppelt und zeigte eine grüne Färbe.

»Was ist AEBA?«, herrschte ich ihn an. »Rede. Ich will es endlich wissen!«

Wie ein Fallbeil schlug die Hand nach unten. Ich konnte mich gerade noch zur Seite drehen, sodass mich die Hand nur streifte. Sie war schwer wie Blei. Dieser Mann war kein Mensch mehr. Er war zu einem Dämon geworden, und ich nahm an, dass er innerlich versteinerte.

Auf der linken menschlichen Gesichtshälfte spiegelte sich die Qual wider, weil sein Inneres zerrissen wurde.

Ich war gerade noch zum richtigen Zeitpunkt gekommen. Denn jetzt hatte sich dieser Pater zu einem Dämon gewandelt.

Noch immer brachte ich es nicht fertig, meine Waffe zu ziehen. Ich konnte einfach nicht auf ihn schießen. Wenn es eben ging, wollte ich ihn besiegen.

Er rannte vor. Hielt dabei den Kopf leicht gesenkt. Ich wollte ihn stoppen, doch er schlug mich einfach zur Seite.

Sein Ziel war die Tür. Er riss sie auf und verschwand nach draußen.

Sofort nahm ich die Verfolgung auf. Ich tauchte in den Schneewirbel ein. Der Pfarrer lief hinter mir her, doch ich bedeutete ihm, ins Haus zurückzugehen.

Jetzt ärgerte ich mich, dass ich keine Taschenlampe bei mir hatte. Dunkelheit und tanzende Flocken machten eine Sicht so gut wie unmöglich. Innerhalb von Sekunden war ich mit einer weißen Schicht bedeckt. Pater Emilio war nach rechts verschwunden, so viel hatte ich noch gesehen. Also wandte ich mich in die gleiche Richtung.

Ich kam vom Weg ab und schritt über eine nasse, glitschige Wiese. Zwischen Kirche und Pfarrhaus wuchs ein Strauchgürtel. Dort irgendwo musste sich der Pater versteckt halten.

Das hatte er auch.

Plötzlich sah ich seine Gestalt vor mir hochwachsen. Doch im selben Moment ereignete sich auch noch etwas anderes. Ein hohes Pfeifen lag auf einmal in der Luft. Grell schnitt es in meine Ohren. Ich drehte mich, suchte nach der Ursache des Geräuschs und sah die unheimliche Gestalt, die aus den Wolken zu kommen schien.

Es war ein Reiter!

Er wurde von den Schneeflocken umtanzt, jagte mit ungeheurer Geschwindigkeit näher, saß auf einem pechschwarzen Pferd und schwang ein blitzendes Schwert.

Dann ging alles rasend schnell. Der unheimliche Reiter visierte das Gebüsch an, hinter dem sich der Pater versteckt hatte. Ein gewaltiger Streich mit dem Schwert.

Flammen, bläulich knisternd und zuckend, schlugen plötzlich aus dem Boden hoch. Und inmitten des Flammeninfernos stand Pater Emilio. Hoch riss er die Arme. Seinen Mund hatte er zu einem lautlosen Schrei geöffnet, während das Höllenfeuer ihn umtanzte.

Der Reiter fegte durch die Flammenwand hindurch. Für Bruchteile von Sekunden sah ich ihn ganz deutlich. Er trug eine lederartige schwarze Rüstung, einen Kopfschutz und eine rote Halbmaske, die den oberen Teil seines Gesichts bedeckte.

Noch einmal führte er einen Schwertstreich.

Pater Emilio sackte zusammen. Hoch schlugen die Flammen und blendeten mich, sodass ich die Arme vor das Gesicht reißen musste.

Dann war alles vorbei.

Ruhig, als wäre nichts geschehen, lag der Garten wieder vor mir. Ich war gar nicht dazu gekommen, auf den Reiter zu feuern, so rasch ging alles.

Schnell lief ich auf den Ort zu, wo Pater Emilio gestanden hatte. Die Erde war dort nicht verbrannt. Alles wirkte normal, als hätte es überhaupt kein Feuer gegeben.

Und doch war das Gegenteil der Fall.

Denn von Pater Emilio sah ich keine Spur mehr. Er hatte sich buchstäblich aufgelöst …

Einige Zeit stand ich wie ein Denkmal in der Kälte. Die unzähligen Flocken umtanzten mich. Sie legten eine weiße Haube auf meine Schultern und mein Haar. Im Gesicht schmolzen sie zu Tropfen, die an der Haut entlangrannen.

Sehr deutlich hatte ich den Reiter gesehen, und auf einmal wurden Erinnerungen in mir wach.

Amerika – Arizona – Maringo, der Höllenreiter. Wie ein Film liefen die Bilder an meinem geistigen Auge vorbei. Es war ungefähr ein halbes Jahr her. Der Spuk, einer meiner Hauptgegner, hatte mich in eine teuflische Falle gelockt. In seinem Reich war ich gefangen und hatte dort die vier Reiter kennengelernt.

Die Todesboten der Apokalypse.

Sie lauerten im Reich der Schatten, um dann losgeschickt zu werden, wenn dem Spuk Gefahr drohte.

Musste ich jetzt wieder gegen ihn kämpfen? Gegen einen Dämon, der sich selbst als Hüter der Schwarzen Seelen bezeichnete? Fast sah es so aus, denn der Reiter, den ich gesehen hatte, hatte große Ähnlichkeit mit einem der apokalyptischen Boten. Bisher war ich der Meinung, dass sie nicht in die sichtbare Welt kommen würden, aber da hatte ich mich bestimmt getäuscht.

Dann musste demnach zwischen dem geheimnisvollen Wort Aeba, dem Kloster in den Pyrenäen und dem Reiter ein unmittelbarer Zusammenhang bestehen.

Und noch etwas fiel mir jetzt auf.

Der Reiter hatte auf seiner gepanzerten Brust ein flimmerndes A gehabt. Aeba fing auch mit dem Buchstaben A an.

Die Stimme des Pfarrers riss mich aus meinen Gedanken. »Ist Pater Emilio tot?«

Ich wandte mich um und wischte mir ein paar Schneeflocken aus den Augen. »Ich nehme an, dass er tot ist, auf jeden Fall ist er verschwunden.«

Der Pfarrer schüttelte sich. Es konnte die Kälte, aber auch die Nachwirkung des eben Gehörten sein. »Wieso verschwunden?«

Ich erzählte es ihm.

»Mein Gott, das ist ja schrecklich«, flüsterte Father Hackmann. »In was bin ich da nur hineingeraten?«

Niemand verstand den Pfarrer besser als ich. Es war für einen Unbedarften immer schwer zu begreifen, dass es noch etwas anderes gab. Etwas, das zwischen den Dingen lag, die uns die Schulweisheit lehrte. Und gerade ein Pfarrer hatte es besonders schwer, diese Dinge zu verstehen.

Father Hackmann wollte eine Erklärung, doch ich konnte ihm keine geben.

»Tut mir leid, Father, aber ich stehe selbst vor einem Rätsel.« Wir gingen wieder ins Haus. Die Wärme tat wohl. In der Diele klopfte ich mir den Schnee ab.

Der Pfarrer sprach mich auf meine letzte Bemerkung hin an. »Und wie wollen Sie das Rätsel lösen, Mister Sinclair?«

»Indem ich nach Spanien reise.«

»Sie wollen in die Pyrenäen?«

»Ja.«

Die Augen des Seelsorgers wurden groß. »Aber ist das nicht zu gefährlich?«

Ich griff zum Mantel und zog ihn über. »Das schon, aber Gefahr ist mein Job. So abgegriffen sich dies auch anhört, aber der Satz stimmt nun mal.«

»Und was mache ich?«

Ich knöpfte den Mantel zu. »Sie schweigen am besten über all diese Dinge. Kein Wort zu einem Außenstehenden. Sie würden die Menschen nur unnötig in Angst und Schrecken versetzen. Außerdem ist Pater Emilio kaum bekannt.«

Der Pfarrer nickte. »Ja, das wird wohl das Beste sein.«

Er begleitete mich zu meinem Wagen. Als ich bereits hinter dem Lenkrad saß, meinte er: »Und halten Sie mich auf dem Laufenden, Mister Sinclair. Ich möchte gern wissen, welches Rätsel sich wirklich hinter all dem verbirgt.«

»Mach ich, Father.«

Ich schlug die Tür zu und startete. Father Hackmann schaute mir nach, bis die Rückleuchten in der Dunkelheit verschwunden waren.

Majestätisch ragten die schneebedeckten Gipfel der Pyrenäen in den glasklaren Winterhimmel. Eine fahle Sonne stand am Firmament. Ihre Strahlen wärmten nicht mehr. Sie tupften als blasse Schemen gegen die gewaltigen Gletscher und Eisfelder und ließen Milliarden von Schneekristallen aufblitzen.

Oberhalb der Zweitausend-Meter-Grenze lag alles in majestätischer Ruhe.

Auch das Kloster Monte Terrano.

Nach Art der griechischen Vorbilder war es auf einem steil in die Höhe ragenden Felsen gebaut worden. Seine beiden Türme wiesen wie zwei anklagende Zeigefinger in den strahlend blauen Winterhimmel. Man sah den Mauern an, dass sie eine wechselnde Geschichte hinter sich hatten. Das war in der Tat der Fall.

Gebaut worden war das Kloster gegen die muselmanischen Eroberer im elften Jahrhundert. Sollte es tatsächlich zu einer Besetzung kommen, so hatte das Kloster als letzter Schutz zu dienen. Durch seine Lage war es uneinnehmbar. Gegen Monte Terrano waren schon Armeen vergeblich angerannt. Nicht nur die Muselmanen, auch andere Eroberer, und den Zweiten Weltkrieg hatte das Kloster ebenfalls überstanden.

Die Mönche lebten in Frieden.

Es war ein seltsamer Orden, der sich dort zusammengefunden hatte. Er gehörte keiner der christlichen Kirchen mehr an. Im Laufe der Jahrhunderte hatte sich der Orden zu einer regelrechten Sekte entwickelt. Zwar bestand noch eine christliche Basis, doch in der Auslegung der

Lehre waren die Mönche eigene Wege gegangen. Sie nannten sich die Diener der Erde und lebten ungeheuer spartanisch. Zu vergleichen nur noch mit den Trappisten, die in ihren eigenen Särgen schliefen.

Die Diener der Erde schiefen auf dem Boden. Im Winter, wenn es kalt wurde, schützten Strohsäcke die Körper. Sommertags jedoch schliefen sie auf dem Gestein.

Sie bewohnten auch keine normalen Räume. Ihre Zimmer glichen den Höhlen der Vorfahren. Sie waren einfach in den Fels hineingehauen worden. Es gab keine Stühle, kein Licht, keinen Tisch, keine Wärme. Nur ein Altar, aus grobem Stein gehauen und mit zwei Kerzen dekoriert, diente den Mönchen als Betstätte.

Hinter dem Altar lag der Strohsack, dessen Füllung nur einmal im Monat gewechselt wurde.

Denn Stroh und Lebensmittel waren knapp im Kloster. In dem kleinen Vorhof wuchs Hafer und etwas Gras, auf dem die klostereigenen Ziegen weideten. Das Brot backten die Mönche selbst, und Fleisch sowie andere weltliche Genüsse waren verboten. Man ernährte sich von Brot und Ziegenmilch. Zweimal täglich gab es die Mahlzeit. Ein Kalfaktor trug sie aus.

Gesprochen wurde kaum. Oft redeten die Mönche monatelang nicht miteinander, und wenn jemand starb, so wurde er in eine der flachen Felsenhöhlen geschoben und dort begraben.

Die Zeit war an diesem Kloster vorübergegangen, und Besuch wollten die Mönche nicht empfangen. Außerdem gab es nur eine Straße, die hoch zum Kloster führte. Sie war im Winter sowieso unpassierbar. Nicht einmal Bergsteigern gewährten die Mönche Schutz.

Und doch war es einem der Mönche gelungen zu entfliehen. Diese Tatsache hatte Unruhe in das Kloster gebracht, denn auf einmal fühlten sich die Mönche nicht mehr so sicher. Sie hatten Angst, dass jemand hinter ihr Geheimnis kommen würde.

Und das waren die Gewölbe von Monte Terrano.

Sie lagen tief im Felsen, und keiner der Mönche, außer dem Abt, durfte dieses Labyrinth betreten. Was da geschah, war so ungeheuerlich, dass der menschliche Verstand überfordert war, dies zu begreifen. Denn dort, wo nie ein Mensch hinkam, befand sich das Tor zu einer anderen Welt.

Zum Reich der Schatten …

Ich fuhr nicht zu meiner Wohnung, sondern zum Yard Building. Dort wurde rund um die Uhr gearbeitet. In den unzähligen Abteilungen lösten sich die Spezialisten in der Wechselschicht ab, sodass eigentlich nie ein Leerlauf entstand.

Meinen silbermetallicfarbenen Bentley stellte ich auf dem yardeigenen Parkplatz ab und fuhr mit dem Lift hoch zu meinem Büro. Mittlerweile war es zwanzig Uhr durch. Leer präsentierten sich die Gänge. Doch kurz vor meiner Bürotür kam mir Superintendent Powell, mein Chef, entgegen. Er war schon in Hut und Mantel und zog ein saures Gesicht, als er vor mir stehen blieb. Er konnte sich eine bissige Bemerkung nicht verkneifen.

»Arbeiten Sie neuerdings außerhalb der Dienststunden? Das sollte mich doch sehr wundern.«

Ich blieb gelassen, weil ich meinen Chef kannte. Er meinte es gar nicht so. »Genau, Sir, ich habe keine Lust, hier zu sein, wenn alle anderen auch da sind. Außerdem habe ich Sie von meinem Weggehen in Kenntnis gesetzt.«

Powell schaute auf die Uhr. »Ich muss zwar in den Klub, aber erzählen Sie mal. Die paar Minuten habe ich noch Zeit.«

Ich bat meinen Chef ins Büro. »Kaffee kann ich Ihnen leider nicht anbieten, Miss Perkins hat schon Feierabend.«

Powell schnaufte. »Das fehlt noch, dass Sie nach Dienstschluss mit Ihrer Sekretärin hier herumhängen.« Er nahm auf einem der harten Besucherstühle Platz.

Die Heizung war heruntergedreht. Kühle herrschte im Raum. Ich zog trotzdem meinen Mantel aus.

»Kommen Sie zur Sache«, verlangte Powell.

Ich steckte mir eine Zigarette an und berichtete: Powell hörte geduldig zu und gestand danach sogar ein, dass mein Besuch bei Father Hackmann nicht umsonst gewesen war. Er hatte sich nämlich erst dagegen gesträubt.

»Wie ich die Sache so überblicke, wollen Sie sicherlich nach Spanien«, meinte er.

»Wird mir wohl nichts anderes übrig bleiben, Sir.«

»Und wann?«

»Morgen nehme ich die erste Maschine.«

»Allein?«

»Eigentlich sollte Suko dabei sein!«

Powell verzog das Gesicht. »Ach, wieder der komische Chinese.«

»Sir, darf ich Sie höflichst daran erinnern, dass Suko mir mehr als einmal das Leben gerettet hat, und dass diese Abteilung schon längst auseinandergeplatzt wäre ohne ihn.«

Auf dieses Thema wurde Powell nicht gern angesprochen. Aber es gibt das Sprichwort, das heißt: Wie du mir – so ich dir. Der Superintendent holte aus der Tasche seine Pillendose hervor und schluckte erst einmal eine Tablette.

»Fahren Sie um Himmels willen.«

»Mit Suko?«

»Meinetwegen. Es gibt zwar wieder einen Kampf wegen der Spesen, aber das bin ich gewohnt.«

»Sie wissen nicht zufällig, Sir, was das Wort Aeba bedeutet?«, fragte ich.

Powell war schon im Begriff zu gehen. Unwillig wandte er sich um. »Bin ich Hellseher?«

»Nein, Sir.«

»Na also. Viel Glück übrigens.«

»Hätte ja sein können, dass Sie mal einen lichten Moment haben«, sagte ich, aber so leise, dass er es nicht hörte.

Als Powell weg war, rief ich Bill Conolly an und bekam erst einmal Sheila an den Apparat.

»Ist das Gespräch privat oder dienstlich?«, erkundigte sie sich sofort mit dem ihr angeborenen weiblichen Scharfsinn.

»Beides.«

»Bill hat heute Abend keine Zeit für die Dämonenjagd. Wir stecken inmitten der Weihnachtsvorbereitungen.«

»Ich habe auch nur eine Frage. Wie geht es Johnny?«

Sofort wurde Sheilas Stimme weicher. »Gut. Sehr gut sogar.«

»Das freut mich.« Der Kleine wäre um ein Haar von Vampiren geraubt worden. Ich hatte mich als Geisel zur Verfügung gestellt, damit Sheila und der Junge, die sich beide in der Gewalt der Blutsauger befanden, freikamen.

Wir redeten noch etwas über Johnny, dann kam Bill an den Apparat.

»Hör zu, du Tiger«, sagte ich. »Womit verbindest du den Begriff Aeba?«

»Hä?«

Ich buchstabierte.

»Kenne ich nicht«, behauptete Bill. »Wohl eine Popgruppe, aber die heißt Abba.«

»Die kenne ich selbst. Aber ich brauche den Begriff Aeba. Er muss irgendetwas mit Dämonen zu tun haben. Oder Schwarzer Magie …«

»Keine Ahnung, John. Aber du kannst vorbeikommen. Ich bin es sowieso leid, immer nur den Daumen auf die Schlaufen zu halten, damit Sheila die Päckchen packen kann. Wir könnten bei einer guten Flasche Whisky darüber nachdenken, was der Begriff Aeba bedeutet.«

Ich lachte. »Ein anderes Mal vielleicht, Bill. Ich werde mich in einigen Tagen wieder melden.«

Bill Conolly wollte noch wissen, wo ich hinfahre, aber ich verschwieg es ihm. Ich hoffte, zum Weihnachtsfest wieder zurück zu sein.

Dann begab ich mich in die topografische Abteilung. Dort wurde alles über Landvermessung und Geografie ausgewertet, was es auszuwerten gab. Vom Satellitenfoto bis zur Generalstabskarte war alles sorgfältig sortiert und katalogisiert.

»Wenn Sinclair kommt, gibt's Arbeit«, empfing mich der zuständige Kollege.

Zur Versöhnung bot ich ihm eine Zigarette an.

»Ich brauche alles an Kartenmaterial über die Pyrenäen.«

»Mehr nicht?«

»Nein.«

»Und bis wann?«, fragte der Kollege.

Ich setzte mich auf eine Schreibtischecke. »Sofort.«

»Mach keine Scherze.«

»Sind auch keine.« Ich erklärte dem Kollegen, dass ich nur Kartenmaterial haben wollte.

»Na ja, das kannst du bekommen.«

Zehn Minuten später war alles vorbereitet. Das Kartenmaterial war auf einem Film verewigt worden.

Ich saß in der ersten Reihe und schaute auf die Leinwand. Dann lief der Film ab.

Die Karte war ausgezeichnet. Jeder noch so kleine Ort war darauf verzeichnet.

»Geht es um etwas Besonderes?«, fragte der Kollege.

»Ja, um das Kloster Monte Terrano.«

»Und du weißt genau, wo es liegt.«

»Stimmt.«

Wir mussten die Gebirgskette durchgehen. Ich las Namen, die ich noch nie in meinem Leben gehört hatte. Dass die einzelnen Häuser nicht zu sehen waren, wunderte mich.

Nach einer Viertelstunde taten mir die Augen weh, aber nach dreißig Minuten war es so weit.

Ich fand das Kloster.

»Stopp!«, rief ich.

Der Kollege hielt den Film an. Ich stand auf und trat dicht vor die Leinwand. Eine Lupe lieh ich mir, klemmte sie vors Auge und schaute genauer hin.

Ja, da lag das Kloster. Monte Terrano, stand dort in winzig kleinen Buchstaben. Ich ließ die Lupe weiterwandern und entdeckte auch den Nachbarort.

Er hieß Los Albas.

Der Karte nach musste er nur wenige Meilen von diesem Kloster entfernt liegen. Ich schätze höchstens drei.

»Willst du dahin?«, fragte mich mein Kollege. Er schaltete das Licht ein.

Ich drehte mich um und erwiderte: »Ja.«

»Dann nimm aber Skier mit.«

»Danke. Ich verlasse mich lieber auf einen Schlitten. Und zur Not reicht der Hosenboden.«

»Witzbold. Da meint man es gut, und was erntet man?«

»Undank«, sagte ich. »Dieser ist bekanntlich der Welten Lohn. Mach's gut. Und lass dir die Zeit nicht zu lang werden.«

Ich fuhr wieder hoch, bestellte zwei Flugkarten von meinem Büro aus und verschwand.

Meine Wohnung liegt nicht sehr weit vom Yard-Gebäude entfernt. Ich parkte den Bentley in der Tiefgarage und zischte mit dem Aufzug hoch.

Kaum hatte ich mein Apartment betreten, da tauchte Suko auf. Grinsend deutete er auf das Fenster.

»Was ist?«, fragte ich.

»Eigentlich wollte ich durch das Fenster klettern«, meinte er.

»Und warum?«

»Weil Weihnachten vor der Tür steht.«

»Oohh – noch so einen kalten, und wir haben wirklich Winter.« Ich schenkte mir einen Remy Martin ein. »Übrigens, vielleicht kannst du Weihnachten in den Bergen feiern.«

»Schweiz, Österreich?«

»Nein, in den Pyrenäen.«

»Dann geht's nicht zum Skifahren, wie ich deinen Worten entnehmen kann.«

»Richtig. Auf uns wartet mal wieder ein heißer Fall. Aber was anderes: Was verstehst du unter dem Wort Aeba?«

Suko schaute mich groß an. »Willst du mich auf den Arm nehmen?«

»Nein.« Ich erklärte es ihm. Aber von Suko erhielt ich auch keine Antwort.

»Dann wollen wir sehen, ob wir in Spanien die Auflösung finden«, sagte ich und trank mein Glas leer.

Der Abt des Klosters Monte Terrano hieß Don Alvarez. Er lebte nicht in einer dieser Höhlen, sondern in einem normalen Raum mit zwei Fenstern, durch die er einen fantastischen Blick auf die Berge hatte.

Ein Fenster wies nach Osten hin, eins nach Westen. Jeden Morgen beobachtete der Abt den Sonnenaufgang und am Abend den Untergang.

Don Alvarez regierte mit eiserner Hand. Früher hatte man ihn als einen Despoten oder Tyrannen bezeichnet. Er war die beherrschende Autorität innerhalb des Klosters, und von ihm gingen auch die geistigen Impulse aus.

Und er hatte als Einziger den Schlüssel zu den Gewölben!

Diese eigene Welt innerhalb des Berges war ihm wohl vertraut. Vor drei Jahren entdeckte der Abt ein altes Buch. Es war stark beschädigt, hatte vergilbte Seiten und einen löchrigen Ledereinband.

Der Abt nahm das Buch mit. Er studierte es. Seite für Seite. Es war in hebräisch geschrieben, aber Don Alvarez beherrschte diese Sprache wie seine eigene.

Er vertiefte sich in den Inhalt. Tag und Nacht las er, und plötzlich wurde ihm bewusst, dass er eine Satansbibel in der Hand hielt. Zuerst meldete sich sein Gewissen, doch das erlosch schnell, denn der Inhalt des Buches war stärker.

Er faszinierte ihn.

Und Don Alvarez lernte. So wusste er plötzlich, dass es innerhalb der Felsen geheimnisvolle Gewölbe gab, die vor Urzeiten entdeckt und dem Bösen geweiht worden waren. Immer wieder tauchte ein Wort in den Schriften auf: Aeba.

Dieser Begriff musste der Schlüssel zu einem grauenvollen Geheimnis sein. Der Abt forschte und studierte. Er verließ sogar das Kloster, um sich in den ältesten Bibliotheken der Welt umzusehen. Er war im Vatikan, in Indien und in Ägypten.

In Kairo fand er endlich den Schlüssel. Er entdeckte den magischen

Spruch der Königin von Saba, der ihm den Zutritt zu den Gewölben freigab.

Don Alvarez wagte es.

In einer finsteren Nacht schlich er über die alte Leiter zu den Gewölben hin, öffnete die Tür – und stand in einer anderen Welt.

Das Böse war dort manifestiert. Es schlug ihm als eine unsichtbare Woge entgegen, drang in sein Hirn, erfasste seine Gedanken und kehrte sie um.

Aus dem Paulus wurde ein Saulus.

Der Keim des Bösen war gelegt.

Aeba hatte gesiegt.

Doch so auffällig durfte der Abt dies nicht zeigen. Er spielte nach wie vor den gestrengen Seelsorger, doch in den Gesprächen, die er manchmal führte, verunsicherte er seine Padres. Sie wussten nicht, was sie machen sollten. Geistliche Hilfe blieb ihnen verwehrt, da es unmöglich war, das Kloster zu verlassen.

Sie blieben hinter den dicken Mauern gefangen. Hinter Mauern, die das Böse eingefangen hatten, das schleichend wie Gift in die Gehirne der Mönche drang und die Männer bereit machte, Aeba zu dienen.

Noch wussten nur wenige Eingeweihte, was sich hinter Aeba verbarg. Einer der Eingeweihten war Pater Emilio. Und ihm gelang die Flucht. Durch einen zufällig entdeckten Geheimgang verließ er das Kloster und schlug sich bei Nacht und Nebel durch bis in das nächste Dorf. Von dort aus gelangte er auf Umwegen nach England, wo in London der einzige Mann wohnte, dem er noch vertraute.

Father Hackmann.

Doch Aeba war ihm auf der Spur. Don Alvarez hatte in einem Wahrtraum erfahren, was geschehen war. Deshalb war er so besorgt.

Unruhig schritt er in seiner Kammer hin und her. Er hatte sämtliche christliche Symbole entfernt, nur noch die Möbelstücke standen dort. Der Schrank, der Tisch, die Waschschüssel, das Bett.

Er lebte komfortabler als seine Brüder. Sie neideten es ihm nicht, sondern erkannten ihn als Führer an.

Don Alvarez war ein Mensch von ungewöhnlicher Statur. In der Größe überragte er die meisten. Seine dunklen Augen hatten einen zwingenden Blick, der den anderen sofort unter die Haut fuhr. Das Gesicht war hager. Ein dunkler Vollbart wuchs fast bis auf die Brust. Er trug meistens einen pechschwarzen Umhang mit weiten Ärmeln, in die er seine Hände verbergen konnte. Wenn er durch die Gänge schritt, setzte er auch die Kapuze auf, sodass er schon vom Ansehen her eine unheimliche Erscheinung abgab.

Doch seine Seele war noch schwärzer.

Sie gehorchte nur dem Satan – oder Aeba.

Auch an diesem Abend schritt er wieder durch die Gänge des Klosters. Draußen war es finster geworden. Sternenklar spannte sich der Himmel über dem gewaltigen Gebirgsmassiv. Es gab Frost, und die klirrende Kälte fiel herab wie ein Teppich.

Längs- und Quergänge durchzogen das Kloster wie das Netz einer Spinne. Wer sich zurechtfinden wollte, musste schon einige Zeit hier leben, sonst verlief er sich unweigerlich, oder er landete in einer Sackgasse, wo er bald vor irgendeiner Mauer stand und nicht weiterkonnte.

Der Abt hatte seine Hände in den weiten Ärmeln versteckt. Er ging mit gemessenen Schritten. Die Mönche, die ihm begegneten, nickten demutsvoll, wenn sie den Abt anschauten.

Don Alvarez war sich seiner Stellung wohl bewusst. Der Kalfaktor machte den tiefsten Bückling und murmelte einen Gruß.

Der Abt blieb stehen. »Hoch mit dir«, herrschte er den Mann an.

Der Kalfaktor erhob sich zitternd. Er wagte nicht, dem Mönch in die Augen zu schauen. Er hieß Gulio Ortega. Sein Sohn wohnte unten im Dorf.

Gulio war der Einzige, der hin und wieder das Kloster verließ. Er ritt dann auf dem Maultier ins Dorf und besorgte frisches Gemüse. Wenn er zurückkam, trug er immer einen verschlossenen Korb mit sich. Er enthielt Dinge, die nur für den Abt bestimmt waren. Fleisch, Käse, Brot, auch Zeitungen und Zeitschriften. Niemand der anderen Mönche durfte etwas davon wissen, und Gulio Ortega hütete sein Geheimnis.

»Wenn du beim nächsten Mal wieder in das Dorf kommst, nimm den Korb mit«, sagte der Abt.

»Jawohl, Herr!«

Dann ging der Abt weiter. Mehr Worte redete er nicht mit Gulio Ortega, dem Kalfaktor mit dem weißen Haarkranz.

Der Abt verließ den Hauptgang. Er wandte sich nach rechts, betrat einen schmalen Seitenstollen und musste den Kopf einziehen, da er sonst gegen die Decke gestoßen wäre.

Der Gang endete vor einer Wand. Für einen Fremden wäre hier alles zu Ende gewesen, denn die Fackeln, die den Hauptgang ausleuchteten, verstreuten ihre Helligkeit nicht bis an die Mauer.

Don Alvarez drückte auf einen hervorragenden Stein.

Zuerst geschah nichts. Doch nach einigen Sekunden zeigte ein hässliches Knirschen an, dass etwas in Bewegung geriet.

Es war ein Teil der Wand.

Er wurde kurzerhand nach innen gedrückt und gab ein genügend großes Quadrat frei, sodass ein erwachsener Mensch hindurchhuschen konnte. Der Abt überschritt die Schwelle, und automatisch glitt die Öffnung hinter ihm wieder zu.

Unter seinem Gewand holte der Abt eine Fackel hervor und zündete das obere Ende an.

Flackerndes Licht warf einen rötlichen Schimmer in ein kleines Verlies. Er berührte aber auch den Boden, riss eine Holzfalltür aus der Dunkelheit, die der Abt anhob und langsam zurückgleiten ließ.

Ein dumpfer, nach Schwefel und Verwesung riechender Gestank schlug ihm entgegen.

Das machte Don Alvarez nichts aus. Er hatte sich längst an den Geruch gewöhnt.

Im Licht der Fackel sah er die alte Holzleiter, die in die tiefer gelegenen Gewölbe führte. Die Leiter war uralt. Sie sah aus, als würde sie jeden Augenblick zusammenbrechen, doch sie hatte die Jahrhunderte überdauert und würde auch noch länger halten.

Stufe für Stufe stieg der Abt hinein in eine andere Welt.

War es im Kloster schon unheimlich, so kam in diesem Gewölbe noch das Grauen hinzu, das unsichtbar zugegen war und die Menschen beeinflussen wollte.

Don Alvarez aber ließ sich dadurch nicht stören. Er gehörte bereits selbst zu den anderen, die das Böse in die Welt tragen wollten. Er war angesteckt worden wie ein Kranker von einem Bazillus.

Er bückte sich und betrat die Leiter. Die Sprossen bogen sich unter seinem Gewicht etwas durch, sie hielten aber.

Don Alvarez konnte sich nur mit einer Hand festklammern, da er in der anderen die Fackel trug. Ohne zu stolpern erreichte er den Boden.

Nebeldämpfe stiegen aus den haarfeinen Rissen im Gestein, waberten hoch und verteilten sich zu langen Schleiern. In der Höhle schien ein ewiges Raunen und Wispern zu herrschen, ein stetiges Summen, das den Ankömmling lockte und nie mehr freigeben wollte.

Der Abt schritt durch die Nebelwand. Seine Fackel war nur noch ein verschwommener Fleck. Je tiefer er in das Gewölbe und damit in den Nebel hineinschritt, um so deutlicher schälte sich etwas anderes aus der wabernden Wand hervor.

Es war ein Tor. Die Umrisse flossen, waren dauernd in Bewegung, verwischten, um sich erneut zusammenzufinden.

Dieses Tor wurde auf eine Felswand projiziert. Grünlich-silbern schimmerten die Konturen und strahlten auch den Fels dahinter an. Wenn man normalerweise von Dämonentoren sprach, so waren damit die Risse zwischen den einzelnen Dimensionen gemeint. Hier aber sah der Betrachter ein regelrechtes Tor vor sich.

Don Alvarez blieb stehen.

Hoch hielt er die Fackel, den anderen Arm streckte er dem Tor entgegen. »Aeba!«, rief er. »Hier ist dein Diener!«

Die letzten Nebelstreifen vor dem Tor faserten auseinander, kaum dass die Stimme erklungen war. Dann verschwand die graue Suppe völlig.

Frei lag das Dimensionstor vor den Augen des dämonischen Abts.

Die Fläche innerhalb der beiden Seiten veränderte sich. Das Flirren wurde weniger, verschwand plötzlich, und das grauschwarze Gestein verwandelte sich in eine helle, spiegelnde Fläche.

Gebannt beobachtete Don Alvarez dieses Phänomen. Er erlebte es nicht zum ersten Mal und wurde doch immer wieder davon mitgerissen. Der dämonische Einfluss war in diesem Gewölbe unglaublich stark. Er konnte sich so verbreiten, da es hier unten keinen Gegenpol gab. Die Kräfte des Lichts waren ausgeschaltet.

Noch tat sich nichts auf der Spiegelfläche, doch der Abt wusste genau, dass sie sich bald veränderte und ihm ein Bild zeigen würde. Dann erhielt er neue Informationen aus dem Reich der Schatten. Vielleicht sah er auch den Meister, der Spuk genannt wurde und oft als grausames Wesen auftrat, das mit eiserner Strenge über die schwarzen Seelen der Dämonen herrschte. In seinem Reich vegetierten die Dämonenseelen dahin, die von mächtigen Gegnern verbannt worden waren.

Doch der Spuk trat nicht auf.

Dafür sah Don Alvarez andere. Vier Reiter!

Sie schienen aus einer unendlichen Ferne zu kommen, galoppierten nebeneinander her, und all das geschah in einer gespenstischen Lautlosigkeit, die dem Betrachter eine Gänsehaut über den Rücken laufen ließ.

Die Reiter näherten sich, wurden deutlicher.

Sie hockten auf pechschwarzen Pferden, trugen lederne Rüstungen. Auf ihren Köpfen saßen die Helme wie festgeklebt. Von der oberen Hälfte ihrer Gesichter war nichts zu sehen. Rote Masken verdeckten sie. Nur die unteren Teile schauten hervor. Sie glänzten knochenbleich.

Die vier Reiter!

Sinnbild der Apokalypse. Sie brachten die vier großen Plagen.

Krieg, Pest, Tod und Hunger!

Diese Reiter existierten schon seit Urzeiten. Im Mittelalter hatten sie ihre große Zeit. Während des Dreißigjährigen Krieges brachten sie die Pest über Europa, förderten die Hungersnöte, brachten das Grauen mit und säten den Tod.

Vier Reiter – vier Leibwächter.

Jeder der Reiter trug einen Buchstaben auf der Rüstung. Don Alvarez las von links nach rechts.

A-E-B-A

Das Wort, um das sich alles rankte. Es war ein Geheimnis der Hölle und wurde von den Reitern gelüftet.

Nur wenige wussten, was Aeba bedeutete und waren darüber informiert, dass die vier Reiter höheren Dämonen als Leibwächter dienten. Denn auch die Hölle hatte ihr Günstlinge. So wie die Erzengel die Schützer des Himmels sind, gibt es in der Hölle den schrecklichen Gegenpol.

Vier grausame Hauptdämonen.

Astaroth, Eurynome, Bael und Amducias!

Vier Namen, vier Begriffe, vier Anfangsbuchstaben. Die Anfangsbuchstaben aneinandergefügt ergaben das Wort Aeba.

Dieser geheimnisvolle Begriff, der schon manche Menschen vor Rätsel gestellt hatte, war ganz einfach zu erklären. Man musste es nur wissen.

Und Don Alvarez wusste, was er von Aeba zu halten hatte. Für ihn war dies alles. Aeba bestimmte sein Leben, Aeba hatte ihn in den Klauen. Aeba war das Böse an sich.

Der Reiter ganz links sprengte vor, während die anderen drei etwas zurückblieben.

»Hör zu, Unglückseliger!«, dröhnte dem Abt die donnernde Stimme entgegen. »Wir haben den gefunden, der aus dem Kloster geflohen ist. Er hat es bis zu einem Land geschafft, das nördlich von hier liegt. England heißt es. Dort ist er zu einem Freund gekommen, gezeichnet und völlig am Ende. Aber er konnte noch reden. Aeba ist bekannt geworden. Und nicht nur Emilios Freund weiß davon, sondern auch ein Mann, der unser erklärter Feind ist und den wir bis aufs Blut hassen. Der Mann heißt John Sinclair.«

Der Reiter legte eine Sprechpause ein. Don Alvarez zuckte in einer hilflosen Gebärde die Schultern. »Was soll ich tun?«

»Du wirst mehrere Dinge tun. Erst einmal musst du den Mann bestrafen, der Emilio zur Flucht verholfen hat.«

»Wer ist es?«

»Gulio Ortega!«

»Der Kalfaktor?«

»Ja. Er und sein Sohn haben gemeinsam das Komplott gegen dich geschmiedet. Und aus diesem Grund müssen beide sterben. Hörst du – beide!«

»Ja.«

»Wenn dieses nun erledigt ist, wirst du dich um deine Brüder kümmern.«

»Soll ich sie auch töten?«

»Nein. Sie sollen nur in einen magischen Tiefschlaf fallen, aus dem sie irgendwann erweckt werden, wenn ich sie brauche. Ich will sie später zu unseren Dienern machen, damit sie die Lehren der Hölle verbreiten können. Wenn dies alles geschehen ist, werden wir uns gemeinsam um John Sinclair kümmern. Aeba wird diesen Menschen vernichten!«

Der Reiter stieß die letzten Worte hasserfüllt aus. Und er fuhr fort: »Der Spuk, unser Meister, wartet auf Sinclairs Tod. Und wie ich Sinclair kenne, wird er nicht lockerlassen und die Spur von Aeba aufnehmen. Vielleicht trifft er irgendwann in den nächsten Tagen bei dir im Kloster ein. Verweigere ihm nicht den Zutritt, denn dann hast du ihn in der Falle und überlässt ihn uns.«

»Ich werde all das tun, was du verlangst«, erwiderte der Abt.

»Das ist gut. Dann geh jetzt und bereite alles vor!«

Es waren die letzten Worte des Reiters. Mit ihnen zusammen verlosch auch das Bild.

Nur noch der Spiegel blieb zurück, dessen Fläche jedoch rasch stumpf und grau wurde und wieder die Farbe des Höhlengesteins annahm.

Der Abt wandte sich zum Gehen. Er hatte genug erfahren, und er war fest entschlossen, die teuflischen Forderungen seines Meisters auszuführen.

Ganz oben auf der Liste stand ein Name.

Gulio Ortega!

Los Albas war ein Bergbauerndorf.

Es lag eingekeilt zwischen den hohen Felsmassiven der Pyrenäen und war mit der Außenwelt praktisch nur durch eine Straße verbunden. Dieser Höhenweg führte nach Mont Louis, war beschwerlich zu fahren und im tiefen Winter völlig zugeschneit.

Die wenigen Einwohner des Ortes lebten in einem Dreiländereck.

Im Norden Frankreich, im Süden Spanien, und im Westen lag die Republik Andorra.

Dreihundert Seelen zählte der Ort. Fast alle lebten von der Landwirtschaft. Die Familien bewirtschafteten die kargen Felder. Terrassenförmig waren die Felder angelegt, und oft genug geschah es, dass von den aus den Pyrenäen kommenden Fallwinden die Saat wieder weggeweht wurde.

Die Bauern kämpften gegen die Natur. Und seit Jahrhunderten stand der Kampf unentschieden.

Die einzelnen Häuser – sie waren nur mehr bessere Hütten – klebten förmlich am Berg. Aus gelbbraun schimmerndem Lehm waren diese Hütten errichtet, mit kleinen Fenstern und schmalen Türen.

Der Kirchturm überragte die Häuser jedoch alle. Weiß und mit einem großen Kreuz versehen, stach er in den Himmel. Schaute man am Kirchturm vorbei und ließ den Blick weiter in die Höhe wandern, so war das Kloster nicht zu übersehen. Wie eine Trutzburg stand es oben auf einer Bergspitze, vom Wind umheult, und doch ein unerschütterliches Zeugnis einer langen, ereignisreichen Vergangenheit.

Eintönig war der Tagesablauf der Bergbauern. Besonders im Winter, wenn die ersten Schneestürme ins Tal fegten und den kleinen Ort mit ihrer weißen Pracht zudeckten.

Auch in diesem Jahr hatte es bereits den ersten Sturm gegeben. Doch der Schnee war rasch wieder getaut. Der Boden enthielt noch zu viel Wärme. Jetzt hatte die Kälte Einzug gehalten. Der Frost ließ die Erde hart wie Stein werden, und die kalte Luft stach beim Atmen in den Lungen. Wenn es nun schneite, dann blieb der Schnee liegen und würde bis zum Frühjahr nicht wieder tauen.

Die Einwohner von Los Albas hatten vorgesorgt. Die Vorratskammern waren gefüllt mit Brennmaterial und Lebensmitteln. Auch die Schafe und Ziegen waren in die Ställe getrieben worden und wurden erst wieder ins Freie gelassen, wenn der Schnee schmolz.

In engen Kurven schlängelte sich die Dorfstraße durch den Ort. Sie wand sich vorbei an Hausecken, führte mal in die Höhe und fiel dann wieder ab.

Vor der einzigen Bodega des Dorfes standen ein paar Reklametafeln. Der Bodegero war der reichste Mann. Er hatte sogar Telefon und einen Fernsehapparat. Die meisten Häuser hatten noch keinen elektrischen Strom. Man war auf das Licht der Petroleumlampe angewiesen.

Los Albas war wirklich vergessen worden.

Fremde kamen nur wenige. Hin und wieder tauchten Grenzbeamte auf, die jedoch schnell wieder verschwanden, wenn sie merkten, dass sie ihr Vergnügen schon woanders suchen mussten.

Die Einwohner waren sehr gläubig. Aber auch abergläubisch. Sie verehrten die Jungfrau Maria, fürchteten sich jedoch ebenso vor den finsteren Mächten der Hölle und den Dämonen. Was oben im Kloster geschah, blieb ein Geheimnis.

Und doch gab es jemanden, der mehr erfuhr als alle anderen. Das war Juan Ortega, der Sohn des alten Kalfaktors. Wenn der Alte ins Dorf kam, um Proviant zu besorgen, dann ging er immer auf ein Schwätzchen zu seinem Sohn. Natürlich erzählte er, was im Kloster los war, und Juan erfuhr von der veränderten Haltung der Mönche. Bei jedem Besuch wusste sein Vater mehr zu berichten. Er machte dem jungen Ortega Angst. Als Gulio Pater Emilio schließlich in das Dorf brachte, da hörte Juan Dinge, die ihm die Haare zu Berge stehen ließen. Er überwand sich und brachte den Pater nach England.

Im Gegensatz zu seinen meisten Mitbürgern hatte Juan Ortega etwas Vermögen. Nicht viel, aber da er einige Zeit in Madrid gelebt und dort auch studiert hatte, konnte er sparen. Trotz seines Jurastudiums war er in das kleine Dorf zurückgekehrt, denn er war von der Idee besessen, den Leuten die Zivilisation näherzubringen. Er wollte den Ort auch für den Tourismus erschließen. Erste Anstrengungen hatte er schon unternommen und sich dabei mit den zuständigen Stellen und sogar mit dem Ministerium in Verbindung gesetzt.

Die Antwort war bisher ausgeblieben.

Wie jeden Tag so machte Juan Ortega auch an diesem Nachmittag seine Runde durch den Ort. Sein Auto hatte er verkauft und es gegen ein Fahrrad eingetauscht. Mit diesem Drahtesel war er wesentlich beweglicher.

Er musste strampeln, als er die kleine Anhöhe hochfuhr, auf deren Scheitelpunkt die Bodega lag. Der Wirt war einer seiner Verbündeten. Er hatte nichts dagegen, dass der Ort für den Tourismus erschlossen werden sollte. So etwas hob das Geschäft.

Die Älteren waren da anderer Meinung. Sie wollten nicht, dass die Fremden kamen und ihre Ruhe störten. Sollten die Touristen doch an die Küste fahren und sich dort von der Sonne schmoren lassen.

Juan hatte geredet und geredet. Schließlich gewann er auch den Bürgermeister für seine Pläne.

Don Felipe Saragon, der Alkalde, hatte es schließlich geschafft und auch die alteingesessenen Bürger überredet.

Kalt blies dem jungen Ortega der Wind entgegen. Zum Schutz hatte er sich einen Schal vor den Mund gebunden, doch die Augen begannen zu tränen, sodass er das Gefühl hatte, sie würden zu Eistropfen gefrieren.

Ein paar letzte Schneereste klebten an der Hauswand der Bodega.

Juan Ortega stellte sein Fahrrad rechts der schmalen Eingangstür ab. Er rollte den Schal ein und schüttelte sich. Trotz der dicken Jacke war ihm der schneidende Wind doch manchmal bis auf die Haut gedrungen.

Als er die Tür aufstieß, quollen ihm Wärme, Stimmengewirr und Tabaksqualm entgegen.

Ein weißhaariger Mann rief: »Ah, da kommt ja unser kleiner Reformer!«

Juan lächelte nur und ging vor bis zu der Theke.

Die kleinen Tische waren fast alle besetzt. Nicht eine Frau war zu sehen. Das Sitzen in den Bodegas war reine Männersache. Die Dorfbewohner tranken ihren Pastis oder einen Roten und diskutierten über Gott und die Welt.

Manuel Corso, der Bodegero, strahlte über das ganze Gesicht, als er Juan erblickte. Die beiden Männer verstanden sich gut. Außerdem hatten sie gemeinsame Interessen.

Juan Ortega knöpfte seine Jacke auf.

»Willst du nicht ablegen?«, fragte Corso.

»Warum? Ich bleibe doch nicht lange.«

»Wie immer?«

»Ja.«

Ortega erhielt seinen Anisschnaps. Das Wasserglas war bis zur Hälfte gefüllt. Juan trank in kleinen, langsamen Schlucken.

Corso rieb sich die Hände. »Verdammt kalt da draußen, was?«

Ortega nickte. Er stellte das Glas zur Seite.

»Hast du schon etwas vom Ministerium gehört?«, fragte der Bodegero.

Juan zündete sich eine Zigarette an und blies den Rauch gegen die Lampe. Sie war aus Kork und schaukelte im Luftzug. »Gehört habe ich noch nichts, aber ich kenne die Beamten aus meiner Studienzeit. Bis die einen Antrag bearbeiten, das dauert.«

Corso hustete. »Kann man eben nichts machen. Ich habe mich schon mit einem Architekten in Verbindung gesetzt. Die Bodega hier soll zu einem richtigen Esslokal umgebaut werden.« Corso bekam glänzende

Augen. »Ich sehe schon alles vor mir. Lampions schwingen in linder Frühlingsluft. Flamenco. Tango, Tänzer und Tänzerinnen, eine Kapelle, vielleicht auch Zigeuner. Das wird eine Schau.«

Die anderen Gäste waren aufmerksam geworden.

»Spinnst du schon wieder?«, rief einer. »Füll lieber unsere Gläser nach.«

»Ach, was wisst ihr denn schon?«, schrie Manuel Corso und fuchtelte mit den Händen herum. »Ihr könnt ruhig auf eurem Acker festfrieren. Das ist euch egal.«

Er ging mit dem Weinschlauch von Tisch zu Tisch und füllte die Becher nach.

Juan Ortega rauchte seine Zigarette zu Ende.

»Was habe ich zu zahlen?«

»Der geht auf Kosten des Hauses.«

Juan lachte. »Danke.«

Er wollte gehen, doch der Bodegero hielt ihn am Arm fest. »Mal was anderes, Juan. Ich wollte dich schon immer etwas fragen.«

»Rede.«

»Wie ist das eigentlich mit dem Kloster? Ich denke da an deinen Vater, der könnte doch mal herumhorchen.«

Juan Ortega runzelte die Stirn. »Ich verstehe dich nicht, Manuel.«

»Ist doch ganz einfach, Hombre.« Der Bodegero beugte sich weiter vor. »Denk doch mal an dieses Touristenkloster Montserrat, wo die Busse mit den Urlaubern zu einer Sektprobe hinfahren. Das könnte man doch aus unserem Kloster auch machen.«

Juan tippte sich gegen die Stirn. »Kennst du die Mönche, die bei uns hier oben leben?«

»Nein.«

»Deshalb redest du auch so. Mann, die trinken doch nie in ihrem Leben einen Schluck. Außerdem …«

»Was ist mit außerdem?«

»Ach, nichts. Danke für den Schnaps. Wir sehen uns später.« Juan knöpfte seine Jacke zu.

»Und grüß Carmen von mir«, sagte der Bodegero.

»Mache ich.«

Carmen war Juans Verlobte und ein rechtes Teufelsweib. Sie hatte ein Temperament wie nur wenige Frauen. Und in ihr steckte eine Leidenschaft, die nur mit einem Vulkanausbruch zu vergleichen war, wenn Juan mit Carmen im Bett lag.

Draußen packte ihn wieder der kalte Wind. Juan Ortega wickelte sich seinen Schal vor die untere Gesichtshälfte, stieg auf das Rad und fuhr los.

Bergab ging es schneller. Er bog in die Hauptstraße ein, fuhr um eine Kurve und sah plötzlich den Mercedes, der genau vor seinem Haus parkte.

Soeben stiegen zwei Männer aus.

Juan fuhr schneller. Er erkannte, dass es sich nicht um Einheimische handelte, und fragte sich, was die beiden Fremden von ihm wollten …

Gulio Ortega, der alte Kalfaktor, konnte nicht sagen, ob es Tag oder Nacht war. Sein Zimmer hatte, wie die der anderen, keine Fenster. Er hauste in ebenso einer Höhle wie die übrigen Mönche. Nur ging es Gulio etwas besser. Er hatte sich hin und wieder Dinge aus dem Dorf mitgebracht und sie in seiner Zelle versteckt.

Schnaps trank der alte Gulio immer.

Er schleppte immer eine große Flasche von dem Selbstgebrannten mit hoch, und jedes Mal, wenn er unten im Dorf war, wurde er gefragt, warum er denn wieder hochginge.

»Da habe ich meine Ruhe vor euch Klatschmäulern«, lautete immer die Antwort.

Ortega ahnte nicht, dass er bald seine ewige Ruhe haben würde. Er war zwar seit einigen Tagen ziemlich unruhig – schließlich hatte er Pater Emilio zur Flucht aus der Festung verholfen –, aber große Sorgen machte er sich deswegen nicht. Wer wollte ihm denn schon etwas beweisen?

Wie üblich brachte er das Essen herum. Einen Fraß, den er selbst gekocht hatte.

Dünne Suppe und Weißbrot. Gulio gab zu, dass es im Zuchthaus besseres Essen gab. Doch die Mönche nahmen, aßen und schwiegen. Dann brachte Gulio den Kessel wieder zurück in die provisorische Küche. Er wusch den großen Topf dort aus und ging in seine Höhle.

Er brauchte kein Licht, um die Tür zu finden. Im Dunkeln tastete er nach den Zündhölzern, um eine Kerze anzuzünden.

Da legte sich eine Hand auf seine Schulter!

Gulio erschrak bis ins Mark. Seine Finger begannen zu zittern, er ließ die Zündhölzer fallen.

»Wer – wer bist du?«, hauchte Gulio.

Er hörte das Lachen an seinem Ohr und wusste plötzlich, wer neben ihm stand.

Don Alvarez, der Abt!

Gulio Ortega beruhigte sich wieder. Der Herzschlag normalisierte sich, und auch das Zittern hörte auf. »Haben Sie mich erschreckt, Don Alvarez«, hauchte Gulio.

Der Abt lachte wieder. Noch immer war es stockdunkel! Gulio Ortega spürte eine Klaue seinen Rücken entlangwandern. »Ich kann dir einen Wunsch erfüllen, Kalfaktor.«

»Und welchen?«, fragte Gulio leise.

»Lass dich überraschen. Du warst ja schon immer sehr neugierig.« Gulio spürte den harten Griff des Abts an seinem Arm und dachte nicht an Widerstand.

Aber tief in seinem Innern entstand plötzlich eine nie gekannte Angst. Und er fragte sich mit Bangen, ob er das Spiel nicht überreizt hatte. Diese Fluchthilfe konnte ihm schließlich das Genick brechen, wenn jemand merkte, dass er derjenige war, der dahintersteckte. Don Alvarez war schlau. Schlau und abgebrüht.

Im Dunkeln zog der Abt die Tür auf. Als Gulio Ortega das Knarren der Tür hörte, versteifte er sich.

»Ich – möchte lieber hier bleiben«, widersprach er.

»Nein. Du tust, was ich dir sage.«

Alvarez zog ihn kurzerhand weiter. Sein Griff war wie eine Klammer, aus der es kein Entrinnen gab. Stolpernd tauchte Gulio Ortega ein in die Finsternis des Gangs. In der tiefschwarzen Dunkelheit führte ihn der Abt weiter.

Ortegas Angst wuchs.

Er hätte um Hilfe schreien können – seine Schreie wären auch gehört worden. Aber nicht erhört. Ihm wäre niemand zu Hilfe geeilt. Die Angst vor dem Abt steckte zu tief. Außerdem waren es die Mönche gewohnt, sich nur mit sich selbst zu beschäftigen. Sie waren in den letzten Jahren noch fatalistischer geworden. Ihre früheren Ideale waren dahin. Der Einfluss des Bösen hatte sich doch sehr stark bemerkbar gemacht. Wie Gift breitete er sich in den Gehirnen der hier Lebenden aus und machte sie bereit und willig für eine endgültige Übernahme.

Das alles wusste Gulio Ortega zwar nicht genau, aber er ahnte doch etwas. Und nun war der Abt gekommen, um ihm etwas zu zeigen.

Das Rätsel dieses Klosters vielleicht? Das absolut Böse und Grauenhafte? Die Mächte der Hölle, die unten im Berg lauerten?

Je länger Ortega daran dachte, um so schlimmere Bilder malte er sich in seinem Geist aus. Je größer wurde auch die Angst.

Urplötzlich blieb er stehen. Er stemmte sich gegen den Griff und wischte gleichzeitig nach links. Es gelang ihm, sich aus dem Griff zu drehen. Hastig lief er zurück.

Sie befanden sich inzwischen in einem Gang, der durch Fackeln erleuchtet wurde. Und Gulio Ortega wusste genau, wohin er zu laufen hatte. Er kannte das Geheimnis des Fluchtweges, diesen uralten Schacht, der mit einer Wendeltreppe ausgestattet war und tief in den Berg hineinführte zu einem geheimen Ausgang.

Unendlich viele Stufen musste man überwinden. Es gab keine Geländer, nur diese Stufen, und nicht selten hatte jemand das Gleichgewicht verloren und war in die Tiefe gestürzt.

Die Gebeine der Gestürzten bleichten dahin. Manche waren schon zu Staub zerfallen.

Ortega lief. Rannte so schnell wie noch nie zuvor in seinem Leben. Er war ein alter Mann, sein Körper hatte nicht mehr die Kraft, die nötig war, um die Treppe zu erreichen.

Der Abt war schneller.

Don Alvarez erwischte Ortega wenige Schritte vor der Geheimtür, die zum Schacht führte. Gulio hatte bereits seinen Arm ausgestreckt, um den Kontakt zu berühren, als sich die Finger in das Fleisch seiner Schulter bohrten und ihn herumrissen.

Gulio Ortega schrie auf. Er prallte mit dem Rücken gegen die Felswand und riss seine Hände schützend vor das Gesicht.

Der dämonische Abt lachte. Die Faust traf Ortega dicht oberhalb der Gürtelschnalle.

Der alte Mann brach zusammen.

Don Alvarez wollte noch einmal zuschlagen, doch dann sah er, dass es nicht nötig war. Ein Schlag hatte völlig gereicht, um die Kräfte des Alten zu erschüttern.

Wie tot lag er auf dem Boden.

»Komm hoch, verdammt!«, zischte der Abt.

Gulio rührte sich nicht.

Don Alvarez zog ihn hoch. Er bemerkte, dass Ortega bewusstlos war, und fluchte.

Jetzt musste er ihn schleppen. Denn viel Zeit hatte er nicht. Er konnte nicht erst warten, bis Ortega aus seiner Bewusstlosigkeit erwachte, er musste ihn so rasch wie möglich den vier Reitern übergeben.

Ächzend lud sich der verbrecherische Abt den Bewusstlosen auf die Schulter. Arme und Beine des Alten baumelten herab. Der Abt lachte widerlich. Ortega sollte sich wundern. Dieser Schurke wollte unbedingt das Geheimnis des Klosters lüften. Vielleicht war er sogar ein Spion. Nun, er sollte das Rätsel kennenlernen.

Sicherheitshalber schaute Don Alvarez sich um, ob ihn auch niemand beobachtete. Er sah, dass die Luft rein war, und er verschwand in dem Gang, der vor der Mauer mündete. Hier betätigte er wieder den Kontakt, und die steinerne Wand gab den Eingang frei.

Das Gewicht des Alten drückte, und Don Alvarez stieß mehr als einmal einen lästerlichen Fluch aus. Die Fackel hatte er beim letzten Mal neben der Falltür liegen lassen. Er hob die Tür an und entfachte die Fackel.

Sofort wurde das kleine Verlies in ein geheimnisvolles, flackerndes Licht getaucht. Der Abt hatte Angst, dass die Leiter das doppelte Gewicht nicht tragen konnte. Die zweite Sprosse brach tatsächlich. Nur mit Mühe konnte sich Don Alvarez halten. Er zischte eine Verwünschung, ging trotzdem weiter und war schließlich froh, dass die anderen Sprossen hielten.

Der Modergeruch hatte sich noch verstärkt. Auch der Schwefelgestank war nicht zurückgegangen. Im Gegenteil. Alle Anzeichen sprachen dafür, dass das Böse noch stärker geworden war.

Schwer atmend ließ der Abt den Bewusstlosen zu Boden gleiten. Er brauchte einige Zeit, um sich zu erholen. Mit dem Kuttenärmel fuhr er über sein Gesicht. Wie Wattestreifen hing der aus dem Boden quellende Nebel über dem Gestein. Das Tor war nicht zu erkennen. Erst als Don Alvarez tiefer in den Nebel hineinschritt, sah er die Konturen.

Noch immer flimmerten die Umrisse auf dem Gestein. Die Decke war nicht zu sehen. Geisterhaft umwaberten Nebelschlieren die Gestalt in der langen Kutte. Weit hatte der dämonische Abt die Augen aufgerissen. Er streckte seine Arme aus und flehte zu Aeba. Er rief die Leibwächter der vier schrecklichen Dämonen an, damit sie das Opfer annehmen sollten.

Der Abt redete in einer uralten Sprache. Kehlige, guttural klingende Laute drangen über seine Lippen. Er rief die Diener der Hölle an und wurde erhört.

Wieder zeigte sich das, was er schon oft gesehen hatte.

Aus der Unendlichkeit der Dimensionen tauchten die vier Reiter auf, hielten an, und Don Alvarez suchte die Zwiesprache.

»Ich habe ihn, den Verräter!«, zischte er.

Der erste Reiter ritt vor. Seine Hand stieß nach oben. »Hole ihn her, diesen Verdammten!«

»Sofort!«

Don Alvarez ging zurück und verschwand wieder im Nebel. Gulio Ortega kam soeben wieder zu sich. Er stützte sich auf und schaute sich um. Sein Blick war verwirrt wie der eines Geisteskranken. Ortega fand sich dort, wo er sich befand, überhaupt nicht zurecht.

Er sah den Nebel, dessen lange Schlieren aus dem Boden krochen und von einer Seite zur anderen schwangen. Er spürte die Aura des Bösen, merkte, wie grausame, fremde Gedanken in sein Hirn dringen wollten, und faltete in seiner Verzweiflung die Hände.

Die Worte eines Gebets flossen über seine Lippen. Ortega rief den Herrgott an und merkte, dass es ihm schon bald besser ging.

Die Flut des Bösen wurde zurückgedrängt, aber nicht gestoppt, dafür war der Einfluss zu stark.

Gulio Ortega erhob sich ächzend. Ihm war schlecht, und er presste beide Hände gegen die getroffene Stelle. Hinzu kam der beißende Kopfschmerz. Als die Finger seiner rechten Hand über den Hinterkopf tasteten, fühlten sie die kaum verkrustete Platzwunde, die er sich beim Fall zugezogen hatte.

Jetzt fielen ihm auch wieder die Ereignisse ein. Er dachte an Don Alvarez, der ihn überwältigt und entführt hatte. Aber wohin?

Gulio Ortega überlegte. Wenn ihn nicht alles täuschte, dann hatte ihn der Abt in die tiefen Gewölbe unterhalb des eigentlichen Klosters geschafft, genau dorthin, wo das Grauen lauerte und sich Don Alvarez seine dämonische Kraft holte.

Dieses Wissen brachte ihn fast um den Verstand. »Nein!«, keuchte er. »Nein – nicht …«

Er drehte sich, versuchte, mit seinen Blicken den Nebel zu durchdringen, und taumelte mit ausgestreckten Armen vor.

Der Kalfaktor hatte Glück. Seine Finger schlossen sich um die Sprossen der Leiter.

Die Rettung?

Gulio Ortega wollte nach oben klettern. Er hob den rechten Fuß an, fand die Trittfestigkeit, seine linke Hand fasste nach der nächsten Sprosse, er zog das andere Bein nach – und spürte die Gefahr fast körperlich, die sich hinter ihm anbahnte.

Schauer rieselten über seinen Rücken.

Dann hörte er die Stimme.

»Zu spät, Ortega! Viel zu spät!« Don Alvarez lachte und rieb sich dabei die Hände.

Plötzlich packte er zu. Er umfasste Ortegas Hüften und riss den Alten von der Leiter.

Roh warf er den Kalfaktor zu Boden. Don Alvarez bückte sich. Er kicherte wieder böse. Dieses leise, teuflische Gelächter war für den Kalfaktor wie ein Gruß aus der Hölle. Die Angst lähmte ihn, machte ihn fast wahnsinnig. Früher, in jüngeren Jahren, hätte er noch gekämpft, aber jetzt war er zu alt und zu schwach.

»Komm!«, hechelte der dämonische Abt. »Komm schon. Aeba wartet bereits auf dich.«

Der Druck verschwand von Ortegas Rücken. Der Alte trug eine zerschlissene Jacke. Finger wühlten sich in den Kragen, zogen Ortega hoch.

»Geh schon, verdammt, und lass dich nicht hängen!«

Gulio Ortega taumelte voran.

Er hörte die Worte seines Peinigers, musste hin und wieder einen Schlag in den Rücken hinnehmen und näherte sich immer mehr dem geheimnisvollen Tor in die Dämonenwelt.

Die Reiter warteten!

Wie Statuen saßen sie auf ihren Pferden. Lebende Denkmäler, die bereit waren, Tod und Vernichtung zu bereiten.

Weit hatte Gulio Ortega die Augen aufgerissen. Er sah die Reiter zwar, doch er nahm sie nicht bewusst wahr. Seine Beine arbeiteten plötzlich wie von selbst. In seinem Gehirn brauste es. Er hatte das Gefühl, als würde sein Blut mit doppelter Geschwindigkeit durch die Adern fließen und gegen die Schädeldecke trommeln. Dann kamen noch die fürchterlichen Gedanken hinzu. Sein menschliches Bewusstsein wurde zurückgedrängt und fast völlig ausgelöscht.

Zu stark war die dämonische Kraft. Sie konzentrierte sich nur auf ihn, auf Gulio Ortega, einen schwachen Menschen, der in die Arme des Grauens getrieben wurde.

»Lauf! Lauf!«, peitschte hinter ihm die Stimme des Abts. »Sie warten auf dich. Renn auf das Tor zu. Es soll dich verschlingen, es wird dich verschlingen!«

Ein letzter Stoß.

Gulio Ortega wurde nach vorn geworfen. Mit den Händen wollte er sich irgendwo festhalten, doch es gab nichts, woran er sich klammern konnte.

Die Reiter standen bereit.

Eine behandschuhte Hand packte ihn am Hals. Der Reiter mit dem großen A auf der Brust riss Ortega hoch. Mit einer spielerischen Leichtigkeit schleuderte er ihn über seinen Kopf, hielt ihn weiterhin fest, gab plötzlich seinem Gaul die Sporen und verschwand mit ihm in der Unendlichkeit der Dimensionen.

Der Abt aber lachte. Don Alvarez wusste genau, was mit dem Kalfaktor geschah. Mit ihm zusammen würde der Reiter in der sichtbaren Welt auftauchen, um dort das erste Zeichen der Vernichtung zu setzen …

Himmel, hatten wir eine Fahrt hinter uns!

Bis Paris flogen wir mit dem Jet. Dort hatten wir dann zwei Stunden Aufenthalt, um anschließend mit einem Propellerflugzeug weiter bis Perpignan zu fliegen.

Und dort wurde es dann kritisch. Mit grünen Gesichtern stiegen wir aus der Maschine, da die Luftturbulenzen mit dem Metallvogel einiges angestellt hatten.

Einen Leihwagen bekamen wir auch. Einen Mercedes Diesel. Und der brachte uns über Prades und Mont Louis in die Pyrenäen. Die Straße führte dann weiter nach Süden zur Grenze hin. Wir aber fuhren nach Westen, Richtung Andorra zu.

Suko spielte den Führer, suchte Straßenschilder und fand die Straße, die nach Los Albas führte. Als Straße hätten sie nur Optimisten bezeichnet. Für mich war es eine bessere Piste. Aber unser Diesel tat seine Pflicht. Zwar nicht schnell, aber dafür brachte er uns sicher nach Los Albas.

Und hier war der Hund begraben. Der Ort lag ziemlich hoch. Als wir das warme Wageninnere verließen, um uns nach Juan Ortegas Haus zu erkundigen, biss der kalte Frostwind in unsere Gesichter.

Wir fanden das Haus und ließen den Wagen langsam ausrollen. Als er stand, riss das Stahlseil der Handbremse. Ich legte den ersten Gang ein, fluchte und stieg mit Suko aus.

Das Haus, in dem Juan Ortega wohnte, war einstöckig, hatte eine braungelbe Fassade und stieß mit der Hinterseite gegen den nackten Fels. So etwas hatte ich mal in der Schweiz gesehen, in einem dieser engen Täler, in denen man Platzangst bekommen konnte.

Suko verzog das Gesicht, als er seine Blicke an der Hausfront entlanggleiten ließ. »London ist mir lieber!«, kommentierte er.

»Wem sagst du das?«

Ich wollte auf die Eingangstür zugehen, als mir ein Radfahrer auffiel, der die Straße herabfuhr und winkte.

Suko meinte: »Du bist aber auch überall bekannt.«

»Ich kann meinen Ruhm kaum tragen!«

Der Fahrer stieg ab. Die letzten Meter schob er seinen Drahtesel. Ich ging dem jungen Mann ein Stück entgegen.

Für einen Spanier war er ziemlich groß, hatte breite Schultern, ein offenes Gesicht, dunkle Augen und welliges, pechschwarzes, nach hinten gekämmtes Haar. Vielleicht war er Franzose, denn noch befanden wir uns in Frankreich.

Der junge Mann lehnte sein Rad gegen die Hauswand. »Wollen Sie zu mir?«, fragte er.

Er sprach Französisch, und ich antwortete ihm in der gleichen Sprache. »Wenn Sie Juan Ortega sind – ja.«

»Bin ich.«

Ich stellte Suko und mich vor.

Juan Ortega staunte. »Aus London kommen Sie?«

»Ja.«

Er rieb sich sein Kinn. »Dann hat sich meine Reise also doch noch gelohnt.«

Suko hatte inzwischen den Einsatzkoffer aus dem Wagen geholt. »Sollen wir nicht ins Haus gehen?«

»Entschuldigen Sie.« Juan Ortega breitete die Arme aus. »Aber ich war im Moment zu überrascht, um an die Pflichten eines Gastgebers zu denken.«

Er ging vor und schloss die Tür auf. Ich warf einen Blick zum Himmel. Noch lag er wie ein hellblaues Tuch über den schneebedeckten Gipfeln, aber schon bald würden die langen Schatten der Dämmerung herankriechen. Die Sonne war ein verwaschener, weißgelber Fleck ohne wärmende Kraft.

Dann sah ich das Kloster. Es stand auf einer Bergspitze, war vom Schnee befreit, nur um das Gebäude herum lag die ewig weiße Gletscherpracht. Hässlich stachen die Mauern von dem hellen Eis der Gletscher ab. Auf mich wirkte das Kloster wie eine Drohung, und ich fragte mich, wie wir dort je hinaufkommen sollten. Aber das Problem stellte sich im Augenblick noch nicht. Juan Ortega, der Einheimische, würde sicherlich Rat wissen.

Er hielt uns die Tür auf.

Wir betraten ein Haus, in dem die einzelnen Zimmer alle von einer Vordiele abzweigten. Der Boden war mit Fliesen ausgelegt. Schmiedeeiserne Wandleuchter, Teppiche und Stierkampfplakate zeigten an, dass wir es mit einem Spanier zu tun hatten. Als Lampe diente ein Wagenrad. Auf ihm steckten zwölf Kerzen.

»Haben Sie keinen Strom?«, fragte ich.

»Nein.« Juan Ortega lachte verbissen. »Es ist so. Wir sind hier eine spanische Minderheit dicht an der Grenze. Eigentlich gehören wir zu Frankreich, aber die Einwohner wollen nicht. Und die Spanier kümmern sich auch nicht um uns. Das alles läuft schon Hunderte von Jahren so. Niemand hat sich bisher darum gekümmert, dass dieser Zustand geändert wird. Ich habe den ersten Versuch unternommen. Wir, das heißt der Bodegero und ich, wollen aus Los Albas ein Touristenzentrum machen. Ich habe an das spanische und das französische Ministerium geschrieben. Antworten stehen noch aus.«

»Und was sagen die Einwohner dazu?«

»Die sind natürlich dagegen!« Juan Ortega lachte bitter auf. »Die sind gegen jeden Fortschritt. Aber das sind nicht Ihre Probleme. Bitte, lassen Sie uns reingehen. In meinem Arbeitszimmer ist es gemütlicher.«

»Sie wohnen allein hier?«, fragte ich.

»Ja.« Er lächelte verschmitzt. »Hin und wieder kommt Carmen, meine Verlobte. Sie werden Sie noch kennenlernen. Wenn Sie wollen, können wir auch in Ihrer Heimatsprache reden. Ich habe mich während meines Studiums oft genug mit englischen Kommilitonen unterhalten.«

Der junge Mann wurde mir immer sympathischer.

Im Arbeitszimmer sah man vor lauter Büchern die Wände nicht mehr. Ich überflog einzelne Titel. Philosophie, Rechtswissenschaft und Ökonomie waren wohl die Hobbys des jungen Mannes.

»Langeweile haben Sie nicht«, bemerkte ich.

Er schüttelte den Kopf und lachte. »Nein, ganz und gar nicht.«

Die Sessel waren aus stabilem Rohr gefertigt. Sitzkissen förderten die Entspannung.

»Möchten Sie etwas trinken?«, fragte Juan, nachdem wir Platz genommen hatten.

Ich entschied mich für einen spanischen Weinbrand, während Suko Mineralwasser trank.

Ich verzog das Gesicht. »Damit erinnerst du mich an Powell.«

»Schließlich muss ja einer auf dich achtgeben«, konterte mein Freund.

Juan Ortega zündete mehrere dicke Kerzen an. Im Kamin knisterte das Holz. Die Stimmung wurde urgemütlich. Der junge Mann hatte sich eine Flasche Wein geholt und trank. Der dunkelrote Wein war rot wie Blut und funkelte in dem Pokal.

Er hob sein Glas. »Trinken wir darauf, dass es uns auch in den nächsten Jahren noch gibt.« Er lächelte. »Das ist ein alter Spruch hier aus den Bergen. Die Menschen haben immer mit den Widrigkeiten der Natur zu kämpfen gehabt und deshalb eine eigene Philosophie entwickelt.«

Der Weinbrand war mild und brannte nicht im Gaumen. Ich sah, wie Juan Ortega genussvoll die Augen verdrehte. Er deutete auf sein Weinglas, nachdem er es abgestellt hatte. »Ein wunderbares Getränk, Señores. Sie sollten es auch einmal probieren. Es heißt bei uns Teufelsblut.« Er lachte. »Wenn Sie einige Gläser davon getrunken haben, dann steckt Ihnen wirklich der Teufel im Leib.«

Juan Ortega wusste, was sich gehörte. Wir redeten erst über allgemeine Themen, bevor wir auf den eigentlichen Grund unseres Besuches zu sprechen kamen.

Ortega wurde schlagartig ernst. »Ja, das war schon schlimm«, sagte er. »Von meinem Vater erfuhr ich, dass es in dem Kloster nicht mit rechten Dingen zuging. Die Mönche hatten sich im Laufe der Zeit verändert. Und vor allen Dingen der Abt, Don Alvarez, war vom Glauben abgefallen und diente nun dem Teufel.«

»Welches Ereignis hat das bewirkt?«, wollte ich wissen.

»Das kann ich nur schätzen. Irgendwo unterhalb des Klosters muss es im Berg eine Stelle geben, an der sich die Macht des Bösen manifestiert hat. Dort hockt etwas, das so schaurig und grausam ist, dass man kaum Worte dafür findet.«

»Hat Ihr Vater das Geheimnis gelüftet?«

Juan Ortega schüttelte den Kopf. »Nein, er nicht, aber Pater Emilio, den ich nach England geschafft habe. Doch sein Geist war verwirrt. Er stammelte sinnlose Worte, Sätze, aus denen keiner schlau wurde. Ein Schock musste ihn getroffen haben.«

»Was ist mit Aeba?«, erkundigte ich mich.

Der Mann hob überrascht die Augenbrauen. »Sie – Sie kennen Aeba?«

»Kennen ist zu viel gesagt. Ich habe davon gehört. Pater Emilio hat davon gesprochen.«

Ortega nickte eifrig. »Ja, das stimmt. Er hat auch während der Reise fast nur dieses eine Wort gesagt.«

»Was es bedeutet, wissen Sie nicht?«

»Nein, Señor Sinclair. Dieses Rätsel habe ich nicht lösen können. Es muss aber irgendwie mit dem Berg zusammenhängen. Oder anders gesagt: Aeba ist das Rätsel des Klosters.«

»Hat Pater Emilio noch mehr erzählt? Ich meine, er muss doch von seinen Tagen, seiner Zeit im Kloster berichtet haben. Über den Tagesablauf, zum Beispiel.«

»Natürlich, Señor. Aber sobald die Sprache auf Aeba kam, war die Angst da. Ich hatte immer das Gefühl, dass eine geistige Barriere ihn davon abhielt, weiter darüber zu reden.«

»Wie hat er die Fahrt nach England überstanden?«

»Gut. Auch den Flug. Obwohl er zum ersten Mal in seinem Leben geflogen ist. Er schien wieder normal zu werden. Und als ich ihn zu Father Hackmann brachte und ihm die Geschichte erzählte, da erwähnte der Father sofort Ihren Namen, Señor. Deshalb war ich nicht überrascht, Sie und Ihren Freund hier in Los Albas zu finden. Father Hackmann hat mir einiges über Sie erzählt. Ich wollte ja erst in London auf Sie warten, aber ich werde hier gebraucht.«

»Ist klar«, sagte ich. »Sie wissen demnach nicht, wer oder was Aeba ist«, murmelte ich. »Es bleibt also nichts anderes übrig, als es selbst herauszufinden. Mit anderen Worten, wir müssten dazu in das Kloster hinein.«

Suko meldete sich. »Es wird schwer sein, John. Hast du dir die Lage schon mal angesehen?«

Juan Ortega nickte heftig. »Ihr Freund hat recht, Señor. Das Kloster ist eine Festung. So gut wie uneinnehmbar. Da sind schon Armeen vergeblich gegen angerannt.«

»Okay, aber rein müssen wir.« Ich trank mein Glas leer. »Mit dem Wagen kommen wir ja nicht bis dort oben hin. Das ist klar. Wie ist denn Ihr Vater immer hingekommen?«

»Auf einem Esel«, antwortete Juan Ortega.

Ich lachte. »Ist ja fantastisch. Warum sollen wir nicht auch auf einem Esel reiten?«

Suko räusperte sich. »Warum schaust du mich dabei so an?«, knurrte er.

»Keine Angst, ich reite schon nicht auf deinem Rücken.«

Juan Ortega blieb ernster. »So lustig wie Sie finde ich das nicht«, erklärte er. »Sie werden sich wundern, über welche Wege und Geländeformen Sie reiten müssen. Und dann noch in das Kloster hineinzukommen, das ist auch nicht einfach. Die Mönche lassen niemanden zu sich herein, Señores.«

»Bei uns müssen Sie eine Ausnahme machen«, sagte ich.

Suko stand plötzlich auf.

»Was ist?«, fragte ich.

Mein chinesischer Freund und Partner wandte sich an Juan Ortega. »Erwarten Sie Besuch, Señor Ortega?«

»Wieso? Ich …«

»Da ist jemand an der Tür.« Suko hielt plötzlich seine Waffe in der Hand, glitt ein paar Schritte zur Seite und verschwand hinter einem Mauervorsprung.

Auch ich war aufmerksam geworden, während Juan Ortega blass wurde.

Und dann drückte jemand die Tür auf.

Im nächsten Augenblick schrie der junge Spanier auf. »Carmen!«, rief er und rannte auf ein Mädchen zu, das am Ende seiner Kräfte stand …

Das junge Mädchen taumelte in den Raum. Es konnte sich kaum auf den Beinen halten. Der lange Fellmantel war schmutzig und zum Teil zerrissen. Das lackschwarze Haar klebte ihr im Gesicht. Sie machte ein, zwei taumelnde Schritte in das Zimmer hinein, dann gaben ihre Knie nach, und sie brach zusammen.

Juan Ortega konnte sie im letzten Augenblick auffangen, sonst wäre sie schwer gestürzt.

Er nahm sie auf die Arme und trug sie zu einer Couch. Ich machte ihm Platz. Suko trat wieder hinter dem Mauervorsprung hervor. Er steckte seine Pistole weg.

Juan zog dem jungen Mädchen den Mantel aus. Carmen war nicht ohnmächtig. Ihr Atem ging stoßweise, die Augen hatte sie weit aufgerissen. Die Lippen – voll und rot – zitterten.

»Carmen!«, flüsterte Juan. »Carmen, was ist?« Er beugte sich nieder und streichelte die blassen Wangen.

Ich tippte ihm auf die Schulter. »Wer ist dieses Mädchen?«, fragte ich.

»Carmen Valdera, meine Verlobte«, antwortete er tonlos.

»Geben Sie ihr einen Schluck.«

»Ja.« Juan Ortega nahm ein Glas, schenkte Weinbrand ein und setzte es ihr an die Lippen.

Das Mädchen schluckte automatisch. Ihr Blick wurde klarer, und langsam kehrte die Farbe in ihr Gesicht zurück.

Juan stellte das Glas weg. Mit den Fingerspitzen strich er über Carmens Wangen. »Was ist denn, Liebes? Rede doch – bitte …«

Carmen versuchte ein Lächeln, als sie in das Gesicht ihres Verlobten schaute, doch dann wurde ihr Blick wieder ängstlich. »Es – es war so schrecklich …«

Sie verstummte.

Ich hielt mich zurück. Es war nicht gut, wenn Carmen jetzt einen Fremden sah und mit ihm sprach. Sie musste Schreckliches erlebt haben, und ich fand es besser, wenn sie jetzt mit einer ihr bekannten Person redete.

»Was war schrecklich?«, hakte Juan Ortega nach.

»Ich – ich habe ihn gesehen«, flüsterte das Mädchen. »Ich wollte zu dir, da kam der Reiter. Er ritt durch die Luft, lachte und …« Sie schluckte und begann zu weinen. Wir warteten, bis sie sich beruhigt hatte. Dann erzählte sie stockend weiter. »Er war nicht allein. In seinen Krallen hielt er einen Menschen. Es war – dein Vater, Juan.«

Der junge Ortega zuckte zurück.

»Hast du dich auch nicht getäuscht, Carmen?«

»Nein. Ich habe ihn genau gesehen. Dein Vater ist tot.«

Juan Ortega schloss die Augen. Hart presste er die Lippen zusammen. Seine Wangenmuskeln spielten. Die Klarheit seiner Pupillen verschwamm im Tränenwasser. Er ballte die Hände, drehte sich halb um und blickte mich an.

»Wir werden es nachprüfen«, sagte ich leise. Etwas anderes fiel mir im Augenblick nicht ein.

»Sie hat sich bestimmt nicht getäuscht«, sagte Juan. »Die anderen sind grausam.«

»Wen meinen Sie damit?«

»Nun – Aeba.«

Immer wieder dieses verdammt Wort. Mittlerweile hatte es sich für mich zu einem Albtraum entwickelt. Ich wusste nicht, was dahintersteckte, aber es war ein Schlüsselwort. Vielleicht, so kombinierte ich, brachte mich die Losung des Rätsels auf die Spur irgendeines gigantischen Vorhabens, das von dämonischen Mächten gesteuert wurde. Es war oft so, dass kleine Anzeichen eine große Sache ankündigten. Ich hatte mittlerweile einen Blick dafür. Wenn Dämonen etwas planten – damit unterschieden sie sich nicht von normalen Verbrechern – mussten sie vorbereiten, planen, organisieren, Helfer gewinnen. Bei Gangstern lief dies meist im Geheimen ab. Dämonisches Treiben fiel mehr auf, auch wenn es nur geringste Vorbereitungen waren.

Und das war eben unser Vorteil. Wenn unbeteiligte Zeugen in diese Vorbereitungen hineingezogen wurden, reagierten sie oft hysterisch, sodass die Polizei rascher davon Wind bekam. Die Menschen waren halt bereit, sofort zur Polizei zu laufen und ihre ungewöhnlichen Beobachtungen zu melden. Aus diesen Kreisen hatte ich schon mehr als einmal einen entscheidenden Hinweis erhalten und konnte somit ein großes Verbrechen verhindern. Auch hier in Los Albas schienen mir diese Voraussetzungen gegeben zu sein, denn Carmens Beobachtungen waren für uns sehr wertvoll.

Dem Mädchen ging es mittlerweile ein wenig besser. Ich drückte Juan Ortega zur Seite und beugte mich über Carmen.

Auf Französisch sprach ich sie an. »Sie brauchen keine Angst zu haben, Mademoiselle, Sie sind hier in Sicherheit. Ich heiße John Sinclair und bin ein Freund Ihres Verlobten. Wir wollen uns gemeinsam bemühen, das Rätsel zu lösen. Wollen Sie uns dabei unterstützen?«

»Ja«, lautete die schwache Antwort. Aber in Carmens Augen las ich das Vertrauen, das sie uns und mir entgegenbrachte.

»Wo haben Sie diesen Reiter gesehen?«

»Auf dem Weg hierher.«

»Von wo kam er?«

»Ich weiß nicht genau.«

»Kam er vom Kloster?«

Carmen schluckte. »Das kann sein. Ich – ich habe es nicht so genau gesehen. Alles ging so plötzlich. Ich hörte ein Brausen, dann ein Gelächter, und da sah ich den Reiter.«

»Können Sie ihn beschreiben?«

»Er hatte eine Rüstung an. Auf der Brust flimmerte ein großes A. Eine Halbmaske hatte er vor dem Gesicht. Sein Pferd war schwarz, und aus den Nüstern schlug eine Feuerlohe. Ich – ich glaube, es war der Teufel.«

Mit dieser Annahme lag sie gar nicht mal so weit daneben. Mit dem Teufel hatte der Reiter ganz sicher etwas zu tun. Sie alle – Dämonen und Gestalten der Schwarzen Magie – waren in letzter Instanz Diener des Teufels, Roboter des Bösen und des Grauens. Sie wollten das Chaos, und die Panik und die Anarchie. Die Erde sollte in Trümmern liegen, und dann würde aus diesen Ruinen die Herrschaft des Bösen entstehen. Bis jetzt hatte es der Satan noch nicht geschafft, denn es gab immer wieder Menschen, die die Gefahr erkannten und sich gegen ihn stellten.

Ich zündete mir eine Zigarette an. »Hatte dieser Reiter nun eine Botschaft für uns oder für Sie?«, fragte ich Carmen interessiert.

»Nein. Er hatte nur Juans Vater vor sich über den Rücken des Pferdes gelegt und triumphierend gelacht.«

Nachdenklich stieß ich den Rauch aus. Was konnte dieser Reiter mit Gulio Ortega vorgehabt haben? Wahrscheinlich hatte er ihn getötet.

Doch auch Dämonen töteten nicht ohne Motiv oder wahllos. Sie wollten mit einem Mord immer etwas erreichen, und wenn es eine Bestrafung war.

Ja, Bestrafung. Das musste es sein. Gulio Ortega hatte Pater Emilio geholfen. Das hatten sie herausgefunden, und er wurde von den Mächten der Finsternis bestraft.

Ich drückte die Zigarette aus.

Mein Blick traf Juans Gesicht. In seinen Augen sah ich die Ratlosigkeit, aber auch die Sorge um seinen Vater schimmern. Und mir wurde klar, dass auch er keinen Ausweg wusste.

»Wir sollten uns auf die Suche machen«, schlug Suko, mein chinesischer Partner, vor.

Der Meinung war ich auch. Doch bevor es so weit kam, wurde uns die weitere Handlung buchstäblich aus den Händen gerissen.

Plötzlich hörten wir ein gellendes Pfeifen, dann ein dämonisches, teuflisches Gelächter. Beides erklang dicht über unseren Köpfen. Im nächsten Augenblick aber flog die Tür mit Brachialgewalt auf, und der düstere Todesbote sprengte auf seinem pechschwarzen Pferd mitten in Juan Ortegas Haus …

Ein, zwei Herzschläge lang waren wir wie gelähmt. Keiner von uns hatte mit dieser Attacke gerechnet.

Bis Carmen schrie.

Und dieser Schrei riss uns aus der Erstarrung.

Suko stand dem Reiter am nächsten. Er warf sich mit Todesverachtung dem Höllenboten entgegen. Ich sah ihn noch unter den wirbelnden Hufen verschwinden und kümmerte mich um das Mädchen.

Carmen saß wie versteinert auf ihrem Platz. Ich sprang auf sie zu, riss sie an der Schulter herum, trat mit dem Fuß gegen den Tisch, sodass er umkippte und wir ihn als Deckung benutzen konnten. Doch ich kam nicht mehr dazu, Carmen auf den Boden zu drücken.

Die Ereignisse überschlugen sich.

Feuer strömte aus den Nüstern des Pferdes.

Juan Ortega schrie gellend. Ich sah ihn stehen, mit halb erhobenen Händen, und dann tanzten plötzlich die Flammen auf seiner Kleidung. Über den Tisch flog ich hinweg, bekam zum Glück eine herumliegende Decke zu fassen und presste sie auf die brennende Kleidung. Die kleinen Flammen wurden erstickt. Rauch wölkte auf, biss in meiner Nase.

»Bleib so liegen!«, schrie ich Juan Ortega zu, kreiselte herum, zog meine mit Silberkugeln geladene Beretta und stellte mich dem Reiter.

Wieder fauchten Feuerzungen aus den Nüstern, begleitet von einem gellenden Lachen des Reiters.

Doch ich war gewarnt und duckte mich, sodass die Flammen über meinen Kopf hinwegstrichen und ich nur den Gluthauch der Hölle spürte. Meine Nackenhaare stellten sich quer.

Ich feuerte.

Im selben Augenblick riss der Reiter seinen schwarzen Gaul hart herum, und meine geweihte Silberkugel zischte dicht an seinem Kopf vorbei.

Dann trieb der Reiter sein Pferd an. Er sprengte auf mich zu. Ich flog zur Seite, warf zwei Sessel um und entging so den Hufen und den beiden neuerlich ausgestoßenen Feuerlanzen, die dafür jedoch eine Gardine in Brand setzten.

Ich schoss.

Hämmerte wie ein Wahnsinniger die Kugeln aus dem Lauf, weil ich den verdammten Reiter einfach stoppen musste, bevor er noch mehr Unheil anrichtete.

Ich traf ihn auch. Mehrmals sogar.

Doch das flimmernde A auf seinem Panzer schluckte die geweihten Geschosse.

Auf den Kopf konnte ich nicht zielen, da sich der Reiter in dauernder Bewegung befand. Jetzt riss er das Pferd auf die Hinterbeine, beugte sich im nächsten Moment aus dem Sattel, ließ sich dabei fast zu Boden fallen und streckte den rechten Arm aus.

Seine Finger gruben sich in Carmens Kleid.

Hart riss er das Mädchen hoch.

»Carmen!« Juan Ortega schrie den Namen seiner Verlobten. Er wollte sich aus seiner Decke wühlen, doch er war zu langsam. Carmen hatte keine Chance, sich aus dem eisenharten Griff zu befreien. Wie eine leblose Puppe wurde sie über den Pferderücken geworfen.

Ich sprang über den Tisch, schnellte vor dem Reiter in die Höhe und krallte meine Finger in die ledernen Zügel. Die Beretta hatte ich eingesteckt. Das Magazin war leer geschossen, und zum Nachladen blieb mir keine Zeit.

Die freie Faust des Reiters fuhr von oben nach unten. Es war ein wuchtiger Schlag, und er traf meine Gelenke.

Unwillkürlich schrie ich auf. Ich hatte das Gefühl, als wären meine

Hände in glühende Lava getaucht worden. Der Schmerz zuckte durch meine Arme, fraß sich tiefer in die Schultern hinein, drang aber nicht weiter vor.

Über den Grund dachte ich nicht nach, denn der Reiter riss seinen Gaul herum und schleuderte mich mit. Mit den Füßen fegte ich einen noch stehenden Stuhl um, knallte mit den Knien gegen einen Mauervorsprung und wurde weiter mitgerissen.

Der Reiter sprengte auf den Ausgang zu.

Dicht vor mir tauchte eine Wand auf. Mit der rechten Schulter prallte ich gegen das Mauerwerk, wurde herumgedriftet und trotzdem weitergezerrt.

Mit mir am Zügel hängend jagte der Reiter durch die Tür. Er stieß heisere Anfeuerungsschreie aus, und wir erreichten das Freie.

Ein Sprung, und das pechschwarze Pferd setzte über unseren Mercedes hinweg.

Ich stieß mit den Knien gegen das Dach. Es dröhnte dumpf, und meine Kniescheiben nahmen mir diesen Stoß verdammt übel.

Noch immer hielt ich eisern fest. Hing an dem verfluchten Zügel und konnte meine Hände auch gar nicht mehr davon lösen, denn irgendwie war ich mit dem Tier und seinem Reiter auf eine magische Weise verbunden.

In diesem engen Tal war es inzwischen dunkel geworden. Nur noch einige Berggrate glühten im letzten Licht der untergehenden Sonne. Ihre Strahlen berührten auch das Kloster und ließen es aussehen wie mit Blut übergossen.

Der Reiter jagte die schmale Straße hoch. Eisenharte Hufe trommelten über den Boden, warfen sprühende Funken. Ich wurde an der rechten Seite des Gauls mitgeschleift und biss die Zähne zusammen, um nicht laut aufzuschreien.

Wieder stießen Feuerlanzen aus den Nüstern. Der Wind trieb sie zurück, und sie leckten über mein Gesicht, ohne mich allerdings zu verletzen.

Dann hörte ich einen irren, wilden Schrei. Der Horror-Reiter hatte ihn ausgestoßen und damit dem Pferd ein Signal gegeben.

Es erhob sich in die Luft.

Wie bei Pegasus, dem fliegenden Pferd aus der griechischen Sage. Nur hatte dieser Gaul keine Flügel.

Ich verlor den Kontakt mit dem Boden. Auch ein letzter Versuch, meine Finger von dem Zügel zu lösen, schlug fehl. Ich wurde kurzerhand mitgerissen auf eine mörderische Reise in die eiskalte Bergluft der Pyrenäen …

Suko sah noch die Pferdehufe vor sich auftauchen, dann folgte der totale Blackout.

Aus, nichts. Vorbei.

Aber dieses Wegsein dauerte nicht lange. Nicht einmal eine Minute. Suko kam genau dann wieder zu sich, als ich am Zügel des Pferdes hängend verschwand.

Der Chinese setzte sich auf.

Er verzog das Gesicht und tastete an seinem Kopf hoch, wo an der rechten Schläfe eine Beule wuchs. Dort hatte ihn der Huf getroffen.

Aber nicht nur ihm ging es schlecht. Auch Juan Ortega hatte es arg erwischt. Er war es, der den Brand entdeckte. Die Flammen leckten an der Gardine hoch und hatten den Stoff in einen glühenden Feuerstreifen verwandelt.

Juan Ortega schrie auf. Trotz der Flammen fetzte er die Gardinenreste von der Stange und trampelte so lange darauf herum, bis die Flammen gelöscht waren.

Suko hatte inzwischen wieder zu sich gefunden. Er drehte sich um die eigene Achse und schaute sich dabei wild um.

»Wo ist John?«, herrschte er Juan an.

Der junge Franco-Spanier hob die Schultern und machte ein verzweifeltes Gesicht.

»Er ist weg.«

»Das sehe ich selbst.« Suko sprang über zwei umgekippte Stühle und lief auf Juan Ortega zu. Er sah, dass der Mann mit seinen Nerven am Ende war, aber darauf konnte er jetzt keine Rücksicht nehmen.

Suko schüttelte Juan Ortega durch. »Mensch, rede!«, rief er. »Jede Sekunde ist wichtig.«

Ortega nickte verbissen. »Der Reiter hat sie mitgenommen. Beide. Sinclair und Carmen!«

Der Chinese ließ Juan los. »O verdammt«, sagte er.

»Es ist aber so. Und ich konnte nichts tun.«

»Erzähle.«

Juan Ortega berichtete, was sich zugetragen hatte. Er redete auch davon, wie plötzlich seine Kleider Feuer gefangen hatten und ich ihn gerettet hatte.

Suko hörte mit unbewegtem Gesicht zu. Für ihn gab es nur eine Möglichkeit, wo sich Carmen und Sinclair befinden konnten. Und das sagte der Chinese auch.

»Sie sind bestimmt zum Kloster hoch.«

Juan nickte. Dann hob er in einer hilflosen Gebärde beide Schultern. »Wenn das stimmt, haben wir kaum eine Chance.«

Suko war da anderer Meinung. »Erst einmal abwarten und nur nicht die Flinte ins Korn werfen.«

Er ging auf die Tür zu, und Juan folgte ihm.

Mit Einbruch der Dunkelheit war das Thermometer gefallen. Die Kälte schien in dem kleinen Tal wie eine Wand zu stehen. Der Frost drückte sie dem Boden zu.

Die Dorfstraße war leer gefegt. Keine Strahlenlaterne leuchtete. Weiter unten schimmerte es hell hinter einigen Fenstern. Das Kloster war längst nicht mehr zu sehen. Die Dunkelheit hatte es verschluckt. Zum Glück war es windstill, sodass sich die Temperaturen ertragen ließen.

Der Mercedes stand unbeschädigt dort, wo Suko und ich ihn verlassen hatten.

Suko ging auf den Wagen zu. Er war nicht mehr weit von der Beifahrertür entfernt, als seine Fußspitze gegen etwas Weiches stieß.

Der Chinese bückte sich und sah eine Gestalt am Boden liegen. Im Haus brannten noch ein paar Kerzen. Sie hatten die Auseinandersetzung überstanden. Der aus der offenen Tür fallende Lichtschein reichte aus, um erkennen zu lassen, dass es sich um einen älteren Mann handelte, gegen den Suko gestoßen war.

Sukos Hand fuhr dorthin, wo das Herz sitzt.

Es schlug nicht mehr.

Der Mann war tot.

Suko brauchte kein Hellseher zu sein, um gut wissen, wer dieser Tote war. Er erhielt auch sehr rasch die Bestätigung.

Juan Ortega trat aus dem Haus, ging auf Suko zu, schaute ihm über die Schulter und warf sich im nächsten Augenblick neben dem Chinesen zu Boden.

»Vater!«, schluchzte er auf und barg sein Gesicht an der Brust des Toten.

Suko erhob sich. Ihm lief eine Gänsehaut über den Rücken. Der Schmerz wühlte den jungen Ortega auf. Er weinte wie ein Kind. Suko stand neben ihm mit einem Gesicht, das wie aus Granit gemeißelt zu sein schien. Wieder einmal erlebte er mit, wie grausam Dämonen mit

Menschenleben umgingen und welche Schmerzen ein Mensch verspürte, der einen nahen Verwandten verloren hatte. Einen Mann, der sich gegen die Mächte der Finsternis gestellt hatte und seinen Preis dafür bezahlen musste.

Es waren immer wieder diese und ähnliche Szenen, die Suko und auch mir den Mut zum Weitermachen gaben, die unsere Einstellung festigten, gegen das Böse zu kämpfen und es auszumerzen, wo immer sich die Möglichkeit ergab.

Minutenlang ließ Suko Juan Ortega allein in seinem Schmerz. Dann legte er ihm die Hand auf die Schulter. »Kommen Sie, Juan. Wir können nicht hier in der Kälte bleiben.«

Juan nickte. Dann drehte er sich halb um und blickte Suko von unten her an. »Was – was geschieht mit meinem Vater?«

»Wir bringen ihn ins Haus.«

»Und dann? Er ist getötet worden. Wir müssen die Polizei verständigen …«

Sukos Stimme wirkte beruhigend auf den jungen Ortega. »Zuerst müssen wir Ihren Vater hineinbringen.« Der Chinese bückte sich. »Ich helfe Ihnen.«

Gemeinsam hoben die beiden Männer den Toten an. Juan Ortega weinte, als er mithalf, seinen Vater ins Haus zu tragen. Suko kickte die Tür mit dem Fuß zu. Er wollte nicht, dass eventuell Neugierige ins Haus schauten.

Sie legten den Toten auf die Couch, die sie zuvor aufrichten mussten. Das Gesicht der Leiche zeigte keinen friedlichen Ausdruck. Im Gegenteil, es war verzerrt, als hätte der Tote kurz vor dem Sterben noch alle Schrecken der Hölle durchgemacht.

Juan faltete die Hände seines Vaters vor der Brust zusammen. »Adios«, flüsterte er. »Ich werde alles tun, um deinen Tod zu sühnen, Vater.«

Suko stand stumm daneben. Seine Gedanken beschäftigten sich bereits mit der nahen Zukunft. Zeit durfte jetzt nicht mehr vertrödelt werden. Wenn sie noch etwas retten wollten, dann mussten sie hoch zum Kloster. Auch ohne große Vorbereitungen.

»Ich werde der Polizei Bescheid geben«, sagte Juan Ortega.

Suko hielt ihn zurück. »Nein, das wäre falsch.«

»Wieso?«

»Wir würden zu viel Zeit verlieren. Es gäbe Verhöre. Protokolle müssten geschrieben werden. Nein, es ist besser, wenn wir uns gleich auf den Weg machen, um Carmen und John Sinclair zu befreien.«

»Aber wir haben keine Ausrüstung.« Juan Ortega versuchte einen Einwand.

»Das Nötigste bekommen wir schon zusammen.« Suko packte Juan an beiden Schultern. »Reißen Sie sich zusammen. Ich weiß, dass es ein schwerer Schlag für Sie war, dass Sie Ihren Vater verloren haben. Aber Sie müssen sich damit abfinden, so hart sich dies auch anhört. Wir müssen jetzt an uns und an die anderen Lebenden denken. Und dazu gehört Carmen, Ihre Verlobte.«

Juan nickte. »Ja, Sie haben recht. Entschuldigen Sie.« Seine Gestalt straffte sich. »Sagen Sie mir, was ich alles tun soll.«

»Mit einem Wagen kommen wir da nicht hoch. Also brauchen wir Esel. Können Sie sie besorgen?«

»Das ginge schon.«

»Auch schnell?«

»Ich muss es versuchen. In der Nähe wohnt ein alter Bauer. Der hat mal eine Eselszucht gehabt. Einige Tiere hat er noch. Aber was soll ich sagen, wenn er nach dem Grund fragt?«

»Gar nichts.« Suko holte zwei Geldscheine aus der Tasche. »Wenn Sie ihm die geben, wird er sicherlich auf jegliche Fragerei verzichten.«

Juan Ortega steckte das Geld ein. »Das glaube ich auch«, sagte er. Er holte seinen Fellmantel und hängte ihn sich über.

»Haben Sie auch noch einen für mich?«, erkundigte sich der Chinese.

»Ich werde mal nachsehen. Der alte Mantel von meinem Vater müsste noch hier unten sein.«

Der Franco-Spanier ging. Suko blieb mit dem Toten allein zurück. Der Chinese meditierte.

Mit gekreuzten Beinen setzte Suko sich hin und entspannte Geist und Körper. Er bereitete sich auf eine Aufgabe vor, die sicherlich zu den härtesten gehörte, die er bisher vor sich gehabt hatte. Suko wusste nicht, wer oder was ihn in dem Kloster erwartete, wie viele Gegner gegen ihn standen und ob John und Carmen überhaupt noch lebten.

Alles Fragen, auf die Suko eine Antwort suchte und zu finden hoffte.

Es verging ungefähr eine halbe Stunde, bis Juan Ortega zurückkehrte. Sein Gesicht war rot angelaufen. Er schlug die Tür zu und streifte den Mantel von der Schulter.

Fragend schaute Suko ihn an.

Ortega nickte. »Ich habe es geschafft«, meldete er. »Der Alte hat mir zwei Esel verkauft.«

»Hat er viel gefragt?«

»Nein, der freute sich, als er die Geldscheine sah.«

Juan Ortega ging in einen anderen Raum. Als er zurückkam, hielt er den Mantel seines toten Vaters in der Hand. »Der müsste einigermaßen passen«, sagte er.

Suko probierte ihn über. Er spannte zwar in den Schultern, doch das war nicht tragisch. Sie nahmen auch noch einige andere Ausrüstungsgegenstände mit, die für einen Trip in die Berge unerlässlich waren: Seile, Eispickel, Klammern, Haken und Verbandskasten. Juan verstaute alles in einem Sack, den er über den Rücken des Esels hängte.

Suko war in seiner Heimat schon öfter auf einem Esel geritten. Deshalb hatte er auch keine Schwierigkeiten, aufzusteigen. Wenig später schon waren sie unterwegs. Und nach kurzer Zeit schluckte die Dunkelheit nicht nur die beiden auf den Eselsrücken sitzenden Gestalten, auch die Hufgeräusche verloren sich in der Ferne.

Es schien, als hätte es die beiden Männer nie gegeben. Und kein Dorfbewohner ahnte, in welch einer gefährlichen Mission Suko und Juan unterwegs waren …

Ad astra – zu den Sternen!

Vor Jahren hatte ich mal ein Buch mit diesem Titel gelesen. Ich kam mir ebenfalls vor wie jemand, der den Sternen näher rückt. Wir stießen hinauf in den nachtdunklen Himmel. Es schien, als wollten wir die kalte Pracht der Sterne durcheinanderwirbeln, doch wie unendlich waren diese Gestirne von uns entfernt.

Ich konzentrierte mich auf das Naheliegende. Und das war schlimm genug.

Noch immer hing ich an den Zügeln des Pferdes wie an einer magischen Kette. Der beißende, eiskalte Wind schnitt mir mit unzähligen kleinen Messern ins Gesicht.

Meine Hände spürte ich schon längst nicht mehr. Sie schienen zu Eisklumpen gefroren zu sein. Auch in den Armen hatte ich kein Gefühl mehr, die Blutzirkulation schien zum Stillstand gekommen zu sein. Dicht vor mir sah ich die Hinterbeine des Rappens. Wenn ich den Kopf hob, konnte ich den Reiter sehen und sein großes A auf der Brust.

Senkte ich den Blick, so ließ die frostklare Luft eine ungeheure Weitsicht zu.

Ich sah eisbedeckte Gipfel im letzten Widerschein der verschwindenden Sonne aufleuchten. Sie schillerten in sämtlichen Farben, obwohl das

Rote dominierend war. Jeder Kunstmaler hätte an dieser prächtigen Naturkulisse seine Freude gehabt.

Ich weniger, denn mir ging es verdammt mies. Die eisigkalte Luft stach mir in die Lungen. Hinzu kam die Angst, dass der Reiter die magische Verbindung lösen würde. Dann hätte es einen Oberinspektor John Sinclair gegeben. Ich würde in die Tiefe stürzen und – doch das hatte der Horror-Reiter zum Glück nicht vor. Weiterhin jagte er mit Carmen und mir dem geheimnisvollen Kloster entgegen.

Der Wind fuhr mit seinen eisigen Fingern unter meine dünne Kleidung. Meine Haare flatterten, wurden zerzaust und zerwühlt. Luftwirbel spielten mit mir, drifteten mich einmal zur Seite, dann wieder auf den Rücken, um mich anschließend in die Bauchlage zu bringen, damit sie das Spiel wieder von vorn beginnen konnten.

Nicht zum ersten Mal wurde ich wie ein Spielball durch die Luft getragen. Ich hatte schon einen mörderischen Kampf in der Luft gegen eine dämonische Echse erlebt, und vor wenigen Wochen erst hatte ich Dr. Kalurac, Draculas Neffen, im Luftkampf getötet.

Aber in beiden Fällen war ich nicht so hilflos gewesen wie jetzt. Die Zeit kam mir unheimlich lang vor. Und mit jeder Sekunde, die verstrich, fraß sich die Kälte tiefer in meinen Körper, sodass ich vermeinte, zu einem Eisklumpen zu gefrieren.

Wann endlich würden wir das Kloster erreichen? Selten in meinem Leben hatte ich mich so nach einem Ziel gesehnt. Auch wenn dieses für mich Gefangenschaft – und vielleicht sogar den Tod bedeutete.

Den Mond sah ich nicht. Er stand in meinem Rücken. Doch sein fahles, silbriges Licht ließ die Berggipfel aufblitzen, als wären sie mit unzähligen Brillanten bestückt.

Über den Reiter machte ich mir kaum Gedanken. Hatten wir erst einmal das Kloster erreicht, würde sich das Geheimnis sicherlich von selbst lüften.

Und plötzlich sah ich die Mauern. Hoch und unüberwindlich schienen sie mir zu sein. Für eine Ewigkeit gebaut, als Trutzburg des Guten. Doch kein Kreuz stand auf den Türmen, kein christliches Symbol bedeckte die Mauern, nach denen die Mächte der Finsternis ihre Klauen ausgestreckt hatten.

Schon näherten wir uns dem Innenhof. Er bestand aus einem großen Geviert, das leer und verlassen unter uns lag.

Der Reiter landete.

Er hatte die Geschwindigkeit verringert. Das Pferd streckte die Beine aus, berührte das unebene Gestein und zog eine lange Funkenspur hinter sich her.

Der Horror-Reiter stand.

Mir fiel ein Stein vom Herzen, obwohl meine Lage mehr als besch – eiden war. Ich hing in einer Schräglage. Die Fusspitzen berührten den Boden. Meinen Arme waren ausgestreckt, die Hände umklammerten nach wie vor die Zügel.

Der Reiter bewegte sich leicht nach rechts. Er hob Carmen an und ließ sie zu Boden gleiten.

Dann wartete er ab.

Plötzlich löste sich der magische Bann. Ich war darauf nicht vorbereitet und fiel hart auf das Gestein. Zum Glück konnte ich das Gesicht abdecken, aber der Aufprall war auch so noch hart genug.

Ich lag auf dem Innenhof des Klosters wie der große Verlierer. Wahrscheinlich war ich das auch. Nahezu naiv und blauäugig war ich in den Fall hineingestolpert, der mir bisher nur eins gebracht hatte: eine Niederlage.

Ich versuchte, meine Glieder zu bewegen. Die Finger, die Zehen, die Arme …

Ich schaffte es nicht einmal unter großen Schwierigkeiten. Mein Kreislauf musste sich förmlich auf dem Nullpunkt befinden, ich hatte kein Gefühl mehr in den Gliedern.

Nur mit Mühe gelang es mir, den Kopf zu drehen und Carmen einen Blick zuzuwerfen.

Sie lag auf der Seite. Ihr Gesicht war kalkweiß. Ich kannte diese Blässe von Vampiropfern her oder von Leichen. Sekundenlang durchzuckte mich der heiße Schreck, doch dann sah ich, dass Carmen atmete.

Mit meinen Bemühungen ließ ich nicht nach. Immer wieder bewegte ich Hände und Füße, versuchte, den Kreislauf in Gang zu bringen. Denn im Moment war ich wehrlos wie ein Baby. Trotz meiner Bewaffnung. Dass man mir die Beretta nicht abgenommen hatte, konnte ich nicht als einen Vorteil ausspielen, denn ich hatte sie noch nicht wieder aufgeladen.

Noch immer stand der Reiter wie ein Denkmal neben mir. Er wartete auf irgendetwas oder auf irgendjemanden. Ich rechnete damit, dass es der Abt war.

Und hatte mich nicht getäuscht.

Eine Tür schwang auf. Sie befand sich genau in meinem Blickfeld. Rötlich gelber Fackelschein fiel nach draußen, wurde aber schon nach wenigen Metern von der Dunkelheit verschluckt.

Der Abt kam!

Ich sah eine hoch gewachsene Gestalt im Türrechteck, sah die lange, weite Kutte, die ihn umwehte wie eine Fahne, und spürte fast körperlich den Hass, den mir dieser Mann entgegenbrachte.

Er hatte die Kapuze über seinen Kopf gezogen und die Arme in den Ärmeln versteckt. Mit gemessenen Schritten verließ er das schützende Kloster, ging über den Innenhof und steuerte genau auf mich zu.

Bis auf das monotone Jaulen des Windes war es ruhig in dem einsamen Bergkloster. Der Abt schritt lautlos. Nicht ein Stein knirschte unter seinen Füßen.

Vor Carmen blieb er stehen. Er bewegte den Kopf und schaute zu dem Reiter hoch.

»Ich danke dir, dass du beide gebracht hast«, sagte er mit modulationsloser Stimme. »Mein Opfer an Aeba wird um so größer sein.«

Da war es wieder, dieses verdammte Wort, das ich nicht verstand. Aber ich nahm mir vor, diesen Don Alvarez danach zu fragen.

Ganz allmählich begann mein Kreislauf wieder zu arbeiten. Das Blut pulste durch die Adern, doch ich hätte schreien können, solche Schmerzen hatte ich zu ertragen, da durch die verdammte Kälte fast alles abgestorben war.

Ich biss die Zähne zusammen und ließ mir nichts anmerken. Der Abt hatte noch immer genug mit dem Reiter zu tun. Sie sprachen miteinander. Dann gab der Reiter seinem Pferd die Sporen, sprengte auf die Tür zu und löste sich plötzlich von einer Sekunde zur anderen buchstäblich in Luft auf.

Carmen, der Abt und ich waren allein. Doch nicht lange.

Plötzlich kamen sie. Hintereinander traten die übrigen Mönche aus der Tür. Zuerst zählte ich noch, doch bald ließ ich es bleiben. Es waren zu viele.

Die Mönche bewegten sich, als würden sie an unsichtbaren Fäden hängen. Und mir wurde klar, dass ich es bei ihnen nicht mit geistig normalen Menschen zu tun hatte.

Sie waren Dämonendiener.

Marionetten des Teufels.

Jeder zweite Mönch trug eine Pechfackel. Der in den Innenhof fallende Wind spielte mit den Flammen, bewegte sie hin und her, sodass der Widerschein skurrile Figuren auf die dicken Innenmauern warf.

Jeder Mönch wusste genau, was er zu tun hatte. Stumm teilten sie sich und bildeten ein offenes Karree.

Carmen und ich waren der Mittelpunkt!

Die Mönche blieben stehen wie eine menschliche Mauer. Sie standen so dicht, dass sie einander berührten. Die Fackelträger hatten ihre Arme ausgestreckt und ein wenig gesenkt, sodass der Schein über unsere Körper tanzte.

Don Alvarez, der dämonische Mönch, hielt seine große Stunde für gekommen. Er trat dicht an uns heran und senkte seinen Blick.

Zum ersten Mal konnte ich in sein Gesicht schauen. Zur Hälfte wurde es von dem Bart eingenommen, doch die Augen waren zu sehen. Und darin las ich einen Ausdruck, wie ich ihn schon oft bei Menschen gesehen habe, die vom Dämon besessen sind.

Es war eine Mischung aus Triumph, Wut und Wahnsinn.

Bisher hatte keiner von uns ein Wort gesprochen. Don Alvarez unterbrach das Schweigen.

Zuvor zog er mit einem Ruck seine Hände aus den Kuttenärmeln. Ich zuckte zusammen, denn seine Fäuste umklammerten zwei unterarmlange, gefährliche Dolche. Die Spitzen zielten nach unten. Sie zitterten dicht über meiner Brust.

»Damit werde ich dich töten, John Sinclair!«, versprach der dämonische Abt …

Dass Esel störrisch sind, davon hatte Suko schon gehört. Und er hatte darüber gelächelt. Doch als er es am eigenen Leibe erfahren musste, wurde auch Sukos Geduld auf eine lange Probe gestellt.

Plötzlich wollte das Tier nicht mehr.

Juan Ortega ritt vor. Sein Tier trottete dahin, aber Sukos Esel blieb stehen.

Auch Juan hielt an. Er stieg ab und blieb abwartend stehen. Sie befanden sich auf einem schmalen, steinigen Weg, der serpentinenartig in die Höhe führte. Eine volle Wagenbreite hätte nicht Platz gehabt. Links wuchs eine raue Felswand hoch, rechts führten ausgedehnte Geröllhalden in die Tiefe.

Es waren gewaltige Steinfelder, und da hinunterzurutschen, konnte man nicht gerade als Vergnügen bezeichnen. Das wusste auch Suko, und deshalb sah er zu, dass er immer dicht an der Felswand blieb.

Sternenklar präsentierte sich der Himmel. Auch der Mond schien. Als dunkle Buckel zeichneten sich Grate und Gipfel vor der kalten Sternenpracht ab.

Je höher sie drangen, umso kälter wurde es. Der Lammfellmantel wärmte zwar, doch auch er konnte nicht verhindern, dass die Kälte so nach und nach durch die Kleidung drang.

»Will er nicht?«, rief Juan.

»Nein, zum Teufel.« Suko hob den Arm und ließ ihn wieder fallen. Seine Hand klatschte gegen die Flanke des Esels, doch das Tier rührte sich nicht. Es schnaufte nicht einmal.

»Sie müssen ihm gut zureden«, schlug Juan vor.

Suko versuchte auch dies. Aber selbst Koseworte und Versprechungen reizten den Esel nicht weiterzugehen.

Resignierend hob Suko die Schultern. Er stieg ab, ging dreimal um das Tier herum, um seine Muskeln zu lockern, und zog am Zügel. Der Esel stemmte sich dagegen. Zwar rutschte er durch den Zug weiter, doch er selbst bewegte nicht einmal den Schwanz.

Suko gab es auf. Er ließ die Arme sinken. »Wissen Sie denn nicht, wie man solch ein Tier überreden kann?«

Juan Ortega machte eine hilflose Handbewegung. »Es gibt zwar viele Esel bei uns, aber so genau habe ich mich mit denen noch nicht beschäftigt. Wenigstens nicht mit den vierbeinigen.«

»Ja, zweibeinige kenne ich auch«, sagte Suko. »Und da weiß ich, wie man die auf Vordermann bringt.« Er räusperte sich. »Aber bei den vierbeinigen, da ...« Plötzlich wurden Sukos Augen groß. »Mensch, der läuft ja wieder.« Der Chinese war begeistert.

In der Tat lief sein Esel los, als wäre nichts geschehen. Und er duldete es auch, dass sich Suko auf seinen Rücken schwang. Weiter ging der Ritt.

Wie viele Menschen, so war auch Suko einer Täuschung erlegen. Der Weg vom Dorf bis hoch zum Kloster kam ihm von unten her gesehen gar nicht weit vor. Aber in den Bergen täuschen die Entfernungen. Eine Strecke, die manchmal so kurz aussieht, ist oft sehr viel länger.

Und die Zeit verrann.

Längst war es Abend. Irgendwo unten im Tal schlug eine Kirchenglocke. Der Klang wurde wie auf unsichtbaren Schwingen weitergetragen und hallte noch lange nach.

Es hätte eine romantische Winternacht sein können, doch Suko und Juan verdrängten solche Gedanken. Vor ihnen lag eine verdammt harte Aufgabe. Sie wussten nicht, was oder wer sie in diesem Kloster erwartete.

Auch der Weg war mit Geröll bedeckt. Unter den Hufen der Tiere löste sich das lockere Gestein und rollte talabwärts. Die lauten Geräusche waren dabei leider nicht zu vermeiden. Ihr Klang war noch ziemlich weit zu hören.

Der Wind hatte gedreht. Er blies jetzt Nordwest. Die Luft schmeckte irgendwie anders.

Nach Schnee.

Noch war nichts zu sehen, noch präsentierte sich der Himmel sternenklar, doch Suko wusste, dass sich das Wetter in den Bergen innerhalb einer halben Stunde völlig verändern konnte.

Suko schaute immer wieder schräg nach oben, ob er nicht die Mauern des Klosters entdeckte. Ohne Erfolg. Überhängende Felsvorsprünge nahmen ihm die Sicht.

Juan Ortega hatte berichtet, dass das Kloster an der entgegengesetzten Seite nur über eine Zugbrücke zu erreichen war. Der Aufstieg dort war weniger beschwerlich, dafür war die Zugbrücke immer hochgezogen. Sie überspannte ein tiefes, enges Tal, das schon mehr eine finstere Schlucht war.

Unermüdlich trotteten die beiden Esel voran. Die Tiere hatten wirklich eine große Geduld. Hin und wieder schüttelten sie die Köpfe oder schnaubten. Dann stoben helle Atemwolken vor den Nüstern auf. Auch bei Suko und Juan riss die Atemfahne nie ab.

Immer wieder bewegten sich die beiden Männer, um wenigstens die ärgste Kälte aus den steifen Gliedern zu treiben.

Dann tauchte das Kloster öfter im Blickfeld der beiden Männer auf. Immer, wenn sie eine Kehre hinter sich gebracht hatten, sahen sie die gewaltigen Mauern.

»Jetzt dauert es nur noch eine Stunde«, rief Juan Ortega Suko über die Schulter zu.

»Wie schön für uns.«

Aus der Stunde wurden fast zwei, da die letzte Strecke äußerst beschwerlich war. Schneereste waren zu harten Eisrutschbahnen gefroren. Als weiße Buckel lagen sie oft quer über dem Weg. In Gipfelnähe schützte keine Felswand mehr die Männer. Rechts und links des schmalen Pfades führten kleinere Gletscher in die Tiefe. Die Sicht war noch gut. Aus den zahlreichen Tälern grüßten winzige Lichter, während sich Suko hier oben vorkam wie auf dem Mond.

Auch vom Kloster aus mussten sie längst bemerkt worden sein, falls jemand Wache hielt. Das schien nicht der Fall zu sein. Jedenfalls deutete nichts darauf hin, dass ihre Ankunft gemeldet worden war.

Eine letzte Biegung, dann führte der Weg direkt auf das Kloster zu.

Juan Ortega winkte Suko zu sich heran.

»Wir lassen die Esel am besten hier zurück«, schlug er vor, »und gehen den Rest der Strecke zu Fuß.«

Der Meinung war Suko auch. Sie nahmen all das mit, was sie benötigten, um die dicken Mauern zu überklettern. Suko, der Kräftigere, trug die Sachen. Er übernahm auch die Führung. Auf dem Weg zu laufen war schwieriger, als er es sich vorgestellt hatte. Vor allen Dingen deshalb, weil er keine Bergsteigerschuhe an den Füßen hatte. Mit seinen glatten Sohlen rutschte er immer wieder zurück.

Der Wind beutelte die beiden einsamen Männer regelrecht durch. Über ihnen war die kalte Sternenpracht etwas verblasst. Man sah sie wie durch einen Watteschleier. Ein Zeichen dafür, dass sich erste Wolken gebildet hatten.

»In spätestens einer Stunde wird es schneien«, bemerkte Juan Ortega. »Dann kann man hier nicht mehr die Hand vor Augen sehen.«

»Das glaube ich.«

Man merkte dem Chinesen nicht an, wie schwer die letzten Meter waren. Sein Atem ging kaum schneller. Suko hatte eine sagenhafte Kondition.

Dann standen sie vor der Klostermauer.

Hoch wuchsen die Quader vor ihnen auf. Die Männer waren ein paar Schritte vom Wegende weggegangen. Sie mussten sich schräg stellen, da neben ihnen direkt ein langer, von Schneefeldern unterbrochener Geröllhang begann.

Suko ließ seine Blicke über das Mauerwerk schweifen. Die Steine lagen dicht aufeinander. Nahezu fugenlos und glatt. Nicht einmal eine Bergziege wäre hier hochgekommen. Sie mussten es also mit dem Seil und der Hakensperre versuchen.

»Sieht mies aus, nicht?«, flüsterte Juan Ortega. Er sprach leise, als hätte er Angst davor, dass andere mithörten.

Suko nickte. Er hatte sich das Seil über die Schulter gerollt und den viergliedrigen Haken an den Gürtel gesteckt. Der Chinese ließ das Seil von der Schulter rutschen, rollte es etwa einen Yard lang auf und wog es prüfend in der rechten Hand.

»Der erste Wurf muss sitzen«, sagte er.

Juan nickte. Er beobachtete gespannt den Chinesen, vor dem er in den letzten Stunden so etwas wie Hochachtung bekommen hatte.

Suko ging noch einen Schritt weiter nach rechts, schaute an der Mauer hoch und gab noch mehr Seil zu. Es war ein riskantes Unternehmen.

Suko musste zusätzlich sein Gleichgewicht halten. Haken und Eispickel hatten sie zum Glück nicht gebraucht, aber das Seil war jetzt lebenswichtig geworden.

Der Chinese ließ das Seil kreisen. Einmal, zweimal – gab noch etwas nach, und dann fegte der viergliedrige, sternförmige Haken in die Höhe.

Suko hatte genau gezielt. Dicht an der Mauer entlang schoss der stählerne Stern hoch, schwang über die Kuppe – ein helles, metallisches Klirren – und hakte sich fest.

»Geschafft!«, zischte Juan Ortega. In seinen Augen wetterleuchtete es.

Suko prüfte die Belastbarkeit des Seils. Der Haken saß fest. Das Seil war belastbar.

Sie hatten bereits vorher abgesprochen, wie sie es machen wollten. Suko war als Erster dran.

Er nickte Juan Ortega noch einmal zu, lächelte, packte das Seil mit beiden Händen und fing an, sich hoch zu hangeln. Es war eine Schufterei. Mit den Beinen stemmte sich Suko am Mauerwerk ab.

Auf der Hälfte der Streckte legte Suko eine kleine Pause ein und schaute zurück.

Juan Ortega stand unter ihm und winkte.

Der Chinese machte weiter.

Plötzlich sah er den rötlichen Widerschein dicht oberhalb der Klostermauern. Diesen Schein hatten weder er noch Juan von unten gesehen. Suko kannte sich aus. Er wusste, dass dieser Widerschein nur von einer Anzahl von Fackeln stammen konnte. Er rechnete damit, dass der Innenhof des Klosters beleuchtet war.

Warf er einen Blick nach links, so sah er einen der beiden Türme. Er kam ihm vor wie eine viereckige, übergroße Zigarre.

Noch zwei Yards, dann hatte er es geschafft.

Die anstrengende Kletterei zerrte an seiner Kondition. Trotz der Kälte begann Suko zu schwitzen. Auf dem letzten Yard wurde er noch vorsichtiger und kletterte langsamer. Sein Kopf befand sich bereits auf gleicher Höhe mit der Mauerkrone, als er seinen rechten Arm ausstreckte und die Finger um das Gestein krallte. Jetzt beglückwünschte Suko sich, keine Fäustlinge übergestreift zu haben.

Er fand Halt.

Langsam zog Suko sein Bein nach. Er winkelte das Knie an, stützte sich damit auf der Mauerkrone ab und zog das andere Bein sofort nach, während sein linker Arm vom Seil weg vorschnellte.

Suko lag auf der Mauer.

Flach und schwer atmend.

Nur langsam beruhigten sich seine Lungen. Die Mauer war ungefähr so breit wie der Weg, und der Chinese konnte bequem darauf liegen. Jetzt streifte ihn auch der Fackelschein.

Mein Freund stützte sich mit den Ellenbogen ab und drehte vorsichtig den Kopf nach rechts. Gerade so weit, dass er in den Hof des Klosters hineinschauen konnte.

Suko zuckte zusammen, als hätte er einen Schlag mit der Peitsche erhalten. Die Fackeln, die den Innenhof erleuchteten, steckten nicht in Halterungen an der Wand, sondern befanden sich in den Händen von zahlreichen Mönchen.

Sie alle hatten die Köpfe erhoben und ihre Gesichter dem auf der Mauer hockenden Suko zugewandt.

Der Chinese wusste eins. Überraschend war er nicht erschienen. Im Gegenteil.

Die Mönche hatten ihn erwartet!

Ich glaubte dem Abt das Versprechen aufs Wort. Nichts würde ihn mehr befriedigen, als meinen Tod mitzuerleben.

Plötzlich begann mein Herz rasend zu hämmern. Ich hatte das Gefühl, als würde es jeden Augenblick aus dem Körper springen.

Don Alvarez lachte. »Jetzt hast du Angst, wie?«

Ich konnte es nicht leugnen.

Die Messer senkten sich. Synchron. Mit gleichmäßiger Geschwindigkeit zielten sie auf meine ungeschützte Brust, um sie zu durchbohren.

Ich riss mich zusammen, und es kostete mich eine Riesenüberwindung.

»Ich würde es an deiner Stelle nicht tun!«, keuchte ich.

Die Messer kamen zur Ruhe. Jetzt waren sie nur noch eine Handbreit von meiner Brust entfernt.

»Und warum nicht?«, fragte er.

Ich setzte alles auf eine Karte. »Ich könnte dir wichtige Informationen geben. Zum Beispiel über das Dämonenreich oder …«

»Ha! Du winselst um dein erbärmliches Leben, Sinclair.« Er lachte. »So schwach, wie du bist – nein, das hätte ich von dir nie gedacht. Und da haben die anderen Angst. Ich kann nur darüber lachen. Mehr nicht.«

Mir war es egal, was er tat. Hauptsache, er nahm die verdammten Messer weg, denn davor hatte ich im Augenblick einen wirklichen Horror. Außerdem musste ich zusehen, dass die Steifheit aus meinen Gliedern verschwand.

Wenn er dann zustieß, würde er keinen bettelnden Gegner vorfinden. Darauf konnte sich dieser Abt verlassen.

Er nahm die Messer zwar nicht weg, er senkte sie aber auch nicht mehr. So hatte ich immerhin einen Teilerfolg errungen. Außerdem brauchte ich Zeit. Ich wollte wissen, was mit diesen verdammten Horror-Reitern los war und was der Begriff Aeba bedeutete.

Doch vorerst kam ich nicht dazu. Carmen begann sich zu bewegen. Sie war bisher bewusstlos gewesen. Jetzt erwachte sie aus diesem Tran-cezustand und kündete es mit einem Seufzlaut an.

Ich wurde uninteressant für Don Alvarez. Stattdessen wandte er sich dem Mädchen zu.

Die Messer steckte er weg, bevor er ihren Kopf anhob, sich niederkniete und Carmen hinsetzte. Das Mädchen saß so, dass es mich anschauen musste.

Die Fackeln warfen einen rötlichen Schein über ihr Gesicht. Eine befand sich so dicht neben ihrem Kopf, dass ich Angst bekam, das Feuer würde ihre Haare versengen.

»Wie fühlst du dich, mein Täubchen?«, fragte der Abt. Er redete Spanisch, und ich verstand nicht alles.

Carmen schien noch nicht ganz in der Welt zu sein. Ihr Blick war etwas unklar. Dann sah sie mich. Ihr Gesicht verzog sich. Sie runzelte die Stirn, kramte wohl in ihrer Erinnerung und wusste doch nicht, wo sie mich hinstecken sollte.

Der Abt kicherte. »Ja!«, zischte er. »Sieh ihn dir nur genau an. Er ist gekommen, um euch zu retten, aber jetzt ist er genau wie du mein Gefangener.«

Carmen fror. Sie schüttelte sich, und ich sagte: »Gebt ihr wenigstens eine Jacke.«

»Du hältst dich da raus, Sinclair!«

Ich schwieg, denn wenn der Abt sich weiter in seine Wut hineinsteigerte, würde er sich unter Umständen zu unkontrollierten Reaktionen hinreißen lassen. Schon die ganze Zeit über fragte ich mich, wohin der Reiter verschwunden war. Er hatte sich zwar in Luft aufgelöst, aber war er in eine andere Dimension geritten? Oder hatte er sich im Innern des Klosters wieder neu manifestiert?

Während sich der Abt um Carmen kümmerte, bewegte ich meine Finger, die Zehen und versuchte so, wieder Gefühl in meinen Körper zu bekommen. Hin und wieder beobachtete ich auch die uns umstehenden Mönche. Von ihnen schien mir im Augenblick keine unmittelbare Gefahr zu drohen. Ich glaubte, dass sie nicht von allein handelten, sondern erst auf einen Befehl ihres Abts warteten.

War das meine Chance?

Ich winkelte die Arme an und stützte mich auf die Ellenbogen. Don Alvarez merkte nichts, oder er ließ mich bewusst in Ruhe. Es war mir auch egal, Hauptsache, ich konnte die Initiative an mich reißen.

Der Abt redete weiter mit Carmen. Er berichtete von seinen Triumphen, und dabei fiel immer wieder das Wort Aeba.

Mir war es jetzt egal, was der Begriff bedeutete. Ich wollte so rasch wie möglich den Spieß umdrehen und zusehen, dass ich diesen irren Mönch zur Ruhe brachte.

Ich schob mich etwas weiter nach hinten, um einen besseren Aktionsradius zu haben. Meine Hand ließ ich unter das Jackett rutschen, denn die Beretta steckte noch im Holster.

Ungeladen!

Doch das wusste Don Alvarez nicht.

Meine Finger fanden das Metall der Waffe. Unendlich behutsam zog ich sie aus dem Holster. Der Abt redete immer noch auf Carmen ein. Er schrie ihr flammende Worte ins Gesicht, doch sie schüttelte nur den Kopf, riss die Hände vors Gesicht und brüllte: »Nein, nein, das darf nicht wahr sein. Du lügst! Du …«

»Ich lüge nicht!«, schrie Don Alvarez zurück. Er packte Carmen an beiden Schultern und schüttelte sie durch. »Ich werde euch opfern. Aeba wartet. Im Berg wirst du in die andere Dimension hineingeworfen, und dort werden dich die Reiter verschlingen. Ein Opfer für Aeba. Ich muss es bringen!«

Und ich war so weit.

Hielt die Waffe in der Hand, schwenkte sie ein wenig nach links, sodass die Mündung auf Don Alvarez zeigte.

Als er erneut Atem schöpfte und nur das Schluchzen des Mädchens zu hören war, sagte ich kalt: »Lass sie los, oder ich schieße dir ein Loch durch deinen dämonischen Schädel!«

Für einen Augenblick wurde es totenstill. Der Abt starrte mich an, als wäre ich ein Geist. Auch Carmen sprach kein Wort. In ihrem Gesicht stand die Überraschung wie eingemeißelt.

Ich unterbrach das Schweigen. »Weg von dem Mädchen, Alvarez. Jetzt bin ich an der Reihe!«

Er zögerte, schluckte und knirschte: »Nie. Nie kommst du hier raus, Sinclair. Das Spiel ist aussichtslos.«

»Für dich vielleicht. Los, weg jetzt!«

Der Abt gehorchte und glitt zur Seite. Ich stand auf. O verdammt, war es mir wackelig in den Knien. Es kostete mich Beherrschung, mir meinen Zustand nicht anmerken zu lassen. Die zurückliegenden Strapazen waren doch verflixt hart gewesen.

Aber ich stand. Breitbeinig und hielt das Gleichgewicht. Die Mönche rührten sich nicht. Unbeweglich hatte uns diese Mauer der menschlichen Marionetten eingekreist. Da sie uns bisher noch nicht angegriffen hatten, würden sie es vielleicht auch jetzt nicht wagen.

»Steh auf!«, herrschte ich Carmen an.

Ich musste hart sprechen, damit meine Aufforderung auch verstanden wurde, denn Carmen begriff noch immer nicht, dass sich das Blatt zu unseren Gunsten gewendet hatte.

Dann aber gehorchte sie.

»Komm langsam näher«, sagte ich. Während dieser Worte behielt ich weiterhin den Abt im Auge, denn er machte mir wahrlich nicht den Eindruck, als hätte er schon aufgegeben. Und so schätzte ich ihn auch gar nicht ein.

Carmen schritt auf mich zu. Zum Glück lief sie nicht in die Schusslinie. Ihre Augen waren weit aufgerissen. Ich las in den Pupillen all den Schrecken, den sie empfand. Ich hatte sie als bildhübsches Mädchen in Erinnerung. Doch nun war sie gezeichnet von den Ereignissen der vergangenen Stunden.

In der rechten Hand hielt ich die Beretta, die linke streckte ich aus, berührte Carmens Arm, lächelte dabei aufmunternd und zog das Mädchen an mich.

Die erste Hürde war genommen.

»Und nun soll jemand das Tor öffnen!«, verlangte ich.

Don Alvarez rührte sich nicht.

»Bist du immer noch scharf auf eine Kugel?«

Da gab er den Befehl, aber nicht den, den ich von ihm verlangt hatte. Die Fackelträger, die links von uns standen, traten plötzlich einen Schritt vor. Gleichzeitig verschwand Don Alvarez. Er nahm hinter seinen Männern Deckung.

Wieder gellte ein Befehl.

Auch die Fackelträger rechts von uns gingen einen Schritt vor.

Ein dritter Ruf. Die Reihe vor uns setzte sich in Bewegung.

Und dann ertönte das teuflische Lachen des dämonischen Abts. »Jetzt sieh zu, wie du hier herauskommst, Sinclair!«, brüllte er mit sich überschlagender Stimme und setzte wieder zu seinem höhnischen Lachen an.

Ich sprang mit dem Mädchen zurück, riss Carmen herum und versuchte, dort zu entkommen, wo das Karree noch offen war.

Noch …

Aber es schloss sich.

Und das verdammt schnell. Die Fackelträger wussten, was wir vorhatten. Sie versuchten, uns den Weg abzuschneiden. Zum Glück bewegten sie sich nicht so schnell, sodass wir soeben noch durchwischen konnten.

Aber da war die Mauer. Zeit, um hinüberzuklettern, hatten wir nicht. Außerdem konnten wir mit den bloßen Fäusten nicht an dem Gestein hoch.

Wir saßen in der Klemme.

Die Fackelträger formierten sich zu einer geschlossenen Front, während die anderen Mönche stehen blieben und abwarteten. Sie würden sicherlich später eingreifen.

Die anderen aber kamen näher.

Und sie sahen wahrlich nicht so aus, als wären sie Freunde von uns. Uns blieb nur noch eine Galgenfrist. Ein paar Sekunden vielleicht, die ich aber nutzte.

Ich holte das Reservemagazin hervor und kickte es in den Griff der Beretta.

Die Fackelträger senkten die Arme. Alles geschah wie auf geheimes Kommando hin. Die Flammen der Fackeln wiesen mit ihrer Front genau auf unsere Körpermitte. Und mir war klar, was sie mit uns vorhatten.

Sie wollten uns verbrennen!

Carmen bekam einen hysterischen Anfall. »So tu doch etwas!«, schrie sie mir ins Ohr. »Mach was! Schieß, schieß!«

Sie umklammerte meinen Arm, drückte mir die Fingernägel ins Fleisch, zitterte und presste sich an mich.

Ich schlug ihr ins Gesicht. Die einzige Möglichkeit, ihre Hysterie zu stoppen.

Sie wurde auch sofort ruhig.

Ich packte sie, schleuderte sie herum, drückte sie dann gegen die Mauer, stellte mich vor sie und schützte das Mädchen so mit meinem eigenen Körper.

Carmen schluchzte und schrie. »Warum schießt du nicht? Du hast doch eine Waffe!«

Ich lachte hart. Sicher, sie hatte recht. Aber vor mir standen keine Dämonen, keine Geschöpfe der Finsternis, deren unseliges Leben man mit einer geweihten Silberkugel auslöschen konnte.

Uns gegenüber standen Menschen. Irregeleitete Kreaturen, die auf einen wahren Teufel in Menschengestalt hörten, die ein Verbrechen begehen wollten, ohne dass sie etwas dafür konnten.

Nein, darauf konnte ich nicht schießen!

Aber sie kamen näher. Schritt für Schritt. Harte Fäuste umklammerten die Fackelstiele. Die Flammen züngelten. Hin und her tanzten sie.

Die Mönche gingen im Gleichschritt. Ihre Absätze knallten auf das harte, holprige Kopfsteinpflaster.

Eine Armada des Schreckens näherte sich uns, und ich suchte verzweifelt nach einem Ausweg. In den nächsten Sekunden musste es sich entscheiden, da musste ich einfach etwas tun.

Ich schoss.

Setzte die Kugel dicht über die Köpfe der Mönche. Sie blieben nicht stehen, zuckten nicht einmal zusammen oder verharrten für einen winzigen Augenblick – nein, sie gingen weiter.

Unbeirrbar.

Ich ließ die Waffe verschwinden. Die Mönche waren verdammt nahe. Ich spürte bereits den Gluthauch der Fackeln, sprang zur Seite und riss Carmen Valdera kurzerhand mit.

Sie stolperte hinter mir her, verlor das Gleichgewicht und fiel hin. Doch ich zog sie wieder hoch. Wir rannten an der Mauer entlang. Eine Hand nur hatte ich frei, und die setzte ich ein.

Ich fegte eine dicht vor mir auftauchende Fackel zur Seite. Gleichzeitig schnellte mein Fuß hoch. Ich traf meinen Gegner dort, wo eine Kordel die Kutte zusammenhielt.

Der Mönch kippte zurück.

Ein anderer schlug nach mir. Ich unterlief den Schlag, und es gelang mir, dem Mönch die Fackel aus der Hand zu winden. Jetzt hatte ich etwas, womit ich mich verteidigen konnte.

Carmen riss sich los. Ich konnte mich nicht um sie kümmern, denn sofort attackierten mich drei Mönche.

Ein heftiger Kampf begann.

Es war wie Degenfechten. Nur trugen wir es mit unseren Fackeln aus.

Durch einen Rundschlag wehrte ich zwei gut gezielte Hiebe ab und hatte wieder etwas Luft. Wenn der Fackelschein etwas zur Seite tanzte, sah ich für Sekundenbruchteile die verzerrten Gesichter unter den Kapuzen. Blitzschnell drehte ich mich um die eigene Achse. Traf dabei einen hinter mir stehenden Gegner, der bereits zum Schlag ausgeholt hatte. Der Mann fiel zu Boden.

Ich duckte mich, entging so einem weiteren Hieb und riss die dem letzten Mönch entfallene Fackel an mich. Mit zwei Pechfackeln in den Fäusten stellte ich mich meinen Gegnern.

Sie griffen jetzt konzentrierter an. Ich konnte mich allein nicht mehr halten, und als mich eine Fackel in Höhe der Hüfte traf, musste ich zurückspringen.

Mitten im Sprung hörte ich den Schrei.

Carmen!

Mein Gott, sie hatte ich in den letzten Sekunden ganz vergessen. Ich nahm mir die Zeit und warf einen Blick über die Schulter.

Das Mädchen war bis an die Mauer geflohen. Hier konnte sie nicht mehr weiter.

Zwei Mönche attackierten sie. Carmen schlug mit den Armen um sich. Sie wehrte sich verzweifelt gegen die Angriffe.

Ich kam über die Kerle wie ein Ungewitter. Trieb sie mit blitzschnellen Schlägen auseinander, verschaffte Carmen so für wenige Augenblicke Luft und warf ihr meine zweite Fackel zu.

»Halt sie fest!«, schrie ich sie an. »Wir müssen in das Kloster. Nur dort sind wir vorläufig sicher!«

Ich wusste nicht, ob sie mich verstanden hatte, auf jeden Fall folgte sie mir.

Wir rannten quer über den Hof.

Aber sehr bald merkten die Mönche, was wir vorhatten. Sie schnitten uns den Weg ab.

Sie schrien sich plötzlich gegenseitig Befehle zu, rannten mit wehenden Kutten über den Innenhof und schwenkten ihre Fackeln. Zwei Mönche stellten sich vor den Eingang. Sie streckten dabei ihre Arme aus und hielten die Fackeln über Kreuz.

Aber wir mussten durch. Koste es, was es wolle. Es war unsere einzige Chance!

Carmen Valdera rannte neben mir her. Sie hatte den Mund geöffnet und keuchte. Hell stand der Atem vor ihren Lippen. Mich wunderte es, dass sie noch auf den Beinen war. Irgendwann musste sie zusammenbrechen.

Die beiden Mönche wichen um keinen Millimeter zur Seite.

Okay, dann also nicht.

Als ich noch zwei Schritte von den Mönchen entfernt war, stieß ich mich ab. Es war ein Sprung, den man im Karatekursus lernt. Und ich traf die Mönche dort, wo ich sie treffen wollte.

Gemeinsam flogen sie durch die Tür, überschlugen sich und blieben liegen.

Auch ich prallte zu Boden, verlor dabei meine Fackel, warf mich aber sofort herum und sprang wieder auf.

Carmen Valdera hatte bereits die Schwelle übersprungen. Und sie bewies Geistesgegenwart und Nervenstärke.

Sie packte die Tür und knallte sie zu. Gerade im rechten Augenblick. Einer ihrer Verfolger konnte seinen Lauf nicht mehr schnell genug abbremsen und donnerte gegen das dicke Holz.

Ich sah den Riegel an der oberen Türhälfte, schlug mit der Faust dagegen und verriegelte die Tür.

Atempause.

Carmen und ich schauten uns an. Ich las in ihren Augen eine stumme Frage.

»Vielleicht haben wir es geschafft«, lächelte ich und nahm meine Fackel auf.

»Und was jetzt?«

Ich schaute mich um. Wir standen in einem ziemlich breiten Gang, der tiefer in das Kloster hineinführte. Ich hätte meine Fackel eigentlich gar nicht gebraucht, denn an den Wänden steckten Pechfackeln, deren Rauch – oft beißend und scharf – unter der Decke her entlanggeweht wurde und in einem Abzug verschwand. Wo der sich befand, konnten wir nicht sehen. Doch mir fiel ein, dass einmal von einem Schacht geredet worden war. Juan Ortega hatte davon gesprochen.

Ich fragte Carmen danach.

»Ein Schacht?«, flüsterte sie. »Ich weiß davon nichts.«

Meine Hoffnung sank.

Sie las es an meinem enttäuschten Gesicht ab und sagte leise: »Es tut mir leid, Señor Sinclair.«

»Sie brauchen sich doch keine Vorwürfe zu machen«, erwiderte ich. Dann lauschten wir gemeinsam, doch innerhalb des Klosters war es ruhig. Auch von draußen vernahmen wir keine Stimmen. Das wunderte mich, denn ich rechnete damit, dass die Mönche die Tür einrammen würden oder aber durch einen zweiten Eingang, den wir nicht kannten, in die Festung eindrangen.

Wichtig war der Schacht. Unsere wohl einzige Fluchtchance. Noch genau war mir in Erinnerung geblieben, dass es unzählige Stufen sein sollten, die in die Tiefe führten. Der Schacht war so alt wie das Kloster selbst. Klar, dass die Stufen im Laufe der Zeit nicht besser geworden waren. Da es kein Geländer gab, war es für uns eine lebensgefährliche Sache, in die Tiefe zu steigen.

Doch hatten wir eine Wahl?

Nein, ganz bestimmt nicht.

Carmen sprach das aus, was ich dachte. »Der Abt wird wissen, wo sich der Schacht befindet.«

Ja, das war klar. Nur fragte es sich, ob er auch bereit war, sein Geheimnis zu lüften. Ich glaubte es nicht. Auch mussten wir ihn erst finden. Es war schon eine vertrackte Situation. Ein Todfeind sollte uns den Weg zeigen, aus diesem Gefängnis herauszukommen.

»Gehen wir«, sagte ich und fasste Carmen am Arm. Die beiden Mönche, die den Eingang bewacht hatten, ließen wir zurück. Sie waren noch immer bewusstlos.

Wir schritten tiefer in das Kloster hinein. Quergänge tauchten auf, kleinere Stollen, die ich ausleuchtete. Wir sahen auch Türen, die zu irgendwelchen Zellen führten, aber es waren verhältnismäßig wenige, wenn ich die Anzahl der Mönche in Relation setzte.

Ich fragte Carmen: »Wissen Sie, wo die Mönche ihre Kammern haben?«

»Nein, tut mir leid.«

»Hat Ihr zukünftiger Schwiegervater denn nichts gesagt?«

»Ich habe kaum mit ihm gesprochen. Ich sah ihn nur wenig. Er kam nur dreimal vom Kloster her nach Los Albas. Und mit mir hat er sowieso wenig gesprochen.«

Ich schwieg. Der Gang senkte sich etwas. Hoch hielt ich die Fackel und sah über mir an der Decke einen schmalen Schacht, der in den Berg hineinstieß.

Das war der Abzug. Aber über dem Kloster lag nichts. Nur der Himmel. Ich fragte mich, wo der Schacht hinführte und ob wir nicht doch versuchen sollten, dort hineinzuklettern und nach einem Fluchtweg Ausschau zu halten. Denn den Fluchtschacht fanden wir bestimmt nicht so schnell. Außerdem würde der Abt noch auf uns Jagd machen und irgendwo in der Dunkelheit auf uns lauern.

Den Reiter durften wir auch nicht vergessen. Er hatte ja bereits seine Macht demonstriert.

»Sie – Sie wollen da hoch?«, fragte Carmen. Ihre Stimme zitterte.

»Ja. Es bleibt uns wohl nichts anderes übrig. Raus müssen wir hier. Unsere Gegner kennen sich in diesem Kloster aus. Wir nicht, meine liebe Carmen.«

Plötzlich packte Carmen meinen Arm. »Da! Sehen Sie doch!«

Ich wandte den Kopf. Schaute in die Richtung, wo wir hergekommen waren. In der Luft lag plötzlich ein silbernes Leuchten. Ich dachte sofort an den Reiter und sollte auch recht behalten.

Aber nicht nur ein Reiter manifestierte sich dort im Gang, sondern vier an der Zahl. Dicht nebeneinander standen sie da. Unbeweglich wie Statuen. Und alle sahen sie gleich aus.

Bis auf die Buchstaben auf ihren Brustpanzern.

Ich las von links nach rechts.

AEBA.

Suko hockte sprungbereit auf der Mauer. Er starrte in den Fackelschein und kniff die Augen etwas zusammen, um nicht geblendet zu werden.

Unter ihm waberte die rötliche Lichtfülle. Die Mönche starrten zu ihm hoch, blieben dort stehen, wo sie gerade standen, und machten keine Anstalten, den Chinesen von der Mauer zu holen.

Suko überwand seinen ersten Schrecken, als er bemerkte, dass ihm keine unmittelbare Gefahr drohte. Sein Blick wanderte. Rechts von ihm befand sich die Zugbrücke. Sie war in der Tat hochgezogen. Das hölzerne Gestell stand senkrecht zur Mauer.

Gegenüber sah Suko einen schmalen Steg, der von der Mauerkrone über den Innenhof hinweg auf das Klostergebäude zuführte.

Der Chinese schaltete sofort. Wenn er noch eine Chance haben wollte, in das Kloster einzudringen, dann musste er unbedingt auf die andere Seite.

Doch das war gar nicht so einfach. Suko hatte das Gefühl, als würde ihm ein Spießrutenlaufen bevorstehen.

Und er sollte sich nicht getäuscht haben.

Suko erhob sich aus seiner knienden Stellung und lief geduckt los. Er musste achtgeben, denn die Mauerkrone war nicht eben, sondern voller

Spalten, Risse und tückischer Fußfallen. Für Letztere waren vor allen Dingen die hervorstehenden Steine verantwortlich.

Über die Unebenheiten sprang Suko hinweg. Einmal blieb er stehen und warf einen Blick nach rechts.

Ein Lichtkreis wirbelte durch die Dunkelheit. Juan Ortegas Zeichen. Der junge Mann fragte dadurch an, ob er nachkommen sollte. Es war so ausgemacht worden. Suko wollte erst einmal die Lage erkunden und dann Bescheid geben.

Doch in der Situation, in der er sich jetzt befand, hielt er es für ratsam, Ortega aus dem Spiel herauszuhalten. Es reichte völlig aus, wenn er sich in Gefahr befand.

Suko holte seine Bleistiftlampe hervor und ließ sie kurz hintereinander dreimal aufblitzen. Für Juan Ortega das Zeichen zurückzubleiben. Suko musste einen Alleingang wagen.

Er wollte die Lampe schon wegstecken, da flog die erste Fackel heran. Der Chinese sah den brennenden Scheit aus den Augenwinkeln. Instinktiv zog er den Kopf ein, und die Fackel wischte nur eine Handbreit über ihn hinweg. Sie überschlug sich ein paar Mal und verschwand in der Dunkelheit.

Juan Ortega würde sich bestimmt wundern. Suko wollte ihm hinterher eine Erklärung geben.

Falls es für ihn noch ein Hinterher gab …

Er lief weiter. War jetzt noch vorsichtiger, denn das Beispiel des ersten Werfers hatte Schule gemacht.

Mehrere Fackeln segelten auf Suko zu. Es war gespenstisch. Keiner der Mönche sprach ein Wort. Sie warfen nur ihre Fackeln. Manche wurden von einer Windböe gepackt und abgetrieben, andere wiederum trafen. Eine klatschte gegen Sukos Hüfte. Das schmierige Pechzeug klebte. Suko riss die Fackel ab und schleuderte sie weg. Er hatte aber nicht vermeiden können, dass sein Hosenbein Feuer fing.

Hastig schlug der Chinese die kleinen Flammen aus. Der Stoff qualmte noch nach.

Mein Freund riskierte es jetzt nicht mehr, aufrecht weiterzulaufen. Er kniete sich hin, machte sich dann noch kleiner und verschmolz fast mit der Mauerkrone. Im Kriechgang bewegte er sich weiter.

Suko hatte Glück. Er wurde von keiner weiteren Fackel getroffen. Nur einmal prallte ein Geschoss dicht vor seinem Gesicht gegen die Mauerkante. Da nahm mein Freund hastig seinen Kopf zurück. Funken stoben auf und verglühten auf seinem Gesicht.

Der Chinese gab nicht auf. Schon bald hatte er die Nordseite der Mauer erreicht. Er kroch dort weiter und peilte mit einem Auge immer wieder in den Hof hinab.

Die Mönche hatten es aufgegeben, mit den Fackeln zu werfen. Sie hielten sich zurück und beobachteten nur. Suko fragte sich, weshalb sie nicht im Innern des Klosters verschwanden, aber darüber groß nachzudenken, war nicht seine Sache.

Wieder musste Suko auf eine andere Mauerseite klettern. Auch das schaffte er ohne große Schwierigkeiten.

Und der Übergang rückte näher. Ein schmaler Steg aus Stein, der dicht unterhalb eines Fensters endete, wie Suko jetzt erkennen konnte. Er war im Nachhinein froh darüber, dass die Mönche mit ihren Fackeln leuchteten, sonst hätte er den Übergang bestimmt nicht entdeckt.

Dann hatte er ihn erreicht.

Er lag etwas tiefer als die Mauer, aber Suko konnte hinaufspringen, musste allerdings vorsichtig sein, damit er das Gleichgewicht nicht verlor.

Er ließ sich von der Mauer rutschen.

Ein Mönch versuchte es noch einmal. Wuchtig schleuderte er seine Fackel. In dem Augenblick, als sich Suko zwischen Mauer und Steg befand. Die Fackel hätte ihn genau ins Gesicht getroffen, doch Suko reagierte geistesgegenwärtig und blitzschnell. Er bekam die brennende Pechfackel zu fassen und schleuderte sie sofort zurück.

Der Mönch schaffte es nicht mehr, rechtzeitig auszuweichen. Die Fackel blieb an seiner Kutte kleben.

Schreiend rannte der Mann davon.

Suko kümmerte sich nicht um ihn. Er balancierte auf Händen und Knien über den Steinsteg, kam dicht unterhalb des Fensters an, sah die Scheibe vor sich und winkelte den rechten Arm an.

Dann hieb er blitzschnell und hart zu.

Sein Ellbogen knallte in die Scheibe und zerstörte sie.

Rasch schlug Suko einzeln hängende Splitter aus dem Rahmen, damit er sich nicht verletzte, und er turnte dann in das Innere des Klosters ...

Vier Buchstaben, die sich zu einem geheimnisvollen Wort formten.

AEBA

Jetzt wusste ich, wie sich dieses Rätsel zusammensetzte, aber ich hatte keine Ahnung, was es genau bedeutete, und wieso die Reiter die Symbole auf ihren Brustpanzern trugen.

An die Gefahr dachte ich erst später. Aber dann wurde mir bewusst, dass ich nur eine winzige Chance hatte. Diese vier Reiter waren mächtige Dämonen aus einer anderen Dimension. Das wusste ich mit Bestimmtheit, denn schon einmal hatte ich ihnen gegenübergestanden. Vor einem halben Jahr etwa, im Reich des Spuks.

Da war ich den vier Todesboten der Apokalypse begegnet. Sie brachten die großen Plagen.

Krieg, Pest, Hunger und Tod!

Sie hatten die Weltgeschichte beeinflusst. Besonders im Mittelalter hatten sie gewütet, doch dann ließ ihre Wirkung nach, da sich die Menschen der Welt wieder auf ihre wahren Werte besannen. Auch hatte die Wissenschaft Fortschritte gemacht, die Plagen und Seuchen wurden eingedämmt. Aber jetzt sah es ganz so aus, als wollten die vier Reiter der Apokalypse wieder aktiv werden. Jetzt, wo die Menschen nicht mehr an die Gefahren dachten, hielten sie die Zeit für gekommen. Ich hatte Holzschnitte und Zeichnungen gesehen von Künstlern des Mittelalters. Ungeheuer realistisch waren die vier Reiter dargestellt worden. Schon beim Betrachten der Bilder bekam man es mit der Angst zu tun. Aber diese Maler hatten gewusst, was sie da zeichneten. Sie hatten die Gefahr geahnt und zu warnen versucht, doch sie waren oft nicht ernst genommen worden.

Ein Fehler – vielleicht …

Und nun standen die vier apokalyptischen Reiter vor mir. Zum zweiten Mal. Das in einem Kloster, einem Hort des Guten, das aber vom Bösen befallen worden war.

Durch einen Abt, der dem Teufel diente.

Durch Don Alvarez!

Auch ihn sah ich. Er tauchte aus einem Seitenstollen auf und stellte sich vor die vier Reiter. Seine beiden Dolche hielt er fest umklammert. Er stand geduckt da, wie ein sprungbereites Raubtier, das sich auf sein Opfer stürzen will.

Und Opfer waren Carmen und ich.

»Ihr, ja ihr fahrt als Erste zur Hölle!«, zischte Don Alvarez. »Aber nicht durch eine Kugel, nein, für euch haben wir uns etwas Besonderes ausgedacht.«

Das konnte ich mir gut vorstellen. Schon mancher Dämon hatte mir den Tod versprochen. Bis jetzt allerdings war ich immer der erste Sieger geblieben. Und ich hatte im Laufe der Zeit eine gewisse Kaltblütigkeit errungen, die mich auch in brandgefährlichen Situationen wie dieser nicht verließ.

Ich wurde neugierig. Vor allen Dingen wollte ich wissen, was Aeba bedeutete.

Ich hob beide Hände und drehte die Handflächen nach außen.

»Wollen Sie aufgeben?«, zischte Carmen hinter mir.

»Nein! Erst einmal Zeit gewinnen.«

»Was nützt das noch?«

Ich gab ihr keine Antwort mehr, denn ich kümmerte mich um den verbrecherischen Abt.

»Wie jeder zum Tode Verurteilte habe auch ich einen Wunsch, Don Alvarez. Gewährst du ihn mir?«

»Sprich!«

Tief holte ich Luft, bevor ich meine Frage formulierte. »Ich möchte gern wissen, was Aeba zu bedeuten hat. Welchen Sinn haben die Buchstaben auf den Brustpanzern?«

Don Alvarez rieb sich die Hände. »Ja, das glaube ich, dass du neugierig bist. Aber wie du eben schon sagtest, einem zum Tode Verurteilten gewährt man seinen letzten Wunsch. Deine Frage, John Sinclair, ist nicht leicht zu beantworten. Ich muss weiter zurückgreifen, bis in die alttestamentarische Kirchengeschichte. Du weißt, dass es sieben Erzengel gibt. Gabriel, Raphael, Michael und Uriel. Diese vier spielen nur eine Rolle. Die anderen drei haben in der Geschichte nicht viel zu sagen. Wenigstens nicht im christlichen Glauben. Aber wo Feuer ist, da ist auch Wasser. Mit anderen Worten: Zu diesen vier Erzengeln gibt es vier Gegenparte. Dämonen also. Diese vier heißen Astaroth, Eurynome, Bael und Amducias. Es gibt noch andere Hauptdämonen, wie zum Beispiel Belphegor, aber uns interessieren nur diese vier, obwohl du auch gegen Belphegor schon einmal gekämpft hast, wie ich mir habe sagen lassen.

Nun zu unseren vier Dämonen. Jeder dieser Dämonen hat einen Leibwächter, einen Reiter, den er vorschickt, bevor er selbst erscheint. Und diese Reiter tragen jeweils die Anfangsbuchstaben der Namen ihrer Herren auf den Brustpanzern. Vier Buchstaben bilden ein Wort. Aeba. Die neue Apokalypse, die auch du, John Sinclair, nicht mehr aufhalten kannst. Im Buch der Schwarzen Gesetze, das der Schwarze Tod, Herr über alle Dämonen, in den Händen hält, ist dein Untergang und damit das Ende der heutigen Welt verbrieft. Von diesem Kloster aus wird die dämonische Revolution die Welt erfassen, und niemand kann sie aufhalten. Nicht du, nicht Zamorra oder Tony Ballard. Ihr alle seid nicht mehr als Sandkörner im Flugwind einer dämonischen Attacke. Die Jenseitsmächte haben längst zum Sturm geblasen. Leider hast du uns so manches Mal einen Strich durch die Rechnung gemacht. Aber das ist nun vorbei. Und ich, ein Mensch, werde das Tor für die anderen öffnen. Ein Tor, das dich verschlingen wird, um dich nie wieder freizugeben. Denn du wirst in den Dimensionen versiechen, dein Tod ist …«

Der Reiter mit dem A auf der Brust sprengte vor. »Rede nicht so viel, sondern handle.« Er zog sein Schwert, und instinktiv riss ich meine Beretta aus dem Holster.

Ich sah noch den Blitz aus der Schwertspitze fegen, spürte einen ungeheuren Schmerz im Gehirn und dann nichts mehr.

Schwer fiel ich zu Boden.

Carmen Valdera schrie wie am Spieß, doch ihr Schreien wurde von Don Alvarez' Griff erstickt.

Suko sprang zu Boden.

Finsternis hüllte ihn ein. Er streckte seine Arme vor und wartete ab, bis sich seine Augen an die herrschende Dunkelheit gewöhnt hatten. Erst dann ging er weiter.

Konturenhaft nur sah er die Gegenstände. Einen Schrank, ein Bett, eine Kommode – die Tür.

Sukos Hände stießen gegen das Holz. Einen Herzschlag später hatten sie die Klinke gefunden. Sie war ziemlich groß, aus Gusseisen gefertigt, und als er sie nach unten drückte, stellte er fest, dass die Tür abgeschlossen war.

Suko holte wieder seine Minilampe hervor und leuchtete das Schloss ab. Für die primitive Konstruktion hatte er nur mehr ein müdes Lächeln übrig. Das Schloss öffnete er zwar nicht mit der linken Hand, dafür aber mit einem zurechtgebogenen Draht.

Er führte ihn in das Schloss ein, drehte ein paar Mal hin und her und hatte Glück. Die Tür war offen.

Suko verließ die muffig riechende Zelle und gelangte in einen schmalen Gang, der nicht viel höher als ein Stollen war, sodass der Chinese den Kopf einziehen musste, um sich nicht an der niedrigen Decke zu stoßen.

Doch schon bald erreichte er einen breiteren Gang. Wieder trat die Taschenlampe in Aktion.

Zuerst leuchtete Suko nach rechts. Dort verlor sich der Strahl in der Dunkelheit.

Er schwenkte den Arm nach links, ließ die Lampe etwas kreisen und sah die beiden Mönche, die sich soeben taumelnd vom Boden erhoben.

Es waren die Kerle, die ich niedergeschlagen hatte.

Auch sie wurden auf den Chinesen aufmerksam.

Und noch ehe sich Suko versah, stürzten die beiden Kerle schon auf ihn zu …

Zuerst nahm ich an, in einer anderen Dimension gefangen zu sein. Nebel umwaberte mich. Er kroch über den Boden, hüllte meinen Körper ein und erschwerte das Atmen.

Mir war nicht schlecht, ich spürte auch keine Kopfschmerzen – ja, ich spürte eigentlich nichts.

Nur, dass ich auf einem harten Boden lag, ausgestreckt. Arme sowohl als auch Beine. Ich konnte sie nicht mehr bewegen. Ich merkte es, als ich mich aufrichten wollte, aber nicht vom Boden hochkam. Meine Arme waren weit über die Schultern nach hinten gestreckt. Sie standen etwas hoch, und ebenso erging es meinen Beinen. Auch sie klappten auseinander wie die Schenkel einer Schere und befanden sich in ihrer Schräglage dabei dicht über dem harten Boden.

Ich blieb erst einmal liegen, nachdem ich meine miese Lage festgestellt hatte. Sekundenlang ruhte ich mich aus, dann hob ich ein wenig den Kopf. Dabei drehte ich ihn nach links und suchte die Handfesseln.

Ich sah sie nicht.

Sofort begann ich zu überlegen. Ohne Fesseln war ich dennoch gefesselt. Da gab es nur eins. Man hatte mich in einen magischen Bann geschlagen. Ich verdrehte die Augen, peilte zu meinen Handgelenken hoch und sah den haarfeinen, silbernen Strahl, der davon ausging.

Das war an der linken Seite. Ich schaute nach rechts und entdeckte den gleichen Strahl, der von meinen Gelenken aus in der Nebelwolke verschwand.

Man hatte mir eine magische Fessel angelegt!

Und damit befand ich mich in der Gewalt der vier apokalyptischen Reiter.

Meine erste Sorge galt nicht mir, sondern Carmen. Voller Angst fragte ich mich, was man mit dem Mädchen angestellt hatte. War Carmen umgebracht worden?

Aber mit mir wollten sie ja etwas Besonderes anstellen, das hatte mir der Abt prophezeit. Ich versuchte, die Arme anzuziehen, und setzte dabei viel Kraft ein, doch es gelang mir nicht. Die magischen Fesseln waren einfach zu stramm.

Wenn nur dieser verdammte Nebel nicht gewesen wäre. Er kroch aus jeder Bodenspalte und machte eine Sicht so gut wie unmöglich. Ich wusste nicht einmal, wo ich mich befand.

Don Alvarez' Worte schwirrten noch in meinem Kopf herum. Er hatte von der neuen Apokalypse gesprochen, von den vier Reitern, die schon bereitstanden, die großen Plagen über die Menschheit zu bringen. Sollte dies der Anfang vom Ende sein? Standen wir bereits dicht vor dem Ende der Welt, so wie es in alten Schriften prophezeit worden war? War der Schwarze Tod vielleicht mit dem so oft zitierten Antichrist identisch? Die Weisen hatten nie eine Zeitangabe gemacht, aber immer auf die Zeichen hingewiesen, die auf eine Ankunft des Antichrists hindeuteten. War AEBA das Stichwort?

Ich muss ehrlich gestehen, dass mich der Gedanke daran nicht nur unangenehm berührte, sondern mir auch Angst einjagte. Ich lag gefesselt am Boden und war wehrlos, während die anderen mit mir machen konnten, was sie wollten.

Durch den Druck an der linken Achsel merkte ich, dass ich noch meine Waffe besaß. Sie musste wieder ins Holster zurückgerutscht sein, als ich bewusstlos wurde.

Und ich trug noch etwas bei mir.

Mein Kreuz!

Dieses Kruzifix, dessen Geheimnis ich jetzt endgültig kannte, und das so ungeheuer wertvoll war. Ich wusste nun, was die Zeichen bedeuteten, die in das Metall eingraviert waren.

Die vier Erzengel hatten dieses Kreuz geweiht!

Wo Feuer ist, da ist auch Wasser. Wie von selbst kam mir dieser Ausspruch des Abts in den Sinn.

Feuer waren die vier Reiter – das Wasser war mein Kreuz! Beide waren gleich stark, aber das Wasser löschte das Feuer.

Ich ging diese Gedankenspielerei ein paar Mal durch, bis mir klar wurde, dass mir das Kreuz gar nichts nutzte. Denn ich war gefesselt und kam nicht heran.

Plötzlich lichtete sich der Nebel. Als wäre ein Windstoß durch ihn gefahren, aber das war nicht der Fall. Die langen grauen Schleier verschwanden einfach in den zahlreichen Spalten und Rissen, aus denen sie gestiegen waren.

Nur die Dunkelheit blieb. Nein, die auch nicht, denn vor mir sah ich zwei grünliche Lichtfinger, die in drei Yards Höhe einen Torbogen beschrieben.

War dies ein Dimensionstor?

Meine Gedanken wurden abgelenkt, denn ich sah zwei der vier Reiter. Sie hockten wie festgewachsen auf ihren Gäulen und hielten meine magischen Fesseln umklammert. Auf der Brust des linken Reiters glänzte ein A. Der rechte Reiter trug sein B auf dem Brustpanzer. Die anderen beiden Horror-Reiter konnte ich nicht sehen, da sie sich in meinem Rücken befanden.

Die Reiter vor mir hielten meine Füße gefesselt. Der Strahl ging von ihren Händen aus, er streckte nicht gerade in der Luft, sondern zitterte hin und her.

Jetzt erst sah ich den Abt und das Mädchen.

Don Alvarez hatte sich mit Carmen in der Nähe des Dimensionstors aufgehalten. Er trat jetzt aus dem Schatten heraus und trieb Carmen vor sich her.

Der dämonische Abt hatte ihr einen Arm auf den Rücken gedreht. Carmen ging gebeugt. Das schwarze Haar fiel wie ein Vorhang zu beiden Seiten des Kopfes herab. Sie konnte sich kaum auf den Beinen halten und schien am Ende ihrer Kraft zu sein. Ihre Füße schleiften über den Boden, und als sie einmal den Kopf hob, sah ich an ihrer roten Wange, dass sie geschlagen worden war.

In mir stieg die heiße Wut auf diesen Teufel Don Alvarez hoch. Er wollte mich töten und würde auch Carmen nicht verschonen. Seitlich von mir blieb er stehen. Seine linke Hand fuhr um Carmens Schulter herum, die Finger fassten nach dem Kinn und hoben den Kopf an. »Da!«, schrie er. »Sieh ihn dir nur genau an, deinen Retter. Dort liegt er auf dem Boden und wartet auf seinen Tod.« Der Abt lachte. »Weißt du, was ich mir für ihn ausgedacht habe? Ahnst du es?«

Carmen schüttelte den Kopf.

»Hören Sie auf!«, rief ich.

»Halt du dein Maul, Sinclair. Ich werde es ihr sagen. Du siehst, dass er gefesselt ist. Er ist an Händen und Füßen mit magischen Stricken gebunden. Und auf mein Kommando werden die vier Reiter anreiten und ihn …«

»Nein!«, schrie Carmen. »Nicht! Reden Sie nicht weiter.« Sie schüttelte in wilder Panik den Kopf, und ein verzweifeltes Schluchzen drang aus ihrem Mund.

Don Alvarez hatte seinen Spaß. Obwohl ich es mit einem Menschen zu tun hatte, war er nicht weniger schlimm als ein Dämon. Das Böse beherrschte ihn total.

Der Abt sprach weiter. »Zuerst werde ich Sinclair töten lassen, und dann bist du an der Reihe. Ihr beide macht den Anfang, andere werden folgen, glaube mir. Die neue Apokalypse ist nicht mehr aufzuhalten. Sie beginnt mit eurem Tod.«

Die Worte trafen mich wie Schwerthiebe, wühlten mein Innerstes auf. Jahrelang hatte ich gegen das Böse gekämpft, und jetzt sollte alles vorbei sein? War alles umsonst? Meine Arbeit, meine Berufung? Sah so das Ende aus? Zerrissen von vier Pferden?

Wehrlos lag ich auf dem Boden. Nicht im Kampf würde ich verlieren, nein, gedemütigt und geschwächt. Ein Grab in den Pyrenäen, das niemand fand.

Ich dachte an meinen Freund Suko. Er war im Dorf zurückgeblieben. Wahrscheinlich hatte er Himmel und Hölle in Bewegung gesetzt, um mich zu finden.

Aber wusste er überhaupt, wo er suchen sollte? Wenn er tatsächlich zum Kloster gekommen war, hatte er immer noch eine Anzahl von Gegnern vor sich, die er allein nicht besiegen konnte. Nein, die Chancen standen mehr als mies.

»Ich will keine langen Worte mehr machen«, sagte der Abt und hob die Hand zum Zeichen. Er blickte mich dabei an. »Wenn ich den Arm fallen lasse, reiten sie an, Sinclair …«

Trotz seiner ausgezeichneten Reflexe konnte Suko nicht mehr rasch genug ausweichen. Der erste Mönch prallte gegen ihn. Suko verlor die Lampe, wurde in den engen Gang hineingeschleudert. Sein Gegner setzte sofort nach. Finger tasteten über Sukos Brust, fuhren hoch bis zur Kehle.

Der Chinese drückte das Kinn herunter. Seine Hände hatte er zum Glück frei. Sie zuckten von oben nach unten, trafen dicht unterhalb der Kapuze.

Der Mönch bäumte sich auf und kippte zur Seite. Suko musste ihn wegwälzen, um aufstehen zu können.

Sein zweiter Gegner war vorsichtiger. Er hatte sich mit einer Fackel bewaffnet und erwartete meinen Freund am Ende des schmalen Stollens. Breitbeinig stand er dort, hielt die Fackel in der Rechten und zielte damit auf Sukos Körpermitte.

Der Chinese wich aus. Sein linkes Bein flog hoch und streifte den zurückschnellenden Arm. Der Tritt schleuderte die Hand zurück. Die Fackel knallte gegen die Decke. Ein Funkenregen stob über beide Kämpfer. Ehe der Mönch ein zweites Mal zuschlagen konnte, hatte Suko ihn unterlaufen. Der Mönch fiel durch den eigenen Schwung gegen die Gangwand. Sein Gesicht verzerrte sich. Suko sprang vor, packte den Arm des Mannes und drehte ihn herum.

Der Kerl schrie auf und ließ die Fackel fallen. Er gab jedoch nicht nach und wollte Suko zu Boden drücken. Doch die Kutte behinderte ihn zu sehr. Suko wich aus und zog dem Mann die Füße weg. Der Mönch fiel zu Boden.

Sofort warf sich der Chinese auf ihn, drehte ihm vor dem Hals die Kutte zusammen und drückte ihn mit seinem Gewicht weiterhin auf dem Boden fest.

»So, mein Freund«, zischte Suko, »jetzt werden wir mal Fraktur miteinander reden. Wo ist John Sinclair?«

Der Mönch antwortete in einer Sprache, die Suko nicht verstand, aber mein Freund war sicher, dass der Kerl auch Englisch beherrschte, es nur nicht zugeben wollte.

Suko ballte die linke Hand zur Faust. »Rede endlich, oder es geht dir dreckig.«

Der Mönch sah die Entschlossenheit in Sukos Augen und begann zu sprechen. »Was wollen Sie wissen?«

»Na also, es geht ja doch. Wo haltet ihr John Sinclair und das Mädchen gefangen?«

»Ich weiß nicht.«

»Du lügst!«, zischte Suko.

»Nein, nein! Der Abt weiß es. Und er kennt auch nur das Geheimnis der Gewölbe. Ich …«

»Bist du ihm nie heimlich gefolgt?«

»Es war verboten.«

»Ach, verdammt.« Suko schluckte. »Wo könnte es denn ungefähr sein?«

»Vielleicht hinten am Gang.«

»Dann zeig es mir.« Suko zog den überwältigen Mönch wieder hoch und stieß ihn vorwärts. »Geh, mein Freund, und lass dir ja keinen Umweg einfallen.«

Der Mönch stolperte vor dem Chinesen her. Er spürte immer Sukos Faust im Rücken und hütete sich, irgendeine dumme Bewegung zu machen, die missverstanden werden konnte.

Die Zeit verging. Suko wurde immer nervöser und stellte sich mittlerweile die bange Frage, ob überhaupt noch Chancen bestanden, mich zu finden.

Lebendig – wohlgemerkt …

»Halt! Moment noch!«, rief ich mit zitternder Stimme. Don Alvarez' Arm blieb in der Luft hängen. »Was ist?«, keifte er. »Was willst du denn noch?«

»Ich möchte noch einmal mit ihr reden.«

Der Abt zögerte. Er hielt Carmen noch immer fest. Ich merkte förmlich, wie es hinter seiner Stirn arbeitete. Scharf sog ich die Luft ein. Wenn Alvarez jetzt nein sagte, war alles verloren, dann war unsere letzte, hauchdünne Chance dahin.

»Bitte«, sagte ich. Jeder von Ihnen kann wohl nachfühlen, wie schwer mir dieses Wort über die Lippen kam.

Aber es verfehlte seine Wirkung nicht.

Don Alvarez stimmte zu. »Gut«, sagte er, »du kannst ein paar Worte mit ihr reden. Ich bin ja kein Unmensch.« Er lachte wieder. »Geh hin zu ihm!« Er stieß Carmen so hart vor, dass sie förmlich auf mich zutaumelte, stolperte und über mich fiel. Genau das hatte ich eigentlich gewollt. Jetzt kam es darauf an, dass Carmen begriff. Ich brachte meine Lippen dicht an ihr Ohr. »Tu genau das, was ich dir jetzt sage!«, zischte ich. »Und reiß dich noch einmal zusammen, dann schaffen wir es. Hast du mich verstanden?«

»Ja.« Die Antwort war nur ein Hauch.

»Gut. Bleib so liegen, Carmen, und knöpfe mein Hemd auf. Reiß es auch meinetwegen auseinander, Hauptsache ist, die Brust liegt frei. Dann zieh das Kreuz unter dem Unterhemd hervor.«

»Was noch?«

»Nichts mehr!«

»He, ihr beiden Turteltäubchen!«, schrie Don Alvarez. »Jetzt reicht es. Ihr trefft euch im Jenseits wieder!«

»Schnell!«, raunte ich.

Carmens Hände fuhren über meine Brust, fanden die Hemdknöpfe, fetzten sie ab. »Wird's bald, verdammt!« Alvarez schrie und trat näher, um Carmen Valdera wegzureißen. Er packte sie an der Schulter, riss sie zurück, und buchstäblich im letzten Augenblick zog Carmen noch das Kreuz hervor.

Jetzt lag es frei auf meiner Brust.

Und dann ging alles drunter und drüber. Eine grelle Lichtaura strahlte von dem Kreuz aus. Ich schrie die Namen der vier Erzengel. Don Alvarez brüllte verzweifelt und taumelte mit Carmen zurück, die versuchte, ihm das Gesicht zu zerkratzen. Aber das alles sah ich nur aus den Augenwinkeln. Wichtig für mich allein waren die vier Reiter.

Flammende Lichtspeere lösten sich von den vier Seiten des Kruzifix und bohrten sich in die Brust der vier Reiter.

Dampf wölkte auf. Meine magischen Fesseln verschwanden. Ich konnte mich wieder frei bewegen, sprang auf und brach doch wieder zusammen, da mir die Kraft fehlte, auf den Beinen zu bleiben.

In den nächsten Sekunden war ich nur Statist und sah zu, wie durch die Kräfte des Lichts das Dämonentor verschwand. Und mit ihm die vier Horror-Reiter.

Alle vier wurden von einer gleißenden Lichtwolke eingehüllt. In der Wolke sah ich wirbelnde Schatten, hörte grässliche dämonische Urlaute. Es tobte ein Kampf der Mächte. Wind pfiff und warf uns umher wie welke Blätter. Durch Zufall prallte Carmen Valdera gegen mich. Ich hielt sie eisern fest und schützte sie vor dem tobenden Sturm. Das Kreuz hatte seine Strahlungsintensität verloren. Es schimmerte wieder in seinem völlig normalen silbernen Glanz. Aber seine Kraft hatte ausgereicht, um die Reiter vorerst auszuschalten. Die Lichtaura, die sie umgab, hatte sich zu einer Spirale gedreht, in der alle vier Reiter förmlich gefesselt waren.

Mit ungeheurer Geschwindigkeit drehte sich die Lichtspirale um die eigene Achse. Dann raste sie haargenau auf das nur schemenhaft zu erkennende Dämonentor zu und verschwand darin.

Die große Gefahr war vorerst gebannt.

Aber noch gab es Don Alvarez.

Er schrie und tobte wie ein Wahnsinniger, als er einsehen musste, dass er verloren hatte, und er machte mich für seine Niederlage verantwortlich.

Plötzlich riss er die Dolche aus seinen weit geschnittenen Ärmeln hervor.

»Ich bringe dich um!«, brüllte er. »Ich schlitze dich auf. Du, Sinclair, sollst auch nicht mehr leben!« Ich stieß Carmen Valdera zur Seite. Doch längst nicht schnell genug. Der Abt hatte mich fast erreicht. Nur noch einen Schritt, dann würde er sich auf mich stürzen. Da flog von der Seite her ein Schatten heran. Ich hörte einen mir bekannten Kampfschrei, und im nächsten Augenblick knallten zwei stahlharte Karatefäuste auf die Arme des verbrecherischen Abts.

Don Alvarez brüllte wie am Spieß. Die mörderischen Dolche rutschten ihm aus den Händen, klirrten zu Boden.

Er stand da und zitterte. Dann, als hätte jemand bei ihm einen Faden abgeschnitten, brach er in die Knie und fiel lang aufs Gesicht.

Ich rappelte mich auf.

Neben Don Alvarez stand Suko. Das erleichterte Lächeln machte sein Vollmondgesicht noch breiter.

Wir verließen die unterirdischen Gewölbe des Klosters. Ich stützte Carmen. Sie weinte ununterbrochen. Der Schock saß ihr in den Knochen, und sie konnte es kaum begreifen, noch einmal mit dem Leben davongekommen zu sein.

Suko hatte sich den bewusstlosen Abt über die Schulter geworfen. Was mit ihm geschehen sollte, wussten wir noch nicht. Wahrscheinlich würde er in eine Anstalt eingeliefert werden.

Gemeinsam betraten wir den Innenhof des Klosters. Verständnislos schauten uns die Mönche an. Sie begriffen nicht. Aufgeregt sprachen sie durcheinander.

Ich versuchte, eine Erklärung abzugeben, sprach von einem Bann, unter dem sie gestanden hatten. Ob sie mir glaubten, war zweifelhaft. Plötzlich hörten wir einen Ruf. »Carmen!«

Juan Ortega hockte auf der Klostermauer. Er hatte es auf seinem Platz nicht mehr ausgehalten. Als er seine Verlobte sah, sprang er in den Innenhof, und wenig später lagen sich die beiden jungen Menschen in den Armen. Ob die Mönche weiterhin in dem Kloster bleiben würden, das war ihr Problem. Suko, Carmen, Juan und ich sahen zu, dass wir so rasch wie möglich ins Tal kamen. Wir gingen den Weg über die Zugbrücke, den Abt nahmen wir mit.

Auf halber Strecke begann es zu schneien. Suko hatte die Führung übernommen. Durch Handschellen war er mit Don Alvarez verbunden. Als wir schließlich das Dorf erreichten, war von unserem Wagen nichts mehr zu sehen. Eine dicke Schneeschicht bedeckte ihn.

Juan Ortega wollte, dass wir noch blieben, doch ich war dagegen. Wenn wir noch länger warteten, dann war die Schneedecke wahrscheinlich bald so dicht, dass wir nicht mehr weiterkamen.

Juan Ortega sagte zum Abschied: »Ich werde meinen Vater in aller Stille begraben lassen. Niemand soll wissen, wie er umgekommen ist und was in dem Kloster geschah.« Es war mir recht, dass er so dachte.

Auch ich wollte keinen Wirbel. Die Gefahr, die Aeba heraufbeschworen hatte, war vorerst gebannt.

Don Alvarez wurde tatsächlich in eine Irrenanstalt eingeliefert. Als das geschah, waren wir längst wieder in London und kümmerten uns um andere Fälle, denn die Mächte der Finsternis schlafen nie.

DIE RACHE DER HORROR-REITER

Der Kampf wurde mit erbarmungsloser Härte geführt!

Auf der einen Seite standen Myxin und seine Schwarzen Vampire. Mit ihnen zusammen kämpfte ein Verzweifelter, ein Mann, der das Kreuz und den magischen Bumerang besaß – John Sinclair.

Auf der anderen Seite standen mächtige Gegner. An erster Stelle der Schwarze Tod, unterstützt von Asmodinas Todesengeln und den vier gefährlichen Horror-Reitern.

Sie wollten zusammen mit dem Schwarzen Tod den Geisterjäger vernichten.

Es kam anders. Zusammen mit dem Bumerang entfaltete das Kreuz eine nie gekannte magische Kraft. Aus den Jenseitswelten griffen die Herrscher des Lichts ein. Die vier Strahlen aus dem geheimnisvollen Kreuz zerrissen die Horror-Reiter und schleuderten sie in die Unendlichkeit der Dimensionen.

Doch die Horror-Reiter waren nicht tot. Das Schicksal wollte es anders. Sie überlebten.

Und sie sannen auf grausame Rache!

Asmodina hatte flammend rotes Haar, und aus ihrer Stirn wuchsen zwei Hörner. Darunter befand sich ein glattes marmornes Gesicht mit zwei eiskalten Augen. Der Mund bildete einen Strich, so hart waren die Lippen aufeinandergepresst worden.

Sie war eine Frau mit der Figur einer Göttin, und doch war sie so schlimm wie der Teufel selbst, denn sie war seine Tochter.

Und Asmodina hatte Sorgen. Nachdem sie die Funktion des Schwarzen Tods übernommen hatte, wollte sie sich zur Herrscherin im Reich der Dämonen aufschwingen. Sie wollte die unzähligen Welten kassieren, sie ihrem Reich angliedern und sich große Dämonenfürsten Untertan machen.

Das ließen sich andere, mächtige Dämonen nicht gefallen, auch wenn sie die Tochter des Teufels war, der angeblich an oberster Stelle in der Höllenhierarchie stand. Doch das war ein Amt, das er sich selbst gegeben hatte. Tatsächlich aber waren der Aufbau und die Hierarchie wesentlich vielschichtiger gegliedert. Es gab andere, sogar schlimmere Dämonen, und das hatte besonders Asmodina während der internen Machtkämpfe zu spüren bekommen. Sie musste einsehen, dass sich die anderen nicht so lenken ließen. Immer wieder wurde sie in ihre Schranken verwiesen.

Hinzu kamen spektakuläre Niederlagen. Sie hatte Destero, einen ihrer wichtigsten Diener, verloren. Es war ihr zwar gelungen, die Mordliga zu gründen, doch Dr. Tod und seine Vasallen gingen eigene Wege. Sie wollten unabhängiger von ihr sein.

Alles Beweise, die auch von den anderen hohen Dämonen registriert wurden. Niemand akzeptierte sie als Königin, man beobachtete nur. Vor allen Dingen interessierte sie der Kampf Asmodina gegen den Geisterjäger John Sinclair.

Sinclair war ein Mensch, ein Mann, der es sich zur Aufgabe gemacht hatte, die Mächte der Finsternis zu bekämpfen. Und vor allen Dingen Asmodina. Alles hatte sie versucht, um diesen Sinclair in ihre Klauen zu bekommen. Ein paar Mal war sie nahe dran gewesen, aber im Endeffekt hatte sich der Geisterjäger als der Schlauere entpuppt.

Das ärgerte sie ungemein.

Es gab eigentlich nur wenige Dämonen, die noch auf ihrer Seite standen. Dazu gehörten der Spuk, einer der Mächtigsten und Herrscher im Reich der Schatten, sowie Maddox, der Dämonenrichter, der die Versager aburteilte.

Sie allein hielten noch treu zu ihr. Und natürlich die Heerscharen niederer Dämonen, aber die konnte sie vergessen, sie zählten im Endeffekt nicht.

Man beobachtete sie weiter, und man zog Lehren aus ihren Niederlagen.

Asmodina musste die Karten auf den Tisch legen. Und die sahen nicht besonders aus. Sie hatte nach Ausreden gesucht, doch die vier Mächtigen hatten auf diesem Treffen bestanden.

Selbst Asmodis konnte ihr nicht helfen. Sie musste sich dem Verhör stellen.

Vier waren es!

Vier Namen, vier Begriffe, vier Buchstaben!

A = Astaroth

E = Eurynome

B = Bael

A = Amducias

Dämonennamen. Gefährliche Begriffe, denn diese Wesen gehörten zu den Gründern der riesigen Reiche und waren so alt wie die Welt selbst, wie sie immer behaupteten.

Sie legten die Anfangsbuchstaben ihrer Namen zusammen und bildeten daraus einen Begriff.

AEBA!

Dieser Name garantierte für Grausamkeit, Hinterlist, Brutalität, Chaos und Verderben. Doch sie selbst griffen selten in die Geschicke der Welt ein. Dafür hatten sie ihre Diener.

Die vier Horror-Reiter!

Jeder von ihnen sah gleich aus. Und sie trugen die Namen ihrer Herren auf den Brustpanzern. Allerdings nur die Anfangsbuchstaben, doch wenn sie nebeneinander her ritten und die Nüstern der Pferde Feuer und Schwefel spien, dann vereinigten sich die Buchstaben zu der Schreckensversion AEBA.

Auch sie hatten gegen John Sinclair gekämpft, doch die Widersacher, die vier Erzengel, waren stärker gewesen. Ihre Kraft hatte sie weit hineingeschleudert in die Unendlichkeit, wo sie atomisiert werden sollten, um als Geister in den ewigen Kreislauf der Schwarzen Magie einzugehen.

Fast wäre es so weit gekommen, doch dann griffen die vier Erzdämonen ein. Sie wollten nicht, dass ihre Leibwächter starben. Sie sollten weiterkämpfen und Angst und Schrecken verbreiten, denn dafür waren sie erschaffen worden.

Bei ihren Dämonen fanden sie Schutz und auch die Zeit, um sich zu regenerieren, denn die Rache, die sie dem Mann geschworen hatten, der sie so gedemütigt hatte, war zwar aufgeschoben, aber nicht aufgehoben worden.

John Sinclair sollte büßen!

Nur durften sie nichts überstürzen, und deshalb überließen sie es ihren dämonischen Gönnern, den Plan vorzubereiten.

Und sie wollten sich mit Asmodina treffen, damit nichts schiefging. Sie mussten sich mit der Teufelstochter absprechen.

Asmodina erwartete sie.

Und sie kamen.

Praktisch aus dem Nichts tauchten sie auf. Schreckliche Gestalten, denen es nichts ausmachte, hin und wieder ihre Körperformen zu wechseln.

Da war Astaroth. Er kam zu diesem Treffen als eine männliche Medusa. Sein Schädel wurde von knallroten Schlangen umringelt, und seine

Augen blickten wie grüne Diamanten. Ansonsten befand sich nichts in dem Gesicht. Kein Mund, keine Nase, keine Ohren.

Eurynome erschien als ziegenköpfige, geifernde Gestalt mit den schwellenden Formen eines Frauenkörpers.

Bael wirkte kahl wie ein fetter Buddha. Er war breit und wuchtig. Seine Haut schillerte golden, die Pupillen bestanden ebenfalls aus Goldplättchen.

Amducias sah aus wie ein eleganter Beau. Wenigstens von hinten. Wenn er sich allerdings umdrehte, dann schaute der Betrachter in ein Gesicht, das auch einem Krokodil hätte gehören können.

Sie waren da und schauten Asmodina an. Ein Mensch hätte vor Angst und Grauen bei diesem Anblick durchgedreht, nicht so die Teufelstochter. Sie lächelte nur spöttisch, womit sie wieder einmal ihre Überheblichkeit demonstrieren wollte.

»Willkommen, meine Freunde!«

Niemand glaubte ihr die Worte, aber man sagte nichts. Die vier Erzdämonen nahmen hinter dem halbrunden Steintisch Platz und schauten auf Asmodina, die ein nachtschwarzes Gewand trug, durch das ihre helle Haut schimmerte.

»Weshalb wolltet ihr mich sprechen?«, fragte sie.

»Weil es einmal Zeit wurde, mit dir zu reden«, erwiderte Astaroth, der Schlangenköpfige.

»So? Ich wüsste nicht, worüber wir sprechen sollten.«

»Aber wir …«

Asmodinas Stimme blieb gefühllos, als sie mit den Worten unterbrach: »Dann rede nicht so lange herum.«

Die anderen drei Dämonen schauten Astaroth an, den sie zu ihrem Sprecher gekürt hatten. Die Stimme drang von irgendwoher, nur nicht aus dem Gesicht. Vielleicht sprachen auch die Schlangen. Die folgenden Worte trafen Asmodina wie schwere Peitschenhiebe.

»Du hast große Fehler gemacht, denn du warst nicht in der Lage, deinen Feind John Sinclair zu vernichten. Wir klagen dich noch nicht an, weil wir dir weiterhin eine Chance geben wollen, aber höre auf, deine Macht zu erweitern. Das wird nichts geben, weil du zu unbeherrscht und auch zu schwach bist. Du kannst gar nicht gewinnen, auch wenn Asmodis dein Vater ist. Mit ihm haben wir uns verständigt. Er greift nicht ein, aber auch er wünscht, dass du dich zurückhältst, denn denke daran, auch Asmodis ist nicht allmächtig, obwohl er sich gern als Herrscher der Hölle aufspielt. Da du Sinclair nicht zu Boden gezwungen hast, wir mit ihm ebenfalls eine alte Rechnung zu begleichen haben, wirst du dich zurückhalten. Was demnächst geschieht, das geht auf unser Konto. Du, Asmodina, bleibst im Hintergrund, und wenn du versuchst, uns zu stören, werden wir dich vernichten.«

Die Teufelstochter lachte. »Große Worte, die ich da höre, aber das haben schon viele gesagt. Stürzt euch auf Sinclair. Ich bin gespannt, ob ihr es schaffen werdet. Glauben kann ich es nicht. Zudem habe ich das Gefühl, dass ihr euch gegen mich verbündet habt. Deine Rede, Astaroth, glich schon einer Kriegserklärung. Willst du einen offenen Kampf haben?«

»Nein, den wollen wir nicht. Dann wären wir nicht zu dir gekommen, sondern hätten dein Reich direkt zerstört. Du kannst gegen unsere geballte Macht nicht an. Zudem haben wir einen Plan gefasst, wie wir den Geisterjäger packen können. Denn die vier Horror-Reiter warten auf ihre Rache.«

Asmodina schüttelte den Kopf. »Mach dich nicht lächerlich, die hat Sinclair doch schon einmal fast vernichtet.«

»Diesmal jedoch sind die vier Vorzeichen anders. Er wird den Kampf verlieren.«

»Und wie wollt ihr es anstellen?«

»Den Plan, Asmodina, werden wir dir nicht verraten.«

»Ich hätte euch gern geholfen.«

»Diesmal hältst du dich zurück. Wir sind an der Reihe, und wir werden dir zeigen, wie man mit seinen Gegnern umgeht. Wenn die vier Reiter John Sinclair vernichtet haben, reden wir mit deinem Vater, um andere Machtverhältnisse herbeizuführen. Das nur als kleine Warnung, denn deine Machtgelüste müssen gestoppt werden. So etwas sehen wir uns nicht länger mit an.«

Die Teufelstochter zuckte zusammen. Noch nie hatte ihr jemand solche Unverschämtheiten entgegengeschleudert. Sie konnte sich nicht mehr beherrschen, ihre Augen nahmen eine knallrote Farbe an und wurden zu rotierenden Feuerrädern.

»Du wagst es!«, schrie sie. »Du wagst es wirklich, du jämmerlicher Zwerg?«

Auf einmal zischten Blitze aus den Augen, trafen die Schlangen des Astaroth und vernichteten sie. Im gleichen Moment klaffte der Schädel des Dämons auf, ein grünlich schimmernder, tentakelartiger Arm wischte daraus hervor, umschlang Asmodinas Nacken, hob sie hoch und schleuderte sie wuchtig gegen die Wand.

Doch auch die Teufelstochter reagierte. Ihr Körper schrumpfte und wurde selbst zu einer Schlange, die innerhalb von Sekunden ins Unendliche wuchs.

Apep, die Höllenschlange entstand!

Zu spät, die vier Dämonen hatten sich bereits aufgelöst. Ihre Plätze waren leer.

Asmodina verwandelte sich wieder zurück.

»Wartet nur!«, knirschte sie. »Meine Zeit kommt auch noch!«

Und aus den Tiefen des dämonischen Reiches erklang noch einmal Astaroths Stimme.

»Hüte dich, Asmodina! Hüte dich ...«

Die Irrenanstalt lag dort, wo Touristen normalerweise nicht hinkommen. Südlich von Madrid, mitten in der heißen Zone, nahe der kleinen Stadt Pinto, wo die Berge kahl waren und die Sonne auf das braungraue Gestein schimmerte. Sie war sehr alt und zweimal modernisiert worden. Aber auch das hatte nicht viel geholfen. Die Anstalt glich noch immer einem schaurigen Gefängnis.

Die Grundmauern des Gebäudes bestanden aus uralten Steinquadern, die schon den Angriffen der Mauren standgehalten hatten. Darauf ruhten die einzelnen Trakte der Anstalt. Sie waren ebenfalls aus Steinen gebaut und galten absolut ausbruchsicher. Zudem schirmte noch eine hohe Mauer das Gebäude ab.

Es bestand aus drei Trakten.

Da war einmal der kleinste. Dort hockten die Ärzte und Verwaltungsangestellten. Im mittleren Trakt waren die leichteren Fälle untergebracht. Und ganz außen, im ältesten Teil des Gebäudes, hockten die Leute, die man praktisch abgeschrieben hatte. Aussichtslose Fälle, die Tobsüchtigen, die ein paar Mal am Tag durchdrehten und in kahlen Zellen hockten, von denen manche sogar noch Gummiwände hatten. Von einer modernen Psychiatrie hatte man hier nicht viel gehört. Man hielt auch nicht viel davon, sondern vertraute auf altbewährte Methoden, auf die Wirkung brutaler Gewalt.

Besucher kamen in diesen Trakt nie. Wer hier einen Verwandten hatte, war froh, dass er sich um ihn nicht mehr zu kümmern brauchte.

So vergingen Tage, Monate und Jahre. Patienten starben, andere wurden eingeliefert. Ein ewiger Kreislauf, in dem jeder seinen festen Platz hatte.

Nichts passierte. Und die Wächter hatten sich längst an das wilde Toben der Patienten gewohnt, wenn einer mal durchdrehte. Dann traten ihre knallharten Argumente in Kraft, und alles war wieder in Ordnung.

Und doch sollte der Tag kommen, an dem sich alles änderte. Zuerst lief in der Klinik alles ziemlich friedlich ab. Die Sonne badete die wuchtigen Mauern in ihrem strahlendsten Licht, und auch mit den Patienten schien es keinerlei Schwierigkeiten zu geben, denn an diesem Tag blieben alle ruhig.

Darüber freuten sich die Ärzte ebenso wie das Pflegepersonal, und alles sah wirklich nach einem guten Tag in der Klinik aus.

Dann wurde es Abend.

Noch hatte die Dunkelheit den Tag nicht abgelöst. Beides stand auf der Kippe. Weit im Westen waren bereits die grauen Schatten zu sehen, aber noch herrschte die Sonne, deren explodierende Lichtfülle noch einmal über den Himmel strahlte.

In dieser Zeit wurden die Kranken oft unruhig. Dann drängte es sie, die Klinik zu verlassen, sie wollten aus ihren Zellen nach draußen. Sie hingen an den Fenstern, pressten ihre Köpfe gegen die Gitterstäbe, schrien, tobten und winselten, je nach Temperament und Kondition.

Im Trakt für die schlimmen Fälle hatten an diesem Abend zwei lang gediente Männer Dienst, die ihre Arbeit kannten.

Pedro und Carlos.

Beide stammten aus Madrid, hatten mal bei der Polizei gearbeitet, waren aber dort entlassen worden und hatten einen Job in der Anstalt gefunden.

Mit Pedro und Carlos konnte man keine Scherzchen treiben. Sie hämmerten sofort zu. In ihrem Bereich waren sie die unumschränkten Könige.

Pedro zählte dreiunddreißig Jahre, sein Kollege war zwei Jahre älter. Sie ähnelten sich auch äußerlich. Beide waren bullig, krauses Haar wuchs auf ihren Köpfen, und beide schwärmten für rassige Blondinen.

Die meisten Frauen jedoch wollten mit diesen brutalen Muskelpaketen überhaupt keinen Kontakt, und das ärgerte die beiden.

Die Zeit bis zur Essensausgabe vertrieben sie sich mit Lesen und Radiohören. Pedro schlief auch kurz mal ein, und das Magazin mit den nackten Blondinen rutschte ihm aus den Fingern.

Carlos schlug mit der flachen Hand auf die Tischplatte. Das Geräusch jagte Pedro hoch.

»Was ist?«

»Schlaf nicht ein, Amigo. Wir müssen gleich ran. Essensausgabe!«

»Ach, Mist.« Pedro kratzte sich mit allen Fingern auf dem Kopf herum. »Ich habe überhaupt keine Lust.«

»Dienst ist Dienst.«

»Die kommen auch mal ohne aus.« Pedro war hundemüde.

»Dann bringe ich das Essen allein«, meinte Carlos.

»Nee, das geht auch nicht.«

»Na also, komm!«

Pedro stand auf, schaute nach, ob sein Gummiknüppel auch umgeschnallt war und nickte seinem Kumpan zu. Gemeinsam verließen sie ihre Bude, wo sie des nachts auch schliefen.

Vor ihnen lag ein langer Gang. Er war sogar ziemlich breit und irgendwie deprimierend öde. Die Lampen an der Decke wurden durch kleine Gitter geschützt, rechts befand sich nur Wand, links führten mehrere Türen zu den Zellen.

Die Wand war gekalkt worden und dann mit einer Ölfarbe grüngrau gestrichen. Ebenso wie die Zellentüren. Alles wirkte deprimierend, verloren.

Eine Gittertür trennte diesen Trakt von den anderen ab. Die Stäbe waren so dick, dass eine Kinderhand sie nicht umfassen konnte. Pedro und Carlos besaßen die Schlüssel zur Tür.

Jenseits davon hörten sie das Klappern der Töpfe und Kübel. Ein Kalfaktor brachte das Essen. Der Mann sollte eigentlich schon vor drei Jahren als geheilt entlassen werden, doch er hatte sich so an die Klinik gewöhnt, dass er dageblieben war und die Aufgabe eines Mädchens für alles übernahm.

Er winkte, als er die beiden Wächter sah.

Pedro schloss auf.

Der Kalfaktor kam mit dem Wagen angefahren und grinste. Er trug einen blauen Kittel und auf dem Kopf eine Mütze.

»Sind auch keine Wanzen im Fraß?«, fragte Carlos.

»Nein.« Der Kalfaktor sprach mit einer hohen Fistelstimme. Er kicherte.

»Wenn ich eine finde!«, drohte Carlos, »dann gebe ich sie dir zu fressen.«

Der Kalfaktor leckte sich die Lippen. »Die schmecken so gut.«

»Hau ab, Mensch.«

Der Mann verschwand.

Carlos drehte den Wagen, schob ihn bis an die erste Zellentür. Von außen öffnete er eine Klappe.

In der Zelle hockte ein alter Mann. Er hatte einen Buckel und war früher Maler gewesen. Die Innenwände der Zelle waren mit allerlei Farben vollgeschmiert, und wenn der Kranke einen Anfall bekam, dann kippte er die Farben einfach auf dem Boden aus.

»Los, Picasso, es gibt Essen!«, rief Pedro. Sie nannten ihn immer Picasso, obwohl er anders hieß.

Der Kranke kam. »Bleibt so stehen!«, rief er und machte den Hals lang, damit er durch die Luke schauen konnte. »Diese Gesichter hinter dem Rechteck, einfach großartig. Ich werde euch malen und das Bild verkaufen. Es macht mich berühmt, wirklich …«

Carlos füllte den Pappteller mit dem Essen. Es war ein Gemisch aus Reis und Gemüse.

»Hier, schlag dir die Pampe in den Bauch und halte dein Maul«, sagte er, als er den Teller durch die Klappe schob. Einen Kunststofflöffel bekam Picasso auch noch.

»Was brauche ich zu essen, wenn ich die Farben der Natur um mich herum habe!«, rief er und nahm den Teller trotzdem.

Die Männer gingen weiter.

In der zweiten Zelle hockte jemand, der das Essen verweigerte. Aus starren Augen stierte er zu Boden und rührte sich nicht.

Eine Zelle weiter hockte jemand, der noch die Zwangsjacke anhatte. Er wollte auch nichts.

Acht Zellen befanden sich hier. Sieben hatten die beiden Männer hinter sich, als sie vor der letzten schließlich stehen blieben. Lange genug arbeiteten sie bereits in der Klinik. Sie waren abgebrüht und abgestumpft, doch der Mann, der in der letzten Zelle hockte, war ihnen nicht geheuer. Er konnte den beiden regelrecht Angst einjagen, denn das war kein normaler Irrer, obwohl er hier einsaß. Und das seit drei Jahren.

Der Mann hieß Don Alvarez. Bevor man ihn hier einlieferte, war er der Abt eines Klosters hoch oben in den Pyrenäen gewesen. Den genauen Grund der Einweisung kannten wohl nur die Ärzte, aber es hatten sich gewisse Flüsterparolen herumgesprochen, die besagten, dass der Abt sich mit dem Teufel verbündet hätte und dadurch wahnsinnig geworden wäre, weil er den inneren Konflikt nicht mehr aushielt.

So die Parolen.

Er war in der Tat anders als die übrigen Kranken. Er redete kaum, vielleicht zehn Worte in einer Woche. Aber wenn er etwas sagte, dann sprach er nur vom Teufel, von der Hölle und von seiner blutigen Rache an dem Mann, der ihn in die Festung gebracht hatte. Zudem war er davon überzeugt, dass man ihn befreien würde.

Die Pfleger erinnerten sich noch deutlich an die Worte bei der letzten Essensausgabe.

»Ich spüre es. Ich spüre es genau. Der Tag der Befreiung ist nahe, und niemand kann mich aufhalten. Denn sie werden kommen, und vom Himmel werden Feuer und Flammen regnen und euch vernichten.« Er hatte eine düstere Apokalypse gemalt, und den Pflegern war es sehr mulmig geworden.

Auch jetzt war ihnen nicht wohl, als Pedro die Klappe öffnete. Don Alvarez hockte auf seiner festgeschraubten Bank. Er schaute kurz hoch, als er das offene Rechteck in der Tür sah, und stand langsam auf.

Aus irgendeinem unerfindlichen Grund trug er andere Kleidung als die übrigen Insassen des Trakts. Keinen grauen Anstaltskittel, sondern seinen Umhang oder sein Gewand, das er auch bei seiner Einlieferung angehabt hatte. Es war eine Kutte, die noch eine Kapuze hatte. In der Taille wurde die Kutte durch eine weiße Kordel gehalten, und sie reichte bis auf die Füße des Mannes.

Der ehemalige Abt war überdurchschnittlich groß. Seine Pupillen wirkten wie schwarze Steine, der Blick war zwingend. Der dunkle Vollbart wucherte ihm fast bis auf die Brust, und wenn er die Kapuze überstreifte, dann erinnerte er an Rasputin, den dämonischen Russen aus dem letzten Jahrhundert.

»Das Essen«, sagte Pedro und schaufelte den Pappteller voll.

Alvarez trat vor. Seine Schritte waren noch geschmeidig, nicht so abgehackt wie bei den anderen. Die drei Jahre schienen an dem Mann wirklich spurlos vorübergegangen zu sein.

Er schaute durch das Rechteck. Sein Blick traf mit denen der Männer zusammen.

»Es wird das letzte Mal sein, dass ihr mir das Essen bringt«, sagte er mit dumpfer Stimme, »denn die Stunde meiner Befreiung ist nahe. Sobald sich die Schatten der Nacht über dieses Land gelegt haben, öffnet die Hölle ihre Pforten und schickt ihre Diener, die mich aus diesem unwürdigen Gefängnis herausholen. Die Horror-Reiter werden erscheinen, denn die Stunde der Rache ist gekommen.«

Selten hatte Don Alvarez so viele Worte auf einmal gesprochen. Den beiden Männern kam dies direkt komisch vor.

Pedro versuchte es mit einem Witz. »Wer soll dich hier rausholen, du komischer Heiliger?«

»Die Horror-Reiter!«, flüsterte Don Alvarez.

»Aha.«

»Ihr glaubt mir nicht, wie?«

»Nein.«

»Oh, ihr Ignoranten. Wartet noch ein paar Stunden ab, und ihr werdet eines Besseren belehrt. Dann bekomme ich wieder die Macht, die mir zusteht, und ich weiß nicht, ob ich für euer Leben garantieren kann. Stellt euch auf meine Seite. Jetzt und hier, dann werde ich für euch ein gutes Wort einlegen.« Er schaute sie aus seinen dunklen Augen an, und die Männer hatten das Gefühl, als würde der Blick des Mannes sie bis in die Seele treffen.

»Nimm dein Essen!«, fauchte Pedro und haute die Klappe zu.

»Ihr Narren!«, keifte Don Alvarez. »Ihr verdammten Narren!« Er lachte. Gellend und grell tönte es hinter der stabilen Zellentür auf. »Ihr werdet das Feuer erleben, und ihr werdet zittern und beben, wenn meine Rache mit der Gewalt eines Sturmwindes über euch kommt.«

Die beiden Pfleger schoben den fahrbaren Tisch wieder den Gang entlang.

»Da kann man ja wirklich Angst kriegen«, meinte Carlos. »So viel hat er noch nie gesagt.«

Pedro nickte.

»Glaubst du ihm?«

»Ich?« Pedro schüttelte den Kopf. »Feuer vom Himmel regnen. Der redet, als würde die Welt gleich untergehen.«

»Komisch ist es schon.«

»Klar, aber du darfst nicht vergessen, dass er mal Abt und somit bibelfest war.«

Pedro nickte. »Das wird's wohl sein.«

Sie ließen den Wagen an der Gittertür stehen und begaben sich wieder in ihre Bude.

Dort rauchten sie erst einmal eine Zigarette. In einer halben Stunde würde der Kalfaktor erscheinen und die Pappteller aus den Zellen holen.

Pedro stand am Fester. Es hatte keine Gitter. Von hier aus konnte er in das Tal schauen, wo ein paar Schafe weideten und kärgliche Grasbüschel aus dem Boden zupften. Dort war es schon dunkler geworden, obwohl der Himmel noch im tiefen Rot der untergehenden Sonne glänzte.

Eine Gänsehaut lief über den Rücken des Mannes, und er schüttelte sich.

Das sah Carlos. »Was ist?«, fragte er.

»Ach verdammt, mir gehen die Worte dieses komischen Mönchs nicht aus dem Kopf heraus.«

Carlos lachte auf. »Erzähl doch nichts. Der Alte ist ein Spinner. Oder glaubst du ihm?«

»Mit welch einer Bestimmtheit er das sagte. Ich weiß nicht, irgendwie bedrückt mich das.«

»Hör auf zu spinnen, der erzählt immer diesen Kram. Denk an morgen, da haben wir frei und steigen voll ein ins Wochenende. Mann, ich weiß da von einer Puppe, die in Madrid wohnt und überhaupt nicht teuer ist. Die könnte ja ihre Freundin …«

»Keine Lust.«

Carlos schwieg, nahm das Magazin auf und zündete sich eine Zigarette an, während er blätterte.

Nach einer Weile streckte der Kalfaktor seinen dürren Kopf durch die Tür. »Ich hole jetzt die Teller.«

»Ja, beeil dich«, knurrte Pedro.

Der Mann verschwand. Zehn Minuten später zog er auch mit dem fahrbaren Tisch davon.

Carlos stellte das Radio an. Der Sender brachte spanische Folklore. Der Pfleger ließ den Apparat laufen und legte sich rücklings aufs Bett, wobei er die Augen halb schloss und schon von den Blondinen träumte, die er am nächsten Tag besuchen wollte.

Das Vorhaben sollte ein Traum bleiben, denn niemand der beiden Männer ahnte, dass sich das Grauen bereits näherte …

Don Alvarez hatte seine knochigen Hände über die Gitterstäbe am Fenster gekrallt und schaute nach draußen, wo die Sonne immer tiefer sank und ihren letzten blutigen Schein über den wolkenlosen Himmel fächerte.

Die Augen des ehemaligen Abts funkelten. Wahnsinn und Hass vereinigten sich in diesem Blick zu einer gefährlichen Mischung. Er wusste, dass die Zeit reif war.

Heute Nacht noch …

Nichts, aber auch gar nichts hatte er vergessen. Nicht die Jahre im Kloster, wo er dem Satan gedient hatte, denn es war ihm gelungen, eine Teufelsbibel zu finden. Die Schrift faszinierte ihn. Er studierte sie und stellte fest, dass das Kloster Monte Terrano auf ungeweihtem Boden stand. Tief im Berg lagen geheimnisvolle Gewölbe, in denen das

Böse lauerte. Als er sie durchforschte, da spürte er das Grauen, das dort wohnte. In dieser Höhle befand sich ein von Nebeln umwalltes geheimnisvolles Tor, das ihm, dem Teufelsdiener, den Blick in eine andere Welt freigab.

Und aus diesem Tor kamen sie.

Vier Reiter, die er schon in den alten Schriften erwähnt fand.

AEBA!

Die Diener der vier Erzdämonen konnten durch dieses Tor in die Welt der Menschen gelangen, und er, Don Alvarez, hatte es ihnen geöffnet. Sie mussten ihm dankbar sein, doch auch sie konnten nicht verhindern, dass zwei aus England kommende Männer das Kloster stürmten und ihn, Alvarez, festnahmen, wobei sie noch dafür Sorge trugen, dass er in diese Anstalt gesteckt wurde.

Drei Jahre lag das zurück.

Drei schlimme Jahre, in denen der ehemalige Abt immer nur gewartet hatte.

Sie würden sich melden, davon war er restlos überzeugt. Die Reiter konnten ihn nicht im Stich lassen.

AEBA sollte und würde sich rächen. Vor allen Dingen an den beiden Männern, die auch Alvarez' Feinde waren.

John Sinclair und dieser Chinese namens Suko. Nichts hatte Don Alvarez vergessen, vor allen Dingen diese beiden Männer nicht. Er hasste sie wie die Pest, denn die Männer waren nicht nur seine Feinde, sondern auch die Feinde der Hölle.

Die musste man vernichten!

Lange genug hatte Don Alvarez gewartet, doch nun war es so weit. Dreimal hatte er von der Ankunft der Horror-Reiter geträumt. Sie hatten während des Schlafs zu ihm gesprochen und ihm mitgeteilt, dass es so weit sein würde.

Nur noch wenige Stunden …

Don Alvarez fieberte der Nacht entgegen. AEBA würde erscheinen und die verdammten Mauern abreißen. Wie ein Sturmwind würden die vier Reiter über das Land brausen. Nichts konnte sie aufhalten.

AEBA war unbesiegbar!

Don Alvarez kicherte, als er daran dachte. Ja, die Zeit war reif, und alle, die sich dann noch gegen ihn stellten, waren des Todes. Längst hatte er seine Sinne geschärft. Er versuchte, seinen Geist auf die lange Reise zu schicken, er tastete, horchte, lauschte und lauerte, ob nicht bereits die ersten Anzeichen dieser grauenvollen Invasion zu spüren waren.

Noch spürte er nichts. Erst wenn die Dunkelheit ihr riesiges Tuch über das Land gebettet hatte, würde es so weit sein.

Die Klinik sollte brennen!

Don Alvarez trat wieder vom Fenster zurück und hockte sich auf die Bank.

Der Kalfaktor kam und holte den Teller ab. Er war noch voll. Don Alvarez hatte keinen Bissen gegessen.

»Keinen Hunger, wie?«, fragte der Kalfaktor.

Der ehemalige Abt schaute ihn mit seinen düsteren Augen an. »Flieh«, flüsterte er heiser. »Flieh vor den Mächten des Grauens. Die Zeit der Hölle ist da, und der Schrecken wird dich überschwemmen wie eine alles verzehrende Woge.«

Der Kalfaktor hörte die Worte, er verstand aber nicht so recht. Trotzdem bekam er Angst und schlug heftig die Klappe zu.

Das Lachen des »Irren« begleitete ihn noch bis zur übernächsten Zelle …

Die Dunkelheit kam.

Und mit ihr begann es.

Die Patienten wurden unruhig. Die beiden Pfleger, die leicht eingenickt waren, hörten die Geräusche zuerst.

Dumpfe Schläge dröhnten gegen die kahlen Wände der Zellen. Als hätten sie sich abgesprochen, so hörte es sich an. Das dumpfe Schlagen gegen die Wände steigerte sich zu einem makabren Rhythmus, der immer härter, wilder und hektischer wurde.

Zuerst schreckte Carlos hoch. Er setzte sich aufrecht hin und lauschte.

Auch Pedro war wach geworden. »Verdammt«, murmelte er, »da stimmt doch was nicht.« Sein Blick fand das Gesicht des Kollegen. »Ob das der Anfang ist?«

»Von was?«

»Du weißt doch, was dieser Mönch gesagt hat. Der will ausbrechen, und die holen ihn jetzt raus.«

»Ach Quatsch. Dummes Gerede eines Wahnsinnigen.« Er stand von seinem Bett auf. »Wir werden da mal nachsehen.«

Pedro sagte nichts. Ihm rann eine Gänsehaut über den Rücken. Die Worte des ehemaligen Mönches hatten ihn mehr als nur beunruhigt. Pedro glaubte daran, dass es viele Dinge gab, die mit dem Verstand allein nicht zu erklären waren. Nein, da spielten andere Kräfte mit.

Carlos stand schon an der Tür. »Ich werde denen helfen, mir meine Nachtruhe zu stören. Denen werden wir Beine machen, darauf kannst du dich verlassen.« Er zog die Tür auf und betrat den Gang.

Pedro folgte ihm langsamer. Als er seinen Kollegen erreichte, stand dieser bereits vor der ersten Tür und schob die Klappe in Augenhöhe zur Seite.

Sofort wurde das Trommeln lauter.

Picasso stand an der Wand und hämmerte gegen die Steine. Er ließ sich nicht stören, auch nicht, als Carlos ihn anschrie. Schließlich war es der Wächter leid und riss die Tür auf.

Pedro blieb draußen, während sich Carlos dem Patienten näherte. »Hör auf!«, fuhr er ihn an.

Picasso hörte nicht.

»Aufhören, habe ich gesagt.« Drohend zeigte Carlos den Knüppel aus Hartgummi.

Da drehte sich Picasso um. Und plötzlich griff er an. Er schrie dabei, war aggressiv und wollte dem Pfleger an die Kehle fahren. Carlos war im ersten Augenblick völlig überrascht. Das hatte er noch nie erlebt. Sonst tobten die Leute immer oder ließen ihre Wut an toten Gegenständen aus, aber einen Angriff hatten sie noch nie gewagt. Das war das erste Mal.

Carlos wehrte sich.

Da streckte Picasso beide Arme vor und schrie: »Der Teufel kommt! Ich habe ihn gesehen. Er ist unterwegs. Und er bringt die Glut der Hölle über euch. Rettet euch, flieht, lauft weg, sonst wird er euch fressen!« Nach diesen Worten schluchzte der Mann auf, verdrehte die Augen und blieb liegen.

»Idiot!«, knurrte Carlos und ging langsam zum Fenster. Das dumpfe Schlagen war verstummt, die anderen hatten sich wieder beruhigt. Es war nur ein kurzes Aufflackern ihrer Aggressionen gewesen.

»Wer sagt's denn?«, murmelte Carlos, blieb vor dem vergitterten Fenster stehen und schaute nach draußen.

Eigentlich hätte es finster sein müssen, doch der Himmel über den Bergen glühte noch immer dunkelrot, als würde sich die Sonne heute nicht trauen, hinter den Bergen zu versinken.

Carlos schluckte. Das war schon seltsam. Es gelang ihm auch nicht, seinen Blick von dieser unheimlichen, ihn faszinierenden Wand abzuwenden. Er musste einfach schauen.

Bewegte sie sich nicht? Waren nicht dort Gestalten zu erkennen, die hin- und herschwankten?

Carlos atmete tief ein, beschattete seine Augen und schaute genauer hin.

Ja, das waren Gestalten!

Ein Schrei ließ ihn herumfahren und das Phänomen erst einmal vergessen.

Pedro hatte ihn ausgestoßen.

Mit zwei Riesenschritten stand Carlos auf dem Gang. Seine Augen wurden groß, als er das Gleiche sah wie sein Kollege.

Don Alvarez hatte seine Zelle verlassen. Und das, obwohl die Tür verschlossen war.

»Verdammt!«, hauchte Carlos. »Das gibt es doch nicht.«

Sein Kollege nickte.

»Hast du die Tür geöffnet?«, fragte Carlos, obwohl er wusste, dass Pedro so etwas nie machen würde.

»Nein.«

»Aber wie dann?«

»Ich weiß es doch auch nicht!«, heulte Pedro auf.

Carlos nickte entschlossen. »Gut«, sagte er mit rauer Stimme. »Wenn er es nicht anders haben will, werden wir ihm schon Manieren beibringen, darauf kannst du dich verlassen.« Er klatschte in die Hände, bevor er seinen Gummiknüppel zog. »Der Kamerad wird sich wundern, darauf nehme ich jede Wette.«

Forsch schritt er auf Alvarez zu, während Pedro stehen blieb und Angst bekam.

Das war ihm alles unheimlich. Sicher hatte dies etwas mit den Worten des Abts zu tun, die er ihnen während der Essensausgabe ins Gesicht geschleudert hatte.

Auch Carlos verlangsamte seine Schritte, je mehr er sich diesem Mann näherte.

War das überhaupt noch derselbe wie vorhin? Sein Gesicht hatte sich irgendwie verändert. Es war bleicher geworden. Zudem spannte sich die Haut härter über den Knochen, der lange Bart zitterte, und die Augen schienen dunkel wie Kraterseen zu sein.

»Komm!«, lockte der ehemalige Abt. »Warum gehst du nicht weiter?«

»Zurück, Carlos!«, gellte hinter dem Rücken des Pflegers die Stimme seines Kollegen auf. »Bleib lieber hier. Das geht nicht mit rechten Dingen zu.«

»Wie recht er doch hat«, kicherte der Mönch.

Carlos aber wollte es wissen. Stur schüttelte er den Kopf. »Nein«, erwiderte er fest. »Ich bringe dich wieder in deine Zelle, und davon halten mich auch keine Typen wie du ab.«

Im gleichen Augenblick begannen die Irren wieder mit ihrem »Konzert«. Diesmal schlugen sie nicht nur gegen die Wände, sondern schrien und geiferten auch. Ihre Stimmen überschlugen sich im schrillen Falsett. Das Kreischen der in der Hölle Gefolterten konnte nicht schlimmer sein als das in dieser Anstalt.

Pedro drehte durch. Er verlor buchstäblich die Nerven, machte auf dem Absatz kehrt und rannte weg. Er wollte Hilfe holen, allein wurden sie mit den Kranken nicht mehr fertig.

In ihrem Zimmer befand sich ein Telefon. Pedro stürzte in den Raum und wollte den Hörer von der Gabel reißen.

Pedros Augen wurden groß. Was er dort zu sehen bekam, war ungeheuerlich.

Das gesamte Rechteck wurde von einem dunkelroten glühenden Schein ausgefüllt, der wie ein Vorhang dort lag. Obwohl der Mann Angst hatte, ging er zum Fenster und schaute hinaus.

Der Schein musste das gesamte Gebäude umhüllt haben, denn wo Pedro hinschaute, war nur Rot.

Das Rot der Hölle!

Inmitten der roten Luft und noch über den Bergen schwebend, bewegten sich vier Gestalten.

Reiter!

AEBA kam …

Sie ritten wie einst die Göttergestalten durch die Luft. Sturmumbraust und vom blutigen Nebel umwallt hielten sie, ohne zu zögern, auf ihr Ziel zu.

Die Festung!

Da schrillten die Alarmglocken. Auch in den anderen Trakten musste man gemerkt haben, dass etwas nicht stimmte.

Pedros Angst steigerte sich. Der Pfleger rannte aus dem Zimmer, stand im Gang und sah seinen Kollegen, wie er den Gummiknüppel gehoben hatte, um auf den ehemaligen Abt einzuschlagen.

»Nicht!«, brüllte Pedro. »Flieh, Carlos. Die Reiter kommen. Sie sind gleich da! Schnell!«

Carlos drehte sich um. Schweiß glänzte auf seinem Gesicht. Die Kranken tobten und trommelten weiter.

»Was sagst du?«

»Wir müssen fliehen. Die Reiter …«

Ein gellendes Gelächter riss Pedro die nächsten Worte buchstäblich von den Lippen. Don Alvarez hatte es ausgestoßen. »Meine Freunde!«, brüllte er. »Sie lassen mich nicht im Stich. So, wie ich es gesagt habe!« Wieder lachte er.

»Ach, halt dein Maul!«, brüllte Carlos und schlug zu.

Alvarez wich aus. Er tat dies mit einer geschmeidigen Bewegung, und der Hieb verfehlte ihn. Dafür scheuerte der Gummiknüppel an der Wand entlang. Fast hätte Carlos noch das Gleichgewicht verloren.

»Komm doch!« Die Stimme des zweiten Pflegers überschlug sich.

Und dann kamen die Reiter!

Sie ritten an und warfen sämtliche Naturgesetze über den Haufen. Für sie existierten weder Mauern noch Sperren, sie ritten sie kurzerhand um.

Der Pfleger Carlos war unfähig, sich zu bewegen. Er stand da, starrte und staunte, wobei er das Geschehen wie in einem Zeitlupenfilm sah, der vor seinen Augen ablief.

Ein Teil der Wand brach ein, als hätte ihn eine Bombe zerrissen. Die Horror-Reiter waren nicht in ihrer Formation geblieben, sie ritten hintereinander.

AEBA war nicht mehr zu stoppen. Die Rösser brachen durch die Mauern, gewaltige, pechschwarze Pferde, auf ihnen hockten die Reiter, mit Lanzen bewaffnete, grinsende Skelette, schwarz wie die Nacht. Dunkle Umhänge flatterten im Reitwind. Die Pferde sprengten über die Trümmer, Flammen und Rauch quollen aus den Nüstern, eine wahre Hölle fauchte dem schreckensstarren Carlos entgegen.

Don Alvarez, der ehemalige Mönch, war in seinem Element. Er riss die Arme hoch und schrie, wobei sich seine Stimme überschlug und kaum noch zu verstehen war.

»Meine Retter! Ich habe es gewusst, dass ihr kommt! Nein, ihr lasst eure Diener nicht im Stich!«

Er tanzte wie verrückt und stieß immer wieder seine Arme in die Luft. Auch die Zellen waren nicht mehr heil. Längst hatten sich Risse im Mauerwerk gebildet, Decken sprangen, das uralte Gestein hielt diesem Druck nicht mehr stand.

Die Horror-Reiter waren stärker.

Nur Sekunden konnte Carlos den Eindruck in sich aufsaugen. Doch diese Zeit kam ihm wie eine halbe Ewigkeit vor.

Dann war es vorbei.

Der erste Reiter riss dicht vor ihm sein Pferd hoch. Die Hufe tanzten plötzlich vor dem Gesicht des Pflegers und schlugen zu.

Es waren harte Schläge, die seinen Kopf nach hinten schleuderten, wo er zu Boden krachte. Noch einmal spürte er den Schmerz, der ihn in den tiefen, unergründlichen Schacht des Todes zerrte.

Carlos lebte nicht mehr.

Sein Kollege aber war geflohen. Pedro wollte weg vom Ort des Grauens. Er hetzte durch den Trakt und hörte weiterhin das Schrillen der Alarmglocken. Sie begleiteten seine Flucht wie Musik aus der Hölle. Er stolperte, raffte sich wieder hoch, und die Angst trieb ihn weiter. Sein Ziel war der Ausgang.

Er schaffte es nicht mehr.

Kurz bevor er mit der Hand nach der großen Tür fassen konnte, befand sich der erste Reiter in seinem Rücken. Er trug eine Lanze. Wie auch die drei anderen.

Und die hob er an.

Dann erfolgte der Wurf.

Ungeheuer hart, zielgenau.

Die Lanze traf den Rücken des Flüchtenden. Der Schlag drosch Pedro nach vorn, wo er gegen die Tür fiel und daran herabrutschte. Blutige Nebel umwallten sein Sichtfeld. Er merkte längst nicht mehr, dass eine knochige Hand nach dem Lanzenschaft griff und die Waffe aus seinem Körper zog. Pedro war tot.

Der Horror-Reiter zog seinen Gaul herum. Er lachte auf. Eingehüllt in nach Schwefel stinkenden Rauch ritt er wieder an und schwenkte seine Lanze. Das Zeichen.

Die Aufgabe dieser schrecklichen Wesen aus einer anderen Welt war erfüllt.

Die vier Reiter hatten den Erzdämonen den Gefallen getan und einen ihrer Diener befreit.

Don Alvarez konnte wieder in den großen Kampf eingreifen.

Der vierte Reiter hatte sich seiner angenommen und ihn auf das Feuer speiende Ross gezogen.

Wild hämmerte die Gestalt ihre glühenden Sporen in die Flanken des Tieres.

Dann ritten die vier davon.

Alvarez aber nahmen sie mit.

Der ehemalige Mönch war außer sich. Als die vier Reiter nach draußen und hoch in die Lüfte ritten, da schrie er nur einen Namen.

»Sinclair! Sinclair, ich komme! Und dann wird abgerechnet!«

In der breiten Glastür des Eingangs spiegelte sich das helle Sonnenlicht, als ich die rechte Hälfte aufdrückte und mich darüber wunderte, wie leicht das ging.

Die Stufen lagen hinter mir, ich betrat eine große Halle, wo zahlreiche Bankangestellte hinter Schaltern, Schreibtischen und Kassen arbeiteten.

Die Menschen waren durch Panzerglas geschützt, und für die Kunden gab es Sprechschlitze.

Der normale Bankablauf interessierte mich an diesem Tag herzlich wenig, ich wollte den Direktor sprechen, einen gewissen Gordon Essex.

Einen Augenblick blieb ich stehen, um mich zu orientieren. Ich konnte wählen. Rechts befand sich eine geschwungene Treppe. Sie führte in die Etage des Managements, wo ich sicherlich auch meinen Gesprächspartner finden würde. Unterhalb der Treppe befanden sich die Fahrstühle, Darauf verzichtete ich, denn Treppensteigen hat bekanntlich noch keinem geschadet.

Während ich die Stufen hinauf schritt, dachte ich noch einmal darüber nach, welcher Grund mich überhaupt hier in die protzige Bank geführt hatte.

Eigentlich ging es um Atlantis!

Ja, Freunde, Sie haben richtig gelesen. Atlantis. Dieser versunkene Kontinent und dessen Ende ich miterlebt hatte, war der große Dreh- und Angelpunkt. Aber es gab noch einen zweiten Grund, dem Direktor einen Besuch abzustatten. Der hieß Kara. Das schwarzhaarige Mädchen war die Schöne aus dem Totenreich und Myxin Gefährtin. Sie hatte in Atlantis gelebt. Ihr Vater war ein Prophet, ein Weiser, ein Magier gewesen, der zusammen mit seinen Freunden alles versucht hatte, um den Untergang zu stoppen. Er hatte es nicht geschafft. Er war gestorben, und ich hatte ihn vor seinem Tod noch kennengelernt. Ich war sehr angetan von der Größe und der Weisheit dieses Mannes gewesen, und auch seine Tochter hatte viel von ihrem Vater geerbt. Nicht nur die geistigen Fähigkeiten, sondern das schmale Schwert mit der goldenen Klinge und den Trank des Vergessens. Wenn sie ihn zu sich nahm, dann war ihr Geist in der Lage, sich völlig von ihrem Körper abzusondern, sodass er Ausflüge in ferne, unbekannte Reiche unternehmen konnte. Kara wusste um diesen Trank, wusste um seine Wirkung, doch sie hatte den Trank verloren und wollte ihn unbedingt wieder zurückbekommen. Niemand wusste, wo er sich befand. Kara ging zahlreichen Spuren nach, sie suchte auf der Erde ehemalige Atlanter, und sie hatte auch Teilerfolge erzielt. Einmal hatten sie, Myxin und ich einen Druiden namens Khylon aufgespürt, der angeblich mehr über den Trank und dessen Verbleib wissen sollte. Er wusste auch etwas, doch er verriet sein Wissen nicht, weil andere Höllenkräfte ihn beeinflussten. Nun, diese Episode war vergessen, wir hatten verloren und befanden uns noch immer auf der Suche nach dem Trank des Vergessens.

Dann erlebte ich das Abenteuer in Atlantis. Und Myxin führte mich in ein altes Haus, wo drei Männer versammelt waren, die ebenfalls aus Atlantis stammten und zu den Weisen gehören sollten. Wir trafen die Männer, zwei von ihnen waren zu Skeletten geworden. Der dritte hatte sich aus dem Staub gemacht, doch er lockte uns in eine Falle, sodass Myxin und ich in die Vergangenheit geschleudert wurden. Wir gelangten auf den Kontinent Atlantis, der sichtlich vor seinem Untergang stand. Ich begegnete dem Schwarzen Tod und erlebte noch einmal eine Zeit, wo Myxin, der kleine Magier, mein Feind war.

Nun, dieses Abenteuer überstand ich glücklich. Nicht zuletzt, weil der Seher, ein mir unbekanntes, fremdartiges Wesen, mir half. Aber das Problem war geblieben.

Wir mussten den Trank des Vergessens finden, denn wenn Kara ihn zu sich nahm und ihr Geist dann die Dämonenreiche durchschwebte, würde sie uns endlich wertvolle Erkenntnisse mit auf die Erde bringen, die für uns eine bessere Ausgangsposition im Kampf gegen unsere Feinde schufen.

Kara und Myxin hatten in den letzten Wochen ununterbrochen geforscht und gesucht. Sie wollten den dritten Mann finden, den Verräter, der angeblich mehr über den Trank wusste. Nicht umsonst hatte er die beiden anderen Weisen getötet.

Schließlich war es Kara und Myxin gelungen, ihn aufzuspüren. Der Mann hatte sich phantastisch etabliert und nahtlos in das Leben auf dieser Welt eingefügt. Er hatte es sogar zu etwas gebracht und war Direktor einer großen Bank geworden, die der Bank von England angehörte.

Gordon Essex hieß der Mann!

Weder Kara noch Myxin trauten sich, ihm einen offiziellen Besuch abzustatten. Beide wirkten für menschliche Verhältnisse zu fremd. Kara, die etwas sensible Frau, und Myxin, der kleine Magier mit der grünlich schillernden Haut, der sich im Alltagsrhythmus noch immer nicht zurechtfand, weil er eben kein Mensch war, sondern ein Schwarzblütler mit anderem Aussehen.

Diese Probleme hatte Gordon Essex nicht. Er stand auf der Erfolgsleiter ziemlich oben, und wenn sich der Verdacht gegen ihn verhärtete, würde es mir ein Vergnügen bereiten, ihn von seinem hohen Thron zu stürzen.

Ich erreichte die erste Etage, wo die Wände mit kostbaren Marmorplatten bedeckt waren. Sie schimmerten beigebraun und waren spiegelblank poliert.

Unter mehreren Türen konnte ich auswählen. Gedämpft nur drang das Klappern elektrischer Schreibmaschinen an meine Ohren.

Ich schaute mich kurz um. Dabei ging ich einige Schritte zur Seite und las die Messingbuchstaben auf dem dunklen Holz.

Sekretariat – Mr Gordon Essex.

Das war richtig.

Ich klopfte, hörte ein »Come in« und öffnete.

Zwei Frauen hockten an Schreibtischen, die durch eine Blumenbank voneinander getrennt waren. Das Büro war hell und freundlich. Die Sonnenstrahlen fielen durch die großen Scheiben des Fensters und malten breite Streifen auf den olivgrünen Teppichboden.

Die ältere Frau erhob sich und schob dabei ihre Brille von der Nase. Das Sehgestell baumelte an einer Kette.

Fragend schaute mich die Dame an.

Ich produzierte ein Sonntagslächeln, stellte mich vor und bat, den Direktor sprechen zu dürfen.

»Oh, ich weiß nicht, ob Mister Essex Sie jetzt empfangen kann«, erwiderte sie bedauernd.

»Wir können vom Yard auch eine offizielle Einladung schicken«, sagte ich weiterhin lächelnd, doch mit einem schärferen Unterton in der Stimme.

»Natürlich.« Die Frau wurde rot, sie knabberte dann an ihrer Unterlippe und griff zum Hörer des Haustelefons, obwohl eine direkte Sprechanlage neben ihr stand, aber dabei hätte ich wohl zu viel mithören können.

Sie bekam ihren Boss, entschuldigte sich wortreich für die Störung und berichtete dann, wer wartete.

Sie hörte einen Moment zu, machte zwei Verbeugungen, sagte dreimal »Sehr wohl, Sir«, und ich sah, wie ihre Kollegin sich das Lachen kaum verbeißen konnte.

Dann legte sie auf und schaute mich aus glänzenden Plüschaugen an. »In zwei Minuten wird Mister Essex Sie empfangen.«

»Na fein«, sagte ich. Und dann: »Sie sind aber schwer verliebt in Ihren Boss, wie?«

Die Vornehme zuckte zusammen und bekam einen roten Kopf. »Wie – wie kommen Sie darauf?«

»Das merkt man. So wie Sie mit ihm reden.«

Die andere Dame kicherte.

»Beherrschen Sie sich!«, fuhr die Ältere ihre Kollegin an.

Das Lachen verstummte.

Ich aber wartete und amüsierte mich innerlich. Platz bot man mir keinen an, so ging ich zum Fenster und schaute hinaus. Hinter der Bank befand sich der Parkplatz, wo auch mein Bentley stand. Glitt mein Blick über die Bäume hinweg, so sah ich die Türme von Westminster Abbey und des Parlaments. Dahinter glitzerte graugrün das Wasser der Themse, auf der starker Schiffsverkehr herrschte.

Eine Minute war vergangen.

Ich drehte mich wieder um und sah die Doppeltür an, die in das Allerheiligste des Bankdirektors führte.

Irgendwie war ich sauer, denn ich wartete nicht gern. Aber man muss im Leben immer Konzessionen machen, und mit meinem Sonderausweis wollte ich nicht winken.

Hätte ich das mal getan. Hinterher ist man ja immer schlauer.

Die zweite Sekretärin stand auf und ging zur Kaffeemaschine. Früher trank man in England immer Tee, aber die Zeiten hatten sich auch geändert. In den Büros wurde die schwarze Brühe hinuntergespült. Mir ging es dabei nicht anders, nur hatte ich das Glück, eine Sekretärin zu besitzen, die den besten Kaffee der Welt kochte.

Ehrlich, Freunde.

»Die Zeit ist um«, sagte ich.

»Natürlich, Oberinspektor.« Die verliebte Sekretärin erhob sich und schritt auf die Doppeltür zu. Sie klopfte vorher und öffnete dann, wobei sie mir netterweise den Vortritt ließ.

»Danke«, sagte ich und übertrat die Schwelle.

Schon nach dem ersten Schritt blieb ich stehen. Kühle Luft traf mein Gesicht, und die wehte nicht von hinten, sondern kam von vorn.

Das hatte seinen Grund.

Eines der beiden Fenster stand sperrangelweit offen. Und von Gordon Essex fehlte jede Spur …

»Mister Essex!«, rief die Sekretärin hinter mir und war völlig aus dem Häuschen.

»Machen Sie die Tür zu!«, wies ich sie an. »Aber von draußen.«

Sie gehorchte.

Ich aber hätte mir selbst in den Hintern treten können. Diese verdammten zwei Minuten hatten Essex gereicht, um zu verschwinden. Die Nennung meines Namens musste ihn regelrecht elektrisiert haben, sodass er von einem Augenblick zum anderen die Flucht ergriffen und alles liegen und stehen gelassen hatte.

Auf dem Schreibtisch lag noch seine Arbeit. Die Post von morgen, zwei aufgeschlagene Mappen. Das alles interessierte mich nicht. Ich wollte den Mann und lief zum Fenster.

Ein Blick nach links.

Nichts, dann der Blick nach rechts.

Auch nichts.

Ich sah nur den schmalen Sims, der sich unter dem Fenster herzog. Dazu muss man wissen, dass dieses Haus schon sein Alter hatte. Mindestens fünfzig Jahre. Damals baute man noch repräsentativ, das heißt mit viel Stuck, kleinen Vorbauten, Erkern, Simsen und so weiter.

Ich beugte mich noch einmal weit aus dem Fenster, und dann sah ich ihn.

Eigentlich war es nur ein Hosenbein, das, vom Wind erfasst, vorflatterte. Der Mann selbst stand hinter einer kleinen Säule, die die Hauswand verschönern sollte und ihm jetzt als Deckung diente.

Der Knabe hatte sich verrechnet.

Ich würde ihn bekommen und zögerte keine Sekunde, sondern stieg ebenfalls aus dem Fenster.

Da der Sims das Gewicht des Bankdirektors gehalten hatte, würde er unter meinem auch nicht zusammenbrechen, da war ich sicher. Unter anderem lief ich nicht zum ersten Mal auf solch einem schmalen Fenstersims.

Ich drehte mich etwas und bewegte mich dann nach rechts, wobei ich der Wand mein Gesicht zuwandte und mich mit beiden Händen abstützte. Normal laufen konnte man natürlich nicht, ich musste mich Zoll für Zoll vorschieben.

Es war gar nicht so einfach, auf der schmalen Unterlage das Gleichgewicht zu halten. Zudem behielt ich den anderen im Auge. Bisher hatte ich von ihm nicht mehr als das flatternde Hosenbein gesehen, das gab mir Hoffnung, dass mich der Knabe noch nicht entdeckt hatte. Er sollte sich ruhig sicher fühlen, umso größer würde dann die Überraschung werden.

Zum Glück war es still. Ich konnte also hören, wenn Gestein unter meinen Füßen abbröckelte.

Bis jetzt hielt der Sims.

Das nächste Fenster.

Es war verhängt. Durch die Gardine erkannte ich die Umrisse eines Mannes, der hinter seinem Schreibtisch hockte und telefonierte. Dann hatte ich das Fenster passiert.

Weiter.

Die Hälfte der Strecke lag bereits hinter mir, und mein Optimismus stieg.

Dann bekam er einen gehörigen Dämpfer, denn Essex hatte anscheinend lange genug gewartet. Er wollte sehen, was sich tat.

Der Bankdirektor schaute um die Säule.

Er sah mich.

Obwohl wir uns bestimmt nicht länger als eine Sekunde anschauten, erkannte ich sein Gesicht, und die Züge prägten sich genau ein.

Graues Haar, vom Wind zerzaust, ein dunkelblauer Anzug, Krawatte. Typisch Banker.

»Kommen Sie zurück!«, zischte ich ihm entgegen.

Er dachte gar nicht daran, sondern bewegte sich weiter. Natürlich in die entgegengesetzte Richtung.

Ich warf einen Blick nach unten. Sehr tief war es nicht, aber bei einem Sprung hätte ich mir sicherlich beide Beine gebrochen. Und Essex würde es nicht anders ergehen.

Auf dem Parkplatz stiegen soeben mehrere Personen in einen schwarzen Bentley, der neben dem meinen parkte. Zum Glück schaute keiner an der Rückfront der Bank hoch.

Die Säule verdeckte den Blick auf Essex. Als ich sie erreicht hatte, hörte ich das Klirren.

Der Bankdirektor musste eine Scheibe eingeschlagen haben.

Er wollte seine Flucht auf eine andere Art und Weise fortsetzen. Ich stieg vorsichtig um die Säule herum und sah zwei Yard entfernt tatsächlich ein zerstörtes Fenster. Es war kleiner als die übrigen. Wahrscheinlich gehörte es zu einer Toilette oder einem Waschraum.

Essex war verschwunden.

Dafür vernahm ich die spitzen Schreie, danach einen röchelnden Laut, dann war Stille.

Mir lief eine Gänsehaut über den Rücken.

Den Schrei hatte eine Frau ausgestoßen. Demnach war Essex auf der falschen Toilette gelandet, aber das folgende Röcheln hatte mir überhaupt nicht gefallen.

Ich hoffte, dass der Atlanter der Person nichts getan hatte.

Als ich vor dem Fenster stand, schaute ich in einen gefliesten Raum. Auf dem Boden lag ein junges Mädchen. Es trug ein knallrotes Kleid. Mit der dunklen Haarfülle erinnerte mich die Kleine an Glenda Perkins. Eine Tür schlug zu, als ich in die Toilette einstieg.

Auf der anderen Seite des Raumes sprang ich zu Boden. Ein Schritt brachte mich neben das Girl. Ich bückte mich, fasste es behutsam an der Schulter und drehte es herum.

Der Horror traf mich unerwartet.

Plötzlich drückte ich das Fleisch an der Schulter zusammen, und im nächsten Moment fühlte ich den Staub unter meinen Fingern.

O Gott …

Das Mädchen fiel auf den Rücken.

Ich schaute in das Gesicht.

Eine Skelettfratze starrte mich an. Die gesamte Haut hatte sich aufgelöst.

Hätte es noch eines Beweises bedurft, dass dieser Gordon Essex ein Dämon war, so hatte ich ihn nun bekommen. Er sah sich in die Enge getrieben und ging eiskalt seinen Weg. Auf menschliches Leben nahm er keinerlei Rücksicht, das sah ich mit grausamer Deutlichkeit. Er hatte ein unschuldiges Mädchen umgebracht, und in mir zerbrach etwas, als ich vor mir den Staub sah, der einmal ein Mensch gewesen war. Ich musste Essex kriegen, bevor er vollständig durchdrehte.

Denn ich gab mir selbst einen Teil der Schuld am Tod des Mädchens. Hätte ich diese verdammten zwei Minuten nicht im Vorzimmer gewartet, wäre das alles nicht passiert.

Nun musste ich damit rechnen, dass Gordon Essex weitere Morde beging.

Ich verließ den Waschraum. Die Tür führte wieder auf den Flur. Diesmal befand ich mich nur ein Stück weiter hinten.

Das Zimmer des Atlanters lag rechts.

Wo hielt er sich verborgen?

Es gibt Gangster, die besitzen eine ungeheure Nervenstärke. Wenn die sich verfolgt fühlen, dann verstecken sie sich dort, wo man sie nicht vermutet. Gehörte Gordon Essex dazu, würde er sich in sein Büro verziehen.

Ich schaute nach.

Seine Tür war zum Glück nicht verschlossen. Essex befand sich nicht dort. Das offene Fenster schien mich höhnisch anzugrinsen. Ich knallte die Tür wieder zu, drehte mich um, sah die Treppe und glaubte, dass Essex diesen Weg gewählt hatte.

Hastig lief ich die Stufen hinunter. Auf der drittletzten blieb ich stehen und sah in die große Schalterhalle.

Dort herrschte normaler Betrieb. Es zeugte nichts davon, dass Gordon Essex sich hier aufhielt. Der Betrieb lief normal, die Menschen zahlten ein oder hoben Geld ab.

Keinerlei Panik.

Ich brachte auch die restlichen Stufen hinter mich und hielt einen Angestellten an, der mit einem Aktenstoß unter dem Arm an mir vorbeizischen wollte.

»Moment mal, junger Mann.«

»Bitte?« Fragend schaute er über den Rand seiner Brillengläser.

»Haben Sie zufällig Mister Essex gesehen?«

»Den Direktor?« Er erstarrte fast vor Ehrfurcht.

»Genau den.«

»Nein, sorry, ich habe auch zu tun.«

»Danke.«

Verdammt, wo steckte der Hundesohn nur? Das Gebäude war groß, und Essex hatte einen Vorteil. Im Gegensatz zu mir kannte er den Bau. Ich musste mich herumfragen.

Unschlüssig blieb ich in der Halle stehen.

Ein paar Angestellte beobachteten mich schon misstrauisch. Vielleicht hielten sie mich für einen Bankräuber, der das Terrain sondierte, um danach seinen Coup zu starten.

Ein Mann in grauer Uniform steuerte mich an. Er war ziemlich breit gebaut, ich sah die Ausbuchtung unter seiner linken Schulter und wusste Bescheid.

»Sir?«, sprach mich der Mann an. »Kann ich Ihnen irgendwie behilflich sein?«

»Ja, Sie könnten mir sagen, wo ich Mister Essex finde. Haben Sie ihn zufällig gesehen?«

»Der Herr Direktor hat sein Büro oben.«

»Da ist er nicht.«

»Dann tut es mir leid. Ich bin über den geschäftlichen Tagesablauf des Herrn Direktors leider nicht informiert. Am besten ist es, wenn Sie sich bei seiner Sekretärin …«

»Geschenkt«, sagte ich.

Sein Blick wurde wieder misstrauisch.

Er wusste nicht so recht, was er machen sollte. Ich holte meinen Ausweis hervor, denn mir war eine Idee gekommen.

»Scotland Yard?«, hauchte er.

»Ja. Und ich möchte Sie bitten, mir behilflich zu sein. Darf ich Ihren Namen erfahren?«

»Ich heiße William Tadlock und bin hier als Wärter angestellt. Sie wissen ja selbst, die zahlreichen Überfälle in der letzten Zeit haben die Banken vorsichtiger gemacht.«

»Klar. Dann helfen Sie mir, Mister Essex zu finden. Sie kennen sich doch aus?«

»Natürlich, Sir. Darf man fragen, was Sie von Mister Essex wollen?«

Ich lächelte ihn an und sagte: »Nein!«

Er schluckte und nickte.

»Noch etwas«, warnte ich ihn. »Sollten wir Mister Essex finden, so wird es Ihre vornehmste Aufgabe sein, zu verschwinden. Und das ist kein Spaß, Mister Tadlock.«

»Ich halte mich an Ihre Anweisungen«, versprach er.

Hoffentlich, dachte ich.

»Wo möchten Sie zuerst hin, Sir?«

»In den Keller.«

Wir gingen. Die Räume unter der Schalterhalle konnte man als regelrechte Gewölbe bezeichnen. Hier befanden sich auch die großen Tresore mit den gewaltigen Panzertüren, hinter denen Gold, Scheine, wertvolle Papiere und Münzen lagerten.

Es war kühl. Ich schaute mich um. Niemand außer uns befand sich hier unten.

Ob sich Essex in einem der gewaltigen Tresore eingeschlossen hatte?

Ich fragte den Wärter nach der Funktion.

»Nein, Sir. Einer allein kann den Tresor nicht öffnen. Es gehören immer drei Schlüssel dazu, die sich im Besitz von drei verschiedenen Männern befinden.«

»Dann kann ich davon ausgehen, dass sich Mister Essex hier unten nicht befindet?«

»Genau.«

»Gibt es sonst noch Räume, die sich als Versteck eignen?«

»Ja. Glauben Sie denn, dass Mister Essex es nötig hat, sich zu verbergen?«, hauchte er.

»Das glaube ich allerdings.«

»Dann weiß ich es auch nicht.«

»Was ist unter dem Dach?«

»Dort oben befindet sich unser Archiv. Klar, da kann jeder hin. Natürlich auch Mister Essex.«

»Okay, sehen wir nach.«

Der Wächter und ich wandten uns um. William Tadlock ging vor. Viel Hoffnung hatte ich nicht mehr. Essex war sicherlich geflohen.

Plötzlich blieb Tadlock stehen. Fast wäre ich noch gegen ihn gelaufen.

»Was ist?«

»Sir, mir ist da soeben eine Idee gekommen«, sagte er. »Ich weiß ja nicht, aus welchen Gründen Sie Mister Essex suchen, aber es gibt hier unten noch einen Weg nach draußen. Es ist der, den die Männer nehmen, wenn sie die Geldtransporter beladen.«

Ich schaute den Mann an und nickte. »Das ist doch ein Wort, Meister. Gehen wir.«

Tadlock besaß den Schlüssel zu einer Panzertür, hinter der ein betonierter Gang lag. Er musste stark ziehen, um die schwere Tür aufzubekommen. Ich half ihm dabei.

»Immer das Gleiche«, stöhnte der Aufpasser. »Man malocht sich hier noch kaputt.«

Er hob seine Hand. Die Finger strichen an der Wand entlang, wo sich auch der Lichtschalter befand. Den kippte Tadlock herum. An der Decke wurden runde Leuchtstoffringe hell.

Der Gang bestand aus glatten Betonwänden. Und der Fußboden war ebenfalls aus Beton. Glatt, ohne Fuge. Nach etwa dreißig Yards endete dieser Weg ebenfalls vor einer Tür.

»Und dahinten geht es auf den Parkplatz, wo auch die übrigen Wagen der Kunden stehen?«, fragte ich.

»Auf eine abgeteilte Seite des Parkplatzes«, erklärte mir Tadlock. »Sie wird durch eine Mauer begrenzt.«

Der Gang war völlig leer. Da biss keine Maus den Faden von ab. Auch auf dem Boden sah ich keinerlei Fußspuren. Nichts deutete darauf hin, dass dieser Weg vor Kurzem von jemandem zur Flucht benutzt worden war.

Klinisch sauber …

Und doch hatte ich ein ungutes Gefühl. Auf meine innere Stimme konnte ich mich verlassen, ich traute dem Braten nicht so recht. Man schien die Gefahr förmlich mit der Hand anfassen zu können. Irgendwo versteckte sie sich.

Dieser Gordon Essex war, wenn er wirklich aus Atlantis stammte, ein sehr gefährlicher Mann. Er kannte die alten Magien, wogegen ich bis heute kein wirksames Mittel wusste. Vielleicht hätte es die Dämonenpeitsche geschafft, aber die trug ich nicht bei mir. Ebenso wenig wie Desteros Schwert.

William Tadlock war mein Zögern natürlich aufgefallen, und er fragte: »Haben Sie was?«

»Ich, ich traue dem Braten nicht.«

»Wieso?«

»Das Gefühl einer drohenden Gefahr hat sich bei mir verstärkt. Wenn ich vorgehe, bleiben Sie lieber zurück.«

Tadlock lachte. »Aber wieso denn? Der Gang ist leer. Ich kann niemanden sehen.« Er räusperte sich. »Zudem trage ich eine Waffe bei mir.«

»Die Ihnen auch nicht viel nutzen wird, wenn es hart auf hart kommt.«

Mit seiner nächsten Frage traf er instinktiv ins Schwarze. »Oder glauben Sie, dass sich da ein Geist versteckt hat?«

»So ungefähr.«

Ich musste daran denken, wie Essex es geschafft hatte, das Mädchen zu ermorden.

Das war blitzschnell gegangen, praktisch eine Berührung mit der Hand, und das Mädchen zerfiel zu Staub.

Unglaublich …

»Soll ich vielleicht hier bleiben?«, fragte Tadlock.

Ich war schon zwei Schritte vorgegangen. »Nein, am besten ist es, wenn Sie wieder zurückgehen.«

Er verzog die Mundwinkel. »Das passt mir gar nicht.«

»Tun Sie's trotzdem …«

Das Gefühl der Gefahr hatte sich bei mir verstärkt. Aber wo, zum Teufel, lauerte sie?

In den Wänden, im Boden?

Ich ging weiter.

Hinter mir hörte ich die Schritte des Aufpassers. Tadlock schritt auf die Tür zu.

Nun, ich dachte mir nichts dabei und wurde erst aufmerksam, als ich diesen schwappenden Laut hörte, mit dem die Tür zurück in die Fassung fiel.

Hatte Tadlock den Gang verlassen?

Plötzlich stellten sich meine Nackenhärchen aufrecht. Greifbar nahe war die Gefahr, und blitzschnell drehte ich mich herum.

William Tadlock hatte den Gang nicht verlassen, sondern nur die Tür geschlossen. Er stand vor ihr und schaute mich an.

Der Körper gehörte William Tadlock, doch das Gesicht dem Atlanter Gordon Essex!

Die Falle war zugeschnappt!

Einige Sekunden lang war ich wirklich sprachlos, weil ich den Schock erst einmal verdauen musste. Tadlock sah Furcht erregend aus. Sein Gesicht hatte völlig andere Züge angenommen, eben die eines Gordon Essex. Und er hatte auch nicht mehr die normale Hautfarbe, sondern war kalkig weiß geworden.

Ja, eine unheimliche kalkige Blässe überzog die Haut und ließ sie aussehen wie die eines schlecht geschminkten Clowns. Blutunterlaufen präsentierten sich die Augen, die Lippen stachen blass von der weißen Haut ab, das Gesicht war hagerer geworden, und in den Pupillen las ich ein höhnisches Funkeln.

»Gordon Essex!«, sagte ich.

»Genau, Oberinspektor. Es hat lange gedauert, bis Sie mich gefunden haben.«

»Sicher, manchmal arbeiten die Mühlen von Scotland Yard ziemlich langsam, aber die mahlen genau.«

»Das habe ich gemerkt.« Essex blieb gelassen. »Ich muss Ihnen ein Kompliment machen, Sinclair. Ich hätte nicht gedacht, dass Sie aus Atlantis entkommen wären. Wie haben Sie es geschafft?«

»Durch viel Glück.«

»Das Sie jetzt verlassen hat!«

»Da bin ich mir nicht sicher.«

Gordon Essex, der Atlanter, lächelte. »Was wollen Sie gegen mich ausrichten? Ich brauche Sie doch nur zu berühren, und schon zerfallen Sie zu Staub.«

»Dass Sie diese Fähigkeit beherrschen, habe ich an dem jungen Mädchen gesehen«, erwiderte ich. »Warum haben Sie es getötet? Es hatte nichts mit der Sache zu tun.«

»Es stand mir aber im Weg. Außerdem wollte ich Ihnen, Sinclair, meine Macht demonstrieren. Sie waren wirklich gut, aber bisher haben Sie nur mit Dämonen gekämpft, mit einfachen Geschöpfen, die zu abhängig waren, um eine eigene Magie aufstellen zu können. Sie haben sie auf irgendeine Art und Weise immer getötet, doch bei mir ist es anders. Ich kenne die Magie der Großen Alten, die der Mächtigen, die schon waren, als ich noch nicht war. Und dieser Magie wirst auch du nichts entgegenzusetzen haben, Geisterjäger.« Er lächelte. »Dein Kreuz bleibt bei mir ebenfalls ohne Wirkung …«

Da war wieder der Begriff der Großen Alten gefallen. Nicht zum ersten Mal tauchte er auf. Und ich muss ehrlich gestehen, dass ich mich immer unwohl fühle, wenn ich davon höre.

Die Großen Alten!

Wer waren sie? Was hatten sie vor? Woher kamen sie? Aus dem All, aus Tiefen der Erde, als sie entstand?

Antworten auf diese Fragen wusste ich nicht. Mir war nur so viel bekannt, dass die Großen Alten eine ungeheure Grausamkeit ausstrahlten und somit das Böse schlechthin waren. Zum Glück waren sie mir bisher noch nicht begegnet, und ehrlich gesagt, ich war auch überhaupt nicht scharf darauf.

»Worüber denkst du nach?«, fragte mich der Atlanter.

»Über deine Pläne.«

»Die errätst du nicht.«

Ich hob die Schultern. »Es sei denn, du gibst sie mir bekannt.«

»Nein, auf dieses Spiel falle ich nicht herein. Das ist zu bekannt. Sollte es dir aus irgendeinem Grunde gelingen, doch noch davonzukommen, weißt du zu viel. So viel sei gesagt: Ich habe mächtige Verbündete, die ebenfalls bereit sind, dich zu töten. Sie haben nichts vergessen, gar nichts, und sie sind schon unterwegs. Bald werden sie hier sein.«

»Von wem sprichst du?«

»Ich sage nichts mehr.«

Nein, er würde tatsächlich nicht reden, das konnte ich auf seinem bleichen Gesicht ablesen. Auch seine Haare hatten sich verändert. Sie sahen aus, als hätte jemand Mehlstaub über sie gegossen.

»Was hast du mit William Tadlock gemacht?«, wollte ich wissen.

»Ich habe seine Gestalt angenommen, das ist alles. Er lebt längst nicht mehr. Es gehört zu unseren speziellen Fähigkeiten, in die Haut eines anderen schlüpfen zu können. Das bringt sehr viele Vorteile für uns.«

Verdammt, wie recht er hatte. Wenn ich mir vorstellte, dass diese Magier aus Atlantis in der Lage waren, jede x-beliebige Gestalt anzunehmen, rann mir ein Schauer über den Rücken. Wenn es zahlreiche Atlanter unter den Menschen gab, dann war die Wahrscheinlichkeit, auf einen Magier zu treffen, ziemlich hoch.

Und das machte mir Angst.

Er schien meine Gedanken zu erraten, denn er lachte. »Ja, es sieht böse aus.«

»Dann bist du nicht allein auf der Welt?«

»Nein, es gibt noch andere Magier und Propheten, die sich damals kurz vor dem Untergang abgewandt haben. Du wirst ihnen aber nicht mehr begegnen, weil ich dich töten werde. Denke daran, Geisterjäger, eine Berührung meinerseits, und du zerfällst zu Staub!«

Ja, daran dachte ich. Aber ich wollte mich auch nicht kampflos umbringen lassen.

Ich zog meine Beretta.

Er lächelte: »Was soll das denn, Geisterjäger? Damit schreckst du mich nicht.«

Vielleicht hatte er recht.

Trotzdem wollte ich ausprobieren, ob er auf die Silberkugeln reagierte.

Ich visierte sein Gesicht an und zog den Stecher zurück.

Eine blaue Flamme schoss aus der Mündung. Überlaut hallte der Schuss in dem kahlen Gang wider, meine Trommelfelle bekamen einen Schock, und ich sah, wie das Geschoss in die Stirn des Mannes fegte und dort ein handtellergroßes Stück herausriss.

Essex stoppte. Und er lachte.

Ja, er lachte mir ins Gesicht, denn die Wunde schloss sich sofort wieder.

»Ich bin nicht zu töten!«, höhnte er. »Nicht auf diese Art und Weise, Geisterjäger.«

Da hatte er recht. Ich steckte die Beretta wieder weg. Die half mir jetzt auch nicht mehr.

Hart presste ich die Lippen aufeinander.

Mein Gegner kam vor.

Schritt für Schritt ging er auf mich zu, und um seine Lippen spielte ein teuflisch gemeines Lächeln.

Ich wich zurück und holte dabei mein Kreuz hervor. Ich war wirklich gespannt, ob es bei ihm nicht reagierte, denn das Kreuz war eigentlich meine stärkste Waffe.

Flach lag es auf meinem Handteller. Ich sah die zahlreichen Zeichen und die vier Buchstaben der Erzengel, die in einer Schrift in das Kreuz eingemeißelt waren, die auch ich lesen konnte.

»Nein, John Sinclair, so nicht.«

Ich sprang vor. Damit hatte Essex wohl nicht gerechnet, denn er blieb stehen.

Dann schleuderte ich das Kreuz gegen ihn, wobei ich mit drei Fingern die Kette festhielt.

Es traf.

Wuchtig prallte das Kruzifix in das Gesicht des Atlanters. Für den Bruchteil einer Sekunde sah ich den Schrecken in seinen rot umränderten Augen. War mein Kreuz doch nicht so ungefährlich für ihn gewesen?

Es rutschte über sein Gesicht, aber die Wirkung blieb gleich Null. Nichts hatte ich erreicht.

Warum denn das Erschrecken?

Essex war so euphorisch, dass er es mir sogar sagte: »Ja, Geisterjäger, du hast eine große Waffe in der Hand, aber du weißt nicht, damit umzugehen, denn mit einer einfachen Berührung ist es nicht getan. Du musst schon die Magie genau kennen. Die alten Formeln, die Riten, die Zaubersprüche. Erst dann hättest du mich töten können. Nicht so, John Sinclair, du Verlierer.«

Alte Sprüche, Magie, Zauberformeln! Abermals hörte ich eine Neuigkeit, und mir wurde bewusst, wie wenig ich wirklich noch wusste. Auch über und um die Wirkung des Kreuzes. Hätte ich die alten Formeln gewusst, so wäre die Wirkung stärker gewesen.

Verflucht, ich fühlte mich in diesen Momenten hilflos. Wie ein Todeskandidat, der schon auf dem Schafott liegt und über dessen Nacken die Schneide schimmert.

»Keine Chance«, sagte der Atlanter, »keine Chance, Geisterjäger.« Und er ging weiter …

Das alte Spiel begann von vorn.

Ich wich wieder zurück.

Dann sprang er vor. Damit hatte ich nicht gerechnet. Essex wuchtete sich durch die Luft, sein Körper streckte sich. Grelles Lachen drang aus seiner Kehle, und die gekrümmten Hände zielten genau auf mein Gesicht …

Zwei Personen waren nervös.

Kara und Myxin.

Die beiden waren mit zur Bank gefahren, hatten sich jedoch nicht getraut, mit hineinzugehen. Die Suche nach diesem Essex sollte so unauffällig wie möglich über die Bühne gehen.

Falls John Sinclair Hilfe brauchte, dann wollte er den beiden ein Zeichen geben.

Die beiden saßen im Fond und fühlen sich äußerst unwohl, denn sie wären gern dabei gewesen. Sie machten sich Sorgen um John Sinclair, denn sie hatten ihn ja in den gewaltigen Komplex Atlantis mit hineingezogen. Myxin und Kara, die schon in Atlantis existierten, wussten, dass der versunkene Kontinent längst nicht all seine Geheimnisse preisgegeben hatte. Vieles war nicht erforscht worden oder in Vergessenheit geraten. Erst in der heutigen Zeit drang einiges davon wieder an die Oberfläche. So hatten Myxin und Kara festgestellt, dass es außer ihnen noch zahlreiche Personen gab, die aus Atlantis stammten. Und da in diesem Kontinent die Magie sehr stark vertreten war, lag es auf der Hand, dass auch Magier den Untergang überlebt hatten und versuchten, an die alten Traditionen anzuknüpfen, denn das hatte Myxin nach seiner Erweckung aus dem zehntausendjährigen Schlaf schließlich auch gewollt. Er hatte sich nicht auf die Seite des Guten schlagen wollen. Initiator war eigentlich die Existenz des Schwarzen Tods gewesen. Dieser Dämon und Myxin hatten sich bereits in der Vergangenheit bekämpft, und so kam es, dass Myxin das Sinclair-Team unterstützte, weil es ebenfalls gegen den Schwarzen Tod und danach gegen dessen Nachfolgerin Asmodina kämpfte. Nun konnte Myxin nicht mehr zurück.

Er wollte es auch gar nicht, denn seit Sinclair ihm geholfen hatte, seinen Mut und seine Kräfte wiederzufinden, stellte er sich voll auf die Seite des Guten.

Und er hatte Kara kennengelernt.

Dieses wunderbare Mädchen mit dem schwarzen Haar, die Schöne aus dem Totenreiche, die ebenfalls von einem Geheimnis umgeben war und sich immer noch auf der Suche nach dem Trank des Vergessens befand.

Dieser Trank war ein Erbe ihres Vaters Delios gewesen. Ebenso wie das schmale Schwert mit der goldenen Klinge, das sie diesmal bei sich trug. Es steckte in einer schmalen Scheide und wurde von der dreiviertel langen Jacke verdeckt, die Kara um ihre Schulter gelegt hatte.

Hin und wieder warfen die beiden einen Blick aus den Fenstern, doch sie schauten nicht nach oben, wo jemand an der Außenfassade entlang kletterte. Der Blickwinkel war zu schlecht.

»Er lässt sich Zeit«, sagte Kara.

Myxin nickte. »Sicher, wir hätten ihn nicht allein gehen lassen sollen.«

»Glaubst du daran, dass etwas passiert ist?«

»Ich rechne damit.«

»Aber dann hätte uns John Bescheid gegeben.«

»Vielleicht und auch nur, wenn er dazu noch in der Lage war.«

Diese Antwort machte Kara sehr nachdenklich. »Ja, das kann natürlich sein. Was schlägst du vor?«

»Wir warten noch eine Viertelstunde. Wenn John dann nicht zurückkommt, greifen wir ein.«

Kara war einverstanden. Ihre Hand legte sich sofort auf den Schwertgriff, als ein Schatten am Wagen vorbeihuschte. Es war nur ein Kunde, der zum Hintereingang schritt und eine schmale Aktentasche in der rechten Hand trug. Er hatte in den Bentley hineingeschaut und warf noch einmal einen Blick zurück.

»Verdächtig?«, murmelte Kara.

»Nein, nur neugierig.«

Der Mann verschwand.

Die nächsten fünf Minuten vergingen schweigend. Myxin und Kara beobachteten den Parkplatz, achteten auf jeden, der ihn überquerte, doch einen Feind konnten sie nicht identifizieren.

Es blieb ruhig. Bis doch jemand kam.

Es war ein Halbwüchsiger, der den Parkplatz betrat und sich suchend umschaute. Er hielt ein Paket in der Hand, das in graues Papier eingewickelt war.

Der Bote entdeckte den silbermetallicfarbenen Bentley und stiefelte zielsicher los.

»Der will zu uns«, sagte Kara.

Sie hatte recht. Der halbwüchsige Junge blieb neben dem Bentley stehen, beugte sich nach vorn und klopfte gegen die Scheibe.

»Öffnen?«, fragte Myxin.

»Ja.«

Der kleine Magier drückte einen Knopf, und die Scheibe surrte nach unten.

»Ja?«, fragte der Magier.

»Das soll ich hier abgeben«, sagte der Junge. Er wollte das Paket überreichen.

Myxin nahm es nicht an.

»Wer hat es dir gegeben?«

»Ein Mann.«

»Kanntest du ihn?«

»Nein.«

»Wie sah er aus?« Der kleine Magier dachte gar nicht daran, das Paket zu übernehmen.

»So genau habe ich ihn mir nicht angesehen«, erwiderte der Halbwüchsige. »Nehmen Sie das Paket nun oder nicht?«

»Sollen wir?« Myxin warf Kara einen fragenden Blick zu.

Sie nickte.

Myxin nahm das Päckchen entgegen, und der Junge verschwand. Der Magier drehte es herum und las den Namen John Sinclair. Er war mit dickem Filzstift auf das braune Papier geschrieben worden. Die Ecken des Papiers waren mit einem durchsichtigen Klebeband verschlossen worden.

»Soll ich es öffnen?«, fragte Myxin.

»Es ist für John!«

Myxin nahm das Paket hoch und hielt es sich gegen das Ohr. Er dachte an eine Zeitbombe, doch ein Ticken war nicht zu hören. Myxin riskierte es und bewegte das Paket hin und her.

Irgendetwas schlug im Innern gegen die Seiten.

»Die Viertelstunde ist um«, erinnerte Kara den Magier. »Wir sollten nachsehen.«

Myxin war einverstanden. Er ließ das kleine Paket auf dem Rücksitz liegen und stieg aus.

Kara stand schon draußen. Sie schaute an der Fassade hoch. »Da wurde ein Fenster eingeschlagen«, sagte sie und deutete nach oben.

Auch Myxin sah es.

»Seltsam oder zumindest außergewöhnlich für eine Bank«, meinte die Schöne aus dem Totenreich.

»Du rechnest damit, dass dies etwas mit unserem Fall zu tun hat?«, erkundigte sich Myxin.

»Wahrscheinlich.«

Die beiden spürten ein ungutes Gefühl. Wohl war ihnen nicht in ihrer Haut.

Sie schritten nebeneinander auf den Hinterausgang der Bank zu. Ein seltsames Paar. Myxin klein und mit einer leicht grünlich schimmernden Haut, Kara fast einen Kopf größer als er, mit langen schwarzen Haaren, in denen der Wind spielte.

Die Tür öffnete sich automatisch, nachdem sie einen Kontakt unterbrochen hatten.

Eine große Halle nahm sie auf. Kara und Myxin merkten etwas von der Hektik, die herrschte.

Sie hörten das Klappern der Schreibmaschinen, das gedämpfte Rattern der Kleincomputer.

Eine fremde Welt. Beide fühlten sich ein wenig unsicher.

Sie durchquerten die Halle und schauten nach links als auch nach rechts.

Keine Spur von John Sinclair.

Dafür wurden sie von einigen Angestellten beobachtet. Sehr misstrauisch.

Kaltes Licht strahlte von der Decke. Kara und Myxin entdeckten eine Sitzgruppe aus schwarzem Leder und ließen sich darauf nieder. Das schien ein Startzeichen für einen der Angestellten gewesen zu sein, denn er trat auf sie zu und fragte nach ihren Wünschen.

»Wir suchen zwei Männer«, erklärte Myxin.

»Und wen bitte?«

»Einen Mister Sinclair und Ihren Direktor, Mister Essex!«

Das Gesicht des Angestellten verzog sich zu einem bedauernden Lächeln. »Mit beiden kann ich Ihnen nicht dienen. Tut mir leid.«

»Aber Mister Sinclair hat Ihrem Direktor einen Besuch abgestattet!« Myxin ließ nicht locker.

»Das mag sein. Nur sehe ich niemals, wen unser Chef empfängt.«

»Dabei handelt es sich bei Mister Sinclair um einen Oberinspektor von Scotland Yard.«

Jetzt wurde der Angestellte ein wenig blass. »Dreht es sich um ein Verbrechen?«, wollte er wissen.

»Möglich.«

»Soll ich mit dem Sekretariat des Direktors telefonieren?«

Myxin nickte. »Das wäre nett.«

»Warten Sie bitte solange.« Der Mann verschwand mit eiligen Schritten.

Myxin und Kara aber blieben mit ihren Gedanken und Gefühlen zurück. Letztere waren ziemlich gemischt. Irgendwie merkten beide, dass etwas nicht stimmte.

Sie behielten den Angestellten im Auge, der einen Telefonhörer ans Ohr gepresst hatte. Konzentriert hörte er zu, nickte ein paar Mal, und seine Gesichtsfarbe veränderte sich.

Schließlich legte er auf.

Als er Myxin und Kara erreichte, rang er ein wenig nach Fassung.

»Was hat es gegeben?«, fragte Myxin.

»Von beiden wissen wir nicht, wo sie geblieben sind. Das Bürofenster des Direktors stand offen. Soweit die Sekretärin. Sie ist dann von Oberinspektor Sinclair hinausgeschickt worden.«

»Ist das Fenster mit dem der zerbrochenen Scheibe identisch?«, erkundigte sich Myxin.

»Wie?«

Der kleine Magier berichtete.

»Das ist nicht bekannt, Sir!«

»Wir müssen zum Direktor«, sagte Myxin. »Bringen Sie uns hin.«

»Aber er ist nicht in seinem Büro.«

»Vielleicht finden wir eine Spur.«

Der Angestellte horchte auf. »Spur«, echote er. »Das hört sich wieder an, als wäre ein Verbrechen geschehen.«

Myxin beruhigte ihn halb. »Wenn ein Verbrechen geschehen sein sollte, dann dreht es sich um den persönlichen Wirkungskreis Ihres Direktors und nicht um die Belange der Bank.«

»Das ist beruhigend.«

Sie gingen. Der junge Mann hatte es eilig. Seine Absätze hämmerten auf den Fliesen und riefen ein Echo hervor. Sie liefen dorthin, wo sich die zweite Glastür und der Haupteingang befand.

Dort gab es auch einen Portier oder Empfangschef. Er hockte in seinem kleinen Raum, stand aber jetzt vor der Tür.

»Fragen Sie ihn mal«, sagte Myxin.

Der Angestellte tat es.

Und er bekam eine positive Antwort. »Ja, ich habe Mister Essex gesehen.«

»War er allein?«

»Allerdings!«

»Und einen hoch gewachsenen blondhaarigen Mann haben Sie nicht gesehen?«, erkundigte sich Myxin.

»Doch, den auch.«

»Wo?«

»Er war zusammen mit einer Sicherheitskraft und verschwand mit ihm im Tresor.«

»Das war Oberinspektor Sinclair«, sagte Myxin.

»Dann müssen wir nachsehen.« Kara hatte es plötzlich eilig. Sie fasste Myxin am Arm.

Der Angestellte ging mit, obwohl er laut lamentierte. »Aber Sie können nicht einfach …«

»Doch«, erwiderte Kara, »wir können …«

Der Angestellte blieb stehen und warf dem Portier einen Hilfe suchenden Blick zu.

»Ich gebe Mister Johnson, dem stellvertretenden Direktor, Bescheid«, sagte der Portier und eilte in seine Kabine.

Kara und Myxin warteten. Sie hatten es zwar eilig, wollten jedoch nicht mehr Aufsehen erregen, als unbedingt nötig war.

Mr Johnson hatte zum Glück Zeit. Zwei Minuten später war er da. Klein, glatzköpfig und mit einem buschigen Schnauzbart. Er schaute fragend in die Runde.

Myxin übernahm die Erklärung.

»Sind Sie auch vom Yard?«

»Nein.«

Johnson holte tief Luft.

Da ergriff Kara die Initiative. »Es kann um Leben und Tod gehen«, sagte sie. »Sträuben Sie sich nicht länger.«

Johnson war überredet. »Aber den Tresorraum selbst schließe ich nicht auf.«

»Nein, nein.«

Sie eilten die Treppe hinab.

Leer.

Enttäuscht blieben Kara, Myxin, der Bankangestellte, der Portier und Johnson stehen.

»Nichts«, sagte der stellvertretende Direktor. »Keine Spur von Ihrem Oberinspektor und Direktor Essex.«

»Und was ist das?«, fragte Myxin. Er deutete auf eine Tür, die nicht in den Tresorraum führte.

»Hinter der Tür liegt der Gang, den unsere Leute nehmen, wenn sie einen Geldtransporter beladen.«

»Können wir dorthin?«

Johnson schaute den kleinen Magier an. »Ich sehe keinen Grund, Mister. Zudem beginne ich zu überlegen. Sie stürmen hier in die Bank, machen Land und Leute verrückt, ohne sich irgendwie vorzustellen, und Sie verlangen von uns, dass …«

»Seien Sie bitte mal ruhig!«, zischte Kara.

Johnson verstummte. Inzwischen ging die Schöne aus dem Totenreich noch einen Schritt vor und legte ihr Ohr gegen die Außenhaut der Tür.

Plötzlich zuckte sie zurück, als wäre das Metall kochend heiß.

»Was ist geschehen?«, flüsterte Myxin.

»Hinter der Tür befindet sich John. Und es weist alles darauf hin, dass es ihm nicht gerade gut geht.«

»Schließen Sie auf!«, wies Myxin den stellvertretenden Direktor an.

Und Kara zog das Schwert mit der goldenen Klinge …

Zum Glück war der Gang breit genug. In einem schmaleren hätte er mich sicherlich erwischt.

So aber gelang es mir, auszuweichen. Ich prallte gegen die Wand, wirbelte sofort wieder herum und entging dem nächsten Schlag. Die Hand klatschte gegen den Beton, wo die gekrümmten Finger nach unten kratzten und die Nägel brachen.

Ich hieb dem Direktor die Handkante in den Nacken. Es war ein wuchtiger Schlag, der einen normalen Menschen außer Gefecht gesetzt hätte. Auch Essex spürte ihn, denn der Anprall meiner Hand schleuderte ihn zu Boden, wo er sich sofort herumrollte und auf die Beine kommen wollte.

Auf halber Höhe traf ihn mein Tritt.

Wieder wurde der Mann mit dem weißen Gesicht zurückgeschleudert und überschlug sich sogar.

Aber er lachte.

Er lachte grell, hämisch und voller Freude.

»So kriegst du mich nie, Geisterjäger!«, keuchte er und kam wieder auf die Beine.

Er schlug nach mir.

Und diesmal hatte ich wirklich Glück, dass er mich nicht traf. Ich kam nicht so schnell weg, zum Glück jedoch war sein Arm zu kurz. Die Finger knallten dicht vor meinen Schuhspitzen zu Boden.

Ich trat ihm auf die Hand und drehte meinen Absatz noch. Er empfand keinen Schmerz, dann musste ich schnell zurück, weil er mit der anderen Faust schlug.

Verdammt, da hatte ich Kreuz und Pistole und konnte doch nichts gegen die uralten Magier anrichten. Wenn ich nur die Bannsprüche gewusst hätte, damit das Kreuz seinen vollen Wirkungsgrad hätte entfalten können! So aber war es wirkungslos.

Geduckt stand der andere vor mir. Seine Arme pendelten jetzt. Das weißgraue Gesicht erinnerte mich mehr an das einer Mumie. Die langen Finger bewegten sich.

»Ich kriege dich, Sinclair. Verdammt, ich kriege dich …«

»Komm her.«

Er kam. Breitbeinig, schleichend.

Ich hielt das Kreuz in der rechten Hand, ließ ihn nahe genug herankommen, aber nicht zu nahe. Dann schlug ich zu.

Gleichzeitig rief ich einen Bannspruch. »Götter des Lichts! Zerstöret diesen Geist des Wahnsinns. Jagt ihn in die finsterste Hölle, wo Heulen und Zähneknirschen herrscht.«

Nein, es tat sich nichts. Zwar hieb ich das Kreuz in sein Gesicht und zerstörte eine Hautpartie, mehr geschah aber nicht. Der Bannspruch zeigte keine Wirkung.

Dafür kam Essex.

Diesmal wollte er es zu einem Ende führen. Er war schnell und brauchte mich ja nur einmal zu berühren, dann war es aus.

Ich sprang zur Seite.

Doch da geschah etwas anderes. Ich hörte das saugende Geräusch, das entstand, wenn die Tür aufgedrückt wurde.

Und sie öffnete sich.

Auch Essex sah es. Wie auch ich entdeckte er die Menschen, die vor der Tür standen, in den Raum schauten und völlig perplex waren, was man an ihren Gesichtern ablesen konnte.

Aber auch ich war überrascht, denn zwei Personen kannte ich.

Kara und Myxin!

Und Kara war es, die die Initiative ergriff.

Sie jagte in den Gang hinein und schwang ihr Schwert mit der goldenen Klinge.

Der dämonische Bankdirektor hatte mich vergessen. Er sah nur noch Kara. Wir anderen waren zu reinen Statisten degradiert.

Das Folgende ging nur die beiden etwas an. Und wir merkten, dass eine uralte Feindschaft zwischen Kara und Gordon Essex bestand. Eine Feindschaft, die es bereits im alten Atlantis gegeben hatte, und die nun erneut aufflammte.

»Jetzt habe ich dich, Essex. Oder soll ich lieber Sarana sagen?«, höhnte Kara.

»Das ist mir gleich.«

»Sarana lautete doch dein richtiger Name im alten Atlantis, wenn ich mich recht erinnere.«

»Du liegst richtig.«

»Und ich werde dir auch Grüße von meinem Vater bestellen, Sarana.«

»Der ist tot.«

»Natürlich, dann werden es eben Todesgrüße. Darauf habe ich mich gefreut.«

Ich war zurückgewichen, damit die beiden Gegner sich ins Auge schauen konnten und bei dem unvermeidlichen Kampf Platz genug hatten. Denn eins lag auf der Hand. Niemand würde aufgeben, sondern bis zum letzten Blutstropfen kämpfen. Das allein geboten die alten Gesetze der Atlanter, denn wer dort zu Feinden zählte, musste so lange kämpfen, bis einer der anderen erledigt war.

Und Kara besaß das Schwert mit der goldenen Klinge. Vielleicht würde diese Waffe das schaffen, was mein Kreuz nicht erreicht hatte.

Aber welche Waffe besaß Essex?

Keine! Bis auf seine Hände.

Kara hatte ihr Schwert gezogen. Auf der goldenen Klinge tanzten die Lichtreflexe. Das Schwert funkelte und gleißte. Es war längst nicht so schwer wie das von Destero, das sich inzwischen in meinem Besitz befand, aber es hatte eine lange Tradition und war ebenfalls magisch geweiht worden.

Atlantis-Magie!

Sie würde auch gegen die Bösen aus dem versunkenen Kontinent helfen.

Essex wich zurück. Mir kam es vor, als wäre sein Gesicht noch fahler geworden.

»Willst du einen Waffenlosen töten?«, höhnte er.

Kara schüttelte den Kopf. »Du versuchst es immer wieder, Sarana. Du bist nicht waffenlos. Du weißt selbst, welche Macht in deinen Händen steckt. Wen du berührst, der wird zu Staub. Aber ich werde mich hüten, zu nahe an dich heranzukommen.«

Sarana / Essex lachte nur. Seine Augen funkelten. Er beobachtete Kara genau, die ihn ebenfalls nicht aus den Augen ließ, das Schwert halb erhoben hatte und in kampfbereiter Haltung dastand.

Natürlich wusste auch Gordon Essex, alias Sarana, dass er sich vor einer Entscheidung nicht mehr drücken konnte. Allerdings schien ihm der Kampf nicht zu behagen, denn wieder versuchte er es mit Ausflüchten und vor allen Dingen mit Lockungen, die Kara auf seine Seite ziehen sollten.

»Hör zu«, sagte er. »Wir stammen aus Atlantis, haben die große Katastrophe überlebt. Warum sollen wir uns gegenseitig bekämpfen? Wir können uns respektieren und zusammenschließen.«

»Du stehst auf der anderen Seite!«, sagte Kara.

»Es wird die stärkere sein.«

»Davon bin ich noch nicht überzeugt!«

»Komm zu mir. Und denke an den Trank des Vergessens.«

Kara zögerte eine Sekunde. Da hatte ihr Gegner einen schwachen Punkt berührt. Er wusste, dass die Schöne aus dem Totenreich auf der Suche nach dem Trank des Vergessens war.

Das schien sich irgendwie herumgesprochen zu haben, sonst hätte Essex diesen Begriff nicht in die Diskussion geworfen.

»Was weißt du über den Trank?«, zischte Kara.

»Nicht viel.«

Kara ging einen Schritt nach vorn und streckte ihren waffenbewehrten Arm aus, sodass die Klinge fast den Hals des Atlanters berührte. »Rede, Sarana. Was weißt du alles über den Trank?«

»Nicht viel. Ich kenne ihn nicht, ich habe ihn nie gesehen.«

»Aber du weißt, wo er sich befindet.«

Das Gesicht mit der bleichen Haut und den rot geäderten Augen verzog sich zu einem höhnischen Lächeln. »Vielleicht weiß ich es.«

»Er blufft«, sagte ich. »Verdammt, Kara, er blufft. Sie versuchen es alle. Denk an Khylon, den Druiden.«

»Ja, John. Ich glaube, du hast recht. Er versucht wirklich, einen Bluff zu starten.«

»Nein, nein, das ist keiner …«

»Dann beweise es!«, schrie Kara.

»Nicht so eilig, und vor allen Dingen nicht hier. Außerdem müsste ich erst meine Freunde informieren.«

Kara lachte auf. »Deine Freunde, das sind die Ausreden, derer sich auch die Menschen bedienen. Du hast keine Freunde mehr, Sarana. Der Schwarze Tod existiert in dieser Zeit nicht mehr. John Sinclair, der Geisterjäger, hat ihn vernichtet. Es ist aus. Niemand will dir noch helfen, Sarana. Niemand …«

Essex redete sich in Wut. »Doch, ich habe Helfer!«, knirschte er. »Ich habe sogar starke, und ihr werdet nicht nur deren Macht zu spüren bekommen, sondern auch deren Wirkung. Man wird euch umbringen, töten. Und du Kara, hast noch eine Chance. Stell dich auf unsere Seite, mehr sage ich nicht dazu!«

»Erst muss ich wissen, wer dir helfen wird!«, verlangte die Schöne aus dem Totenreich.

»Ja, du sollst es wissen. Dabei brauche ich nur ein Wort zu sagen. Und hör genau zu. Ich sage: AEBA!«

Karas Gesicht nahm einen lauernden Ausdruck an. Sie überlegte fieberhaft.

Ich aber schrak zusammen.

AEBA – Essex hatte die Namen der vier Horror-Reiter erwähnt. Ungeheuer brutale Dämonendiener, die mir schon das Leben schwer gemacht hatten. Wer AEBA sagte, der meinte Chaos, Grauen, Entsetzen, Furcht. Die Reiter der Apokalypse, die von den vier Erzdämonen geschickt waren, um dem Schwarzen Tod zu helfen.

Aeba war das Grauen schlechthin.

Aber waren sie nicht vernichtet? Hatte sie nicht mein Kreuz endgültig zerstört?

Als Kara keine Antwort gab, übernahm ich das an ihrer Stelle. »AEBA existiert nicht mehr, Essex. Ich habe die vier Reiter damals vernichtet, als auch der Schwarze Tod starb.«

»Nein, du irrst dich, Geisterjäger. Man kann sie nicht vernichten. Wenigstens du nicht. Sie sind nur in eine andere Dimension geschleudert worden. Dort wurden sie von den vier Erzdämonen in Empfang genommen. Nun sind sie bereit, ihre Rache zu vollenden. Sie und der Mann, der ihnen den Weg ebnen wird. Don Alvarez!«

Abermals vernahm ich einen bekannten Namen. Don Alvarez! Ja, ich erinnerte mich gut. Vor meinem geistigen Auge sah ich die eisbedeckte Gipfelkette der Pyrenäen, und auf einem hohen Berg stand ein gewaltiges Kloster, dessen Mauern uralt waren und hinter denen Don Alvarez, der Teufelsmönch, ein grausames Regime aufgebaut hatte.

Er hatte das Tor zu einer anderen Dimension gefunden und die Horror-Reiter geholt. Suko und ich hatten gegen den teuflischen Mönch gekämpft. Ich war damals so eben mit dem Leben davongekommen. Alvarez aber wurde nicht getötet, sondern in eine Anstalt eingeliefert, so viel mir bekannt war. Es bestand durchaus die Möglichkeit, dass er mithilfe finsterer Mächte den Weg in die Freiheit gefunden hatte.

Und mit ihm AEBA!

Essex, alias Sarana, freute sich. Er merkte uns an, dass wir leicht geschockt waren.

»Hat es euch die Sprache verschlagen, John Sinclair? Ihr seht, so mächtig seid ihr gar nicht. AEBA ist größer, ist mächtiger und wartet bereits auf seine Feinde.«

»Und die Reiter wissen über den Trank des Vergessens Bescheid?«, erkundigte sich Kara.

»Vielleicht.«

»Das ist keine Antwort. Entweder wissen sie es, oder sie wissen es nicht.«

»Du musst sie fragen. Ich interessiere mich nicht für den Trank. Das ist deine Sache.«

Kara überlegte.

Myxin und ich wussten, wie sehr ihr daran gelegen war, den Trank des Vergessens zu finden. Sie würde viel dafür geben, um ihn zu finden. Wirklich alles in die Waagschale werfen, aber würde sie auch unsere Gemeinschaft damit aufs Spiel setzen?

Kara ließ das Schwert ein wenig sinken und focht einen innerlichen Kampf aus.

Mein Blick glitt an ihrer Schulter vorbei und traf Myxin. Der kleine Magier trug einen gequälten Gesichtsausdruck. Auch er war nicht sicher, wie Kara reagieren würde.

Blieb sie auf unserer Seite?

Myxin hielt es nicht mehr aus. Er hatte sich in der letzten Zeit zu sehr an die Schöne aus dem Totenreich gewöhnt. Sie waren den Weg gemeinsam gegangen, hatten gegen zahlreiche Feinde gekämpft, und plötzlich sollte alles anders sein?

»Kara«, sagte er nur.

Die Schöne aus dem Totenreich achtete nicht auf seine Worte, sondern stellte eine entscheidende Frage: »Gesetzt den Fall, ich stelle mich auf deine Seite, Sarana, wie geht es dann weiter?«

»Nun, ich brauchte einen Beweis, dass du wirklich zu mir hältst.«

»Und wie sollte der aussehen?«

Essex ließ sich mit seiner Antwort Zeit. Er drehte den Kopf, schaute mich an und danach Myxin. »Nun, der Beweis würde dir sicherlich nicht leichtfallen. Du müsstest Myxin und John Sinclair töten. Schlag ihnen die Schädel ab!«

Jetzt war es heraus.

Myxin zuckte zusammen, ich atmete scharf ein, nur Kara blieb gelassen. Sie nickte.

»Du bist einverstanden?«

»Und was wird mit den anderen Zeugen, die uns hier zusehen?«, wollte sie wissen.

An die hatte ich gar nicht mehr gedacht. Die Angestellten der Bank standen hinter Myxin und beobachteten das Geschehen. Ihren Gesichtern jedoch war anzusehen, dass sie nicht viel oder gar nichts von dem verstanden.

»Um die kümmere ich mich«, erwiderte der Atlanter und lachte böse. »Ich werde sie nur berühren, und es hat sie gegeben.«

»Ja, das ist eine Möglichkeit«, betonte Kara.

Ich sah, wie Myxin unter seiner leicht grünlich schimmernden Haut blass wurde. Auch er begriff nicht, zu groß war seine Furcht, die Angst vor dem Unbekannten.

Kannte er Kara wirklich gut genug? Würde die Schöne aus dem Totenreich auf diesen schrecklichen Vorschlag eingehen?

»Überlege nicht zu lange!«, forderte Gordon Essex sie auf. »Die Zeit drängt. Die Reiter warten schon.«

»Wo kann ich sie finden?«

»Wie ich schon erwähnt habe, befindet sich Don Alvarez wieder bei ihnen, und er hat auch einen Platz für sie ausgesucht. In einem Kloster in Schottland.«

Ich hörte entsetzt zu.

Plötzlich hatte ich einen schrecklichen Verdacht, und die nächsten Worte des Atlanters bestätigten ihn.

»Den Namen!«, forderte Kara.

»Das ist aber das Letzte, was ich dir sage.«

»Gut.«

»Im Kloster St. Patrick!«

Da hatte ich den Beweis. Der teuflische Abt wollte in das Kloster eindringen, wo Pater Ignatius arbeitete und meine geweihten Kugeln herstellte.

Dieses Kloster, hoch in den wilden Bergen Schottlands gelegen, war ein Hort des Friedens. Don Alvarez und die Horror-Reiter wollten es zu einer Hölle machen.

Ich musste sie warnen, ich musste …

»Bringe mir den Beweis!« Die scharfe Stimme des Atlanters unterbrach meine Gedanken.

»Ja, ich bringe ihn. Wen soll ich zuerst töten?«, fragte Kara mit flacher Stimme.

Jetzt fühlte sich der andere in seinem Element. »Ich überlege, wer dir am meisten bedeutet? Myxin, Sinclair?« Er schlich vor, schaute mich an, dann den Magier.

Plötzlich schnellte sein rechter Arm vor, und der ausgestreckte Finger wies auf eine Gestalt.

»Töte ihn«, sagte er.

Damit war Myxin gemeint!

Der kleine Magier sagte nichts. Er schaute Kara nur an. Sein Blick zerlegte förmlich das Gesicht der geheimnisvollen Frau, doch Kara blieb gelassen. Sie zeigte nicht, wie sie sich entschieden hatte. Nicht ein Muskel zuckte.

Ich war entsetzt, denn alles wies darauf hin, dass Kara es machen würde. Sie war zu sehr darauf versessen, den Trank zu bekommen. Hatten wir uns denn alle in ihr getäuscht? War sie gar nicht die, die sie vorgab? Spielte sie ihr eigenes Spiel und hatte uns letzten Endes nur ausgenutzt und für ihre Zwecke eingespannt? Auf jeden Fall machte sie keinerlei Anstalten, von ihrem schlimmen Vorhaben Abstand zu nehmen.

Das Schwert hielt sie bereits in der Hand. Sie brauchte nur noch zuzuschlagen.

Ich hatte mich innerlich damit abgefunden, gegen Kara zu kämpfen. Diese Tat konnte ich nicht zulassen. Kara durfte Myxin nicht umbringen.

Natürlich merkte Essex etwas. Er kreischte auf. »Der Geisterjäger will sich gegen uns stellen, aber ich kümmere mich um ihn. Er schaffe es nicht, nein, diesmal wird er der Verlierer sein. Die Hölle muss triumphieren.«

Er löste sich von seinem Standort und wollte auf mich zugehen. Doch Karas scharfer Zuruf stoppte ihn.

»Nein, bleib hier. Du sollst sehen, wie ich töte!«

Er hielt tatsächlich inne.

Und Myxin? Wie verloren stand der kleine Magier auf der Stelle. Für ihn war eine Welt zusammengebrochen. Er hatte Kara voll vertraut. Gemeinsam hatten sie gegen die Mächte der Finsternis und vor allen Dingen gegen Asmodina gekämpft.

Und jetzt hatte er sich auf die andere Seite gestellt.

Unglaublich und grauenhaft. Kara hob den rechten Arm.

Essex lächelte diabolisch und sonnte sich in seinem finsteren Triumph.

Die Angestellten der Bank standen starr auf ihren Plätzen. Sie schienen gar nicht richtig zu begreifen, welch ein Drama sich da anbahnte.

Ich umklammerte das Kreuz. Würde es mir helfen?

Da schlug Kara zu.

Meine Hand klatschte auf den Griff der Beretta …

Es ging alles so schnell, dass man es kaum beschreiben kann. Auf jeden Fall hatte ich nicht rasch genug reagiert. Ich wäre zu spät gekommen, wenn Kara das getan hätte, was Essex gewollt hatte.

Aber sie legte ihn rein.

Und nicht nur ihn, sondern auch uns.

Kara vollführte eine gedankenschnelle Drehung. Die schmale Schneide des Schwerts wischte durch die Luft, die Klinge warf blitzende Reflexe, und dann zitterte ein gellender Schrei durch den Gang.

Ich dachte an Myxin, doch der stand auf seinem Platz.

Essex hatte ihn ausgestoßen.

Denn es war sein Kopf, der mit einem glatten Schlag vom Rumpf getrennt worden war.

Sekundenlang schwebte er noch in der Luft, als wollte er nicht nach unten fallen.

Dann kippte er doch.

Dumpf schlug er zu Boden.

Entsetztes Schweigen.

Das Bild war schaurig.

Ein Torso, der wankend dastand und aus dessen Halsöffnung kein Tropfen Blut schoss.

Ein Kopf, der am Boden lag und Lippen, die sich bewegten und Worte ausstießen, genau in dem Moment, als der Torso kippte.

Es war eine makabre, grauenhafte Szene. Unvorstellbar, obwohl sie sich vor unseren Augen abspielte.

Der Kopf redete!

Jedes Wort drang abgehackt über die Lippen. »Ihr werdet euch wundern. Alle – werdet – ihr – euch – wundern. Das Grauen schlägt zu. AEBA ist unterwegs. Nichts – kann – sie – mehr – aufhalten …«

Mehr sagte der Schädel nicht. Doch die Sätze hatten ausgereicht, um uns den Schrecken bereits spüren zu lassen, der sich langsam, aber sicher ankündigte.

Ich schluckte.

Schweiß hatte sich auf meiner Stirn gebildet. Die letzten Minuten waren ein Dauerstress gewesen. Mit dem Handrücken wischte ich mir die Stirn frei. Als ich einen Blick auf den Schädel warf, da sah ich, dass er gar nicht mehr existierte.

Nur noch Staub …

Der Kopf war ebenso vergangen wie der restliche Torso. Kara hatte ihr Versprechen nicht wahr gemacht. Irgendwie schämte ich mich, dass ich je daran gezweifelt hatte, aber ich spürte auch die große Erleichterung in meinem Innern.

Die große Bewährungsprobe jedoch, die lag noch vor uns. Don Alvarez und die vier Horror-Reiter würden sich daranmachen, ein Kloster zu stürmen. Und sie hatten sich das Kloster ausgesucht, das besonders ein Hort des Guten war, denn dort arbeitete Pater Ignatius, der meine Silberkugeln drehte und weihte.

Ich wusste nun, wo mich der Weg hinführen würde.

Myxin trat auf Kara zu. Diesmal umspielte ein Lächeln seine Lippen, als er beide Hände auf ihre schmalen Schultern legte.

»Hast du gezweifelt?«, fragte Kara.

»Ja, für einen schrecklich langen Augenblick schon.«

»Das brauchtest du nicht. Du weißt doch, dass ich voll auf deiner Seite stehe. Ich wollte nur erfahren, was Sarana vorhatte.«

Myxin nickte. »Nun weiß ich es hundertprozentig«, erwiderte er leise. »In mir hatten sich bisher immer leise Zweifel geregt.«

Ich räusperte mich.

»Hier wird uns nichts mehr halten«, sagte ich. »Was geschehen ist, vergessen wir. Für die anderen Dinge sorge ich schon.«

»Aber die Zeugen«, warf Myxin ein.

Um die kümmerte sich Kara. Sie wandte sich von Myxin ab und schritt auf die Bankangestellten zu.

Niemand von ihnen hatte sich in den letzten Minuten vom Fleck gerührt. Sie standen noch zu sehr unter dem Eindruck der grauenvollen Ereignisse.

Vor ihnen blieb Kara stehen. Sie schaute die Menschen fest und zwingend an.

»Ihr werdet vergessen«, sprach sie mit leiser Stimme. »Ihr werdet euch überhaupt nicht mehr erinnern. Das Gedächtnis an die letzten Minuten ist ausgelöscht, habt ihr mich verstanden?«

»Ja, wir erinnern uns an nichts«, erwiderten die Bankangestellten im Chor.

»Dann geht jetzt an eure Arbeitsplätze.«

Die Menschen machten kehrt und schritten die Treppe hoch.

Kara drehte sich um.

Ich nickte beeindruckt. »Das hast du ja erreicht«, sagte ich. »Ausgezeichnet.«

»Wenn sie oben sind, werden sie sich an ihre Arbeitsplätze begeben, und alles ist wieder normal.«

Ich machte den Vorschlag, den Gang zu verlassen, denn mich hielt hier nichts mehr.

Kara und Myxin waren einverstanden.

Ich drückte die schwere Tür zu und schloss ab. Dann nahm ich denn Schlüssel an mich.

»Es wird schwer sein, eine Erklärung abzugeben«, meinte der kleine Magier.

Da hatte er recht. Allerdings befand ich mich nicht zum ersten Mal in solchen Situationen. Wenn diese unerklärlichen Dinge geschehen, dann bekam ich bei meinem Chef die volle Rückendeckung. Ein Anruf bei Sir James, er würde seine Beziehungen spielen lassen und alles in die Wege leiten, das uns schützte und uns in den Nachforschungen nicht behinderte. Ich fand ein Telefon der Portierloge gegenüber.

Der Portier schaute mich an wie einen Fremden. Karas Therapie hatte gewirkt.

Meinen Chef hatte ich sofort an der Strippe. Und was er zu hören bekam, entlockte ihm nicht gerade einen Freudenschrei. Vorwürfe machte er mir nicht. Sir James wusste selbst, wie verzwickt die Fälle oft lagen. Mit normalen Maßstäben durfte man da wirklich nicht rechnen.

»Wenn ich Sie recht verstanden habe, John, dann drängt bei Ihnen die Zeit.«

»Ja, Sir, ich kann mich hier unmöglich lange aufhalten und großartige Erklärungen abgeben. Wenn Sie die Freundlichkeit hätten, sich mit den verantwortlichen Herren der Bank in Verbindung zu setzen, dann wäre mir viel geholfen.«

»Das lässt sich machen.«

Wir besprachen noch einige Einzelheiten, und zwei Minuten später verließ ich die Bank.

Kara und Myxin warteten in meinem Bentley. Sie schauten mich gespannt an, als ich hinter dem Lenkrad Platz nahm und mich dann umdrehte. »Es ist alles klar gegangen«, erklärte ich.

»Hast du grünes Licht?«, fragte Myxin.

»Ja.«

»Und wie sieht das aus?«

»Wir fahren nach Schottland.«

»Wer alles?«

»Kara, du, Suko und ich. Vier Leute gegen Don Alvarez und die Horror-Reiter.«

»Und du meinst, dass wir sie packen können?«, erkundigte sich Kara.

Ich hob die Schultern. »Grundsätzlich pessimistisch bin ich nicht eingestellt, weil ich sie schon einmal besiegt habe. Es geht also. Man braucht allerdings auch viel Glück dazu, da bin ich ehrlich.«

»Einmal hast du es schließlich geschafft«, gab Myxin zu bedenken.

»Nicht ich allein. Das Kreuz und die vier Erzengel haben mir dabei geholfen.«

»Ich frage mich nur, warum sich dieser Don Alvarez, von dem ja auch die Rede war, ausgerechnet das Kloster St. Patrick ausgesucht hatte, um Unheil zu stiften?«, sinnierte Myxin.

»Weil dort die Kräfte des Guten stark vertreten sind.« Eine andere Erklärung hatte ich nicht.

»Und wer ist Don Alvarez?«, fragte Kara.

Ich berichtete ihr von meiner ersten Begegnung mir den Horror-Reitern. In Spanien war ich mit ihnen zusammengetroffen und hatte dort auch erlebt, wie gefährlich Don Alvarez war. »Er hatte mir Rache geschworen, als er abgeführt wurde«, fügte ich leise hinzu. »Und, verdammt, diesen Schwur hat er gehalten.«

»Noch nicht«, schwächte Kara ab.

»Da ist noch etwas«, sagte Myxin, »ich hätte es fast vergessen.« Er griff neben sich und holte ein kleines Paket hervor. »Das hat jemand für dich abgegeben.«

Ich runzelte die Stirn. »Für mich?«

»Ja.« Myxin streckte den Arm aus. »Öffne es.«

»Und wenn eine Bombe darin ist?«

Myxin schüttelte den Kopf. »Ich habe nachgehorcht. Es ist keine Bombe in dem Päckchen.«

Ich hob die Schultern. Sehr wohl fühlte ich mich nicht, als ich das Päckchen öffnete. Vorsichtig löste ich die Klebestreifen und faltete das Papier auseinander.

Vor mir lag eine helle Schachtel. Behutsam fasste ich den Deckel mit zwei Fingern an und hob ihn hoch.

Nichts geschah. Kein Sprengkörper explodierte, keine Säure sprühte mir entgegen.

Dafür sah ich den Inhalt.

Es waren vier kleine Figuren.

Vier Reiter.

Vor mir lag AEBA!

Durch die Nase atmete ich aus. Verflixt, das war wirklich eine Überraschung.

Und eine Warnung!

Sie konnten es nicht lassen, wollten beweisen, dass sie noch im Rennen lagen. Sie waren unterwegs, um mir endgültig den Garaus zu machen, und sie fühlten sich sehr sicher, sonst hätten sie mir nicht das Packen zugeschickt.

Myxin und Kara schauten mir vom Fond her über die Schultern. Sie hatten sich beide vorgebeugt.

Ich nahm eine Figur heraus. Naturgetreu waren sie den echten Reitern nachmodelliert worden. Sogar die Buchstaben konnte ich auf den Körpern erkennen.

Ich trug die Figur in der Hand, die mit den Buchstaben B bezeichnet war.

B – wie Bael!

»So sehen sie aus«, sagte ich.

»Darf ich mal?«, fragte Myxin und streckte seine Hand aus. Ich gab ihm die Figur, er betrachtete sie von allen Seiten, drehte sie hin und her und nickte.

»Wirklich außergewöhnlich.«

Der Meinung war ich auch. »Und täuschend echt nachgebildet. Wirklich, ein kleines Kunstwerk.« Die Figuren waren nicht kalt, sondern fühlten sich ziemlich warm an. Als würden sie leben …

»Was ist das nur für ein Material?«, murmelte Myxin. Auch er drehte den Reiter zwischen seinen Fingern.

»Keine Ahnung.«

»Und was willst du mit den Dingern anstellen?«, fragte mich der Magier. »Bestimmt nicht als Andenken behalten.«

»Das soll wohl sein. Ich habe das Gefühl, als wären diese Figuren mit Magie angefüllt, John. Nimm mal dein Kreuz, vielleicht erreichst du was.«

Die Idee war mir ebenfalls schon gekommen, und ich setzte sie auch in die Tat um. Als ich die silberne Kette über meinen Kopf streifte, zeigte die Figur bereits eine Wirkung.

Sie bewegte sich in meiner Hand. Deutlich hob sie den rechten Arm, deren kleine Finger eine Lanze umklammert hielten.

Die Absicht war klar.

Bevor die kleine, jetzt lebende Figur mich verletzen konnte, warf ich sie auf den Beifahrersitz. Sie fiel auf den Bauch. Deutlich sah ich, wie die Lanze in das Leder stach.

»Weg mit der Figur!«, rief ich Myxin zu.

Der kleine Magier hatte schon reagiert. Der nachgemachte Horror-

Reiter fiel auf seinen Artgenossen und durchbohrte ihm mit seiner Lanze. Es war ein für uns unheimliches Schauspiel, das jedoch noch nicht sein Ende gefunden hatte, denn es befanden sich die beiden restlichen Figuren im Karton.

Sie richteten sich auf.

Hastig kippte ich den Karton um, sodass die kleinen Reiter ebenfalls auf den Beifahrersitz purzelten.

Bevor sie jedoch aufeinander losgehen konnten, legte ich mein Kreuz auf sie.

Sofort zischte es auf. Dampf und sogar eine winzige, schmale, kalte Feuersäule sprangen dem Himmel des Wagens entgegen. Das Feuer erlosch sofort wieder, der Qualm trieb durch das offene Fenster ab und sammelte sich vor der Frontscheibe.

Aus den Figuren aber war nur Staub übrig geblieben, der die Sitzfläche bedeckte.

Ich schaute Myxin an. »Die Warnung reichte«, sagte ich leise. »Diese kleinen Figuren hätten es tatsächlich fertiggebracht und uns die Lanzen ins Auge oder wer weiß wohin gestoßen.«

»Da, seht!«, rief Kara.

Wir schauten nach vorn.

Aus dem Rauch hatten sich Buchstaben geformt. Sie schwebten vor der Frontscheibe und kamen mir vor wie Gebilde, die von einem Pfeifenraucher kunstvoll produziert worden waren.

Ein Wort hatte sich geformt. Bestehend aus fünf Buchstaben.

RACHE!

Für zwei, drei Sekunden blieb das Wort vor der Frontscheibe stehen. Dann wurde es von einem Windstoß erfasst und zerflatterte.

»Das war deutlich genug«, hörte ich Myxin sagen und konnte ihm nur zustimmen.

AEBA war wirklich wieder auf dem Vormarsch. Und mir war noch keine Möglichkeit eingefallen, die vier Reiter zu stoppen. Ich konnte nicht im Kloster St. Patrick anrufen, es gab kein Telefon. Die Mönche lebten ungemein spartanisch. Sie trieben unter kärgsten Bedingungen ihre Forschungen.

Konnten sie der Gefahr trotzen?

Ich musste an die Teufelsrocker denken, denen es gelungen war, in das Kloster einzudringen. Damals waren der Abt und Pater Ignatius verletzt worden, bevor es Suko und ich im entscheidenden Kampf geschafft hatten, die Rocker zu vertreiben.

Aber mit den Reitern würden wir es nicht so leicht haben, dessen war ich mir sicher. Das waren andere Gegner.

Myxin griff nach der Türklinke.

»Du willst weg?«, fragte ich erstaunt.

»Ja, Kara und ich haben beschlossen, unseren eigenen Weg zu gehen.«

»Aber die Reiter …«

Der kleine Magier legte mir seine Hand auf den Arm. »Keine Panik, John, darum werden wir uns auch kümmern. Wir sind im rechten Augenblick zur Stelle.«

Kara nickte bei den Worten.

»Dann also in Schottland«, sagte ich, als Myxin die Tür zuschlug. Ich schaute ihnen nach, wie sie über den Parkplatz schritten und bald darauf nicht mehr zu sehen waren.

Mein Ziel war nicht das Yard-Gebäude, sondern die Wohnung. Suko musste Bescheid wissen, zudem hatte ich noch einige Vorbereitungen zu treffen.

Wenn ich wirklich auf die Horror-Reiter traf, dann wollte ich meine Waffen dabeihaben. Einmal hatte ich sie geschafft. Der zweite Kampf würde um keinen Deut leichter werden, das stand fest …

Die Einsamkeit des schottischen Hochlands umgab das Kloster wie eine große Schweigeglocke. Hier oben, zwischen den majestätischen Bergen, trotzten die dicken Mauern bereits seit Jahrhunderten den Unbilden der Natur.

Stürme, Regen, Schnee, Hitze, Hagel – alles hatte das Kloster überstanden. Als Hort des Guten war es gebaut worden, ein Hort des Guten blieb es.

Auch Kräfte der Finsternis, die ein paar Mal versucht hatten, die Mauern zu stürmen, hatten vergeblich versucht, die Schatten der Hölle in das Kloster zu bringen.

Es blieb ein Hort des Lichts.

Weit unten im Tal lag die kleine Ortschaft Peelham. Die Menschen dort fühlten sich irgendwie mit dem Kloster St. Patrick verbunden, und an klaren Tagen, wenn der Himmel das lichte seidige Blau zeigte, dann konnten die Einwohner vom Südrand des Dorfes aus die trutzigen Mauern erkennen. Nicht wenigen rann ein Schauer über den Rücken, doch irgendwie fühlten sich die Einheimischen unter dem Schutz des gewaltigen Komplexes geborgen.

Eine Straße führte zum Kloster. Sie wand sich in Serpentinen durch die Berge. Die Kurven waren scharf, sehr schwer zu nehmen, und oft kam es vor, dass Steinlawinen die Straße verschütteten.

Die Mönche waren glücklich in ihrer Abgeschiedenheit. Sie brauchten keine Gesellschaft. Einmal in der Woche kam ein Mann aus dem Dorf und brachte die Lebensmittel, die im Klostergarten nicht wuchsen.

Im Kloster lebte ein Mann, dem eine besondere Aufgabe zukam. Er stellte geweihte Silberkugeln her, die geweihte Kreide und auch das Weihwasser. Es war Pater Ignatius.

Einmal im Monat nahm der Bote das schwere Paket mit, um es bei der Post aufzugeben.

Empfänger war ein gewisser John Sinclair. Und diesen Mann hatten die Dorfbewohner ebenfalls kennengelernt. John Sinclair hatte damals dem Kloster einen Besuch abstatten wollen, war aber in Peelham durch die mörderischen Teufelsrocker aufgehalten worden. Auch hatten die Rocker es geschafft, in das Kloster einzudringen, doch bevor sie großen Schaden anrichten konnten, hatte John Sinclair zugeschlagen.

Von diesen Ereignissen sprachen die Leute noch immer. Denn so etwas war seitdem nie wieder vorgekommen. In Peelham kehrte wieder Ruhe ein, und noch ahnten die Menschen nicht, dass das Grauen erneut einen Anlauf genommen hatte und schon unterwegs war.

An einem etwas diesigen Morgen begann es. Es war der Tag, an dem Larry Oakes seine Fahrt zum Kloster antreten sollte und vor dem Laden des Lebensmittelhändlers zwei Helfer Oakes' Kombi beluden. Larry selbst stand mit einer Liste daneben und hakte alles ab, was auf die Ladefläche kam.

»Habt ihr auch den Branntwein nicht vergessen?«, rief er den beiden Helfern zu.

»Nein, den haben wir zuerst aufgeladen.«

»Dann ist es gut.«

Larry Oakes stiefelte über den Gehsteig auf die Tür des Ladens zu. Der Besitzer schaute auf, als die kleine Glocke bimmelte. Es war ein regelrechter Kramladen, wie man ihn schon vor fünfzig Jahren hatte. Der Besitzer verschwand fast hinter all seinen Kisten, Kartons und Fässern. Es roch nach Fisch, Süßspeisen und Gewürzen. Eine Mischung, wie man sie nur in solchen Läden findet.

Larry Oakes nickte und schob sich seine Mütze in den Nacken. »Alles klar, Ned. Hast du die Rechnung?«

»Moment, ich addiere nur die letzten Zahlen.«

»Meinetwegen.« Oakes ließ sich auf einen Schemel fallen und schaute aus dem Fenster. Er war ein breitschultriger Mann mit dichten, braunen Haaren. Mit seinen kräftigen Händen konnte er ordentlich zupacken, was er schon ein paar Mal bewiesen hatte. Denn er vertrat auch den Konstabler. Einen offiziellen Polizeiposten gab es in Peelham nicht mehr. Er war nicht erforderlich.

Oakes klemmte sich seine Pfeife zwischen die Zähne und kaute auf dem Mundstück herum. Während er ein Zündholz anriss und es gegen den Pfeifenkopf hielt, wo der Tabak anfing zu glimmen, schaute er nach draußen. Ihm war ein Fremder aufgefallen, der sich neben seinen Wagen gestellt hatte.

Larry Oakes kannte den Mann nicht, aber er trug eine dunkle Kutte wie auch die Mönche oben im Kloster.

»So, da ist die Rechnung«, sagte der Lebensmittelhändler. »Ich habe wieder nur die Einkaufspreise berechnet.«

Larry Oakes lachte.

»Du glaubst mir nicht?«

»Nein, denn so christlich ist kein Geschäftsmann. Und du erst recht nicht, Ned.«

»Das ist ja unerhört, was du da sagst«, beschwerte sich der Kaufmann.

»Nein, Ned, eine Tatsache. Wir beide kennen uns schließlich lange genug und brauchen uns nichts mehr vorzumachen.«

Ned grinste. »Du Lumpenhund.«

Larry zeigte nach draußen. »Kennst du den da eigentlich?«

Der Lebensmittelhändler machte den Hals lang. »Das ist einer vom Kloster.«

»Nein, die tragen ein anderes Gewand. Das hier ist viel dunkler, wie ich sehe.«

»Vielleicht Besuch.«

Larry nickte.

»Oder du sollst den mitnehmen. Sonst würde er sich ja nicht bei dir am Wagen aufhalten.«

Larry Oakes faltete die Rechnung zusammen und ließ sie in seiner Tasche verschwinden. »Das wird es wohl sein.«

»Und?«

»Wie und?«

»Nimmst du ihn mit?«

»Klar. Ist doch Ehrensache. Hättest du das nicht getan?«

»Vielleicht.«

»Was gefällt dir denn an dem Mann nicht?«, fragte Larry Oakes.

Der Lebensmittelhändler hob unbehaglich die Schultern. »Das Gesicht ist es.«

Da lachte Larry Oakes auf. »Das kannst du gar nicht erkennen. Die Kapuze ist viel zu weit vorgezogen.«

»Und genau das stört mich. Als hätte dieser Mensch Angst, sein Gesicht zu zeigen. Wir sollen ja nur den komischen Bart sehen.«

»Du mit deinem Misstrauen.« Larry paffte ein paar dicke Wolken, die der Holzdecke des Ladens entgegen quollen.

»Ich meinte auch nur.«

»Klar, ich auch.« Larry stand auf. Er reichte dem Händler die Hand. »Vor dem Dunkelwerden bin ich zurück. Mach's gut, Ned.«

»Du auch.«

Larry Oakes verließ den Laden. Wieder schellte die kleine Glocke. Vor der Tür blieb er stehen und schaute die Straße hinab. Immer wieder freute er sich über den Anblick, den dieser kleine Ort ihm bot. Die schmucken Häuser, die alle sehr alt und gepflegt waren. Dafür sorgten die Bewohner. Peelham war eine Perle in den Highlands. In den Gärten wuchsen hohe Bäume, und jenseits des Dorfes krallten sich gewaltige Tannen an den steilen Felsen der Berge fest, wo sie einen dichten grünen Schirm bildeten, bevor weit über ihnen wieder der nackte Fels zum Vorschein kam. Wenn die Abendsonne darauf schien, leuchtete er ebenso golden wie die wuchtigen Mauern des Klosters.

Eine herrliche, faszinierende, wildromantische Gegend mit klarer Luft, Seen wie aus Kristallglas, sprudelnden Bächen und tiefen Wäldern.

Larry Oakes ging zu seinem Wagen. Aus den Augenwinkeln nahm er wahr, wie sich der Mönch ebenfalls in Bewegung setzte.

Er will also doch mit, dachte Larry.

Am Wagen trafen sie zusammen.

»Ja?«, fragte Larry.

Der Mönch hob den Blick. Zum ersten Mal sah Larry Oakes die stechenden, schwarzen Augen, deren Pupillen wie Steine wirkten.

»Bitte entschuldigen Sie«, sagte der Mönch in einem harten Englisch, das Larry bewies, einen Ausländer vor sich zu haben. »Ich habe vernommen, Sie fahren hoch zum Kloster St. Patrick?«

»Das stimmt.«

»Würden Sie vielleicht die Güte haben und mich bis dorthin mitnehmen? Meine Brüder erwarten mich.«

»Natürlich, Bruder. Steigen Sie ein.«

»Ich danke Ihnen, ich danke Ihnen vielmals.«

Larry Oakes wunderte sich nicht über die Demut und Höflichkeit der Mönche. Er kannte so etwas und hielt dem Mann auch noch die Tür auf, damit er einsteigen konnte.

»Sehr freundlich, wirklich.«

Larry enterte den Wagen an der Fahrerseite. Als er die Tür zuschlug, sagte er: »Es wird allerdings etwas dauern, bis wir oben sind. Der Weg ist steil und mein Wagen voll beladen.«

»Das macht nichts. Wenn Sie wüssten, wie lange ich schon unterwegs bin.«

Larry startete. »Woher kommen Sie denn?«

»Aus Spanien.«

»Was?«

»Meine Heimat ist das Kloster Monte Terrano. Von dort habe ich mich auf den Pilgerweg gemacht, um meine Freunde zu besuchen. Die Brüder im Kloster St. Patrick haben mich eingeladen.«

»Wie lange sind Sie denn unterwegs?«, erkundigte sich Larry erstaunt.

»Wochen, mein Freund, Wochen.«

»Das kann ich mir vorstellen.« Insgeheim bewunderte Larry die Leistung des Mannes, denn der Mönch war nicht mehr so jung. Es musste für ihn eine gewaltige Strapaze gewesen sein. Andererseits wusste Larry um die Zähigkeit der Mönche. Sie lebten asketisch, aber sie hatten eine besonders gute Gesundheit. Ihnen fehlten die Krankheiten der Zivilisation, und das war ein großer Vorteil.

Der Wagen rollte durch den Ort.

Jeder hier kannte Larry Oakes. Ihm wurde oft zugewunken, vor allen Dingen waren es die Kinder, die ihre Hände hoben.

Larry hupte dann jedes Mal.

Alle wussten, dass er mit Lebensmitteln unterwegs zum Kloster St. Patrick war, aber keiner der Menschen ahnte, welch ein Teufel neben Larry Oakes saß, am wenigsten er selbst.

Er freute sich sogar noch über die Begleitung, denn der Mönch hatte sicherlich einiges zu erzählen. So war die Fahrt nicht so langweilig, denn für Larry, der die Strecke auswendig kannte, bot sie keinen Reiz mehr.

Bevor sie das Ende des Dorfes erreichten, ging Larry Oakes mit der Geschwindigkeit herunter. Er löste eine Hand vom Lenkrad und deutete nach vorn.

»Sehen Sie dort oben auf dem Bergsattel die Mauern?«

Don Alvarez hatte sich etwas nach vorn gebeugt. »Ja, ich erkenne es.«

»Das ist St. Patrick.«

»Aha. Sieht weit aus.«

»Das sieht nicht nur weit aus, das ist es auch.« Larry lachte. »Sie werden sich auf eine lange Geduldsprobe einstellen müssen, Pater.«

»Geduld ist meine Stärke.«

»Das merkt man.« Larry nickte heftig. »Wer von so weit herkommt, der muss so etwas besitzen.«

»Da sagen Sie was.«

Die Straße war zum Glück ausgebaut worden. Nur hatte man die Kurven nicht entschärft. Oft genug standen Felsnasen vor, die die Fahrbahn dann zu einem etwas breiteren Pfad machten.

Der Mönch schaute aus dem Fenster und genoss die Landschaft. Er sah die dichten Wälder und darüber das Blau des Himmels. Ein normaler Mensch hätte sich an dieser herrlichen Landschaft erfreut. Nicht so Don Alvarez. Er betrachtete alles mit einem anderen Blick, denn er wusste genau, dass dieses Land bald ihm und den vier Horror-Reitern gehören würde.

Und das Kloster sollte der Stützpunkt sein, nachdem die Mönche vernichtet worden waren.

Bestimmt befand sich auch John Sinclair auf dem Weg zum Kloster. Er konnte die »Einladungen« gar nicht übersehen. Und dort sollte ihn auch sein Schicksal ereilen. Der Plan stand längst fest. Don Alvarez wollte den Geisterjäger an einen Baum binden, und die Lanzen der vier Reiter sollten Sinclair durchbohren.

Keine Chance mehr …

Ein zufriedenes Grinsen kerbte die Mundwinkel des teuflischen Mönchs, von dem der Fahrer jedoch nichts sah. Er wunderte sich nur, weshalb sein Begleiter so schweigsam war.

Und er fragte ihn.

»Ich genieße die Landschaft«, erklärte Don Alvarez. »Wo ich herkomme, da gibt es kaum Tannenwälder, nur karge Felsen und das ewige Eis der Gletscher.«

»In Spanien war ich noch nie.«

»Es ist ein schönes Land.«

Eine besonders unangenehme Steigung tauchte auf. Larry schaltete herunter. »Das glaube ich Ihnen sogar. Ich habe ein paar Mal Ansichtskarten von Freunden bekommen, die an der Küste ihren Urlaub verbracht haben. Das sah immer toll aus.«

Don Alvarez schüttelte den Kopf. »Das meine ich nicht mit der Schönheit. Sie müssen ins Innere meines Heimatlandes fahren, wo die Menschen noch natürlich sind, die Gastfreundschaft echt ist und das Lächeln der Menschen nicht aufgesetzt wirkt wie in den touristischen Ballungszentren.«

Larry Oakes wunderte sich, wie der Mönch sprach. Gar nicht klerikal, sanft oder milde. Nein, völlig normal.

In der Tat konnte sich Dan Alvarez gut verstellen. Wer ihn so reden hörte, konnte sich kaum vorstellen, dass dieser Mönch daran dachte, seinen Begleiter umzubringen.

Die Messer steckten schon bereit. Er hatte sie in den weiten Ärmeln seiner Kutte verborgen. Durch eine schnelle Bewegung konnte er sie dann hervorschütteln.

Die ersten schweren Steigungen hatten sie hinter sich. Auf einer gewissen Höhe führte der Weg jetzt normal weiter. Ab hier war er nicht mehr asphaltiert. Beide Männer hatten jetzt einen einigermaßen freien Blick über eine mit dichtem Gras bewachsene Hochebene, wo zahlreiche Schafe weideten und sich auch durch den Motorenlärm nicht stören ließen. Wenn die Schäfer den Wagen sahen, drehten sie die Köpfe und winkten dem Fahrer zu.

Larry hupte immer.

»Das ist unser Spaß«, erklärte er.

»Ja, das Leben ist hier nicht einfach.«

Larry meinte kühl: »Man gewöhnt sich daran.«

Weit vor ihnen ragten wieder die Berge empor. Fast gerade stieß die Straße darauf zu. Sie durchschnitt die karge Hochebene, auf der die zahlreichen Grasbüschel einen grünen Teppich bildeten, aus dem hin und wieder große kantige Felsbrocken ragten.

Larry Oakes zündete sich seine Pfeife wieder an. Er pfiff ein Liedchen und entspannte sich hinter dem Lenkrad, denn dieses Stück des Weges kannte er im Schlaf.

Der Mönch hatte sein Kapuze ein wenig aus der Stirn geschoben. Er brauchte einen besseren Blick, denn er suchte nach einem bestimmten Ziel.

Die Horror-Reiter hatten ihr Kommen angesagt. Hier irgendwo in der Nähe des Klosters wollten sie sich treffen, um das weitere Vorgehen zu besprechen.

Noch war nichts zu sehen.

Außer den weidenden Tieren schienen sie die einzigen Lebewesen überhaupt zu sein.

Der Wagen schleuderte eine Staubfahne hoch, die wie ein gigantischer Vorhang wirkte und sich nur langsam dem Boden entgegensenkte. Es hatte seit einer Woche nicht mehr geregnet, eine lange Zeit für diese Region.

Nachdem weitere dreißig Minuten vergangen waren, wechselte das Gesicht der Landschaft abermals. Die hohen Berge waren näher gerückt. Rechts und links des schmalen Weges stieg das Gelände jetzt wieder sanft an. In unregelmäßigen Abständen standen Baumgruppen auf dem grünen moosigen Grasuntergrund. Meist Fichten oder auch genügsame Kiefern, die auch auf diesem kargen Boden gediehen.

Die Straße wurde kurviger, links erschien die Oberfläche eines kleinen Sees.

Sie schimmerte blaugrau, und der über das Wasser fegende Wind kräuselte es zu kleinen Wellen.

»Schön, nicht?«, fragte Larry Oakes.

Der Mönch nickte.

Er hatte für die Umgebung keinen Blick. Don Alvarez schaute nur nach vorn, denn er suchte die vier Reiter. Sie mussten doch hier irgendwo stecken.

Eine Kurve.

Weit geschwungen, aber in der zweiten Hälfte enger werdend. Dahinter führte der Weg in die Höhe, denn die letzten Steigungen der hohen Berge lagen noch vor dem Wagen.

Larry Oakes fuhr die Kurven forsch an wie immer.

Der Wagen neigte sich ein wenig nach links, die Ladung machte sich doch bemerkbar. Bisher hatte sie immer gehalten und war nicht von der Fläche gekippt.

Oakes hielt das schwarze Lenkrad fest. Er dachte an nichts Böses, ging dann etwas vom Gas, weil die Kurve doch enger wurde – und hatte plötzlich das Gefühl, in einem bösen Albtraum zu stecken.

Auf der Straße stand ein Reiter!

»Endlich!«, kreischte der teuflische Mönch und klatschte begeistert in die Hände …

Es war eine Reflexbewegung.

Bremse und Kupplung gleichzeitig treten. Der Wagen bockte, die Reifen rutschten über den schotterartigen Untergrund, und der Wagen stand.

Zwei Schritte vor dem Reiter.

Larry Oakes aber war unfähig, auch nur einen Laut von sich zu geben. Aus weit aufgerissenen Augen starrte er durch die Frontscheibe und prägte sich das Bild des Unheimlichen genau ein.

Es war ein schrecklicher Anblick.

Der Reiter war kein Mensch, sondern ein Skelett. Pechschwarz dazu, ohne Rüstung, aber mit einer Lanze bewaffnet und auf einem Pferd sitzend, dessen Nüstern und Maul Feuer spie. Die Woge fauchte gegen den Wagen und schien an der Frontscheibe hochzuklettern, bevor sie verschwand.

»Mein Gott«, flüsterte Larry Oakes. Er wandte den Kopf, schaute auf den Mönch und schlug alle fünf Finger seiner linken Hand in dessen Arm.

»So sagen Sie doch was! Das ist – das ist …«

Don Alvarez sagte nichts. Stattdessen warf er den Kopf herum, sodass die Kapuze nach hinten fiel. Der teuflische Mönch hatte während seines Zwangsaufenthaltes zahlreiche Haare verloren. Vorn hatte er keine mehr, sie wuchsen ihm allerdings in den Nacken. Don Alvarez verzog seine Lippen zu einem diabolischen Lächeln, die Augen waren schwarz wie kleine Kohlestücke, und mit einem Mal wusste auch Larry Oakes Bescheid.

Das war kein normaler Mönch, das war der Teufel, ein Satan in der Verkleidung.

Blitzschnell schlug der Mann ein Kreuz.

Der Mönch zuckte zurück und lachte auf. Dann folgte eine Bewegung mit beiden Armen.

So rasch, dass Larry nicht folgen konnte. Aber er sah die beiden Messer, die plötzlich in den Händen des Unheimlichen lagen und deren lange Schneiden aus den Fäusten schauten.

Da wusste Larry Oakes, was ihm bevorstand. Er wunderte sich selbst darüber, wie sehr er seine Angst überwand, die rechte Hand zur Faust ballte und zuschlug.

Er traf mitten in das Gesichts des Mönchs.

Don Alvarez gurgelte auf und prallte gegen die Tür. Für einen Moment war er abgelenkt.

Diese winzige Zeitspanne nützte Larry. Er packte den kleinen Hebel an der Innenverkleidung und drückte die Tür mit dem Ellbogen auf. Seitlich warf er sich aus dem Wagen. Genau in dem Augenblick, als der teuflische Mönch zustieß.

Beide Arme fuhren nach unten.

Einmal hatte Larry Glück. Das erste Messer verfehlte ihn und jagte in das Polster.

Doch das zweite traf.

Der Mann spürte einen glühend heißen Schmerz im Oberschenkel. Die Klinge stach nicht voll in das Bein, sondern streifte es nur und fetzte dabei den Stoff der Hose auf. Zurück ließ es eine stark blutende Wunde.

Larry kippte aus dem Wagen. Er fiel auf den harten Boden, wälzte sich sofort herum und kam am Rand des Weges auf die Beine. Verzweifelt suchte er nach einer Fluchtchance. Er rechnete stark damit, dass der unheimliche Reiter auf ihn zugaloppieren würde, doch Larry hatte sich getäuscht.

Wie ein Standbild blieb der Horror-Reiter stehen.

Larry quälte sich auf die Füße. Dabei erhaschte er einen Blick in seinen Wagen und sah, dass sich auch der teuflische Mönch bewegte. Er stieg an der anderen Seite aus.

Larry biss die Zähne zusammen. Als er weglaufen wollte, merkte er, dass sein rechtes Bein nicht mehr so leicht mitmachte. Er warf einen Blick nach unten und sah sein Hosenbein, das nass vor Blut war. Es klebte an der Haut.

Trotzdem riss er sich zusammen. Er wollte weg. Es gab genügend Stellen, wo er sich verstecken konnte, auch Schäferhütten, die sich dazu eigneten.

Doch dazu musste er den anderen erst einmal entkommen.

Larry quälte sich den Hang hoch. Das rechte Bein zog er nach. Vom Becken bis zum Knie schien es in Flammen zu stehen, aber er konnte sich nicht erlauben, eine Pause einzulegen. Larry musste weiter.

Schräg laufend quälte er sich den Hang hoch. Jeden Augenblick damit rechnend, den höllischen Atem seiner Verfolger im Nacken zu spüren. Die ersten Yards ging alles glatt, niemand jagte ihn. Als er es riskierte und einen Blick zurückwarf, da sah er den unheimlichen Reiter noch immer vor seinem Wagen stehen. Auf der Brust schimmerte ein weißes großes A.

Der Mönch machte sich an die Verfolgung. Er keifte irre. Beide Messer hielt er fest, als er sich Stück für Stück den Hang hocharbeitete.

Larry Oakes beeilte sich. Wenn er diesem Mönch in die Finger fiel, war er verloren. Er hetzte weiter, spornte sich selbst an, nahm seine Kräfte zusammen und hoffte nur, dass er die Kuppe des Hügels erreichte. Denn dort konnte es ihm gelingen, sich zu verstecken. Jenseits des Hügels begann ein Waldgebiet, das hinunter in eine Mulde lief, die anschließend vor einer Felswand endete. Der Wald war dort sehr dicht, er eignete sich als Versteck.

Larry gab nicht auf.

Yard für Yard kämpfte er sich höher, auch wenn er abrutschte, arbeitete er mit doppelter Energie weiter. Er musste und würde es schaffen. Das Ziel hatte er sich gesetzt.

Die rechte Hand krallte er in den Boden. Mit den Fingern zog er sich weiter, kämpfte, keuchte und spürte immer den Atem des Verfolgers im Nacken.

Es gab keinen Zweifel, der Mönch holte auf.

Zwar nur schrittweise, aber das summierte sich. Dieser Satan würde es schaffen.

»Ich komme!«, kreischte er, als sich Larry noch einmal umblickte. »Dann bist du reif.« Und abermals schleuderte er dem Fahrer sein satanisches Gelächter entgegen.

Angst, Wut und Hass gaben dem Flüchtenden noch mehr Kräfte. Er sah vor sich einen der hellgrauen Steine. Eine verzweifelte Idee durchzuckte Larry, auch wenn sie Zeit kostete, er musste es wagen. Mit der rechten Hand packte Larry den Stein, hob ihn auf und drehte seinen Körper.

Früher war er einer der besten Steinwerfer gewesen. Sie hatten als Kinder immer Wetten abgeschlossen, und er hatte meistens gewonnen. Hoffentlich waren seine Wurffähigkeiten noch nicht ganz versumpft.

Der Mönch kletterte auf allen vieren den Hang hoch. Seine Dolche hatte er nicht losgelassen. Die Klingen funkelten, wenn sie von einem Sonnenstahl getroffen wurden.

Larry Oakes warf den Stein.

Und er begleitete den Wurf mit einem gellenden Schrei. Man merkte ihm den Hass und die Wut an, die er empfand.

Larry traf.

Plötzlich schrie der teuflische Mönch. Er hatte nicht mehr ausweichen können, riss zwar nicht seinen Arm hoch, aber dachte nicht mehr an die Messer.

Der Stein flog ihm gegen den Hals. Mit der Klinge eines Messers jedoch schnitt er bei dieser unüberlegten Bewegung quer über seine Stirn einen klaffenden Spalt, aus dem sofort das Blut strömte und ihm in die Augen rann, sodass er kaum etwas sah.

Larry Oakes aber brüllte vor Freude. Seine Augen funkelten, der Triumph machte ihn fast rasend, und er gab ihm auch neue Kräfte zurück. Larry spürte sein Bein kaum noch.

Er kletterte weiter den schrägen Hang hoch. Er musste es schaffen, und da der Reiter noch immer vor dem Wagen stand und sich nicht bewegte, glaubte Larry an ein Standbild.

Er sollte sich täuschen …

Vorerst jedoch kämpfte er sich in die Höhe. Die Schreie des teuflischen Mönchs klangen in seinen Ohren wie Musik. Dem hatte er es gezeigt. Er würde sich schon wehren. Wenn der Kerl kam, würde er den zweiten Stein ins Gesicht bekommen.

Vielleicht noch fünf Yards, dann hatte er es geschafft. Hinter der Kuppe begann der rettende Wald.

Harry wühlte sich weiter hoch. Die Finger der Rechten fanden an einem aus dem Boden wachsenden kargen Strauch Halt. Daran zog er sich weiter. Es klappte.

Jetzt noch zwei Yards …

Plötzlich entrang sich seiner Kehle ein gellender Schrei der maßlosen Enttäuschung.

Nein, er schaffte es doch nicht.

Denn im dichten Wald hatten sich die anderen drei Reiter verborgen gehalten und so lange gewartet, bis der Flüchtling die Hügelkuppe erreichte.

Dann ritten sie an!

Riesengroß kamen Larry Oakes die grausamen Gestalten vor. Er war nur ein Winzling, ein Nichts, der letzten Endes doch in die aufgestellte Falle gelaufen war.

Wie hatte er auch nur annehmend können, den anderen zu entkommen. Der Treffer mit dem Stein war nur ein Teilerfolg gewesen, die anderen hatten ihn reingelegt.

Gegen zwei Reiter hatte er keine Chance.

Feuerlohen fauchten aus den Nüstern der Tiere. Sie streiften ihn als Atem der Hölle.

Larry Oakes warf sich herum. Jetzt spürte er auch wieder die Schmerzen im Bein. Sie schienen seine Muskeln und Sehnen zerreißen zu wollen.

Eine zu hastige Bewegung, und er knickte ein. Dabei verlor er auf dem schrägen Hang das Gleichgewicht, fiel, prallte zu Boden und überschlug sich.

Für längere Zeit wusste er nicht, wo oben oder unten war. Mal sah er die Reiter, dann den Himmel, danach wieder die Reiter, und plötzlich prallte er gegen irgendetwas, das seinen Fall stoppte.

Er riss die Augen auf.

Unwahrscheinlich groß wurde sein Schrecken, als er sah, wer oder was ihn da aufgehalten hatte.

Der Mönch!

Er sah das Gesicht dieses Wahnsinnigen dicht vor dem seinen, roch den schlechten Atem und sah die funkelnden Augen, in denen er seinen eigenen Tod las.

Dieser Mann wollte morden, ohne Motiv, nur töten. Und er kreischte: »Ich beweise euch, dass ich es auch kann! Ich werde es euch beweisen.«

Während der Worte rann immer mehr Blut aus der Stirnwunde und floss über das hagere Gesicht des Mönchs.

»Bitte«, flüsterte Larry, »bitte …«

»Nein!«, schrie der Mönch und stieß zu.

Larry Oakes sah noch das Blitzen der Klinge dicht vor seinem Gesicht, er sah auch das Blut, das sein eigenes war und hörte als Letztes das höhnische Gelächter seines Mörders, bevor ihn die Schatten des Todes umfingen.

Don Alvarez hatte sein erstes Opfer gefunden.

Er richtete sich auf.

Sein Blick traf die Reiter.

Es waren diesmal vier, die sich vor ihm aufgebaut hatten. Der letzte war von der anderen Seite gekommen.

»Seid ihr zufrieden?«, rief Don Alvarez.

Die Reiter gaben keine Antwort. Als sie die Lanzen in die Luft stießen, rieb sich Don Alvarez die blutigen Finger. Alles lief genau nach Plan …

Erinnerungen überkamen mich, als ich in den kleinen Ort Peelham einfuhr. Gern hätte ich gehalten und dem Wirt eines Gasthauses Guten Tag gesagt. Er hatte damals eine entscheidende Rolle in dem Fall gespielt, doch die Zeit drängte zu sehr.

Wir mussten zum Kloster.

Suko war natürlich mitgefahren. Und bis Schottland hatten wir die Reise in einer wahren Rekordzeit geschafft. Der Bentley hatte sein Bestes gegeben, die beiden Fahrer aber auch.

Selbstverständlich wurde mein Wagen gesehen, als wir den Ort durchquerten, vielleicht hatte man uns auch erkannt, aber anhalten war nicht drin. Obwohl ich ja gern mit einigen Leuten einen Plausch gehalten hätte.

Vielleicht auf dem Rückweg. Falls wir wiederkamen, denn das war nicht sicher.

Auch Suko kannte den Weg. Mein Partner war ihn ebenfalls schon gefahren. Allerdings nicht mit einem Wagen, sondern mit seiner Harley Davidson. Er hatte sich auch mit den Höllenrockern ein heißes Rennen geliefert.

Wir ließen Peelham hinter uns.

Suko schaute mich von der Seite her an. »Kleinen Erinnerungen nachgegangen?«

Ich nickte.

»Du hättest gern im Gasthaus ein Glas getrunken.«

»Und wie.«

Es sah alles so aus wie damals. Da war die zu Anfang asphaltierte Straße, die engen Kurven, die manchmal vorstehenden und auch überhängenden Felsen und vor uns die grandiose Bergwelt des schottischen Hochlandes.

Diese Gegend hier hatte ihren eigenen Reiz. Ich kannte die Alpen, das Himalajagebirge, aber diese Berge kamen mir längst nicht so feindlich vor wie die hohen.

Ein paar Mal mussten wir Steinen ausweichen, die auf die Fahrbahn gerollt waren. Der Wald stand wie eine grüne Wand. Über uns leuchtete der Himmel seidig blau. Wir hatten in der Tat einen Bilderbuchtag erwischt. Nicht wie bei meinem letzten Fall hier, bei dem ich nicht nur den Teufelsrockern begegnet war, sondern auch noch Ärger mit dem Wetter hatte.

Schnee und Regen hatten uns damals zu schaffen gemacht. Hinzu kam noch der böige Wind.

Wir kamen gut weg.

Es begegnete uns niemand. Nicht einmal Touristen schienen die Strecke zu kennen, denn sonst wären uns sicherlich einige vollgepackte Familienwagen entgegengekommen.

Suko beobachtete ständig die Umgebung. Nicht weil sie so schön war, sondern weil er an unsere Gegner dachte. Die Horror-Reiter lauerten irgendwo, falls sie es nicht vorgezogen hatten, das Kloster zu überfallen. Wenn sie jedoch an der Strecke warteten, dann wollten wir sie wenigstens sehen.

»Und?«, fragte ich Suko.

»Nichts.«

»Das hatte ich mir gedacht.«

»Dann meinst du, dass sie das Kloster bereits eingenommen haben?«

»Damit rechne ich stark.«

Suko krauste die Stirn. »Ist natürlich nicht schön, so etwas, denn dann hätten sie Geiseln.«

»Leider.« Ich schaltete zurück, weil vor uns eine besondere eklige Kurve auftauchte. Sie war gegenläufig, ich musste ganz schön kurbeln, um den Bentley sicher herumzubringen.

Suko gestattete sich ein Grinsen. »Mit einer Harley wäre es leichter gegangen.«

»Und mit einer Honda noch besser«, stichelte ich, weil ich auf die Schwere von Sukos Maschine anspielte.

»Ich bleibe bei der Harley.«

»Hat auch keiner etwas anderes gesagt.«

»Aber gedacht.«

Wir flachsten noch ein wenig herum, bis sich das Land plötzlich öffnete.

Die erste Hochebene hatten wir erreicht. Danach begannen wieder die Berge, und auf einem Sattel wuchsen die Mauern des Klosters in die Höhe. Von unserem Standort aus leider noch nicht zu sehen, aber wir würden das Kloster bald zu Gesicht bekommen, da war ich mir sicher.

Wir sahen Schafherden, die hier in aller Ruhe weiden konnten. Die Schäfer waren nicht sehr fröhlich, als sie meiner Benzinkutsche nachschauten.

Wäre ich an ihrer Stelle auch nicht gewesen.

Dann sahen wir einen kleinen See, dessen Oberfläche die Farbe von Schiefer zeigte.

»Hübsch«, sagte Suko.

Ich nickte, gab etwas mehr Gas, weil die Strecke geradeaus führte. Und Zeit hatten wir wirklich nicht. Wir mussten uns beeilen. Es kam auf jede Minute an.

Die Reifen des Bentley wirbelten den Staub hoch, der wie ein Tuch über uns schwebte.

Viel Zeit blieb uns nicht mehr, denn bald würde die Dämmerung einsetzen, und wir wollten vor dem Dunkelwerden noch im Kloster eintreffen, falls man uns ließ, natürlich.

Die Gegend bekam wieder ein anderes Gesicht. Die Ebene trat zurück, die Geländeform nahm einen hügeligeren Charakter an, die Felsenberge mit den dunklen Nadelholzbaumwäldern waren näher gerückt. Über den Wipfeln schimmerte der Fels.

»Was ist das?«, fragte Suko.

Wir waren in eine lang gestreckte Kurve eingefahren. Nach seiner Frage senkte ich die Geschwindigkeit noch mehr.

Auf der Straße stand ein Hindernis!

»Ein Wagen!«, sagte ich.

Wir fuhren dicht heran. Ich stoppte, dann stiegen wir aus. Dabei waren wir überaus vorsichtig, behielten rechts und links die Umgebung im Auge, achteten auf Bewegungen, auf irgendetwas Fremdes, doch der Lieferwagen war das einzig Fremde, was sich unseren Augen bot.

Wir waren für einen Kampf gegen die Horror-Reiter gut gerüstet. Diesmal hatte ich auch mein Schwert mitgenommen, das auf dem Rücksitz des Bentley lag.

Suko trug seinen Stab, der ein Erbstück des großen Buddha war. Mit ihm konnte er die Zeit für fünf Sekunden anhalten, wenn er ein bestimmtes Wort rief. Dann erstarrten seine unmittelbaren Gegner zur Regungslosigkeit, nur er selbst konnte sich bewegen, durfte seine Feinde jedoch nicht töten, sonst hätte der Stab seine Wirkung verloren.

»Sieht so aus, als wären wir die einzigen Menschen hier«, kommentierte der Chinese nach einem gründlichen Rundblick.

Auch ich hatte nichts entdeckt. Von zwei Seiten näherten wir uns dem Lieferwagen, der so gar nicht in diese Gegend passen wollte.

Beide Wagentüren waren geöffnet.

Auch das ließ mich stutzig werden. Welcher Fahrer verließ seinen Wagen, ohne dass er die Türen schloss. Der Normalfall war das nicht. Da musste etwas passiert sein.

Das Fahrzeug war leer. Nur auf der Ladefläche sahen wir Kisten und Kartons. Den Aufdrucken konnten wir entnehmen, dass sich in den Verpackungen Lebensmittel befanden.

»Sieht nicht gut aus, wie?«, meinte Suko.

Ich gab ihm recht. Als ich meinen Kopf in das Führerhaus steckte, sah ich das Blut auf dem Sitz.

Ich macht Suko darauf aufmerksam.

Er tippte die Spitze seines rechten Zeigefingers in die Lache. »Noch ziemlich frisch«, sagte er. »Das Blut hat auf der Oberfläche keine Kruste gebildet.«

»Die Horror-Reiter?«

Suko hob die Schultern. »Möglich, alles weist eigentlich darauf hin.« Er schaute auf die Straße und auf das Hindernis. »Wir müssen den Wagen zur Seite fahren, John, sonst kommen wir nicht vorbei.«

Das machte ich. Der Zündschlüssel steckte, und ich fuhr das Auto dicht an den Rand.

Als ich wieder ausstieg, lief Suko auf der anderen Seite einen Hang hoch. Er war erst drei Schritte gegangen und drehte sich jetzt um.

»Was ist los?«, rief ich.

»Ich verfolge die Spur aus Blut.«

Rasch war ich bei ihm. Wir konnten es genau sehen. Der Weg des Verletzten war gekennzeichnet worden. Deutlich hoben sich die Blutstropfen auf dem Gras ab.

Wir gingen weiter.

Schräg führte der Hang in die Höhe. Er war mit Steinen übersät, hellgraue Gebilde, vom Regen und vom Wind im Laufe der Zeit blank gewaschen. Suko ging zwei Schritte vor mir. Es war es auch, der den Toten entdeckte.

»John.«

Ich stand neben ihm und starrte auf die Leiche.

»Oh verdammt«, sagte ich nur. Den Mann kannte ich nicht. Wahrscheinlich stammte er aus dem Dorf. Er lag auf dem Rücken. Blicklose Augen starrten gegen den blauen Himmel.

Man hatte ihn erstochen. Mindestens drei Messerstiche mussten ihn getroffen haben, denn ich sah auch eine Wunde am rechten Bein, die allerdings bereits verkrustet war.

Die beiden anderen Stiche hatten ihn in die Brust getroffen. Eine Gänsehaut rieselte über meinen Rücken.

Suko räusperte sich. »Denkst du das Gleiche wie ich, John?«

»Ja. Don Alvarez. Er hat nichts vergessen, gar nichts. Schon damals im Kloster hat er seine Messer so sehr geliebt. Jetzt hat er wieder den blutigen Beweis angetreten.«

»Sollen wir den Toten hier liegen lassen?«

»Was bleibt uns anderes übrig? Wir können ihn schlecht mitnehmen. Wenn alles vorbei ist, werde ich dafür sorgen, dass man ihn abholt.« Ich wandte mich ab und schüttelte den Kopf. »Alvarez lässt eine blutige Spur zurück. Er und die vier Reiter sind die richtigen Partner. Die haben sich gesucht und gefunden.«

Ich stieg den Hang als Erster hinab. Suko folgte mir langsamer. Am Wagen erwartete ich ihn.

»Meiner Ansicht nach müssen sich die Kerle noch hier in der Nähe befinden«, murmelte der Chinese.

»Vielleicht beobachteten sie uns.«

»Möglich.«

»Lass uns trotzdem weiterfahren.« Ich öffnete die Tür des Bentley. »Im Kloster werden wir dringender gebraucht.«

Der Chinese nahm auf dem Beifahrersitz Platz. »Wenn ich nur wüsste, warum sie sich gerade St. Patrick ausgesucht haben?«, murmelte Suko. »Sie hätten doch jedes andere Kloster nehmen können.«

»Die wären nicht so wirkungsvoll gewesen, mein Lieber. Überlege doch mal. Das Kloster ist ein Hort des Guten, ein Stützpunkt ihrer Gegner. Dort wird unsere Munition hergestellt. Wenn sie sich hinter den Mauern einnisten, ist viel gewonnen. Zudem war Don Alvarez mal ein normaler Mönch.«

»Der sich gut zu verstellen weiß«, vollendete Suko den Satz.

»Sehr richtig.«

»Spielen wir mal durch«, sagte ich und startete noch nicht. »Dieser machte sich von hier aus auf dem Weg zum Kloster. Die vier Reiter bleiben in Deckung. Wie würden die Mönche reagieren, wenn sie einen der ihren praktisch vor dem Tor stehen sehen?«

»Sie lassen ihn ein.«

»Genau. Damit hat Alvarez schon die halbe Miete kassiert.« Ich räusperte mich. »Er wird dort ein Nachtlager bekommen, vielleicht auch für Tage bleiben und kann für eine Übernahme des Klosters durch die Horror-Reiter alles vorbereiten.«

»Verdammt düstere Aussichten«, meinte Suko.

»Aber realistische.«

»Leider.«

Ich fuhr endgültig an. Denn auch uns saß die Zeit im Nacken. Wir durften auf keinen Fall zweiter Sieger bleiben, denn wenn meine Gegner hier einen Stützpunkt bekamen, sah es böse aus, dann bekamen sie Oberwasser und würden es auch anderswo versuchen. Wahrscheinlich mit dem gleichen Erfolg.

Ich nahm die Kurve vorsichtig. Sie wurde immer enger. Die Bergwände traten jetzt bis dicht an die Straße heran. Nadelbäume hatten ihr Wurzelwerk in den Fels gekrallt. Links ging es steil in die Tiefe. Von einem Augenblick zum anderen hatte die Landschaft quasi gewechselt. Weit vorn sah ich die Spitzen der Berge und auch das Kloster. Es schien zum Greifen nah zu sein.

Luftlinie ein paar Meilen, aber wir mussten auf der kurvigen Straße bleiben.

Rechts, links – ein dauerndes Wechselspiel. Die Straße erforderte meine volle Aufmerksamkeit.

Und die Sonne sank.

Hier deckten uns die Felswände. Sie warfen die ersten langen Schatten, die uns und den Wagen in ein graues Dämmer hüllten.

Die Fahrt ging weiter.

Die Gipfel der Berge wurden noch vom Sonnenlicht gebadet. An manchen Stellen glühten sie dunkelrot auf.

Immer höher führte uns der Weg.

»Vorsicht«, sagte Suko plötzlich.

Ich bremste.

Gerade noch rechtzeitig, denn ein paar Yards vor uns tickte ein kopfgroßer Stein zu Boden, der fast unseren Wagen getroffen hätte.

Der Bentley stand.

Ich wollte aussteigen, um besser sehen zu können, dazu kam es jedoch nicht mehr.

Rechts von uns und weiter vorn, wo die Felsen eine hohe Barriere bildeten, sprengte ein Feuer speiendes Ross auf die Straße.

Der Horror-Reiter war da!

Nach dem Mord hatten die vier Reiter Don Alvarez mitgenommen. Er war auf ein Pferd gestiegen und in wilder Karriere dem Kloster entgegengeprescht.

Er wurde jedoch nicht bis vor das Tor gebracht, sondern musste die letzten Yards zu Fuß zurücklegen.

Zehn Minuten ging er, bevor er das Tor erreichte. Es war verschlossen. Erst jetzt sah Alvarez, wie groß die Mauern waren. Schier uneinnehmbar wuchsen sie vor ihm in die Höhe, gebaut für eine Ewigkeit, aus granitharten Steinen, an denen Wind und Wetter ihre Spuren hinterlassen hatten.

In den Zwischenräumen wuchs Moos. Wilder Wein rankte sich an dem Gemäuer in die Höhe, und die Steine waren von der Patina der Zeiten überdeckt worden.

In Augenhöhe entdeckte der teuflische Mönch einen großen eisernen Klopfer, der sehr schwer zu heben war. Don Alvarez musste schon viel Kraft einsetzen, um ihn zu bewegen.

Dann wuchtete er ihn gegen das Holz.

Die Schläge hallten im Innenhof des Klosters nach. Nahezu brutal zerstörten sie die Stille.

Sehr schnell wurde an der anderen Seite der Tür eine Klappe zurückgeschoben, und ein Gesicht erschien in dem viereckigen Ausschnitt. Don Alvarez sah die Überraschung in den Augen des anderen. Wahrscheinlich hatte der Mann wohl den Lastwagenfahrer erwartet und nicht einen einsamen Wanderer, der dazu noch verletzt war.

»Wo kommst du her, Bruder?«, wurde Don Alvarez gefragt.

»Ich habe eine lange Wanderung hinter mir und möchte euch bitten, mir ein Nachtlager zu gewähren.«

»Natürlich, Bruder. Warte einen Augenblick.«

Die Luke wurde wieder geschlossen. Don Alvarez grinste. Das hatte ja ausgezeichnet geklappt. Er vernahm ein dumpfes Poltern, als ein schwerer Riegel zur Seite geschoben wurde, dann öffnete sich innerhalb des großen Tores eine kleine Pforte, die nicht breiter als eine Tür war. Der Mönch, der Don Alvarez die ersten Fragen gestellt hatte, bat ihn, einzutreten.

wurde die Tür wieder geschlossen.

Der Eindringling schaute sich um. Er befand sich im Innenhof des Klosters und war von der Größe überrascht. Es gab mehrere Gebäude. Sie waren zu einem offenen Karree gebaut worden. Der sich in der Mitte befindliche Haupttrakt wies zahlreiche Fenster auf. Dort mussten sich die einzelnen Kammern der Mönche befinden. Don Alvarez sah auch die kleine Kapelle mit dem spitzen Turm, den Brunnen und die gepflegten Gärten, in denen das Gemüse angebaut wurde, und er entdeckte die Werkstätten in den Seitentrakten.

Bei einem stand die Tür offen. Dort glühte das Feuer einer Schmiede. Da hatte Pater Ignatius seinen Arbeitsplatz. Dort arbeitete er und drehte die Silberkugeln.

»Du bist verletzt?«, sprach der andere ihn an.

»Ja, auf dem Weg hierher stürzte ich und schlug mir an einem kantigen Stein die Stirn auf.«

»Wir werden deine Wunde gleich behandeln.«

»Es ist nicht so schlimm. Ich freue mich nur, dass ich endlich bei euch bin.«

»Dann hast du einen weiten Weg hinter dir?«

Alvarez nickte heftig. »Das kann man wohl sagen. Ich komme aus Spanien, mein Bruder.«

»Nein.« Der Mönch zeigte sich erstaunt.

»Doch, ich habe den Weg als Buße auf mich genommen und war sehr lange unterwegs.«

»Dann wirst du hungrig und durstig sein, Bruder. Wir werden dir bald etwas zu essen geben.«

»Das hat Zeit. Haben sich die anderen nicht zur Betstunde versammelt, Bruder?«

»Es stimmt, wir halten unsere Vesper. Ich werde nachher beten. Du kannst mitkommen, wenn du dich nicht zu erschöpft fühlst, um dem Herrgott zu danken, dass er dir den Weg doch noch in seiner unendlichen Güte gewiesen hat.«

»Ja, das werde ich.«

Alvarez konnte sich ausgezeichnet verstellen, der andere merkte nichts. Ich werde nicht dem Herrgott danken, sondern dem Teufel, dachte er. Er wird bald das Kloster besetzt haben. Innerlich kicherte der fremde Mönch.

»Komm mit, Bruder«, sagte der andere.

Sie betraten ein kleines Haus, das links neben dem Eingang lag und dem Mönch als Wachhäuschen diente. Ein Stuhl und ein Tisch standen dort. Es gab keinen Ofen, keine Heizung, auch im Winter musste der Mönch hier in der Kälte hocken.

Er bot Don Alvarez einen Stuhl an, auf den sich der andere niederließ. Er stöhnte dabei so gut, dass der Mann unter seine Kutte griff und eine kleine Flasche hervorholte, die mit einer dunklen Flüssigkeit halb gefüllt war.

»Was ist das?«, fragte Alvarez.

Der Mönch lächelte wissend und schraubte den Verschluss auf. »Ein gutes Mittel«, erklärte er. »Ich habe den Tank selbst gebraut. Er hilft oft.«

»Dann nehme ich ihn dankend.« Don Alvarez trank einen Schluck. Die Flüssigkeit rann feurig durch seine Kehle, fand ihren Weg zum Magen und breitete sich dort aus.

Eine wohlige Wärme durchströmte den Körper des Spaniers. Sein Blick bekam für einen kurzen Moment einen verklärten Ausdruck, dann gab er die Flasche zurück.

»Ihr wisst wirklich einen guten Tropfen zu brauen, Bruder«, sagte er und nickte anerkennend.

»Ja, unsere Tradition.«

»Schmeckt ein wenig nach Whisky.«

»Nicht nur ein wenig, Bruder. Das meiste ist Whisky, aber ein besonders alter. Er lagert in speziellen Fässern tief in den Gewölben des Klosters.«

»Verkauft ihr ihn auch?«

»Manchmal, ansonsten verschenken wir ihn.« Der Mönch wollte noch etwas sagen, doch das dünne Läuten der Glocke unterbrach ihn. Er lauschte einen Moment und nickte Alvarez dann zu. »Die Vesper ist beendet«, sagte er.

Der Spanier stand auf. »Dann könnte ich jetzt mit dem Abt reden.«

»Wahrscheinlich, Bruder.«

»Meinst du, dass ich einige Tage bei euch bleiben kann?«, erkundigte sich Don Alvarez.

Da lächelte der andere gütig. »Natürlich. Du kannst so lange bleiben, wie du willst. Eine Klause steht für dich noch immer frei. Du wirst mit uns beten und arbeiten.«

Die beiden so unterschiedlichen Mönche verließen das kleine Häuschen.

Die Tür der Kapelle stand inzwischen offen. Flackernder Kerzenschein fiel auf den Hof, den langsam die Schatten der Dämmerung ausfüllten. Hintereinander verließen die Mönche die Kapelle. Sie hielten die Köpfe gesenkt, die Kapuzenränder waren bis dicht an die Augenbrauen gerutscht, die Blickte berührten den Boden.

Die Mönche befanden sich noch in tiefer Andacht, deshalb senkte Don Alvarez seine Stimme zu einem Flüstern, als er fragte: »Wer von ihnen ist der Abt?«

»Er befindet sich noch in der Kapelle und verlässt sie immer als Letzter. Gleich müsste er kommen.«

Der Mönch hatte nicht gelogen. In der Tat erschien der Abt. Er schloss auch die Tür.

Ein Windstoß fuhr in den Innenhof und blies ihm die Kapuze vom Kopf. Don Alvarez sah, dass der Klostervorsteher nur wenig Haare hatte. Sie umgaben einen blanken Kopf seitlich wie ein weißer Kranz.

»Lass uns gehen, Bruder«, sagte der Mönch.

Don Alvarez folgte dem Mann. Er merkte doch, dass er innerlich nervös war, denn jetzt kam es darauf an. Würde der Abt ebenfalls auf seinen Bluff hereinfallen? Viel Zeit blieb ihm nicht mehr. Die Horror-Reiter wollten bei Anbruch der Dunkelheit erscheinen und das Kloster in ihre Gewalt nehmen.

Der Abt blieb stehen, als er die beiden auf sich zukommen sah. Fragend schaute er sie an.

Don Alvarez wartete etwas abseits, bis der Mönch dem Abt einige Erklärungen abgegeben hatte. Ein weiterer Mönch ging an ihnen vorbei. Trotz der Kutte, die seinen Körper verbarg, war zu sehen, dass er eine ungewöhnlich kräftige Statur hatte.

Es war der Silberschmied, Bruder Ignatius.

Der Abt nickte ein paar Mal, schaute Alvarez an, und ein wohlwollendes Lächeln umspielte seine Lippen.

Er hat nichts bemerkt, dachte der Spanier. Innerlich lachte er. Das lief alles sehr gut.

Dann wurde er von dem Klostervorsteher direkt angesprochen. »Ja, Bruder Alvarez, du kannst bei uns bleiben. Ich habe gehört, welch eine lange Reise du auf dich genommen hast.«

»Ich komme als Büßer.«

»Dann bleibe bei uns, so lange du willst. Sei in unserem Kreise herzlich willkommen.« Der Abt reichte Alvarez die Hand, die dieser ergriff und kräftig drückte.

»Ich danke dir«, erwiderte er und senkte den Blick. »Ist es möglich, dass ich dich unter vier Augen spreche?«

»Natürlich, mein Freund. Komm mit, wir gehen in mein Arbeitszimmer.«

Der andere Mönch blieb zurück. Er bewunderte den Betbruder aus Spanien, dass dieser so eine lange Reise unternommen hatte.

Der Abt führte Don Alvarez auf den Mitteltrakt zu. Dort schritten sie durch eine offen stehende zweiflügelige Tür und betraten eine kahle Halle, in der es kein einziges Möbelstück gab, sondern nur ein schlichtes Holzkreuz an der Wand.

In einer Ecke standen drei metallene Kerzenständer. Die brennenden Dochte der dicken Kerzen verbreiteten ein flackerndes Licht, das längst nicht die gesamte Halle erleuchtete, sondern einige Ecken und Winkel im Schatten ließ.

Sie wandten sich nach links.

Mit gemessenen Schritten ging der Abt voran, während sich Don Alvarez eine halbe Körperlänge hinter ihm hielt, damit er auch die Umgebung beobachten konnte.

Wohl fühlte er sich hier nicht. Für Alvarez war es eine feindliche Umwelt. Er spürte, dass hier ein anderer Geist herrschte als in dem Kloster Monte Terrano. In St. Patrick hatte der Teufel noch keinen Einlass gefunden.

Das sollte sich ändern.

Zwei Mönchen kamen ihnen entgegen, als sie durch den langen Gang schritten, dessen Steinboden zwar dunkel, aber fast so blank wie ein Spiegel war. Die Mönche grüßten. Der Abt nickte zurück, und auch Don Alvarez erwiderte den Gruß.

Die Türen an der linken Gangseite waren allesamt braun gebeizt. Vor jeder Tür stand eine brennende Kerze.

Es war kühl in diesen Mauern. Alvarez fröstelte. Als der Abt stehen blieb, verhielt auch er seinen Schritt. Der Klostervorsteher schloss die größte der Türen auf, öffnete und ließ seinem Gast den Vortritt.

Don Alvarez betrat das Arbeitszimmer des Abts, das zugleich als Bibliothek diente. Ein gemeines Lächeln umspielte die Lippen des Spaniers, als er daran dachte, dass dieses Arbeitszimmer auch das Sterbezimmer des Abts werden sollte.

Der Abt schloss die Tür.

»Setz dich, Bruder«, wies er Don Alvarez an und deutete auf den hochlehnigen Stuhl.

»Danke.«

Der Spanier schaute sich um. Hohe Regale, die bis an die Decke reichten, ein alter Schreibtisch, auf dem aufgeschlagene Bücher lagen. Das große Fenster führte zum Hof, wo die Dämmerung immer mehr dunkle Ecken und Schatten bildete. Dieses Zimmer schien der einzig gemütliche Raum innerhalb des Klosters zu sein.

Der Abt trat dicht an seinen Gast heran. Er beugte sich dabei vor und betrachtete die Wunde.

»Bist du mit einem Messer verletzt worden? Ich habe auch Medizin studiert und kenne mich da aus.«

»Nein«, sagte Alvarez schnell. »Es war ein Stein. Sehr lang und scharfkantig.«

»Wir werden die Wunde verbinden. Anschließend bekommst du dein Essen, dann wird dir jemand eine Klause zuweisen.«

»Ich danke«, sagte der teuflische Mönch.

Der Abt drehte sich um. Rechts neben der Tür stand ein alter Holzschrank mit zwei Türen. Die rechte davon schloss der Abt auf. In diesem Schrank verwahrte er unter anderem die Dinge, die für eine Erste Hilfe unerlässlich waren.

Er bückte sich, weil der Kasten mit dem Roten Kreuz darauf ziemlich weit unten lag.

Don Alvarez stand auf. Die Gelegenheit war plötzlich günstig. Der Abt drehte ihm den Rücken zu und ahnte von nichts.

Eine Bewegung mit beiden Armen, die zwei Messer rutschten aus den Ärmeln.

Der Lichtreflex einer brennenden Kerze traf die Klingen und ließ sie rötlich aufblitzen.

Unhörbar schlich der teuflische Mönch auf den immer noch gebückt stehenden Abt zu.

Nichts warnte den Mann.

Noch zwei Schritte, dann nur noch einer.

Alvarez hob beide Hände.

In diesem Augenblick kam der Abt hoch, drehte sich um und sagte: »Da habe ich den Kasten …«

Weiter kam er nicht. Sein Gesicht verzerrte sich für einen winzigen Moment zu namenlosem Schrecken, dann stieß Don Alvarez mit beiden Messern zu …

Obwohl wir damit gerechnet hatten, auf die Horror-Reiter zu treffen, war das Auftauchen des ersten doch ein Schock für uns. Und er sah so aus, wie ich ihn eigentlich nicht in Erinnerung hatte.

Auf dem Rappen hockte nur ein pechschwarzes Skelett. Ohne Rüstung, ohne Schutz, nur mit einer Lanze bewaffnet. So erinnerte er mich an den Schwarzen Tod in verkleinerter Form. In seinen Augenhöhlen schimmerte es hell. Sehr deutlich stachen sie vom Schwarz des Schädels ab.

Den Schaft der Lanze hielt er mit den Knochenfingern der rechten Hand umklammert, sein Maul stand halb offen, und das Tier, auf dem er saß, schnaufte. Dabei quoll Rauch aus den Nüstern. Ich wusste aber auch, dass er Feuer speien konnte.

Der Reiter war aus dem Wald rechts vor uns erschienen. Er musste auch dort gelauert haben, und nun machte er keinerlei Anstalten, den Weg freizugeben.

Neben mir bewegte sich Suko. Er schob seinen Arm durch die Lücke zwischen den beiden Vordersitzen und packte das von Destero erbeutete Schwert. Dabei stieß er einen Fluch aus.

»Was ist?«, fragte ich.

»Hinter uns steht auch einer. Er hat ein großes B auf der Brust. Baels Leibwächter.«

Und der Typ vor uns trug ein E auf den Skelettknochen gemalt. Er gehörte zu Eurynome.

Irgendwie erinnerte er mich an Astaroth, den Höllenritter. Es lag noch gar nicht so lange zurück, als ich gegen ihn gekämpft und zum Glück gewonnen hatte.

»Was machen wir?«, fragte Suko.

»Aussteigen.«

»Einfach so?« Mein Partner grinste.

»Was sonst?«

Sukos Arm fuhr wieder vor, und ich sah, dass er das Schwert festhielt. »Willst du es?«

»Klar.«

Ich löste den Sicherheitsgurt, packte den Griff und stieg aus dem Wagen.

Es war kälter geworden. Das konnte an der Höhe liegen, aber auch an der Anwesenheit der gefährlichen Reiter. Wir konnten nicht vor und nicht zurück. Sie hatten uns regelrecht eingekeilt.

Von den beiden anderen sahen wir nichts, aber uns war klar, dass sie irgendwo in der Nähe lauerten und uns beobachteten.

Die Tür ließ ich nur angelehnt, ging ein paar Schritte vor und blieb neben dem rechten Vorderreifen stehen.

Suko war zurückgegangen. Er stand in Höhe des Hinterreifens und behielt den anderen Reiter im Auge.

Wir maßen uns mit Blicken. Sehr groß kam mir die Gestalt vor. Sie hockte wie ein Denkmal auf dem schwarzen Gaul und sprach kein einziges Wort, während der von den Bergen fallende Wind durch die Knochen des Reiters fuhr.

»Was willst du?«, fragte ich ihn.

»Du bist John Sinclair!« Er sprach wie ein Automat.

»Ja, ich hoffe, du hast mich erkannt und erinnerst dich auch noch an unsere zweite Begegnung. Damals ist es dir verdammt dreckig gegangen. Mein Kreuz trage ich wieder bei mir. Willst du es sehen?« Ich hob die linke Hand und zog das Kruzifix hervor, das danach offen vor der Brust baumelte.

Es reagierte nicht.

Das hatte ich auch nicht erwartet, denn ich hätte es erst gegen die Gestalt schleudern müssen, um einen Erfolg zu erzielen. So tat sich nichts.

»Diesmal wird es dir nichts helfen, John Sinclair. Es hat nur seine Kraft entfaltet, weil sich auch der Bumerang in der Nähe befand. Über das Kreuz allein lachen wir.«

Da konnte er recht haben. Erst zusammen mit dem Bumerang war es dem Kreuz und mir gelungen, den Schwarzen Tod zu vernichten und die Horror-Reiter zurückzuschlagen.

Ich hatte nie wirklich daran geglaubt, dass ich sie endgültig vernichtet hatte, nun sah ich den lebenden Beweis vor mir.

Aber ich wollte es genau wissen. »Wo kommt ihr her?«, stellte ich meine nächste Frage.

»Aus einer Welt, die du nicht kennst, Geisterjäger.«

»Kann ich mir denken. Und wer hat euch geholfen?«

»Die vier Erzdämonen!«

Klar, dass Astaroth, Bael, Eurynome und Amducias ihre dämonischen Finger im Spiel hatten. Sie würden es nie zulassen, dass ihre Leibwächter vernichtet wurden.

»Und was sagt Asmodina dazu?«

»Sie wird sich damit abfinden müssen.«

Diese Antwort auf meine nicht ohne Hintergedanken gestellte Frage bewies mir, dass andere, mächtige Dämonen es leid waren, von Asmodina gegängelt zu werden. Sie griffen zu eigenen Mitteln, das Auftauchen der Horror-Reiter hatte es bewiesen.

»Wer ist noch bei euch?«

»Das weißt du selbst. Wir haben Don Alvarez befreit, denn er hat in der Zeit seines Zwangsaufenthaltes in der Irrenanstalt immer zu uns gehalten. Er hat uns nicht vergessen, wir haben ihn nicht vergessen.«

»Und wo befindet er sich?«, fragte ich, obwohl ich die Antwort schon ahnte.

»Im Kloster! Er bereitet alles für unsere Ankunft vor. Wenn wir eintreffen, ist dieser Stützpunkt des Guten sturmreif, und er wird zu einer Festung der Hölle.«

Große Worte, doch für mich bestand kein Grund, an ihrer Glaubwürdigkeit zu zweifeln.

Und ich durchschaute ihren Plan. Sie wollten Suko und mich hier auf halber Strecke so lange festhalten, bis Alvarez das Kloster übernommen hatte.

Ein teuflischer Plan, der aufgehen konnte, wenn wir nichts unternahmen.

»Nein!«, erwiderte ich entschlossen. »Nie wird das Kloster zu einer Festung der Hölle. Dafür trage ich Sorge.« Nach diesen Worten lief ich mit schlagbereitem Schwert auf die Knochengestalt zu. Meine Beretta konnte ich im Holster lassen, sie hätte mir doch nicht gegen diese Reiter geholfen. Silberkugeln prallten an diesen Knochen wirkungslos ab. Aber mit dem Schwert, ebenfalls eine Waffe des Bösen, hoffte ich, die Skelette zerstören zu können.

Mulmig war mir schon, als ich dem Horror-Reiter entgegenschritt. Doch ich wusste Suko in meinem Rücken. Er würde mich früh genug warnen, sollte der andere versuchen, einzugreifen.

Der Reiter blieb auf seinem schwarzen Gaul sitzen. Er machte keinerlei Anstalten, mir entgegenzusprengen, und das wunderte mich. Sehr bald erfuhr ich den Grund.

Suko stieß den Warnschrei aus. »John, weg!«

Blitzschnell lag ich flach. Kaum war ich auf dem Boden aufgeprallt, da hörte ich schon das pfeifende Geräusch, mit dem die schwere Lanze auf mich zuflog. Doch nicht der Reiter vor oder hinter mir hatte sie geworfen, sondern ein dritter, der rechts von mir im Wald lauerte.

Das schwere Wurfgeschoss hämmerte dicht neben meinem Kopf in den Boden. So wuchtig, dass die Spitze fast bis zum Beginn des Schafts darin verschwand.

Ich sprang auf.

Gleichzeitig ritt der Reiter vor mir an. Der dritte preschte den Hang hinunter, und auch Suko wurde von zwei dämonischen Kreaturen attackiert. Der letzte Reiter hatte ebenfalls im Wald gelauert, allerdings weiter hinten.

Der Chinese wollte seinen Stab aus der Tasche ziehen, er kam nicht mehr dazu. Alles ging viel zu rasch. Er konnte sich nur noch mit einem raschen Sprung zur Seite retten, sonst wäre er von den Hufen des Pferdes getroffen worden, die plötzlich vor seinem Gesicht auftauchten.

Suko prallte zu Boden, überschlug sich ein paar Mal, schluckte Staub, wollte auf die Beine kommen und die Dämonenpeitsche ziehen, wurde aber von dem Reiter so hart gerammt, dass er wieder zu Boden stürzte und sich dort überschlug.

Der Chinese hatte so viel Schwung, dass er quer über die Straße rollte und dem Abgrund verdammt nahe kam. Dicht davor blieb er liegen, krümmte seinen Körper und schnellte hoch.

Dicht vor sich sah er den pechschwarzen Gaul. Er stand auf der Hinterhand, der Reiter hatte sich aufgesetzt und rammte die gefährliche Lanze nach unten, um den Chinesen zu töten.

Suko sprang zur Seite, stieß sich ab und hechtete gleichzeitig vor. Er spürte noch den Luftzug, so dicht wischte die Waffe an seinem Schädel vorbei, dann hatten die Finger seiner ausgestreckten Arme den Horror-Reiter gepackt und krallten sich an den Knochen fest.

Suko riss das schwere Skelett vom Pferderücken. Es klapperte, als der Horror-Reiter zu Boden fiel.

Sofort griff Suko unter seine Jacke und holte die Dämonenpeitsche hervor. Er kam nicht mehr dazu, einen Kreis zu schlagen, um die Wirksamkeit der Waffe einzusetzen, ein anderer griff in den Kampf ein, an den Suko gar nicht gedacht hatte.

Das Pferd befand sich in seinem Rücken und trat zu.

Zwei Schläge bekam der Chinese mit.

Einer traf sein Kreuz und schleuderte ihn nach vorn, direkt auf den Reiter zu. Dadurch hatte er Glück, sodass ihn der zweite Huf nur am Kopf streifte.

Bei einem Volltreffer wäre Suko tot gewesen, so überstand er vorerst den Treffer, sah die Sterne vor seinen Augen aufplatzen und merkte, wie seine Beine nachgaben.

Alles verschwamm. Er stolperte noch ein paar Schritte weiter, bevor er nach vorn kippte und bewusstlos wurde. Den Aufprall spürte er schon nicht mehr.

Schaurig lachte der Horror-Reiter auf.

Dieses Lachen hörte auch ich und wusste, dass irgendetwas Schlimmes geschehen war. Ich schlug mich noch immer mit meinen zwei Reitern herum, die ungeheuer schnell und wendig waren, denn ich hatte es noch nicht geschafft, einen Treffer zu landen.

Immer wieder wichen die beiden aus.

Sie hockten auf ihren Gäulen, die sie meisterhaft beherrschten und die ihnen auch gehorchten. Die rabenschwarzen Tiere reagierten auf jeden Schenkeldruck, und sie wichen immer geschickt aus, wenn ich zuschlagen wollte.

Ich wechselte das Schwert in die linke Hand und dachte an die Lanze, die auf dem Boden lag. Mit der Rechten hob ich sie auf.

Etwas fauchte heran. Eine Feuerlohe.

Gedankenschnell warf ich mich zu Boden, sodass die Lohe über meinen Kopf hinweg blies und ich nur ihren heißen Atem spürte, der mir fast die Haut im Nacken verbrannte.

Voller Wut schleuderte ich die Lanze.

Wahrscheinlich war ich zu wütend gewesen, ich hätte besser zielen sollen, denn das auf dem Gaul hockende Skelett duckte rechtzeitig genug weg, und die Lanze fehlte. Mist.

Mit dem Schwert führte ich den nächsten Streich. Ziemlich unkontrolliert, aber ich hatte Glück.

Die Spitze streifte das Knochenbein des zweiten Reiters.

Ein wilder, rauer Schrei. Im nächsten Augenblick fiel ein Fuß mit einem Stück Knochen daran zu Boden. Der Reiter musste Schmerzen spüren, und ich lächelte grimmig. Konnte mich allerdings nicht weiter um ihn kümmern, denn durch Sukos Schrei wusste ich, dass er Hilfe brauchte. Ich wandte mich blitzschnell um, prallte dabei gegen die Stoßstange des Bentley, sprang auf die Kühlerhaube, von dort aus auf das Dach des Wagens, und lief mit schnellen Schritten darüber hinweg.

Vom Dach aus hechtete ich auf einen Reiter zu, der von seinem Gaul gestiegen war und Suko in den Abgrund schleudern wollte.

Ich kam keine Sekunde zu spät. Das Skelett hatte meinen Partner schon mit beiden Händen gepackt, als ich, von der eigenen Wucht getrieben, gegen ihn prallte.

Der Knöcherne kippte nicht nur um, sondern verschwand über der Kante und fiel in den Abgrund. Damit war er nicht erledigt, aber ich hatte einen Gegner weniger.

Sofort wirbelte ich herum.

Mit dem Schwert wehrte ich einen Hieb ab. Leider traf ich die Lanze nicht so, sodass ich sie in zwei Teile gehauen hätte, die Klinge streifte sie nur. Es reichte allerdings aus, um sie aus der Richtung zu bringen.

Ich stach nach dem Kopf des Pferdes.

Und hatte Glück.

Die Spitze bohrte sich in das linke Auge des höllischen Tiers. Ein schrilles Geräusch erklang, das nur eine entfernte Ähnlichkeit mit dem Wiehern normaler Pferde hatte. Auf der Hinterhand stieg der schwarze Gaul hoch, und ich sah eine dicke grünliche Flüssigkeit aus dem Auge fließen, die in großen Tropfen zu Boden klatschte.

Einen weiteren Gegner sah ich nicht in unmittelbarer Nähe. Die drei Horror-Reiter zogen sich zurück.

Und wie sie das machten.

Sie gaben ihren Gäulen die Sporen und jagten in den Abgrund hinunter. Das reiterlose vierte Pferd folgte ihnen.

Ich aber trat dicht an die Kante und schaute nach unten.

Das Skelett war nirgendwo zu sehen. Es musste irgendwo zwischen den unten wachsenden Krüppelkiefern liegen, die inmitten eines grauen Felsenfeldes wuchsen.

Die drei Horror-Reiter fanden ihren Artgenossen sehr schnell. Sie hoben ihn hoch – von meinem Standpunkt aus konnte ich nicht erkennen, ob das Skelett noch intakt war – und ritten mit ihm davon.

Ich atmete aus.

Dann merkte ich, wie sehr ich zitterte. Verdammt, der Kampf hatte Nerven gekostet. Zudem war ich in Schweiß gebadet. Und das war erst das Vorspiel gewesen, dessen war ich mir sicher.

Ich bückte mich und schaute Suko an. Er lag auf dem Rücken. Als ich in sein Gesicht sah, bekam ich einen Schreck.

Es war leichenblass. Auf seiner Stirn lagen noch kalte Tropfen. Schweiß. Danach schaute ich mir seinen Hinterkopf an. Da sah ich das Blut. An der rechten Seite, dicht hinter dem Ohr, hatte ihn der Huf getroffen. Es musste ein ungewöhnlich harter Tritt gewesen sein, denn Suko konnte einiges einstecken.

Aus Erfahrung wusste ich, dass Suko, wenn er einmal bewusstlos war, so schnell nicht wieder aufwachen würde. Mir blieb deshalb nichts anderes übrig, als ihn zu packen und in den Wagen zu hieven, denn liegen lassen konnte ich ihn nicht.

Wieder einmal merkte ich, wie schwer mein Freund war. Ich hatte große Mühe, seinen Oberkörper überhaupt hochzuwuchten. Schließlich fasste ich ihn unter die Achseln und schaffte ihn so zum Wagen, wobei seine Hacken über den Boden schleiften und dort zwei Linien hinterließen.

Fragen Sie mich nicht, wie ich Suko in den Fond bekam. Ich schaffte es mit Kraft und Geduld.

Danach musste ich mich erst einmal ausruhen. Ich hockte auf dem Fahrersitz, hatte die Tür offen und atmete schwer. Man konnte es als deprimierende Phase bezeichnen. Trotz des Teilerfolgs, den ich errungen hatte, fühlte ich mich nicht wohl.

Suko war bewusstlos. Dem teuflischen Mönch Alvarez war es sicherlich gelungen, in das Kloster einzudringen. Von Myxin und Kara fehlte jedes Lebenszeichen, und ich kam mir verdammt allein vor.

So allein würde ich auch gegen die vier verdammten Reiter antreten müssen.

Das konnte gar nicht gut gehen. Einer allein gegen die vier grausamen Gestalten? Nie.

Es wurde langsam dunkel. Für mich war das Einfallen der Dämmerung ein Startsignal.

Ich fuhr wieder an. Diesmal einem verdammt ungewissen Schicksal entgegen …

Der Abt brach zusammen.

Fassungslosigkeit, Unglaube und Entsetzen waren in seinem Gesicht zu lesen, das immer bleicher wurde. Er streckte seine Arme aus und wollte sich an den Schultern seines Mörders abstützen, doch Alvarez trat zurück und sah zu, wie der Abt zu Boden fiel und dort liegen blieb ...

Er lag vor dem Schrank auf der Seite und stöhnte leise. Noch steckte Leben in seinem Körper, doch mit jedem Tropfen Blut, der aus den Wunden sickerte, wurde es weniger.

Der teuflische Mönch bückte sich und zog beide Messer aus dem Körper. Die Klingen säuberte er an der Kleidung des Mönchs und ließ sie wieder verschwinden.

Er vernahm das Stöhnen des Sterbenden und bückte sich. Anklagend schaute ihn der Abt an.

»Warum?«, flüsterte er. »Warum haben Sie mich ...«

»Es musste sein ...«

»Bruder?«

Da kicherte Alvarez hohl. Der Schein des flackernden Kerzenlichts traf ihn und malte zuckende Schatten auf sein Gesicht. »Von wegen Bruder. Ich bin vom Satan gekommen und werde dieses Kloster zu einem Stützpunkt der Hölle machen. Du warst der Erste, andere werden folgen. Hier regiere ich.«

»Nein!«, keuchte der Abt. »Nein, nie wird dir das gelingen. Sei verflucht, Teufelsdiener.«

»Das bin ich sowieso.« Wieder lachte er.

»Ich verfluche dich!« Noch einmal hatte sich der Abt zusammengerissen, seine Stimme klang so schrill, dass sogar Alvarez erschrak, denn diese Kraft hätte er dem Sterbenden nicht mehr zugetraut.

Es waren die letzten Worte des Klostervorstehers. Ein tiefer, röchelnder Atemzug, dann war alles vorbei.

Der Abt war tot.

»Endlich!«, keuchte Alvarez, »endlich.« Er stand wieder auf und schaute sich um.

Nein, in dieser Bibliothek befand sich nichts, für das er sich hätte interessieren können. Es war nur gut, dass er den Abt getötet hatte. Jetzt waren die Mönche führungslos.

Da klopfte es.

Sofort erstarrte der teuflische Mönch. Er hatte nicht damit gerechnet, dass den Abt jemand besuchen würde.

»Wer ist da?«, fragte Alvarez und versuchte, die Stimme des Klostervorstehers nachzuahmen.

»Ich, Bruder Ignaz.«

Der Mönch grinste. Das war doch der Knabe, der ihm geöffnet hatte. Die Stimme bewies es.

»Einen Moment, Bruder, ich gebe dir Bescheid.« Nach diesen Worten erwachte der Mörder zu einer nahezu fieberhaften Hektik und Aktivität. Er zog die Leiche des Abts ein Stück zur Seite und legte sie neben dem Schrank in den toten Winkel. Die Türen ließ er offen, damit der Tote nicht sofort gesehen werden konnte.

»Du kannst kommen, Bruder Ignaz.«

Alvarez hatte es tatsächlich geschafft, die Stimme des Toten so gut zu imitieren, dass selbst Bruder Ignaz darauf hereinfiel. Ahnungslos öffnete er die Tür.

Der teuflische Mönch hielt sich im Hintergrund, um nicht sofort gesehen zu werden.

Ahnungslos betrat Bruder Ignaz die Bibliothek. Es kam Alvarez' Plänen sogar sehr entgegen, dass er die Tür hinter sich schloss.

Bruder Ignaz blieb stehen. »Wo bist du, Ehrwürdiger Vater?«, fragte er leise.

Er bekam keine Antwort.

Der Mönch wandte sich um.

Da sah er Alvarez.

Im ersten Augenblick glaubte er tatsächlich, den Abt vor sich zu haben, denn Alvarez hatte seine Kapuze hochgezogen und beide Hände in die weiten Ärmel gesteckt. Dass seine Finger dort die Griffe der Messer umklammerten, konnte Ignaz nicht wissen.

»Ehrwürdiger Vater, ich …«

Leise lachte Alvarez auf. »Ich bin nicht der Abt.«

Noch immer wurde Ignaz nicht misstrauisch, sondern fragte: »Wo befindet er sich?«

»Beim Teufel! Er ist tot!«

Da erstarrte der Mönch in jähem Schrecken. Sein Gesicht wurde aschfahl. »Wo – wo ist er?«

»Ich habe ihn getötet«, sagt Alvarez und kam langsam näher. »So wie ich auch dich töten werde.« Dabei zog er die Messer aus seinen Kuttenärmeln.

Plötzlich wusste Ignaz Bescheid. Blitzschnell wandte er sich um und floh zur Tür.

Vielleicht hätte er zum Fenster laufen sollen, so machte er es Alvarez nur leicht.

Der Spanier hob den rechten Arm und schleuderte das Messer.

Er konnte ausgezeichnet mit diesen Waffen umgehen. Die Klinge fand in dem breiten Rücken des Mönchs ihr Ziel und verschwand in der wallenden Kutte, sodass nur noch der Schaft hervorschaute.

Bruder Ignaz erreichte die schwere Klinke nicht mehr. Seine Hand rutschte an der Türfüllung ab, er selbst fiel zu Boden und blieb auf dem Gesicht liegen.

Er war tot.

Alvarez rieb sich die Hände, zog das Messer aus der Leiche hervor, säuberte es und steckte es ein. Dann schleifte er den Toten dorthin, wo auch der Abt lag.

Nichts konnte ihn jetzt noch aufhalten. Trotzdem blieb er vorsichtig, als er die Tür öffnete und hinausschaute.

Leer lag der Gang zu beiden Seiten vor ihm.

Don Alvarez huschte aus dem Arbeitszimmer, in dem er zwei Leichen hinterlassen hatte.

Sicherlich würde man die Toten bald entdecken, aber das machte nichts. Bis dahin musste Don Alvarez das Kloster unter seine Knute gebracht haben.

Und er würde es schaffen!

Er dachte gar nicht daran, sich zu verstecken, sondern schritt dorthin, wo sie auch hergekommen waren. Dabei versuchte er, möglichst leise über den Gang zu gehen. Er wollte großes Aufsehen vermeiden.

Vor der Tür blieb er stehen. Es war nicht völlig still. Aus den Klausen vernahm er die Stimmen der Mönche. Einige beteten laut den Rosenkranz, und Alvarez verzog das Gesicht. Diese Worte passten ihm nicht mehr, seitdem er sich dem Teufel verschworen hatte.

Er zischte einen gemeinen Fluch durch die Zähne, öffnete die Tür und ging nach draußen.

Mit der Dämmerung war die Kühle gekommen. Von den Bergen her wehte ein kälterer Wind, der auch die Kutte des Mörders erfasste und sie eng gegen seinen Körper presste. Er hielt die Kapuze nicht mehr fest, ihm war es egal, dass sie in seinen Nacken geweht wurde.

In der Schmiede brannte Licht, ein Zeichen, dass dort noch gearbeitet wurde. Um die Lippen des teuflischen Mönchs stahl sich ein böses Lächeln, als er daran dachte, wer dort am Feuer saß und noch so spät seiner Beschäftigung nachging.

Es hatte sich im Kreise der Dämonen und Höllengestalten herumgesprochen, dass Bruder Ignatius die Silberkugeln herstellte und sie weihte, die für den Geisterjäger so wichtig waren. Denn durch die Kugeln hatten zahlreiche Dämonen der unteren Stufe bereits ihr Leben verloren, und ihre Seelen siechten dahin im Reich des grässlichen Spuks, wo sie niemals Erlösung fanden.

Wenn Alvarez diesen Mann tötete, dann hatte er in den Augen der Schwarzblütler ein großes Werk vollbracht.

Alvarez entschloss sich, seinen vierten Mord an diesem Tag zu begehen.

Niemand beobachtete ihn, als er an dem neu erbauten Brunnen vorbeiging und die kleine Schmiede ansteuerte. Er verschmolz in seiner dunklen Kutte mit den Schatten der Dunkelheit, die immer stärker wurden und den Innenhof fast vollständig ausfüllten.

Die Werkstatt des Schmieds befand sich in einem kleinen Anbau. Durch ein offenes Fenster fiel das rötliche Licht und malte einen langen Streifen auf den Boden.

Die Tür bestand aus Holz und war nicht bearbeitet worden. Man sah ihr jedoch an, dass die Bohlen sehr dick waren.

Alvarez klopfte. Er wollte es völlig harmlos machen, Ignatius sollte keinerlei Verdacht schöpfen.

»Ja?«

Vorsichtig drückte der teuflische Mönch die Tür auf und betrat auf leisen Sohlen die Werkstatt.

In einem Steinbecken glühten noch die Kohlen. Ein paar winzige Flämmchen tanzten über das Gestein, fanden aber keine Nahrung mehr. Der Mönch hockte auf einem Schemel. Vor ihm stand eine Schale mit flüssigem Silber.

»Tritt näher«, sagte Bruder Ignatius freundlich, als er sah, dass der Ankömmling unschlüssig an der Tür stehen blieb.

»Gott zum Gruße«, sagte Alvarez, wobei es ihm schwerfiel, die Worte über die Lippen zu bringen. »Wer bist du, Bruder?«

»Ich heiße Ignatius.«

»Einen Namensvetter von dir habe ich bereits kennengelernt. Er hat mich empfangen.«

»Dann bist du der Bruder, der die sehr weite Pilgerreise auf sich genommen hat?«

»Ja, der bin ich.«

»Es ist eine große Leistung, die du da vollbracht hast, Bruder«, sagte Ignatius. Er nickte anerkennend. »Und nun willst du dich ein wenig umsehen?«

»So ist es. Ich möchte mich irgendwie nützlich machen.«

»Eine sehr löbliche Einstellung, Bruder. Verstehst du etwas vom Schmiedehandwerk?«

»Nein, aber ich würde es gern lernen.«

»Dann bist du bei mir richtig.«

»Wie ich sehe, arbeitest du mit Silber und nicht mit Eisen«, sagte Don Alvarez. »Hat das einen besonderen Grund?«

»Ja, das hat es.«

»Darf man ihn erfahren?«

»Nein, ich möchte nicht darüber sprechen. Der Abt hat es mir nicht offiziell erlaubt, wenn er jedoch seine Einwilligung gibt, dann darf ich reden.«

»Sie sind für einen Mann bestimmt, nicht wahr?«

Der Schmied krauste die Stirn.

»Das stimmt.«

»Und der Mann heißt John Sinclair.«

Bruder Ignatius war erstaunt. »Richtig, du bist sehr gut informiert. Woher kommt das?«

»Man hat seine Beziehungen«, bemerkte Don Alvarez und ging langsam auf Bruder Ignatius zu, der sich plötzlich sehr irritiert zeigte. Er stand neben dem Feuer, dessen Glut ihn mit ihrem letzten Schein überwarf. Der Mönch wurde aber auch misstrauisch. Die letzte Bemerkung des Mannes passte so gar nicht zu einem Geistlichen.

Und plötzlich lagen die beiden Messer in den Händen des teuflischen Mönchs. Auch die blanken Klingen wurden angestrahlt und sahen aus wie in Blut getaucht.

»Damit hast du wohl nicht gerechnet, wie?«, höhnte Alvarez. »Zwei Tote habe ich hier schon hinterlassen, einer liegt auf der Straße, die zum Kloster führt, und du wirst der Nächste sein, bevor der Geisterjäger an die Reihe kommt.«

Diese im wilden Triumph ausgestoßenen Worte hatten dem Pater Zeit gegeben, sich auf die neue Lage einzustellen. Er war ein Mann des Friedens, aber die Gewalt, die ihm jetzt drohte, die konnte nur mit Gewalt bekämpft werden.

Er sprang zurück und griff nach einem gewaltigen Vorschlaghammer, der an der Wand lehnte. Mit einer Hand schwang er ihn hoch, ein Zeichen dafür, welch eine Kraft in dem Körper steckte.

»Was willst du, Satan?«, fauchte er Alvarez an. »Du wirst mich nicht töten, sondern ich werde dich zur Hölle schicken, damit du das Heulen und Zähneknirschen am eigenen Leibe erleben kannst.«

Da schleuderte Alvarez ein Messer.

Die Bewegung war im Ansatz kaum zu erkennen, aber Ignatius hatte sagenhaftes Glück. Als das Messer auf ihn zuflog, riss der den Vorschlaghammer zur Seite, und die Klinge hieb genau gegen das schwere Stück Eisen, wo sie mit einem klingenden Geräusch abprallte und zu Boden fiel.

Don Alvarez war sekundenlang irritiert. Damit hatte er nun wirklich nicht gerechnet.

Bruder Ignatius warf sich vor. In maßlosem Zorn schlug er mit dem Vorschlaghammer zu, holte jedoch zu weit aus, sodass der teuflische Mönch Gelegenheit fand, zur Seite zu weichen.

Der Hammer verfehlte ihn.

Bruder Ignatius fiel nach vorn, doch zum Glück an der rechten Seite des Mannes vorbei, denn in dieser Hand hielt Alvarez kein Messer mehr. Die bullige Gestalt des Paters berührte ihn und drückte ihn zur Seite, wobei Alvarez über den Schemel strauchelte und ihn umriss.

Doch er gab nicht auf. Mit einem gewaltigen Sprung war er bei seinem zweiten Messer, erwischte es, sein Arm fuhr hoch und blieb mitten in der Bewegung stehen.

Er hatte etwas gehört.

Heulen und Pfeifen in der Luft.

Die Horror-Reiter waren da.

Endlich!

Wild lachte er auf, vergaß seinen Feind und rannte an ihm vorbei nach draußen.

Ein schaurig schönes Bild bot sich seinen Augen.

AEBA kam aus der Luft. Von allen vier Himmelsrichtungen ritten die Horror-Reiter herbei. Sie hockten auf ihren nachtschwarzen Gäulen und stießen auf das Kloster nieder.

Feuer und Rauch quollen aus den Nüstern der Tiere. Sie umhüllten die Reiter mit ihrem blutigen Schein.

Don Alvarez rannte zum Brunnen, wo er auf die Knie fiel und beide Hände gegen den Himmel streckte.

»Satan!«, brüllte er. »Satan, ich liebe dich. Du bist gekommen, hast deine Diener geschickt. Nimm dieses verfluchte Kloster und mache es zu einem Hort der Hölle!«

Seine Stimme hallte als schauriges Echo über den Innenhof, auf dem die Reiter soeben landeten.

Einer hielt plötzlich ein glühendes Lasso in der Hand, ritt an, holte aus, und wie ein Komet pfiff das magische Lasso durch die Luft, bevor es sich um das Kreuz auf dem Dach der kleinen Kapelle wickelte.

Ein Ruck, und das Eisenkreuz fiel nach unten.

Auf dem Hof blieb es liegen.

Alvarez rannte hin und trat wütend mit beiden Füßen auf dem Kreuz herum.

»Und jetzt holt die Mönche!«, brüllte er, wobei seine Stimme fast überkippte. »Sie sollen sterben. Alle sollen sie sterben!« Sein satanisches Lachen stach in den dunklen Himmel.

Und die Hölle konnte jubilieren …

Suko war noch immer bewusstlos.

Nicht einmal ein leises Stöhnen hatte er von sich gegeben. Es musste ihn doch stärker erwischt haben, als ich angenommen hatte. Ich befand mich noch immer auf der Straße. Mittlerweile hatte mich die Dunkelheit eingeholt. Ich musste die Scheinwerfer einschalten. Ihre Strahlen warfen einen hellen Teppich auf den Weg.

Ich wusste, dass ich zu spät kommen würde. Die Horror-Reiter waren einfach zu schnell. Sie brauchten sich nicht an die Gesetze der Physik zu halten, sie konnten auf ihren rabenschwarzen Pferden durch die Luft reiten.

Wenn ich im Kloster St. Patrick eintraf, würden sie es längst in ihren Besitz genommen haben.

Davor hatte ich Angst. Sie waren Dämonen, hassten alles Gute, alles Menschliche, und wie ich sie kannte, würden sie kein Erbarmen kennen und alle Insassen töten.

Als ich daran dachte, bildete sich auf meinem Rücken eine Gänsehaut. Meine Furcht steigerte sich noch mehr. Ich fuhr schneller, nahm die Kurven härter, obwohl es schon fast an Wahnsinn grenzte.

Dann trat ich auf die Bremse.

Vor und über mir sah ich den blutroten Schein am Himmel. Im ersten Augenblick nahm ich an, dass St. Patrick brennen würde, aber der Schein bewegte sich, er wanderte von oben nach unten und war schließlich verschwunden.

Das waren die Reiter.

Und sie mussten es tatsächlich geschafft haben, das Kloster zu stürmen.

Gas!

Ich fuhr noch schneller, noch riskanter. Manchmal radierten die Reifen nur um Haaresbreite am Abgrund entlang, aber ich musste retten, was noch zu retten war.

Vielleicht noch zwei Minuten Fahrt, dann hatte ich das Kloster in den Bergen erreicht.

Es waren nicht einmal zwei Minuten. Noch genau konnte ich mich an die große Kurve vor dem Kloster erinnern. Dort hatte ich mit den Rockern gekämpft.

Heute würden es die vier Horror-Reiter sein.

Stärkere Gegner.

Ich stoppte, öffnete die Tür und verzog das Gesicht, weil ich die gellenden Stimmen und das Schreien hörte.

Die Dämonen waren in ihrem Element!

Am liebsten wäre ich auf das Kloster zugerannt, hätte mich über die Mauer geschwungen und wäre wie ein rächender Geist über die anderen gekommen.

Das wäre jedoch falsch gewesen, ich musste in diesen Augenblicken einen kühlen Kopf bewahren.

Noch hatte man mich nicht gesehen.

Das Geschehen lief auf dem Innenhof ab, und die dicken Klostermauern trennten uns. Ich warf noch einen Blick auf Suko.

Der Chinese lag wie hingestreckt da. Blass im Gesicht, mit eingefallenen Wangen. Verdammt, es hatte ihn doch hart erwischt. Ich diagnostizierte eine Gehirnerschütterung.

Das Schwert nahm ich mit. Es war jetzt meine wichtigste Waffe im Kampf gegen die Horror-Reiter. Ich »stahl« Suko auch die Dämonenpeitsche und steckte sie ebenfalls ein.

Vier gegen einen.

Das Verhältnis gefiel mir nicht, aber vielleicht konnten mir die Mönche zur Seite stehen. Vor allen Dingen Bruder Ignatius, der sich schon einmal gegen die Mächte des Bösen gestellt hatte.

Ungesehen gelangte ich bis an das Tor des Klosters. Hoch wuchs es vor mir auf.

Mein Blick wurde etwas pessimistisch. Das Riesending konnte ich allein nicht aufziehen. Wahrscheinlich blieb mir nichts anderes übrig, als an der Mauer hochzuklettern.

Ich achtete auch auf die Geräusche hinter der Mauer.

Und die waren gar nicht schön.

Mir fiel besonders die kreischende Stimme des ehemaligen Mönchs Don Alvarez auf. Er brüllte sich fast die Lunge aus dem Leib, war in seinem Element und versuchte, die Horror-Reiter als auch die Mönche zu dirigieren.

»Ein Schafott werde ich hier aufbauen!«, brüllte er. »Ein riesiges Schafott!« Er lachte schaurig. »Und ihr werdet sterben. Der Reihe nach kommt ihr dran.« Ich verstand nicht mehr, was er noch alles erzählte, wusste jedoch, dass es für mich Zeit war.

Da entdeckte ich die kleine Seitentür. Warum war ich nicht vorher darauf gekommen? Schließlich stand ich nicht zum ersten Mal vor dem Kloster.

Die Seitentür ließ sich natürlich besser öffnen. Vielleicht konnte ich sie sogar aufbrechen.

Das war nicht nötig, denn die Mönche hatten sie gar nicht verschlossen. Ich drückte sie auf. Einen Spalt nur, durch den ich schaute.

Und was ich zu sehen bekam, war nicht dazu geeignet, meine Laune zu heben.

Das Bild war schaurig, makaber und auch tödlich …

Es gab keinen der Mönche, der die Worte des teuflischen Spaniers nicht vernommen hatte. Sie drangen bis in die letzte Klause und riefen Angst, Erschrecken und auch Zorn hervor.

In diesem heiligen Kloster wurde vom Satan gesprochen. Vom Sieg der Hölle.

Welch ein Frevel!

Niemand brauchte den Mönchen zu sagen, was sie tun sollten. Sie wussten es von allein.

Fast wurden die Türen der Klausen gleichzeitig aufgestoßen, als die Mönche ihre engen Kammern verließen, die Gänge entlang eilten und sich dem Ausgang näherten.

Dort blieben sie so überrascht stehen, sodass die hinteren nicht mehr rechtzeitig genug stoppen konnten und gegen ihre Vorderleute prallten. Es entstand ein ziemliches Durcheinander.

Die Szene auf dem Innenhof schien wirklich ein Abbild der Hölle zu sein.

Da waren die vier Reiter. Sie hockten auf pechschwarzen Gäulen, die aus ihren Nüstern Feuer schleuderten und so die unmittelbare Umgebung schaurig erhellten.

Die Reiter bildeten wieder das Abbild des Schreckens. Las man die Buchstaben von links nach rechts, dann formierten sie sich zu dem Wort der Worte.

AEBA!

Hier waren sie wieder vertreten, und das auf geweihtem Grund. Ein Sieg der Hölle, ein Triumph des Teufels und der Schwarzen Magie.

Vielleicht hatten einige von ihnen schon über AEBA gehört oder gelesen, aber noch nie hatte jemand der Mönche diesen Horror-Gestalten Auge in Auge gegenübergestanden.

Das war nun der Fall.

Und es gab keinen unter ihnen, der nicht geschockt gewesen wäre.

»Das sind ja Skelette«, flüsterte ein noch junger Mönch und schauderte zusammen.

Die anderen sagten nichts. Sie standen nebeneinander vor der Tür.

Zwanzig Männer.

Zwanzig Mönche, die sich dem Guten verschworen hatten, und über die jetzt die Hölle gebrochen war.

Niemand sprach mehr. Die Ruhe vor dem Sturm lag über dem Innenhof des Klosters.

Selbst Don Alvarez hielt den Mund. Er stand vor der großen Eiche, die ein paar Schritte neben dem Brunnen wuchs, ihr dicht belaubtes Astwerk in die Höhe streckte und ein grünes schützendes Dach bildete.

Aus kalten Augen starrte der teuflische Mönch die anderen an. Das war die Stunde seines Sieges. Endlich konnte er zurückschlagen, und er würde die Mönche zu seinen und zu Dienern der Hölle machen.

Einer fehlte allerdings.

Das war Bruder Ignatius. Er war nicht aus seiner Schmiede gelaufen, sondern hatte sich dort zurückgezogen und beobachtete die Vorgänge durch das offene Fenster.

Fieberhaft suchte er nach einem Ausweg. Mit einem Vorschlaghammer hatte er seinen Gegner angegriffen. So stark diese Waffe auch war, gegen die Horror-Reiter kam sie nicht an. Er konnte sie damit nicht töten, höchstens Alvarez, aber dann blieben noch die vier übrig, die ihren Auftrag mit tödlicher Präzision ausführen würden.

Was konnte er tun?

Bruder Ignatius zog sich vom Fenster zurück. Sein Blick schweifte durch die kleine Schmiede. Das Feuer war inzwischen so weit heruntergebrannt, dass es kaum noch glühte. Nur ein letztes Glimmen, das war alles.

Er hatte das Silber. Allerdings konnte er damit nichts anfangen. Einige Kugeln waren zwar schon gegossen, nur fehlte ihm die Waffe, mit der er die Geschosse verfeuern konnte.

Nein, da war nichts zu machen.

Er tastete nach seinem Kreuz. Jeder Mönch besaß dieses schlichte Holzkreuz aus Eiche. Es hing um seinen Hals, war zwar mit Weihwasser geweiht worden, doch die Chance, Gegner damit aufhalten zu können, war mehr als gering.

Nein, das würden sie nicht schaffen. Dafür waren die anderen einfach zu stark.

Was also tun?

Flucht? Sollte er als Einziger versuchen zu fliehen und irgendwo Hilfe holen? Dieser Gedanke wurde von ihm so rasch verworfen, wie er aufgezuckt war. Erstens konnte er seine Brüder nicht im Stich lassen, zweitens wusste er nicht, wo er Hilfe herholen konnte.

Demnach schied diese Möglichkeit aus.

Mitgefangen – mitgehangen! Ein altes Sprichwort kam ihm in den Sinn, es traf hundertprozentig zu.

Bruder Ignatius schaute wieder aus dem Fenster. Nichts hatte sich verändert, die feindlichen Parteien standen sich noch immer gegenüber. Und allen voran dieser Mann aus Spanien, der menschliche Teufel in der Mönchskutte, der in das Kloster eingedrungen war und schwere Schuld auf sich geladen hatte.

Bruder Ignatius vermisste seinen Namensvetter, und er vermisste auch den Abt.

Für ihn ein Beweis, dass die beiden zumindest schwer verletzt waren, wenn der andere sie nicht getötet hatte.

»Da fehlt noch jemand!« Die Stimme des Spaniers hallte über den Innenhof.

Ignatius zuckte zusammen.

»Komm raus, du Ratte!« Gelächter folgte, und Bruder Ignatius wusste, dass er gemeint war.

Er rührte sich nicht.

»Soll ich dich holen, Ignatius? Willst du wirklich, dass ich dich aus deiner verdammten Schmiede schleifen lasse?«

Da wusste der Mönch mit letzter Sicherheit, dass er gemeint war. Und er zeigte sich nicht feige. Er überwand seinen inneren Schweinehund, dachte an die anderen und auch daran, dass er sie unter Umständen durch seine Haltung in Gefahr bringen würde. Vielleicht war der Spanier nur an ihm interessiert, weil er die Silberkugeln für John Sinclair herstellte, und ließ seine Brüder in Ruhe?

Bruder Ignatius zögerte nicht mehr länger. Er atmete noch einmal tief durch, schlug ein Kreuzzeichen und sprach ein kurzes Gebet.

Dann ging er.

Mit schweren Schritten näherte er sich der Tür, stieß sie auf und blieb auf der Schwelle stehen, während er sagte: »Da bin ich, du verfluchter Satan!«

Don Alvarez lachte kreischend. »Satan hast du mich genannt. Welch eine Ehre, mein Freund.« Er verbeugte sich leicht und kicherte hohl. »Ich möchte gern wie Satan sein, vielleicht komme ich meinem Ziel auch ein Stück näher, wenn ich dich und die anderen zu Geschöpfen der Hölle mache?« Er schüttelte den Kopf. »Nein, doch nicht, Ignatius. Dich werde ich nicht zu einem Teufelsdiener machen. Dir steht ein anderes Schicksal bevor. Ich werde dich töten, denn du bist derjenige, der für John Sinclair die Kugeln herstellt, damit er meine Freunde töten kann. Du sollst selbst sehen, wie es ist, wenn man stirbt. Am eigenen Leibe sollst du all das erfahren. Komm her!«

Bruder Ignatius spürte die Blicke seiner Freunde und Leidensgenossen auf sich gerichtet. Er wollte etwas sagen, ein paar tröstende Worte sprechen, doch seine Kehle war zu, denn auch ihn hielt das Grauen umklammert.

»Warum zögerst du?«, schrie Alvarez. »Hast du Angst, du komischer Heiliger?«

»Der Tod schreckt mich nicht!«

»Oh, wie edel«, spottete der Mann aus Spanien. »Dann willst du gern sterben?«

»Nein«, erwiderte Bruder Ignatius, der sich wieder gefangen hatte. »Ich sterbe nicht gern, aber ich weiß, dass auch du nicht unsterblich bist. Eines Tages wird man dich erwischen. Vielleicht ist die Zeit gar nicht mehr so weit. Dann wird ein Mann kommen, der auch dich zum Teufel schickt.«

»Denkst du an John Sinclair?«

»Ja, an ihn denke ich!«

»Vor ihm habe ich keine Angst. Er kann mich gar nicht mehr schrecken, weil er gegen mich und die vier Reiter nicht ankommt. Wir hatten schon eine kleine Begegnung, und ich will dir sogar sagen, dass er auf dem Weg zum Kloster ist, doch wenn er hier eintrifft, wird er festgestellt haben, dass die Mönche zu Dienern der Hölle gemacht worden sind. Das ist unsere Stunde, das ist unser Triumph!«

Bruder Ignatius sprach nicht dagegen. Er sah ja selbst, wie gut die Gegenseite im Rennen lag. Und dass ein Einzelner gegen die vier Reiter und auch gegen Alvarez etwas ausrichten konnte, daran glaubte er nicht.

Er schaute auf seine Brüder.

Sie standen dort wie eine Herde Schafe. Ängstlich, geschockt und entsetzt.

»Und wenn ihr wissen wollt, wo euer Abt geblieben ist!«, sprach Alvarez die anderen an, »dann schaut in seinem Arbeitszimmer nach. Dort liegt er. Mit zwei Messerstichen in der Brust. Ich habe ihn getötet!« Der teuflische Mönch rieb sich die trockenen Hände. Es raschelte dabei wie Papier. Dann drehte er hastig den Kopf. »Los jetzt, Ignatius, her zu mir! Wir haben schon zu viel Zeit verloren. Du hättest längst tot sein sollen!«

Da ging Ignatius weiter. Begleitet von den Blicken der anderen, für die er sich opfern wollte. Er hatte sein Kreuz umklammert. Der Glaube daran gab ihm die Stärke, die er brauchte, um in den Tod zu gehen.

Drei Yards vor Alvarez verhielt er seinen Schritt. Der teuflische Mönch schaute ihn an und schlug ihm dann hart ins Gesicht.

Bruder Ignatius nahm den Schlag, er taumelte nicht. Nur seine Lippen presste er hart zusammen, während sein Gesicht von einer dunklen Röte übergossen wurde.

»Dein verfluchtes Kreuz, das du da festhältst, wird dir auch nicht mehr helfen«, kreischte der Teufelsmönch. »Es wird ebenso eingehen wie du. Ein Schafott werde ich hier aufbauen. Ein riesiges Schafott. Und ihr werdet sterben. Der Reihe nach kommt ihr dran. Keiner kann dem Teufel mehr entrinnen, der so gern eure Seelen haben will.« Er gab den Reitern ein Zeichen.

Die verstanden.

Langsam setzten sich die Gäule in Bewegung. Einer der Reiter nur blieb an seinem Platz, die anderen drei ritten einen Bogen und kreisten Bruder Ignatius ein.

»Und jetzt könnt ihr sehen, welch eine Macht AEBA besitzt!«, schrie Alvarez den anderen zu. »Ihr werdet miterleben, wie euer Bruder von den Lanzen durchbohrt wird.« Der teuflische Mönch hob den rechten Arm. »Wenn ich ihn fallen lasse und somit das Zeichen gebe, werden die Reiter ihre Lanzen in den Körper des Mannes hier stoßen!«

Kein Regisseur hätte die Szene besser aufbauen können. Die schweigende Kulisse, der kaum beleuchtete Innenhof des Klosters und die unsichtbar über den Köpfen der Männer schwebende Angst sowie das hier wohnende Grauen.

Wie auf ein geheimes Kommando hin griffen die Mönche unter ihre Kutten.

Sie holten ihre Kreuze hervor.

Die einzigen Waffen, die sie besaßen!

»Das nützt euch gar nichts!«, schrie Alvarez und ließ seinen Arm fallen. »Stirb!«, brüllte er …

Wie ein Denkmal stand ich dicht vor der Tür.

Ich hatte meine Beretta gezogen, niemand hatte mich gesehen, als ich den Innenhof betrat, und ich zielte mit meiner Pistole auf den teuflischen Mönch.

Leider war der Schusswinkel ein wenig schlecht, hinzu kam das flackernde Licht, das mehr Schatten produzierte als Helligkeit. Aber es gab keine andere Möglichkeit, um Bruder Ignatius zu retten.

Ich musste Don Alvarez ausschalten, obwohl es mir gegen den Strich ging, auf einen Menschen zu schießen, der mich nicht unmittelbar bedrohte.

Aber damit rettete ich gleichzeitig ein Leben und hoffte, dass ein anderer mir verzeihen würde.

Der Arm fiel nach unten.

Ich schoss!

Der peitschende Klang der Detonation hallte über den Innenhof. Ich hatte auf die Schulter des Mannes gezielt, im selben Moment bewegte er sich um eine Winzigkeit zur Seite, und das Silbergeschoss fauchte an ihm vorbei.

Fehlschuss!

Doch mein Eingreifen hatte seine Wirkung gehabt. Sekundenlang entstand ein Durcheinander. Die Reiter ritten zwar an, doch sie töteten Bruder Ignatius noch nicht, während sich Alvarez zusammengeduckt hatte, um ein so kleines Ziel wie möglich zu bilden.

Mit Riesensätzen jagte ich heran. Ich wollte mir Alvarez holen, ihn als Geisel nehmen, doch mein Plan wurde radikal zerstört.

Die Reiter waren schneller.

Baels Diener sprengte vor und ritt mir in den Weg. Ich schoss noch einmal, traf auch, doch die Kugel fegte das Skelett nicht vom Rücken des Pferdes.

Dafür traf der Gaul mich.

Er rammte mich. Ich verlor den Boden unter meinen Füßen, fiel hin und rollte mich sofort herum, wobei ich das Schwert und die Beretta eisern festhielt.

Bis gegen den Rand des gemauerten Brunnens prallte ich, wollte wieder auf die Beine kommen, doch da hatten sie mich.

Als ich die Augen öffnete, sah ich vier Lanzenspitzen dicht vor meinem Gesicht.

Aus …

Das Schwert und die Pistole konnte ich vergessen. Wenn ich eine falsche Bewegung machte, würden mich die Lanzen durchbohren. Ich hatte mich selbst in die Situation hineingebracht und musste nun die Folgen tragen, die nur eins bedeuten konnten. Meinen Tod!

Die Mönche hatten gestoppt. Sie trauten sich nicht mehr weiter vor, als sie sahen, dass eine weitere Hoffnung zerstört worden war. Ich konnte ihnen nicht mehr helfen, ich war selbst in die gnadenlose Mühle des Verderbens geraten.

Der teuflische Mönch Alvarez drängte sich vor, schlich an den Pferdeleibern vorbei und trat mir mit voller Wut zweimal hart in die Seite.

Ich zuckte zusammen. Es waren wilde Tritte gewesen, und der Schmerz durchströmte meinen Körper. Eisern biss ich die Zähne zusammen und stöhnte nicht einmal.

»Sinclair, du Hund!«, keuchte Alvarez. »Du hast es gewagt, auf mich zu schießen?«

»Ja«, krächzte ich, »und ich würde es auch wieder versuchen, denn Existenzen wie du haben kein Recht, auf dieser Erde zu leben.«

Harte Worte, für die ich einen erneuten Tritt kassierte. Diesmal traf mich der Schuh an der Brust und presste mir die Luft aus den Lungen. Wieder hob Alvarez sein Bein. Ich befürchtete, dass er mich tottreten würde, doch einen vierten Tritt überlegte er sich. Er ließ sein Bein wieder sinken.

»Nein, Geisterjäger, so leicht will ich es dir nicht machen. Du sollst auf eine andere Art und Weise ums Leben kommen. Lange genug habe ich darüber nachdenken können, und mir ist eine sehr gute Losung eingefallen. Hoch mit dir!«

Ich stand noch nicht auf. Der Schmerz wühlte weiterhin in meinem Körper, es fiel mir schwer.

Einer der Reiter beugte sich vom Pferderücken. Ich spürte die Hand an meiner Schulter und sah das dunkle skelettierte Gesicht dicht vor dem meinem.

Hart packte die knöcherne Klaue zu und riss mich in die Höhe, wo ich schwankend stehen blieb. Jeder Luftzug hätte mich jetzt von den Beinen geholt.

Das Schwert und die Beretta hatte ich liegen lassen. Ich war nicht mehr in der Lage gewesen, mich damit zu verteidigen, so geschwächt war ich.

»Na, du Held!«, höhnte Alvarez, und diesmal kassierte ich einen Schlag ins Gesicht, der mich bis an den Brunnenrand zurückwarf. Sofort rötete sich meine Wange, und ich spürte auch, wie die Narbe brannte. Die Stresssituation machte sich bemerkbar. Ich sah kaum noch einen Ausweg, obwohl sich mein Innerstes mit Flucht beschäftigte, doch die Gegenseite hatte den Ring zu dicht gezogen.

Ich war und blieb in ihrer Hand.

Als ich an Alvarez vorbeischaute, traf mein Blick den von Bruder Ignatius.

Ich sah die Trauer in seinen Augen, die Depression, die Aufgabe, das Wissen, verloren zu haben.

Zwei Reiter lösten sich aus dem Kreis. Sie ritten zu Ignatius und nahmen ihn in die Mitte, damit er nur keinen Ausbruchversuch unternahm. Mich bedrohten die anderen beiden.

Am liebsten hätte ich das Schwert genommen und ihnen jeden Knochen einzeln zerschlagen, aber da war der Wunsch Vater des Gedankens.

Don Alvarez wandte sich halb um und streckte seinen Arm aus. Er deutete auf die alte Eiche neben dem Brunnen.

»Siehst du ihn, Geisterjäger?«

»Bin ja nicht blind«, erwiderte ich.

Diesmal kassierte ich keinen Schlag. Alvarez war wohl zu sehr mit den nahen Zukunftsproblemen beschäftigt. »An diesem Baum, Geisterjäger, wirst du dein müdes Leben völlig aushauchen. Wir werden dich an den Stamm fesseln, und jeder kann sehen, wenn die Horror-Reiter ihre und meine Rache erfüllen. Ihre Lanzen werden dich durchbohren. Und du wirst dort als toter Mann und als Mahnung für alle an diesem Baumstamm hängen bleiben, damit jeder sehen kann, was mit dem geschieht, der sich uns in den Weg stellt. In diesem Kloster endet dein Weg, John Sinclair!«

Große Worte, fürwahr.

Und alles wies darauf hin, dass der andere recht behalten sollte.

Bei den zwei Horror-Reitern, die sich in Bruder Ignatius' Nähe aufhielten, sah ich eine Bewegung. Plötzlich schwirrten glühende Lassos durch die Luft, kreisten einmal und senkten sich auf mich nieder.

In einem Anfall von Wahnsinn riskierte ich einen Ausfall. Ich wollte mich nicht kampflos ergeben, hämmerte die Lanze des mir am nächsten befindlichen Reiters zur Seite und zerrte gleichzeitig an seinem knöchernen Bein.

Halb rutschte er vom Pferderücken. Meine linke Hand fuhr unter die Jacke, da traf mich der Schlag. Ich kam nicht mehr dazu, das Kreuz oder die Dämonenpeitsche hervorzuholen. Alvarez hatte genau gewusst, wohin er schlagen musste.

Mich trieb es in die Knie.

Wie mit Pudding gefüllt, fühlten sich meine Beine an. Ich zitterte und fiel nach vorn.

Nein, ich wurde nicht bewusstlos, aber der Hieb schaltete meine Reflexe aus. Ich blieb auf dem Innenhof des Klosters liegen, ohne mich zu rühren.

»Dieser verdammte Bastard!«, keuchte Alvarez. »Er versucht es immer wieder, der Hund!« Der teuflische Mönch trat neben mich. »Los, hoch mit ihm!«

Sie hievten mich in die Höhe. Ich spürte die kalten Knochenklauen, hing wie ein schlaffer Luftballon im Griff der Horror-Reiter und konnte nichts für meine Befreiung tun, da ich noch immer paralysiert war.

Sie schleppten mich zum Baum, warfen mich gegen den Stamm, pressten meinen Rücken an die harte Rinde. Während Alvarez vor mir stand und mich festhielt, wobei er mich teuflisch angrinste, ritten zwei Horror-Reiter um den Baum herum. Sie hatten aus den Lassos glühende Fesseln geformt, die sie ein paar Mal um meinen Körper schlangen. So fest und hart, dass ich mich nicht mehr rühren konnte.

Es war eine verdammte Sache, so zu hängen und sich nicht wehren zu können, aber ich stand sie durch.

Als ich dann wieder normal reagieren konnte, als die Muskeln und Reflexe mitspielten, da hielten mich die Fesseln so stramm, dass ich schon den Baum aus dem Boden hätte reißen müssen, um freizukommen.

Nichts ging mehr.

Alvarez stand vor mir. »Was hatte ich dir versprochen, Geisterjäger?«, höhnte er. »Du wirst an einen Baum gefesselt, und ich werde zuschauen, wie man dich aufspießt.« Er kicherte wie ein Besessener und rieb sich wieder die Hände. »Das ist der schönste Tag in meinem Leben. Auf ihn habe ich lange, sehr lange gewartet, das kannst du mir glauben, Sinclair. Den Geisterjäger einmal so zu sehen, wie es sich gehört. Gefesselt, wehrlos …«

»Fahrt zur Hölle!«, keuchte ich.

»Nach dir, Sinclair. Aber wenn wir uns dort wieder treffen, wird es mir besser ergehen als dir, das kannst du mir glauben, du verdammter Bastard!«

Wild trat er mit dem Fuß auf, bewegte beide Arme und schleuderte die Klingen hervor.

Die Messer!

Ich kannte sie, denn damals im Kloster Monte Terrano hatte er sich schon auf sie verlassen. Er hatte mich mit diesen Klingen umbringen wollen, doch es war ihm nicht gelungen.

Jetzt hätte er die Chance.

Ich sah ihm an, wie es in seinem Gehirn arbeitete. Er hatte den Horror-Reitern versprochen, dass sie mich töten durften, doch nun, wo ich gefesselt und wehrlos vor ihm stand, da hätte er mir liebend gern die Kehle durchgeschnitten. Man brauchte kein großer Psychologe zu sein, um das herauszufinden.

Er kam näher.

In mir stieg die Angst hoch, als er beide Arme anwinkelte und die Schneiden in Höhe meiner Kehle waagerecht aneinander hielt.

»Na, Sinclair, Angst?«

Ich schwieg. Dann spürte ich den kalten Stahl an meinem Hals und zuckte zusammen. Sein heißer, faulig riechender Atem streifte mein Gesicht, der Mund war verzerrt, die Augen leuchteten, und ich spürte den Schnitt am Hals, als er etwas zudrückte.

Dann zuckten die Klingen zurück.

Aber er hatte eine Wunde hinterlassen, aus der das Blut rann.

»Blut!«, flüsterte er heiser. »Dein Blut, John Sinclair. Dein eigenes Blut. Ich freue mich, wenn ich es sehen kann. So wie aus dieser Wunde dein Lebenssaft rinnt, wird es bald aus den anderen, größeren Wunden laufen.«

Alvarez war besessen. Ein Verrückter, ein brandgefährlicher Irrer.

Wieder zuckten die Messer vor.

Ich konnte einen Schrei nicht zurückhalten, doch gedankenschnell drehte er die Klingen um und legte sie rechts und links gegen meine Wangen. Ich spürte die Kälte des Stahls, verkrampfte mich und merkte kaum die Fesseln, die mir hart in die Haut schnitten. Sie waren nicht mehr glühend, sondern nur noch normale Stricke.

»Ich würde dir zu gern die Kehle durchschneiden«, flüsterte er heiser, »aber ich habe meinen Freunden versprochen, ihnen die Rache zu überlassen. Die Rache der vier Horror-Reiter. Sie wird dich treffen, Sinclair.«

Er trat zurück und schaute wild in die Runde. Was er sah, musste sein Herz höher schlagen lassen.

Da standen die vier Reiter. Den rechten Arm hatten sie jeweils erhoben, mit den knochigen Fäusten hielten sie die Schäfte der Lanzen umklammert, in den schwarzen Totenschädeln glänzten weiß die gefährlichen Augen.

Eine unheimliche Mördergruppe – eben AEBA!

Jahrhundertelang geisterten sie bereits durch die Geschichte. Diese vier Reiter, auch die Boten der Apokalypse, hatten Dichter und Maler dazu angeregt, sich mit ihnen zu beschäftigen.

Die vier Reiter waren die Symbole für den Hunger, den Tod, den Krieg und die Pest!

Und sie waren die Diener der vier Erzdämonen, den Gegenstücken der Erzengel.

Einmal war ich ihnen entkommen, ein anderes Mal hatte ich sie besiegt. Nun war es an ihnen, Rache zu nehmen.

Alvarez sah auch die Mönche.

Schweigend standen sie da. Die Hände um ihre Kreuze gekrallt. Einer nur hatte sich abgesondert.

Ihn traf mein Blick.

Und ich sah, wie es in ihm arbeitete, wie er nach einem Ausweg suchte. Fieberhaft dachte er nach, und er würde auch sein eigenes Leben aufs Spiel setzen, um das meine zu retten.

Deshalb warnte ich ihn.

»Nicht, Bruder Ignatius!«, rief ich ihn an. »Was immer du denkst und tun willst, lass es sein!«

Er horchte auf. »Dann willst du sterben?«

»Ja, er wird sterben!«, kreischte Alvarez und fuchtelte mit beiden Messern. Er schaute die vier Reiter an. »Seid ihr bereit, Freunde?«

Vier Totenschädel nickten.

»Wollt ihr Sinclair sterben sehen?«

Wieder das Nicken.

»Dann los!«, keifte Alvarez und rannte zur Seite, um den Reitern nicht im Wege zu stehen …

Die letzten Sekunden meines Lebens?

Waren sie es wirklich? Nun, wo alles zu Ende sein sollte, hatte ich das Gefühl, als würde die Zeit langsamer ablaufen. Ich spürte meine wilde Angst, die sich in einem Schüttelfrost bemerkbar machte, und ich sah, wie die Reiter ihre Gäule antrieben und anritten.

Unter den Hufen wölkten Staubwolken hoch. Die Beine der Pferde hämmerten auf den festgestampften Untergrund. Die Reiter duckten sich zusammen. Stoßbereit hielten sie ihre gefährlichen Waffen und jagten auf mich, den Wehrlosen und Gefesselten, zu.

Keine Gnade, kein Pardon.

Ich riss weit die Augen auf – und schrie.

Verdammt, ich schrie. Die Todesangst überkam mich. Ich merkte gar nicht, wie ich an meinen Fesseln zerrte und wie ein Berserker versuchte, mich zu befreien.

Die Stricke hielten.

Wie viele Sekunden waren vergangen? Eine, zwei oder drei?

Der Reiter links von mir, der mit dem A auf der Brust, wuchtete seinen Arm zuerst zurück, dann wieder vor. Und er schleuderte die Lanze zielsicher auf mich zu …

Es kam Suko vor, als hätten ihn die Schatten des Todes schon gehabt und wieder ausgespien.

So ähnlich gestaltete sich das Erwachen aus der tiefen Bewusstlosigkeit.

Im ersten Augenblick wusste der Chinese überhaupt nicht, wo er sich befand. Er hatte das Gefühl, in einer ihm unbekannten Fremde zu sein, er sah nur Schatten, dazwischen feurige Kreise, die aber wieder verschwanden und zu einer bleibenden grauen Farbe wurden, die sich über ihm befand.

Suko stöhnte.

Explosionsartig erfasste ihn der Schmerz, und es dauerte eine Zeit, bis der Chinese das Zentrum am Kopf lokalisieren konnte.

Dort hatte er den mörderischen Treffer kassiert, der ihn so von den Beinen riss. Und es musste schon ein verdammt hartes Ding gewesen sein, denn Suko konnte allerhand einstecken.

Er bewegte seinen rechten Arm. Mit dem Handrücken klatschte er irgendwo gegen, fühlte eine weiche Masse und begriff im ersten Augenblick nicht, dass es sich um Leder handelte. Das stellte er erst fest, als er unter großen Mühen die Augen aufschlug.

Allmählich nur kehrte bei dem Chinesen die Erinnerung zurück. Er dachte an London, an die Fahrt in die schottischen Berge, den Überfall der Horror-Reiter, dann hatte er einen Filmriss bekommen.

Aus …

Und jetzt? Wo steckte er jetzt? Nach draußen hatten sie ihn nicht geschleift, da wäre es kälter gewesen. Demnach lag er in einem Raum, der Fenster hatte.

Nein, keine Fenster, sondern Scheiben.

Autoscheiben!

Jetzt wusste der Chinese genau Bescheid. Er lag auf dem Rücksitz des Bentley. Dorthin hatte ihn jemand verfrachtet. Wer? John Sinclair vermutlich.

»John?«, stöhnte der Chinese.

Er bekam keine Antwort.

Schwerfällig wälzte sich Suko auf die Seite. Dort blieb er liegen und konzentrierte all seine Kräfte darauf, die Schmerzen in seinem Schädel zu besiegen.

Suko hatte damit Erfahrung. Er stammte aus Asien, einem Kontinent, der andere Verhaltensregeln kannte, in dem sich die Traditionen stärker als anderswo und bis heute erhalten hatten.

Und er beherrschte die Kunst der Selbstüberwindung, die Yoga-Lehre. Nicht zum ersten Mal probierte Suko es aus, gegen Schmerzen anzukämpfen. Obwohl dies Zeit kostete, blieb er ruhig liegen und rührte sich nicht. Die Zeit musste er sich einfach nehmen, denn er ahnte, dass er gebraucht wurde.

Eine Viertelstunde verging.

Und Suko schaffte es tatsächlich, die bohrenden Schmerzen zu überwinden. Er fühlte sich wieder besser und auch freier. Nur ein taubes, dumpfes Gefühl war in seinem Kopf geblieben, das ihn jedoch nicht weiter störte.

Die Schmerzen würden noch einmal zurückkehren. Später. Dann hoffte Suko, dass alles vorbei sein würde.

Vorsichtig setzte er sich auf. Seine Beine zitterten. Er tastete seinen Körper ab.

Die Dämonenpeitsche fehlte.

Suko nahm an, dass John Sinclair sie mitgenommen hatte, aber an den Stab hatte er nicht mehr gedacht.

Den trug er noch bei sich. Ebenfalls die Beretta. So war er nicht waffenlos, wenn er den Wagen verließ.

Suko bewegte sich auf die Tür zu. Seine zitternden Finger fanden den Hebel, und langsam drückte er die Tür auf.

Kühle Luft traf und erfrischte ihn.

Es war dunkel geworden. Trotzdem erkannte der Chinese die wichtigen Klostermauern vor sich. Die gewaltige, uneinnehmbar scheinende Wand ragte vor ihm in die Höhe.

Er hörte auch Stimmen.

Hektisch, gellend, sich manchmal überschlagend. Auf dem Innenhof musste eine kleine Hölle toben. Ein rötlicher Widerschein tanzte unruhig auf der Mauerkrone.

Licht von Fackeln?

Suko stemmte sich ab, es gelang ihm, auf den Beinen zu bleiben, aber nur, weil er sich am Dachrand des Wagens abstützte. Seine Knie zitterten noch immer, er hatte Schwierigkeiten mit dem Gleichgewicht, der Erdboden schwankte. Er kam Suko wie ein Meer vor, doch der Chinese riss sich zusammen.

Er durfte nicht aufgeben.

Suko stieß sich vom Wagendach ab. Der Weg führte schräg auf das Klostertor zu. Breitbeinig wankte der Chinese seinem Ziel entgegen. Er presste die Lippen zusammen und biss die Zähne aufeinander, als ein erneuter Schwächeanfall ihn überfiel und er einen Brechreiz spürte.

Folgen des schweren Schlages, die auf eine Gehirnerschütterung hindeuteten.

Suko machte weiter. Er durfte nicht aufgeben, nicht jetzt, wo er sich dicht vor dem Ziel befand.

Noch fünf Schritte bis zum Tor.

Eine lächerliche Distanz, für Suko bedeutete sie jedoch Schwerstarbeit. Seine Füße schleiften über den Boden, die Beine wollten ihm nicht mehr gehorchen, aber der Chinese machte weiter.

Das Tor!

Es ragte vor ihm hoch, doch Suko sah auch die schmale Seitenpforte, die sogar offen stand.

Eine Einladung nahezu …

Suko streckte den linken Arm aus. Mit der rechten Hand holte er seinen aus Tibet mitgebrachten rätselhaften Stab hervor.

Er stieß die Tür auf.

Sukos Augen wurden groß, als er sah, was sich auf dem Innenhof ereignete.

John Sinclair war an einem Baum gefesselt, vier Reiter ritten von vorn auf ihn zu. Der Reiter ganz außen hob seinen rechten Arm, um die Lanze zu schleudern.

Der Chinese nahm alle Kraft zusammen, als er das bewusste Wort schrie. Es ermöglichte ihm, die Zeit anzuhalten.

»Topar!«

Auch ich hörte den Ruf.

Und das Unwahrscheinliche geschah. Sämtliche Menschen auf dem Hof und auch alle Gegenstände erstarrten. Sie wurden zu toten Säulen, zu Dingen, die wie festgeleimt wirkten.

Nur einer konnte sich bewegen.

Der Besitzer des Stabs!

Fünf Sekunden blieben dem Chinesen. Und er sah, dass er wirklich im allerletzten Augenblick gekommen war. Etwa ein Yard vor John Sinclairs Brust war die Lanze zur Ruhe gekommen. Sie schwebte in der Luft, und sie bildete im Augenblick die größte Gefahr.

Noch einmal riss Suko sich zusammen. Er stolperte quer über den Hof auf die Lanze zu, umfasste den Schaft und riss die Waffe weg. Wütend schleuderte er sie irgendwohin.

Dann drehte er sich um.

Die Zeit war vorbei.

Alles lief genau da ab, wo es fünf Sekunden zuvor stehen geblieben war. Ich erwartete den Todesstoß, doch die Lanze befand sich nicht mehr dort, wo sie noch hatte sein sollen.

Dafür sah ich Suko, der mich aus großen Augen anschaute und dann neben mir zusammenbrach.

Er konnte nicht mehr.

Alvarez' wilder Schrei brach ab. Er hatte mich schon durchbohrt gesehen, doch nun war ich noch immer lebendig, stand aber nach wie vor gefesselt vor dem Baumstamm.

Die Horror-Reiter waren ebenfalls konsterniert. Das Ereignis musste sie schwer erschüttert haben. Sie hatten gedacht, einen Toten vor sich zu haben, doch nun lebte ich.

Sie rissen ihre Tiere auf der Hinterhand hoch, behinderten sich dabei gegenseitig, sodass ein regelrechtes Chaos entstand.

Alvarez aber tobte und schrie. »Noch einmal!«, brüllte er. »Reitet noch mal …«

Die nächsten Worte verstummten in einem Gurgeln, denn Bruder Ignatius hatte eingegriffen. Er warf sich auf den Schreier zu und drosch mit beiden Fäusten nach ihm.

Don Alvarez bekam den Schlag in den Nacken. Die Wucht des Treffers schleuderte ihn zu Boden, wo er sich sofort auf den Rücken drehte, die Beine anzog und sie wieder vorschnellen ließ, sodass Bruder Ignatius voll in den Tritt hineinhechtete.

Der Mönch wurde zurückgeschleudert.

Ich zerrte wie ein Berserker an den Fesseln, wollte sie lösen, doch sie saßen zu fest. Die Stricke schnürten mich ein. Wie es aussah, würde ich Statist bleiben.

Alvarez, der aus der Nase blutete, kümmerte sich nicht mehr um Bruder Ignatius, sondern rannte auf die Reiter zu. »Tötet ihn!«, schrie er. »Reitet endlich an!«

Da griffen die Mönche ein.

Bisher hatten sie nur daneben gestanden, doch nun wandten sie sich gegen die vier Reiter. Sie hatten nur ihre Kreuze und ihre Hände, doch der Mut der Verzweifelten gab ihnen Kraft. Sie hatten gesehen, dass ich noch lebte. Es musste ihnen wie ein Wunder vorgekommen sein, und das hatte wohl ihre Initiative beflügelt.

Sie stürzten auf Alvarez und die vier Horror-Reiter zu.

Himmel, das war Wahnsinn, was sie da taten. Das konnte nicht gut gehen. Ich schrie und brüllte mir fast die Lunge aus dem Hals.

»Zurück, verdammt, kommt zurück! Es hat keinen Zweck. Die anderen sind stärker!«

Sie hörten nicht.

Die Horror-Reiter rissen ihre Gäule herum. Plötzlich fauchten wieder die gefährlichen Feuerlohen aus den Mäulern der Tiere. Nach Schwefel stinkender Dampf drang aus den Nüstern und zog in trägen Wolken über den Innenhof.

Schreiend wichen die Mönche zurück. Die Ersten in der breiten Reihe hatten die Auswirkungen des Feuers zu spüren bekommen. Sie krümmten sich am Boden.

Und Alvarez lachte.

Wie ein Irrer stand er da, sein wallender Bart zitterte, das Blut lief aus seiner Nase, und er fuchtelte mit seinen beiden gefährlichen Messern herum.

Ich war immer noch gefesselt. Bis plötzlich eine Gestalt vor mir auftauchte.

Bruder Ignatius!

»John Sinclair«, sagte er. »Hast du ein Messer?«

»Ja, den Dolch. Unter meiner Jacke.«

Kräftige Hände fuhren über meinen Körper und unter die straffen Stricke. Sie bogen sie zur Seite. Ich hörte das Keuchen des Mannes, auch er hatte Mühe, an die Waffe zu gelangen, aber er gab nicht auf, sondern setzte all seine Kraft ein.

Dann hatte er den silbernen Dolch. Er säbelte mit der Schneide die Fesseln durch. Zuerst fielen die Stricke am oberen Teil des Körpers, dann die unteren.

Ich war frei!

»Danke!«, keuchte ich. »Vielen Dank, Bruder!«

»Das brauchst du nicht, John. Ich will nicht, dass du dich bedankst.« Tränen schimmerten in seinen Augen. »Kämpfe für meine Freunde! Lass die Hölle nicht siegen!«

»Nein!«, knirschte ich, »das bestimmt nicht.« Humpelnd bewegte ich mich zur Seite. Der Blutstau bereitete mir Schwierigkeiten. Ich musste mich erst wieder an das Gehen gewöhnen. Mit jedem Schritt klappte es besser.

Ich lief zum Brunnen, denn dort lag nicht nur meine Beretta, sondern auch das Schwert. Diesmal würde ich mich nicht überwältigen lassen, das stand fest. Siegen oder untergehen!

Alvarez heizte die Reiter immer weiter an. Sie hatten sich zu einer erneuten Angriffsfront formiert, um gegen die todesmutigen Mönche vorzugehen.

»Reitet sie nieder!«, brüllte Alvarez.

Doch seine Stimme wurde von einer anderen übertönt.

»Das werdet ihr nicht tun!«

Eine Sekunde lang war alles ruhig. Jeder stand auf seinem Fleck und starrte dorthin, wo der einsame Rufer stand.

Es war eine Frau, und sie stand wie ein rächender Engel mit langen schwarzen Haaren auf dem oberen Rand der Klostermauer. In der rechten Hand hielt sie das Schwert mit der goldenen Klinge.

Kara war gekommen!

Mir lief eine Gänsehaut über den Rücken. Ein Kraftstrom durchschoss meinen Körper, ich fühlte förmlich, wie der Glanz in meine Augen trat, wie sich die Muskeln strafften, und ich konnte einfach nicht mehr an mich halten, sondern sprang vor und rief mit gewaltiger Stimme:

»Kara, hier bin ich!«

»John!«, rief sie zurück.

Alvarez heulte auf. »Sinclair!«

Und dann begann der Kampf!

Kara sprang von der Mauer.

Sie hatte ihren Sprung phantastisch berechnet. Bevor der Reiter mit dem B auf der Brust überhaupt reagieren konnte, hockte Kara hinter ihm auf dem Pferd und schlug zu.

Sie zog die Schneide des goldenen Schwerts von oben nach unten, traf den widerlichen Schädel des Skeletts und zertrümmerte nicht nur ihn, sondern auch den Körper.

Die einzelnen Knochen fielen zu beiden Seiten des schwarzen Pferds auf den Boden.

Ich hatte die Szene mitbekommen. Sie machte mir Mut. Wie ein Berserker stürmte ich vor. Desteros Schwert hielt ich in der rechten Hand und rannte auf einen Reiter zu. Bevor der seine Lanze nach mir schleudern konnte, hieb ich zu und trennte ihm ein Bein vom Körper. Aufbrüllend jagte das Pferd davon.

Auch die anderen Tiere gerieten in Panik. Sie hatten bemerkt, dass etwas mit ihren Reitern geschehen war und jagten wie verrückt über den Klosterhof.

Dumpf und gleichzeitig schrill wiehernd suchten sie einen Fluchtweg. Ihre Mäuler spien Feuer und Rauch. Die beiden noch voll einsatzfähigen Reiter hatten Mühe, die Tiere unter Kontrolle zu bekommen, sodass sie gar nicht daran dachten, ihre Lanzen zu schleudern.

Kara und ich stellten uns den Tieren.

Doch die waren schlauer als die Reiter. Das Feuer trieb uns zurück. Auch die Mönche verschwanden schreiend und brachten sich in Sicherheit. Nur Bruder Ignatius blieb. Er spornte uns mit lauten Rufen an, und wir gaben nicht auf.

Mir gelang es, unter einer flammenden Lohe wegzutauchen. Ich führte einen gewaltigen Streich und köpfte mit Desteros Schwert einen Gaul.

Ein grüner Strahl schoss aus der Wunde, das Pferd brach in die Knie und warf dabei seinen Reiter ab.

Das schwarze Skelett überkugelte sich am Boden. Es war das, dessen Bein ich abgeschlagen hatte. Die Lanze hielt es nach wie vor fest umklammert.

Ich jagte auf das Skelett zu und erreichte es, bevor es sich erheben konnte.

Mit einem Hieb trennte ich den Kopf ab. Ein zweiter Schlag teilte es in der Mitte, sodass mich die einzelnen Knochentrümmer wie Holzspäne umflogen.

Dann wirbelte ich herum.

Noch ein Reiter war übrig geblieben. Er jagte auf das Tor zu, doch er hatte nicht mit Kara gerechnet. Sie war zwar weit von dem Reiter entfernt, doch sie holte aus und schleuderte ihr geheimnisvolles Schwert mit der goldenen Klinge.

Es wischte dicht über den Rücken des Pferdes hinweg, drehte sich dabei und teilte das Skelett etwa in Hüfthöhe.

Die Knochen spritzten nach allen Seiten weg.

Der letzte Reiter war vernichtet. Wir hatten es in einem kurzen, aber wahnsinnigen Kampf geschafft.

Ich rieb über meine Augen.

Da sah ich Don Alvarez.

Auch er rannte. Kara ebenfalls. Sie wollte ihn auch packen, doch Alvarez war ein Mann.

»Lass es!«, brüllte ich.

Kara blieb zurück.

Meine Füße schienen kaum den Boden zu berühren, so sehr jagte ich hinter dem Flüchtling her. Alvarez merkte, dass er nun verfolgt wurde, doch er hatte nichts mehr zuzulegen, er schaffte es nicht. Dicht vor der Mauer hatte ich ihn.

Mein Schwert hatte ich weggeworfen, ich brauchte es nicht, auch die Beretta nicht. Ich wollte ihn mit bloßen Fäusten besiegen. Er sollte dorthin, wo er hergekommen war.

Ich schleuderte ihn gegen die Mauer.

Sofort kreiselte er wieder herum. Aus blutunterlaufenen Augen stierte er mich an.

»Du Hund!«, heulte er, und ich sah die beiden Messer in seinen Händen. Dann griff er an.

Blitzschnell sprang ich zurück, erwischte ihn mit einem Tritt, verschaffte mir Luft und zog ebenfalls meinen Dolch.

»Und nun komm, du Mörder!«, flüsterte ich heiser. Wobei ich leicht geduckt stand und ihn erwartete.

Er kam tatsächlich. Vorsichtiger als beim ersten Mal.

Zuerst kam seine rechte Hand, dann die linke.

Es waren Stiche, die auf meinen Hals gezielt waren, die mich töten sollten. Und er war schnell, so schnell, dass ich nicht richtig wegkam und mir nur noch eine Chance blieb.

Ich schleuderte den Dolch.

Und ich traf.

Auf einmal steckte die geweihte Waffe in seiner Brust. Seine Arm sanken nach unten, er taumelte noch vor, wollte selbst die Messer werfen, aber ihm fehlte die Kraft.

Alvarez sackte zusammen.

Dicht vor meinen Füßen fiel er zu Boden.

Ich drehte ihn herum.

Der teuflische Mönch war tot.

Ich zog den Dolch aus seiner Brust und säuberte die Klinge. Ich hatte ihn nicht töten wollen, doch er ließ mir keine andere Wahl.

Dann hörte ich die Schreie.

Blitzschnell wandte ich mich um und sah die Horror-Reiter. Aber verdammt, das konnte nicht sein, wir hatten sie doch erledigt. Und jetzt schwebten sie in der Luft.

Nein, es waren ihre Geister, die genauen Abbilder der schaurigen Gesellen.

Ein Sturmwind fegte plötzlich über den Platz, erfasste die Reiter und trug sie davon.

Und dann hörten wir alle die Stimme, die uns aus den Tiefen des Alls entgegenzuschmettern schien.

»Wir kommen zurück, John Sinclair. Hüte dich …«

Noch einmal fegte der Wind.

Dann war Stille.

Zurück blieb mir nicht nur ein übler Geschmack im Mund, sondern ein widerliches Gefühl des Unbehagens …

Wir blieben drei Tage im Kloster. Zusammen mit Kara, Myxin und auch Suko, der gepflegt wurde und dank der Hausmittel der Mönche rasch wieder auf die Beine kam.

Den toten Fahrer hatten wir auch geholt. Er wurde im Kloster begraben. Wie auch der Abt und Bruder Ignaz. Alvarez hatte sein Grab außerhalb der Mauern gefunden. Suko erholte sich schnell. Als der Abschied kam, waren alle Mönche rasch versammelt. Auch die, die durch die feurige Lohe verletzt worden waren.

Sie brachten uns zum Tor. Wir aber fuhren mit der Gewissheit, hier Freunde für immer gefunden zu haben.

Der Fall hatte noch ein Nachspiel. Und zwar im Dämonenreich. Dort freute sich jemand diebisch, dass es den vier Reitern nicht gelungen war, John Sinclair zu vernichten.

Dieser Jemand war Asmodina.

Ihr Auftreten glich dem einer Königin, als sie wieder einmal mit den Erzdämonen zusammentraf.

»So einfach ist er doch nicht zu besiegen, wie?«, höhnte sie und lachte lauthals, als sie die vier Erzdämonen anschaute und deren deprimierte Haltung sah. »Am besten ist es, wenn ihr Sinclair mir überlasst. Ich kriege ihn. Irgendwann …«

Und diesmal widersprach niemand.

Der Höllenbote

Der Innenhof des alten Klosters hatte sich in eine Hölle aus Blut, Gewalt und Tod verwandelt. Der Kampf zwischen dem Guten und dem Bösen tobte mit erbarmungsloser Härte.

Auf der einen Seite standen John Sinclair, der Geisterjäger, und Kara, die Schöne aus dem Totenreich. Sie hatten Unterstützung von Suko bekommen und von den Mönchen, die natürlich zu ihnen hielten.

Die Gegner waren die Horror-Reiter.

Vier schreckliche Todesboten, die alles daransetzen wollten, um John Sinclair zu vernichten. Sie hatten es fast geschafft, als Kara eingriff und das geheimnisvolle Schwert mit der goldenen Klinge wie eine Künstlerin führte.

Sie griff in den Kampf ein wie ein Racheengel, und die Horror-Reiter wurden der Reihe nach vernichtet.

Bis auf einen!

Er war derjenige, der dem Erzdämon Eurynome zur Seite stand und ihn schützen sollte. Er sah mit an, wie Sinclair und Kara aufräumten, wobei sie die anderen drei mit ihren Schwertern atomisierten, sodass diese als tödlicher Staub eingingen in die Unendlichkeit zwischen Raum und Zeit. Nun wusste der Vierte, dass er allein keine Chance hatte.

Er floh!

Und er hatte sich einen günstigen Zeitpunkt ausgesucht, denn John Sinclair versuchte, Alvarez zu stellen, den dämonischen Mönch und Anführer.

Der Horror-Reiter nutzte die Chance der Unachtsamkeit und jagte sein schwarzes Pferd über die hohe Mauer des Klosters hinweg, hinein in einen dunkelgrauen wolkenverhangenen Himmel, als Verlierer einer Schlacht, die eigentlich hätte zu seinen Gunsten ausgehen sollen.

Er verschwand von der Bildfläche, und niemand nahm davon Notiz. Weder Kara noch John Sinclair bemerkte es, auch nicht Suko. Jeder von ihnen rechnete damit, dass alle vier Horror-Reiter vernichtet waren.

Das stimmte nicht.

Der Vierte suchte nach seiner Flucht Schutz. Und er wandte sich an die, die ihm auch ein unheimliches Leben eingehaucht hatten.

An die vier Erzdämonen.

Astaroth, Eurynome, Bael, Amducias – so hießen sie. Ein Quartett des Grauens, mächtige Dämonen und mit der gleichen Kraft ausgestattet wie auch der Teufel. Sie nahmen in der vielschichtigen Höllenhierarchie eine Sonderstellung ein, und sie wollten ebenso die Vernichtung des Guten wie auch die anderen Dämonen, waren sie nun stärker oder schwächer als sie.

Der vierte Horror-Reiter wurde von ihnen aufgenommen und nicht verstoßen. Er durfte miterleben, wie Asmodina sich freute, dass es auch den vier Mächtigen nicht gelungen war, John Sinclair zu vernichten. Aber sie gaben nicht auf, und sie versprachen dem letzten Reiter, ihn bei seiner Rache zu unterstützen.

Er war natürlich unruhig, die vier Erzdämonen konnten ihn nur mühsam bändigen, und sie vertrauten darauf, dass allein die Zeit für sie arbeitete. Sie behielten recht.

Der große Kampf zwischen Gut und Böse tobte weiter. John Sinclair gab sich nicht geschlagen. Immer wieder trat er gegen die Kräfte der Hölle an.

Auch gegen Asmodina, die sich inzwischen die Mordliga geschaffen hatte, damit allerdings nicht glücklich war, denn Dr. Tod und seine grausamen Helfer waren selbst von einem ungeheuren Machthunger besessen. Sie ließen sich in ihre Aktionen nicht hineinreden, besonders nicht von Asmodina.

Alles lief auf einen großen Kampf zwischen den beiden hinaus. Und dieser Kampf wurde ausgetragen. Im Zentrum des Schreckens, wo auch John Sinclair weilte.

Er war der lachende Dritte, konnte seinen Bumerang zurückerobern, während Asmodina ihr teuflisches Dasein für alle Zeiten verlor und auch Dr. Tod mit Blessuren aus der Auseinandersetzung hervorging, denn er hatte nicht nur zuvor Tokata verloren, sondern auch Marvin Mondo, ein weiteres wichtiges Mitglied seiner Mordliga.

Auf der Strecke blieb auch Maddox, der Dämonenrichter, sodass der Dritte im Bunde, der Spuk, ebenfalls eine Blessur erlitt. Es war zu einem gewaltigen Aufräumen gekommen, zu einer Neuverteilung der Rollen, und die vier Erzdämonen schauten nicht ungern zu, wie sich ihre schwarzmagischen Brüder gegenseitig die Existenz nahmen.

Ihr Plan ging in Erfüllung. Die Zeit konnte nur für sie arbeiten. Und auch der letzte Horror-Reiter hatte sich eines Besseren belehren lassen müssen, deshalb drängte er nicht mehr, damit seine Rache erfüllt werden konnte.

Das kam von allein.

Eurynome erschien bei ihm in einer Gestalt, wie der Horror-Reiter den Dämon kannte. Der Ziegenkopf wirkte grau und unansehnlich. Von der Schnauze troff Geifer, die Augen waren blaue Kristalle im Grau der alten Haut.

Er tauchte aus der Schwärze auf, und sein unter dem Kopf beginnender, schwellender Frauenkörper schimmerte bleich und kalt wie steifes Fett. Er hatte tatsächlich die Formen einer Frau. Zusammen mit dem hässlichen Ziegenschädel bot er einen schrecklichen Anblick.

»Die Zeit der Rache ist endlich gekommen«, begann er und schaute den letzten Reiter an.

Eingehüllt in einer grünlich schimmernden Wolke aus Schwefel hockte er im Sattel seines dämonischen Pferdes. Die Rüstung war schwarz, von seinem knöchernen Gesicht war kaum etwas zu sehen, da es im Schatten lag. In der Hand hielt der Reiter eine Lanze, die für John Sinclair gedacht war und ihn hätte durchbohren sollen.

»Kann ich ihn töten?«, klang die dumpfe Stimme des Reiters auf.

»Ja, und nicht nur ihn. Auch die Schöne aus dem Totenreich.«

»Aber sie hat das Schwert.« So wie der Reiter von dieser Waffe sprach, musste er sich fürchten.

»Das wissen wir. AEBA ist zwar geschlagen worden, aber nicht tot. Und das wird auch Kara merken. Du allein wirst dir das Schwert holen und deinen Rachefeldzug beginnen. Ich habe mich mit meinen Brüdern zusammengesetzt und den raffinierten Plan geschmiedet. Niemand wird darauf kommen, dass du dahintersteckst. Denn du bist unser Höllenbote. Aber damit die Menschen auf dich hereinfallen und vor allen Dingen unsere Feinde, müssen wir dich verändern. Niemand soll wissen, wer sich hinter der Maske des Todesboten verbirgt. Niemand …« Eurynome lachte geifernd und schaute auf das knallrote E, das die Brust des Horror-Reiters zierte. »Keiner wird es erfahren.«

»Was soll ich tun?«

»Das werde ich dir alles sagen. Gib genau acht …«

Als noch niemand daran dachte, die chinesische Mauer zu bauen, da lebte in einem wilden, von Menschen fast unerforschten kahlen Gebiet ein Eremit.

Versteckt in einer rauen unwirtschaftlichen Landschaft ging er einem Leben nach, das nur darauf konzentriert war, die Kräfte des Jenseits zu erforschen.

Der Mönch hieß Sua Ku und war ein sehr weiser Mann. Er wusste, dass es Dinge gab, an denen man nie rütteln sollte, dass die Dämonen überall auf der Welt ihre Spuren hinterlassen hatten und dass man ein waches Auge besitzen musste, um die Spuren zu finden.

Er hatte so ein Auge.

Es war in einer sturmgepeitschten Nacht, als er über einen schmalen Gebirgspfad schritt, um zu seiner Höhle zu kommen. Trotz der Dunkelheit leuchtete der Himmel schwefelgelb. In der Ferne vereinigten sich die Blitze zu gewaltigen silbernen Netzen, die aussahen, als wollten sie die gesamte Welt umspannen.

Ein mächtiges Gewitter tobte, und die Kräfte der Natur verschafften sich freie Bahn.

Sua Ku wusste genau, dass es lebensgefährlich sein konnte, wenn er in diese Hölle hineingeriet. Bis zu seiner Höhle war es zu weit, deshalb hielt er nach einer Stelle und einem Ort Ausschau, wo er sich so lange verbergen konnte, bis das Gewitter vorüber war.

Trotz der Dunkelheit wusste er, wo er sich befand. Und er wusste ferner, dass er höher in die Berge musste, denn dort gab es Höhlen und versteckte Schluchten, die nur er kannte und die ihn aufnehmen würden.

Sua Ku war alt. Die Monde, die er gesehen hatte, konnte er nicht mehr zählen, aber er fühlte sich nicht alt. Wenn irgendwann seine Seele in die große Unendlichkeit des Nirwana eingehen sollte, bekam er früh genug Bescheid. Noch wollte der Tod ihn nicht, und er würde ihm auch so trotzen wie dem Gewitter, das näher und näher kam.

Der Sturm nahm zu.

Er heulte, tobte und pfiff durch die Schluchten und Täler. Er fing sich an den Berggipfeln und spielte mit den gewaltigen grauen Wolken wie die Kinder in den Dörfern mit ihren Bällen aus Stoff.

Es hatte lange nicht mehr geregnet. Von der hinter den Bergen liegenden Wüste waren Sand und Staub bis hoch gegen die Gipfel geweht worden, hatten sich dort abgesetzt, und erst ein neuer Sturm wühlte alles wieder auf.

Wie riesige Tücher lag der Staub in der Luft. Manchmal wurde er so dicht, dass der einsame Wanderer die Blitze nicht einmal mehr ahnen konnte und das Heulen des Orkans sogar den dumpfen Donner in der Ferne verschluckte.

Der Sand prasselte gegen seinen Körper und das sackähnliche Gewand, das er trug. Er hieb wie tausend winzige Pfeile gegen die an Leder erinnernde und von Wind und Wetter gezeichnete Gesichtshaut des

Mannes, der sich jedoch nicht beirren ließ und mit geschlossenen Augen seinem Ziel entgegenkletterte.

Seine Hände waren wie die Greifklauen eines Adlers. Zielsicher fanden sie in den zahlreichen Rissen und Spalten des Gesteins ihren Halt, das auch dann nicht brach, als der Mönch seinen zähen Körper weiter in die Höhe zog.

Wenn der Wind drehte und seine Sicht wieder klarer wurde, dann schaute sich Sua Ku um. Das Tal war längst nicht mehr zu erkennen. Auch seine Höhle nicht, deren Eingang er durch Steine vor den wilden Tieren geschützt hatte, aber er sah über sich die schroffen, manchmal drohend wirkenden Kanten der Berge, wo Wolken, aus Wasserdampf oder Sand bestehend, ihren rasenden Tanz aufführten.

Die Natur wollte beweisen, wie mächtig sie war. Wieder einmal musste sich der Mönch eingestehen, dass er nicht mehr als ein Staubkorn in der Wüste des Lebens war und es ihm wohl nicht gelingen würde, die Natur mit all ihren Kräften zu begreifen. Er war auch nicht sicher, ob Menschen das jemals schafften.

Er brauchte nur an die Weisen zu denken, die in den Städten saßen oder am Hofe des Kaisers. Sie hielten sich für so schlau, hatten auch schon viel erreicht, doch das Leben selbst war unbegreiflich. Das schaffte niemand.

Wieder fuhr eine Windbö heran. Sie war schnell und gefährlich. In ihrem Innern quirlte es, und sie hatte den Sand zu langen, um sich selbst kreisenden Fontänen gedreht, die wie ein Monstrum mit gierigen Händen über Sua Ku herfielen, sodass er sich noch härter an den Fels klammern musste.

Er biss seine Zähne zusammen. Der Sturm packte sein Gewand, er schleuderte es hin und her, riss und zerrte an ihm, als hätte er etwas dagegen, dass der Mensch weiterging.

Der Mönch blieb Sieger. Er überstand die Windhose und presste sich noch enger an die braungelben Steine, als er weiter in die Höhe kletterte.

Zeit spielte für ihn keine Rolle. Er wusste nicht, wie lange er gebraucht hatte, um den schmalen Pfad zu erreichen, der sich zwischen den Felsen wand und zumeist von den hier lebenden Tieren benutzt wurde. Wahrscheinlich hatte noch nie ein Mensch diesen Pfad betreten. Sua Ku war der Erste.

Geduckt ging er. Die Enden der Kordel, die ansonsten sein Gewand in der Mitte zusammenhielten, schlugen wie die Tentakel eines Kraken, als sie vom Wind erfasst wurden. Der Mönch duckte sich. Er wollte dem

Orkan so wenig Widerstand bieten wie möglich. Den linken Arm hielt er ausgestreckt. Er führte die Hand an der neben ihm hochsteigenden Felswand entlang, die dann zurückwich, sodass der Pfad doppelt so breit wurde.

Sua Ku blieb stehen. Vor ihm endete der Weg. Allerdings versperrte kein Berg oder eine Wand seinen weiteren Weg, der Pfad führte in die Öffnung einer Höhle.

Sie war sehr hoch, der Mönch konnte aufrecht hineingehen, ohne mit dem Kopf anzustoßen. Für eine Weile blieb er stehen, und ein feines Lächeln erschien auf seinen Lippen. Es gab sie also doch, die Höhlen, von denen die Inschriften in den Felswänden der Täler berichteten. Längst ausgestorbene Rassen oder die Urahnen der Menschen mussten sie schon entdeckt haben und hatten diese ihre Entdeckung auf ihre primitive Art und Weise der Nachwelt überlassen.

Sua Ku hatte die Schriften nie richtig deuten können. Er rechnete allerdings damit, dass seine Vorfahren ihre Nachwelt vor irgendetwas gewarnt hatten, deshalb zögerte er, die Höhle einfach so zu betreten.

Ein gewaltiger Donnerschlag ließ ihn zusammenzucken, und der fahle Blitz glühte wie ein Fanal vor seinen Augen auf, wobei er die unmittelbare Umgebung in eine gespenstische Helligkeit tauchte, sodass die Gipfel der Berge für die Länge eines hastigen Atemzugs Schatten warfen.

Dann wurde es wieder dunkel.

Blitz und Donner hatten dem Mönch jedoch gezeigt, dass es gefährlich war, sich im Freien aufzuhalten. Das Gewitter hatte sich zu weit genähert, er musste Schutz in der Höhle finden.

Zudem hörte er auch das Rauschen, das näher und näher kam, bevor es sich wie eine gewaltige Sturzflut über den einsamen Mann ergoss und ihn zu ertränken schien.

Es war der Regen, den das Gewitter mitbrachte. Er entlud sich aus den schweren, tief liegenden Wolken. Eine wahre Sintflut schien das Land mitsamt seinen Bergen, Tälern, Ebenen und Wüsten wegspülen zu wollen. Im Nu war der Mönch klatschnass. Der Wind kam von vorn, trieb Wassermassen auf ihn zu, sodass es dem Mann kaum gelang, Luft zu holen. Selten hatte er so einen Regen erlebt. Er taumelte voran, den Kopf eingezogen, den Körper gegen Wind und Wasser gestemmt.

Dann nahm ihn die dunkle Höhle auf. Er blieb stehen, drehte sich um, schaute zurück und holte ein paar Mal tief Atem, denn ihn hatte er auf der letzten Strecke angehalten.

Der Regen fiel mit ungeheurer Stärke auf die Erde. Eine graue Wasserwand schien vor dem Eingang der Höhle zu stehen. So dicht, dass der einsame Mann das Gefühl hatte, sie würde niemals abreißen.

Aber er war nicht gekommen, um die Wasserwand anzustarren, er wollte endlich eine Höhle besichtigen, über die auch die Urahnen etwas hinterlassen hatten.

Etwas war dem Mönch schon bei seinem Auftritt aufgefallen. Das Licht. Es war keine strahlende Helligkeit, sondern ziemlich fad und aus dem Hintergrund der Höhle dringend, sodass sich seine Reste noch vor dem Eingang verliefen.

Er wollte die Lichtquelle finden.

Schritt für Schritt bewegte er sich tiefer in die unbekannte Höhle der Bergwelt. Schon bald wurde das Rauschen des Regens schwächer, und als er tiefer in das unbekannte Gelände schritt, da verstummte das Geräusch schließlich ganz.

Stille umgab ihn.

Und ein Licht, das jetzt heller geworden war. Der alte Mönch öffnete seine Augen so weit es ging, denn er hatte das Ende der Höhle erreicht und sah vor sich ein Bild, wie er es nie erwartet hätte und das auch seine Vorfahren so erschreckt haben musste.

Es war eine Steinfigur, die jemand geformt und in die Wand geschoben haben musste, allerdings nur so weit, dass sie mit der Hälfte des Körpers noch hervorschaute.

Ein gewaltiger langer Mantel fiel Sua Ku auf. Er war so um den Körper geschlungen, dass er in seiner oberen Hälfte in eine Kapuze überging, die den seltsamen Schädel der Figur bedeckte. Es war eine Mischung aus einem menschlichen Gesicht und einem Totenschädel. Gelb schimmerte er, mit einem Stich ins Goldene. Der Mönch blickte in leere Augenhöhlen, dazwischen in ein Loch, wo früher die Nase gesessen hatte, und darunter befand sich die Öffnung, wo einmal ein Mund gewesen war.

Die Figur hatte muskulöse Arme, hielt sie vorgestreckt und beide Hände übereinandergelegt, wobei sie die rechte Hand auf dem Griff eines breiten Schwertes mit goldener Klinge abstützte, dessen Spitze den Boden berührte.

Hinzu kam, dass der Mantel dieser seltsamen Figur nicht nur eine Kapuze hatte, sondern die gleiche Farbe hatte wie die düsteren Schwingen, die übergroß aus dem oberen Teil des Rückens wuchsen.

Der Mönch hatte in seinem langen Leben viel gesehen. Dieser Anblick jedoch überwältigte ihn. So etwas war ihm noch nie vor die Augen gekommen.

Eine Figur aus Stein, die wirkte, als würde sie jeden Moment vorgehen und den Ankömmling begrüßen.

Aber war sie wirklich aus Stein?

Fast wollte der alte Mönch dies nicht glauben, und er schüttelte auch den Kopf. Jetzt sah er, woher das Licht stammte. Die goldene Klinge strahlte es ab, und zwar so kräftig, dass der Schein einen Großteil der Höhle ausfüllte.

Kalt rieselte es über den Rücken des Mannes. Er wusste mit seiner Entdeckung nichts anzufangen, aber wie von selbst formulierten seine Lippen eine Frage.

»Wer bist du?«

Fast hatte er schon mit einer Antwort gerechnet, doch die Figur vor ihm blieb stumm.

Erst jetzt traute sich Sua Ku, einen weiteren Schritt vorzugehen. Er blieb erst stehen, als er die Figur als auch den Mantel berühren konnte, und streckte zögernd seinen Arm danach aus.

Als die Fingerspitzen Kontakt bekamen, zuckte er unwillkürlich zurück, denn das Gestein fühlte sich nicht kalt an, womit er gerechnet hatte, sondern warm, und es schien unter der ersten Schicht regelrecht zu leben.

So war es auch mit der Haut und mit den geheimnisvollen Flügeln, die der Mönch erreichte, wenn er sich auf die Zehenspitzen stellte.

Blieb nur noch das Schwert, das er erforschen wollte. Er drehte sich nach rechts. Die Klinge mündete dort in den Griff, wo sich seine Stirn befand, und der Mönch streckte beide Hände aus, um das Schwert zu berühren.

Es war der Schritt in den Tod!

Kaum hatte er Kontakt und schaute auf die schmale, lange goldene Klinge, als es wie ein heftiger Schlag durch seinen Körper fuhr. Der Mönch stellte sich auf die Zehenspitzen, seine Gestalt wurde für eine winzige Zeitspanne durchsichtig, im nächsten Augenblick brach er tot zusammen und blieb vor den Füßen der Figur liegen.

Er hatte dem Sensenmann trotzen wollen, das war ihm nicht gelungen.

Die Figur aber öffnete ihr Maul, und ein heiseres, triumphierendes Lachen drang aus der lippenlosen Öffnung, denn mit dem Tod dieses Menschen hatte der Höllenbote neue Kraft bekommen …

Als man Jahrhunderte später in den Bergen Rohstoffe entdeckte, da bastelte die Regierung an einem gewaltigen Plan. Man musste die Schätze der Erde ausbeuten, denn der Weltmarkt verlangte nach mehr Rohstoffen, und es wurde fast jeder Preis gezahlt.

Amerikanische, englische und deutsche Firmen arbeiteten an einem Plan, die gewaltigen Kupfer- und Nickelvorkommen zu erschließen. Gemeinsam mit Vertretern der chinesischen Regierung wurden Vorschläge auf den Tisch gelegt und Pläne geschmiedet.

Die Chinesen zögerten noch. Eine Erklärung gaben sie direkt nicht ab, und erst auf Drängen der westlichen Firmen hin zeigten sie Bereitschaft, Probesprengungen durchzuführen.

Die Teams fuhren in die Berge. Anhand der Messergebnisse wurde verglichen, wo die Sprengungen den größten Erfolg zeigen konnten. Dort setzte man den Hebel an.

Ein Berg verschwand völlig. Modernster Sprengstoff aus der chemischen Hexenküche jagte ihn in die Luft.

Die Westler freuten sich, als die Kuppe wegflog, die Einheimischen jedoch lauschten dem Grollen nach, schauten sich an und flüsterten.

»Yuisan, der Höllenbote grollt. Er wird es nicht hinnehmen, das man seine Welt zerstört. Er kann sich furchtbar rächen. Wehe uns …«

Als wären ihre Worte verstanden worden, so sahen nicht nur sie, sondern auch die Techniker und Ingenieure das Wesen, das plötzlich über der Bergkuppe in der Luft schwebte.

Eine Gestalt mit breiten Flügeln und einem goldenen Schwert. Mit dem drohte es, bevor es davonflog und nicht mehr gesehen wurde.

»Yuisan kehrt zurück«, hieß es wieder. »Jetzt ist er frei. Sie hätten die Berge so lassen sollen. Seine Rache wird uns alle treffen, jetzt hilft uns niemand …«

Die Chinesen irrten sich. Nicht sie traf die Rache des Höllenboten, sondern völlig andere Menschen in einem weit entfernten Erdteil. Denn niemand ahnte, dass Yuisan nur ein Spielball in den Händen anderer mächtiger Dämonen war …

Wenn mein chinesischer Freund und Kollege Suko so komisch herumdruckste, dann hatte es etwas auf dem Herzen und traute sich nicht, es auszusprechen.

Über das Telefon hinweg schaute ich ihn an, griff ein Lineal und richtete es wie einen Speer auf ihn. »Sag schon, Dicker, was ist los?«

»Nichts.«

Ich lachte und schlug mit dem Lineal auf die Schreibtischplatte. »Natürlich hast du was. Das sehe ich dir an, aber du willst es nur nicht sagen.«

»Weil es eigentlich blöd ist.«

»Sag es trotzdem.«

»Ich habe heute einen Prospekt bekommen. Eigentlich wollte ich es dir ja schon früher erzählen und dich fragen …«

»Wieso Prospekt?«, unterbrach ich ihn.

Er hatte ihn in einer Schublade bereitliegen, zog diese auf und holte das Blatt hervor. Mehr war es wirklich nicht. Prospekte sehen anders aus.

»Wer hat dir das Blatt gegeben?«, wollte ich wissen.

»Ach, einer meiner zahlreichen Vettern.«

Ich verzog das Gesicht. Himmel, warum hatte ich auch gefragt? Sukos Vettern lebten verstreut in der ganzen Welt. Da ist jeder mit jedem verwandt, hatte er gesagt. Ich aber glaubte, dass Suko mir hier einen unter die Weste jubeln wollte, ließ ihm jedoch den kleinen Spleen und sein Geheimnis und fragte nicht weiter nach, obwohl er immer behauptete, seine Sippe wäre noch klein im Vergleich zu den anderen.

Aber das wollen wir mal dahingestellt sein lassen. Es ging jetzt um diesen Prospekt.

»Was ist es also?«, fragte ich.

»Eine Einladung.«

»Gut. Und wohin?«

»Zu einer Ausstellung«, klärte mich der Chinese auf.

Ich verzog die Mundwinkel. »Tu mir das nicht an. Willst du mich in ein Museum stecken?«

»Ich wäre ja selbst gegangen, aber ich hatte Shao versprochen, am Abend mit ihr zu einer Bekannten zu gehen. Wenn ich ihr jetzt mit der Ausstellung komme, dann …«

»Klar.« Ich nickte noch dazu. »Nur – warum gehst du nicht morgen Abend?«

»Sie ist nur noch heute geöffnet.«

»Na denn.« Ich zündete mir die letzte Zigarette vor Feierabend an und beugte mich vor. »Was ist denn so Besonderes an dieser Ausstellung, wenn ich mal fragen darf.«

»Eigentlich ist es nur ein Bild.«

»Die ganze Ausstellung?«

»Nein, natürlich nicht. Es wird ein Bild gezeigt und ansonsten nur andere Dinge aus alter Zeit, die …«

Suko wusste nicht so recht weiter, und ich winkte ab. Dabei sagte ich: »All right, ich besuche in deinem Namen die Ausstellung. Alles klar?«

»Ja, danke.«

»Dann sag mir mal, warum ich da hingehen soll? Welch einen Grund gibt es denn?«

»John, es geht um das Bild. Das ist erst vor wenigen Wochen gemalt worden, aber es zeigt ein uraltes chinesisches Motiv. Den Yuisan.«

»Und wer ist das schon wieder?«

»Der Höllenbote.«

Aha. Mit dieser Bemerkung konnte ich schon mehr anfangen. Aber ich wusste noch immer nicht, weshalb Suko auf einem Besuch bestand. Das fragte ich ihn.

»Es geht allein um das Bild, John. Den anderen Schnickschnack kannst du vergessen. Dieses Bild zeigt Yuisan, den Höllenboten. Die Figur entstammt der chinesischen Mythologie, und man findet sie in zahlreichen Abbildungen und auch in Stein gehauen in irgendwelchen Bergdörfern. Es ist klar, dass die Partei den Glauben an Dämonen und Geistern verbot, aber sie konnte ihn nicht ausrotten. Die Menschen gaben ihre Informationen, die sie über die Geister- und Dämonenwelt bekommen hatten, im Untergrund weiter. So lebte die alte Magie. Ebenso war es mit Yuisan, dem Höllenboten.«

»Dann ist das Bild alt und aus dem Land herausgeschmuggelt worden«, stellte ich fest.

»Falsch.«

»Wie?«

»Das Bild ist neu. Gemalt hat es die Frau eines englischen Technikers. Und weil das Bild neu ist, erschreckt mich diese Tatsache so sehr. Die Frau hat ihre Erlebnisse und Eindrücke genau festgehalten. Ich habe Bekannte gesprochen, die sich in der Ausstellung umgesehen haben. Sie sprachen von einer beeindruckenden Realität. Deshalb möchte ich dich bitten, dir das Bild einmal anzuschauen.«

»Wie sieht der Knabe denn aus?«

»Der Höllenbote?« Suko hob die Schultern. »Manchmal glaube ich, dass er ein Konkurrent des Eisernen Engels ist. Auf jeden Fall besitzt er Flügel.«

»Kann er mit den Todesengeln der Asmodina zu tun gehabt haben?«, hakte ich nach.

»Nein, das auf keinen Fall, John. Aber ich will nicht zu viel spekulieren. Fahr hin und schau dir die Ausstellung einmal an. Am besten nur das Bild.«

Ich grinste. »Suko, du bist link. Da stimmt einiges nicht. Du tust so harmlos und sagst zu mir, sieh dir den Kram mal an. In Wirklichkeit aber …«

»Ist es viel schlimmer, John.«

»Was?«

»Ich habe da ein ungutes Gefühl, das will ich dir ehrlich sagen. Und zwar, weil das Bild neu ist. Von einem meiner Vettern weiß ich, dass die Frau des Technikers das Bild nach dem Motiv gemalt hat, das sie mit eigenen Augen gesehen hat. Sie hat erzählt, dass es den Höllenboten wirklich gibt. Und nicht nur die Frau hat ihn gesehen, sondern auch andere Zeugen, die ihre Aussagen bestätigen. So liegt der Fall.«

»Dann könnte der Höllenbote ein Gegner von uns werden?«, hakte ich nach.

»Möglich.«

»Und warum gehst du dann nicht mit?«

»Es ist wirklich wegen Shao, John. Sie kennt dieses Monstrum auch. Wir haben mal darüber gesprochen. Wenn sie erfährt, dass es existiert …«

»Was nicht bewiesen ist«, fiel ich Suko ins Wort.

»Sicher. Allein die Möglichkeit macht ihr Angst. Shao ist da ein wenig sensibel. Also wenn sie das erfährt, dann weiß ich nicht, wie sie reagieren wird.«

Ich drückte die Zigarette aus. »Na ja, wir werden sehen. Auf jeden Fall gehe ich bewaffnet.«

»Das wird am besten sein, obwohl ich glaube, dass nichts passiert.«

»Deine Sprüche haben mich eben heiß gemacht. Wo findet die Ausstellung eigentlich statt?«

»Nicht in einem großen Museum. Es ist ein ehemaliges Kino, das man für Ausstellungen mieten kann. Wenn du Maler wärst, könntest du dort auch deine Bilder zeigen.«

»Sag schon.«

»Ich bekam die Adresse.«

In diesem Augenblick steckte Glenda ihren Wuschelkopf ins Büro. »Ich gehe dann«, sagte sie. »Schönen Abend noch, ihr beiden.«

Mir kam eine Idee. »Hast du schon was vor, Mädchen?«

»Für heute Abend?«

»Richtig.«

»Eigentlich nicht. Aber ich wollte meine Wohnung putzen. Frühjahrsputz, wie die Hausfrauen sagen.«

»Schade, ich hätte dich gern eingeladen.«

Glenda kam jetzt ganz ins Büro. »Kommt darauf an, was du dir hast einfallen lassen, Oberinspektor.«

»Ich dachte da an einen Gang ins Museum.«

Glenda schaute mich an, als hätte ich ihr einen unsittlichen Antrag gemacht. »Ist das dein Ernst, John?«

»Sonst hätte ich es nicht gesagt.«

»Tut mir leid, aber da musst du dir eine andere suchen. Ich habe die Nase von Museen voll. Denk nur an den Fall mit Golo Golerian. Danach habe ich mir geschworen, kein Museum mehr zu besuchen. An das Versprechen halte ich mich.«

»War auch nur eine Frage.«

Glenda lächelte. »Viel Spaß noch.«

Suko hob die Schultern. »Verständlich«, sagte er. »Das war damals für Glenda wirklich haarig.«

Ich musste meinem Partner recht geben. So blieb mir nichts anderes übrig, als mich allein auf den Weg zu machen. Ich schnappte meine leichte, helle Lederjacke und streifte sie über. Wir hatten bereits seit Tagen herrliches Wetter. Es war zwar kühl, und nachts sanken die Temperaturen auch sehr stark, den Tag über jedoch schien die Sonne von einem fast blauen Himmel. Ich verabschiedete mich von Suko und versprach, ihm sofort nach meiner Rückkehr Bericht zu erstatten.

»Lange wird es ja nicht dauern«, sagte ich.

»Das glaube ich auch.«

Unten trennten wir uns. Suko war mit seiner Harley gekommen, ich lenkte meine Schritte auf den Parkplatz zu, wo mein silbergrauer Bentley stand.

Sehr weit hatte ich nicht zu fahren. Das ehemalige Kino lag in der Nähe von Westminster Cathedral, dieser Kirche, die auch in den sechziger Jahren in einem Lied besungen worden ist. Carlisle Place, hieß die Adresse.

Es war nicht einfach, dorthin zu gelangen. Der Nachmittagsverkehr war so dicht, dass man das Gefühl haben konnte, alle Bewohner der Millionenstadt hätten ihre Wagen geholt, um eine Tour durch London zu machen.

Ich dachte schon mit Schrecken daran, einen Parkplatz zu finden und entdeckte ihn schließlich einige Yards weiter im Schatten der großen Kirche, wo auch Busse mit Touristen standen.

Zu Fuß ging ich meinem Ziel entgegen.

Die goldenen Sonnenstrahlen tupften auf die Dächer der Häuser und fielen auch in langen Streifen in die Straßenschluchten. Irgendwie machte der Frühling die Menschen fröhlicher. Ich sah es an der Kleidung, die vor allen Dingen von den Frauen zur Schau getragen wurde. Viele Knie- und Pumphosen, duftige, weit geschnittene Blusen, leichte Pullover und Gesichter, die strahlten, wenn sie von den wärmenden Strahlen der Frühjahrssonne berührt wurden.

Carlisle Place war eine gute Adresse. Ein London, wie man es aus den Prospekten kennt. Zahlreiche Filialen von Reisebüros lagen in dieser Straße. Es gab Geschäfte und auch Wohnhäuser aus viktorianischer Zeit.

Das Kino entdeckte ich ebenfalls.

Man hatte den Eingang so gelassen. Darüber allerdings, wo früher die Filmplakate lockten, stand mit großen Buchstaben das Wort MUSEUM geschrieben.

Hier war ich richtig.

Hinter der Glasscheibe der Eingangstür hockte der Kartenverkäufer auf einem Stuhl. Neben ihm stand ein kleiner Tisch. Dort waren eine graue Kassette und eine Rolle Karten zu sehen.

Der Mann schaute überrascht hoch, als ich die Tür aufdrückte. »Guten Abend, Sir«, grüßte er.

Ich winkte zurück.

»Sie wollen sich die Ausstellung anschauen?«

»Sicher, sonst wäre ich nicht gekommen.«

»Entschuldigen Sie, Sir, aber dann sind Sie heute Abend der einzige Besucher.«

Ich grinste schief. »Ist ja ein toller Andrang.«

»Das kann man wohl sagen.« Er riss eine Karte ab, und ich zahlte den Preis. »Dabei ist die Ausstellung wirklich interessant für den, der sich für alte chinesische Kultur interessiert. Die Frau hat sich Mühe gegeben. Die meisten Dinge sind nur leihweise hier. Ich bin sowieso überrascht, wie sie es geschafft hat, die Stücke den Chinesen abzuschwatzen.«

»Ja, das ist wirklich außergewöhnlich«, gab ich ihm recht. »Und wie steht es mit dem Bild?«

»Dafür interessieren Sie sich?«

»Genau.«

Der Mann stand auf und deutete auf die zweite der beiden Türen.

»Wenn Sie sich das Bild ansehen wollen, dann gehen Sie am besten durch diese Tür. Es hängt von den anderen Sachen getrennt. Sie können allerdings auch von dem Raum in den großen Ausstellungssaal hineingehen. Da gibt es einen Durchgang.«

»Ich danke Ihnen.«

»O bitte, bin ja froh, dass mal einer kommt. Wenn ich Ihnen etwas erklären soll, sagen Sie nur Bescheid. Das mache ich gern. Ist besser, als hier herumzusitzen.«

»Mal sehen, vielleicht komme ich auf Ihren Vorschlag zurück.« Ich nickte dem Mann noch einmal zu und machte mich auf den Weg. Die Tür war dunkelrot angestrichen. Ich drückte sie auf und schaute in einen Raum, der etwa dreimal so groß war wie mein Büro. Rechts befand sich der Durchgang zu dem anderen Ausstellungsraum. Er interessierte mich nicht. Ich sah nur das Bild auf der linken Seite und musste zugeben, dass es mich beim ersten Anblick schon beeindruckte.

Es war sehr groß. Fast reichte es vom Boden bis zur Decke, und es zeigte nur eine Figur.

Den Höllenboten.

Yuisan sah wirklich schaurig aus. Man durfte dieses Bild keinem ängstlichen Menschen zeigen.

Schon als ich näherging, saugte ich seine Wirkung in mich auf. Beherrscht wurde das Gemälde nur von einer Figur, dem Höllenboten. Er war wirklich ein Monstrum. Die schwarzen Flügel schienen aus seinem ebenfalls dunklen Umhang zu wachsen. Sein totenkopfähnliches Gesicht schimmerte gelb. Die muskulösen Arme hielt er ausgestreckt und seine Hände dabei auf dem Griff eines Schwerts gestützt.

Ein besonderes Schwert, das erkannte ich sehr schnell, denn es besaß eine goldene Klinge.

Goldene Klinge?

Ich trat noch näher an das Gemälde heran, weil ich plötzlich einen schrecklichen Verdacht hatte.

Ja, kein Zweifel, das war es.

Yuisan, der Höllenbote, hielt ein Schwert in der Hand, das ich kannte.

Es gehörte Kara, der Schönen aus dem Totenreich!

Karas Waffe! Das Schwert mit der goldenen Klinge! Himmel, wie kam es auf das Bild? Klar, die Frau hatte es gemalt, aber wieso befand es sich in der Hand des Höllenboten?

Hatte er Kara die Waffe etwa abgenommen? Alles deutete darauf hin. Nur konnte ich das einfach nicht glauben. Ich hätte bestimmt davon erfahren, dass man Kara …

Meine Gedanken stockten und schlugen eine andere Richtung ein. Vielleicht waren die beiden Waffen doch nicht identisch. Es konnte sein, dass Kara ihr Schwert besaß und der Höllenbote das Gleiche. Dann musste es zwei Waffen geben.

Davon hatte mir Kara nie etwas erzählt. Vielleicht hatte ich ihr auch keinen Grund gegeben. Auf jeden Fall wollte ich mich erst damit abfinden, dass das Schwert des Höllenboten mit der Waffe Karas identisch war. Vielleicht ergab sich noch eine andere Losung, das musste die Zeit mit sich bringen.

Genau schaute ich mir das Bild an, als ich mich von dem ersten Schock erholt hatte.

Selbst auf mich machte der Höllenbote einen grausamen Eindruck. Er wirkte irgendwie gnadenlos und zu allem entschlossen. Ein schreckliches Monstrum mit einem gelben Totenschädel, der allerdings nicht wie ein skelettierter Kopf aussah, sondern von einer hauchdünnen Haut überspannt war.

Ein wirklich seltsames Bild.

Ich drehte mich um und erkannte dicht unter der Decke der gegenüberliegenden Wand den Strahler, der sein Licht auf das Bild warf und es aus der Dunkelheit holte.

Der kurz vor dem Gemälde auseinanderfächernde Strahl beleuchtete nur die Figur, den Hintergrund ließ er im Dunkeln. Dort hatte die Künstlerin auch nichts geschaffen, was man erkennen konnte. Der Background blieb düster.

Er passte zu der Figur des Höllenboten, die mich irgendwie faszinierte.

Ich trat so nahe an das Bild heran, dass ich nur den Arm auszustrecken brauchte, um es zu berühren.

Es war in Öl gemalt worden. Ich spürte die Farbe unter meinen tastenden Fingerkuppen und merkte auch, dass sie nicht überall gleich dick aufgetragen war. Es gab Vertiefungen, winzige Risse und auch kleine Erhebungen auf der Leinwand.

Ein normales Ölgemälde.

Nichts Außergewöhnliches, wie ich mich selbst hatte überzeugen können. Wieder trat ich zurück. Suko hatte mich indirekt gewarnt. Das Wesen war in China bekannt, es gehörte zu der Mythologie des Landes, doch ich hatte nichts darüber gehört. Bis jetzt nicht, das änderte sich nun. Ich wollte dem Rätsel des Höllenboten auf den Grund gehen. Meine Neugierde war geweckt, und wenn das Monstrum tatsächlich so gefährlich war, dann durfte es auf keinen Fall länger in London bleiben, wobei ich froh war, dass die Ausstellung an diesem Tag zu Ende ging.

Aus der Distanz betrachtet, wirkte das Bild noch düsterer. Ich hatte das Gefühl, als würde der Höllenbote leben und auf seine Chance lauern, aus dem Bild zu steigen.

Das hört sich zwar phantastisch an, war aber nicht so von der Hand zu weisen. Ich selbst hatte bei der Bestie von Soho erlebt, wie ein Monstrum aus dem Bild gestiegen war, sodass es plötzlich lebte.

Die Ausstellung war für mich plötzlich interessant geworden. Ich wollte auch die anderen Dinge sehen, die aus China mitgebracht worden waren, und verließ diesen Raum.

Es war in der Tat das einzige Bild. Im Nebenraum fand ich nur andere Dinge.

Kunstvolle Vasen, Gefäße und Schalen. Sie alle hatten ihr Alter, doch die Bemalung und die Farben zeigten sich so frisch, als wären diese Dinge erst vor einem Jahr hergestellt worden.

Unter Glas- und Plastikhauben konnte man sie besichtigen. Die Fundstücke gaben Zeugnis von einer wechselvollen Geschichte des Riesenlandes China. Auf einer schlanken Vase entdeckte ich abermals das Bild des Höllenboten. Yuisan sah ebenso aus, wie auf dem Gemälde. Jede Einzelheit konnte ich erkennen, da die Vase angestrahlt wurde.

Dann schlug eine Tür.

Ich schreckte regelrecht zusammen, weil es bisher still gewesen war. Die Tür musste dort geöffnet worden sein, wo sich auch das große Bild befand.

Als ich mich aufrichtete, hörte ich Schritte und dann die Stimme des Mannes, der die Karten abriss.

»Mister! Mister! Sind Sie noch da?«

»Hier bin ich.«

»Aha, das wollte ich nur wissen.«

»Wieso?«

»Ja, wissen Sie, ich will Sie ja nicht drängen.« Seine Gestalt erschien im Durchbruch. »Aber wir schließen in fünf Minuten, und für Überstunden werde ich nicht bezahlt.«

»Klar, das verstehe ich. Sagen Sie mal, was geschieht eigentlich mit den Dingen hier?«

»Die werden wieder zurückgeschickt. Morgen kommen Fachleute und packen sie ein.«

»Auch das Bild?«

Der Mann hob seinen Arm und kratzte sich am Kopf. »Nein, Mister, das nicht. Es stammt ja nicht aus China. Mrs Brackett hat es erst gemalt, als sie wieder in London war.«

»Ach so. Wie sagten Sie, heißt die Frau?«

»Linda Brackett.«

»Vielleicht rede ich mal mit ihr.«

Der Mann lachte. »Das Bild hat Sie sehr beeindruckt, Sir, wie?«

»Das allerdings.«

Ich sah, wie der Mann seine Schultern hob. »Das sagen mir viele, wenn sie die Ausstellung verlassen. Manche sehen ganz komisch aus, als würden sie noch unter dem Eindruck des Gemäldes stehen. Mrs Brackett kann auch wirklich gut zeichnen.«

»Das stimmt.«

Der Mann hüstelte verlegen. »Sie können ruhig noch ein paar Minuten bleiben, Sir, bis Sie alles gesehen haben. Heute ist der letzte Tag, ich mache dann später Schluss.«

»Danke sehr, aber es wird nicht lange dauern.«

Mein Gesprächspartner drehte sich um und entschwand meinen Blicken. Was suchte ich eigentlich? Ich wollte eine Verbindung zwischen dem Bild und den in diesem Raum ausgestellten Gegenständen schaffen, was natürlich sehr schwer war, aber vielleicht entdeckte ich tatsächlich einen weiteren Hinweis auf Yuisan und Karas Schwert. Die beiden schienen ursächlich zusammenzuhängen.

Unter einer Glasabdeckung sah ich alte Schriftrollen. Das dünne Papier war natürlich vergilbt, dennoch sah ich die Zeichen sehr deutlich. Lesen konnte ich sie nicht, doch als ich den Kopf zur Seite drehte, da entdeckte ich auch die englische Übersetzung der Schriften. Es waren keine klaren Sätze, nur Fragmente und Teile, den Rest musste ich mir eben zusammenreimen.

Von einer unheimlichen Ära war die Rede. Von gewaltigen vier Dämonen, die für lange Zeit dieses Land beherrscht hatten und ihre Diener suchten. Auch der Yuisan wurde erwähnt. Er sollte den Dämonen ebenfalls gehorchen. Doch er weigerte sich, weil er sich selbst für den Größten hielt. Da wurden die vier großen Dämonen ärgerlich und schickten ihre Diener, damit sie den Yuisan bestraften. Das taten sie auch. Dank ihrer magischen Kraft wurde der Höllenbote zu Stein und musste von

Stund an den Dienern der großen vier Dämonen gehorchen, denn nur sie konnten ihn erlösen.

Ich runzelte die Stirn. Da war mir etwas aufgefallen. Es wurde von vier großen Dämonen gesprochen, und die vier kannte ich.

AEBA

Ferner war von den Dienern die Rede, die den vier Dämonen gehorchten. Ihre Namen waren zwar nicht erwähnt, doch ich wurde das Gefühl nicht los, dass es sich hierbei um die Horror-Reiter handeln konnte, die Kara, Suko und ich im Kloster St. Patrick in einem gewaltigen Kampf vernichtet hatten.

Sollte es tatsächlich eine Verbindung zwischen AEBA, den Horror-Reitern und dem Höllenboten geben?

Das wäre wirklich eine faustdicke Überraschung gewesen, auch eine gefährliche, wie ich ehrlich zugab, denn ich wusste von der Macht der AEBA-Dämonen.

Die Reiche der Finsternis sind sehr vielschichtig. Man kann sie nicht alle aufzählen, aber irgendwo laufen sie immer zusammen. Ich hatte im Laufe der Zeit das Gefühl bekommen, dass wir uns alle innerhalb eines gewaltigen Kreislaufs bewegten und immer wieder zusammentrafen.

Ob Asien, ob Europa – jeder Erdteil hatte seine eigene Mythologie. Aber irgendwo mussten diese Mythologien ihren Ursprung gehabt haben. Vielleicht sogar einen gemeinsamen, sodass die eine in die andere überging.

Fantastische Gedanken, wie ich zugab, aber gar nicht mal so weit hergeholt, wenn ich mir die übersetzten Schriften anschaute und den Text interpretierte.

Als ich mich aufrichtete und tief Atem holte, überkam mich ein bedrückendes Gefühl. Vielleicht war es die Stille, die das Gefühl beeinflusste, auf jeden Fall beschloss ich, vorsichtig zu sein.

Auf Zehenspitzen bewegte ich mich einen Schritt zur Seite, streckte den Arm aus und stützte mich am schmalen Holzrand einer Vitrine leicht ab.

Da hörte ich das Stöhnen.

Es war ein Geräusch, das ich kannte. Menschen stießen es aus, die kurz vor ihrem Tode standen.

Und wer befand sich außer mir noch innerhalb dieses seltsamen Museums?

Der Mann von der Kasse!

Ich rannte los, erreichte den Durchgang zum ersten Raum und sah ihn im Streulicht des Scheinwerfers auf dem Boden liegen. Selbst das Blut konnte ich erkennen, das aus einer gewaltigen Brustwunde rann. Ich brauchte kein Arzt zu sein, um zu wissen, dass diesem Menschen niemand mehr helfen konnte.

Er war tot! Aber wer hatte ihn umgebracht?

Ein unheimliches Gefühl beschlich mich, als ich mich langsam nach rechts wandte und auf das Bild starrte. Ich dachte an die Wesen des Malers Golo Golerian, die aus den Bildern gestiegen waren und gemordet hatten. So ähnlich konnte es hier auch sein. Dann musste der Höllenbote aus dem Bild gestiegen sein und …

Fast fürchtete ich mich davor, das Gemälde und damit die Wahrheit anzusehen, doch es war ein falscher Verdacht. Yuisan, der Höllenbote, stand nach wie vor in seinem Bild.

Es war doch nur ein Gemälde …

Oder war er wieder zurückgekehrt? Mein Blick glitt an der langen Schwertklinge entlang, ich suchte nach Blutspuren. Nicht ein Tropfen war zu sehen. Die Klinge präsentierte sich glatt und golden.

Er war also nicht der Mörder.

Wer dann?

Ich drehte meinen Kopf. Dabei streifte mein Blick noch einmal die Leiche. Das Gesicht des alten toten Mannes sah wächsern aus. Ein bleiches Antlitz. Die Mütze war ihm vom Kopf gerutscht und lag neben seinem verkrümmten Arm.

Verschwunden war der Mörder nicht. Ich sah ihn an der Tür, und sein Anblick gab mir einen Schock.

Düster die Gestalt, ein Schatten nur, mehr nicht. Für einen Augenblick hielt ich ihn für einen Diener des Spuks, dann bewegte er sich, bückte sich dabei, und etwas rutschte über dem Boden auf mich zu, während der Unheimliche gleichzeitig verschwand.

Dicht vor meinen Füßen kam der Gegenstand zur Ruhe.

Es war eine Lanze.

Und ihre Spitze zeigte das Blut des Toten …

Das also war der Mörder!

Ich hatte ihn gesehen, und er war mir trotzdem entkommen. Für diese Feststellung brauchte ich nicht einmal eine Sekunde des Nachdenkens und Reagierens.

Ich startete sofort, durchquerte den rechteckigen Raum, rammte die

Tür mit der Schulter auf, die sich noch leicht bewegte, und stand in der früheren Halle des Kinos.

In einer leeren Halle.

Von meinem unheimlichen Gegner war keine Spur mehr zu entdecken. Er schien sich in Luft aufgelöst zu haben, was bei einem Diener des Spuks, falls er es wirklich gewesen war, durchaus möglich sein konnte.

Ich lief auch noch bis zum Eingang, drückte ihn auf, schaute auf die Straße, doch von dem geheimnisvollen Mörder war nichts zu sehen. Nur der normale Betrieb lief vor mir ab. Stimmen, dazu das Brummen der Automotoren, Lachen und Hupen – eben normale Geräusche. Nichts deutete darauf hin, was sich hinter der Fassade des ehemaligen Kinos abgespielt hatte.

Langsamer ging ich wieder zurück. Die Tür schwang hinter mir zu, und augenblicklich befand ich mich wieder in der anderen, unheimlichen Welt, wo die Gefahr lauerte.

Ich war sehr vorsichtig, als ich den Raum betrat, wo das Bild hing, und hatte auch die Beretta gezogen.

Der Tote lag noch immer am Boden. Auch das Bild hing links von mir an der Wand. Der Scheinwerferstrahl beleuchtete es.

Ich blieb abrupt stehen.

Zwar war der Strahl weiterhin auf das Gemälde gerichtet, aber er traf nur eine dunkle Fläche. Denn dort, wo Yuisan, der Höllenbote, gemalt worden war, existierte nichts mehr.

Der Unheimliche war verschwunden!

Suko schämte sich. Er empfand sich selbst als ein regelrechtes Schwein, dass er seinen Freund John Sinclair so hereingerissen hatte, und die Vorwürfe stiegen bitter in ihm hoch, als er auf dem Bock seiner Harley hockte und in Richtung des Flusses fuhr.

Aber hatte er eine andere Möglichkeit gehabt?

Nein, er hatte John auf diese Art und Weise locken müssen, denn es ging um Shao. Von all dem hatte der Geisterjäger nichts mitbekommen, und das war gut so, denn so konnte er vorurteilsfrei an den Fall herangehen.

Natürlich benutzte Suko eine Ausrede, als er John berichtet hatte, er würde am Abend mit Shao weggehen. Das war überhaupt nicht möglich. Er musste diese Ausrede benutzen, denn Shao war auf die tückische Falle eines Dämons hereingefallen.

Während Suko seine Maschine durch den abendlichen Verkehr lenkte, schweiften seine Gedanken ab.

Am gestrigen Tag hatte alles begonnen. Sehr spät hatten Shao und Suko von der chinesischen Ausstellung erfahren. Da Suko keine Zeit hatte, mitzukommen, er musste schließlich arbeiten, war Shao allein gegangen. Am Nachmittag wollte sie der Ausstellung einen Besuch abstatten. Als sie gegen Abend noch nicht wieder zurück war, da machte sich Suko Sorgen. Er war hingefahren, doch die Pforten des Museums zeigten sich ihm verschlossen.

Von Shao keine Spur.

Suko blieb nichts anderes übrig, als wieder zurückzufahren. In seiner Wohnung hatte er gewartet. Leer und öde kam sie ihm vor, und er war drauf und dran gewesen, seinem Freund John Sinclair Bescheid zu geben, als das Telefon schrillte.

Eine Stimme, die er nicht kannte, hatte sich gemeldet. »Shao geht es gut«, hatte sie gesagt, »aber es wird ihr schlecht gehen, wenn du nicht das tust, was wir dir sagen.«

Natürlich wollte Suko wissen, was mit Shao geschehen war.

Sie ist bei Freunden, hatte man ihm geantwortet.

»Kann ich sie sehen?«

»Dem steht nichts im Wege.«

Trotz seiner Panik blieb Suko nach dieser Antwort misstrauisch. Denn so etwas hatte er bei einer Entführung noch nie erlebt, und er erkundigte sich, was er zu tun hatte.

»Gar nichts, nur auf meinen Anruf warten und John Sinclair eine Einladung übergeben.«

Das war alles.

Schweren Herzens hatte Suko die Bedingungen erfüllt. Der vergangene Tag im Büro war ihm doppelt so lang vorgekommen. Er hatte John nicht in die Augen sehen können, wurde von seinen Überlegungen hin und her gerissen und hatte sich erst kurz vor Feierabend dazu entschlossen, John die Einladung zu geben.

Kaum hatten sie sich getrennt, war Suko noch einmal hoch in das Büro gefahren.

Der Anrufer war pünktlich. Nachdem Suko ihm erklärt hatte, dass alles glatt gelaufen war, bekam er die Adresse, wo er Shao finden konnte. Der Chinese atmete auf. Gleichzeitig jedoch meldete sich sein schlechtes Gewissen. Er hätte John warnen sollen, dafür war es zu spät. Allerdings bestand noch die Chance, ihm nachzufahren, und da schwankte der Chinese.

Er konnte zwischen Shao und John wählen. Dabei ging er davon aus, dass sich ein Mann wie John Sinclair wehren konnte, Shao jedoch hilflos in den Klauen der anderen steckte oder irgendwo verlassen lag, denn die Adresse, die man Suko angegeben hatte, lag nicht in einer vornehmen Gegend, sondern im Chinesenviertel, wo ihn auch der Fall mit der Teufelsdschunke hingeführt hatte.

Suko kannte einige seiner Landsleute, doch der Name des Anrufers war ihm unbekannt. Er hatte allerdings gesagt, dass sich Shao bei ihm befinden würde.

Wer trieb hier ein gefährliches Spiel? Das wollte Suko herausbekommen, und er hoffte auch, dass es seinem Freund John Sinclair gelang. Wie eine Drohung kam ihm der Name Yuisan vor. Suko kannte einen Teil der alten Geschichten, die man sich über den Höllenboten erzählte. Er wusste davon, wie schlimm dieser Dämon gewütet hatte.

Das war vor langer Zeit gewesen. Als die große Mauer noch nicht das Land teilte, sollte er in einer unwirtlichen Berglandschaft gelauert und auf Seelen gewartet haben.

Als Menschenfresser und Seelensauger war er in die Mythologie eingegangen. Was davon allerdings stimmte, konnte niemand sagen. Und ob es auch eine Tatsache war, dass er anderen gehorchen musste, wusste auch keiner zu sagen.

Für Suko allein zählte, dass er Shao aus der Klemme befreite, in die sie bei ihrem Besuch im Museum geraten war. Er wusste auch nicht, was man mit ihr angestellt hatte, auf eine normale Entführung lief es ja nicht hinaus, er hatte nur John Sinclair in das Museum locken sollen, das war alles.

Und dafür Shao entführen?

Suko war zwar kein Hellseher, aber jetzt schon ahnte er, dass wesentlich mehr hinter dem Fall steckte. Shao, das Museum, die Entführung bildeten gewissermaßen die Spitze eines Eisberges. Alles andere lag noch im tiefen schwarzen Wasser.

Auf der Waterloo Bridge überquerte er die Themse und sah zu, dass er nach dem Royal Waterloo Hospital auf die Stamford Street kam, die zu seinem Ziel führte.

Die Chinesen hatten sich südlich der Themse in dem großen Flussbogen angesiedelt, wo es auch die Gettos der Farbigen gab. Es ist eine Gegend mit engen Straßen, schmalen Gassen und Häusern, die irgendwie ineinander verschachtelt sind. Bald vergleichbar mit dem Chinesenviertel von San Franzisko.

Natürlich hatten auch Touristen das Viertel entdeckt. Allerdings nur die Straßen, die man extra für sie aufpoliert hatte und wo es die echt chinesischen Speiselokale gab, die gar nicht so echt waren, und Gerichte auf den Tisch kamen, die allein aus Dosen stammten und schnell aufgewärmt wurden.

Da wollte Suko nicht hin.

Sein Ziel lag dort, wo es den feinen Touristen zu schmutzig war und die Arbeitslosigkeit hohe Wellen schlug. Hier lebten die Chinesen, die an den Fremden keinen Penny verdienten und eigenen Geschäften nachgingen, die man zum großen Teil als illegal, wenn nicht verbrecherisch bezeichnen konnte.

Hier kannte man auch noch die alten Geschichten, glaubte an Überlieferungen und betete finstere Dämonen an, wobei sich zahlreiche Banden gebildet hatten, die zum Teil noch heute Menschenopfer darbrachten. Es fiel kaum einem auf, wenn ein Chinese verschwand. Viele waren sowieso illegal eingewandert.

Wo zwischen den älteren Steinhäusern noch Platz war, hatte man die Lücken gefüllt. Auch mit Häusern, allerdings aus Holz und Resten errichtet. Hier hausten die Ärmsten der Armen. Zu den oft hinter den Häusern liegenden Höfen gab es keine Eingänge, Durchfahrten oder Schläuche, man musste erst die Häuser betreten, um durch sie in den Hof zu gelangen.

Die Adresse, die Suko suchte, kannte er nicht. Er erfuhr sie nach einigem Fragen. Da er selbst Chinese war, bekam er auch Auskunft. Einen Weißen hätten die Asiaten unter Umständen ganz woanders hingeschickt.

Einen schmalen Kanal musste der Inspektor überqueren. Die Reifen rollten dabei auf Holzboden. Von rechts her trieb der Wind Küchendünste an seine Nase. Die drangen aus einem alten Hausboot, das so aussah, als würde es jeden Moment zusammenbrechen und sinken.

Und das war auch sein Ziel.

Hinter der primitiven Brücke begann ein schmaler ungepflasterter Weg. In einer ziemlich engen Kurve führte er bergab, auf eine Uferbefestigung zu, wo auch der Steg vom Hausboot aus endete.

Vor dem Steg hielt Suko an. Er bockte seine Maschine auf und nahm den Helm ab.

Hinter ihm befand sich ein Hang, auf dem einige Grasflecken ein karges Dasein fristeten. Wo er zu Ende war, sah Suko die Rückfronten bescheidener Häuser und schuppenartiger Gebäude.

Obwohl er kaum einen Menschen sah, glaubte er doch, von zahlreichen Augen beobachtet zu werden. Es gehörte eben dazu, und darin waren die Chinesen Meister. Sie sahen, ohne gesehen zu werden.

Das wusste auch Suko. In Anbetracht der Lage spürte er ein unangenehmes Gefühl im Rücken, als er über den Steg auf das Hausboot zuschritt. Die Gerüche drangen aus einem schmalen Schornstein. Die Rauchfahne dort war graublau.

Das Holz bewegte sich unter seinen Füßen. Vor sich sah er einen schmalen Mann, der gebeugt dastand und sein Haar zu einem Zopf geflochten hatte.

Er gehörte zu den Landsleuten, die mit der Tradition noch stark verwurzelt waren. Suko stand ihnen skeptisch gegenüber, denn sie konnten sehr konservativ sein.

Der Chinese verbeugte sich. »Man hat mir gesagt, dass du auf einem Motorrad kommst, Suko. Ich heiße dich in meinem bescheidenen Heim herzlich willkommen.«

Auch Suko senkte den Kopf. Er machte das Spiel mit und fragte dann nach dem Namen des Mannes.

»Ich bin nur ein unwürdiger Mensch und heiße Lai Ti Jan. Ein Name, den man schnell vergisst.«

»Aber Shao ist bei dir.«

Da richtete sich der Mann auf und nickte. Sein Gesicht schien nur aus Runzeln zu bestehen. Die Augen waren sehr eng geschlitzt, und Suko hatte den Eindruck, als würde er grinsen.

»Ja, die von dir so Gesuchte befindet sich bei mir.«

»Und wie geht es ihr?«

»Du wirst sie gleich sehen. Komm erst einmal mit, wir haben dich erwartet.«

Der Mann ging vor. Gebeugt, unterwürfig. Suko passte dies nicht. Und er betrat ein Schiff, das ihm wie eine Falle vorkam.

Hier lauerte das Unheil!

Suko spürte es. Die alten Wände atmeten Angst und Schrecken aus. Die Bohlen unter seinen Füßen drückten sich durch, wenn er sie belastete. Es gab kleine Türen, Wände aus dünnem Holz, und von irgendwoher vernahm er Stimmen.

»Das sind meine Söhne!«, kicherte der Alte.

»Geh weiter!«, forderte Suko.

Lai Ti Jan blieb trotzdem stehen. »Wir brauchen nicht mehr weiter, sondern nur in die Tiefe. Dort liegt deine Shao.«

»Und wie kommt sie dahin?«

»Das ist eine lange Geschichte.«

Suko drehte seine Finger in das fleckige, ehemals blaue Hemd des Mannes. Lai Ti Jan machte die Bewegung zwangsläufig mit, sodass er Suko ins Gesicht schauen musste.

»Hör zu, Alter, ich kann manchen Spaß vertragen, doch wenn es um Menschenleben geht, dann hört bei mir der Humor auf. Das solltest du dir merken.«

»Schon gut, schon gut …« Der Alte schielte auf Sukos Hand. »Jetzt lass mich los, denn ich muss eine Klappe öffnen, denn Shao liegt dort unten im Bauch des Schiffes.«

Suko löste seine Hand. Wieder wurde er an die Teufelsdschunke erinnert. Dort hatte er auch in den Schiffsbauch gemusst und hatte Shao aus den Klauen eines Schlangenmonsters befreit. Mit jener Bande schien er es hier nicht zu tun zu haben.

Mit erstaunlicher Kraft zog der alte Chinese die Klappe hoch und deutete mit der mageren Hand auf das viereckige Einstiegsloch, wo eine Holzleiter begann, die in den Schiffsbauch führte. Suko hatte mit Dunkelheit gerechnet und wurde angenehm enttäuscht. Am flackernden Lichtschein erkannte er, dass es sich um Kerzen handeln musste, die dort aufgestellt waren.

»Du zuerst!«, verlangte der Inspektor.

Lai Ti Jan lächelte und nickte. »Du bist der Gast, ich habe dir zu gehorchen.«

»Lass die Sprüche.«

Suko traute diesem Mann nicht. Wahrscheinlich steckte er mit dem Yuisan unter einer Decke, überhaupt kam ihm alles sehr merkwürdig vor, und er beschloss, noch mehr auf der Hut zu sein. Auch vor Lai Ti Jan, denn der Alte stieg mit einer Behändigkeit die Leiter hinab, die ihm wohl niemand zugetraut hätte.

Vor der Leiter blieb er stehen und winkte dem Inspektor. »Komm zu mir, sonst dauert es noch länger.«

Suko schaute noch einmal zurück. Hinter ihm war es frei. Er sah auch den Steg, hörte das Glucksen des Wassers und nahm wieder diesen übel riechenden Küchendunst wahr.

Dann kletterte er ebenfalls nach unten.

Der Alte war ein wenig zur Seite getreten, damit Suko Platz hatte. Er stand so, dass das Kerzenlicht gegen ihn fiel und sein Gesicht mit Licht und Schatten übergoss.

Suko war vorsichtiger. Er schaute sich schon um, als er noch auf den Stufen stand.

Der Stauraum unter Deck war durch einen Vorhang in zwei Hälften geteilt worden. Der Vorhang reichte bis zum Boden und befand sich links von Suko.

Von Shao sah er nichts. In der rechten Hälfte hielt sich der Alte auf, umrahmt von Kerzen, die in eisernen Leuchtern steckten.

Suko sprang die letzten beiden Sprossen hinunter und wandte sich Lai Ti Jan zu. »Wo ist sie?«

Leider hatte Suko im Rücken keine Augen, deshalb sah er nicht, wie sich der Vorhang bewegte. Zudem war der Stoff ziemlich schwer, er raschelte nicht gegeneinander. Wo die beiden Hälften zusammenliefen, entstand ein Spalt. Und aus ihm schob sich die bläulich schimmernde Mündung einer Maschinenpistole, die plötzlich Sukos Nacken berührte, sodass der Chinese zusammenzuckte.

Gedämpft nur hörte er die weibliche Stimme, die einen Befehl zischte: »Ich halte hier eine Maschinenpistole in der Hand. Wenn du dich rührst, zerschieße ich dir deinen Schädel ...«

An einen Bluff glaubte Suko nicht, deshalb blieb er stumm und steif stehen, wobei in seinem Innern eine Hölle aus Wut und Zorn tobte, weil er sich hatte so überraschen lassen.

Doch eine Falle!

Der Mündungsdruck war zuerst kalt gewesen. Jetzt erwärmte sich das Metall, und Suko spürte auch den Schweiß auf seiner Haut. Sein Magen zog sich zusammen. Eine Frau hatte gesprochen. Einen Satz nur, die Stimme allerdings hatte er nicht erkennen können. Es war keine Bekannte wie Lady X aus der Mordliga.

Der Alte stand vor ihm und lächelte. Eigentlich lächelte er immer, aber diesmal kam dem Chinesen das Lächeln noch bösartiger vor. Lai Ti Jan war eben ein eiskalter Hund, durchtrieben bis in den letzten Zehennagel.

Vielleicht hätte Suko trotz allem noch etwas versucht, doch er dachte an Shao, die er noch immer nicht gesehen hatte und jetzt vielleicht auch nicht mehr sehen würde, denn es bestand durchaus die Möglichkeit, dass sie überhaupt nicht hier und die Falle allein für ihn gedacht war.

Am veränderten Druck der Mündung erkannte er, dass sich die Person hinter ihm bewegte. Noch presste sie die Waffe gegen Sukos Hals, auch als er ihre Schritte hörte, die schleifend über den Boden rutschten, änderte sich nichts.

Dann verschwand der Mündungsdruck. Suko schaute nach links und sah zum ersten Mal seine Gegnerin.

Nein, das war keine alte Bekannte.

Er schätzte sie auf vierzig Jahre. Das Haar trug sie kurz geschnitten und als Lockenfrisur. Ihr Gesicht war rund und hübsch. Als beherrschend darin empfand Suko den Mund. An den Ohrläppchen blitzten zwei kleine goldene Ringe. Die Frau trug eine karierte Jacke und enge Jeans. Unter der Jacke wurde der Stoff des roten Pullovers von zwei kleinen Hügeln gewölbt.

»Darf ich fragen, wer Sie sind?«, erkundigte sich Suko im lockeren Tonfall. Er ließ sich auch von der Maschinenpistole nicht beeindrucken, die sie lässig in den Händen hielt, wobei die Waffe bei ihr ein wenig deplatziert wirkte, jedenfalls dann, wenn Suko den Vergleich zu Lady X anstellte.

»Ich heiße Linda Brackett.«

»Die Malerin?«

»Sehr richtig.«

»Und was haben Sie hier zu tun?«

»Das werde ich Ihnen vielleicht später mitteilen. Falls Yuisan es zulässt.«

»Sie kennen ihn?«

»Ja, ich habe ihn gemalt.«

»Sollten wir nicht doch lieber zu ihr gehen?«, mischte sich der alte Chinese in den Dialog.

»Gut.« Linda Brackett bewegte die Maschinenpistole ein wenig hin und her. »Gehen Sie vor.«

Damit war Suko gemeint. Er hob die Schultern und lenkte seine Schritte auf den Vorhangspalt zu, der so weit auseinanderklaffte, dass Suko bequem hindurchschreiten konnte.

Die Frau mit der Maschinenpistole in seinem Rücken interessierte ihn jetzt nicht mehr. Er hatte nur Augen für das Bild, das sich ihm bot.

Es war schlicht und schrecklich.

Shao lag auf einer ausgeklappten Liege. Bleich war sie, bleich wie der Tod. Sie trug auch ein weißes Gewand, das bis zu den Knöcheln reichte, und hatte die Arme eng am Körper liegen.

Genauso legte man Tote in einen Sarg.

In Suko verkrampfte sich etwas. Er spürte den kalten Schweiß auf seiner Nackenhaut und stand dicht vor einer Explosion. Wenn die Bestien Shao etwas angetan hatten, dann …

»Gehend Sie weiter!«, zischte die Frau.

Suko bewegte sich wie ein Roboter. Kaum nahm er die vier langen Kerzen wahr, die die einfache Liege einrahmten. Zwei standen am Kopfende, zwei am Fußende.

Da kein Wind die Flammen bewegte, brannten sie ruhig und zeichneten hellere Kreise an die düstere Decke.

Rechts und links bewegten sich der Chinese und Linda Brackett an Suko vorbei. Die Frau blieb so stehen, dass sie über die liegende Shao hinweg mit der Maschinenpistole auf Suko zielte, der wie ein Denkmal wirkte und in Shaos Gesicht starrte.

Seine Freundin atmete nicht. Jedenfalls konnte Suko nichts wahrnehmen, und schreckliche Befürchtungen stiegen in ihm hoch, sodass er sich kaum traute, eine Frage zu stellen.

Linda Brackett verzog das Gesicht. »Wollen Sie nicht wissen, was mit ihr los ist?«

»Ich habe meinen Auftrag erfüllt«, erklärte Suko rau. »Jetzt sind Sie an der Reihe.«

Die Frau ging darauf überhaupt nicht ein. »Wollen Sie es wirklich nicht wissen?«

Da entschloss sich Suko zu der Frage. »Ist sie tot?« Jedes einzelne Wort stieß er rau durch die Lippen.

Jetzt gab Lai Ti Jan die Antwort. »Nein, sie ist nicht tot, noch nicht. Aber mit jeder Stunde, die vergeht, rinnt mehr Leben aus ihrem Körper …«

Ein leerer Bilderrahmen – das war alles, was ich noch zu sehen bekam. Keine Spur von Yuisan mehr. Der Höllenbote musste während meiner Abwesenheit aus dem Bild geklettert sein oder aber hatte sich aufgelöst und war in eine andere Dimension geschleudert worden.

Was konnte ich tun?

Ich hatte die Beretta, mein Kreuz, den Dolch – und die Lanze, auf die mein Blick fiel.

Ich bückte mich und hob sie auf.

Sie war ziemlich schwer, und sie erinnerte mich an die Waffe, die Myxin dem Herrn der roten Hölle abgenommen hatte. Auch er besaß eine Lanze, aber diese hier war nicht seine, und sie gehörte auch nicht den

Dienern des Spuks, denn die Waffen kannte ich genau, sie hatten keinen Handschutz dicht über dem Griff, wie die Lanze, die ich zwischen den Fingern hielt.

Meine Gedanken begannen zu arbeiten. Sie glitten zurück in die Vergangenheit, und ich dachte darüber nach, wo ich die Lanze schon gesehen hatte.

Es gab da etwas, dessen war ich mir sicher!

Noch einmal schaute ich genau hin. Sie hatte etwas Mittelalterliches an sich, zeigte die gleiche Form und kam mir vor wie eine Lanze, die bei Turnierkämpfen benutzt wurde, wenn kampfstarke Ritter aufeinander zu ritten.

Zu ritten?

Da hatte ich die Verbindung! Diese Waffe gehörte einem Reiter. Und zwar einem bestimmten. Dem Horror-Reiter!

Die Übersetzung, die ich vorhin gelesen hatte, der Vergleich mit AEBA, jetzt die Lanze mit der blutigen Spitze, all das summierte sich, und es formte sich langsam zu einem verwaschenen Bild.

Der Höllenbote und AEBA standen in einem ursächlichen Zusammenhang. Zwei Größen waren untereinander gleich. Dieser alte mathematische Satz fiel mir ein. Und weil das so war, da waren sie auch einer dritten gleich.

Aber verdammt noch mal, die Horror-Reiter hatte ich doch zusammen mit Kara und Myxin vernichtet!

Je mehr und je länger ich darüber nachdachte, umso weniger verstand ich von allem. Da passte irgendein Steinchen nicht in das Mosaik hinein, ich hatte mich bei meiner Rechnung vertan und suchte nun verzweifelt den Fehler.

Wo konnte er stecken?

Ich hatte keine Ahnung. Andererseits dachte ich an die Horror-Reiter, die ja nicht mehr lebten. Da musste ich mich verkalkuliert haben. Im Gegensatz dazu stand die Existenz der Lanze. Wie ich es auch drehte und wendete, zu einem konkreten Ergebnis kam ich nicht.

Ein Geräusch unterbrach meine Gedankengänge. Es war im Nebenraum aufgeklungen und hatte sich angehört, als wäre jemand gegen etwas gestoßen.

War der Höllenbote noch da?

Kalt rann es meinen Rücken hinab. Ich schüttelte mich, als hätte man mich mit Wasser begossen, und leicht geduckt näherte ich mich dem Durchlass.

Dann sah ich ihn.

Er kam aus dem toten Winkel, schob sich auf die Schwelle, und wir schauten uns an.

Ein lebender Yuisan stand vor mir!

Suko machte eine innerliche Wandlung durch, die an seinem Gesicht abzulesen war. Es zuckten die Wangenmuskeln, die Adern an seinem Hals schwollen an, die Augen verengten sich, wobei die Haut gleichzeitig bleich wurde.

»Was haben Sie gesagt?«, flüsterte der Inspektor und tat so, als hätte er die erste Erklärung nicht verstanden.

»Es rinnt mehr Leben aus dem Körper, je mehr Zeit vergeht! Das ist alles.«

Suko schaute Linda Brackett an und auch Lai Ti Jan. In seinen Augen stand eine Frage zu lesen, und die formulierte er auch. »Warum haben Sie das getan? Warum?«

»Der Grund ist einfach.«

»Dann nennen Sie ihn mir, oder ich …«

»Sie werden gar nichts«, erwiderte Linda Brackett kalt. »Überhaupt nichts. Sie machen das, was wir von Ihnen wollen. Denken Sie an Ihre kleine Shao.«

»Ich frage mich, ob sie überhaupt noch zu retten ist«, knirschte Suko und blickte in das bleiche Gesicht, das noch heller wirkte, weil es von den schwarzen Haaren der jungen Chinesin umrahmt wurde. Die Augen hielt Shao geschlossen, ihre Haut wirkte wie ein fein gesponnenes Gewebe, nichts an ihr bewegte sich.

Halb offen stand der Mund. Oft kann man sehen, wenn Menschen atmen. Bei Shao war dies nicht der Fall. Suko sah und hörte sie auch nicht atmen.

Sie lag tatsächlich da wie eine Tote.

Trotz der auf ihn gerichteten Waffe bewegte sich der Inspektor und neigte sein Gesicht dem seiner Freundin entgegen.

Linda Brackett hob die Waffe an. Sie spannte dabei ihren Körper. Es sah so aus, als wollte sie zuschlagen. Das merkte auch Lai Ti Jan. Er hob beschwichtigend die rechte Hand, sodass sich Linda Brackett wieder entspannte.

Sukos Lippen berührten Shaos Mund. Dabei hatte er das Gefühl, eine Tote zu küssen, so kalt war die Haut, und der Inspektor schauderte. Seine Hand fühlte erst nach ihren Hals. Die Finger legten sich auf die Ader, da musste er spüren können, ob Shao noch normal lebte.

Sie war nicht tot. Suko merkte, dass sich unter der Haut etwas tat. Die Ader bewegte sich, sie pochte, und der Chinese war beruhigt, als er sich aufrichtete.

»Genug gesehen?«, fragte die Brackett kalt.

»Ja, das habe ich.«

»Schön.« Sie lächelte. »Dann können wir ja weitermachen. Und dabei solltest du immer an Shao denken.« Sie war jetzt zu einer vertraulicheren Redeweise übergegangen.

Suko schüttelte den Kopf. »Sie haben meine Frage noch nicht beantwortet. Was bezwecken Sie mit alldem?«

Linda Brackett schaute auf den Alten. »Willst du es ihm sagen, oder lassen wir es?«

»Er hat eigentlich ein Recht darauf, es zu erfahren. Schließlich wird er auf unserer Seite stehen.«

»All right, dann werde ich nicht so sein.« Die Brackett nickte und schaute Suko an. »Als ich hörte, dass mein Mann nach China musste, setzte ich alles daran, um mitzukommen, denn dieses Land hatte mich schon immer fasziniert, so sehr, dass ich mich mit ihm und den Menschen beschäftigt habe. Die älteren von ihnen wurden meine Freunde. Ich kam oft in das Chinesenviertel hier in London, und wir sprachen stundenlang über die Kultur, die Menschen und die Mythologie dieses Landes. So lernte ich auch Lai Ti Jan kennen. Er ist übrigens ein Mensch, der sich in der Mythologie seines Volkes sehr gut auskennt. Von ihm wusste ich, dass es Dämonen und finstere Wesen gibt, aber ich wollte nie so recht daran glauben. Dann fuhr mein Mann nach China. Natürlich wollte ich mit und bettelte so lange, bis er zustimmte und ich eine Einreiseerlaubnis bekam. Leider gelang es mir nicht, Lai Ti Jan mitzunehmen, aber er wollte auch nicht so recht. Oder sehe ich das falsch?« Linda Brackett schaute dem Alten in das faltenreiche Gesicht.

»Nein, du siehst es nicht falsch. Als ich hörte, wo ihr hinwolltet, da musste ich sofort an ihn denken. An Yuisan, den Höllenboten, denn er hat das Gebiet in den Bergen vor langen, langen Jahren kontrolliert. Es war seine Heimat, die durfte man nicht zerstören.«

»Daran haben Sie sich nicht gehalten?«, fragte ich Linda Brackett.

»So ist es. Ich habe versucht, die Sprengungen nicht durchführen zu lassen, sprach von einer schrecklichen Rache, aber meine Warnungen trafen auf taube Ohren. Es wurde gesprengt, und es wurde auch der

Berg gesprengt, in dem Yuisan angeblich seine Heimat haben sollte. Wir bekamen den Beweis für seine Existenz. Als der Berg in die Luft flog, da sahen wir auch ihn. Yuisan schwebte aus dem Krater wie ein gewaltiger Komet. Er war eine Flamme des Schreckens, aber auch ein Fanal der Hoffnung, und sein Anblick prägte sich so unauslöschlich in mir ein, dass ich regelrecht hin war und alle Warnungen vergaß, die mir Lai Ti Jan mit auf den Weg gegeben hatte. Ich sah nur die schreckliche Gestalt. Und während um mich herum das Inferno stattfand, konnte ich nur ihn anschauen. Den Höllenboten.«

Suko sah, wie ihre Augen glänzten und die Konzentration auf ihn nachgelassen hatte. Dann jedoch nahm der Blick einen anderen Ausdruck an. Dem Chinesen kam er deprimiert vor, und mit leiserer Stimme fuhr Linda Brackett fort.

»Ich irrte mich, irrte mich sogar sehr, denn schon nach kurzer Zeit wandelte sich meine Begeisterung in Angst und Resignation, denn ich merkte, dass die Männer mit dieser Sprengung das Grauen freigelegt hatten. Seelen sollte er saugen, so stand es in den mythologischen Schriften. Wir erlebten seine ungeheure Grausamkeit. Männer starben. Einheimische und auch Mitglieder unserer Firma. Auch ich wurde nachts von Träumen geplagt, und da ich mich schon immer für chinesische Kunst interessiert habe und auch selbst künstlerisch begabt bin sowie Kontakt zu den Museen halte, damit ich überhaupt die Ausstellung eröffnen konnte, trug ich mein Scherflein ebenfalls dazu bei. Ich setzte mich hin und malte mir meine Albträume von der Seele. Dabei saß ich tagelang vor der Leinwand und brachte sein Bild darauf. Ich musste ihn einfach zeichnen, um mich von dem ungeheuren Druck zu lösen, der mich so stark belastete. Das Bild wurde fertig, aber der Druck blieb. Ich bin eine Gefangene des Höllenboten und muss seinen Befehlen gehorchen, aber ich will wieder frei sein, verstehen Sie das?«

Linda Brackett schaute Suko dabei an, und der Inspektor nickte. »Ja, das verstehe ich sehr gut. Aber was hat Shao, und was habe ich damit zu tun?«

»Gib du die Antwort!«

Lai Ti Jan nickte. »Die Mythologie sagt, dass sich derjenige, der sich einmal im Bann des Höllenboten befindet, aus eigener Kraft nicht mehr lösen kann. Es muss jemand her, der den Höllenboten vernichtet. Ich weiß selbst, wie schwer die Aufgabe ist, doch es gibt keinen anderen Weg. Da du, Suko, bei uns bekannt bist, und da wir wissen, dass du gegen die Mächte der Finsternis kämpfst, mussten wir zusehen, dich in unsere Gewalt oder auf unsere Seite zu bekommen, denn es geht um unser Leben und um das Leben der Menschen, die an der Sprengung teilgenommen haben.«

»Habt ihr aus diesem Grunde Shao entführt?«

»Ja, genauso ist es gewesen.«

Suko schüttelte den Kopf. »Das kann ich einfach nicht glauben«, flüsterte er. »Verdammt, das kann ich nicht. Ihr hättet doch nur etwas zu sagen brauchen.«

Da lächelte der Alte. »Hättest du uns denn geglaubt?«

»Wahrscheinlich ja.«

»Jetzt ist es zu spät. Wir haben uns für die andere Möglichkeit entschlossen. Es wird dir nichts anderes übrig bleiben, als uns zu gehorchen. Denk an Shao.«

Suko warf seiner Freundin einen langen Blick zu. »Daran denke ich immer«, erwiderte er leise. »Was habt ihr mit ihr angestellt?«

»Es ist möglich, dass sie sterben wird«, erklärte Linda Brackett. »Allerdings langsam, etappenweise gewissermaßen, denn wir haben ihr einen Trank eingeflößt, der sie langsam dahinsiechen lässt. Nur Lai Ti Jan kennt das Gegenmittel, das sie wieder aus ihrer Lethargie reißt. Solltest du dich weigern, mit uns zusammenzuarbeiten oder es nicht schaffen, den Höllenboten zu besiegen, dann wird auch Shao sterben.«

Suko holte tief Luft. »Das ist mir inzwischen klar geworden«, flüsterte er. »Aber was hat John Sinclair damit zu tun? Weshalb musste ich ihm so geheimnisvoll diesen seltsamen Zettel in die Hand drücken und ihn ins Museum schicken?«

»Das kannst du ebenfalls als Berechnung ansehen«, gab Linda Brackett zurück. »Uns ist bekannt, dass du nicht allein gegen die Mächte der Finsternis kämpfst. Du hast einen sehr, sehr starken Partner, eben diesen John Sinclair. Er sollte in das Museum gehen und sich mein Bild anschauen, denn es ist kein normales Bild, sondern mit dem unheilvollen Geist des Höllenboten gefüllt. Und nicht nur das. Es ist der Höllenbote selbst, der meine Hand geführt hat. Das Bild ist nicht tot«, flüsterte sie, »es wird leben, glaube mir das.«

Suko rann es kalt den Rücken hinunter. Er hatte sein erstes Entsetzen überwunden und begann, klar und logisch zu überlegen. »Wie viel Zeit habe ich?«

Linda Brackett und der alte Chinese schauten sich an und lächelten. »Du hast nicht viel Zeit.«

»Ich will die genaue Stundenanzahl wissen.«

Da schüttelte die Frau den Kopf. »Nein, die bekommst du nicht gesagt. Aber ich werde an deiner Seite bleiben und dich hin und wieder an Shao erinnern. Du weißt jetzt, was mit ihr los ist. Sie bleibt hier liegen. Lai Ti Jans Söhne geben auf sie acht und sorgen für sie. Damit erfüllen sie ihre Pflicht. Tue du die deine.«

Als hätte Linda Brackett damit das Stichwort gegeben, so bewegte sich der Vorhang, und zwei jüngere, kräftige Männer betraten den abgeteilten Raum.

Sie verbeugten sich vor ihrem Vater und zollten ihm damit Respekt. Beide hatten dunkles Haar, trugen moderne Kleidung und schwere Revolver in den breiten Gürteln der Jeans.

Linda Brackett lächelte. »Wie du siehst, Suko, gehorchen die beiden ihrem Vater. Sie werden dafür sorgen, dass deiner Shao kein Leid geschieht, wenn du vernünftig bist und es schaffst, den Höllenboten zu besiegen.«

»Ich hätte es auch so getan«, versuchte Suko einen letzten Anlauf zu nehmen.

»Das war die Frage«, erwiderte Linda kühl. »Sicher, du bist ebenfalls ein Geisterjäger. Ob du dich allerdings mit der gleichen Verbissenheit in den Fall gestürzt hättest, wie du es jetzt musst, das konnten wir nicht glauben.«

Suko musste zugeben, dass diese Frau ungeheuer raffiniert war. Sie hatte ein Spiel in Gang gesetzt, aus dem es für Suko kein Aussteigen mehr gab.

Er nickte. »Was soll ich tun?«

Da lächelte die Brackett und sagte: »Wir werden zu dem Museum fahren, wo ich meine Ausstellung habe. Vielleicht ist schon alles vorbei. Kann auch sein, dass dein Freund John Sinclair, unser zweites Eisen im Feuer, die Sache bereinigt hat. Ich hoffe, du vertraust ihm. Sollte dies tatsächlich der Fall sein, ist deine Aufgabe erledigt, noch bevor sie begonnen hat. Einigen wir uns darauf?«

»Es bleibt mir nichts anderes übrig.«

»Dann fahren wir drei jetzt mit meinem Wagen zum Museum. Und denke immer an Shao.«

Suko nickte.

»Ja, das mache ich. Allerdings denke ich auch an Sie, Linda Brackett.«

»Um mich brauchen Sie sich keine Sorgen zu machen.«

»Da bin ich mir nicht einmal so sicher. Der Zauberlehrling hat gegen den Meister noch nie gewonnen.«

Eigentlich hätte ich mit der Möglichkeit rechnen müssen. Dennoch traf mich der Schock.

Der Höllenbote sah genauso aus wie auf dem Bild. Eine gelblich schimmernde Gestalt, halb Skelett, halb Mensch, eingehüllt in den schwarzen Mantel, der an seinem Rücken in zwei großen Flügeln endete, die er langsam ausbreitete und deren Spannweite ich als ungeheuer bezeichnete.

Er machte mir Angst!

Es war nicht allein der Anblick, sondern auch das Schwert mit der goldenen Klinge. Er hielt es jetzt nicht mehr so, dass die Spitze nach unten zeigte, sondern waagerecht, sodass sie auf einen Gegner, in diesem Fall auf mich, wies. Falls es tatsächlich Karas Schwert war, dann wurden meine Chancen noch geringer. Ich hatte Kara mit dieser Waffe mehr als einmal in Aktion erlebt und wusste, wie gefährlich sie war, denn das Schwert konnte man als Kampfwaffe sowie als magischen Katalysator verwenden, der eine Verbindung zwischen den Dimensionen schlug und Reisen in andere Reiche ermöglichte. Ich hatte es deutlich erlebt, als Asmodina Glenda Perkins entführte und mich dabei höllisch reinlegte. Da hatten auch Kara und Myxin nicht helfen können, aber durch das Schwert war die Verbindung zum Reich des Spuks offen geblieben, in das ich eindringen und Glenda befreien konnte.

So und nicht anders sah ich das Schwert und wusste genau, dass meine Chancen sanken.

Auch ich besaß eine Waffe wie der Höllenbote. Nur trug ich mein Schwert, das ich Destero abgenommen hatte, nicht bei mir. Ich musste mich mit dem verteidigen, was mir blieb.

Das war natürlich das Kreuz, dann die Beretta und auch der silberne Dolch.

Aber kam ich damit gegen den Höllenboten an? Das Kreuz entstammte einer christlichen Mythologie und Religion, der Dolch ebenfalls, die Silberkugeln töteten Dämonen niederen Standes, gegen Yuisan würde ich damit nichts ausrichten können.

Aber ich besaß noch eine Waffe. Es war die Lanze, mit der ein Mann getötet worden war.

Eine Lanze, deren Herkunft für mich ebenfalls ein Rätsel war und die ich mit den Horror-Reitern in Verbindung brachte.

Spekulationen, die mir in wenigen Sekunden durch den Kopf gingen und mich ablenkten, was ich mir allerdings auf keinen Fall leisten konnte.

Ich schaute auf den leeren Bilderrahmen. Ja, er war aus dem Bild gestiegen, und er lebte.

Wieso und warum, das interessierte mich zwar, aber es war müßig, darüber nachzudenken, denn Yuisan wollte sicherlich den Kampf.

Er war mir überlegen.

Ich brauchte mir nur die Flügel anzuschauen, um dies festzustellen. Damit würde er sich in die Lüfte erheben können, wie unser Freund, der Eiserne Engel.

Ich war davon überzeugt, dass nur er einen Kampf gegen den Höllenboten überleben würde, doch der Eiserne Engel war weit. Er hielt sich irgendwo zwischen den Dimensionen auf, in Zeitlöchern, zwischen dem Heute, dem Gestern und dem Morgen.

Ich schüttelte mich und wich langsam zurück. Dabei hielt ich die Lanze so, dass ihre Spitze auf meinen Gegner wies. Wenn es zum Kampf kam, dann wollte ich aus diesem kleinen Raum, denn hier hatte ich nur wenig Bewegungsfreiheit. In der Vorhalle des ehemaligen Kinos konnte ich seinen Attacken besser ausweichen.

Der Höllenbote merkte, was ich vorhatte, und er folgte mir.

Lautlos und schweigend …

Bisher hatte er noch kein Wort gesprochen, ich wusste überhaupt nicht, ob und wie er sich artikulieren konnte, und er erschien mir noch gefährlicher als Tokata, der Samurai des Satans, es in seinem Leben gewesen war.

Und dann griff er an.

Er hatte mich nicht erst bis zum Ausgang kommen lassen, sondern bewegte sich gedankenschnell wie ein Schatten. Ich sah das Funkeln der Klinge, blieb dabei stehen und hielt dem Höllenboten die Beutelanze entgegen.

Schwert und Lanze krachten gegeneinander. Ich vernahm einen singenden Ton, die Wucht trieb mich einige Schritte zurück, wobei ich in den Knien einknickte, und dann sah ich die helle Funkenspur, die in die Luft stieß und dort ihren Anfang hatte, wo die beiden Waffen gegeneinander geklirrt waren.

Dieses Geräusch bewies mir, dass der Schaft der geheimnisvollen Lanze nicht aus Holz bestand. Es war nur eine kurze Überlegung. Eine weitere durfte ich mir nicht erlauben, denn der Höllenbote startete seinen nächsten Angriff.

Diesmal kam das Schwert von der Seite.

Ich sprang weg.

Es wischte vor meinem Gesicht entlang und berührte den Boden, wobei es mit der Spitze hineinhackte und in den Stein eine Furche riss, als bestünde der Untergrund nur aus Teig.

Das Schwert war einfach grauenhaft.

Der nächste Schlag hätte mich fast skalpiert. Ich hörte das Pfeifen dicht über meinem Kopf und stieß die Lanze vor. Es war eine Reflexbewegung. Ich begleitete die Aktion mit einem verzweifelten Schrei, fand auch die Lücke und das Ziel.

Wieder vernahm ich einen metallisch klingenden Laut, als die Spitze der Waffe den Körper des Höllenboten rammte. Für einen Moment war ich abgelenkt, denn mit diesem Aufprallklang hatte ich nicht gerechnet, aber ich erreichte damit nichts.

Der Höllenbote stand weiterhin wie ein Denkmal. Unerschütterlich. Ich musste weg aus seiner Nähe, denn er verstand es vorzüglich, sein Schwert zu führen.

Da legte er mich rein.

Nicht mit der goldenen Klinge, nein, er hatte einen ganz anderen Trick auf Lager. Plötzlich klappten seine gewaltigen Flügel zusammen. Es ging so schnell, dass ich überhaupt nicht dazu kam, zu reagieren. Ich sah noch die Flügel wie gewaltige Schatten rechts und links von mir, dann klappten sie zusammen, bevor ich mich noch mit einem Sprung zurück retten konnte.

Ein Zeltdach schien man über mich gestülpt zu haben, so düster wurde es. Ich hielt noch immer die Lanze fest, warf mich auch nach vorn und prallte gegen meinen Gegner.

Hart wie Stein war er. Ein lebendes Denkmal, eine andere Formulierung fand ich nicht dafür. In meiner Wut und Verzweiflung rammte ich noch einmal die Spitze der Lanze gegen seinen Körper. Mit dem gleichen Erfolg wie beim ersten Versuch.

Damit schaffte ich ihn nicht. Dann wollte ich zurück.

Alles legte ich in meinen Sprung, wobei ich zuerst beide Füße fest auf den Boden stemmte, mich dann abstieß und nach hinten drückte, um der Umklammerung der beiden Flügel zu entkommen.

Da gab es keinen Spalt, der sich geöffnet hätte, keine Lücke, keinen Riss. Ich war und blieb ein Gefangener dieses unheimlichen Gegners, der mit mir machen konnte, was er wollte.

Auch töten!

Nur oben befand sich noch ein Spalt. Durch ihn schaute ich, indem ich meinen Kopf in den Nacken legte.

Sein hässlicher gelber Totenschädel mit der dünnen Haut darüber starrte mich an. Die Mundhöhle zeigte ein böses Grinsen, und irgendwo in seinen Pupillenschächten glaubte ich, so etwas wie Leben zu erkennen.

Leben?

Höchstens ein untotes Leben, ein düsteres Glühen, nicht rot, nicht weiß, irgendwie farblos, aber dennoch vorhanden.

Verzweifelt kämpfte ich gegen die Umklammerung. Ich drückte meinen Körper zurück, drängte mich mit dem Rücken gegen die harten Flügel des Höllenboten und war doch der Verlierer.

Seine Kraft erreichte tatsächlich die Stärke der Hölle, und er umschlang mich noch härter mit seinen gewaltigen Flügeln, sodass ich Angst bekam, keine Luft mehr zu kriegen.

Es wurde knapp.

Zum Glück hatte ich einen Arm anwinkeln und den Ellenbogen gegen in pressen können, sodass mir noch ein wenig Spielraum blieb. Die seltsame Lanze hielt ich wie im Krampf mit meiner rechten Hand umklammert. Sie wollte ich nicht hergeben, sie …

Mein verzweifeltes Bemühen wurde unterbrochen, als ich merkte, dass Yuisan mich mithilfe seiner gewaltigen Kräfte in die Höhe wuchtete. Auf einmal verlor ich den Boden unter den Füßen und befand mich nun vollends und hilflos in seiner Gewalt.

Was hatte er vor?

Wollte er mit mir das Weite suchen? Mich vielleicht in die Luft steigen lassen, um mich aus großer Höhe zu Boden zu schmettern?

Nein, er flog nicht, aber er bewegte sich von mir aus gesehen nach links.

Und dort befand sich das Bild.

Das hatte ich noch in Erinnerung, und ein schrecklicher Verdacht keimte in mir hoch.

Das Bild hatte nicht nur ein unheimliches Motiv gezeigt, eben den Höllenboten, hinzu kam, dass dieser Höllenbote noch lebte. Er war aus dem Bild gestiegen, hatte sich vom Hintergrund gelöst, und ich fragte mich, ob es tatsächlich ein normaler Hintergrund gewesen war. Ich hatte auch eine andere Erklärung. Sie klang phantastisch, wenn ich nicht schon das Gegenteil erlebt hätte.

Der Hintergrund des Bildes konnte durchaus der Einstieg in eine andere Dimension sein oder ein Zeitloch, durch dessen Hilfe jemand große Entfernungen überbrücken konnte.

Ich wehrte mich, so gut es ging.

Doch die verdammten Flügel waren wie Stahlklammern, die mir so gut wie keine Bewegungsfreiheit ließen. Eng pressten sie sich an meinen Körper, das Atmen wurde immer schwieriger und steigerte sich zu einer Qual. Mein Kreuz reagierte nicht, obwohl ich hart gegen Yuisan gepresst wurde, und auch mit der Lanze konnte ich gegen ihn nichts erreichen. Sie rutschte mir sogar aus den Fingern. Als ich nachgreifen wollte, war es zu spät. Ich vernahm nur noch den dumpfen Laut, als sie zu Boden schlug.

Dann hatten wir das Bild erreicht, daran zu merken, dass der Höllenbote stoppte und mich noch ein wenig anhievte.

Im nächsten Augenblick stieß er sich ab.

Dabei bewegten sich die Flügel, er ließ mich für den Bruchteil einer Sekunde los, aber nur, um mit beiden Fäusten in meinen Rücken zu stoßen, damit ich wie von einem Katapult geschleudert auf das Schwarze innerhalb des leeren Bilderrahmens zuflog.

Es war müßig, die Arme auszubreiten, um zu versuchen, Halt am Rahmen zu finden. Alles ging viel zu schnell.

Der Sog traf mich mit der Kraft eines Wasserfalls. Und er riss mich dort hinein in das unbekannte Grauen, das der Höllenboote für mich bereithielt …

Man hatte Suko nicht erlaubt, das Steuer zu übernehmen. Der Inspektor musste sich in den Fond eines alten Peugeot klemmen. Neben ihm saß Lai Ti Jan. Er schaute Suko aus großen Augen an, und der Chinese glaubte, so etwas wie Mitleid in den Pupillen zu lesen.

Er sagte nichts. Seine Gedanken kreisten allein um Shao. Sie wollte er retten, und für sie würde er alles tun. Über die Gefahren, die auf ihn warteten, machte er sich keine Gedanken. Er war ja nicht hilflos wie seine Freundin. Die Waffen hatte man ihm gelassen, denn die anderen hatten ein viel besseres Druckmittel.

Es war noch immer hell draußen. Der Verkehr hatte sich beruhigt. Die meisten Berufstätigen saßen jetzt in ihren Wohnungen und nahmen das Abendessen zu sich. Sie mussten auf die andere Seite der Themse, und als unter ihnen die Fahrbahn der Westminster Bridge lag, sprach der alte Chinese ihn zum ersten Mal an.

»Glaub mir, Suko, auch mir tut es leid, aber ich sah keine andere Möglichkeit.«

Der Inspektor lächelte spöttisch. »Ich habe euch eine bessere aufgezeigt. Wir hätten unbelastet gegen den Höllenboten angehen können. Jetzt stehen wir unter Druck.«

»Vielleicht hast du recht.«

»Hör mit dem sentimentalen Quatsch auf!«, zischte Linda Brackett vom Fahrersitz her. »Es reicht.«

»Warum lässt du nie eine andere Meinung gelten?«

»Weil es besser ist, was wir machen.« Gleichzeitig drang ein Fluch über ihre Lippen, weil sie in Höhe von Westminster Abbey stoppen mussten, denn der Verkehr wurde von einer Demo aufgehalten. Sie befanden sich schon auf der Victoria Street und würden bald auch das Yard Building passieren, wo niemand von den Kollegen wusste, in welch einem Fall zwei ihrer besten Beamten steckten.

Sie hatten noch Glück im Pech, denn die Demo näherte sich bereits ihrem Ende. Es waren nur die Reste gewesen, die sie gezwungen hatten, anzuhalten.

Linda Brackett fuhr wieder an. Dabei drehten die Reifen durch und verloren noch mehr an Profil, aber sie wollte unbedingt an einem Lastwagen vorbei, bevor sich der Fahrer vor ihren weinroten Peugeot setzte und sie ihn später kaum überholen konnten.

Haarscharf kamen sie mit einem blauen Auge davon. Der Mann im Lastwagen hupte wütend hinter ihnen her.

Das Yard Building tauchte auf. Suko schielte mit sehnsüchtigem Blick an der Fassade hoch und presste danach hart die Lippen zusammen. Er wäre jetzt gern in seinem Büro gewesen und hätte sich sogar freiwillig über Akten gesetzt, nur damit alles normal blieb.

Bis Carlisle Place nahe der Westminster Cathedral war es nicht weit. Sie benötigten nur Minuten und stellten den Wagen schräg auf den Gehsteig vor ein Lebensmittelgeschäft, dessen Rollo schon heruntergelassen war.

Dann stiegen sie aus.

Linda Brackett hatte ihre Maschinenpistole mitgenommen. Ein Mantel verdeckte die Waffe. Suko fragte sich, wie die Frau wohl an die MPi herangekommen war. Dann erinnerte er sich daran, dass man im Londoner Chinesenviertel für sein Geld so ziemlich alles bekommen konnte. Auch Maschinenpistolen.

Lai Ti Jan schloss die Tür ab. Im Gegensatz zu der Frau war er ziemlich ruhig. Linda Brackett kaute nervös an ihrer Unterlippe herum und wirkte irgendwie fahrig.

»Komm schon!«

Suko trat neben sie. Er warf einen spöttischen Blick auf den Mantel, der auf seiner Oberseite verdächtig gerade lag, unterstützt durch den Lauf der Waffe. »Die brauchen Sie nicht mehr«, sagte er. »Oder glauben Sie, dass Sie mit der MPi etwas gegen den Höllenboten ausrichten können?«

Linda Brackett warf Suko einen knappen Blick zu. »Nein, gegen ihn nicht, aber gegen Sie. Soviel ich weiß, sind Sie nicht kugelfest.«

»Das stimmt. Nur geben Sie Ihren letzten Trumpf aus der Hand, wenn Sie mich erschießen.«

»Der letzte Trumpf ist Shao«, erwiderte die Frau kalt und bewegte ihren Kopf, ein Zeichen, dass Suko weitergehen sollte.

Er tat es und beschloss, irgendwann, falls der Fall gut ausgehen sollte, mit Linda Brackett abzurechnen.

Sie hatten es nicht weit bis zum Museum. Suko stellte fest, dass es sich in einem umgebauten Kino befand. Man hatte die Fassade noch so gelassen, nur die Werbung fehlte.

Durch die Glastür, die seltsamerweise nicht verschlossen war, betraten sie die Vorhalle.

Auch Suko fiel das kleine Tischchen auf und die Geldkassette darauf. Hinzu kam die nicht verschlossene Tür, sodass sein Misstrauen langsam anstieg.

»Haben Sie was?«, erkundigte sich die Brackett.

»Ja, ich wundere mich darüber, dass hier niemand mehr sitzt. Das ist ein wenig seltsam.«

»Die offizielle Eintrittszeit ist vorbei«, entgegnete die Frau.

Suko hob die Schultern. »Zumindest müsste abgeschlossen sein.«

Linda verengte die Augen. Dann ließ sie den Mantel ein wenig zur Seite rutschen, sodass die Mündung der Waffe unter dem Stoff hervorglotzte. »Sie haben recht.«

Suko hatte auch den silbergrauen Bentley nicht gesehen. Das allerdings musste nicht unbedingt viel sagen. John Sinclair konnte den Wagen auch woanders geparkt haben.

Der Chinese musste vorgehen, während sie die Halle durchquerten. Linda Brackett blieb hinter ihm. Die Mündung der MPi wies dabei auf seinen Rücken.

Suko hatte sich inzwischen so daran gewöhnt, dass es ihm nichts mehr ausmachte. Er war auch der Erste, der die Tür aufstieß, damit sie die Ausstellungsräume betreten konnten.

»Sinclair scheint nicht gekommen zu sein«, bemerkte Linda Brackett bissig.

»Er kann auch tot sein.« Das stellte Lai Ti Jan fest.

Suko erwiderte nichts. Er schaute über den Alten hinweg, der die rot lackierte Tür geöffnet hatte, und blieb auf der Schwelle stehen.

Es war eine Szene, die ihn schockte, erschreckte und gleichzeitig deprimierte.

Zuerst sah er das leere Bild. Nur der Rahmen hing noch an der Wand. Einer schwarzen Wand, wie Suko feststellte, denn von der gegenüberliegenden Seite fiel treffsicher der breite Strahl eines Scheinwerfers auf das »Bild«.

Auf dem Boden aber hatte sich eine Blutlache ausgebreitet. Und inmitten der Lache lag ein Mensch.

Ein Toter.

An der neben ihm liegenden Mütze war zu erkennen, dass es sich bei ihm um den Portier handelte, der Eintrittskarten verkaufte und kontrollierte.

Und noch etwas fiel dem Chinesen auf. Direkt unter dem Bild sah er eine Lanze. Sie passte nun überhaupt nicht hierher. Hatte sie vielleicht dem Höllenboten gehört?

Diese Frage quälte den Chinesen, eine Antwort würde er vorerst nicht bekommen.

Linda Brackett stand einen Schritt vor ihm. Suko konnte ihr Gesicht nicht sehen. Sie musste dennoch geschockt sein, denn er sah es am Zucken ihrer Schultern.

Dann ging sie vor, und ihre Schritte wirkten seltsam torkelnd. »Ein leeres Bild!«, flüsterte sie. »Verdammt, da ist ein leeres Bild.« Sie warf sich herum und schaute dabei die beiden Männer an. Ihr Gesicht befand sich im Strahl des Scheinwerfers. Es wirkte seltsam bleich und auch verzerrt, wie eine Maske aus kaltem, hellem Marmor gehauen. »Verschwunden, Yuisan ist verschwunden.« Dabei schüttelte sie den Kopf, als könnte sie es immer noch nicht begreifen.

»Und John Sinclair?«, fragte Suko leise. Auch ihn hielt es nicht mehr auf der Schwelle. Er ging auf die Frau zu.

Die hob die Schultern. »Ich weiß es nicht. Verflucht, ich weiß es wirklich nicht. Tut mir leid …«

»Gehört die Lanze auch zu ihm?« Diese Frage stellte Suko und wandte sich damit an Lai Ti Jan.

Der Alte gab ihm keine direkte Antwort. Er bewegte sich auf den Gegenstand zu, hob ihn auf und schaute ihn sich genau an, wobei er ihn so drehte, dass Licht des Strahlers auf ihn fallen konnte. Dann schüttelte er den Kopf. »Nein, diese Lanze habe ich bei ihm nie gesehen. Es ist auch nichts darüber in den alten Schriften erwähnt worden. Yuisan verlässt sich als Waffe nur auf sein goldenes Schwert.«

»Und wo kann er jetzt stecken?«, fragte Suko.

Da hob der Alte die Schultern. Diese Geste sagte alles. Auch für Suko, der mit Schrecken an Shao dachte und an die Zeit, die ihm praktisch unter den Fingernägeln hinweg rann.

»War Sinclair denn hier?«, fragte Linda Brackett. Sie hatte sich wieder unter Kontrolle und sprach mit normaler Stimme.

»Ich kann es nicht hundertprozentig sagen«, erwiderte Suko. »Und den Mann können wir nicht mehr fragen.«

»Um Ihre Freundin sieht es schlecht aus«, sagte die Frau kalt.

Suko erwiderte darauf nichts. Er ging nur einen halben Yard vor und schaute Linda Brackett mit einem so eisigen Blick an, dass sie zusammenzuckte und sich umdrehte.

Lai Ti Jan sprach vernünftige Worte. »Wir dürfen uns jetzt nicht streiten, sondern müssen gemeinsam nach Lösungen suchen.«

»Dann zeig mir mal welche!«, zischte die Brackett. Ihre Augen glänzten wie im Fieber. Suko wurde das Gefühl nicht los, dass diese Frau nicht mehr sie selbst war. Ein anderer oder etwas anderes hatte von ihr Besitz ergriffen. Unruhig schritt sie durch den Raum, wobei sie einen Kreis schlug und ihr Blick immer wieder das leere Bild traf. Der Mantel war längst von ihrem Arm gerutscht, die Maschinenpistole trug sie jetzt offen zur Schau.

Das beruhigte Suko. Wenn sie nicht mehr Herr ihrer Sinne war, konnte sie zu leicht durchdrehen.

Sie duckte sich, stand etwas gespannt da. Breitbeinig, den Kopf leicht in den Nacken geworfen, die MPi fest umklammert, auf ihren schwarzen Locken schimmerte das Licht. Ein wenig erinnerte sie Suko an Pamela Scott, auch Lady X genannt.

»Ich spüre es!«, raunte sie. »Ich spüre es genau. Er ist nicht mehr hier. Aber sein Geist steckt in diesem Raum.« Sie trat mit dem Fuß auf, wobei sie gleichzeitig die Schulter in die Höhe hob, als würde sie frösteln. »Aber da ist noch etwas anderes«, hauchte sie. »Etwas, das ich nicht fassen kann. Unheil …«

Zum Schluss hatte sie ihre Stimme so gesenkt, dass sie kaum zu verstehen war. Dann schaute Suko sie an, und der Chinese sah wieder den Lauf der MPi auf sich gerichtet. »Du musst ihn suchen!«

»Wen? Yuisan?«

»Nein, das andere. Es ist hier, und es passt nicht so recht zu dem Höllenboten. Es will ihn unterdrücken, das hat er gemerkt, deshalb ist er geflohen. Glaub mir …«

»Wer soll das sein?«

Wieder schüttelte die Frau den Kopf. »Keine Ahnung, aber ich täusche mich nicht.« Sie blickte auf die Lanze. »Vielleicht hängt es damit zusammen. Wirf sie weg!«, fuhr sie den alten Chinesen an.

Lai Ti Jan öffnete seine Faust, als wäre die Lanze glühend heiß geworden. Sie prallte zu Boden und blieb dicht neben dem Riss liegen, den das Schwert hinterlassen hatte.

»Ja, das ist gut.«

»Ist es jetzt weg?«, erkundigte sich Suko mit ruhiger Stimme. Er durfte auf keinen Fall die Nerven verlieren.

»Nein!«, wisperte Linda. »Es ist noch hier!« Während sie sprach, sprühten vor ihren Lippen Speichelbläschen, und sie hielt den Blick auf den Durchgang gerichtet, der die beiden Ausstellungsräume miteinander verband. »Ich glaube, dass es dort lauert.«

»Dann sehe ich nach.«

Scharf sog sie die Luft durch die Nase ein. Für einen Moment schien es so, als hätte sie etwas dagegen. Schließlich nickte sie und meinte: »Ja, schau dich um. Licht hast du ja.«

Suko wollte gehen, als alle drei von einem Geräusch aus dem Nebenraum aufgeschreckt wurden.

Es passte überhaupt nicht hierher, denn das war Klappern von Pferdehufen …

Die drei standen auf dem Fleck, als hätte ihnen jemand Leim unter die Sohlen geschmiert. Damit hatte nun niemand gerechnet, und jeder wartete darauf, dass sich das Geräusch wiederholte. Dies geschah nicht.

Die Frau warf Suko einen fragenden Blick zu. Der Inspektor konnte nur die Schultern heben, eine Antwort wusste er auch nicht. Man musste der Sache eben auf den Grund gehen.

Aber wer hielt ein Tier innerhalb dieses seltsamen Museums gefangen? Oder waren es etwa Reiter und Tier? Da stimmte eine ganze Menge nicht, und nicht nur Suko fühlte sich in dieser bedrückenden Atmosphäre unwohl. Die Luft schien schwerer geworden zu sein. Irgendwie fassbar wie Schleim.

Was lauerte im anderen Raum?

Er war wenig erhellt. Wie auch in dem Raum, in dem sie standen, brannte zwar Licht, doch die einzelnen Lampen waren punktuell auf bestimmte ausgestellte Objekte gerichtet, sodass sicherlich ein Großteil des Raumes im Schatten lag.

Schatten und Dunkelheit waren schon immer die besten Verbündeten der Schwarzblütler gewesen.

»Na geh schon.« Die Stimme der Frau klang wieder unruhig.

Suko nickte. Auch der alte Chinese wollte sich in Bewegung setzen, ihn hielt Linda zurück.

Im Durchgang blieb Suko stehen. Er dachte an die Beretta, den Stab und die Peitsche, die er bei sich trug. Drei gute Waffen. Richtig eingesetzt, konnte er damit schon einiges aus dem Feuer reißen. Und das hatte er vor.

Der zweite Raum war wesentlich größer als der erste. Er wurde auch durch mehrere Lampen erhellt. Scharf gebündelte Strahlen zerschnitten die Dunkelheit und fanden ihre Ziele in den aufgestellten und meist von Vitrinen und Hauben verdeckten Objekten.

Suko sah zahlreiche Gefäße. Das begann bei der Kanne, ging über zu den geschwungenen und formschönen Vasen und endete bei flachen Tellern oder Schalen.

Die Frau hatte dies aus China mitgebracht. Die Offiziellen mussten sehr viel Vertrauen zu Linda gehabt haben, dass man ihr die wertvollen Dinge so ohne Weiteres lieh.

Nur von dem Pferd sah er nichts. Allerdings war dies kein Beweis dafür, dass es sich auch nicht in dem Raum aufhielt, der ja ziemlich groß war, ungefähr dreimal so groß wie der andere.

Zudem war es nicht gut, wenn Suko auf der Schwelle blieb. Er wurde von den Strahlen zu sehr geblendet. Ein paar Mal musste er die Augen zusammenkneifen, wenn er den Kopf drehte, und als er sich einen ersten, einigermaßen guten Überblick verschafft hatte, da wagte er es endlich, einige Schritte vorzugehen.

Er hatte einen Gang entdeckt, einen Hauptgang gewissermaßen, der den Raum und damit auch die ausgestellten Stücke in zwei Hälften teilte. Weiter links verschwand der Gang in der Dunkelheit des Raumes. Dort standen keine Gegenstände, und es gab auch kein Licht.

Nach einem Schalter hatte sich Suko vergebens umgeschaut. Die Wände in seiner Nähe waren kahl. Das Licht musste man irgendwo anders anknipsen können.

Sicherheitshalber zog Suko seine Beretta. Die Dämonenpeitsche war zwar im Endeffekt wirkungsvoller, aber mit den geweihten Silberkugeln konnte er sich die ersten Gegner schon mal vom Leibe schaffen.

Er hatte sich ein wenig geduckt und wand sich an den einzelnen aufgestellten Vitrinen vorbei. Sein Ziel war der Teil des Raumes, wo sich die Dunkelheit zu einer wahren Wand verdichtet hatte und wohin auch kein Streu- oder Restlicht drang.

Er versuchte so wenig Geräusche wie möglich zu machen. Bewegte sich dabei auf den Zehenspitzen, und wenn er voll auftrat, dann federnd. So durchquerte er den Raum.

Halb hatte der Inspektor den Arm gehoben. Aus seiner Hand schaute der dunkle Waffenlauf. Immer wenn er einen Lichtstrahl durchquerte, kam er sich wie auf dem Präsentierteller vor, und über seinen Rücken rieselte es kalt. Als Zielscheibe wollte er doch nicht dienen. Flach drang sein Atem über die Lippen. Die anderen verhielten sich ruhig, und Suko war ein Bündel von Konzentration. Er hatte seine Nerven unter Kontrolle, während er sich Schritt für Schritt seinem Ziel näherte.

Ja, da war etwas. Er spürte, dass innerhalb der Dunkelheit etwas Gefährliches lauern musste, und er glaubte auch, einen Schatten zu sehen.

Groß, wuchtig und auch breit.

Der Inspektor blieb stehen. Diesmal atmete er nicht flach, als er die Luft einsaugte. »Komm raus!«, zischte er. »Los, zeig dich!«

Im Prinzip hatte er selbst nicht damit gerechnet, dass seine Aufforderung Erfolg zeigen würde, er wurde von dem Klappern direkt überrascht.

Ja, das waren Hufe!

Und der Schatten bewegte sich. Wurde größer, sogar so groß, dass Suko ein unangenehmes Gefühl beschlich, und er sah einen Pferdekopf mit glühenden Augen.

Für einen Moment musste er an die Tiere denken, die auch die Leichenkutsche gezogen hatten, aber die waren erledigt. Nein, dieses Pferd war ein anderes.

Und es trug eine Gestalt.

Den Horror-Reiter!

Suko erging es wie seinem Freund John Sinclair. Er war völlig perplex, überrascht und begriff es einfach nicht, denn auch er war der Meinung, die Horror-Reiter erledigt zu haben.

Aber der, der da aus der Dunkelheit auf ihn zuritt und hoch aufgerichtet auf dem Pferderücken hockte, war einer der Horror-Reiter. Ein Wesen der Apokalypse, ein Bote des Grauens wie auf der anderen Seite Yuisan.

Jetzt hatten sie es nicht nur mit einem, sondern mit zwei Gegnern zu tun.

Noch schlimmer.

Das pechschwarze Pferd mit den roten Augen hielt an. Von einem schräg nach unten fallenden Lichtstrahl wurde der Reiter getroffen, und diese Helligkeit beseitigte Sukos letzte Zweifel.

Die unheimliche schwarze Rüstung, die Visierkappe vor dem Gesicht, das alles gehörte dazu. Jetzt wusste auch der Chinese, wem die Lanze gehörte. Dem Reiter.

»Du bist es!«, flüsterte Suko.

»Ja, ich!« Dumpf und drohend klang die Stimmte unter dem Gesichtsschutz auf, und Suko wünschte sich jetzt ein Schwert, um diese Gestalt zu zerstören.

»Was willst du?«

»Meine Rache. Die Rache an denjenigen Personen, die meine drei Brüder getötet haben. John Sinclair, Kara und du!«

»Was ist mit Yuisan?«

Da grollte ein schauriges Lachen dem Chinesen entgegen. »Er ist geflüchtet, weil er glaubte, mir entkommen zu können. Aber der Höllenbote kann kein Schicksal spielen. Das allein bleibt mir überlassen, und er wird mir wieder gehorchen, wenn ich mit euch fertig bin. Und vielleicht legt er mir dann als Geschenk den toten John Sinclair vor die Füße.«

»Was ist mit John?«

»Yuisan hat ihn mitgenommen. Er will ihn für sich allein haben. Auch ich wäre mit ihm gegangen, aber ich muss die wichtige Aufgabe hier erledigen. Erst werde ich dich töten, dann kommt Kara an die Reihe. Die Schöne aus dem Totenreich darf nicht länger leben.«

Suko wollte herausbekommen, ob Kara schon irgendetwas bemerkt hatte, denn sie war immer auf der Hut, führte gemeinsam mit Myxin Beschwörungen durch und merkte oftmals, dass die andere Seite etwas plante. Vielleicht war es ihr auch hier gelungen.

»Weiß Kara über dich Bescheid?«, wollte der Chinese wissen.

»Es ist möglich. Aber sie interessiert mich noch nicht. Als Gegnerin ist sie nichts wert. Wenn sich unsere Wege nicht kreuzen, werde ich sie suchen. Vielleicht komme ich auch über Yuisan an sie heran.«

»Was hat er damit zu tun?«

Da grollte es dumpf hinter dem Visier des Horror-Reiters. »Weißt du nicht, dass es Yuisan war, der uns damals gehorchte? Er wurde von AEBA erschaffen. Aus der Erde des unheiligen Landes hat man den Höllenboten geformt und ihm das unheilige Leben eingehaucht. Ein Wesen aus Steinen, Tierknochen, Lehm und schwarzer Magie. Das ist der Höllenbote, und er wird mich allein unterstützen.«

»Dann hat er John Sinclair?«

»Ja, der Geisterjäger muss sich in seiner Gewalt befinden. Und ich glaube, dass er es nicht schafft, dem Höllenboten zu entkommen. Du hast das leere Bild gesehen. Es ist ein Dimensionsloch, wie es sie oft gibt. Wenn du dich dagegen wirfst, zieht es dich hinein in eine andere Welt, und die Zeiten werden aufgehoben. Du kannst Sprünge und Reisen machen, die Vergangenheit oder die schwarzmagischen Reiche stehen dir offen …«

Suko bekam durch diese Worte eine Bestätigung seiner Annahme, und er nickte.

In der rechten Hand hielt er nach wie vor seine Pistole, doch mit der linken suchte er nach dem Griff der Dämonenpeitsche. Wenn er sie ausfuhr, konnte er den Gegner vielleicht damit attackieren und auch schwächen.

Doch Suko war nicht allein, und er hatte die Rechnung ohne Linda Brackett gemacht. Sie hielt es einfach in dem anderen Raum nicht mehr aus, hatte Stimmen gehört und wollte nachschauen.

Erregt war sie – und auch unvorsichtig. Zuerst hatte sie nur gelauscht und gehört, dass Yuisan dem Horror-Reiter gehorchen musste. Das passte ihr überhaupt nicht. Für sie zählte nur der Höllenbote, denn sie befand sich in seinem Bann und brachte ihm eine Art Hassliebe entgegen. Obwohl sie wollte, dass er getötet wurde, konnte sie es nicht mit anhören, dass sich ein anderer außer demjenigen, den sie ausgesucht hatte, gegen ihn stellte.

Denn dann würde es noch schwerer sein, den Bann zu lösen. Ein regelrechtes Verwirrspiel, das sich in ihrem Kopf abspielte und sie zu einer Unvorsichtigkeit hinreißen ließ, denn als sie einen Schritt vorging, gab sie nicht acht und stieß mit der Mündung der Maschinenpistole gegen eine Glasvitrine.

Das Geräusch hörten Suko und der Horror-Reiter.

Ein röhrender Schrei drang aus dem Mund des dämonischen Wesens. Gleichzeitig hieb er dem Pferd seine Sporen in die Flanken, der Gaul riss das Maul auf, Schwefeldämpfe drangen daraus hervor, und mit einem gewaltigen Satz sprang er über die erste Vitrine.

Das war genau der Augenblick, als Linda Brackett feuerte …

Sonne hatten wir in London auch. Aber nicht so stechend. Auch der Wind war nicht so scharf. Er warf mir feinen Staub ins Gesicht, der meine Haut malträtierte und regelrecht hineinbiss.

Ich schüttelte mich, denn ich lag auf dem Boden, hatte die Arme leicht angewinkelt und spürte in meinem Kopf einen dumpfen Druck. Bewegen konnte ich mich. Ich wurde nicht mehr von diesem Monstrum festgehalten und atmete erst einmal durch, wobei mir der Staub zwischen die Zähne fuhr, sodass es knirschte, wenn ich sie aufeinanderbiss.

Schwerfällig stemmte ich mich in die Höhe. Die Unterlage war hart, der Wind fuhr gegen meine Seite und bauschte die Jacke auf.

Wo war ich nur gelandet?

Die Sonne hatte in der Tat schon Kraft. Sengend trafen mich ihre Strahlen. Sie brannten in meinen ungeschützten Nacken, ich drehte ihr den Rücken zu und bekam nun freies Sichtfeld.

Nein, in einer anderen Dimension befand ich mich nicht. Man hatte mich auf der Erde gelassen. Ich selbst stand in einem Tal und sah vor mir zahlreiche Baubaracken und Buden. Dahinter stieg das Gelände an. Erst sanft, dann wurde es felsig, und als mein Blick weiter glitt zu den Gipfeln der Berge hoch, da erkannte ich, dass die Natur verändert worden war.

Jemand schien mit einer Riesenfaust auf die Gipfel geschlagen zu haben, denn sie waren zum Teil verschwunden. Gewaltige Felsmassen waren bewegt und zu Tal geschafft worden. Allerdings gibt es auf der Erde wohl kaum Wesen, die solche Riesenfäuste besitzen, und mir kam der Gedanke, dass die Berggipfel durch die Einwirkung der Technik ihre Form verloren haben mussten.

Vielleicht durch Sprengung.

Ja – alles wies darauf hin. Schon des Öfteren war ich in Steinbrüchen gewesen. Es gab immer markante Punkte, denen man ansah, dass sie künstlich entstanden waren. Da sahen oft ganze Felswände so aus, als hätte sie jemand zerschnitten. Andere hatten dem Druck nicht standhalten können und waren gekippt. Tonnen von Gestein hatte man in die Luft geblasen, die irgendwo anders wieder zu Boden fielen und dort völlig neue, apokalyptische Landschaften schufen.

Wie auch hier.

Und davor stand die Budenstadt. Aber nicht nur Baracken entdeckte ich, auch technisches Gerät. Ein Bohrturm, klein in seinen Ausmaßen, eben so, wie man ihn zu Probebohrungen benutzt. Zwei Lastwagen standen dort auf ihren rostigen Felgen, und über allem lag ein braungelber Staub, der vom Wind wie eine nie abreißende Fahne bewegt wurde, sodass er manchmal die Sonne verdunkelte.

Hier hatte die Hand des Menschen in die Natur eingegriffen, und ich stellte mir die Frage, ob das wirklich nötig gewesen war. Es war nicht mein Problem, damit fertig zu werden, ich musste erst einmal zusehen, wo ich mich überhaupt befand.

Eins war sicher. Durch schwarze Magie hatte ich eine Entfernung überbrückt, für die ein Reisender sicherlich Tage benötigte. Ich hatte sie in einem Atemzug geschafft und war in ein Land gekommen, aus dem der Höllenbote stammen musste.

China!

Ja, es konnte nicht anders sein. Ich erinnerte mich wieder an Bilder und Fernsehberichte, die sich mit dem Reich der Mitte beschäftigten. In manchen Gegenden hatte es so ausgesehen wie hier. Graugelber Staub, gewaltige Ebenen, Land, das terrassenförmig anstieg, so wie ich es hinter mir sah und hohe, zerklüftete Gebirgszüge, wie sie vor mir lagen.

Ich befand mich in Yuisans Heimat.

Und ich war allein.

Eine schlimme Vorstellung. Fast wünschte ich mir, den Höllenboten in der Nähe zu haben, so aber war ich auf mich allein gestellt, was man nicht gerade als einen Vorteil bezeichnen konnte.

Angst verspürte ich nicht, denn ich sah es schon als einen Vorteil an, nicht in einer anderen Dimension oder in einem anderen Schreckensreich verschollen zu sein.

Ich befand mich auf der Erde!

Die Baubuden interessierten mich. Das Erbe einer Zivilisation, das allmählich verrottete. Einen letzten Blick warf ich zurück auf der Suche nach einer Ansiedlung, einem Dorf oder einer Stadt, doch das Land war nur öde, kahl und wirkte deprimierend. Hinzu kam der Staub, der alles wie ein gewaltiges Leichentuch zudeckte.

Auch meine Füße wühlten ihn auf. Tückisch bedeckte er Spalten und Vertiefungen im Gelände. Manchmal auch hochkant stehende Steine, über die ich stolperte. Zudem führte mich mein Weg bergab, und ich musste achtgeben, dass ich nicht rutschte.

Vor den Baubuden wurde es besser. Erst jetzt sah ich, dass die meisten keine Scheiben mehr hatten. Nur noch Löcher glotzten mich an. Durch sie pfiff der Wind ungehindert. Einen Brunnen sah ich auch. Man hatte das Loch mit Holzlatten abgesichert. Auch an ihnen waren Wind und Wetter nicht spurlos vorübergegangen. Schief und krumm standen die Latten in der lockeren Erde.

Gegen die Wände der Bauten hatte der Wind den Sand geworfen. Eine kniehohe Schicht bedeckte sie wie Kleister.

Ich schüttelte mich. Diese Öde und Leere machte mich noch verrückt. Ich wurde an die alten Goldgräberstädte des Westens erinnert, nur gab es hier keine verlassenen Saloons oder Stores.

Sogar eine Müllhalde bekam ich zu sehen, als ich an der Rückseite eines Hauses nach links schielte.

Coladosen, Trockengemüse, Fleischkonserven, Flaschen. Dazwischen Papier und Tuchfetzen. Die Mulde lag ziemlich windgeschützt, sodass das Zeug nicht durch die Gegend flog.

Ich umrundete das Haus und blieb vor der Frontseite stehen. Wenn ich nach links und rechts schaute, erkannte ich so etwas wie eine Straße, denn die Baracken waren so ziemlich in einer Linie gebaut worden. Steinhart und trocken präsentierte sich der Boden, und von den Hängen jenseits der Buden hier hörte ich das Rollen kleiner Steine.

Mich interessierte die Behausung vor mir. Ich wollte mir das Innere anschauen, ging auf die Tür zu und zog sie auf. Sie war seltsamerweise noch in Ordnung, es fehlte nur, dass mich jemand lächelnd begrüßt hätte.

Begrüßt wurde ich. Von einem Toten.

Stocksteif blieb ich stehen und starrte auf die Leiche, die auf dem Rücken lag.

Durch die zerstörten Fenster fiel so viel helles Licht, dass ich den Kopf sehr genau erkennen konnte.

Es war kein normaler menschlicher Schädel. Was da auf dem Hals saß, erinnerte mich fatal an das Monstrum, dem ich diese unfreiwillige Reise zu verdanken hatte.

Die Leiche trug einen gelblich schimmernden Skelettschädel!

Ein Ebenbild des Höllenboten.

Es gab keine andere Formulierung, und der Tote war auch kein Einheimischer, sondern ein Europäer. Er trug die europäische Kleidung, eine Hose mit Bügelfalten, ein gestreiftes Hemd, sogar eine Krawatte, und dann dieser hässliche Schädel. Gelb wie eine Laterne und mit einer Haut überzogen, die dünn und durchsichtig war, sodass ich die Knochen erkennen konnte.

Als ich mich einigermaßen gefasst hatte, ging ich auf das Wesen oder den Toten zu, kniete mich und befühlte seinen Körper. Meine Finger tasteten über die Haut.

Überrascht hob ich die Augenbrauen. Eigentlich hatte ich damit gerechnet, die kalte Haut eines Toten zu berühren, da irrte ich mich. Die Haut des Menschen war nicht kalt, sondern warm, wie bei einem lebenden Menschen.

Das irritierte mich, und ich erhob mich wieder. Wieso hatte sich der Tote nicht abgekühlt? Eigentlich gab es dafür nur eine Erklärung. Er musste ein Dämon sein und unter Umständen noch leben, was mir wiederum überhaupt nicht gefiel.

Aber wie kam er hier in dieses Land? Diese Frage stellte sich mir, und ich suchte nach einer Antwort. Er war ein Diener oder ein Opfer des Höllenboten. Unter Umständen hatte er als normaler, lebender Mensch sogar beim Bau dieser Anlage geholfen und sich an der Sprengung aktiv beteiligt.

Ja, das konnte es sein. Bestimmt gehörte er zu einer der Firmen, die sich die Rechte erworben hatten, in diesem Teil Chinas nach Bodenschätzen zu suchen.

Und dabei war er dem Höllenboten in die Quere gekommen, den eine gewisse Linda Brackett so echt und plastisch auf die Leinwand gebracht hatte.

Yuisan hatte sich schrecklich gerächt! Ich brauchte mir nur den Toten anzuschauen.

Der Schädel machte auf mich einen abstoßenden Eindruck. Die dünne Haut hatte einen irgendwie fahlen Glanz, und sie zog sich um die Mundhöhle, die Nasenlöcher als auch die Augen herum. Über der Stirn wurde der Schädel breiter, seine Platte bestand aus glatten Knochen. Ich schob die Ärmel der Jacke, die er trug, zurück und schaute mir seine Hände und die Arme an.

Auch diese Haut schimmerte gelblich. Allerdings ein wenig dunkler als der Schädel, und sie kam mir irgendwie schmutzig vor.

Ich rollte den Ärmel wieder zurück.

Wie mochte der Mann in diese Baracke gekommen sein? Wie lange lag er hier? Einen Monat, noch länger – ich wusste es nicht, drehte mich um und verließ die Unterkunft.

Die Sonne stand noch immer am Himmel wie festgeklebt. Blass sah sie aus. Blass und bleich, weil der Wind wieder lange Staubwolken in die Höhe trieb, die sich als wirbelnde Gebilde vor die Sonnenscheibe legten. Die stechenden Strahlen trafen meinen ungeschützten Kopf und den Nacken. Ich mochte diese Hitze nicht und vor allen Dingen nicht den gelbbraunen Staub, der sich in jede Pore setzte.

Ich beschattete die Augen mit der Hand, indem ich sie an die Stirn legte. So wurde ich von der Sonne nicht geblendet, wenn ich zu den Hügeln hochschaute, wo ich nach Leben suchte.

Aber hier lebte nichts. Es war alles tot, und es war fraglich, ob ich auch Wasser fand. Zwar gab es hier einen Brunnen, doch der war sicherlich ausgetrocknet und vom Sand zugeschüttet worden.

In den Bergen regte sich nichts. Die durch die Sprengung zum Teil zerstörte und umgeformte Bergwelt hatte seltsame Formen gebildet. Da gab es glatte Felswände, wo es sonst Hänge gegeben hatte. Es waren Täler entstanden und neue Gipfel. Riesige Steinfelder hatten sich talwärts gewälzt und waren irgendwann einmal zur Ruhe gekommen, wo sie nun gewaltige Geröllhalden bildeten.

Ich wandte mich wieder ab und befand mich noch in der Bewegung, als ich das Geräusch hörte.

Sofort konzentrierte ich mich. Das Geräusch war hinter mir aufgeklungen, im Haus also, und dort befand sich nur der Mensch mit dem gelben Skelettschädel.

Die Tür hatte ich nicht völlig geschlossen. Sie stand noch spaltbreit offen, aus diesem Grunde hatte ich das Geräusch auch hören können. Ich machte nicht den Fehler und riss die Tür mit einem wilden Ruck auf, sondern umklammerte mit einer Hand die Kante und zog sie langsam zu mir heran. Sand hatte sich in die Angeln gesetzt. Das hässliche Knarren und Ächzen streifte mir eine Gänsehaut über den Rücken, und ich verzog das Gesicht, als hätte ich Essig getrunken. Wenn der Skelettschädel jetzt im toten Winkel lauerte, musste ich mich vorsehen.

In meiner anderen Hand lag der Dolch. Ich wollte nicht schießen, denn ein Schuss wäre in dieser Berg- und Talwelt meilenweit zu hören gewesen und hätte vielleicht anderen Wesen etwas von meiner Anwesenheit verraten, die mich bisher noch nicht entdeckt hatten.

So wollte ich mich lautlos wehren, falls es zu einem Kampf kam.

Im Augenblick allerdings bestand keine Gefahr. Ich warf einen Blick in die Hütte und sah, dass der Veränderte dabei war, sich aufzurichten. Er drehte mir den Rücken zu. Vom Schädel sah ich nur die Hinterpartie, die glatte gelbe Fläche, und vernahm die seltsam keuchenden oder grunzenden Laute, die der andere ausstieß.

Ein Schritt brachte mich über die Schwelle. Ein neuer Windstoß fuhr in das Tal, brachte frischen Sand mit und wühlte alten auf. Auch durch die Tür drang der feine Schleier und quoll in die Baracke.

Ich ließ dem Wesen Zeit. Erst als es stand, machte ich mich durch einen Zischlaut bemerkbar. Hinter mir fiel die Tür zu, weil der Wind sie nach innen bewegt hatte.

Der andere hatte mich gehört.

Langsam drehte er sich um.

Zwar hatte ich ihn schon einmal gesehen, dennoch wurde ich von dem Anblick getroffen, denn er bewegte jetzt seinen Mund. Aus diesem klaffenden Spalt drangen die unartikulierten Laute, und es sah wirklich schaurig aus.

Ich schüttelte mich.

Das Wesen glitt zurück. Wahrscheinlich hatte es mit mir nicht gerechnet. Ob es mich als Feind ansah, wusste ich nicht, auf jeden Fall wich es so weit nach hinten, bis es gegen einen Tisch stieß und stehen blieb.

Ich folgte ihm. Die Spitze des Silberdolchs zeigte auf seine Körpermitte, und ich fragte: »Wer bist du?«

Ich bekam eine Antwort, konnte sie allerdings nicht verstehen, nur ein undefinierbares Grunzen drang aus dem Maul.

»Kannst du nicht reden?«

Das Wesen streckte seine Arme aus und spreizte die Hände. Gelbe Finger sah ich, ebenfalls von der dünnen Haut überzogen, wie sie auch der Höllenbote hatte.

»Gibt es noch andere?«

Das Wesen antwortete auf seine Weise. Es stieß sich vom Tisch ab, sodass er ins Wanken geriet. Dann bewegte es sich in meine Richtung und wollte mich packen, doch dagegen hatte ich einiges.

Mein rechter Arm wischte vor. Die Klinge zielte auf die Hand des Monstrums.

Und sie traf.

Ich hatte ihn nur verletzen wollen, es war ein Test gewesen, um zu sehen, inwieweit meine magischen Waffen überhaupt wirkten. Da tat sich nichts.

Diesen Schock musste ich erst einmal verkraften. Der Dolch oder vielmehr die Spitze rutschte vom Handteller ab, sodass ich das Gefühl hatte, mit dem Dolch gegen ein starkes Gummi gestoßen zu haben.

Mein Arm federte regelrecht zurück, und ich bekam die neue Erkenntnis, dass ich meinen Gegner mit dieser Waffe nicht besiegen konnte. Die Haut schützte ihn.

Der Dolch war stark, ebenso wie die Silberkugel oder fast sogar noch stärker. Wenn er es nicht schaffte, die dünne Haut zu zerstören, wer sollte es dann schaffen?

Das Kreuz!

Ich fingerte es unter meinem Hemd hervor. Geheimnisvoll waren seine Zeichen. Noch immer war es mir nicht gelungen, ihr Rätsel zu lüften. Das musste irgendwann geschehen, damit ich es effektiver einsetzen konnte, wobei ich hoffte, dass ich mit dem Seher wieder in Berührung kam, der sicherlich mehr über das Kreuz und seine Geheimnisse wusste.

Zurzeit musste ich mich einfach darauf verlassen, dass es reagierte, wenn Mächte des Bösen in der Nähe waren.

So nahe wie möglich ging ich auf das Monstrum mit dem gelben Schädel zu.

Konnte ich etwas erreichen?

Bevor das Wesen mich packte, schnellte mein Arm vor, und ich drückte das Kreuz gegen den Kopf.

Ein Zittern lief durch die Gestalt. Für zwei Sekunden stand ich unbeweglich auf der Stelle und wartete darauf, dass mein Gegner zusammenbrach und sich auflöste.

Das geschah nicht. Er blieb auf den Beinen, und aus seinem Maul drang ein heiseres Knurren. Eine Hand schnappte nach meiner Schulter. Die Finger legten sich darauf. Ich rechnete damit, dass sie zudrücken würden, aber ich irrte mich. Die Hand hatte keine Kraft mehr. Sie glitt von meiner Schulter, den Arm entlang, und als sie nach unten fiel, brach auch das Monstrum zusammen.

Erledigt!

Ich atmete auf und bekam gleich darauf einen Schreck. Der Skelettschädel-Mensch war nicht zerstört worden. Das Kreuz und seine magische Kraft hatten ihn nur schwächen können. Er lag auf dem Boden, schüttelte sich und wollte wieder hochkommen, doch die Kraft war nicht mehr vorhanden. Er stützte sich zwar ab, winkelte auch die gelblich schimmernden Arme an, brach aber dann zusammen und blieb flach auf dem Bauch liegen.

Ich stand daneben, schaute auf den Veränderten und auch auf mein Kreuz.

Mir kam es so vor, als hätte ich einen Gegner ausgeknockt, der jetzt seine Kräfte sammelte, um abermals anzugreifen, denn er drehte sich auf die Seite und versuchte wieder hochzukommen.

Ich hatte mich schon in gefährlicheren Lagen befunden. Und auch in schaurigeren. Was mich an diesem Vorgang so schockte, waren zwei Dinge.

Erstens befand ich mich allein in einem fremden Land, und zweitens sah ich einen dämonisch beeinflussten Gegner vor mir, dem ich mit meinen Waffen nicht beikommen konnte.

Das war das Schlimme.

Den Dolch ließ ich verschwinden und zog die Beretta. Ich wollte es nun doch mit einer Silberkugel versuchen. Irgendwie musste der Gegner ja zu packen sein.

Noch lag er zu meinen Füßen. Ich senkte die Waffe und zielte auf seine Brust, als er es geschafft hatte, sich auf den Rücken zu drehen. Dann drückte ich ab.

In der engen Baracke klang der Schuss überlaut auf. Das Echo dröhnte in meinem Trommelfell. Für den Bruchteil einer Sekunde hatte ich das Gefühl, mein Schädel würde auseinanderfliegen. Ich sah, wie die Kugel traf, und erkannte auch das Loch, das sie in der Kleidung hinterlassen hatte, dann aber reagierte sie so, als hätte ich gegen die Wand geschossen. Als Querschläger pfiff sie davon und blieb dicht neben dem Fenster in der Innenwand stecken.

Ein Schock, wirklich!

Das Wesen vor meinen Füßen stöhnte und gurgelte. Es zog auch die Beine an, aber die geweihte Silberkugel hatte ihm nichts getan. Ich stand weiterhin auf verlorenem Posten.

Nachdem das Echo des Schusses verklungen war, empfand ich die Ruhe um mich herum als unheimlich. Nichts unterbrach die Stille, kein Laut drang an meine Ohren, und ich spürte, wie der Schweiß in winzigen Bächen von meiner Stirn rann. Auf einmal empfand ich es innerhalb der Baracke zu eng, ich wollte raus, die Luft war kaum zu atmen, und ich drehte dem Veränderten den Rücken zu, um zur Tür zu gehen.

Da der Wind sie ins Schloss gedrückt hatte, musste ich sie wieder aufziehen.

Noch immer trieben lange Staub- und Sandfahnen durch die Barackenstadt. Gewaltige Schleier, von den Bergen und der Ebene kommend. Die Sonne hatte sich verdüstert. Ich schaute nach links und rechts, kniff die Augen zusammen, damit so wenig Körner wie möglich hineinfliegen konnten und blickte nach rechts und links, wo ich die Straßen eigentlich frei erwartet hätte.

Eine Täuschung!

Plötzlich sah ich die unheimlichen Gestalten. Sie mussten aus den Baracken rechts und links gekommen sein, und sie stemmten sich gegen den Wind.

Vier, fünf und noch mehr Wesen entdeckte ich. Männer mit gelben Schädeln auf den Hälsen. Diener des Höllenboten, die von beiden Seiten in einer stummen Prozession auf mich zukamen …

Es war ein schauriges Bild.

Sie stemmten sich gegen den Wind an. Manche hatten ihre Arme ausgebreitet, um das Gleichgewicht zu halten. Auch gingen sie breitbeinig, und ihre Füße hinterließen Spuren im Sand der Straße.

Worte oder Laute drangen nicht von ihren Lippen. Die Gestalten blieben stumm, und der in der Luft umherwirbelnde Sand machte sie zu geisterhaften Wesen.

Viel Zeit blieb mir nicht mehr. Ich hätte die Unterkunft früher verlassen sollen, so war ich ziemlich spät dran, denn die anderen hatten den Weg nach beiden Seiten versperrt. Es würde schwer sein, hindurchzukommen. Zudem wurden es immer mehr. Sogar jenseits der Barackenstadt sah ich zwei über den Hang rutschen, eingehüllt in eine Wolke aus Staub und Sand.

Jetzt kamen sie aus allen Löchern, und meine Fluchtchancen reduzierten sich.

Einige hatten sich auch bewaffnet. Sie trugen Stangen in ihren gelb schimmernden Fäusten. Manche waren aus Holz, andere bestanden auch aus Metall.

Ich suchte nach einem Ausweg. Lange überlegen konnte ich nicht, denn das Wesen hinter mir verließ die Baracke und rammte dabei die Tür auf.

Ich bekam sie in den Rücken. Es war ein Aufprall, mit dem ich nicht gerechnet und der mich unvorbereitet getroffen hatte. Schmerzhaft war er zudem auch noch. Ich flog nach vorn, verlor das Gleichgewicht, streckte meine Arme zum Glück aus und konnte den Aufprall so abfangen.

Bis über die Handknöchel reichte der Sand, der so tief auf der Straße lag. Ich rollte mich sofort herum, geriet dabei auf den Rücken und richtete meinen Blick nach vorn.

Das von mir angeschossene und mit dem Dolch attackierte Wesen hatte sich wieder erholt.

Und nicht nur das.

Es hatte sich auch bewaffnet. Wusste der Teufel, woher es die verdammte Säge bekommen hatte, auf jeden Fall hielt es die Waffe mit beiden Händen fest, und ich konnte aus meiner Lage die verrosteten Zinken sehen, deren Anblick meinen Magen zusammenklumpen ließen.

Der Skelettkopf-Mensch ging noch zwei Schritte, hatte die nötige Entfernung erreicht und ließ sich fallen.

Er kam wie ein Stein. Die Arme halb vorgestreckt, die Säge mit seinen gelb schimmernden Händen umklammernd, wollte er mir die rostigen Zinken über die Kehle ziehen.

Für Abwehrmaßnahmen wie das Hochreißen und schnelle Abstoßen der Beine war es zu spät. Die Gefahr, dass mich der Gegner verletzte, bestand noch immer. So blieb mir nichts anderes übrig, als mich zur Seite zu rollen. Ich wuchtete meinen Körper herum, überrollte mich ein paar Mal, wurde von der Staub- und Sandwolke eingehüllt und vernahm den Aufprall, als der Diener des Höllenboten dicht neben mir zu Boden fiel. Die Arme behielt er weiterhin ausgestreckt, und ich erkannte meine Chance im Bruchteil einer Sekunde.

Ich kam auf die Knie, streckte ebenfalls meine Arme aus und riss ihm die Säge aus den klammen Fingern.

Dann warf ich mich auf ihn.

Was der Dolch und die geweihte Kugel nicht geschafft hatten, konnte vielleicht die Säge erreichen.

Aus meinem Mund drang ein verbissenes Keuchen, als ich die Säge an seiner Schulter ansetzte und sie ein paar Mal hin und her zog.

Die Kleidung wurde aufgefetzt, ich spürte den zähen Widerstand darunter und machte weiter.

Ein Schrei.

Gleichzeitig bäumte sich der andere auf, er kam mit dem Kopf und der Schulter hoch, und ich sah, wie das Blut aus der Wunde das Sägeblatt nässte.

Der Schreck fuhr mit durch alle Glieder. Dieses völlig normale Instrument hatte es tatsächlich geschafft, die widerstandsfähige Haut zu zerstören. Sofort zog ich die Säge zurück, während sich mein Gegner auf dem Boden wälzte und wimmerte.

Ein Mensch lag jetzt vor mir – kein Monstrum.

Ich sprang auf die Füße. Die Säge hielt ich fest. Sie war meine einzige wirksame Waffe gegen die grauenhaften Gestalten, die inzwischen näher gekommen waren und sogar einen Kreis um mich bildeten.

Jetzt wurde es kritisch.

Der Wind hatte gedreht. Er trieb den Staub nicht mehr auf mich zu, die Sicht wurde besser.

Sieben Skelettschädel zählte ich. Am Boden lag der achte und stöhnte.

Zum Glück schaute ich auf ihn nieder, denn er hatte noch nicht aufgegeben und war dabei, zu mir zu kriechen, um mit der linken Klaue meinen Knöchel zu umklammern.

Ich trat gegen seine Hand und sprang gleichzeitig zurück.

Noch war der Kreis nicht so dicht, als dass ich ihn nicht hätte durchbrechen können. Ich wartete nicht mehr länger, sondern nahm eine Lücke zwischen zwei Monstern genau gegenüber von mir aufs Korn. Mit gewaltigen Sätzen rannte ich los.

Nach zwei Schritten merkten die Wesen, was ich vorhatte. Sie wollten den Kreis an der Stelle schließen und schafften es auch, bevor ich hindurch war.

Ich schlug einen Haken nach links und visierte eine andere Stelle an.

Dort schaffte ich es.

Oder fast. Denn jemand warf mir im wahrsten Sinne des Wortes einen Knüppel zwischen die Beine. In Höhe der Waden spürte ich den harten Widerstand, trampelte, wollte den Knüppel wegtreten, doch der Wunsch blieb Vater des Gedankens. Ich geriet ins Straucheln. Nicht nur das. Durch das plötzliche Hindernis verlor ich das Gleichgewicht und stürzte abermals zu Boden. Noch in der Luft drehte ich mich, sodass ich mit der Schulter aufprallte und durch die anschließende Judorolle sofort wieder mit Schwung auf die Beine kommen konnte.

Das war auch nötig, denn die Skelettköpfe hatten sich gedreht, und einer schleuderte eine Eisenstange.

Ein gefährliches Ding, das sich in der Luft hochkant überschlug und auf meinen Kopf gezielt war. Ich sprang zur Seite und duckte mich gleichzeitig sehr tief, dass man schon von einem Bücken sprechen konnte. Die Eisenstange wischte über meinen Kopf hinweg. Ich spürte nur noch den Luftzug, dann fiel sie vor mir in den Staub der Straße und blieb liegen.

Das war geschafft.

Dann rannte ich. Nicht sehr schnell, sondern mehr im Dauerlauf, wobei ich immer einen Blick über die Schulter zu meinen Verfolgern werfen konnte, die ihr Opfer nicht aufgegeben hatten und mir dicht auf den Fersen blieben.

Ich stand allein gegen mehrere Monster. Bis auf die Säge hatte ich keinerlei Waffen, und ich stellte mir die bange Frage, wie ich mich gegen die Übermacht verteidigen sollte.

Auf dieser Budenstraße konnte ich nicht bleiben. Wenn ich irgendetwas unternehmen wollte, dann musste ich ins Gelände, wie man so schön sagt. Nur zwischen den Felsen jenseits der langen Geröllhänge hatte ich eine Chance. Da konnte ich mich verstecken, und wenn die anderen kamen, musste ich zusehen, dass ich sie mir einzeln und der Reihe nach vornahm.

So und nicht anders sah meine Lage aus. Bald hatte ich das Ende der Barackenstraße erreicht. Rechts vor mir lag der Hang. Zwischen den beiden letzten Häusern sah ich einen Weg und schlüpfte hindurch. Durch den Sand hatte ich einigermaßen gut laufen können, nun aber musste ich mich über Geröll bewegen, und das war verdammt keine leichte Aufgabe.

Ich merkte es bereits nach wenigen Schritten. Die ersten Steine waren bis gegen die hintere Barackenwand der letzten Hütte geprallt und hatten diese zum Teil beschädigt. Auf allen Steinen lag der Sand als feine Schicht. Er machte das glatte Geröll noch rutschiger, als es tatsächlich war.

Halt bekam ich kaum. Ich ruderte ein paar Mal mit den Armen, beugte mich auch nach vorn und vernahm hinter mir die grunzenden Schreie der mich verfolgenden Wesen. Das eigentliche Unheil jedoch kam von einer völlig anderen Seite. Von oben.

Ein Skelettkopf-Mensch musste auf dem Dach der letzten Hütte gelauert haben, war bis dicht an den Rand getreten und hatte sich fallen lassen.

Zielen konnte er, das wurde mir auf drastische Art und Weise klargemacht.

Nichts warnte mich, und den Sprung in meinen ungeschützten Rücken bekam ich voll mit. Der wuchtige Aufprall schleuderte mich nach vorn, ich schrie vor Schreck, und da war nichts mehr, wo ich mich hätte abstützen können.

Mit meinem Gewicht und mit dem des Wesens in meinem Nacken hieb ich auf die Steine. Mit dem Kinn prallte ich auf eine Kante, meine Zähne klackten zusammen, vor den Augen sah ich Sterne, und durch die Bewegung lösten sich einige Steine über mir und rutschten mir entgegen, wobei sie von meinem Gesicht aufgehalten wurden und mir noch Sand in die Augen stäubte, sodass ich für Sekunden blind war.

Meine nächsten Reaktionen erfolgten instinktiv und waren vom reinen Überlebenswillen diktiert. Obwohl ich so gut wie nichts sehen konnte, schleuderte ich meinen Körper herum. Der rechte Arm machte die Bewegung mit, die Säge hatte ich ebenfalls losgelassen, und meine Hand klatschte über mir auf den glatten Schädel, ohne ihn allerdings greifen zu können, weil die Finger abrutschten.

Ich spürte Fäuste auf meinem Rücken und schleuderte noch einmal meinen Arm zurück. Diesmal hatte ich mehr Kraft in die Bewegung gelegt. Die rechte Hand wickelte sich um den Schädel, meine Finger krochen über die Stirn und hakten sich in einer Augenhöhle fest. An den Fingerspitzen spürte ich einen schleimigen Widerstand, verzog das Gesicht und hielt eisern fest.

Nur jetzt nicht aufgeben!

All meine Kraft setzte ich ein, und es gelang mir tatsächlich, den Skelettschädel-Menschen von meinem Rücken auf die Steine zu schleudern, wo er sich überrollte und erst einmal liegen blieb.

Meine Augen hatten als Gegenreaktion Tränen gebildet. Sie wuschen sie von den Körnern frei, trotzdem lag weiterhin ein Schleier vor den Pupillen, sodass ich meine Umgebung nur verschwommen wahrnahm, als würde ich mich in einem Pool unter Wasser befinden.

Allerdings konnte ich nicht so schlecht sehen, als dass ich meine Gegner nicht erkannt hätte. Sie drängten sich in die Lücke zwischen den beiden Unterkünften und schwangen drohend ihre Knüppel und Eisenstangen.

Halb blind tastete ich nach der Säge, während weiterhin Tränen über meine Wangen liefen.

Da hörte ich neben mir das Grunzen, ich befand mich in kniender Stellung und warf mich herum.

Ein Arm fuhr auf mich zu, der an seinem Ende, wo sich die Hand befand, seltsam dick wirkte.

Obwohl ich es nicht genau sah, dachte ich an einen Stein, den die Klaue umfasste.

Ich täuschte mich nicht.

Dass ich den Kopf noch zur Seite bekam, empfinde ich heute noch als ein kleines Wunder. So traf der Stein nicht meine Stirn, sondern rutschte am Ohr entlang und dröhnte hart auf meine rechte Schulter. Mühsam unterdrückte ich einen Schmerzensschrei, und als das Wesen zum zweiten Mal zuschlagen wollte, hielt ich ihm meine Säge entgegen.

Am Geräusch erkannte ich, dass der Stein und das Sägeblatt zusammengeprallt waren. Allerdings wäre mir dabei die einzige Waffe fast aus der Hand geschleudert worden. Nur mit Mühe konnte ich sie festhalten.

Ich ließ mich wieder auf den Rücken fallen und rollte mich mit zwei Umdrehungen aus dem unmittelbaren Gefahrenbereich. Jetzt konnte ich auch wieder besser sehen, da die Tränen meine Augen ausgespült hatten. Was ich allerdings erkannte, war nicht dazu angetan, mich in einen Freudentaumel zu versetzen, denn die Skelettkopf-Menschen hatten den Durchgang hinter sich gelassen und befanden sich wie ich bereits am Fuße des Geröllfeldes.

Da half nur noch Flucht!

Es war mehr ein Taumeln, wie ich auf die Füße kam. Zudem tat mir die Schulter weh, aber es gibt Stresssituationen, da vergisst man den Schmerz. So erging es mir.

Einen Schritt nur kam ich. Dann warf sich mein spezieller Gegner vor meine Beine, brachte mich zu Fall, zudem rutschte ich noch aus und glitt die Strecke zurück, die ich mit Mühe und Not gewonnen hatte.

Dann waren sie da.

Sie kamen wie eine Brandung. Aus meiner Froschperspektive wirkten sie noch größer und unheimlicher. Verzweifelt hielt ich meine Säge fest, schlug im Liegen um mich und hörte das Singen des Sägeblatts, wenn ich Steine damit berührte.

Im nächsten Augenblick traf ein hinterhältiger Tritt mein rechtes Handgelenk. So wuchtig, dass ich nicht mehr in der Lage war, die Säge festzuhalten.

Sie klirrte zwischen die Steine.

Ich schnellte hoch. Eine verzweifelte Abwehr, ein letztes Aufbäumen, und meine Fäuste wühlten sich in die Leiber der Höllendiener. Zwei schaffte ich mir vom Hals, doch die doppelte Anzahl wuchtete gegen mich, und diesem Ansturm war ich nicht gewachsen.

Ein letzter Rundschlag fegte noch einen von den Beinen, dann aber brachen sie wie eine Woge über mir zusammen …

Nein! Nicht! wollte Suko noch schreien, doch das harte Tack-Tack der Maschinenpistole ließ ihn erst gar nicht dazu kommen. Die MPi hämmerte ihre tödliche Ladung aus dem Lauf. Mündungsfeuer blitzten an verschiedenen Stellen, ein Zeichen, dass die Waffe in den Händen der Frau tanzte, oder Linda sich bewegte.

Die Kugeln pfiffen wie bösartige Hornissen. Glas splitterte. Vitrinen wurden buchstäblich von ihren Sockeln gefegt, sie krachten zu Boden, wo sie zerbrachen und als Scherbenhaufen liegen blieben.

Die Geschosse verschonten auch die wertvollen Kunstgegenstände aus dem alten China nicht.

Vasen, Schalen und Teller flogen hoch, wurden von den Kugeln getroffen und zerstieben.

Ein höllisches Inferno herrschte innerhalb des Ausstellungsraums, und Suko hatte schon beim ersten Aufflackern des Mündungsfeuers das Richtige getan.

Er lag am Boden.

Wieder orgelte die Waffe. Linda Brackett hatte sich jetzt eingeschossen, und sie hielt voll drauf. Sie stand breitbeinig in der Tür, ihr Gesicht war verzerrt. Vom Restlicht eines Scheinwerfers wurde es getroffen und schimmerte wie eine bleiche Totenmaske.

Wie durch ein Wunder brannten die Scheinwerfer noch, und als Linda Brackett die Waffe schwenkte, zielte sie direkt auf den unheimlichen Horror-Reiter, der natürlich nicht auf dem Fleck stehen geblieben war, sondern direkt gegen die Schützin anritt und damit auch in den Hagel aus Blei geriet.

Was an Vitrinen von den Kugeln nicht zerstört worden war, das besorgte der Horror-Reiter.

Als sich das Pferd in der Luft befand, da duckte er sich auf dem Rücken zusammen, um nicht mit dem Schädel gegen die Decke zu stoßen, und er wurde von den Einschlägen der Geschosse regelrecht durchgeschüttelt. Aber sie taten ihm nichts.

Gegen normale Kugeln war dieses Wesen resistent, und auch die Wucht der Treffer konnte den Horror-Reiter nicht aus dem Sattel schleudern. Er blieb auf dem Pferderücken, als wäre er an ihm festgeleimt.

Linda Brackett tobte.

Sie schrie und schoss.

Mit Entsetzen hatte sie festgestellt, dass ihre Waffe nutzlos war, und doch versuchte sie es, jagte die letzte Garbe aus dem inzwischen heiß gewordenen Lauf und musste mit ansehen, wie die Geschosse in die unheimliche schwarze Gestalt und den Gaul schlugen, wobei sie vielleicht Wunden rissen, aber nichts taten.

Ungeheuer groß wuchs der Horror-Reiter vor der Frau auf, die plötzlich klar wusste, was die Gestalt und das Pferd mit ihr vorhatten. Sie sah den Qualm aus den Nüstern dringen, hörte das Fauchen und hechtete mit einem gewaltigen Sprung zur Seite, sodass die um sich schlagenden Hufe sie nicht treffen konnten, sondern gegen die Wand hämmerten, wo sie regelrechte Funkenspuren hinterließen.

Linda Brackett aber lag auf dem Boden. Die Maschinenpistole, eine nutzlose Waffe jetzt, hatte sie fortgeschleudert. Die Angst wurde zu Panik, und sie brüllte in ihrer wilden Verzweiflung nach dem einzigen Menschen, der ihr noch helfen konnte.

Es war Suko.

Der Inspektor hörte, wie sein Name geschrien wurde. Er gellte durch den Raum, in dem es inzwischen aussah, als hätte ihn ein Orkan verwüstet.

Die letzten Sekunden waren zu einer wahren Hölle geworden, entfacht von der Frau, die nun um ihr Leben zitterte. Zum Glück war der Chinese von keiner Kugel getroffen worden. Der Bleihagel hatte ihn verschont. Da die Schüsse verstummt waren, konnte es der Inspektor riskieren, wieder aus seiner Deckung zu kriechen.

Kriechen war nicht der richtige Ausdruck, Suko schnellte hoch, und er übersah mit wenigen Blicken die gefährliche Lage, in der sich Linda Brackett befand.

Sie lag auf dem Rücken. Vor ihr stand der Horror-Reiter. Er hockte noch im Sattel, das Tier hatte sich aufgerichtet und fand seinen Stand auf den Hinterbeinen.

Das Wesen hatte die Lanze nicht bei sich, aber es würde ein Leichtes sein, die Frau auch ohne diese Waffe zu töten. Sein Vorhaben lag auf der Hand.

Wenn die Hufe des Tieres nach unten rasten, würden sie den Kopf der Frau zerschmettern.

Das wusste Linda, das wusste Suko. Und der Chinese griff deshalb zu einem Radikalmittel.

Seinen Stab trug er bei sich. Wenn er das Wort Topar rief, dann stand die Zeit für fünf Sekunden still. Blitzschnell griff der Chinese in die Tasche, holte seinen von Buddha ererbten Stab hervor und rief das bewusste Wort.

Es hallte durch den Raum, so laut, dass es auch bis nach nebenan zu hören sein musste.

Im gleichen Augenblick froren sämtliche Bewegungen ein. Für genau fünf Sekunden blieb die Zeit stehen. Die Spanne musste Suko ausnutzen, um die Frau zu retten. Er allein konnte sich bewegen, andere Lebewesen wurden zu regelrechten Standbildern.

Wie auch der Horror-Reiter und sein Tier!

Beide erinnerten den Inspektor an ein Denkmal, auf das er mit Riesenschritten zujagte, denn fünf Sekunden waren schnell vorbei. Zu schnell oft.

Um die bewegungsunfähige Frau aus der Gefahrenzone zu bringen, musste Suko selbst unter die Hufe. Er hoffte inständig, dass die Zeit ausreichen würde, Huftritte gegen den Kopf überlebte auch er nicht.

Er flog förmlich auf Linda Brackett zu. Seine Beine schienen den Boden kaum zu berühren. Er selbst hatte so viel Schwung in seine Aktion gelegt, dass er das Gleichgewicht verlor, als er die Frau erreichte und nach vorn kippte, wobei es ihm trotzdem gelang, Linda Brackett zur Seite zu zerren.

Schwer und steif wie ein Brett war sie.

Im nächsten Augenblick waren die fünf Sekunden vorbei. Und Suko hatte unwahrscheinliches Glück.

Als er die Worte gerufen hatte, befand sich das Tier zum Glück nicht in Bewegung. Wäre das der Fall gewesen, hätten Suko die Hufe trotzdem noch getroffen.

So aber musste sich der Horror-Reiter erst auf die neue Situation einstellen, und das gab Suko Gelegenheit, selbst aus dem Gefahrenbereich zu springen.

Dann fielen die Vorderbeine nach unten. Und sie schlugen verdammt wuchtig zu, denn auch hinter den Tritten des Gauls steckte die Kraft der Hölle.

Suko wich zur Seite, und er musste abermals springen, als er mitbekam, wie der Horror-Reiter seinen Gaul herumriss, ihn in eine neue Distanz zu seinem Gegner brachte und die beiden vorderen Hufe abermals auf Suko herunterrammten.

Sie fehlten.

Das machte den Reiter unruhig. Unter seinem Visier drang ein schauriges Knurren hervor, und Suko sah zu, dass er aus dem Bereich der Hufe kam. Zudem musste er dafür sorgen, dass sich Linda Brackett in Sicherheit brachte, wollte sie letzten Endes nicht doch noch ihr Leben verlieren.

»Verschwinden Sie!«, schrie der Chinese. »Weg mit Ihnen, Linda!« Suko schlug wieder einen Haken. »Verstecken Sie sich nebenan.« Fast kippte seine Stimme über.

Er bekam nicht mit, ob Linda Brackett seinen eindringlichen Worten folgte, denn er musste sich um die schaurige Gestalt aus der Jenseitswelt kümmern.

Der Horror-Reiter steckte voller Hass. Und dieser Hass hatte sich noch gesteigert, weil es Suko gelungen war, ihm vorläufig sein Opfer zu entreißen. So konzentrierte sich die dämonische Gestalt zunächst auf die

Vernichtung dieses Gegners. Er wollte ihn mit allen Mitteln zerstören. Koste es, was es wolle.

Der Chinese hatte den Raum fast durchquert. Noch zwei Sprünge, dann musste er gegen die Wand prallen. Seine Schuhe wühlten in Scherben- und Tonresten. Der Halt war dementsprechend. Es glich schon einem Balanceakt, wie der Inspektor es dennoch schaffte, sich auf den Beinen zu halten.

Und er täuschte seinen Gegner.

Nicht gegen die Wand prallte er. Kurz bevor er sie erreichte, machte er auf dem Absatz kehrt, wandte seine Frontseite dem Pferd zu und duckte sich zum Sprung.

Dies alles geschah sehr schnell. Suko war nicht mehr als ein wirbelnder Schatten, und er überraschte selbst den Horror-Reiter damit. Das war auch der Sinn seiner plötzlichen Attacke, die noch längst kein Ende gefunden hatte, denn der Chinese wuchtete seinen Körper vor. Die Beine stießen dabei vom Boden ab, er streckte sich, machte die Arme lang und bekam die Zügel zu fassen.

Sie glänzten ebenso schwarz wie das Fell des Tieres, und Suko hatte seinen Sprung genau berechnet, aber auch alles auf eine Karte gesetzt.

Er prallte mit dem Tier zusammen. Gleichzeitig umklammerten seine Hände die Zügel. Mit aller Kraft riss sie Suko nach unten, wobei er nicht nur den Kopf des Tieres mit sich zog, sondern auch noch den Oberkörper und es dem Reiter fast unmöglich war, sich auf den Beinen zu halten.

Er kippte.

Das genau hatte Suko gewollt. Die linke Hand löste er vom Zügel des Pferdes. Mit der freien rechten bekam er die Kleidung des Reiters zu fassen.

Er zerrte daran, und auch das dämonische Wesen folgte den Gesetzen der Physik.

Es fiel nach rechts, auf den Chinesen zu, und da auch das Pferd aus dem Gleichgewicht geriet, musste Suko loslassen, um nicht von Reiter und Tier begraben zu werden.

Mit einem gewaltigen Satz sprang er zurück, glitt jedoch auf einer Scherbe aus und musste zu Boden, wobei er sich mit der Hand abstützte und augenblicklich wieder hochschnellte, sodass er nicht mehr gehandicapt war.

Und er zog seine Dämonenpeitsche.

Hastig schlug er den Kreis über den Boden. Drei gefährliche, magisch aufgeladene Riemen rutschten daraus hervor. Sie bestanden aus der

Haut eines Dämons, der sich Herr der roten Hölle genannt hatte. Wohlgemerkt hatte, denn er existierte nicht mehr. In Island hatten Suko und John Sinclair sein Ende erlebt.

Auch der Horror-Reiter hatte sich wieder gefangen. Durch den Schwung war er von dem Rücken seines Pferdes gerutscht, stand neben dem Gaul, der sich schnaufend aufrichtete, und wandte Suko seine Frontseite zu.

Der Inspektor erwartete den Gegner breitbeinig. Schlagbereit hielt er die Peitsche. Gern hätte er jetzt den Bumerang gehabt, dann wäre vieles leichter gewesen. Doch die silberne Banane, wie sie scherzhaft genannt wurde, lag im Kofferraum.

Unter dem Visier drangen dumpfe, grunzende Laute hervor. Vom Gesicht des Wesens war nichts zu erkennen, die Lanze hatte es auch verloren, aber der Reiter hatte noch sein kurzes, handliches Schwert, das im Gürtel steckte.

Die Waffe wollte er ziehen.

Suko ließ ihn dazu nicht kommen. Er wuchtete sich vor und schlug mit der Peitsche von unten nach oben. Ein Schlag aus dem Handgelenk, denn so brauchte sein Arm keinen langen Weg zu gehen, er konnte schneller reagieren und sich auf neue Situationen einstellen.

Der Horror-Reiter zuckte zurück. Anscheinend hatte es sich auch in seinen Kreisen herumgesprochen, welch große Gefahr die Dämonenpeitsche für Dämonen barg, und er wollte nicht unbedingt getroffen werden. In der Bewegung griff er nach hinten. Er hatte Glück und bekam die Zügel des Pferdes zu packen, denn nichts anderes hatte er gewollt. Elegant schwang er sich auf den Rücken des höllischen Tiers, stieß einen urigen Schrei aus und gab dem Pferd damit zu verstehen, was es zu tun hatte.

Der breite Kopf flog herum, das Maul war offen. Im nächsten Augenblick schoss eine Wolke aus dem Schlund, die so kräftig ausgestoßen worden war, dass Suko ihr nicht mehr ausweichen konnte und sie ihn in seiner Sicht und Aktivität behinderte.

Er hielt die Luft an, weil er das Zeug nicht einatmen wollte. Gleichzeitig tauchte er zur Seite weg. So gab er seinem Gegner Gelegenheit, das Pferd herumzureißen und zu fliehen.

Unter den rasenden und hämmernden Hufen des Tieres flogen die Splitter wie raketenartige Geschosse nach allen Seiten davon, spritzten gegen die Wände und wurden zu Querschlägern.

Suko bekam mit, wie die Wolke gegen die Wand dampfte und an ihr träge zu Boden floss. Da er zur Seite gewichen war, hatte er eine bessere Sicht bekommen, und er musste mit ansehen, wie der Horror-Reiter durch den Raum preschte. Wollte er fliehen?

Daran konnte und wollte der Inspektor nicht glauben. So leicht gab ein Dämon nicht auf. Der Reiter hatte sich den Nebenraum als Ziel ausgesucht, und Suko betete innerlich, dass Linda Brackett und Lai Ti Jan schlau genug gewesen und geflohen waren. Sie konnten den Reiter nicht stoppen.

Der Chinese glitt durch die Lichtstrahlen. Für Bruchteile von Sekunden wurde sein Gesicht erhellt, war er ein wirbelnder weißer Fleck, ein Schemen in der Finsternis, dann jagte er schon mit gewaltigen Sprüngen auf den Durchlass zu und vernahm die gellenden Schreie, noch bevor er ihn erreichte.

Sie waren nicht geflohen!

Der Schrei brach ab.

Dafür vernahm Suko ein dröhnendes Lachen, und als er über die Schwelle flog, da sah er den Horror-Reiter in voller Größe auf dem Pferd sitzen.

Allerdings nicht allein.

In der rechten schwarzen Hand hielt er seine Lanze, die er vom Boden hochgerissen hatte, wurfbereit. Und mit dem linken Arm hatte er seine Geisel umklammert.

Es war Linda Brackett!

»Sie wird sterben!«, brüllte er schaurig. »Verflucht, sie wird sterben!«

»Nein, nicht!«, schrie Suko zurück und hob den rechten Arm mit der Peitsche.

»Und er auch!« Der Horror-Reiter ließ sich von Sukos Worten nicht beeindrucken.

Rasch wandte der Inspektor den Kopf. Jetzt sah er, wen der Dämon gemeint hatte.

Lai Ti Jan!

Er hatte sich mit dem Rücken an die der Tür gegenüberliegende Wand gepresst und zitterte wie Espenlaub. Die Angst umfasste ihn wie mit gierigen Klauen, er schüttelte den Kopf und hatte die Hände vor sein Gesicht geschlagen.

»Tot muss er sein!«, gellte die Stimme des Horror-Reiters und bewies im nächsten Augenblick seine Mordlust und Unbarmherzigkeit.

Er schleuderte seine Lanze!

Dieses verfluchte, tödliche Instrument, das er so meisterhaft zu beherrschen gelernt hatte und das mit einem regelrechten Pfeifen die Luft durchschnitt.

Suko erstarrte vor Entsetzen. In einem aufzuckenden Gedankenblitz wurde ihm klar, dass er die Dämonenpeitsche zu früh eingesetzt hatte. Jetzt hätte er sie gebraucht, doch sie musste sich erst wieder neu aufladen, um wirksam sein zu können.

Die nächsten Ereignisse kamen ihm wie in einem Zeitlupenfilm vor. Er konnte den Flug der Mordlanze verfolgen und sah auch die Reaktionen des alten Chinesen.

Als die Lanze auf ihn zuwischte, fielen seine Arme nach unten. Das Gesicht wurde zu einer Grimasse der Angst, angestrahlt vom Restlicht des Scheinwerfers, und noch in der gleichen Sekunde erfolgte ein ungemein dumpfer Aufprall.

Lai Ti Jan zuckte zusammen. Für einen Moment sah es so aus, als wollte er sich aufrichten und wäre von der Lanze an die Wand genagelt worden. Dann drehte sich sein Körper zur Seite, bekam das Übergewicht, schlug von der Wand auf den Boden und blieb in der Rückenlage liegen, wobei der Lanzenstiel wie ein makabres Todeszeichen aus seiner mageren Brust ragte.

Lai Ti Jan lebte nicht mehr.

Was Suko in diesen schrecklichen Sekunden durch den Kopf schoss, waren panische Gedanken.

Aber nicht die Angst um sich selbst, sondern um Shao!

Der alte Chinese hatte Shao durch ein Medikament in den totenähnlichen Schlaf versetzt, und nur er kannte das Gegenmittel. Jetzt war Lai Ti Jan tot.

Konnte Shao noch gerettet werden?

Das war die Frage, die Suko quälte, die sein Innerstes zu einem gewaltigen Feuer werden ließ, das ihn förmlich verzehrte. In seiner ersten Wut wollte er sich voller Hass und Zorn auf den Horror-Reiter stürzen, der den Tod des alten Chinesen letztendlich zu verantworten hatte und auch vielleicht an Shaos Ableben die Schuld trug, falls es wirklich dazu kommen sollte.

Suko wurde unkonzentriert. Er achtete nicht mehr auf seinen Gegner. Zu sehr war er mit sich selbst und den Gedanken an Shao beschäftigt, bis sich ein tiefer, fast seufzender Atemzug seiner gequälten Brust entrang.

Es war die Angst, die reine Angst, die sich bemerkbar machte. Auch der Horror-Reiter ahnte, dass er mit dem Mord an dem alten Chinesen irgendetwas in Gang gesetzt hatte, wofür er noch keine Erklärung hatte und reagierte nicht mehr, sondern wartete ab.

Unendlich langsam und bald wie eine ferngesteuerte Puppe drehte Suko den Kopf.

Sein Blick brannte sich auf dem Reiter fest. »Warum?«, knirschte er. »Warum hast du das getan?«

Dumpf klang die Antwort unter der Maske hervor. »Er war mir eben im Weg!«

»Du hättest dich an mich halten können«, erwiderte Suko tonlos.

»Das werde ich auch!«, brüllte die dämonische Kreatur und ritt im nächsten Augenblick wieder an.

Bis zu seinem Gegner hatte er nur eine kurze Distanz zu überwinden. Noch immer wollte er Suko tot vor den Hufen seines Pferdes liegen sehen. Fast hätte er es auch geschafft, denn der Inspektor hatte die Folgen seines Schocks noch nicht überwunden.

Er sprang einfach nach hinten. Dabei hatte er Glück, dass er sich in einem Durchgang befand. Sonst wäre Suko gegen die Mauer geprallt und hätte nicht mehr wegkommen können. Suko fiel auf den Rücken, überschlug sich und kam wieder auf die Füße.

Da war der Horror-Reiter schon vorbeigeritten. Suko hörte ihn nur noch, sehen konnte er ihn nicht.

Und er vernahm die Schreie der Frau.

»Nein!«, brüllte sie. »Neiiinnn!« Ihre Stimme kippte über und wurde zu einem schrillen, Nerven zerfetzenden Stakkato, das Suko von seiner eigenen Lage ablenkte und ihn wieder an die brutale Gegenwart denken ließ.

Mit einem gewaltigen Satz stand er in dem kleinen Ausstellungsraum.

Sein Gesicht verzerrte sich, als er feststellte, dass er zu spät gekommen war. Mit einem federnden Sprung stieß sich das Pferd vom Boden ab und jagte auf den leeren Bilderrahmen an der Wand zu. Zur Hälfte war es bereits darin verschwunden.

Der Horror-Reiter, der seine Geisel nach wie vor festhielt, drehte sich noch einmal zu Suko um. Er schwang dabei die Lanze, und Suko sah das Blut von der Spitze tropfen.

Das Letzte, was er von dem Dämon hörte, war gellendes, triumphierendes Lachen.

Dann hatte ihn die andere Dimension verschluckt. Zurück blieben ein leerer Rahmen, zwei Tote und ein verzweifelter Suko …

Einem ersten Impuls folgend, wollte sich der Chinese ebenfalls auf den Rahmen stürzen und die Verfolgung des Horror-Reiters aufnehmen. Nach zwei Schritten zuckte er zurück.

Shao war ihm eingefallen!

Mit Schrecken dachte er an seine langsam dahinsiechende Freundin, und er hielt sich zurück, wobei sich sein Gesicht voller Qual verzog, als er an die Chinesin dachte.

Und er dachte an seinen Freund John Sinclair. Er wusste längst, wo sich John befand. Er musste ebenfalls eine Dimensionsreise hinter sich haben, wie der Höllenbote und jetzt auch der Horror-Reiter. Gegen John standen zwei gefährliche Gegner, und Suko hätte ihn auch normalerweise nie im Stich gelassen, aber da war noch Shao, und an sie musste er wieder denken.

»John, verdammt, verzeih mir«, flüsterte Suko und starrte die dunkle Fläche innerhalb des Rahmens an. »Aber ich – ich kann nicht anders.« Er senkte den Kopf und lenkte seine Schritte auf den am Boden liegenden Lai Ti Jan zu, weil er sich davon überzeugen wollte, wirklich einen Toten vor sich zu haben.

Der Inspektor untersuchte den Mann.

Die Lanze hatte ganze Arbeit geleistet. Seine Brust war eine einzige Wunde.

Langsam erhob sich Suko. Seine Gesichtszüge wirkten wie eingefroren. Gab es noch eine Chance? Er war nicht der Typ, der so leicht aufgab, aber hier konnte er verzweifeln.

Noch lebte Shao, und Suko wollte alles tun, damit es auch so blieb. Vielleicht konnte er sie in ein Krankenhaus bringen. Möglicherweise schafften es die Ärzte, sie zu retten.

Das war die einzige Losung, die dem Chinesen einfiel. Noch einmal warf er einen Blick auf das Bild, dann drehte er sich hastig um und verließ mit Riesenschritten den Raum. Die Mordkommission konnte er später noch anrufen.

Der Inspektor eilte durch die Halle. Er riss die Tür auf und sah die Lichter der Autos und die Reklame an den Geschäften. Ihm kam es vor, als hätte er eine andere Welt betreten.

Stimmen, Lärm, Hektik.

Für einen Moment blieb er stehen, wischte sich über die Augen und schüttelte den Kopf. Dann gab er sich einen Ruck und ballte die Hände. Ja, er würde kämpfen. Die Schwäche und den Schock hatte er überwunden. Jetzt ging es allein darum, dass er Shao rausholte und auch rettete.

Er sah ein Taxi, winkte, der Wagen hielt, und Suko stieg ein. Er nannte dem Fahrer die Adresse und fügte hinzu: »Fahren Sie, Mann. Und fahren Sie wie der Teufel …«

Ich dachte an die Knüppel und Stangen, die meine Gegner in den gelben Klauen hielten und auch daran, dass sie mich damit totschlagen konnten.

Wie ein Tier, das überleben will, rollte ich mich zusammen und zog auch meinen Kopf ein. Dabei riss ich die Hände schützend hoch und erwartete die Schläge, die mich endgültig zeichnen und vernichten würden.

Das Geräusch blieb aus. Ich musste keinen Treffer hinnehmen, wurde nicht zusammengedroschen, dafür vernahm ich mehrere dumpfe Aufprallgeräusche über mir.

Das Ächzen und Stöhnen war Musik in meinen Ohren. In diesen Augenblicken dachte ich nicht mehr an mich, sondern nur an meine Gegner, mit denen irgendetwas geschah.

Auf dem Rücken lag ich schon. Ich brauchte nur die Arme von meinem Kopf zu nehmen und konnte sehen, was geschah.

Dicht über meinem Kopf wischte etwas hinweg. Es funkelte dabei, und als ich mich etwas drehte, da wurden meine Augen groß. Der Gegenstand, der über mir hinweggewischt war, hatte sich in der zerfetzten Kleidung und auch in der Haut am Rücken des Gelbschädeligen festgehakt.

Es war ein Wurfstern!

Er schimmerte und glänzte, als würde er aus purem Gold bestehen, und er hatte sich derart im Rücken meines Gegners festgebissen, dass der Unheimliche zu Boden geschleudert wurde. Er stöhnte und blieb liegen.

Schon flog der nächste.

Er traf genau in die mit dünner Haut überspannte Skelettfratze. Dabei hakte er sich zwischen der Mund- und Nasenhöhle fest, das Monstrum bekam weiche Knie, riss die Hände hoch und versuchte, den Wurfstern aus seinem Gesicht zu reißen, was ihm aber nicht gelang, denn die geschleuderte Waffe schien mit ihm verwachsen zu sein.

Der Skelettmensch führte einen bizarren Tanz auf, schüttelte sich dabei, verlor den Kontakt mit dem Boden und fiel der Länge nach aufs Gesicht.

Er rollte über die Steine, überschlug sich dabei mehrere Male und riss die Brocken einfach mit, die hinter ihm hertickten, seinen Körper berührten, ihn übersprangen und mit ihm zusammen erst dicht vor der Barackenwand liegen blieben.

Der Skelettmensch zuckte. Ich sah, wie der Wurfstern wirkte. Er löste den Kopf des Wesens auf. Da verschwand die dünne Haut, der blanke Schädel kam ungeschützt zum Vorschein, doch er war schon längst brüchig geworden. Ich beobachtete erstaunt, wie er von Sprüngen durchzogen wurde, hörte das Knirschen und Reißen, und dann passierte das, was ich schon oft gesehen hatte.

Aus dem Schädel wurde eine graue, irgendwie breiig wirkende Masse. Dasselbe geschah mit den Händen. Auch dort hatte sich die feine Haut gelöst, und die Finger brachen förmlich auseinander, wobei sie zu der klebrigen, breiigen Masse wurden, die zwischen den restlichen Steinen verlief und im Sand versickerte.

Dann war es still.

Kein Pfeifen mehr, wenn die Wurfsterne durch die Luft schnitten, einfach nur Ruhe.

Ich holte sehr tief Luft und zählte die Reste.

Bis auf einen hatte mein unbekannter Retter sie mit seinen Wurfsternen alle erwischt.

Sie lagen auf dem letzten Teil des Geröllfeldes, waren dabei, sich aufzulösen, und ihre Überbleibsel verschwanden zwischen den rauen Steinen, die den rutschigen Teppich bildeten.

Es war in der Tat ein kleines Wunder gewesen. Aus dem Himmel konnten die Wurfsterne meiner Ansicht nach nicht gefallen sein, jemand musste sie geschleudert haben.

Nur sah ich niemanden.

Es wäre mir auch dumm vorgekommen, irgendwie ins Blaue hineinzurufen, deshalb ging ich zu den Toten und machte mich daran, die Wurfsterne aufzusammeln. Dass sie wirksame Waffen waren, hatte ich schließlich feststellen können.

Als ich den ersten Stern in die Hand nahm, da zuckte ich überrascht zusammen. Sie kamen mir leicht wie Papier vor, und erst jetzt erkannte ich, dass sie aus einem sehr dünnen Material bestanden. Ich musste an den sechs Spitzen vorbeigreifen und sah die beiden Stäbe. Sie dienten als Stabilisatoren und hielten die Pfeile zusammen.

Gedankenschwer schaute ich mir einen der Wurfsterne an. Es waren chinesische Waffen, das hatte ich oft genug gehört und auch gelesen, diese aber mussten noch eine besondere Eigenart aufweisen. Sie töteten schwarzmagische Wesen. Demnach mussten sie mit Weißer Magie aufgeladen sein.

Das wollte ich ausprobieren, und das Glück kam mir zu Hilfe. Ich sah links von mir, also noch hinter den Barackenbuden, eines dieser Wesen laufen.

Es wandte mir den Rücken zu, der gelbe Schädel schimmerte, und das Wesen traf Anstalten, den vor ihm liegenden Rest des Geröllhanges hinunterzurutschen, um zwischen zwei ausgebleichten Unterkünften zu verschwinden.

Noch war die Distanz günstig.

Ich hob meinen rechten Arm an und schleuderte den Wurfstern. Erst noch zu zielen, dazu hatte ich nicht die Zeit. Ich brauchte es auch nicht. Dieser Wurfstern reagierte wie mein Bumerang. Seinen Weg schien er von allein zu finden. Er wurde immer schneller, ein paar Mal überschlug er sich in der Luft, die Entfernung schrumpfte, und dann fand er mit einer nahezu tödlichen Sicherheit sein Ziel.

Den Rücken des Wesens!

Seine Reaktionen konnte ich sehr gut erkennen, denn so weit war es noch nicht entfernt. Als sich der Wurfstern festhakte, da zuckte das Wesen hoch, schleuderte auch seine Arme in die Luft, ich vernahm einen leisen Wehlaut, der Skelettkopf-Mensch lief noch einige Schritte und brach zusammen.

Mit dem Gesicht oder der Fratze zuerst fiel er zwischen die Steine, wo sich sein hässlicher Schädel langsam auflöste.

Das war geschafft.

Da ich nur ungern meinen Wurfstern aus der Hand gab, ging ich zu dem sterbenden Wesen, bückte mich und nahm die seltsame und außergewöhnliche Waffe an mich.

Als ich mich wieder aufrichtete, spürte ich plötzlich, dass ich nicht mehr allein war.

Da lauerte irgendjemand.

Sehr deutlich merkte ich es, schaute hoch und entdeckte die Gestalt am Geröllhang stehend.

Mein Helfer!

Weder er noch ich sprachen etwas, dabei wusste ich auch nicht, ob wir uns verstanden, wir starrten uns nur an, und ich tastete Stück für Stück seinen Körper ab.

Seine Kleidung unterschied sich von der eines Europäers. Er trug einen langen Mantel, der mit Goldfäden durchwebt war, sein Haar war schwarz wie Kohle, das Gesicht zeigte keinen gelben Anstrich, obwohl es gelblich schimmerte. In der Rechten hielt der Mann ein Netz. In ihm sah ich weitere Wurfsterne, auf denen sich das Licht der allmählich sinkenden Sonne brach.

Dieser Mann machte einen ruhigen, ausgeglichenen Eindruck. Sofort fasste ich Vertrauen zu ihm, denn mit Yuisan, dem Höllenboten, hatte er sicherlich nichts zu tun.

Meine rechte Hand hob ich zum Gruß, wobei ich die Geste mit Worten untermauerte. »Ich danke die für diese Rettung«, sagte ich laut, dass er meine Worte verstehen musste. »Ohne dich wäre ich verloren gewesen, Freund.«

Er gab keine Antwort, nickte nur, und ein Lächeln stahl sich auf sein Gesicht. Für mich ein Beweis, dass er mir weiterhin wohl gesonnen war. Dann machte er kehrt und ging dorthin, wo die von ihm erledigten Skelettkopf-Menschen lagen. Beim ersten bückte er sich, hob den Wurfstern auf und verstaute ihn in seinem Netz. Der Reihe nach schritt er die Toten ab. Bei jedem nahm er den Wurfstern hoch und legte ihn zu den anderen.

Ich kam mir ziemlich überflüssig vor, blieb jedoch nicht stehen, sondern näherte mich dem seltsamen Mann und wartete darauf, dass er auch seinen letzten Wurfstern an sich nahm.

Den hatte ich.

Vor mir blieb er stehen, lächelte wieder und streckte seine rechte Hand aus.

Ich sah eine faltige Handfläche, bei der die Haut irgendwie zusammengeschrumpft war. Einen Moment zögerte ich, dann legte ich den Wurfstern hinein.

Er bedankte sich nickend.

»Wer bist du?«, fragte ich ihn.

Für einen Moment blitzte es in seinen unergründlich scheinenden Augen auf, dann hob er die schmalen Schultern, bevor er mir eine Antwort gab.

»Nenne mich Sua Ku.«

»Ich heiße John Sinclair.«

»Ich weiß.«

Da war ich überrascht. Nicht allein davon, dass Sua Ku meine Sprache beherrschte, sondern dass er meinen Namen wusste. »Woher kennst du mich?«, wollte ich wissen.

»Es gibt viele Wege, auf denen die Mächte des Guten gehen können und wo sie geleitet werden. Eines Tages treffen die Wege dann zusammen. Die Kräfte des Lichts finden sich ebenso wie die Mächte des Bösen. Gemeinsam kämpfen sie gegeneinander, wobei einer Sieger bleiben wird.«

»Hoffentlich wir«, sagte ich.

Da hob der andere die Schultern. »Heute habe ich dich retten können, vielleicht wirst du es morgen sein, der mich rettet.«

»Gibt es überhaupt noch ein Morgen?« Mit dieser Frage setzte ich das philosophische Gespräch fort.

»Wer zweifelt, kann nicht Sieger bleiben«, warf er mir vor und schaute mich ernst an. »Wir sollten gehen, denn die Stunde des Yuisan wird bald anbrechen, und wir müssen gerüstet sein.«

»Wo bringst du mich hin?«

»Ich habe sie Höhle der Zeit genannt, denn in ihr habe ich die langen Jahrhunderte verbracht und auf den Tag meiner Rache gewartet. Ich hatte Yuisan entdeckt. Vor sehr langer Zeit geschah dies, als ich während eines Unwetters Schutz suchte. Ich traf ihn und wusste Bescheid, dass ich den Höllenboten vor mir hatte. Yuisan erkannte in mir sofort den Feind, und er spielte seine Kräfte aus, denen ich nichts entgegenzusetzen hatte. Er raubte und saugte mir meine Seele aus dem Leib. Nur durch sie konnte er weiterleben, während ich in einen Zustand geriet, der dem des Todes sehr ähnlich war. Für mich starben die irdischen Begriffe wie Gegenwart, Vergangenheit und Zukunft. Die Zeit existierte nicht mehr, bis zu dem Tag des Erwachens, als Fremde in dieses Land eindrangen und die Berge zerstörten. Damit befreiten sie nicht nur Yuisan, sondern rissen auch mich aus der totenähnlichen Starre. Ich erinnerte mich sofort und wusste, was ich zu tun hatte. Ich ging den Weg, den ich vor Hunderten von Jahren schon gegangen war und holte aus meiner alten Höhle die goldenen Wurfsterne, die mir ein großer Geist vererbt hatte, damit ich gegen das Böse in den Bergen ankämpfen konnte. In meinem ersten Leben war ich nicht dazu gekommen, sie einzusetzen. Nun aber war die Zeit reif.«

Ich nickte beeindruckt nach diesen Worten und sah keinen Grund, dem Mann nicht zu glauben. Nur hatte ich natürlich eine Menge Fragen. Die mir am dringlichsten erschien, stellte ich sofort. »Was hat es mit diesen Skelettkopf-Menschen auf sich?«, fragte ich.

»Es waren die, die den Frevel begangen haben. Yuisan hat sie sich zurückgeholt.«

»Moment«, flüsterte ich hastig. »Sprichst du von den Männern, die die Berge zerstört haben?«

»Ja. So ist es.«

»O Gott.« Ich schluckte und riss die Augen auf. Das war schrecklich. Der Höllenbote hatte sich auf furchtbare Art und Weise gerächt. Seine unfreiwilligen Befreier hatte er zu seinen Dienern gemacht, die nun gestorben waren.

Durch die goldenen Wurfsterne.

Ich war ein wenig durcheinander, wenn ich daran dachte, was es im anderen Teil der Welt wohl für eine Aufregung gegeben hatte, als man das Verschwinden bemerkte. Ich musste auch an die Frau denken, die das Bild gemalt hatte, an Linda Brackett, die ich persönlich nicht kannte, und ich fragte mich, ob auch sie bei den Gestalten gewesen war, die ihr untotes Leben verloren hatten?

»Ich weiß, dass dir jetzt viele Gedanken durch den Kopf gehen, aber wir müssen uns sputen«, drängte Sua Ku.

»Ja, natürlich.« Ich war gespannt, was Sua Ku, dieser seltsame Mensch, mit mir vorhatte.

Aber konnte man ihn überhaupt als einen Menschen bezeichnen? War er nicht eher ein Phänomen, eine Gestalt zwischen Geist und Mensch, wie ich sie schon öfter kennengelernt hatte?

Bestimmt, denn Sua Ku hatte die Jahrhunderte überlebt. So etwas prägt, und bei diesen Wesen konnte ich nicht anders, als ihnen mit einer gewissen Ehrfurcht zu begegnen.

»Noch sind nicht alle Geheimnisse gelüftet«, sagte er, als wir den Geröllhang hochstiegen, den er mit einer nahezu spielerischen Leichtigkeit schaffte und ich mir wie ein Anfänger vorkam, da ich schwer zu kämpfen hatte, um auf den glatten, mit Staub überdeckten Steinen nicht auszurutschen.

»Wovon sprichst du?«, hakte ich keuchend nach.

»Es gibt gewisse Dinge, die du gleich noch sehen wirst. Deshalb mache dich auf eine Überraschung gefasst.« Er legte eine kleine Pause ein und schaute von seiner höheren Stellung auf mich herab. »Du wirst Freunde treffen.«

»Freunde?«, flüsterte ich, wobei ich an Suko dachte. Himmel, wie mochte es ihm ergangen sein? Sicherlich hatte er nachgeforscht. War er vielleicht auch durch das Bild geworfen worden, um hier, im fernen China, zu landen?

Bei einem anderen hätte ich nachgefragt, nicht bei Sua Ku. Er gehörte zu den Menschen, die nur sagten, was sie auch sagen wollten. Bei ihm hätte auch eine Folter nichts genützt.

Der Hang wurde steiler und damit schwieriger zu begehen. Ich hatte meine Mühe. Mehr als einmal rutschte ich weg und schaffte mir meinen Ärger durch einen rauen Fluch Luft. Die Steine lagen locker nebeneinander, obwohl sie selbst nicht rutschten. Dafür ich, aber ich hielt mich auf den Beinen, wenn ich auch hin und wieder auf allen vieren laufen musste, um die Distanz zu meinem Vordermann zu halten.

Deshalb war ich froh, als Sua Ku stehen blieb. Und zwar nicht am Hang, sondern an seinem Ende. Er hatte auf einem schmalen Pfad angehalten.

Wenig später erreichte auch ich ihn und ruhte mich aus. Der geheimnisvolle Mann gönnte mir die Pause und ließ mich erst einmal zu Atem kommen, während ihm die Kletterei nichts ausgemacht hatte. Auf seinem Gesicht sah ich keinen Tropfen Schweiß, und erst jetzt fiel mir auf, dass er auch nicht atmete.

Er brauchte keinen Sauerstoff …

Wen hatte ich nur vor mir?

»Kannst du weitergehen?«, erkundigte er sich.

Ich nickte. Der Ausblick hier oben war herrlich. Vor und unter uns lag der Hang. Ich sah die Barackenstadt an seinem Ende. Die Unterkünfte wirkten klein, und wenn ich daran dachte, was ich dort erlebt hatte, rann mir noch nachträglich eine Gänsehaut über den Rücken.

Jenseits der Bauten begann die weite Ebene. Braungelb schimmerte der Boden, ein ewiger Staub, der ihn wie einen Teppich bedeckte. Am Anfang war die Ebene noch durch Hügel gekennzeichnet, später, als sie in das flache Land überging, hatte ich das Gefühl, als würde sie mit dem Himmel zusammenstoßen.

Und hinter uns lag das Gebirge. Seltsam verformt, auseinandergerissen, die einzelnen Bergsättel, die die Spitzen miteinander verbanden. Die Sprengungen hatten in der Tat ganze Arbeit geleistet. Wieder einmal hatte die Hand des Menschen in die Natur eingegriffen, und ich fragte mich nach dem Grund?

Hätte man nicht alles so lassen können?

»Fühlst du dich besser, John Sinclair?« Die Stimme meines Begleiters brachte mich wieder in die Wirklichkeit.

»Ja.«

»Dann komm, denn du wirst deine Kräfte brauchen. Die Gegner sind sehr stark.«

»Die Gegner?«

Er hatte meine Frage genau verstanden, denn er nickte. »Ja, es ist nicht nur der Höllenbote, denn die uralte Vergangenheit ist auch zurückgekehrt.«

»Wie darf ich das verstehen?«

»AEBA!«

Plötzlich stand ich unter Strom. AEBA, hatte er gesagt und einen Begriff erwähnt, der das Grauen bedeutete. Ich dachte an die vier Horror-Reiter, hinter denen die großen Erzdämonen standen. Welche Rolle spielten sie?

Am Gesicht des Mannes las ich ab, dass er nicht bereit war, weitere Fragen zu beantworten. Indem er mir den Namen wie einen Köder hinwarf, hatte er mich gleichzeitig motiviert.

Ja, ich wollte weitermachen und herausfinden, was AEBA mit Yuisan zu tun hatte.

Wir gingen den Pfad entlang. Manchmal wurde er so schmal, dass wir hintereinander her schreiten mussten. Der Boden war auch nicht glatt. Auf ihm lagen ebenfalls kopfgroße, blanke Steine, gebleicht von Wind und Wetter.

Der Pfad führte uns in die schweigende, majestätische Bergwelt und auf einen Gipfel zu.

Dort hatte die Sprengung ebenfalls gewütet. Die Spitze des Berges kam mir vor, als hätte sie jemand mit einem gewaltigen Messer genau in der Mitte geteilt und einen Schnitt von oben nach unten gezogen. Die rechte Hälfte stand noch, die linke war zerrissen worden, und die Massen an Felsen und Gestein hatten einen neuen Hügel gebildet, der links von dem zerstörten Berg lag.

Wie traurige Schleier sah der Staub aus, den der Wind über das Gelände wehte.

Ich stolperte hinter Sua Ku her und fühlte das Jucken auf meiner Haut. Staub und Schweiß trugen dafür die Verantwortung. Ich fragte nicht, wie lange wir noch unterwegs sein würden.

Dann führte der Weg bergab und gleichzeitig um einen Felsen herum. Danach hatten wir einen völlig anderen Blick. Ein neues Panorama lag vor uns.

Wir befanden uns auf einer Hochebene. Auch hier sah ich den graugelben Staub, der die Ebene bedeckte, die weit hinten im frühabendlichen Dunst verschwamm.

Zu beiden Seiten jedoch stieg das Gelände an, wuchteten Berge in die

Höhe, und ich sah auf manchen Gipfeln den hellen Schnee. Und noch etwas entdeckte ich.

Eine Höhle. Wie das weit geöffnete Maul eines Riesen kam sie mir vor. Hinter dem Eingang war es düster. Sua Ku bewegte seine Hand. Er wies auf den Eingang.

»Unser Ziel«, sagte er.

Ich nickte, wollte gehen und sah plötzlich eine Bewegung innerhalb des Eingangs. Eine Frauengestalt erschien.

Langes schwarzes Haar, ein rötlich schimmerndes, bis zu den Knöcheln reichendes Kleid, das in Höhe der Taille von einem Gürtel gehalten wurde.

In der rechten Hand hielt die Frau ein Schwert mit einer langen goldenen Klinge.

Tief atmete ich ein. Ich wollte nicht glauben, dass es genau die war, die ich sah.

Es gab keinen Zweifel.

Im Eingang der Höhle stand Kara, die Schöne aus dem Totenreich!

Ein Schock war es nicht, aber eine Überraschung, und die musste ich erst einmal verdauen. Nicht von Karas Gestalt wurde mein Blick so angezogen, sondern mehr von dem Schwert mit der goldenen Klinge.

Sie hatte es. Es befand sich in ihrem Besitz. Aber besaß nicht Yuisan die gleiche Waffe?

»Sie – sie hat das Schwert«, hauchte ich.

Sua Ku hatte meine Worte gehört. »Warum nicht? Weshalb sollte sie es nicht besitzen?«

Ich schaute ihn an und sah wieder das feine hintersinnige Lächeln. »Aber er hat es doch besessen.«

»Wer – Yuisan?«

»Ja.«

Da hob mein Begleiter die Schultern, und ich musste mich mit dieser Antwort vorerst zufriedengeben.

Kara winkte mir zu. Ich wollte auch nicht länger warten und zusehen, dass ich zu ihr kam. Wahrscheinlich würde sie mir helfen, einige Rätsel zu lösen.

Es war nicht weit bis zu der Schönen aus dem Totenreich. Dabei musste ich einen Hang hinunterrutschen. Meine Füße wirbelten Staub auf, Steine gerieten in Bewegung und rollten vor mir her.

Sua Ku blieb zurück. Ich hatte das Gefühl, als würde er mir dadurch den Rücken decken.

Kara streckte beide Hände aus, und ich ergriff sie. »Willkommen, John Sinclair«, sagte sie, wobei ihre Augen leuchteten. »Ich freue mich, dass du es geschafft hast.«

»Klar.« Ich nickte und holte tief Luft. »Aber ich verstehe nicht, was das alles zu bedeuten hat?«

»Nichts – oder kaum etwas. Ich werde es dir gleich erklären. Komm erst einmal in die Höhle, du wirst dich ausruhen, uns steht noch einiges bevor.«

»Wie du meinst.« Ich schritt durch den Eingang. Zu bücken brauchte ich mich nicht, er war groß genug.

Das Innere des Bergs nahm mich auf wie ein großes Maul. Kara blieb an meiner Seite und führte mich in die domartig wirkende Felsenhalle hinein, an deren Ende wir den tanzenden Schein einiger Fackeln sahen. Sie schufen Licht und Schatten, verbreiteten eine optische Unruhe, die gespenstisch durch die Höhle tanzte.

Auch hier war der Boden nicht glatt. Wir stiegen über zahlreiche Steine, die als Hindernisse im Weg lagen, und erreichten schließlich das Zentrum der Höhle.

Hier fanden wir auch die Fackeln.

Vier waren es, deren Stiele in Spalten und Risse an den Wänden geklemmt waren.

Und hier traf ich auch auf einen zweiten Freund.

Myxin, den Magier.

Der Kleine, wenn ich ihn mal so nennen darf, stand im Zentrum des Fackelscheins. Seine grünliche Haut schimmerte seltsam bleich, da sie auch von anderen Farben getroffen wurde, und er lächelte, als er mich sah. »Herzlich willkommen, John. Wir haben dich bereits erwartet.«

»Wirklich?«

»Ja«, antwortete Kara an seiner Stelle, ließ mich los und stellte sich neben Myxin, während sich Sua Ku zurückhielt und irgendwo im Hintergrund der Höhle blieb.

»Dann werdet ihr mir sicherlich erklären, was das hier alles soll und welche Schachfigur ich in dem Spiel bin? Ich kann euch nämlich nichts erklären.«

»Das brauchst du auch nicht«, sagte Myxin. »Dafür sind wir da.« Er schaute Kara an. »Soll ich reden?«

»Meinetwegen. Ich werde deine Worte hin und wieder ergänzen.«

»Gut, ich will mich kurz fassen, obwohl es eine lange, sogar sehr lange Geschichte ist.«

»Raus mit der Sprache«, forderte ich den kleinen Magier auf.

»Natürlich, John. Du musst nur weit zurückdenken, als es dieses Land zwar schon gab, aber noch keine Menschen. Da regierten hier vier Dämonen, die uns alle ein Begriff sind.«

»AEBA«, sagte ich.

»Sehr richtig. Und AEBA, also die Erzdämonen, taten das, was alle Dämonen und Herrscher finsterer Reiche wollen. Sie suchten sich auf der Erde ein Gebiet, das sie allein kontrollierten. Natürlich mit den Horror-Reitern, die damals ebenfalls schon existierten. Sie fanden es hier in China. Diese gewaltige Bergwelt machten sie zu einem Stützpunkt ihrer dämonischen Tätigkeit. Schon bald gehörte ihnen fast das gesamte Land, und als die Menschen kamen, da erlebten sie Reste der dämonischen AEBA-Tätigkeit. Sie nannten dieses Gebirge schon bald Berge der Götter. Aber die Erzdämonen konnten sich nicht auf ihren Lorbeeren ausruhen. Es kam immer wieder zu Familienzwistigkeiten mit anderen schwarzmagischen Gruppen. Bevor die Welt von den Menschen bevölkert wurde, herrschte das Böse, die Nacht, das Chaos. Die Kämpfe tobten überall. Es existierten andere, mächtige Gruppen, wie die Großen Alten, die ebenfalls Machtansprüche stellten, und es bildeten sich auch neue Kontinente, während andere verschwanden und vernichtet wurden, samt ihrer Kulturen, falls sich dort welche gebildet hatten.«

»Welch eine Rolle spielt denn Yuisan?«, wollte ich wissen.

»Darauf komme ich jetzt«, erklärte Myxin. »Wie ich schon erwähnte, befanden sich AEBA und die Horror-Reiter in einem stetigen Kampf gegen die schwarzmagischen Feinde. Sie konnten sich nicht nur auf dieses Gebiet hier konzentrieren und mussten es verlassen, um in anderen Dimensionen Kämpfe auszutragen. China aber wollten sie nicht verlieren, und sie setzten einen Statthalter ein. Das war schon der Fall, als Menschen in diesem großen Land lebten. Während sich die chinesische Mythologie langsam aufbaute, da formten die mächtigen AEBA-Dämonen aus Erde, Ton und Stein ein Wesen, das sie Yuisan nannten. Sie hauchten ihm schwarzmagisches Leben ein, und er versprach ihnen als Dank für seine Existenz die Überwachung dieses Stützpunktes. Jahrtausende ging es gut, dann aber kamen andere Dämonen, und Yuisan wurde zum Verräter. Er hinterging seine Erschaffer, und sie rächten sich schrecklich. Die vier Erzdämonen töteten ihn nicht, sie machten ihn nur zu dem, was er einmal war. Zu Stein. Und sie verbannten ihn in die Tiefe einer Berghöhle. Mit dem Hintergedanken, dass sie ihn einmal erwecken würden, falls sie ihn wieder benötigten. Yuisan wurde nicht nur der Höllenbote genannt, sondern auch der Seelenfresser, da er den Menschen die Seelen raubte und sie zu willenlosen Wesen machte. Deshalb hatten sie ihn auch in einen Berg verbannt, wo normalerweise niemand hinkam, weil das Gebiet als verflucht galt. Doch ihre Rechnung ging nicht auf. Es ist jemand gekommen. Vor Hunderten von Jahren kam ein Mönch in dieses Gebiet, erforschte es und fand auch die Höhle, in der wir uns befinden. Er traf auf Yuisan.«

»Konnte er sich noch wehren?«, fragte ich zwischen.

»Ja, sie hatten ihm die Kräfte nicht genommen. Obwohl er zu Stein geworden war, gelang es ihm, die Seele des Einsiedlers zu rauben. Dieser Mönch, der den Weg zu ihm gefunden hatte, sah ihn, erinnerte sich der alten Geschichten und musste seine Seele hergeben. Sie wurde ihm ausgesaugt. Weißt du, wer der Mönch ist, John Sinclair?«

»Ich kann es mir denken. Sua Ku.«

»Genau der Mann, der dich gerettet hat, ist mehrere hundert Jahre alt. Seine Seele wurde ausgesaugt, aber damit konnte Yuisan nichts anfangen. Er brauchte mehr Seelen, um freizukommen. Niemand allerdings verirrte sich in dieses Gebiet, so blieb er zusammen mit Sua Ku allein in dieser finsteren Höhle zurück. Wieder vergingen Jahrhunderte von Jahren. Keiner der beiden kam weg, aber sie hatten Zeit, und die Zeit wurde reif, als Menschen erschienen und die Berge sprengten. Plötzlich wurde die Höhle wieder frei. Sie selbst flog nicht in die Luft, aber die Gesteinsmassen um sie herum. Und es kamen Menschen, um nachzuschauen. Das hatte Yuisan gefehlt. Er bekam seine Seelen, war frei und machte die Menschen zu seinen Dienern. Sie verwandelten sich im Laufe der Monate in einer erschreckenden Art und Weise. Zudem existierte eine Frau, die von Yuisan so fasziniert war, dass sie ein Bild malte, und dieses Bild wurde zum Bindeglied nicht nur zwischen den Dimensionen, sondern auch zwischen dem Höllenboten und seinen Opfern. Er ließ sie erst in ihre Heimat fahren und holte sie dann zurück. Du hast sie gesehen, John Sinclair, und Sua Ku hat sie getötet, denn mit dem Erwachen des Höllenboten stand auch er wieder auf. Sofort erinnerte er sich wieder an sein früheres Leben und an die Feindschaft, die er den Dämonen geschworen hatte. Er ging zurück und holte seine Wurfsterne, um sich verteidigen zu können.«

»Aber was haben die Menschen in London damit zu tun? Ich meine, sind die Besucher der Ausstellung beeinflusst worden?«

Da hob Myxin die schmalen Schultern. »Leider weiß ich nichts Genaues. Ich nehme jedoch an, dass viele der chinesischen Besucher den Höllenboten erkannt haben. Zudem wussten sie, wie gefährlich er ist, denn wie du selbst weißt, haben die Chinesen auf der gesamten Welt ihre alte Kultur und Mythologie nie vergessen.«

»Das stimmt allerdings«, gab ich zu. »Nur wundert es mich, dass ihr beide, Kara und du, auch mitmischt. Oder hängt es mit dem Schwert zusammen, das Yuisan trägt?«

»Ja, es stimmt.« Diesmal sprach Kara. »Von meinem Schwert gab es nur ein Exemplar. Doch als die finsteren Mächte davon erfuhren, dass mein Vater Delios es hergestellt hatte, wollten sie eine Gegenwaffe. Sie versuchten, mein Schwert zu rauben, schafften es aber nicht, gaben trotzdem nicht auf und schmiedeten eine Waffe nach, die der meinen aufs Haar glich. Allerdings stecken in ihr keine weißmagischen, sondern schwarzmagische Kräfte.«

»Und welche Waffe ist stärker?«

»Das kann ich dir nicht sagen, weil ich es bis zum heutigen Tage noch nicht ausprobiert habe.«

Da war viel, was ich im Laufe der vergangenen Minuten erfahren hatte. Ich dachte auch darüber nach, aber ich wollte noch mehr wissen und fragte deshalb. »Er ist nicht allein. Der Höllenbote hat Unterstützung bekommen.«

»Wir wissen es«, erwiderte Kara. »Deshalb sind wir auch gekommen, weil wir den Fehler mitgemacht haben.«

Ich runzelte die Stirn. »Welchen Fehler?«

»Erinnere dich an das Kloster St. Patrick, John Sinclair. Wir haben gegen die Horror-Reiter gekämpft, aber wir haben uns in der Hektik und Aufregung verrechnet. Einer ist gekommen. Es war Eurynomes Diener. Er konnte fliehen, ohne dass wir es merkten. Er zog sich in den Schutz der vier Erzdämonen zurück. Dort sann er natürlich auf Rache. Und Dämonen haben Zeit. Sie warteten so lange, bis sie sicher sein konnten, einen Erfolg zu erringen. Und die Zeit kam, als der Höllenbote wieder erwachte. Da griffen die Erzdämonen sofort ein, und sie zogen den Verräter wieder auf ihre Seite. Gleichzeitig gaben sie ihm den vierten Reiter als Aufpasser mit. Zudem gingen sie davon aus, dass zwei stärker sind als einer. Und ihre Rechnung hat bisher gepasst.«

Ich atmete tief aus und wischte über meine Stirn. »Das ist harter Tobak«, erklärte ich. »Verdammt harter, sogar. Damit habe ich nie im Leben gerechnet.«

Myxin und Kara lächelten. Dann meinte der kleine Magier: »Weißt du nun, aus welchem Grunde wir gekommen sind?«

»Ja. Aber wieso habt ihr erfahren …«

»John.« Karas Stimme klang vorwurfsvoll. »Du hast dich oft genug beschwert, dass wir nie zu erreichen sind und dir nicht zur Seite stehen. Es hat seine Gründe, glaube mir. Wenn wir uns an den mit Magie aufgeladenen Plätzen und Orten aufhalten, dann merken wir, dass sich in den anderen Reichen etwas tut. Ich kann durch mein Schwert zahlreiche Brücken schlagen. Und eine dieser Brücken gab uns die Information, dass der Höllenbote wieder zurückgekehrt ist. Wir kannten ja seine Geschichte und wussten auch, wie gefährlich er war. Das darfst du niemals vergessen.«

»Wir können also damit rechnen, dass er hier erscheint«, fasste ich zusammen.

»Richtig. Und nicht nur er, sondern auch der vierte Horror-Reiter. AEBA hat nicht aufgegeben, John.« Das sagte Myxin. Er trat dabei bis dicht an die Höhlenwand, wo zwischen zwei Fackeln ein Gegenstand lehnte, den ich gut kannte.

Es war die Lanze, die einmal dem Herrn der roten Hölle gehört hatte. Eine gefährliche Waffe, mit der er uns hatte töten wollen, doch Myxin und Kara waren schneller gewesen. Sie nahmen ihm die Lanze ab. Jetzt befand sie sich in ihrem Besitz.

»Ich hoffe, dass sie stark genug ist«, sagte Myxin und nickte uns zu.

»Da hast du ein wahres Wort gesprochen«, erwiderte ich, lächelte und sagte: »Auf jeden Fall bin ich froh, dass ich euch getroffen habe. Allein in diesem Land kam ich mir doch ziemlich verlassen vor, wenn ihr das versteht.«

»Sicher, John. Aber es war kein Zufall, dass wir hier zusammengekommen sind. Wo steckt eigentlich Suko?«, wechselte der kleine Magier dann das Thema.

Ich hob die Schultern. »Wenn ich das wüsste, ginge es mir besser. Wirklich.«

»Nicht in London?«

»Doch. Aber ich wollte ihn aus dem Fall herauslassen. Das heißt, er hatte etwas vor, und ich wollte mir auch nur auf sein Drängen hin das Museum und die Ausstellung ansehen. Dass es so gekommen ist, konnte keiner voraussehen.«

»Ja, es ging wirklich schnell«, sagte Myxin und verzog das Gesicht zu einem Lächeln.

»Du zeigst dich sehr optimistisch«, meinte ich.

»Das muss ich. Wo Asmodina nicht mehr ist, merke ich, dass ich immer besser werde. Zudem habe ich die Lanze.«

»Und?«

»Eine sehr gute Waffe, John. Sie reagiert ähnlich wie die Peitsche. Wenn ich Dämonen, also meine Gegner, damit treffe, entfaltet sie ihre Kraft und löst sie in einer stinkenden Rauchwolke auf.«

»Aber nur bei weniger starken Schwarzblütlern.«

»Bisher habe ich gegen andere noch nicht gekämpft«, wich Myxin aus.

Ich suchte Sua Ku und fragte den kleinen Magier nach ihm. »Er wird sich vor der Höhle ein wenig umsehen. Wir wollen uns nicht überraschen lassen.«

»Du rechnest also fest damit, dass Yuisan kommt.«

»Nicht nur er, John, sondern auch der vierte Horror-Reiter. Er will seine Rache vollenden, wie ich ihn kenne. Aber dagegen haben wir etwas.« Myxin deutete auf Kara, seine Gefährtin, die ihr Schwert gezogen hatte. Die Klinge glänzte wie ein feuriger Streifen im Licht des Fackelscheins.

Kara und Myxin waren schon ein seltsames Paar, wenn man sie so anschaute. Kaum zu fassen, dass sie einmal als Gegner sich im alten Atlantis gegenübergestanden hatten. Damals waren sie sogar Todfeinde gewesen, aber ein gütiges Schicksal hatte sie in der Gegenwart zusammengeführt.

Im Augenblick machten mir beide einen etwas unruhigen Eindruck. Sie erwarteten die Ankunft unserer Gegner.

»Deinen Bumerang hast du nicht?«, fragte Kara.

»Nein, nur das Kreuz und die Beretta sowie den Dolch.«

»Das Kreuz wird es schwer haben«, erklärte Myxin.

»Ich habe es gemerkt.«

Dann hörten wir Schritte. Sie klangen von den Wänden zurück. An den Echos war zu erkennen, dass jemand schnell in die Höhle hineinlief.

Schon sahen wir Sua Ku. Mit allen Zeichen von Aufregung lief er uns entgegen.

»Kommen Sie?«, fragte ich.

»Ja, sie sind unterwegs. Ich habe die Anzeichen gesehen. Der dunkle Himmel färbte sich in der Ferne rot, als hätte dort jemand Blut vergossen. Wir müssen hinaus.«

Damit war ich einverstanden. Kara und Myxin ebenfalls, denn sie hatten sich schon in Bewegung gesetzt. Kaum waren wir einige Schritte gelaufen, als wir über uns das Grollen vernahmen. Es war ein dumpfes

Geräusch, vergleichbar mit einem Donnern, und es pflanzte sich als zitterndes Echo fort, das in unseren Ohren schallte.

»Das ist ein Angriff«, flüsterte Myxin. »Schnell, sonst werden wir hier begraben.«

Er hatte die Worte kaum ausgesprochen, als wir bereits rannten. Das war gut so, denn die Wände begannen zu zittern, und von der Decke lösten sich erste Steine zusammen mit einer Staubwolke, die unsere Sicht vernebelte.

Und ich hörte eine Stimme. Sie schien innerhalb der Felsen zu lauern. Dabei kam sie mir vor wie ein raues, wildes Gelächter, wobei gleichzeitig die Wände anfingen zu glühen und so heiß wurden, dass das Gestein zu dicken Tropfen schmolz.

An der Decke zeigte sich der gleiche Effekt. Auch dort schmolz das Gestein, zog sich regelrecht zusammen, wurde glasig, und als vor mir ein dicker Tropfen zu Boden platschte, da wusste ich, dass unsere Chancen gering waren, dieser Höhle zu entkommen …

Der Fahrer war wirklich wie der Teufel gefahren. Zuerst hatte er nicht gewollt, bis Suko ihm seinen Ausweis präsentierte.

»Auf Ihre Verantwortung, Inspektor«, sagte der Mann und drückte endlich auf das Gaspedal.

Suko dachte nur an Shao. Durch den Tod des alten Lai Ti Jan hatte sich die Lage unnötig zugespitzt, und Shaos Chancen zu überleben, wurden immer geringer.

London lag im Lichterglanz der Nacht. Die Wichtigen Gebäude waren angestrahlt. Autos bildeten eine gigantische Lichtschlange.

Der Driver überholte riskant. Sein Finger befand sich ebenso oft auf dem Hupring wie sein Fuß auf dem Gaspedal oder der Bremse. Manchmal musste er auch halten, einmal fuhr er über den Bürgersteig, und erst nach der Themse-Überquerung wurde es besser.

Suko fragte sich, ob Lai Ti Jan nur als Einziger das Gegenmittel kannte. Vielleicht hatte er auch geblufft und seinen beiden Söhnen die Zusammensetzung genannt. Auf diese Hoffnung baute Suko, und er hoffte inständig, dass sie sich erfüllen würde. Er war früher stolz auf seine Beherrschung gewesen, doch wo es um Shao ging, da wurde auch ein Mann wie er zittrig.

Im Londoner Chinesenviertel kannte sich der Fahrer nicht aus. Hier musste Suko weiterhelfen.

»Hoffentlich zerstören mir die Kerle nicht den Wagen«, knurrte der Mann, als er sah, mit welchen Blicken die Taxe verfolgt wurde.

»Was sollten sie für einen Grund haben?«, erkundigte sich Suko.

»Einfach so.«

»Unsinn. Chinesen sind ebenso gut oder schlecht wie Weiße auch. Das sollten Sie sich merken. Fahren Sie die nächste links.«

»Ja, ja, schon gut. Aber ich kenne einen Kollegen, der hat im Chinesenviertel seine Reifen verloren.«

»Das wäre ihm woanders auch passiert.«

»Schon gut, ich sag nichts mehr.«

Suko gab weiter seine Anweisungen. Als sie die kleine Brücke erreichten, über die der Inspektor ebenfalls gefahren war, da atmete er auf. »Fahren Sie dann scharf rechts.«

»Zu dem Schatten hin?«

»Das ist ein Hausboot, unser Ziel.«

»Ich brauche doch nicht zu warten?«

»Nein.« Suko holte bereits Geld aus der Börse. Auf eine Quittung wollte er verzichten, das hätte nur Zeit gekostet. Hauptsache, er erreichte Shao früh genug und konnte sie aus ihrem gefährlichen Dämmerzustand retten.

In der Kurve wurde Suko hart in den Sitz gepresst. Dann bremste der Fahrer mit einem Ruck. Er nannte den Preis, Suko drückte ihm einen Schein in die Hand und sprang aus dem Wagen, wobei er sofort auf den Steg zu rannte.

Auf dem Schiff brannten zwei einsame Laternen. Sie schaukelten im Wind, und eine befand sich dicht vor dem Eingang, wo sie an einem hohen Pfosten hing.

Suko hörte noch, wie der Fahrer seinen Wagen drehte, dann dröhnten seine Schritte bereits über die Planken des Stegs, der das Boot mit dem Ufer verband. Die Geräusche waren so laut, dass sie sicherlich auf dem Boot zu hören sein mussten, da allerdings tat sich nichts. Es blieb ruhig, die Söhne des alten und jetzt toten Chinesen Lai Ti Jan zeigten sich nicht.

Suko betrat das Boot. Auf den letzten Yards war er vorsichtig geworden. Seine Hand befand sich in der Nähe des Waffengriffs. Er rechnete jeden Augenblick damit, hinterrücks angegriffen zu werden. Gespenstisch kamen ihm die Aufbauten vor. Sie ruhten auf breiten Holzpfosten, die das Dach trugen. Suko befand sich zwar in London, das auch nachts hell erleuchtet war, doch in dieser Gegend sparte man mit Strom.

Dunkelheit hüllte den Inspektor ein. Das Wasser zeigte einen schwarzen Glanz. Es gluckste und schmatzte manchmal, wenn es gegen die Bordwand des alten Kahns schlug.

Suko hatte sich die Räumlichkeiten auf dem Boot genau eingeprägt. Er wusste, wohin er zu gehen hatte, doch er wollte es nicht allein. Die Söhne sollten mit, denn sie waren Sukos Hoffnung. Ihr Vater hatte ihnen befohlen, bei Shao Wache zu halten. Wenn sie das wirklich taten, hätten sie auch Sukos Schritte hören müssen und wären gekommen, um nachzuschauen.

Sie blieben weg.

Der Chinese stoppte. Er spielte mit dem Gedanken, sich lautstark bemerkbar zu machen, zuckte jedoch davor noch zurück, erst wollte er das Schiff durchsuchen.

Aus der Entfernung gesehen, konnte man meinen, dass dieser alte Kahn nur einen Aufbau hatte.

Das stimmte nur zum Teil. Der Deckaufbau war unterteilt. Es gab mehrere kleine Räume, winzige Kajüten oder Kabinen, in denen kaum zwei Menschen Platz hatten.

Suko schaute in alle hinein. Einige waren leer, in anderen entdeckte er Gerümpel. Taue, Kisten, alte Kleidung, aber einen Menschen oder die Menschen, die Suko suchte, fand er nicht.

Keine Spur von Lai Ti Jans Söhnen! Hatten sie tatsächlich den Befehlen ihres Vaters nicht gehorcht? Suko empfand das als unwahrscheinlich, denn er kannte die Mentalität seiner Landsleute. Die Chinesen waren sehr familiengebunden, sie lebten in der Tradition einer Großfamilie, und dort galt, was der Älteste sagte. Auch wenn sie sich verbrecherisch betätigten, dann war dies so.

Es gab natürlich noch eine andere Lösung. Suko dachte daran, dass magische Kräfte das Boot umgarnt und den beiden Söhnen des Lai Ti Jan keine Chance gelassen hatten.

So konnte es gewesen sein. Sollte dies wirklich eintreffen, waren Sukos Chancen dahin.

Das wusste er.

Der Chinese verzichtete darauf, das Schiff weiter zu durchsuchen, er wollte jetzt in den Bauch des Kahns steigen, um sich nach Shao umzusehen.

Die Luke fand er sofort. Seltsamerweise war sie geschlossen, aber Suko machte es keine Mühe, sie anzuheben.

Der Schlund gähnte ihn an.

Etwas seltsam war dem Inspektor doch zumute, als er in den Schacht blickte. Er sah auch kein Licht mehr. Die Kerzen, die Shaos Liege eingerahmt hatten, waren verlöscht.

Ein kaltes Gefühl schlich den Rücken des Chinesen hoch und blieb im Nacken hängen, wo es sich zu einer Gänsehaut verdichtete. Er hatte Angst um Shao, die andere Seite kannte kein Erbarmen. Eiskalt würde sie zuschlagen – und dann?

Suko zögerte nicht mehr länger. Seine Beine zitterten ein wenig, als er in die Tiefe stieg. Auf seiner Stirn lag eine feuchte Schweißschicht. Selten hatte er so eine Angst verspürt wie jetzt, wo es um seine geliebte Shao ging.

Wie würde er sie vorfinden? War sie überhaupt noch an Bord dieses Schiffes?

Die letzten beiden Sprossen passierte er durch einen Sprung und landete dumpf auf den weichen Planken. Dort blieb er für einen Moment hocken, schaute in die Dunkelheit und wandte sich nach links, wo auch der Raum lag, in dem Shao gefangen gehalten wurde.

Suko trug eine Lampe bei sich. Er wagte jedoch nicht, sie einzuschalten. Der dünne Lichtfinger hätte ihn verraten, deshalb tastete er sich im Dunkeln voran. Nur die Luke zeichnete sich über ihm als ein helles Rechteck ab.

Ohne einen Laut zu verursachen, bewegte sich der Inspektor auf den Vorhang zu. Er hatte seine Arme ausgestreckt, die tastenden Finger fanden schon bald den weichen Widerstand des Stoffs und klammerten sich in den Falten fest.

Er war zugezogen, und Suko suchte nach dem Spalt, damit er den Vorhang teilen konnte.

Als er ihn gefunden hatte, schuf er sich eine Lücke, die gerade so groß war, dass er hindurch konnte.

Stockfinster war es um ihn herum.

Für einen Moment blieb der Chinese stehen. Er sah seine Gegner nicht, er spürte sie.

Körperliche Nähe eines Menschen. Mit feinen Sinnen nahm Suko dies auf.

Da traf ihn schon der Hieb.

Mit einem harten Gegenstand war er geführt worden, und Suko hatte das Gefühl, als wäre sein Nacken auseinandergerissen. Er stieß einen keuchenden Laut über die Lippen, sein Gesicht verzerrte sich, und die Knie wurden weich.

»Gib ihm noch einen!«

Suko vernahm das Pfeifen, sprang zurück, fiel gegen den Vorhang und verhaspelte sich im Stoff. Er griff mit einer Hand noch zu und hielt sich an einer Falte fest, wobei der Stoff verdächtig knirschte und es sicherlich nicht mehr lange dauern würde, bis er riss.

Der zweite Hieb jedoch hatte ihn verfehlt. In der Dunkelheit klang ein Fluch auf, sodass Suko wusste, wo sein Gegner ungefähr stand. Sein rechtes Bein schnellte vor, und der Fuß vergrub sich in etwas Weichem, was ein Körper sein musste.

Diesem Treffer folgte ein Fall, danach Schritte, die zur Seite huschten, und Suko blieb nicht mehr an seinem Platz, sondern glitt geduckt auf die Schrittgeräusche zu.

Es war doch nicht so dunkel, wie er zuerst angenommen hatte. Wenn man gute Augen hatte wie er, konnte man Konturen ausmachen. Und der Gegner vor Suko bewegte sich. Er zuckte hin und her, sodass dem Chinesen ein schrecklicher Verdacht kam.

So bewegte sich eigentlich nur jemand, der einen anderen aus einem bestimmten Grund täuschen will, weil er ein Messer trug.

Ein Messerkampf im Finstern.

Das war lebensgefährlich.

Leider blieb dem Inspektor keine andere Wahl. Er musste voll in den Mann, auch wenn er dabei eine lebensgefährliche Verletzung riskierte. Hier ging es um Shao.

Suko wuchtete sich vor.

Das ging so schnell, dass selbst der Kerl mit dem Messer überrascht wurde. Beide prallten hart zusammen. Der andere zappelte. Suko erkannte schattenhaft, wie der Typ seinen rechten Arm nach hinten warf, um auszuholen, und da hämmerte der Inspektor die Handkante nach unten. Dabei traf er die Schulter seines Gegners.

Sein Gegner kam nicht dazu, den Arm wieder nach vorn zu schlagen. Er röchelte, wobei gleichzeitig ein Schmerzlaut über seine Lippen drang.

Auf der rechten Seite sackte er zusammen. Bevor er zu Boden fallen konnte, hatte ihn Suko gedreht und in einen Griff genommen, den er nicht sprengen konnte, es sei denn, er wollte sich den Arm brechen. Sein Gelenk lag auf Sukos Knie. Als der Chinese dem anderen befahl, das Messer fallen zu lassen, da klirrte die Klinge zu Boden, wo sie Suko mit dem Fuß wegtrat.

»Und nun sag deinem Kumpan, dass er Licht machen soll!«, flüsterte Suko. Dabei lockerte er den Griff nicht, der andere sollte merken, dass es kein Spaß war.

An den Geräuschen war zu hören, dass sich der zweite Mann vom Boden erhob. Als Sukos Gefangener nicht reagierte, da wiederholte der Chinese den Befehl.

»Sag es!«

»Gerry, verdammt!«, keuchte der Mann. »Gerry, er hat mich. Zünde die Kerzen an!«

»Nein, nein!« Die Stimme klang schrill.

»Verdammt, der bricht mir den Arm!«.

Danach wurde es still. Nur das Keuchen der beiden Männer war zu vernehmen.

»Ist es Ihnen wirklich egal, was mit Ihrem Bruder geschieht?«, erkundigte sich Suko.

»Wo steckt unser Vater?«

»Das sage ich Ihnen, wenn Sie die Kerzen angezündet haben. Beeilen Sie sich.«

»Mach schon!«, stöhnte auch der Mann, der sich unter Sukos hartem Griff wand.

Da blieb Gerry keine andere Wahl. Suko vernahm seine Schritte. Sie näherten sich ihm und verstummten dann. Kleidung raschelte. Alles dauerte Suko zu lange, die Zeit rann ihm unter den Fingernägeln weg. Er wollte endlich sehen, was mit Shao geschehen war.

Als das Zündholz über eine Reibfläche rieb, zuckte der Mann in Sukos Griff zusammen. Dann flackerte das Zündholz, fand schnell neue Nahrung, die Hand wurde bewegt, und einen Atemzug später glitt die Flamme über den Docht, wo sie ruhig brannte und eine helle Insel inmitten der Dunkelheit schuf.

Es war die Erste, und sie befand sich am Fußende der Liege, wo auch Shao lag.

Suko konnte die Füße seiner Freundin erkennen, und er sah auch, dass sich Shao nicht bewegte. Noch immer lag sie in dieser totenähnlichen Starre.

Das nächste Zündholz flackerte auf. Jetzt sah Suko bereits Shaos Unterkörper, und ein wenig später brannten alle vier Kerzen. Die Flammen rahmten die Liegende ein, sie erreichten auch ihr geisterhaft bleiches Gesicht und übergossen es mit rötlichem Schein, sodass Suko das Gefühl bekam, Shao würde noch leben, weil die sich bewegenden Schatten dem Gesicht eine bizarre Mimik gaben.

War sie tot?

Gerry drehte sich um. Sein Gesicht war verzerrt. In seinen Augen leuchtete die Wut. Die schwarzen Haare klebten auf seiner Stirn, der Mund war verzogen. Er trug einen engen Jeansanzug, darunter ein bleiches Polohemd, und aus dem breiten Gürtel schaute der Schaft eines Messers.

»Wirf die Waffe weg!«, verlangte Suko.

Gerry zögerte. Seine Augen verengten sich noch mehr. Dann schüttelte er den Kopf.

»Willst du, dass ich deinem Bruder den Arm breche?«

»Verdammt, Gerry, der macht es!«, kreischte der Kerl. »Der macht das wahr. Tu, was er gesagt hat!«

Gerry nickte. Sein rechter Arm sank nach unten, die Hand blieb für einen Moment auf dem Griff liegen, dann zog er das Messer hervor, in seinen Augen blitzte es, und in diesem Moment wusste Suko, dass er einen Fehler begangen hatte.

Gedankenschnell fuhr Gerry herum, die Klinge tauchte für eine winzige Zeitspanne durch Flammenschein, und im nächsten Augenblick befand sie sich dicht vor Shaos Kehle …

Es wurde die allerhöchste Zeit!

Die Decke und die Wände schienen bereits aus Lava zu sein, und mir kam es wie ein kleines Wunder vor, dass sie noch nicht zusammengebrochen waren. Wer sich dafür verantwortlich zeigte, war mir im Augenblick egal, ich wollte nur so rasch wie möglich hinaus.

In einer direkten Linie konnte ich nicht nach vorn laufen. Permanent fielen die dicken Tropfen von der Decke, bewegten sich zusätzlich auch die Wände und sonderten ebenfalls die gefährlich heißen Stücke ab. Ich musste meinen Blick nach oben richten. Nur so konnte es mir gelingen, rasch genug auszuweichen, falls sich einer dieser Tropfen löste und mich als Ziel aussuchte.

Myxin und Kara waren vorgelaufen. Ich sah, wie sie sich ebenfalls im Zickzack bewegten, und dann blieb mir fast vor Schreck das Herz stehen, denn Kara konnte einem der Tropfen nicht mehr ausweichen. Er hätte mit beinahe tödlicher Präzision sein Ziel auf ihrem Kopf gefunden.

Da sah ich, wie schnell sie reagieren konnte. Meine Warnung brauchte ich nicht mehr auszustoßen. Kara hatte die rechte Hand mit dem Schwert hochgerissen, hielt die Klinge waagerecht, und sie befand sich genau in dem Weg, auf den der heiße Gesteinstropfen fiel.

Er traf nicht die Schöne aus dem Totenreich, sondern die Klinge. Der dabei entstehende zischende Laut erfüllte die gesamte Höhle. Dampf wölkte von der Klinge hoch, und ich sah, wie das heiße Gestein spröde wurde und zu Boden fiel.

Dies wiederum war für mich ein Beweis, dass das Zusammenschmelzen der Decke und der Wände keine natürliche Ursache hatte, sondern eine magische, die mit Magie bekämpft werden musste, wie Kara es gezeigt und bewiesen hatte.

Dann musste ich mich schmal machen, denn ich lief Gefahr, dass auch mich ein Tropfen traf. Durch den raschen Sprung gelang es mir, einen kleinen Vorsprung zu erringen, sodass ich dem Eingang immer näher kam.

Myxin winkte hastig, während Kara die Spitze übernommen hatte. Und Sua Ku?

Verdammt, ich war doch an ihm vorbeigelaufen. Alle hatten wir ihn passiert. Keiner dachte mehr an ihn, aber mir fiel er ein, und ich drehte mich um.

Da sah ich ihn.

Er hatte keine Chance mehr. Die Rache des Bergs, in dem er so lange eingeschlossen gewesen war, traf ihn voll. Nicht nur ein Tropfen fiel von der Decke, nein, das war schon eine gewaltige Ladung, die sich dort löste und Sua Ku keine Chance ließ, auch nur um einen Yard auszuweichen. In einer nutzlosen Geste riss er die Arme hoch, als wollte er die gewaltige Masse noch auffangen. Er berührte sie auch, stoppen konnte er das Unheil nicht.

Es war stärker.

Wir alle vernahmen seinen Schrei. Die weiche heiße Masse stülpte sich über Sua Ku wie eine glühende Haube. Es sah so aus, als würden die Arme eintauchen.

Der Schrei raubte mir fast den Atem. Dann verstummte er, und ich sah nur noch ein glühendes Wesen mit menschenähnlichen Formen, die allmählich zusammensackten, wobei sie zu einer roten Lache wurden, die sich auf dem Boden ausbreitete.

Sua Ku würde die Früchte seiner Erweckung nicht mehr zu sehen bekommen. Die andere Seite war stärker gewesen. Er war vernichtet und mit ihm auch die goldenen Wurfsterne, die ich so gern gehabt hätte.

Der gesamte Vorgang hatte kaum zwei Sekunden gedauert, in meiner Lage allerdings eine gefährliche Zeitspanne, denn fast hätte es auch mich erwischt.

Myxin verdankte ich meine Rettung. Er war plötzlich neben mir, seine

Kraft schleuderte mich zur Seite, sodass mich der von der Decke fallende glühende Brocken verfehlte und auf dem Boden zerplatzte. Ich taumelte nach vorn, und auch Myxins Stimme trieb mich vorwärts, während Kara schon den Ausgang erreicht hatte und wir mit ansehen mussten, wie er von beiden Seiten zuwuchs.

Meine Augen wurden groß. Ohne dass ich es wollte, drang ein Schrei über meine Lippen. Ich spürte die Hitze nicht mehr, sondern rannte so rasch wie möglich los, um den Spalt noch zu erreichen. Dabei hielt sich Myxin an meiner Seite. Ich sah, wie aus seinen Fingern Blitze zuckten, die langen silbrigen Fäden glichen und in die zusammenrückenden Wände hineinstießen, ohne sie allerdings aufhalten zu können, denn die schwarzmagische Kraft war einfach zu groß.

Würden wir für alle Zeiten Gefangene bleiben?

Da spielte die Schöne aus dem Totenreich ihre Magie aus. Ohne sie wären wir verloren gewesen.

Ihr Schwert war eine besondere Waffe. Es konnte Brücken in fremde Dimensionen schlagen, und nun bewies Kara, dass es auch noch zu etwas anderem nützlich war.

Sie blieb dicht vor dem Eingang stehen, nahm ihr Schwert hoch, hielt es waagerecht und umfasste es mit beiden Händen in der Mitte. Die Lücke war gerade noch groß genug.

Die beiden aufeinander zufahrenden Wände stießen gegen die Spitze und vor den Griff des Schwertes. Jetzt mussten sie eindringen und die Waffe zerdrücken oder überschwemmen.

Dies geschah nicht.

Aus großen Augen sahen wir mit an, wie die Klinge sich zu einem Lichtbogen verformte, dabei Magie abstrahlte und diese rechts und links in die Wände drang.

Sie stoppte die tödliche Falle.

Plötzlich standen die beiden Wandhälften still. Die glühende rote Farbe wurde schwächer, sie verschwand fast völlig, sodass der normale graubraune Ton durchschimmerte.

Das Loch blieb!

»Schnell!«, schrie Kara. »Kommt schnell! Ich kann es nicht so lange offen halten!«

Und wir rannten!

Obwohl die Schöne aus dem Totenreich uns noch im Weg stand, schafften wir es, uns durch das Loch zu winden. Myxin und ich mussten dabei auf die Knie, und wir robbten an Kara vorbei, hinaus in eine andere Welt, wo ich mich keuchend überrollte und verzweifelt nach Luft schnappte. Teufel, das war knapp gewesen.

Im gleichen Augenblick brach die Magie des Schwertes zusammen. Der gleißende Lichtbogen wurde schwächer, verschwand völlig, und das Schwert war wieder zu sehen.

Ich packte Kara an der Schulter. Meine Finger wühlten sich in ihr Fleisch, und ich riss sie aus der Gefahrenzone.

Sie taumelte in meine Arme, presste sich an mich, sodass ich über ihren Scheitel schauen konnte und sah, wie das Höhlenloch endgültig zusammenschmolz.

Der Eingang war zu, und er blieb auch verschlossen.

Myxin stand neben mir. Die rötlichen Schatten des glühenden Gesteins hüllten uns ein. Wir hatten etwas Schreckliches erlebt und waren dem Tod wirklich im letzten Augenblick von der Schippe gesprungen. Diese Höhle hätte uns ein grauenvolles Ende bereitet, das stand fest.

Kara zeigte sich erschöpft. Sie klammerte sich an mich. Das Aufrechterhalten dieser magischen Brücke war anstrengend gewesen.

Einer jedoch hatte das Abenteuer mit dem Leben bezahlen müssen. Sua Ku. Er war nun endgültig und für alle Zeiten eins mit dem Berg geworden. Ein Stück seelenloses Gestein.

Er tat uns leid. Aber wir durften nicht länger über sein Schicksal nachdenken, denn der Kampf war noch längst nicht entschieden. Unsere beiden Hauptgegner lebten nach wie vor.

Das waren der Höllenbote und der Horror-Reiter!

Wie hatte Sua Ku noch gesprochen? Der Himmel über den Bergen sollte in einem düsteren Rot erglühen.

So ähnlich waren seine Worte, und als wir uns umdrehten, da sahen wir es.

Ich habe schon berichtet, dass wir von unserem Standpunkt aus einen weiten Blick in die Schlucht hatten. Weit hinten, an ihrem Ende, sahen wir den Himmel und erkannten, dass Sua Ku sich nicht getäuscht hatte.

Der Himmel stand in Flammen!

So jedenfalls kam es uns vor, und das gewaltige Schauspiel, das sich hoch über und weit vor uns abspielte, zog auch mich in seinen Bann.

Unwillkürlich ballte ich die Hände zu Fäusten, als ich den Farbkontrast sah.

In unserer Nähe die fast absolute Schwärze der Nacht. Und dahinter dieses gewaltige glühende Rot, das sich näher schob und wie mit riesigen Händen die Schwärze vertrieb.

»Sie kommen!«, flüsterte Kara.

Ich warf ihr einen Blick zu. Die Schöne aus dem Totenreich hatte sich auf ihr Schwert gestützt. Neben ihr stand Myxin, ich bildete den Schluss der Reihe.

Ich glaube, wir drei kamen uns winzig vor in dieser majestätischen, beklemmenden und erdrückenden Bergwelt, in der sich ein uralter Fluch erfüllen sollte.

»Ich sehe sie nicht«, hauchte ich. Keiner der anderen gab mir eine Antwort.

Meine Gedanken eilten zurück in die Vergangenheit, als ich in Atlantis verschollen war und den Untergang des Kontinents mit angesehen hatte. Damals und dort war auch der Himmel in flammendes Rot getaucht, bevor alles zusammenbrach und die Wellen des Meeres heranwuchteten, die Menschen, Tiere, Häuser und den gesamten Kontinent wie ein gieriges, überdimensionales Maul verschlangen.

Hier sah es ähnlich aus. Nur würde hier nicht der Schwarze Tod mit seinen auf Drachen reitenden Skeletten kommen, sondern andere Dämonen, die ebenfalls ungemein gefährlich waren.

»Da!«, rief Myxin und streckte seinen Arm aus.

Wir hatten ihn nicht gesehen, doch er war es, und er stand auf der Spitze des Bergs.

Yuisan, der Höllenbote!

Ein unheimlicher Anblick bot sich unseren Augen. Yuisan sah ebenso aus wie auf dem Bild. Nur noch größer kam er mir vor. Er trug den schwarzen Mantel um seinen Körper geschlungen, und am Rücken endete dieser Mantel in zwei gewaltigen Flügeln, deren Spannweite kaum zu messen war. Vorgestreckt hatte er beide Arme. Gemeinsam mit den Händen und den Schultern bildeten sie ein schmales Dreieck. Die Klauen hatte er übereinander gelegt, und er stützte sie auf dem Griff des Schwertes, dessen Spitze gegen den Fels stieß, auf dem er wie ein unheimlicher Wächter stand. Trotz der Entfernung konnten wir sein Gesicht sehen. Es leuchtete in einem kalten Gelb, wie auch die Arme und die Hände dieses makabren Wesens.

Wir sprachen nicht, sondern schauten nur auf den düsteren Höllenboten, der wie auch wir zu einem gewaltigen Kampf angetreten war, um alles zu vernichten.

Scharf sog ich die Luft ein und öffnete gleichzeitig meine Augen noch weiter, denn innerhalb der über dem Himmel liegenden roten Wand sah ich eine Bewegung.

Dort kam jemand.

Ein zweites Monstrum.

»Das ist der Horror-Reiter!«

Myxin hatte die Worte gesprochen. Es gab keinen Zweifel, dass er damit recht hatte. Der Horror-Reiter jagte auf seinem pechschwarzen Pferd durch die Lüfte. In rasender Geschwindigkeit näherte er sich uns. Wir drei konnten ihn gut erkennen, weil er sich wie ein Scherenschnitt vor dem in Flammen stehenden Himmel abhob. Wie angewachsen saß er auf dem Rücken des Pferdes und bildete mit ihm eine Einheit. Die rechte Hand hatte er erhoben, und seine Klaue hielt dabei den Schaft der Lanze umklammert.

Aber das war es nicht, was mich schreckte. Ich hatte etwas anderes gesehen, etwas viel Schlimmeres, denn der unheimliche Reiter hatte sich eine Geisel genommen.

Wie ein Puppe hing sie in seinem linken Arm, den er um ihre Taille gedreht hatte. Ich hatte die Frau noch nie gesehen, zudem schien sie ohnmächtig zu sein, aber mit ihr besaß der Horror-Reiter einen Trumpf, mit dem wir nicht gerechnet hatten und der ihm einen unschätzbaren Vorteil ermöglichte.

Ich atmete tief ein. Mein Brustkorb senkte sich, und mein Blick fraß sich förmlich an der Gestalt fest, denn auf der Brust erschien noch etwas.

Ein Zeichen – ein Fanal!

Ja, es war das Zeichen. Ein blutrotes E sahen wir dort. Das AEBA-Zeichen.

E wie Eurynome!

Nun wusste ich endgültig, dass ich einen Diener des Erzdämons vor mir hatte. Und ich dachte wieder an den gewaltigen Kampf im Kloster St. Patrick, wo Kara, Suko und ich gegen die vier gestanden hatten. Es war kein ganzer Sieg geworden, den Beweis dafür konnte ich mit eigenen Augen sehen.

Griff er an?

Nein, er ritt vorbei und auch über uns hinweg. Wir drehten uns, folgten ihm mit den Blicken und sahen, dass er in der Luft einen gewaltigen Bogen schlug, um sich zu dem einsam auf dem Berggipfel stehenden Yuisan zu gesellen, der für einen Moment seinen gelben Schädel drehte, als der Reiter neben ihm landete.

Kein Laut drang an unsere Ohren, als er landete. Der Vorgang geschah in einer nahezu gespenstischen Stille, und wir waren gespannt, was diese Unheimlichen noch vorhatten. Dass sie uns vernichten wollten, lag auf der Hand. Die Frage war nur, wie sie dies anstellten. Mit ihren Tricks waren wir nicht vertraut. Wir wussten nur, dass sie welche in der Hinterhand hielten.

Mir war ein Gedanke gekommen, den ich sofort aussprach. »Wir sollten uns trennen«, sagte ich zu meinen beiden Kampfgefährten. »Wenn wir zusammenstehen, kann er uns erwischen.«

Myxin nickte. Auch Kara war dafür, sie allerdings meinte: »Wir müssen erst einmal sehen, was er überhaupt vorhat und wie Yuisan reagiert, dann können wir uns entscheiden. Dämonen wollen ihren Triumph immer auskosten, bei ihnen wird es nicht anders sein.«

Da hatte sie recht. Schon bald vernahmen wir eine dumpfe Stimme, die uns wie ein Donner durch das Tal entgegenhallte. Der Horror-Reiter sprach, und in seiner Stimme schwang deutlich die satanische Freude mit, die er empfand.

»Es ist so gekommen, wie ich es haben wollte. Meine Rache hat sich erfüllt, der Plan ist aufgegangen. Ich habe die zusammen, die aktiv gegen mich gekämpft haben. Erinnert ihr euch noch? In dem alten Bergkloster wolltet ihr mich vernichten. Drei meiner Brüder habt ihr geschafft, aber ich bin entkommen und habe lange warten müssen, um meine Rache zu vollenden. Jetzt ist es so weit. Ich habe euch dorthin gelockt, wo ich vor langer, langer Zeit mit den vier Erzdämonen meine Heimat gefunden habe. Hier in den Bergen werdet ihr eure Gräber finden. Yuisan, der Herr über dieses Gebiet, der Herrscher der Steine und der Bote der Hölle, wird euch Menschen zu dem machen, was er einmal war. Zu Stein. Ihr werdet eingehen in den Berg und nie mehr wieder hervorkommen. Staub zu Staub, so heißt es. So wird es bei mir heißen. Und dann habe ich noch jemand, diese Frau hier.« Er hob seinen linken Arm an und schwenkte die Frau wie eine Puppe. »Sie hat Yuisan gezeichnet und damit erst die Voraussetzungen für mich geschaffen. Das Bild wurde zu einer Dimensionsbrücke, die auch mich hinüber in dieses Land getragen hat. Alle Voraussetzungen sind erfüllt, die Frau hat uns vorzüglich gedient, jetzt brauchen wir sie nicht mehr.« Er lachte ein letztes Mal auf, riss sein Pferd herum und galoppierte davon.

Zurück blieb Yuisan.

Und er bewegte sich. Langsam löste er eine Hand von der anderen. Es war die linke, die er auf die rechte gestützt hatte. Dann hob er das Schwert.

Eine gewaltige Waffe, die auffunkelte und in seiner Hand zu wachsen schien.

»Meine Güte, wird die groß!«, flüsterte ich.

Im nächsten Augenblick raste sein rechter Arm nach unten. Wir sahen einen huschenden gelben Blitz, der die Erde berührte, und einen Herzschlag später hatten wir das Gefühl, die Hölle würde ihre Pforten öffnen …

Es gefiel Suko überhaupt nicht, dass ihm das Gesetz des Handelns aus den Fingern gerissen worden war. Entsetzt musste er mit ansehen, wie sich die kalte Klinge gegen Shaos Hals legte und die Hand des Mannes zitterte, sodass das Messer leicht in die Haut einschnitt und zwei große Blutstropfen über das Metall liefen.

Shaos Blut!

Suko vereiste innerlich. Noch hielt er den anderen in seinem Griff, aber er vernahm bereits das höhnische Lachen, und über seinem Rücken rann ein Schauer der Angst.

Gerry, der Shao in seiner Gewalt hatte, atmete keuchend. »Lass ihn los, du Schwein! Lass ihn nur los, oder ich schneide deiner Süßen die Kehle von einem Ohr zum anderen durch.« Er redete wie im Fieber oder wie in einem Wahn. Suko beobachtete es mit großer Sorge. Er war sich auch darüber im klaren, dass er es nicht mit einem Bluffer zu tun hatte. Dieser Mann war zwar kein Profi, gerade deshalb war er so gefährlich. Seine Reaktionen konnte man nicht vorausberechnen.

»Lass ihn!«, kreischte er.

Suko starrte auf das Blut, und er dachte an Shao. Er sah auch die breite Klinge, die das Kerzenlicht blitzend reflektierte.

Nein, die Chancen lagen bei den anderen.

Suko stieß seinen Gefangenen von sich. Der hatte in einer gekrümmten Haltung gestanden, konnte sich durch diesen plötzlichen Stoß nicht mehr fangen, seine Beine knickten weg, er selbst fiel zu Boden und stöhnte. »Mein Arm, verflucht, mein Arm. Schneid ihr doch die Kehle durch, Gerry, los!«

Gerrys Schultern strafften sich. Es sah so aus, als würde er der Aufforderung nachkommen. Suko blieb fast das Herz stehen, und er schrie: »Nein, halt!«

Der Mann schaute ihn an. Er hatte nicht geschnitten. »Was ist, du verdammter Bastard!«

»Denkt ihr nicht an euren Vater?«

»Ja, wo ist er?«

Suko musste die Unterhaltung in Gang halten, obwohl er sich vor der Antwort fürchtete, doch herumdrücken konnte er sich nicht. Er wollte den beiden Männern eine klare Antwort geben, und die bekamen sie auch. »Euer Vater lebt nicht mehr. Lai Ti Jan ist tot. Ich habe ihn sterben sehen!«

»Neiiin!«, heulte Gerrys Bruder und sprang auf die Füße. Es sah so aus, als wollte er sich auf Suko stürzen, doch Gerrys scharfe Stimme hielt ihn zurück.

»Bleib, wo du bist, du Narr!«

»Aber er ist ein Mörder. Er, nur er hat unseren Vater gekillt. Es gibt keine andere Möglichkeit!«

Der Inspektor wusste, dass er jetzt die Nerven behalten musste. Er schüttelte den Kopf und sagte ruhig: »Nein, ich habe ihn nicht getötet, das schwöre ich.«

»Du Lump schwörst alles!«, zischte der Chinese, dessen Namen Suko nicht einmal kannte. »Ich würde es auch nicht anders machen, ich …«

Suko wusste nicht, ob die beiden etwas mit dem Horror-Reiter anfangen konnten, deshalb sagte er: »Yuisan hat ihn getötet. Es ist die Wahrheit, ihr könnt mir glauben!«

Die Brüder tauschten einen schnellen Blick.

»Glaubst du das, Gerry?«

»Kaum.«

»Dann überlegt mal«, rief Suko. »Überlegt genau. Welchen Grund sollte ich gehabt haben, euren Vater zu töten? Ich musste mit ihm zurück, denn er hatte die Geisel, und nur er weiß, wie man sie aus dem lethargischen Zustand reißen kann.«

Die Brüder schauten sich an. Dabei schwiegen sie. Anscheinend hatten Sukos Worte sie nachdenklich gemacht.

»Und wo ist die Frau, die gezeichnet hat?«, fragte Gerry.

»Yuisan hat sie mitgenommen.« Suko blieb dabei, dass er den Horror-Reiter nicht erwähnte.

»Ein bisschen viel an Zeugen, die verschwunden sind«, meinte Gerry und verzog das Gesicht.

»Der lügt doch«, sagte sein Bruder.

»Halt du dich raus, Chang!«

Jetzt wusste Suko auch, wie der andere hieß, der sich seinen schmerzenden Arm hielt. Er hätte es noch härter haben können, Suko war ziemlich human mit ihm umgegangen, trotzdem verfolgte der Kerl den Inspektor mit glühendem Hass.

»Lasst sie frei. Sie hat nichts mit der Sache zu tun«, sagte Suko. »Ich kann euch beweisen, wie euer Vater umgekommen ist. Seine Leiche liegt noch im Ausstellungsraum.«

Da grinste Gerry. »Warum sollen wir sie freilassen? Du hast selbst gesagt, dass nur unser Vater das Gegenmittel kennt. Da er tot ist, kann sie ruhig sterben. Das ist ausgleichende Gerechtigkeit, wie ich finde.«

»Dann kill sie doch!«, schrie Chang.

Suko sah, dass seine Felle wieder davonschwammen. Er hatte mit der Einsichtigkeit der beiden Brüder gerechnet, doch sie zeigten sich stur und wollten nicht mit ihm zusammenarbeiten.

Sukos Blick traf das Gesicht seiner geliebten Shao. Trotz des Kerzenscheins sah er die Blässe. Wie eine Tote lag sie da. Das rabenschwarze Haar umrahmte den Kopf, der Mund war ein wenig geöffnet, und durch den Lippenspalt drang schwach der Atem, aber so schwach, dass man ihn kaum wahrnehmen konnte.

Das aus der kleinen Schnittwunde rinnende Blut hatte einen roten Halbkreis auf das weiße Fleisch des Halses gezeichnet. Der Rest versickerte in dem Laken.

»Überlegt es euch. Ihr habt nichts davon, wenn ihr sie umbringt«, versuchte es Suko. »Ich möchte nur, dass ihr mir das Gegenmittel gebt. Dann sehen wir weiter.«

Chang kicherte laut. »Hast du nicht selbst gesagt, dass nur mein Vater die Zusammensetzung kennt?«

»Das stimmt. Aber er muss es schließlich irgendwo aufbewahrt haben«, hielt ihm Suko entgegen.

Wieder drang ein komisches Glucksen aus Changs Mund. »Unser Landsmann ist gar nicht so schlecht, nicht, Gerry?«

»Ja, stimmt. Er hat sogar recht. Wir wissen, wo das Gegenmittel ist, du Schlauer.«

»Gebt es mir bitte.«

»Nein.« Chang schüttelte den Kopf. »Du bekommst es nicht. Lai Ti Jan ist tot. Warum soll deine Freundin leben? Wir haben an unserem Vater so gehangen wie du an ihr. Deshalb brauchen wir keine Schau zu machen, sondern einen einfachen Stich mit dem Messer, und alles ist vorbei.«

»Bitte«, flüsterte Suko, dem allmählich der Schweiß ausbrach. »Gebt mir ein Gegenmittel. Ich bitte euch …«

»Oh, er bittet uns, wie nett!« Gerry lachte wie auch sein Bruder. Beide schauten sich an, warfen die Köpfe hoch und schoben sich gegenseitig die Bälle zu. Sie genossen Sukos Angst. Es waren Sadisten, ihnen machte es Spaß, einen anderen leiden zu sehen. Und sie fühlten sich wie die Herren. Suko behielt Gerry im Auge. Er war die wichtige Figur in diesem Spiel, und er hatte sich von seinem Bruder anstecken lassen. Das Messer lag nicht mehr so dicht an Shaos Kehle. Es gab schon einen größeren Zwischenraum, sodass Gerry seine Geisel fast vergessen hatte.

Suko sah seine Chance. Wenn sie tatsächlich vergaßen, aus welchem Grunde sie sich hier unten befanden, dann …

Kein langes Überlegen mehr. Der Inspektor wuchtete sich nach vorn. Und er war verdammt schnell. Wie ein Schatten huschte er heran. In diesen Momenten war ihm alles egal.

Jetzt oder nie!

Gerry war mit seinem Bruder beschäftigt. Er schaute mehr auf ihn als auf seine Geisel.

Das gereichte Suko zum Vorteil.

Wie ein Blitz war er und schnell wie selten in seinem Leben. Gerry hatte nicht damit gerechnet. Er ahnte nicht, dass sich jemand zu so einer Verzweiflungstat entschließen würde. Als er es merkte, da führte er seinen Vorsatz nicht durch., Das Messer blieb in der Stellung, er zog es nicht nach unten, und über die liegende Shao hinweg prallte Suko gegen ihn, wobei er ihn zu Boden riss.

Gerry schlug hart auf. Suko hörte ein dumpfes Geräusch, als der Kopf des anderen die Planken traf. Er vernahm auch Changs Schreien und wusste, dass er ungemein schnell sein musste.

Wie einen Speer stieß Suko den Arm nach unten. Die Karatefaust traf den am Boden liegenden Gerry so, dass er nicht mehr dazu kam, sich zu wehren.

Er wurde schlaff.

Sofort wirbelte Suko herum. Schläge wie den letzten wandte er nur selten an, aber hier ging es um alles oder nichts, und er hatte seinen Gegner regelrecht paralysiert.

Noch in der Hocke sitzend, erwartete er Chang. Der heulte auf.

Da kam er.

Auch er hatte sich abgestoßen. Wie ein düsterer Schatten flog er heran. Die Kerzen begannen heftig zu flackern. Wie durch ein Wunder hatte Suko keine von ihnen umgestoßen, und er sah seinen zweiten Gegner in der Haltung des Karatekämpfers.

Chang hatte seine Niederlage vergessen, er wollte alles wettmachen, und seine gekrümmten Hände wirkten wie Fallbeile, als sie auf den Inspektor zielten.

Suko ging in den Mann. Er selbst schlug nicht zurück. Ein bewusstloser Chang nutzte ihm nichts. Deshalb krümmte er sich und nahm die Treffer, die auf seinem Rücken explodierten und Schmerzwellen durch seinen Körper schleuderten.

Dann rammte er mit seinem Kopf Changs Brust. Es war ein wuchtiger Stoß, den der Mann auch nicht ausgleichen konnte. Da Suko sich noch an seinen Schultern festklammerte, wurden beide quer durch den Raum geschleudert, und Chang war der Erste, der mit dem Rücken gegen die Innenseite der Bordwand krachte.

Er schüttelte sich. Im Restlicht der Kerzen sah Suko sein bleiches, verzerrtes Gesicht mit den weit aufgerissenen Augen. Sofort griff er nach, wollte Chang keine Ruhe gönnen, und sein Arm umschlang den Mann, als Suko plötzlich zusammenzuckte, denn die Finger hatten auf Changs Rücken etwas Feuchtes gespürt.

Im gleichen Augenblick wurde der Mann schlaff und sackte im Griff des Inspektors zusammen.

Da sah Suko den Nagel, der etwa in der Länge einer Männerhand mit der Spitze aus der Wand ragte. In ihn war Chang gefallen.

»Nein!«, flüsterte Suko. »Verdammt, nein …« Er ließ Chang langsam zu Boden gleiten und betete, dass er ihm nicht unter den Händen wegstarb. Dann war alles verloren.

»Chang«, keuchte er. »Verdammt, Chang, kannst du mich hören? Hörst du mich?«

Der junge Mann schaute Suko ins Gesicht. Er wollte seinen Mund öffnen, doch es bereitete ihm zu viel Mühe. Mit Erschrecken stellte Suko fest, dass sich Chang dicht an der Schwelle des Todes befand. Er sollte nicht sterben, musste noch leben, Suko wollte von ihm erfahren, wo sich das Gegenmittel befand.

»Wo ist es, Chang? Rede. Wo habt ihr das Mittel, das euer Vater vorgesehen hatte …?«

»Gerry!«, keuchte Chang, wobei schon Blut auf seinen Lippen erschien. »Gerry – er …« Im selben Augenblick entspannte sich sein Gesicht. Unsichtbare Hände schienen die Falten glatt zu streichen, und das flackernde Licht der Kerzen gab ihm einen erhabenen Ausdruck.

Dann war er tot …

Von ihm konnte Suko keine Auskünfte mehr bekommen. Aber was hatte er in den letzten Sekunden seines Lebens auf Sukos Frage geantwortet? Den Namen seines Bruders hatte er gesagt, mehr nicht …

Suko erhob sich. Sein Gesicht war eine Maske. Hinter der Stirn tobten die Gedanken. Er sah Gerry am Boden liegen. Das Messer war ihm aus der Hand gerutscht. Es lag neben seinen Fingern, versehen mit einer schmalen Blutschliere.

Suko bückte sich. Er wollte auch die letzte Chance ausnutzen. Vielleicht hatte Chang den Namen seines Bruders erwähnt, weil er unter Umständen das Gegenmittel besaß.

Es war nur eine schwache Hoffnung, aber besser als gar keine. Mit fliegenden Fingern begann Suko, den Bewusstlosen zu untersuchen. In alle Taschen fasste er, fand ein schmutziges Tuch, kleine Pornobilder, etwas Geld, einen Buddha aus Elfenbein und ein winziges Fläschchen aus hellem Plastik. Es hatte sich in seiner Innentasche befunden und war ganz in die Ecke gerutscht.

Suko atmete auf. Noch wusste er allerdings nicht, ob dieses Fläschchen tatsächlich das enthielt, was für Shao lebenswichtig war.

Lange herumraten konnte er auch nicht, er musste es riskieren.

Die Flasche hatte einen Schraubverschluss. Als Suko ihn nach links drehte, da merkte er, wie sehr seine Hände zitterten. Soweit er erkennen konnte, war die Flüssigkeit wasserhell, die sich im Innern der kleinen Flasche befand.

Selten in seinem Leben hatte sich Suko so zusammengerissen wie im Moment.

Er beugte sich über seine geliebte Shao, sah ihr bleiches Gesicht, den halb offenen Mund und fühlte nach, ob sie überhaupt noch am Leben war.

Doch, das Herz schlug, und Suko atmete schwer, aber beruhigt auf. Vorsichtig kippte er die kleine Flasche, sodass die wasserhelle Flüssigkeit, die ihn an Sirup erinnerte, in Bewegung geriet. Die ersten Tropfen näherten sich dem Ausguss, fielen nach unten und berührten Shaos Lippen.

Schlucken konnte Shao nicht, dazu lag sie in einer zu großen Lethargie.

Suko goss weiter nach. Dann wartete er ab.

Die Zeit war für ihn stehen geblieben, und gleichzeitig dehnte sie sich. Er wollte wissen, ob es etwas genützt hatte, ob alles nur Bluff gewesen war und Shao letzten Endes doch die lange Reise ohne Wiederkehr antrat.

Sie rührte sich nicht.

Suko kniete vor der Bahre. Das Kerzenlicht schuf eine gespenstische Atmosphäre, seihe Hände öffneten und schlossen sich, er flüsterte immer wieder Shaos Namen, zitterte und bebte.

Hatte er Erfolg?

Da schlug Shao die Augen auf.

Nicht ruckartig, sondern zitternd und zögernd. Ihr Blick war noch trübe, sie erkannte nichts, ein Schleier schien über ihren Augen zu liegen, und sie hörte auch nicht, als Suko ihren Namen aussprach.

Es war ein Stöhnlaut, ein halber Schrei, doch in ihm vereinigte sich alles, was der Chinese fühlte. Hoffnung, Erleichterung, und seine Arme fanden von allein den Weg nach oben, wobei Suko mit den Händen Shaos Gesicht berührte. Sacht strichen seine Fingerkuppen über die kalte Haut, und Shao zuckte zusammen, als sie die Berührung merkte, sagte jedoch nichts.

Suko wollte nicht, dass sie noch länger im Bauch dieses alten Schiffes liegen blieb. Er hob sie hoch, schaffte sie zwischen den Kerzen hindurch und ging mit ihr zur Luke, die nach wie vor offen stand. Langsam stieg er die Leiter hoch.

Wie betäubt war der Inspektor, gleichzeitig auch freudig erregt, dass er es geschafft hatte.

Suko verließ das Schiff, und er merkte kaum, dass seine Füße dumpfe Echos auf den Planken hinterließen, so sehr konzentrierte er sich auf die von ihm getragene Shao.

Als sie zusammenzuckte, blieb auch Suko stehen. Ihre Blicke trafen sich.

Erkennen spiegelte sich in Shaos Augen. Und dann hauchte sie seinen Namen.

»Suko …«

Da wusste der Inspektor, dass er gewonnen hatte!

Das Schwert berührte den Boden!

Wir wussten, dass es mit magischer Kraft angefüllt war, aber dass diese Kraft so stark sein würde, überraschte uns sehr. Ein gewaltiges Krachen erfüllte den Talkessel, das Donnern des Echos rollte uns entgegen, und im nächsten Augenblick begann die Erde zu zittern.

Yuisan spielte mit den Kräften der Natur. Sein Schwert hatte den Boden nicht nur berührt, sondern auch den Felsen gespalten.

Ein Knirschen, Donnern und Reißen hüllte uns ein. Gewaltige Staubwolken quollen in die Höhe, stiegen dem nächtlichen Himmel zu und verdeckten die Felsbrocken, die ebenfalls abgesprungen waren.

Wir mussten in Deckung.

Was die anderen machten, konnte ich nicht sehen. Ich kam mir ungeheuer klein und winzig vor, rannte um mein Leben, strauchelte, stolperte, fing mich wieder und jagte weiter auf die gewaltigen Felswände zu, die zum Glück noch standen.

Aus Stein war Yuisan erschaffen worden, mit den Steinen wollte der Höllenbote unser Schicksal besiegeln.

Ich konnte nichts sehen, wusste auch nicht, was die anderen machten und hoffte nur, dass ich diesen Angriff heil überstand. Schatten erschienen vor mir. Wie auch ich wurden sie von den gewaltigen Staubwolken umtanzt. Ich prallte dagegen, spürte die Härte und stellte fest, dass es sich um Felsen handelte.

Dann warf ich mich zwischen sie, blieb keuchend liegen und hoffte, dass ich nicht getroffen wurde, denn um mich herum vernahm ich die Einschläge der zurückfliegenden Steine.

Das Krachen und Bersten erfüllte mein Trommelfell. Die Berge dieses fremden Landes schienen ihren fauchenden Atem auszuspeien, der mich, den Fremden, hinwegfegen wollte.

Auch das ging vorbei, und die nachfolgende Ruhe empfand ich als fast noch gefährlicher. Zumindest war sie sehr trügerisch. Vorsichtig stemmte ich mich hoch.

Viel erkennen konnte ich nicht, weil mir die gewaltigen Staubwolken die Sicht nahmen. Aber es war Wind aufgekommen, und der Staub trieb ab, weil der Wind ihn wie lange graugelbe Fahnen vor sich hertrieb. Ich hustete, da ich es einfach nicht unterdrücken konnte, und suchte auch meine Freunde.

Nichts zu sehen.

Kara und Myxin hatten ebenfalls Deckung gefunden. So hoffte ich jedenfalls.

Die Sicht wurde besser.

Blutrot schimmerte der Himmel. Die Schwärze war von dieser Farbe vertrieben worden, und als ich nach vorn blickte, da sah ich innerhalb der letzten Staubreste eine Bewegung.

Jemand kam.

Es war der Höllenbote!

Er berührte den Boden nicht, sondern hatte seine Flügel ausgebreitet und schwebte über dem Grund. Zum ersten Mal sah ich seine gewaltigen schwarzen Todesschwingen in voller Größe. Wie riesige dunkle Leichentücher kamen sie mir vor. Ich war ehrlich genug, um mir die Angst einzugestehen, die ich empfand.

Auch das Gelände hatte sich verändert. Das gelbe Schwert hatte einen Felsen gesprengt und auch eine Öffnung geschaffen, aus der glühendes Gestein sprühte.

Keine heiße Quelle, wie ich sie aus Island her kannte, sondern gefährliche, alles zerstörende Lava, die ihren Weg ins Freie suchte und hoch in die Luft geschleudert wurde, bevor sie, von der Erdanziehung erfasst, wieder nach unten fiel und sich in das Tal wälzte, damit sie dort alles überschwemmte.

Ich wich zurück.

Plötzlich bekam ich Angst, wenn ich den Höllenboten so anschaute. Ein gewaltiges Monstrum, dessen Schädel hellgelb leuchtete und der in einer Hand das Schwert hielt, wobei die Spitze genau auf mich zeigte.

Er wollte mich!

Noch eine Sekunde blieb ich stehen, dann warf ich mich auf dem Absatz herum und rannte weg. Verdammt, ich musste irgendwo Deckung finden, wo ich nicht so sehr auf dem Präsentierteller stand, aber Yuisan gab nicht auf.

Sehen konnte ich ihn nicht, dafür hören. Seine Schwingen erzeugten ein Brausen, das immer lauter wurde, je mehr er sich mir näherte. Obwohl es mir schwerfiel, warf ich einen Blick zurück.

Er war schon da!

Die Schatten seiner Schwingen fielen über mich. Das drohende Anzeichen eines düsteren Todes. Die gefährliche Schwertklinge blitzte vor meinen Augen, ich war nicht mehr in der Lage, weiterzurennen, denn der Höllenbote hielt seine Klinge so, dass er mich noch im Flug aufspießen konnte.

Verzweifelt umklammerte ich mein Kreuz. Warum reagierte es denn nicht? Myxin hatte mir mal gesagt, dass man es aktivieren müsse. Bisher war es mir nicht gelungen, den Schlüssel zu finden.

Ich taumelte zurück, stieß dann mit dem Rücken gegen eine Felswand, kam mir so klein und winzig vor und erwartete den tödlichen Schwertstoß, der mich praktisch gegen die Felswand nageln würde.

Da griff jemand ein, der schon auf den Höllenboten gelauert hatte. Eine schmale Gestalt mit langen schwarzen Haaren, doch mit Kräften versehen, die auch der Hölle trotzen konnten.

Kara kam aus ihrer Deckung.

Auch sie hatte ihre Waffe gezogen. Ich vernahm ihren wilden Kampfschrei. Sie sprach Yuisan an, der herumfuhr und mich vergessen hatte.

Mit beiden Händen hielt Kara ihr Schwert fest. Sie blickte ihm entgegen, und die goldene Klinge funkelte ebenso wie das Schwert des Höllenboten.

»Stell dich, Yuisan!«, brüllte sie ihn an. »Wir wollen sehen, welche Waffe die stärkere ist ...«

Der Höllenbote hatte die Worte vernommen. Plötzlich war ich Luft für ihn. Jetzt zählte nur noch Kara, und zwischen den beiden kam es zu einem gewaltigen Kampf ...

Ich hätte ihm gern zugeschaut und wäre auch dageblieben, doch es gab noch einen Gegner, den es zu vernichten galt.

Der Horror-Reiter!

Von ihm hatten wir nicht viel gesehen, auch ich hatte ihn aus den Augen verloren. Allerdings nicht Myxin, der kleine Magier. Ich sah ihn etwa auf halber Höhe des Kraters stehen, und er winkte mir zu, während nicht weit entfernt die goldenen Schwerter gegeneinander klirrten.

An Schwäche oder an Aufgabe durfte ich jetzt nicht denken. Ich rannte so schnell es ging auf Myxin zu, der sein Winken eingestellt hatte und in den Himmel deutete, wo ich den Horror-Reiter sah.

Er schien aus dem Blut zu kommen, eine gefährliche, düstere Gestalt, die noch immer ihre Geisel umklammert hielt und in einer Hand die Lanze schwang.

Ich wusste nicht, was er vorhatte, aber ich wollte auf jeden Fall das Leben der Frau retten und mobilisierte meine Kräfte, um so schnell wie möglich den kleinen Magier zu erreichen.

Der erwartete seinen Gegner. Auch Myxin hielt die Lanze fest, die einmal dem Herrn der roten Hölle gehört hatte. Eine starke Waffe, aber reichte sie aus, um auch den letzten Horror-Reiter zu vernichten.

Zusammen mit dem Erzdämon Eurynome hatte er ein höllisches Spiel eingeleitet und es zum Teil gewonnen, ich aber wollte nicht, dass er der endgültige Sieger blieb.

Die Entfernung zu Myxin schrumpfte zusammen. Aber auch der Reiter näherte sich.

Und er war schneller als ich.

Myxin erwachte aus seiner Erstarrung, drehte sich und schaute den heranwirbelnden Reiter direkt an. Dabei hob er seinen rechten Arm, um die Lanze zu schleudern.

Auch der Horror-Reiter war bereit. Er verließ sich ebenfalls auf seine Waffe und wollte Myxin damit töten.

Wer würde gewinnen?

Wieder einmal konnte ich nur Statist sein, denn bevor ich die beiden erreichte, hatte sich alles entschieden.

Während ich rannte und mein Atem keuchend über die Lippen floss, bekam ich das Drama mit. Es waren Sekunden, die ich nie im Leben vergessen würde, wobei Myxin eigentlich die bessere Ausgangsposition hatte, denn der Horror-Reiter bot ein größeres Ziel als er.

Aus den Nüstern und dem Maul des Pferdes drangen schwefelgelbe Wolken, vielleicht ein Zeichen, dass die Gestalt mit dem blutigroten E auf der Brust seine Waffe schleudern wollte.

Er warf sie. Gleichzeitig auch Myxin.

Wer würde treffen?

Der kleine Magier duckte sich, dadurch wurde das Ziel, das der Horror-Reiter anvisierte, noch geringer. Ich glaubte sogar, das Pfeifen zu hören, als die beiden Waffen sich ihre markanten Ziele suchten. Bei einem schlug die Lanze ein …

Kara kämpfte verzweifelt!

An Kräften war ihr der Höllenbote weit überlegen, doch sie verließ sich auf ihr Geschick und auf die Stärke ihres Schwertes mit der Goldenen und der Weißen Magie geweihten Klinge.

Yuisan berührte den Boden nicht. Nach wie vor schwebte er über ihm, weil er sich so eine bessere Angriffsposition erhoffte und seine Schläge von oben kamen.

Kara parierte.

Beide Schwerter klirrten gegeneinander. Lange Funkenbahnen sprühten über die Klingen, und die Wucht ließ Kara taumeln. Sie musste drei Schritte zurück, um ihr Gleichgewicht wiederzufinden, dabei sah sie sich einer erneuten Attacke ihres Gegners gegenüber.

Die gewaltige Klinge zerschnitt die Luft, sodass ein regelrechtes Fauchen zu hören war. Sie streifte sogar den Untergrund und riss einen aus dem Boden wachsenden Felsbuckel auf.

Yuisan lachte schrill.

Wieder schlug er zu.

Kara wehrte ab.

Das helle Geräusch, mit dem die Klingen aufeinanderprallten, wurde nach einer weiteren Attacke dumpfer, denn irgendetwas war mit den Schwertern los.

Das merkte zuerst Yuisan. Er zog sich zurück, weil er auf seine Waffe schauen musste.

Sie war weicher geworden, während Karas Schwert einen silbrigen Schimmer hatte und noch härter zu werden schien. Es war die einzige Waffe, die von Delios, Karas Vater, in Auftrag gegeben und mit all dem Wissen über Weiße Magie versehen war, das die alten Atlanter damals besaßen. Dies war sehr viel, deshalb konnte das Schwert auch seine Kraft ausspielen und die Waffe des Höllenboten vernichten.

Er war durch diese Tatsache aus dem Rhythmus gebracht worden und achtete nicht mehr auf seine Gegnerin. Eiskalt nutzte Kara die Schwäche des Dämons aus.

Obwohl er in der Luft schwebte und sich über Kara befand, griff sie an und führte ihre Waffe in einem gewaltigen Halbbogen. Diesem Streich konnte Yuisan nicht ausweichen. Die Klinge traf zwar nicht seinen direkten Körper, dafür den rechten Flügel.

Sie spaltete ihn!

In diesem Augenblick wusste Kara, dass sie gewonnen hatte, denn sie hatte eine schwache Stelle des Gegners berührt. Ein Teil des Flügels fiel ab, damit jedoch war es nicht getan, der Verfall, dank der Weißen Magie eingeleitet, breitete sich blitzschnell aus und erfasste auch den großen Rest der Flügel.

Aus Stein war der Höllenbote erschaffen worden, zu Stein wurde er wieder.

Die Farbe änderte sich. Aus dem Schwarz wurde ein düsteres Grau. Plötzlich konnte Yuisan den Flügel nicht mehr bewegen. Er war schwer geworden, und die Verwandlung erfasste den gesamten Mantel. Da der linke Flügel mit ihm eine Einheit bildete, wurde auch er nicht verschont.

Vor Karas Augen verwandelte sich der Höllenbote in Stein. Er fiel schwer zu Boden. Für einen Moment sah es so aus, als wollte er aufrecht stehen bleiben, dann krängte er zur Seite und blieb liegen.

Mit einem steinernen Flügel und einem zweiten, der nur noch zur Hälfte an seinem Mantel befestigt war.

Kara ging auf ihn zu.

Noch bewegte sich der Körper. Die Haut über dem knöchernen gelben Schädel spannte sich wie das Fell einer Trommel. Mit einer letzten Kraftanstrengung wuchtete der Höllenbote seine Arme hoch und damit auch das Schwert, doch Kara ließ ihn nicht mehr dazu kommen, es noch einzusetzen. Leicht wich sie dem Schlag aus, und die Waffe klirrte gegen den Boden, wo sie keine Spuren mehr hinterließ.

Yuisan lag deckungslos vor Kara.

Die Schöne aus dem Totenreich genoss diesen Anblick etwa eine Sekunde lang. Dann hob sie ihre Waffe über den Kopf, öffnete den Mund, schrie: »Stirb endlich!« und wuchtete ihre Klinge nach unten.

Vom Kopf bis zur Körpermitte wurde Yuisan getroffen, als Kara das Schwert über ihn zog und dann zurücksprang, weil sie sehen wollte, ob sie Erfolg gehabt hatte.

Ja, sie hatte es geschafft.

Wie die Schale einer Frucht platzte der Höllenbote auseinander. Der letzte Streich hatte ihn genau in der Mitte geteilt. Yuisan zerfiel in zwei Hälften.

Zuerst entstand nur ein schmaler Spalt, er wurde jedoch schnell größer, und Kara gelang es, in das Innere des dämonischen Wesens zu schauen.

Sie sah – Staub!

Aus Staub war er geschaffen worden, und zu Staub wurde er. Auch sein gelber Schädel sowie die Arme, die sich vor Karas Augen auflösten. Schon bald war er nicht mehr vom Untergrund zu unterscheiden.

Kara hatte ihn besiegt!

Ein Schrei!

Urig, grauenhaft, markerschüttend. Andere Bezeichnungen fielen mir wirklich nicht ein.

Ein Schrei, wie ihn kein Mensch ausgestoßen hatte, wie ihn kein Mensch ausstoßen konnte.

Myxin war auch kein Mensch …

Aber aus seinem Mund war er nicht gedrungen, sondern aus dem Maul des Horror-Reiters. Ich sah alles wie in Großaufnahme, denn der kleine Magier hatte mit unvorstellbarer Wucht seinen Speer geschleudert und auch getroffen, während die Waffe des Horror-Reiters an ihm vorbeigezischt war und irgendwo zwischen den Felsen lag.

Auf allen vieren kletterte ich den Hang des Lavaberges hoch und bekam hautnah mit, wie der Horror-Reiter starb.

Noch saß er auf seinem Pferd. Steif wie eine Puppe. Genau dort, wo das E glühte, war der Speer in die Brust des Reiters gewuchtet und darin stecken geblieben. Weit schaute der Schaft hervor, und der Reiter hatte beide Arme erhoben, um mit seinen Händen den Stiel zu umklammern, als wollte er ihn wieder herausreißen.

Zum Glück hatte er so reagiert, denn seine Geisel musste er loslassen. Sie lag neben dem Pferd auf dem Boden am Rand des Kraters und rührte sich nicht.

Endlich erreichte ich Myxin, wollte an ihm vorbei und versuchen, dem Horror-Reiter den Rest zu geben, doch der kleine Magier hielt mich fest. »Warte, John Sinclair, er schafft es nicht«, sagte er ruhig, und ich sah das feine Lächeln auf seinem Gesicht.

Myxin hatte einen Sieg errungen. Für ihn freute es mich besonders.

Noch hockte der Horror-Reiter auf dem Rücken seines schwarzen Pferdes. Dann begann er zu schwanken.

Gleichzeitig setzte sich das Pferd in Bewegung. Es wollte seinen Weg allein finden und weg vom Rand des Kraters.

Der Horror-Reiter fiel nach vorn. Der Lanzenschaft stach am Kopf des Pferdes vorbei und überragte ihn sogar. Gelöst hatte der Reiter seine Hände, und jetzt streckte er den rechten Arm aus, griff nach vorn, bekam einen Zügel zu packen und zog heftig daran.

Er tat genau das Falsche!

Das dämonische Tier war gewohnt, auf einen Zügeldruck zu reagieren. Und das tat es auch hier. Durch die Bewegung wurde es nach rechts gedrückt und lief auf den Rand des neu erschaffenen Kraters zu.

»Verdammt!«, schrie ich und rannte.

Jetzt hielt es auch Myxin nicht mehr.

Beide kamen wir zu spät.

Plötzlich waren Pferd und Reiter verschwunden. Da ich einen Vorsprung gegenüber Myxin hatte, erreichte ich auch als Erster den Rand des Kraters.

Ich schaute in die Tiefe.

Eine Gänsehaut rieselte über meinen Rücken. Weit unter mir schimmerte die glutrote Lava. Über ihrer Oberfläche sprühte und blitzte es. Blasen erschienen, zerplatzten, die Masse brodelte und kochte. Heißer Rauch wehte von der kochenden Lava her.

Genau dahinein rutschte der Horror-Reiter mit seinem Tier. Er war in den letzten Sekunden nach vorn gefallen, lag über dem Hals des Pferdes und war nicht mehr in der Lage, sein dämonisches Tier noch herumzureißen oder zu stoppen.

Das Pferd und der Horror-Reiter verschwanden in der glühenden Lava. Stumm und gespenstisch geschah dies. Keinen Laut hörten wir und sahen zu, wie sich die dicke rote Flüssigkeit über beiden zusammenzog und damit das Grab schloss.

»Das war der Letzte«, flüsterte ich rau.

Myxin schaute mich an. »Ist er wirklich tot?«

Darauf gab ich keine Antwort. Aber nachschauen konnten wir nicht, deshalb wandte ich mich ab und hörte, wie Myxin sagte: »Es ist schade, dass ich die Waffe verloren habe.«

Da stimmte ich ihm zu. Dieser Preis hätte vielleicht nicht zu sein brauchen.

Als ich einen Blick am Hang des Kraters nach unten warf, sah ich Kara. Sie stand dort und winkte mit ihrem Schwert. Die Klinge strahlte im goldenen Glanz.

Das Zeichen des Sieges.

Ich winkte zurück und kümmerte mich um die Geisel, die zum Glück alles überstanden hatte. Sie war nur bewusstlos. Gemeinsam mit uns würde sie zurückkehren in ihre Welt, und sich irgendwann von diesen schrecklichen Ereignissen erholen, die so viele Opfer gefordert hatten.

Mich hielt auch nichts mehr in diesem Land. Mit Karas Hilfe würden wir den Zeitsprung in unsere Welt schaffen.

Wie schon so oft …

ENDE